Berta Geißmar · Taktstock und Schaftstiefel

Berta Geißmar

Taktstock und Schaftstiefel

Erinnerungen an Wilhelm Furtwängler

Vorwort und Anmerkungen von

Fred K. Prieberg

Dittrich-Verlag
Köln

Das Werk erschien zuerst in englischer Sprache im Verlag
Hamisch Hamilton, London,
unter dem Titel »The Baton and the Jackboot«, 1944.
Die ergänzte deutsche Originalfassung erschien
erstmals 1945 im Atlantis Verlag Zürich;
sie wurde für die Neuausgabe von 1951, im Einverständnis
mit der Verfasserin, leicht gekürzt.

Titelgestaltung: Hans-Joachim Lenz
Druck und Bindung: Freiburger Graphische Betriebe

ISBN 3-920862-10-4

Inhalt

England im Krieg

Berta Geißmar - Versuch einer Vergegenwärtigung

Musikgeschichte, wie sie uns lexikografische Aufbereitung überliefert, ist lückenhaft und verkürzt auf Persönlichkeiten, die im mehr oder weniger glänzenden Rampenlicht standen; immer noch scheinen Lexikonmacher den Mythos der »großen Männer« zu vertreten, der Genies, die aus angeborener Kunst- und Machtvollkommenheit Musikgeschichte produzierten. Fraglos wäre Tonkunst ohne Komponisten und Interpreten gar nicht existent. Aber die schöpferischen und nachschaffenden Künstler können sich nur entfalten, wenn ein solider Unterbau sie stützt, wenn mit ihm die Vorbedingungen eines jeden Musikbetriebs überhaupt erst erfüllt sind. Der Künstler schwebt nicht im leeren Raum. Er braucht Konzertveranstalter, Sekretariate, mit Musik befaßte Mitarbeiter kommunaler und staatlicher Behörden, PR-Kräfte von Verlagen und Schallplattenfirmen, kurz alle die »Betreiber«, aus deren Zusammenwirken ein Musikleben erst eigentlich hervorgeht. Sie aber gelten nicht als »lexikonwürdig», und das hängt wohl mit der »ethischen« Unterbewertung ihrer Leistung zusammen. Wer nicht selber Kunst liefert, sondern die Lieferung von Kunst nur ermöglicht, hat keinen Anspruch auf einen Platz im lexikografischen Odeon.

So geschah es, daß Autoren und Herausgeber unserer musikalischen Nachschlagewerke zwar den Dirigenten Wilhelm Furtwängler ausgiebig würdigen, aber seine »rechte Hand« Dr. Berta Geißmar nicht einmal erwähnten. Sie fehlt selbst im »Biographischen Handbuch der deutschsprachigen Emigration nach 1983«, herausgegeben vom Institut für Zeitgeschichte München und von der Research Foundation for Jewish Immigration, Inc., New York (München/New York/London/Paris, 1988), und das ist immerhin ein Standardwerk. Dabei war sie mehr als eine bloße »Chefsekretärin«. Ohne ihre »logistischen« Fähigkeiten wäre Furtwängler nicht in wenigen Jahren der deutsche Musikpapst geworden. Nicht nur nahm sie ihm die täglichen Schreibarbeiten ab, hielt telefonische Störungen fern, sammelte Zeitungsausschnitte und studierte vor den Konzertreisen die Kursbücher. Sie arrangierte Dirigiergastspiele für ihn und Auslandstourneen für das Berliner Philharmonische Orchester, hielt selbständig Kontakte zu ausübenden Künstlern, vermittelte diesseits und jenseits der Grenzen - ohnehin im beruflichen Bereich, doch darüber hinaus bis weit in die Privatsphäre hinein - und sorgte rundum für das Wohl des Mannes, den sie bewunderte und verehrte.

Sie war Helferin, Vertraute, ja sogar gelegentlich unauffällige Lenkerin im Hintergrund. Alles, was der Dirigent als Alltagsroutine verabscheute, fiel ohne ausdrücklichen Auftrag ihr zu, denn sie besaß Eigenschaften, die zur Lösung kompliziertester Probleme befähigten: Tatkraft, Energie, Ausdauer, intime Kenntnis des Musiklebens und seiner personellen Gruppierungen. So konnte es nicht ausbleiben, daß Furtwängler sich willig in ihre Abhängigkeit begab, weil er einsah, wie sehr dieses Arrangement half, seinen »höheren« Daseinsentwurf zu verwirklichen. Eines freilich schaffte Berta Geißmar nie: ihm persönliche Freundin zu werden. Trotz vertraulicher Anrede hier wie dort - »Freund«, »Freundin« oder »Bertel« - blieb die Beziehung distanziert wie nur eine zwischen Chef und Sekretärin; niemals ging dies über ein »Sie« hinaus.

Dies lag nicht so sehr an Frau Geißmar, denn in ihr, der lebenslang unverheiratet gebliebenen, stritten oftmals Achtung und Hingabe, schwärmerische Verehrung und Ehrfurcht. Furtwängler dagegen teilte sich kaum je mit. Er blieb wortkarg, und wenn er doch einmal sprach, äußerte er nur das Nötigste oder ließ sie gar erraten, worum es ihm ging. Seine Verschlossenheit kam ihrem Temperament in die Quere, und wiederholt beklagte sie sich darüber, sogar noch nach der erzwungenen Trennung, so in einem Brief aus London vom 2. Dezember 1936:

*Sie wissen, daß ich immer im Leben den Standpunkt vertreten habe, daß der Mensch vom andern nicht mehr verlangen soll, als der ihm geben will. Andrerseits haben Sie mit mir seit 20 Jahren so eine Art schweigende Vereinbarung für Ihren Mangel an . . . wie soll man es nennen? . . . und wenn ich Ihnen was sage, so sagen Sie: »Sie wissen doch«. Nun will ich Ihnen vorschlagen, Sie könnten zur Abwechslung mal die Methode »Sie wissen doch« bei andern Leuten anwenden, deren Leben menschlich etwas einfacher ist wie das meine, und vielleicht ein Minimum an Nettigkeit aufbringen, insofern als Sie vielleicht doch mal gelegentlich mir das Gefühl geben, daß ich für Sie doch ein kleines Bißchen auch dann existiere, wenn ich nicht grad in Ihrem Zimmer sitze. In mir ist eine nie versiegende Kraft zu Ihnen, ich tue so vieles nur wegen Ihnen, halte so viele Fäden nur wegen Ihnen, denke immer an Sie und überlege für Sie (...).**

Für Furtwängler war es selbstverständlich, daß er jemand hatte, auf den er sich verlassen konnte, und in der Tat las sie ihm jeden Wunsch von den Augen ab und sorgte sich um ihn bis in die Nähe der Selbstaufgabe, fraglos mit der Intensität einer liebenden Frau. Sie steckte zurück, wenn es um seine Musik ging, und in gewisser Weise schuf sie erst den idealen Zustand, der ihm den Aufstieg erleichterte. Nicht daß er undankbar gewesen wäre. Er erkannte gewiß an, was sie für ihn leistete; er versuchte, sie gegen alle Rassenhetze der Nationalsozialisten und bei Gefahr für sich und das Orchester bis zum letzten Augenblick in Deutschland zu halten, und wäre er nicht über den »Fall Hindemith« gestürzt, hätte dies noch jahrelang gelingen können. Aber solches sah sie als das Mindeste an Fürsorge von einem »Chef« an, nicht als Dank, wie sie Dank erwartete, nämlich im Bereich der menschlichen Beziehungen; daß nie eintrat, was sie sich wünschte, erklärt den Grundton der Enttäuschung, ja des

* Dieses Zitat ist wie alle anderen durch Korrektur der Zeichensetzung besser verständlich gemacht; Form und Duktus der Mitteilungen von BG an WF verraten, wie sie sich für ihn unter Streß setzte.

Selbstmitleids, der viele ihrer Äußerungen färbte, wo das Bewußtsein des eigenen Erfolges, ja der Beherrschung bestimmter Regionen des Musikbetriebs ihn nicht fortissimo überdeckte.

Dennoch war Frau Geißmar nicht Furtwänglers Subjekt. Zwar kommandierte er sie nicht selten, doch nur, wenn er ihres Einverständnisses sicher war. Andererseits nahm sie ihn, ohne viel zu fragen, unter ihren Einfluß. Schon eine der ersten Denunziationen gegen den Dirigenten kreidete den »verderblichen« Einfluß der »Jüdin Geißmar« an; im August 1933 erfuhr Alfred Rosenberg, derzeit Leiter des Außenpolitischen Amtes in der NSDAP-Reichsleitung, von einem Funktionär des »Kampfbundes für deutsche Kultur«, der Musiker sei eigentlich so etwas wie eine Marionette:

Es gilt als offenes Geheimnis, daß die treibende Kraft dieser Bevorzugungen jüdischer Künstler die jüdische Sekretärin Furtwänglers ist, die in Gemeinschaft mit ihrer Mutter bei dem starken vorhandenen persönlichen Kontakt die Dispositionen Furtwänglers ausschließlich beeinflussen soll.

Dies mochte die damals propagandistisch angeheizte Angst vor einer »jüdischen Weltverschwörung« formuliert haben. Der Denunziant wußte nicht, daß jede weitere Diskussion sinnlos war, sobald Furtwängler einen Entschluß gefaßt hatte, und daß er einsame Beschlüsse geradezu kultivierte. Doch manches Indiz deutet an, wie sie vorging, um ihren Einfluß geltend zu machen. Sie trug Vorschläge vor, die sämtliche objektiven Möglichkeiten zu beinhalten schienen und doch immer wieder auf ihr eigenes Ziel hinausliefen. Wofür er sich entschied, spielte dann keine Rolle mehr. Erstaunlich ist es, daß sie auf diese Weise hinter den Kulissen auch eigene Politik durchzusetzen versuchte.

Gleichwohl war Frau Geißmar viel weniger als Furtwängler ein politischer Mensch; allerdings standen die politischen Ansichten beider einander ziemlich nahe. Schließlich entstammten sie einer ähnlichen gesellschaftlichen Sphäre, hatten fundamentale weltanschauliche Leitgedanken sozusagen ererbt oder sich mit der Erziehung angeeignet, nämlich die konservative Hochschätzung von Autorität und Obrigkeit, sittlichen Werten deutscher Nation und Mythos der Kunst. Eine jüdische Familie in der Emanzipation konnte nicht anders als sich systemkonform verhalten, kaisertreu sein und deutschnational denken, jeweils mit mehr Hingabe, als Nichtjuden aufbringen mußten. Verglichen mit ihm, hatte die Geißmar bei alldem ein bißchen mehr Beharrung in der Tradition; sie war - pointiert gesagt - eine bessere Deutsche. Solche Fixierung erwies sich in den Jahren der Weimarer Republik eher als Last. Kein Wunder, daß sie erst in der Emigration die Meriten der parlamentarischen Demokratie, zumal in der typisch britischen Ausprägung, schätzen lernte. Weimar aber - mit seiner scheinbaren Unordnung, Disziplinlosigkeit, Oberflächlichkeit, wie sie sich in Politik, öffentlichem Leben und vor allem in der Kultur spiegelten - war nicht ihr System. Aus natürlichen Gründen stand sie auch dem Nationalsozialismus fern. Doch hoffte sie auf den starken Mann, der das geschlagene Deutschland von allem Übel erlösen werde. Daß Hitler den Antisemitismus auf seine Fahne geschrieben hatte, hielt sie - wie viele Deutsche - für eine vorübergehende Marotte, die sich legen werde, wenn nur die Anständigen für besseres Verständnis der deutschen Situation im Ausland einträten.

An diesem Punkt erwachte die Politikerin in ihr. Nicht nur drängte sie Furtwängler, mit führenden Auslandspolitikern zu sprechen, um Goodwill zugunsten des Reiches zu schaffen; sie riet auch, er möge sich mit Hitler und seinem Vizekanzler von Papen beraten, entsprechende Rückendeckung holen für ganz andere, nämlich außenpolitische Funktionen. Der Musiker war damit überfordert. Daher griff Frau Geißmar selber ein. Einige Tage lang legte sie sich einen zweiten Arbeitgeber zu; er erscheint in ihren Briefen nur mit der Abkürzung »Fr.«, kam also aus ihrem und Furtwänglers engerem Bekanntenkreis. Aus dem Zusammenhang geht hervor, daß dieser Mann, mit entsprechenden Sondervollmachten von der Regierung in Berlin entsandt, bei britischen Politikern vor allem in der Judenfrage sondieren sollte. In den ersten Jahren nach der Machtübernahme waren solche Unternehmungen üblich. Es ging darum, die stärkste, »rassisch verwandte« europäische Macht von den »guten Absichten« Hitlers zu überzeugen und zugleich vorzufühlen, bis zu welchem Punkt die Judenhetze im Reich dort »verstanden« werde; Rosenberg selber hatte in diesem Frühjahr eine solche Werbefahrt nach London unternommen. Während der Weltwirtschaftsgipfel tagte, erschien jener Sendbote, quartierte sich - mit Berta Geißmar als Sekretärin und Übersetzerin - in einer Suite des Park Lane Hotels ein und hielt mehreren englischen Spitzenpolitikern Vortrag, holte Informationen heran, drang sogar zu Chamberlain vor und arbeitete für seine Gesprächspartner ein Memorandum zur Lage in Deutschland aus. Diente ihm die Jüdin als Alibi? Sollte ihre Einschaltung in eine regierungsamtliche Mission am Beispiel überzeugen, so schlimm könne es demnach nicht sein?

Von diesem Sendboten lernte sie diplomatische Taktik und wandte sie an. Am 12. Juni teilte sie Furtwängler eifrig mit:

Man trennt hier absolut Deutsche und Hitlerleute. Mir tut es um Hitler leid, der das sicher nicht so will. (. . .) Diese in der Presse überall hingegebene Entlassung der Juden in der Staatsoper hat wieder alles aufgeregt. Es sollten keine Reden u. derartige Sachen in der Presse stehen, was weiter noch unvermeidbar ist, muß ohne Aufsehen geschehen.

Es war ein verzweifelter Versuch am falschen Objekt; denn diese Realität ließ sich durch keine Propaganda aus der Welt schaffen, und so erwiesen sich ihre Bemühungen - zum Beispiel per Telefonat mit der Deutschen Botschaft oder einige Tage später bei einem politischen Lunch in Berlin - am Ende als vergeblich. Die Botschaft nahm lediglich zur Kenntnis, was die im übrigen dort wohlbekannte Sekretärin Furtwänglers verlangte: Amtlich möge dafür gesorgt werden, daß Veröffentlichungen in der deutschen Presse unterbleiben, die das Ausland reizen könnten. Zugleich müsse die Kulturpropaganda effektiver werden, denn abzuwarten und auf das Verebben der Deutschfeindlichkeit zu hoffen, sei - so ein

Brief an ihn vom 13. Juni 1933:

... ein teurer Spaß für das Ansehen Deutschlands in der Welt und kostet uns bares Geld, scharf gesprochen. Was muß allein hier an Arbeit geleistet werden, um die führenden Leute zu beruhigen. Dabei wären sie alle geneigt, das Heroische Hitlers anzuerkennen, wenn die Kulturpropaganda nicht so falsch laufen würde.

Nicht daß Berta Geißmar von der braunen Ideologie infiziert worden wäre; unverkennbar ist jedoch, wie weit Person und Aura des »Führers« sie faszinierten. Trotzdem dachte sie realistisch genug, um auch die Grenzen zu sehen, die der propagandistischen Wirkung gezogen waren, an denen jede Duldsamkeit enden mußte, wie sie glaubte:

Die Idee der Reinigung einer Nation von einem materialistischen Rassebegriff abzuleiten, wird die Welt nicht anerkennen.

Heute wissen wir, welche mörderische Toleranz die Demokratien aufbrachten, ehe sie handelten, und es war nicht einmal der Rassenwahn, sondern die Annektionspolitk Hitlers, die endlich eine geschlossene Abwehr ins Feld rief. Frau Geißmar, in mehrfacher Hinsicht direkt betroffen, setzte indes ihre Hoffnung in die Kunstpropaganda, die erst greifen würde, wenn keine Greuelmeldungen mehr aus dem Reich kämen. Diese beiden Argumente dienten freilich einem Zweck, den sie als den höheren ansah, nämlich der Rettung des Berliner Philharmonischen Orchesters vor dem Konkurs. Ihre Kalkulation: Die Regierung werde den Klangkörper, der im Ausland ohnehin schon renommiert war, zu Goodwill-Konzertreisen entsenden und dafür dann seine finanzielle Sicherstellung übernehmen. Zu diesem Zeitpunkt schleppten sich die Philharmoniker mühsam - und gesetzwidrig, da längst Zahlungsunfähigkeit hätte erklärt werden müssen - von einer minimalen Subvention zur anderen dahin. Die Idee, den neuen Staat als Mäzen zu engagieren, selbst wenn dieser so ganz uneigennützig nicht wäre, lag daher als »letzte Rettung« nahe.

Daß sich die Sekretärin so entschlossen politisch dafür einsetzte, hatte einen psychologischen Grund. Ihre Stellung beim Orchester und bei Furtwängler war höchst empfindlich; antisemitische Attacken trafen nicht allein die Person Berta Geißmar, sondern schmerzlicher noch ihre nächste Umgebung. Dabei erwies sich der »Chef« als absolut standhaft; er kämpfte für sie. Unter den Musikern aber grassierte die Existenzangst. Es fehlte nicht an inoffiziellen Andeutungen, die nationalsozialistischen Behörden würden in dem Augenblick das Orchester in ihre Obhut nehmen, in dem es »judenrein« sei, sich also der »nichtarischen« Mitglieder - vor allem aber der Geißmar - entledigt habe. Von außen konnten die braunen »Säuberer« nur wenig ausrichten, denn das Berliner Philharmonische Orchester war als privatrechtliche Gesellschaft mit beschränkter Haftung verfaßt. Versuche der »Gleichschaltung« von innen mißlangen, weil nur wenige Musiker Parteigenossen waren und Furtwängler die Unruhestifter rücksichtslos hinauswerfen ließ. Also blieb nur das probate Mittel der Angst. Das Gerücht, die Geißmar verhindere durch ihre bloße Anwesenheit die Sicherstellung des Orchesters, hielt sich hartnäckig und belastete zeitweise sogar die Beziehungen der Musiker zum »Chef«. In der Frage der jüdischen Mitarbeiterin stand das Gros der Philharmoniker zeitweise gegen Furtwängler, der weder Frau Geißmar für neunzig Musiker noch das Orchester für die Sekretärin opfern wollte, sondern einen dritten Weg einschlug, der allerdings nicht gangbar war ohne die Mithilfe von Spitzenfunktionären bis hinauf zu Goebbels und Hitler.

Ab und an muß sie gefürchtet haben, der Druck könne unerträglich und selbst der willensstarke Furtwängler wankend werden. Dann erinnerte sie an Bundesgenossen, so in einem Brief vom 9. Juli 1933:

Ich hörte gestern, daß sogar Schwerin Krosigk in seinem Ministerium seine jüdische Sekretärin gehalten hat, weil sie ihm unentbehrlich ist.

Dies sollte heißen: Wenn selbst der Reichsfinanzminister Graf Schwerin von Krosigk, ein politisch immerhin exponierter Mann, so etwas fertigbringt, dann muß auch der »liebe Freund« solches schaffen und mit der gleichen Begründung, »weil sie ihm unentbehrlich ist«. Dieses Appells hätte es nicht bedurft, ebensowenig der augenfälligen Anstrengungen, sich ganz bestimmt unentbehrlich zu machen - bis hin zum Verzicht auf den notwendigen Urlaub in den Schweizer Bergen. Aber sie war sich nicht sicher, sah sie doch, was die antisemitische Hetze draußen im Lande überall anrichtete. Und so versuchte sie das Äußerste, um die finanzielle Sicherung des Orchesters zu erzwingen, weil nur so das Argument gegen sie entfiele: Im engsten Kreis würde die Jüdin nicht mehr stören, wenn die Existenz der Musiker gesichert wäre. Und so war sie es, die nicht nur die Idee einbrachte, daß Furtwängler mit Hitler reden und um Hilfe für das Orchester bitten müsse, sondern die eine solche Audienz auch tatkräftig in die Wege leitete. Erstaunt erfuhr der Dirigent, der in Bansin an der Ostsee Ferien verlebte, durch ihren Brief vom 13. Juli 1933:

Inzwischen haben wir eine Unterredung gehabt und haben Brückner angerufen, damit Sie mit dem Führer sprechen, weil es uns allen unumgänglich nötig erscheint. Diese Woche sind Kabinettsitzungen, aber Anfang nächster Woche, ehe das Kabinett in Urlaub geht, wird es möglich gemacht. Schmitzeck soll Montag früh Brückner wieder anrufen, und wir haben gesagt, daß Sie in Bansin sind, also die Sache nicht zu knapp angesetzt werden darf. Nun können Sie sich ja alles in Ruhe überlegen.

Die Verfahrenstaktik war typisch Geißmar. Sie präsentierte vollendete Tatsachen. Natürlich brauchte sie eine Hilfskraft, die »oben« persona grata war; SA-Obergruppenführer Wilhelm Brückner, der Adjutant Hitlers, hätte schwerlich mit einer Jüdin verhandelt. Aber da war der dem Orchester aufgezwungene Kommissar der NSDAP, der Dirigent Dr. Rudolf von Schmidtseck, der ohnehin nicht seinem Auftrag nachkam, nämlich die »Gleichschaltung« der Berliner

Philharmoniker durchzusetzen, und lieber als treuer Erfüllungsgehilfe Furtwänglers diente. Dem »Kriegskameraden Görings« standen natürlich alle Türen offen; er erreichte auch die höchsten Funktionäre telefonisch. Ihn lieh sich die unerwünschte Jüdin nun aus; mit seiner Unterstützung tat sie, was ihr »unumgänglich nötig« schien. Obwohl sie an Besprechungen mit Vertretern von Behörden und Ministerien nicht mehr teilnehmen durfte, hielt sie sich anhand der detaillierten Berichte des Kommissars aufs beste informiert, und er wiederum zehrte von ihrer Kenntnis des Musikbetriebs und vor allem des Personals. So geschah es, daß Furtwängler wieder einmal vor vollendeter Tatsache stand, denn keineswegs konnte er »sich ja alles in Ruhe überlegen«; zwar war zu dieser Zeit ein Terminangebot aus der Reichskanzlei noch kein Befehl, aber wer durch sein eigenes Büro um eine Audienz nachsuchte, war nicht mehr ganz frei. So war es kalkuliert, und so kam es, daß der Dirigent nicht anders konnte, als im August nach Berchtesgaden zu reisen und Hitler für die schlimme Situation des Orchesters zu interessieren.

Diese Unterredung bedeutete zugleich einen Sieg für Frau Geißmar; sie genoß die mühsam erkämpfte Rückenfreiheit. Mit List und Beharrlichkeit arbeitete sie weiter daran, die Stellung Furtwänglers im deutschen Musikbetrieb zu stärken, weil sie wußte, daß er jeden Zuwachs an Einfluß und Macht sogleich zugunsten boykottierter jüdischer Musiker oder aus politischen Gründen Verfolgter einsetzte und damit nicht immer, aber doch sehr oft, Erfolg hatte. Daß sie es war, die dem Preußischen Ministerpräsidenten Hermann Göring die Idee nahebringen ließ, wie glücklich es wäre, Furtwängler zum Preußischen Staatsrat zu ernennen, wird sich wohl nicht mehr beweisen lassen. Aber es gibt Indizien, die in diese Richtung zeigen.

Sie sorgte politisch vor, und daher mußte ihr klar sein, daß ein ehrenvolles politisches Amt für ihn zur Ergänzung seiner künstlerischen und moralischen Position genau den Machtzuwachs bringen werde, den er zur Durchsetzung seiner Musikpolitik brauchte. Gegenüber Partei und Staat wäre es plötzlich auch politisch glaubhaft und könnte so erst die Rolle ausfüllen, die ihm vorschwebte, nämlich als oberste Instanz für das Musikleben, als informeller »Musikminister« die deutsche Musik vor dem Zugriff der braunen Banausen zu retten - nach dem Motto »Qualität geht vor Rasse«. Sie wußte auch, daß der Staatsrat ein politisches Gremium und fast zur Gänze mit Funktionären besetzt war. Aus dem Wortlaut des Staatsratsgesetzes konnte sie entnehmen, welche Funktion den Mitgliedern zufiel: Sie sollten, jeder auf seinem Fachgebiet, dem Ministerpräsidenten als Ratgeber dienen. Anfang Juli 1933, im ersten Anlauf entsprechender Ernennungen, waren viele Fachgebiete offen geblieben. Klar, daß der Ministerpräsident, der sich anschickte, die Preußischen Staatstheater, voran die Berliner Staatsoper, seinem Geschäftsbereich einzuverleiben, einen Experten für Musik und Theater brauchte. Den prominentesten Dirigenten des Reiches damit zu betrauen, lag ohnehin nahe; aber hatte Göring nicht Vorbehalte gegen den anscheinend unpolitischen und tatsächlich viele Entscheidungen der Partei attackierenden Musiker? Müßte ihm nicht Generalintendant Heinz Tietjen in einer solchen ehrenvollen Position brauchbarer scheinen?*

Wie aber hätte sie - die Jüdin - dem Ministerpräsidenten stecken können, daß und warum trotz allem Furtwängler Staatsrat werden müsse? Für eine solche weitsichtige und unternehmende Frau wäre dies keine gar so unüberwindliche Aufgabe gewesen. Denn da gab es ja den nützlichen Dr. von Schmidtseck, der auch in anderen Fällen - selbst zugunsten rassisch Verfolgter - immer wieder gern Hilfe geleistet hatte. Für ihn, der am Ende des Weltkriegs als 17jähriger Freiwilliger zum Kampfgeschwader des Hauptmanns Göring gestoßen war, hatte der Ministerpräsident stets ein offenes Ohr, zumal da er sich Kriegserinnerungen, und sei es durch das damalige »Nesthäkchen« der Truppe, immer zugute hielt.

* In der Tat spielte Göring beide gegeneinander aus. Zwar konnte der »Staatsrat« nicht aberkannt werden; doch demonstrierte der Ministerpräsident seine Ungnade für WF, indem er Tietjen ostentativ während der Bayreuther Festspiele 1936 zum Staatsrat machte.

Als Kapellmeister mit Auslandspraxis brachte Schmidtseck überzeugende Kenntnis des Musiklebens mit. Er konnte erläutern, weswegen Furtwängler diesen Titel verdiente. Fest steht, daß Görings Entscheidung improvisiert fiel und zunächst nur telefonisch dem Büro der Philharmoniker mitgeteilt wurde; der neue Staatsrat war noch im Urlaub. Als sei alles bekannt und abgesprochen, teilte Frau Geißmar dem Urlauber am 16. Juli mit:

Ihr Staatsrat ist hier noch nicht veröffentlicht. Hingegen schon alle Papiere hierzu, d.h. große Fragebogen zum Ausfüllen hier eingetroffen.

Und zwei Tage später:

Ihr Staatsrat ist noch nicht veröffentlicht, ich nehme an, daß Sie mit einigen andern Ernennungen herauskommen. Die Presse rief aber hier schon mehrmals an deshalb; ich verwies an das preuß. Innenministerium, so daß wohl auf Grund dieser Fragen morgen eine Veröffentlichung sein wird. Allgemein setzt man darauf große Hoffnungen wegen Ihres Einflusses, und da die Commentare (sagen), daß die Staatsräte die Regierung unterstützen müssen und Männer des größten Vertrauens sind, so macht es enorm viel aus.

Dies könnte so formuliert worden sein, um einem vielleicht - angesichts des politischen Gewichts dieser Position - etwa zweifelnden und wenig glücklichen Furtwängler zu bedeuten, zum Unbehagen läge kein Anlaß vor, und die Frage, ob das Mehr an Einfluß nicht zu teuer käme, sei müßig. Nach ihrer Meinung sollte der »Chef« die Chance erhalten, mindestens in der Kulturpolitik entscheidend mitzureden; sie war es, die ihn immer wieder darin bestärkte, daß er alles unternehmen müsse, um den verderblichen, kunstfeindlichen und antielitären Machenschaften des Regimes Einhalt zu gebieten. Fraglos meinte sie es ehrlich, als sie am 19. Juli, einen Tag vor der amtlichen Bekanntgabe der Ernennung, mitteilte:

Wir alle, denen das Herz voll Sorge um die Entwicklung der wirklichen Musikkultur ist, sind natürlich überglücklich, daß der Mann, auf den wir alle hoffen, nun kraft seiner Stellung auch wirklich den Weg offen hat, sich für das, was er für richtig hält, einzusetzen.

Ihre Kalkulation, jeder Widerspruch in Fragen des Musiklebens gegenüber einem Preußischen Staatsrat werde verstummen müssen, sogar wenn er darauf bestehe, die sechs »volljüdischen« und zwei »halbjüdischen« Musiker im Orchester und seine »volljüdische« Mitarbeiterin im Büro gegen alle Diskriminierung von NS-Seite zu halten, ging allerdings nicht voll auf. Denn die Gegner identifizierten den »Chef« mit Vorbedacht häufig mit seiner rechten Hand, von der sie das Übelste erwarteten, mindestens jedoch intensive »Wühltätigkeit« gegen das Reich. Schon im Oktober 1933 führte Staatskommissar Hans Hinkel beim Preußischen Erziehungsminister Klage darüber, »daß Herr Dr. Furtwängler bzw. seine jüdische Sekretärin Frl. Dr. Geismar [sic !] uns sehr viel Schwierigkeiten machen«. Anfang 1934 vermerkte ein Bericht aus der Kanzlei Rosenberg, der die politische Zuverlässigkeit namhafter Künstler unter die Lupe nahm, die Geißmar als »Belastung« für den Musiker»:

Auch der erste Kapellmeister an der Berliner Staatsoper, Staatsrat Dr. Wilhelm Furtwängler, kümmert sich nicht um nationalsozialistische Interessen. Noch heute ist die Jüdin Fräulein Dr. Geismar seine Sekretärin.

Daß diese Frau - so wenig wie viele andere Deutsche ihrer Generation und sozialen Schicht - nicht aus ihrer Haut herauskonnte und das Land ihrer Geburt innig liebte, mochten die Funktionäre im Amt Rosenberg nicht gegen den «Makel» ihrer Rasse aufrechnen. Briefe an Furtwängler lassen erkennen, wie verzweifelt sie sich an die Heimat klammerte und immer wieder in Vorbehalte und Entschuldigungen flüchtete, als könne nicht sein, was gemäß traditioneller Kultur und Gesittung nicht sein durfte. So meldete sie am 20. Januar 1934 aus London:

Ich sehe, man könnte auf tausend Seiten helfen und die große Idee in Deutschland unberührt davon lassen. Wenn die Nebenerscheinungen nicht wären, wäre hier für Hitler die größte Begeisterung.

Aber selbst Sir Thomas Beecham, bei dem sie am Nachmittag dieses Tages zum Tee war, konnte ihr nicht erklären, daß der Nationalsozialismus schon deshalb keine große Idee sein könne, weil jene scheinbaren Nebenerscheinungen in Wirklichkeit fundamentale Konsequenzen der Ideologie darstellten. Deutsche Politik lag dem Meister fern. Und die Emigranten, die ihr in der britischen Hauptstadt begegneten, Arthur Schnabel, Ernst Toch, Alice Ehlers oder Alfred Einstein, trauten ihr nicht mehr so recht - weil sie keine Erklärung dafür fanden, warum es dieser Jüdin erlaubt sein könne, ihre Arbeit unter den Nazis fortzusetzen, als existiere dort kein rassistischer Terror. Hier wie da fehlte Information. Während Frau Geißmar bei Sir Thomas die Teestunde genoß, legte in Berlin ein Beamter letzte Hand an ein Schriftstück, mit dessen Hilfe die «rassisch unwerte» Sekretärin hinausgeworfen werden sollte; der Reichssparkommissar, der den Zuschußbedarf des Berliner Philharmonischen Orchesters prüfen sollte, beendete sein Gutachten, das beiläufig die Forderung enthielt, die Stelle der »Privatsekretärin« - wie er vorsorglich formulierte - aus dem Etat auszugliedern und damit etwa 6000 RM jährlich einzusparen.

Dies war ein Angriff aus dem Hinterhalt. Wie aus einem Munde protestierten die Geschäftsführung der GmbH Berliner Philharmonisches Orchester und ihr Chefdirigent. Furtwängler konzedierte zwar realistisch, daß Frau Geißmar nicht Angestellte des - inzwischen unter Aufsicht des Reichspropagandaministeriums arbeitenden - Reichsorchesters sein könne, verlangte zugleich aber, für sein »Chefsekretariat« eine Summe von 10.000 RM aus Staatsmitteln im Etat neu auszuweisen. So geschah es. Die »nichtarische« Vorsteherin des Sekretariats durfte bleiben; formaljuristischer Trost: Ihr Dienstherr war keine NS-Behörde, sondern der Privatmann Furtwängler, auch wenn das Geld, das er ihr zahlte, aus der

Kasse des Reichsfinanzministers stammte. Alles ging legal vor sich - einschließlich der jederzeit widerruflichen Sondererlaubnis von Minister Goebbels zur Berufsausübung im Rahmen der Kulturkammergesetzgebung des Reiches.

Weil alle sichtbaren Konflikte unverzüglich - und durch Bemühung aller Seiten - geglättet wurden, fühlte sie sich gut aufgehoben und sicher auch in allem, was sie politisch unternahm. Nicht wunder nimmt, daß sie unter solchen Umständen sogar Kraft und Mut aufbrachte, für den Dirigenten in Rom ein Treffen mit Mussolini zu arrangieren, und Mut war gewiß vonnöten, denn Hitler hatte sich in der Österreich-Frage gründlich mit seinem italienischen Vorbild zerstritten. Trotzdem tat sie diesen Heroldsdienst, getreu ihrer Meinung, Furtwängler müsse mit den Großen dieser Welt reden, unbefangen in aller Öffentlichkeit. Sicher sah der deutsche Botschafter in Rom Anstände voraus, denn er verständigte das Auswärtige Amt am 2. Mai 1934 besonders eindringlich:

Die beiden römischen Konzerte, ganz besonders aber das zweite, an dem außer der Prinzessin von Piemonte auch Mussolini teilnahm, der nur ganz selten Konzerte besucht, waren ein ganz besonders großer Erfolg; sie stellten die wirksamste deutsche Propaganda dar, die man sich denken kann.

Drei Tage später zog der Absender - Ulrich von Hassell, der 1944 im Zusammenhang mit der Verschwörung vom 20. Juli der Terrorjustiz Hitlers zum Opfer fiel - noch einmal nach:

Auch Mussolini, der Furtwängler gelegentlich dieses Besuches empfing, hat sich mir gegenüber mit großer Befriedigung ausgesprochen. Der König ehrte Furtwängler durch eine hohe Ordensauszeichnung.

Dies half für den Augenblick; denn einen solchen inoffiziellen diplomatischen Erfolg brauchte Hitler, der eben in Wien einen nationalsozialistischen Putsch vorbereiten ließ und damit Italiens Interessen verletzte.

Die Selbstgewißheit, mit der Deutschlands erster Musiker und seine Mitarbeiterin so taten, als existierte für sie keine Judenfrage, erregte Anstoß und ging in die Dossiers der Geheimen Staatspolizei (Gestapo) und des später beim Amt Rosenberg geführten Kulturpolitischen Archivs ein. Überaus ärgerlich war, daß es Nachahmer gab, die sich auf dieses im ganzen Reich bekannte und diskutierte Beispiel einer geduldeten Ausnahme von der generellen Politik beriefen. Dazu kam noch Schwererwiegendes. Allzu gern spielte die Geißmar ihre - nur geliehene und jederzeit von »oben« zu zerstörende - Macht aus. Zum Beispiel versuchte Rosenberg im August 1934, das Orchester für den Reichsparteitag der NSDAP in Nürnberg zu verpflichten. Dies gäbe ihm die Möglichkeit, die beiden jüdischen Musiker, die noch nicht unter innerem und äußerem Druck gekündigt hatten, von ihren »arischen« Kollegen zu trennen. Von solchen durfte der Reichsparteitag - dazu im Angesicht des »Führers« - nicht »befleckt« werden. Rosenberg entsandte Friedrich W. Herzog zur Verhandlung, den Leiter der Musikabteilung seiner NS-Kulturgemeinde. Das Büro wies ihn an - Dr. Berta Geißmar! Das war ein Tort, der ihr Spaß gemacht haben muß. Natürlich weigerte Herzog sich, mit einer Jüdin zu reden.

Sogleich war der Parteigenosse Dr. von Schmidtseck zur Stelle: Das Orchester? Gern, aber entweder vollzählig und in dieser Besetzung oder gar nicht. Honorar 3.700 RM und vorab eine schriftliche Garantie zur Erstattung der Unkosten. Furtwängler allerdings könne bei einer reinen Parteiveranstaltung wie dieser nicht auftreten, weil sonst der deutsche Musikexport gefährdet sei. Erbost hinterbrachte Rosenberg dies dem »Führer«; aber der hielt die musikalische Präsenz des Reiches jenseits der Grenzen für wichtiger und bestärkte den Dirigenten dadurch in seiner Taktik zur Vermeidung politischer Kompromittierung. Herzog rächte sich für die Zumutung, mit der »Nichtarierin« sprechen zu sollen, indem er wenige Wochen später - mit Ermunterung durch Rosenberg - die Affäre Hindemith vom Zaune brach.

Furtwängler stürzte. Dieser Hinauswurf ist durch Sprachregelung und Konsens der Beteiligten bis auf den heutigen

Tag als Rücktritt ausgegeben worden, auch Frau Geißmars Erinnerungen folgen der herrschenden Meinung, die daraus resultierte, daß selbst Hitler es nicht fertigbrachte, den aus höchster Selbsteinschätzung lebenden Dirigenten rüde abzuhalftern: Einen Furtwängler wirft man nicht hinaus, sondern gestattet ihm, zuvor seinen Rücktritt zu erklären! Schwacher Trost, aber Trost allemal, wie ihn diplomatische Umgangsformen spenden. Was Memoirenschreiber und Musikhistoriker entweder gar nicht oder nur beiläufig vermerkten: Nicht nur der Künstler verlor seine Stellungen; auch seine »Helfershelfer« Dr. Geißmar und Dr. von Schmidtseck mußten ihre Positionen räumen, dieser durch formale Beurlaubung und nachfolgende Kündigung, jene - viel einfacher - durch Widerruf der Sondererlaubnis zur Berufsausübung. Wer immer sie dennoch beschäftigt hätte, wäre gemäß Reichskulturkammergesetz mit empfindlicher Strafe belegt worden. Das äußerste, was Furtwängler fertigbrachte, war die stillschweigende Vereinbarung mit dem Ministerium, daß Frau Geißmar zunächst das Büro auflösen, dann ihre Nachfolgerin Ingeborg Mörschner-Figdor und danach auch deren Nachfolgerin Elisabeth Müller-Horstmann noch einarbeiten dürfe, was immer dies an weiterer »unauffälliger« Tätigkeit bedingte.

Die einschneidende Entscheidung auf höchster Ebene scheint die Ausgestoßene endlich für die Realität geweckt zu haben, denn was sie fortan unternahm, summierte sich zu Konsequenzen, die auf einen einzigen kalkulierten Zweck schließen lassen: Furtwängler politisch unmöglich zu machen und ihn so - gegen seinen erklärten und begründeten Willen - zur Emigration zu veranlassen. Hatte es oft schwer gehalten, ihre Absichten dem Musiker als seine eignen darzustellen und akzeptabel zu machen, so bereitete die neue Unternehmung weniger Beschwernis. Ihre Objekte waren die ohnehin mißtrauischen Funktionäre. Und so erzählte sie jedem, der es hören wollte, ihr Ausscheiden sei nur vorläufig, und Furtwängler werde später im Ausland wieder mit ihr arbeiten. Später im Ausland?... Ließ dies nicht auf die Vorbereitung der Emigration schließen? Die Behörden recherchierten, wie sich die Kontakte zwischen dem Dirigenten und seiner ehemaligen Mitarbeiterin entwickelten, fraglos auch durch Kontrolle der Korrespondenz. Bei einem Zusammentreffen 1936 notierte sie ihm für alle Fälle einen Code zur brieflichen Verständigung in den Taschenkalender. Wenn es Charlie gelänge, in Hofstein etwas zu arrangieren, vielleicht gar in der Bibliothek, hätten Max und besonders Pica das Nachsehen; im Klartext: Könnte der Künstleragent der Columbia Concerts, Arthur Judson, ein Engagement in Amerika zustande bringen, vielleicht mit dem New York Philharmonic, dann wäre das Problem Göring und Goebbels erledigt. Rund dreißig Namen und Sachbezeichnungen sollten derart verschlüsselt werden; da der Eventualfall nicht eintrat, blieb der Code - so weit feststellbar - ungenutzt. Inzwischen war Furtwängler ohnehin wegen einer folgenschweren Denunziation in Ungnade. Entsprechend scharf ließ ihn Hitler beobachten. Die amtliche Aufmerksamkeit erstreckte sich auch auf die Geißmar. Anfang Juni 1936 erreichte ein vertraulicher Bericht über »die der Geheimen Staatspolizei bekannte Jüdin« die Berliner Gestapo-Zentrale. Eine perfekt unterrichtete Schreibdame im Propagandaministerium hatte einschlägige Fakten zusammengetragen, mit denen sich so etwas wie eine jüdische Verschwörung gegen das deutsche Musikleben und zumal die Auslandsgastspiele unter Führung der überall noch Unterstützung genießenden Sekretärin »beweisen« ließ. Die Denunziantin, Mitglied der NSDAP, unterstellte, die Emigrantin wolle im Kunstleben der Reichshauptstadt wieder Fuß fassen,

1. um deutsche Künstler als Objekte für ihre jüdische Geschäftemacherei und Politik an sich zu binden; 2. um die in die Schlinge gehenden Künstler von der Gunst des Weltjudentums im Auslande abhängig zu machen und 3. die Mitwirkung deutscher Künstler bei im Ausland stattfindenden unter jüdischer Machenschaft stehenden Veranstaltungen zu sichern, was 4. zugleich politisch als »Verbundenheit der Exponenten der deutschen Kunst mit dem Judentum« ausgewertet wird; 5. um schließlich den Geist der sensiblen

Künstler, die meist sehr schwachen Charakter haben, systematisch zu vergiften und damit im Einklang mit den Klerikalen und der Reaktion die Kulturpolitik des Führers zu sabotieren.

Der Wortlaut verrät, daß hier der »Geist« der Rosenberg-Fraktion wehte; wer den fünfseitigen handgeschriebenen Brief las, dem mußte sofort Furtwängler einfallen, obwohl weder dessen Name erwähnt war, noch die Tatsache, daß die Beschuldigte im Auftrag von Sir Thomas Beecham drei Wochen zuvor in der Schweiz Einzelheiten der deutschen Opernaufführungen 1937 in London mit diesem ausgehandelt hatte. Nicht die Betroffene und auch ihr alter Chef nicht erfuhren von der gefährlichen Anzeige. Bis auf die üblichen Beobachtungen verzichtete die Gestapo abermals auf ein Eingreifen; eine Bemerkung - unter dem 2. Dezember 1936 - legt nahe, eine Stillhalteanordnung von Goebbels zu vermuten. Furtwängler gab sich allzu kontaktscheu, und so ließ sie ihn wissen, der Geschäftsführer der Berliner Philharmoniker habe sie um Information gebeten, und daher brauche er

... ja schließlich auch keine Angst zu haben. Nachdem, wie ich höre, sogar vom Propagandaministerium Ordre wegen mir ausgegeben ist, wäre es ja einfach gelacht, wenn gerade Sie sich menagieren würden.

Nur Mut, bedeutete ihm die tapfere Frau, es geht schon gut. Immer wieder riet sie ihm zu Aktionen, die in seiner Situation mindestens zweischneidig waren. Als Goebbels im Herbst 1936 sein berühmtes, doch eher als Schreckschuß gedachtes »Kritikverbot« verkündete, verfaßte der Dirigent - ungeachtet seiner Vorbehalte gegen gewisse Presseleute - eine flammende Denkschrift wider das Verbot, schickte sie aber nicht an den Minister ab, weil der ihm immer noch grollte. Jener Brief vom 2. Dezember endete mit einem handschriftlichen Zusatz:

Ich sollte Ihnen auch anderes erzählen, man hat, scheints, erwartet, daß Sie sich, wie vereinbart, in der Kritiksache an

den Führer wenden. Man hat nichts gehört, daß Sie es taten. Der betr. Herr war eben bei mir. Sie hätten auch in der Reg. starke Stützen gehabt. Der hiesige Herr sagte, Sie hätten fest gesagt, daß Sie eintreten. Sie sollen sich an dieser Stelle laut neuestem authentischem Bericht alles erlauben können.

Bald drauf ging die Denkschrift gegen das Kritikverbot bei Goebbels ein. Daß Frau Geißmar nicht bedacht haben sollte, was diese Mitteilung in den Händen der Gestapo hätte anrichten können, ist fast nicht denkbar; aber es bekräftigt den Eindruck, daß sie Furtwängler absichtlich unter Druck setzen wollte, damit er zwingenden Grund hätte, dem Reich Hitlers den Rücken zu kehren. Es war eine subversive Botschaft, unumstößlicher Beweis dafür, daß der Dirigent in Diensten einer Jüdin die Kulturpolitik des Reiches nach vorheriger Absprache mit Emigrantenkreisen sabotierte, also staatsfeindlicher Umtriebe überführt werden konnte, sobald es den NS-Funktionären nützlich schien. Dann wäre er fremd im eigenen Land und psychologisch zur Emigration reif. Wenn es eine solche Kalkulation gab, so ging sie nicht auf. Dr. Berta Geißmar fand sich am Ende mit der Trennung ab und entwickelte eine neue Loyalität - zu Sir Thomas Beecham.

Ihre Arbeit mit dem britischen Spitzendirigenten trug bald zu einer notwendigen Bewußtseinsveränderung bei; durch Erziehung und Erlebnis auf die Einmaligkeit und Überlegenheit des Deutschen - zumal seiner Musik und seines Musiklebens - festgelegt, lernte sie anhand der neuen Erfahrungen in England zu differenzieren, weg von der Idee eines nationalen Eigenlobs. Erstaunt berichtete sie Furtwängler über die Allgemeinbildung und Vielseitigkeit vieler Persönlichkeiten des Kunstlebens in London. Geradezu entwaffnet erzählte sie ihr jüngstes Lernerlebnis. Sir Thomas hatte im Frühjahr 1937 für das Londoner Opernhaus Covent Garden die »Carmen« von Bizet angesetzt; im Laufe der Vorbereitungen bat er seine Sekretärin, ihm die französische Originalausgabe der »Carmen« zu beschaffen, eben jene Novelle von Prosper Merimee, die der Oper zugrunde liegt. Anerkennend schrieb die sprachenkundige Geißmar nach Berlin:

Ich hatte keine Ahnung, beschaffte sie aber innerhalb zwei Stunden, und ehe er anfing, seine Musik zu lernen, las er einen ganzen Nachmittag das Buch. Dies und andere Vielseitigkeiten sind erstaunlich.

Natürlich sprangen andererseits wieder unbegreifliche Unterschiede in der Ästhetik ins Auge - konträr zum »deutschen« Ideal der hohen, ja heiligen Tonkunst -, platte Mischungen von Unterhaltung und Erbauung, und sie klagte darüber, im Grunde über das Fehlen einer Ideologie hinter der Ästhetik:

Weil sich, scheints, keiner was denkt dabei. Das ist dann wieder mir unbegreiflich und genügt, um mich völlig verlassen und einsam fühlen zu lassen. Und man wird immer ein Fremdling bleiben.

Es ist wohl so, daß die Jüdin Dr. Berta Geißmar zu »deutsch« war für eine zufriedene Emigrantenexistenz, und dies, obwohl sie es - anders als die Mehrheit der Flüchtlinge vor Hitlers Rassenterror - verstanden hatte, in der »neuen Heimat« eine bedeutende und dankbare Rolle zu finden. Zwar lebten nahe Familienmitglieder schon in England, doch blieb jenes Deutschland, das sie verstoßen, ihre geistige Heimat . . . mit allen Zweifeln, die ihr die englischen Erfahrungen zutrugen. Aber nicht einmal das Nachkriegsdeutschland hat ihr diese fast metaphysische Anhänglichkeit gedankt.

Diese Frau, deren langjährige Korrespondenz mit Furtwängler Schlaglichter auf das deutsche und europäische Musikleben zwischen 1922 und Mitte der dreißiger Jahre wirft, von denen ein Musikhistoriker nur träumen kann, ist vergessen; unediert, ja unerschlossen ruhen ihre Briefe bündelweise in einer Kommode in Clarens bei Frau Elisabeth Furtwängler, ehe sie demnächst ins Wilhelm-Furtwängler-Archiv eingehen werden, das sich bei der Zentralbibliothek Zürich im Aufbau befindet. Gleichwohl hat ihre energische, über Satzzeichen und ordentliche Syntax virtuos hinwegstürmende Schrift einen Moment Musikgeschichte festgehalten.

Ihre Publikationen, sämtlich englisch, nämlich »The Baton and the Jackboot« (1944; deutsch unter dem Titel »Musik im Schatten der Politik«, Zürich 1945) und »Richard Wagner I-IV« (1948), diese über die Nibelungen-Tetralogie, haben es nicht vermocht, deutsche Musiklexikographen von der Legitimation der Autorin zu überzeugen; aber diese traurige Tatsache muß nicht Berta Geißmar verantworten.

Sie hat ihre Opferrolle geduldig getragen, die drückend geworden sein muß, als 1945 gewisse schweizerische Zeitungsschreiber Zitate aus dem Buch vom »Taktstock und dem Schaftstiefel« herausrissen und gegen Furtwängler wendeten, der sich wegen einer Auflage der eidgenössischen Fremdenpolizei nicht zur Wehr setzen durfte; als im Spruchkammerverfahren gegen den Dirigenten ein Jahr später der Beisitzer Wolfgang Schmidt mit gnadenloser Schärfe Passagen aus diesen Erinnerungen löste und in Anklagen ummünzte. Dies war gewiß nicht, was sie gewollt; denn solches legte neue, unüberwindliche Distanzen zwischen sie und den ehemaligen Chef. Die Wiederbegegnung bestätigte diese Entfremdung; sie schloß einen neuen Anfang aus. Alles in allem ist Berta Geißmar, die am 14. September 1892 in Mannheim geborene jüdische Intellektuelle, trotz ihrer Bedeutung für das deutsche und das britische Musikleben bis zur Geschichtslosigkeit im Hintergrund geblieben. Als sie ihrem Zürcher Verleger Dr. Martin Hürlimann mit Brief vom 30. Mai 1948 die Bitte vortrug, ob man ihr nicht eine bestimmte Broschüre des Naturheilkundigen Dr. Bircher-Benner über Asthma und Bluthochdruck schicken könnte, konnte er nur ermitteln, daß das Werk vergriffen sei. Auch die Londoner Ärzte vermochten nicht zu helfen, und so erlag sie am 3. November 1949, gerade 57 Jahre alt, einem Schlaganfall. Sicher: Ihr Buch hat überlebt, ist Standardwerk geworden, wird zitierend weitergetragen. Von der Autorin blieb nur der Name.

*

Die vorliegende Edition von Berta Geißmars Buch »Taktstock und Schaftstiefel« folgt der 3. Auflage der deutschen Fassung, wie sie 1951 erschien, also einer um etwa fünfzehn Prozent gekürzten Bearbeitung der Erstauflage, bei der die Autorin vor ihrem Tode noch selber mit Hand angelegt und zu der sie ihr Plazet erteilt hatte. Diese Textgestaltung schied eine Reihe von Nebenumständen aus, zumal solche Details des britischen Musikbetriebs, die den in der Hauptsache nach Information über den »politischen« Furtwängler suchenden Leser weniger interessiert hätten. Insofern hat diese Raffung ihren Sinn inzwischen keineswegs eingebüßt. Neu hinzugekommen ist ein Vorwort, das anhand dokumentarisch gesicherter Quellen den Versuch einer Vergegenwärtigung von Persönlichkeit und Wirkung der Frau Dr. Geißmar unternimmt, und ein ungefähr kritischer Kommentar in Form von Fußnoten zu ihrem Text. Dieses Verfahren bedarf einer Erläuterung.

Wer Lebenserinnerungen verfaßt, tut dies in aller Regel nicht, um Geschichte zu schreiben. Solches gelingt nicht einmal erfahrenen Historikern. Gewiß strebt jeder Autor von Memoiren ein erhebliches Maß von Faktensicherheit an, und sei es auch nur, um sich weitgehende Glaubwürdigkeit zu sichern. Aber in erster Linie basieren Erinnerungen - wie die Sachbezeichnung besagt - auf dem, was das Gedächtnis hergibt, und dies ist zugleich ein Alibi, denn welches Erinnerungsvermögen wäre zur Gänze unfehlbar? Memoiren beinhalten generell das Eingeständnis jener menschlichallzumenschlichen Praxis, die Lücken ebenso in Kauf nimmt wie Mischung von Wahrheit und Dichtung oder Vertauschung von Ursache und Wirkung. Dennoch ermöglichen solche Bücher eben doch Aufschlüsse über historische Zeitläufte, allein schon weil politische Ereignisse jenseits der nüchternen Nachricht erst durch individuelle Rezeption besonders deutlich werden, gleichsam unter die Haut gehen. Jener Effekt, der den Welterfolg der Fernsehserie »Holocaust« und die Konsequenzen daraus verursachte, hatte lange zuvor schon Frau Geißmars Geschichte vom »Taktstock und dem Schaftstiefel« zu breiten englischen Leserschichten getragen und dies dann auch in den deutschsprachigen Ländern - trotz des damals versachlicht übertragenen Titels »Musik im Schatten der Politik«; ähnliches gilt für die Ausgaben in den USA (1946),

Dänemark (1947), Holland (1947) und Frankreich (1949), obwohl auch von diesen keine den publikumswirksamen Originaltitel übernahm.

Gerade die persönliche Prägung der Memoiren erleichtert es dem Leser, Anteil zu nehmen am Schicksal der Autorin, selbst da noch, wo sie moralisiert oder sich in brancheninternem »small talk« verliert. Weil sie durchweg und deutlich - mit wenigen begründeten Ausnahmen - um Zuverlässigkeit der Fakten bemüht war, verdient sie es nicht, kritisch in Frage gestellt zu werden. Selbst der naivste Leser wird nicht erwarten, daß sie alles schrieb, was sie wußte, und erst recht nicht, daß sie alles wußte, was an Geschichte vor sich ging, während sie ihren »normalen« Alltag verlebte. Sie war gezwungen, weitgehend aus dem Gedächtnis zu schöpfen; denn der Großteil ihrer Aufzeichnungen und Unterlagen - für heutige Historiker von unschätzbarem Wert - blieb im Hitlerreich zurück, als sie emigrierte. Dr. Hürlimann, der seine in Aussicht genommene Autorin noch vor Kriegsende in London aufsuchte, konnte in seinem Brief an Furtwängler vom 2. August 1945 nur berichten, was er erfahren hatte:

Sie sagt ferner, sie hätte bei Ihnen in Potsdam noch einen oder zwei Koffer voll interessanter Akten gehabt, nicht nur den kleineren Koffer (der nur Ihre eigenen Sachen enthielt, die Sie nie angesehen hätten, die aber für die Bücher über Sie benutzt worden seien), sondern auch einen großen grauen Koffer mit Korrespondenzen Bayreuth, Pfitzner etc. und allem, was man der G. seinerzeit abgenommen habe. Das Material sei auch deshalb interessant, weil darin auch die ganzen seit 1933 an Sie gerichteten Bittschriften enthalten seien.

Alle diese Dokumente jedoch müssen nach heutigem Stand der Ermittlungen als verloren gelten. Jedenfalls blieb die Autorin weitgehend auf den Faktenfundus ihres Gedächtnisses angewiesen; weil die wichtigsten Bibliotheken Londons Bestände wegen Luftgefahr ausgelagert oder bombensicher verwahrt hatten, war auch der Rückgriff auf deutsche Tageszeitungen nahezu völlig unterbunden ... wahrlich keine günstigen Voraussetzungen für ein verläßliches Erinnerungsbuch. Dennoch hat Frau Geißmar das kaum Glaubliche fertiggebracht: Ihr Werk ist faktensicherer als das einiger späterer Autoren, die nach ihr zitiert haben.

Andererseits konnte sie nicht aus ihrer aufgezwungenen Rolle schlüpfen; in den Jahren 1943 und 1944 und selbst unter den Bedingungen britischer Toleranz waren den Möglichkeiten, die Wahrheit zu sagen, wo es um Zustände im Feindstaat Hitler-Deutschland ging, enge Grenzen gesetzt. Immer noch galt sie ihrem Paß nach als »feindliche Ausländerin«. Daher mußte sie auch den leisesten Anschein vermeiden, sie sähe etwas positiv, das als Typisches der NS-Musikpolitik mißverstanden werden konnte. Schließlich war sie Emigrantin und hatte sich englischen Verhältnissen und Wertvorstellungen anzupassen; also durfte sie lediglich eine reduzierte Objektivität herzeigen. Dr. Hürlimann, der bedeutende Künstlerpersönlichkeiten, so Furtwängler und Richard Strauss, verlegerisch betreute, hat in einigen Fällen für so etwas wie eine »Entschärfung« allzu pointierter Bewertungen plädiert. Dies war nicht nur Verlegerinteresse, sondern auch Einsicht in die Tatsache, daß es Bereiche des Stoffs gab, für die seine Autorin nicht mehr als unmittelbare Augenzeugin eintreten konnte. Eine eklatante Fehleinschätzung, wie diese über die Situation im Frühjahr 1935, wurde weggekürzt:

Nichts konnte schlauer sein, als Furtwängler kaltzustellen, nichts war falscher als sein dauerndes Drängen. Das einzig Richtige für ihn wäre gewesen, sich ganz passiv zu verhalten und sie zu ignorieren. Sogar wenn das bedeutet hätte, daß er seine Auslandsgastspiele eine Zeitlang nicht würde durchführen können, hätte er alle Verantwortung dafür den Nazis überlassen sollen. Dann wäre das moralische Recht auf seiner Seite geblieben, und er wäre in der stärkeren Position gewesen. Zu dieser überlegenen Haltung fehlten ihm die Nerven, und so spielte er ihnen in die Hände, gab sich durch sein Verhalten in ihre Macht. Dies ist heute leichter gesagt als damals erkannt.

Hier fehlten einfach die Fakten ... Tatsachen von der Art, die Jahrzehnte brauchen, ehe sie ans Licht kommen. An anderer Stelle gilt eben dies für Dr. Hürlimann, nämlich angesichts eines zur Streichung empfohlenen Satzes über den holländischen Dirigenten Willem Mengelberg:

Damals tat er alles, um mir zu helfen - später scheint er allerdings mit der Macht, die seine Heimat besetzte, gemeinsame Sache gemacht zu haben.

In der Tat verlor Mengelberg wegen offensichtlicher Kollaboration 1945 seine Stellung, und die Königin aberkannte ihm die »Goldene Medaille für Kunst und Wissenschaft«. Recht naiv im Licht der heute verfügbaren Information mutet auch Hürlimanns Verteidigung von Richard Strauss nach Kenntnis der englischen Originalausgabe an, die sein Brief vom 8. September 1944 in englischer Sprache an »Miss Dr. B. Geißmar« vorbrachte:

Andererseits tut es mir leid, daß Sie Richard Strauss mit so einer ausgesprochenen Antipathie behandeln, so daß man den Eindruck bekommt, Sie wollten sein Renomme mit Absicht so sehr wie möglich und auf eine Art verletzen, die nicht zu dem übrigen Buch paßt. Ich verteidige nicht Straussens Charakter. (...) Aber er ist doch, wie auch Willi kürzlich sagte, trotz allem der größte Musiker unserer Zeit, und ich meine, er hat so viel wunderbare Musik geschrieben (was er ohne seine Art von Egoismus vielleicht nicht getan hätte), daß er auf wenigstens die gleiche Duldsamkeit Anspruch hat, die so bereitwillig anderen, weniger würdigen Personen entgegengebracht wird.*

Solche - damals begreiflichen - Rücksichten schwanden inzwischen mit fortschreitender Aufarbeitung der Musikgeschichte des NS-Staates, und was Strauss betrifft, liegt endlich, vierzig Jahre später, die verläßliche und endgültige Studie

* Willi Schuh, langjährig mit dem Atlantis Verlag verbundener Musikschriftsteller und Strauss-Spezialist

über seine kulturpolitische Existenz vor, nämlich Gerhard Splitts »Richard Strauss, 1933-1935« (Diss. masch., Freiburg/Br. 1985), der auch die Autorin Geißmar nichts hätte hinzufügen können. Weil eben das heutige Geschichtsbewußtsein intensiver sich realisiert, fraglos mit Hilfe des relativierenden Zeitabstands, nicht zuletzt aber wegen der Verfügbarkeit des herübergeretteten Teils der Akten aus NS-Provenienz, schien es geraten, zwar den Text der 3. Auflage komplett zu übernehmen, jedoch durch Anmerkungen anzureichern, die ergänzen oder berichtigen und, wo nötig, die situationsgebundene Interessenlage der Memoirenschreiberin offenbar machen, die darüber hinaus aber auch den aktuellen Informationsstand an die Leser weitergeben.

Dieses Verfahren maßt sich nicht an, das bedeutende Werk von Furtwänglers und Beechams Mitarbeiterin zu »verbessern«; schließlich existierten für sie Zwänge in bestimmten Richtungen. Doch scheint es nützlich, solche Zwänge bewußt zu machen und ihnen - so weit sie auch heute noch nicht beseitigt sind und die Freiheit des Autors und des Verlegers weiterhin beeinträchtigen - um der historischen Faktizität willen entgegenzutreten.

Diersheim und Villa Guarniero, Loc. Poggetti, Fauglia (PI)

Juli 1985 — Fred K. Prieberg

Die Zeit vor Hitler

Das Elternhaus in Mannheim — Die Vieuxtemps-Stradivarius — Philosophiestudium bei Windelband in Heidelberg

Städte von bestimmtem Charakter pflegen ihren Einwohnern einen besonderen Stempel aufzudrücken. Meine Vaterstadt Mannheim war eine solche Stadt, und seit dem Regime des kunstliebenden Fürsten Karl Theodor von der Pfalz, um die Mitte des achtzehnten Jahrhunderts, waren die Mannheimer bekannt für ihre Liebe zur Musik und zum Theater.

Die große Tradition der Stadt blieb immer lebendig und war von entscheidendem Einfluß auf manchen berühmten Mann. Der junge Goethe bewunderte ihre Kunstschätze und Sammlungen, für Mozart bedeutete sein Mannheimer Aufenthalt einen Wendepunkt in seiner Entwicklung. Charles Burney schrieb im Jahre 1773 in Anerkennung des kurfürstlichen Orchesters: »... in der Tat, es sind darin mehr Solisten und gute Komponisten als in irgend einem andern Orchester Europas, es ist eine Armee von Generälen, die ebenso geeignet sind, eine Schlacht zu planen als sie zu schlagen.«

Meine Mutter entstammte einer der alten patriarchalischen Familien, die seit über zweihundert Jahren ihren Wohnsitz in Mannheim hatten. Mein Großvater väterlicherseits war ein bekannter Anwalt, und mein Vater wurde sein Partner. Ihr Büro lag am Schillerplatz, gegenüber dem im Jahre 1777 gegründeten Nationaltheater, in dem am 13. Januar 1782 die Uraufführung von Schillers Räubern stattfand. Mein Vater war ein glänzender Verteidiger und hatte eine große Praxis, aber außerhalb seines Büros durfte sein Beruf mit keinem Wort erwähnt werden. Er war ungewöhnlich musikalisch und spielte Geige und Bratsche mit einer Vollendung, die weit über das Maß des Dilettantismus hinausging. Solange er lebte, musizierte sein Quartett regelmäßig jede Woche mindestens einmal in unserem Hause. Von frühester Kindheit an saß ich dabei, und so wurde ich allmählich mit der ganzen Kammermusik vertraut.

Zu jener Zeit bestanden überall in Deutschland unzählige Konzertvereinigungen, die zum Teil auf eine jahrhundertealte Tradition zurückblicken konnten. Sie wurden fast alle von begeisterten Musikliebhabern geleitet. Seine tiefe Neigung zur Kammermusik hatte auch meinen Vater veranlaßt, einen Konzert-Verein zu gründen. Mit einigen Freunden garantierte er das Geld für vier Kammermusikkonzerte in jedem Winter, zu denen berühmte Quartette eingeladen wurden. Die Künstler wohnten meistens bei uns, und oft hielten sie ihre Proben in unserm Haus ab. Es gab für mich kein größeres Glück, als in diesen Konzerten neben meinem Vater zu sitzen und seine Partitur mitzulesen. Obwohl er sehr intensiv zuhörte, unterließ er nie, mich auf besonders klangschöne Stellen aufmerksam zu machen. Nach den Konzerten kamen die Künstler und andere Freunde meist bei uns zusammen. Ein Elternhaus solcher Art gibt etwas mit auf den Lebensweg, das stark und unabhängig macht, eine Art Schutz gegen alles, was einen von außen bedrängen mag, etwas, das einem niemand rauben kann.

Viele berühmte Musiker kehrten während meiner Jugend bei meinen Eltern ein. Musik bildete den Mittelpunkt, um den sich unser Leben drehte, und so wuchs ich in der Verehrung der großen Meister und ihrer Werke auf.

Zur Zeit als die Kompositionen von Brahms, besonders seine Kammermusikwerke, bekannter wurden, bildete sich in Mannheim eine große Brahmsgemeinde. Wurde in der näheren Umgebung ein neues seiner Werke aufgeführt, so strömten die Mannheimer dorthin, um es zu hören. Einmal wurde meine Mutter nach Karlsruhe mitgenommen, um die dortige Erstaufführung der 3. Symphonie von Brahms unter Leitung von Felix Mottl zu hören, nachdem die Uraufführung im Dezember 1883 unter Hans Richter in Wien stattgefunden hatte. Wie bekannt, war Mottl ein Wagnerianer, ein Bayreuther, was in jenen Tagen automatisch bedeutete, daß er gegen Brahms eingestellt war. Wir, die heute Brahms und Wagner unabhängig voneinander verehren, mögen folgende Geschichte, die meine Mutter mir erzählte, für kaum glaublich halten. Nach dem Konzert in Karlsruhe kam Mottl ganz atemlos ins Künstlerzimmer und rief aus: »Gott sei Dank, den haben wir durchfallen lassen!« Durch Verzerrung der Brahmsschen Tempi hatte er das Werk mit Absicht um seine Wirkung gebracht.

Brahms selbst war kein guter Interpret seiner Musik. Als er in dem historischen Rokokosaal des Mannheimer Theaters sein B-dur-Konzert spielte, griffen seine plumpen Finger oft daneben. Doch konnte das nicht den tiefen Eindruck trüben, den sein Spiel auf die Zuhörer machte.

Obwohl meine Familie von Anfang zu den leidenschaftlichen Brahmsianern gehörte, war sie keineswegs wagnerfeindlich. Meine Mutter wurde als ganz junges Mädchen mit nach Bayreuth genommen — was damals eine umständliche und langwierige Reise bedeutete. Das Bayreuth von 1889 war sehr verschieden von dem, das ich später kennenlernen sollte. Mottl dirigierte den »Tristan«, Richter die »Meistersinger«. Der »Parsifal«, mit dem unvergleichlichen Van Dyck in der Titelrolle, stand unter Levis Leitung. Aus der ganzen Welt strömten die Zuhörer zum Festspielhügel. Gekrönte Häupter und viele Musiker fand man unter den Gästen. Nach den Aufführungen traf sich alles im Festspielrestaurant, und jeder der Mitwirkenden wurde bei seinem Eintritt vom Publikum enthusiastisch begrüßt.

Mein Vater war ein so leidenschaftlicher Musikliebhaber, daß er sogar in seinem Büro eine Geige hatte, auf der er in freien Augenblicken spielte. Er war ein Kenner von Streichinstrumenten, und sein Urteil wurde so anerkannt, daß von ganz Deutschland, manchmal sogar vom Ausland Leute kamen, um ihn zu konsultieren. Er führte eine ausgedehnte Korrespondenz über alte Geigen, und ich nahm an diesen Fragen so lebhaften Anteil, daß ich selbst allmählich ganz gut auf diesem Gebiet Bescheid wußte. Immer war eine Anzahl von »wandernden« Instrumenten in unserm Haus, und immer besaß mein Vater die genügende Anzahl für sein eigenes Streichquartett. Im Jahre 1900 sollte sich sein höchster

Wunsch als Sammler erfüllen: Die »Vieuxtemps Stradivarius" wurde ihm angeboten. Mein Vater konsultierte Joseph Joachim über dieses Meisterwerk des großen Cremoneser Geigenbauers. Joachim kannte natürlich das berühmte Instrument und sandte meinem Vater eine launige Postkarte mit den Worten: »Diese Antonio ist nicht von Pappe.« Dies entschied den Fall, und mein Vater erwarb die Vieuxtemps. Einige Jahre später spielte das Joachim-Quartett in Mannheim. Joachim sah sich die Stradivari an, beanstandete aber, daß unter dem Steg zu viel Kolophonium sei. Mein Vater wollte dies mit einem seidenen Tuch entfernen, aber Joachim erklärte: »Ich mache das nie so, ich spucke einfach drauf, das ist die beste Methode, den Glanz des Lackes zu erhalten.« Von da an reinigten wir unsere Instrumente nur noch nach dem Rat des großen Geigers.

Antonio Stradivarius hatte diese Violine im Jahre 1710, das in seine Glanzzeit fällt, gebaut. Das Instrument war immer in sorgsamen Händen und ist daher sehr gut erhalten. Es ist bekannt für seinen orange-goldenen Farbton, welcher den meisten Stradivari dieser Periode eigen ist, und der an den der schönsten Rembrandts erinnert. Das Instrument ist bekannt als »Die Vieuxtemps«, weil es im Besitz des großen Virtuosen Henri Vieuxtemps war. Alfred Hill[1], der hervorragende englische Kenner, sagte mir, daß seiner Meinung nach diese Stradivarius eine der allerschönsten sei, die existieren.

Nachdem mein Vater diese Geige erworben hatte, ließ sein Sammeleifer langsam nach. Das edle Instrument war das Glück seines Lebens, und er trennte sich fast nie von ihm. Nach seinem Tode haben wir es behalten. Trotz aller verlockenden Angebote wäre es das Letzte gewesen, von dem meine Mutter und ich uns getrennt hätten. Als ich Hitler-Deutschland unter Umständen verließ, auf die ich später zurückkomme, nahm ich meine Stradivarius unter den Arm (die damaligen Gesetze enthielten noch kein Ausfuhrverbot für Instrumente) — sie war für mich das Symbol für alles, was ich geliebt hatte und was ich nun hinter mir lassen mußte. Ich brachte sie nach London, wo die Firma Hill and Sons sie in Verwahrung nahm, während ich in Amerika war. Als ich nach

England zurückkehrte, behielt ich sie eine Zeitlang bei mir. Gelegentlich spielte sie der Konzertmeister des London Philharmonic Orchestra in Konzerten von Sir Thomas Beecham, der ihren silbrigen Ton besonders in Mozarts Symphonien liebte. Bei Kriegsausbruch nahmen Hill and Sons sie wieder in Verwahrung. Sie entfernten sie während des »Blitzes«[2] aus der Gefahrenzone und brachten sie von einem geheimnisvollen Platz zum anderen. »Machen Sie sich nur keine Sorgen«, sagte der ehrwürdige Chef der weltbekannten Bond-Street-Firma, »Ihre Geige befindet sich in bester Gesellschaft« Und er erzählte mir, welche andern berühmten Instrumente mit meiner Vieuxtemps in Sicherheit gebracht worden waren. Diese Namen würden das Herz eines jeden Geigenliebhabers höher schlagen lassen — aber ich darf sie nicht nennen. Es gehört zu den Gepflogenheiten der Firma, nicht über die Instrumente, die sie an der Hand hat, zu reden. Einen merkwürdigen Zufall möchte ich aber doch hier erwähnen, nämlich daß die »Vieuxtemps Guarnerius« für eine Weile am selben Platz geborgen war wie die »Vieuxtemps Stradivarius«. So hatten sich die beiden Geigen, auf denen Vieuxtemps abwechselnd zu spielen gewohnt war, wieder zusammengefunden.

Zwischen meinem Vater und mir bestand ein besonderes Vertrauensverhältnis. Von ihm habe ich auch die Liebe zur Philosophie geerbt. Es wäre ihm zwar lieber gewesen, wenn ich mich ausschließlich der Musik gewidmet hätte, und er war mit meiner Absicht, auf die Universität zu gehen, nicht ganz einverstanden. Doch 1910 durfte ich mich in Heidelberg als Studentin der Philosophie immatrikulieren.

Ich war damals die einzige Frau an der Universität, die Philosophie als Hauptfach hatte. Es war in jener Zeit wunderbar für einen jungen und enthusiastischen Studenten, in Heidelberg zu leben. Mein Lehrer, der damals schon hochbetagte Philosoph Wilhelm Windelband, wurde sehr verehrt. Die berühmten Professoren, die damals in Heidelberg wirkten, wurden von den Studenten fast wie Götter angesehen, und wir saßen hingerissen zu ihren Füßen, mit einer Begeisterung, die das ganze Leben in diesen Studienjahren beschwingte. Mein Vater, immer bedacht, daß ich meine Geige nicht vernachlässige, wählte die Vorlesungen sorgfältig für mich aus — nicht zu viele —, und ich konzentrierte mich zuerst auf griechische Philosophie. Daneben studierte ich Psychologie, Kunstgeschichte und Archäologie.

Im Laufe meiner Studienzeit wurde ich nach England geschickt. Meine Eltern fürchteten, daß ich mich sonst zu sehr zu einem Blaustrumpf entwickeln würde. Diese Gefahr bestand allerdings, denn ich steckte bis über die Ohren in der Philosophie und hatte überhaupt kein Interesse für die Außenwelt. Ich wurde also in einer englischen Familie in Harrow als »paying guest« einquartiert und begann von da aus »die Welt« zu erkunden. England, das ich von Anfang an liebte, lehrte mich eine neue Einstellung zum Leben. Die Unabhängigkeit und Unbekümmertheit des Engländers sind einem Deutschen fremd. Von Natur war ich schüchtern und leicht verlegen, aber viel davon habe ich in England verloren, wo ich zum erstenmal fühlte, was es heißt, in einem wirklich freien Land zu leben. Oft fuhr ich nach London, besuchte die Museen, stand Schlange, um einen »Pit«-Platz in den billigen hinteren Reihen der Theater zu ergattern. Ich sah so viele Shakespeare-Aufführungen wie möglich. Besonders haften blieb in meiner Erinnerung »Heinrich VIII.« in His Majesty's Theatre, wo das großartige Spiel von Beerbohm-Tree[3] als Kardinal Woolsey mich tief beeindruckte. Zum erstenmal sah ich ein Ballett — und was für ein wunderbares! Es war Pawlowa-Season im Palace Theatre, die berühmte Season, in der die Pawlowa von ihrem Partner Mordkin im Bacchanale von Glasunow fallen gelassen wurde und ihm darauf eine Ohrfeige gab. Viele Jahre später erzählte mir ein Mitglied der Londoner Philharmoniker, daß während der betreffenden Vorstellung die Eifersucht zwischen den Tänzern ihren Höhepunkt erreicht hatte. Die Begeisterung der Frauen, die sich ganz närrisch gebärdeten und ihren Liebling Mordkin[4] nach jeder Nummer vor den Vorhang riefen, reizte die Wut der sonst so gefeierten Pawlowa.

Der Krieg 1914/18 — Furtwängler als Nachfolger Bodanzkys in Mannheim — Furtwänglers Vater — Seine Persönlichkeit — Seine Berufung nach Berlin — Meine Doktorpromotion in Frankfurt a. M. — Sommerferien im Engadin

Die nächsten drei Jahre vergingen mit Universitätsstudium und Musik. Als 1914 der Krieg ausbrach, wurde das Leben schnell umgestellt. Meine Mutter arbeitete in einem großen Lazarett, und ich tat das meinige im Hospital der Firma Heinrich Lanz in Mannheim. Meine Sorge für die mir anvertrauten Patienten ging so weit, daß ich für meine bayrischen Kanoniere sogar Bier hereinschmuggelte und in ihren Stulpenstiefeln versteckte. Die armen Kerle, riesige Männer, waren mit der normalen Bierration keineswegs zufrieden. Ich kann von Glück sagen, daß ich nicht erwischt wurde.

Viele meiner Studienkollegen wurden sofort eingezogen — wenige von ihnen sah ich wieder. Ein kleiner Kreis blieb übrig, und obwohl ich nicht oft nach Heidelberg fahren konnte, nahm ich an einem philosophischen Seminar teil, das Windelband in seinem Haus abhielt. Wir waren nur zu acht. Im ersten Kriegswinter las er mit uns Kants »Prolegomena« und im zweiten »Die Kritik der reinen Vernunft«. Es waren unvergeßliche Stunden. Der erste Weltkrieg war in keiner Weise, was man einen »totalen Krieg« nennt, und während der vier Kriegsjahre wurde das geistige und künstlerische Leben in Deutschland in vollem Maße aufrechterhalten.[5] Die verantwortlichen Stellen trugen Sorge, daß Männer, die für Oper, Schauspiel und Konzerte oder andere Gebiete des öffentlichen Lebens unentbehrlich waren, vom Kriegsdienst befreit wurden. Vielleicht genoß man ein gutes Theaterstück oder eine Oper noch mehr als in normalen Zeiten. Die Menschen kamen in zwangloser Weise zusammen, mehr als je spielten wir zu Hause Quartett.

Als Bodanzky nach dem ersten Kriegsjahr an die Metropolitan Opera nach New York verpflichtet wurde, gab es in Mannheim natürlich eine große Diskussion um die Frage seines Nachfolgers als Hofkapellmeister. Eine Wahl im Sinne der musikalischen Tradition der Stadt war nicht leicht, um so mehr als durch den Krieg gewisse Grenzen gezogen waren. Alle Theater- und Konzertfragen wurden damals in unserer Stadt von der »Theater-Kommission« entschieden. Unter den Bewerbern wurde eine engere Wahl getroffen, und ein kleines Komitee, begleitet von Bodanzky, fuhr nach Lübeck, um sich einen der Kandidaten anzuhören. Der junge Dirigent war kaum achtundzwanzig Jahre alt. Er dirigierte »Fidelio«, und während er selbst glaubte, daß seine Leistung weit von dem entfernt war, was man vom zukünftigen Mannheimer Hofkapellmeister erwartete, war er bereits einstimmig gewählt worden. Es war Wilhelm Furtwängler.

Er trat seine Stellung in Mannheim im September 1915 an, als erster Dirigent der Oper und Leiter der Musikalischen Akademien, der traditionsreichen Konzerte der Stadt, die seit 1779 bestanden. Die Mannheimer hatten die Angewohnheit, ihren Hofkapellmeister als eine Art Halbgott zu betrachten. Er war ein allgemeiner Besitz, und was er sagte und tat war das Gespräch des Tages. Für Furtwängler war diese Popularität etwas peinlich, denn er war von übergroßer Schüchternheit und versteckte sich daher im Anfang nur zu gern hinter dem Rücken von Oscar Grohé, dem intimen Freund von Hugo Wolf, der als Mitglied der Theater-Kommission sehr geeignet war, den Neuling unter seine Fittiche zu nehmen.

Furtwänglers erste Aufführung war »Der Freischütz«. Er dirigierte sie noch in Anwesenheit seines Vorgängers, der mit meiner Mutter in der Mittelloge des Theaters saß. Diese erste Leistung war vielversprechend, und vollends sein erstes Konzert, mit der c-moll-Symphonie von Brahms, gab den Mannheimern das beruhigende Gefühl, daß der neue Mann, dem ihr Musikleben anvertraut war, trotz seiner Jugend imstande sein würde, den Ruhm und die alte Kunsttradition der Stadt würdig fortzuführen.

Eines Nachmittags klingelte es an unserer Haustüre. Meine Mutter rief dem Mädchen zu: »Ich bin nicht zu Hause!« Es war aber schon zu spät. Ein hochaufgeschossener junger Mann mit einem ungewöhnlich langen Hals, mit großem schwarzem Hut und Lodencape stand in der Diele — Wilhelm Furtwängler. Dies war keineswegs sein erster Besuch in meinem Elternhaus. Seine Großmutter hatte in Mannheim gelebt, und unsere beiden Familien kannten sich seit Jahren. Als kleiner Junge kam er oft auf Ferienbesuch zu seiner Großmutter. Schon in früher Jugend versuchte er sich im Komponieren, und meine Mutter erzählte mir, daß mein Vater mit seinen Freunden das erste Quartett spielte, das der damals Fünfzehnjährige geschrieben hatte. Die Stimmen waren kaum zu lesen, und der halbwüchsige Furtwängler, mit einem Kopf voll goldener Locken, rannte von einem Pult zum andern, um zu erklären, was er meinte. Nun war aus dem Jungen ein Mann geworden, und die alte Freundschaft wurde erneuert.

Das Anziehendste an Furtwänglers feinem Künstlerkopf mit der edlen hohen Stirn waren seine Augen. Groß, tiefblau und ausdrucksvoll, hatten sie oft etwas Visionäres. Sie waren meist leicht verschleiert und halb geschlossen, wenn er dirigierte oder Klavier spielte, aber sie konnten auch groß aufgerissen sein und eine ungewöhnliche Vitalität ausstrahlen, wenn er diskutierte oder an einer ihn interessierenden Unterhaltung teilnahm. Manchmal, wenn er in weicher und glücklicher Stimmung war, nahmen sie einen strahlenden und zärtlichen Ausdruck an.

Furtwängler war ein komplizierter Charakter. Er hatte eine logische und eindringliche Art zu denken, und seine geistige Überlegenheit machte sich schnell im Gespräch geltend. Anderseits war er schüchtern bis zur Überempfindsamkeit. Selbst als er schon im öffentlichen Leben stand, blieb er menschenscheu. Manchmal schien es, als ob er sich nur in Gesellschaft seines riesigen Hundes »Lord« wohl fühlte, der ihm auf Schritt und Tritt folgte und sogar während der Proben nicht aus seinem Zimmer im Theater wich, so daß niemand den Raum ungefährdet betreten konnte.

Niemals ist er ein »homme du monde« geworden, aber er hat neben seinem musikalischen Genie viele andere Gaben für das Leben mitbekommen. Er hatte eine sehr sorgfältige Erziehung genossen. Seine beiden Eltern entstammten

Gelehrtenfamilien, in denen Musik eifrig gepflegt wurde. Von ihnen hat er die Liebe zum Schönen und zur bildenden Kunst geerbt. Seine Mutter war eine begabte Malerin, die sehr reizvolle Bilder von ihren vier Kindern gemalt hat. Sein Vater, der bekannte Archäologe Adolf Furtwängler, war eine Autorität auf dem Gebiet griechischer Vasen und Münzen. Er war Direktor der Münchner Glyptothek und Professor an der Universität München und wurde von seinen Studenten nicht minder geliebt als von seinen Kindern, deren ältestes Wilhelm war. Die Reisen, die Vater und Sohn in Furtwänglers Jugend nach Italien und Griechenland unternahmen, erschlossen dem Jüngling die Welt der Antike und der Renaissance, die ihm sein ganzes Leben hindurch so viel bedeutete. Später, auf unseren Reisen, galt wenn möglich sein erster Besuch in jeder Stadt dem Museum. Bei unserm ersten Aufenthalt in London sahen wir die Parthenon-Skulpturen und die unvergleichliche Vasensammlung im Britischen Museum, die für ihn einen Teil der Welt, in der er aufgewachsen war, bedeutete.

Furtwänglers Vater war einer der ersten Deutschen, die dem Skisport huldigten. Er nahm seine Söhne schon als kleine Jungen mit auf Touren in die Bayrischen Alpen. Wilhelm wurde ein vorzüglicher Skiläufer[6], und noch heute ergreift er jede Gelegenheit, im Winter einen Urlaub im Schnee zu verbringen. Er war überhaupt ein guter Sportler. Er spielte gut Tennis, schwamm und segelte. Tanneck, das Landhaus der Familie, lag am schönen Tegernsee und war ein Paradies für die heranwachsenden Kinder. Furtwängler war auch ein guter Reiter, aber als Autofahrer war er gelegentlich zu temperamentvoll. Er konnte nicht vertragen, daß sich irgendein Gefährt vor ihm auf der Landstraße befand, und seine Leidenschaft, alles zu überholen, brachte ihn gelegentlich in Konflikt mit den Behörden. Kaum war er im Besitz eines Führerscheins und eines schönen Daimler-Benz, als er Richard Strauss anbot, ihn nach dem Hotel Adlon, wo er wohnte, zu fahren. Es war nach einer Probe in der Staatsoper, und die beiden Musiker fuhren in tiefem Gespräch die Linden entlang und schnurstracks in einen nagelneuen weißen Wagen vor dem Hotel Bristol hinein, der völlig zertrümmert wurde.

Furtwängler und Strauss blieben unverletzt und kamen mit dem Schrecken davon, es erwuchsen ihnen aber nachher allerhand Ungelegenheiten aus diesem Unfall.

Seine Liebe zum Sport und zur körperlichen Ausbildung, die Furtwängler von seinem Vater ererbt hatte, ist ihm immer gut zustatten gekommen. Weit davon entfernt, ein Weichling zu sein, vergißt er nie, an seine Gesundheit zu denken. Ist der Tag auch noch so besetzt, so hält er doch streng seine zwei Spaziergänge ein, und selten geht er zu Bett, ohne ein Luftbad genommen zu haben. Wahrscheinlich verdankt er dieser Selbstdisziplin, daß er kaum je erkältet ist. Auch mit seiner Nahrung ist er vorsichtig. Er ist nahezu Vegetarier, raucht nicht und trinkt kaum. Besonders vor einer Aufführung nimmt er nur ganz leichte Kost, zwei Eier oder Reis, etwas Obst oder Kompott. Im Zwischenakt von langen Opern, wie »Götterdämmerung«, ißt er Butterbrote, Nüsse und Obst und trinkt sehr reichlich reinen Fruchtsaft.

Der schüchterne junge Mann im langen Cape, der damals in unser Haus geschneit kam, sollte für viele Jahre der Mittelpunkt meines Lebens werden. Zunächst zog mich seine Art zu musizieren an, es war eine Offenbarung für mich. Dabei rührte mich seine Bescheidenheit und Einfachheit. Ich war auch so beeindruckt von seiner umfassenden Bildung auf jedem Gebiet, daß ich mir ganz klein vorkam. Es dauerte lange, bis der Abstand, den mein Respekt zwischen uns aufgerichtet hatte, überwunden wurde. Und doch war Furtwängler immer die Natürlichkeit selber.

Eines Tages wurde aber meiner Befangenheit ein Ende bereitet. Wir hatten uns zufällig auf einer Gesellschaft bei einem Heidelberger Professor getroffen und gingen zusammen nach Hause. Es war Frühsommer. Als wir an die alte Neckarbrücke kamen, mit ihrem schönen Blick auf das Heidelberger Schloß, saß dort ein altes verhutzeltes Weiblein und verkaufte die ersten Kirschen. Furtwängler erstand eine Tüte voll und erklärte: »Jetzt wollen wir mal sehen, wer am weitesten spucken kann.« Da standen wir also und spuckten unsere Kirschensteine voller Vergnügen in den Neckar. Dieser Moment war es eigentlich, der unsere jahrelange

Freundschaft besiegelte. Erst später erfuhr ich, daß »um die Wette spucken« bei der ganzen Familie Furtwängler ein sehr beliebtes Spiel war, bei dem der Vater den Söhnen um nichts nachstand. Furtwängler selber betrachtete sich als Champion auf diesem Gebiet, und im Interesse unserer zukünftigen Freundschaft war es vielleicht ganz gut, daß er der Sieger war — an jenem heitern Tag, als wir Kirschen aus der gleichen Tüte aßen und über das Gemäuer der alten Neckarbrücke lehnten, während auf dem Fluß glückliche Studenten in ihren Booten sangen.

Furtwängler war in den Universitätskreisen zu Hause, und während der Sommermonate kam er von Mannheim oft nach Heidelberg herüber. Wir wanderten dann den Neckar entlang zur Stiftsmühle oder auf den Königsstuhl. Manchmal verbrachten wir auch den Abend mit einem der Professoren, dem »Geist von Heidelberg«, wie sie genannt wurden. Da war Ludwig Curtius, der bedeutende Archäologe und große Gelehrte, welcher Assistent von Furtwängler Senior und der Erzieher des Sohnes gewesen, da waren die Philosophen Rickert und Jaspers, der bekannte Soziologe Max Weber, und Friedrich Gundolf, der junge romantische Freund des Dichters Stefan George.

Bald verbanden uns gemeinsame Interessen. Wenn Furtwängler abends zu meinen Eltern zum Essen kam, richtete er es meistens ein, eine Stunde früher da zu sein und kam herauf zu mir in mein Sanktum. Dann unterhielten wir uns über meine Studien, über Bücher und Musik. Allmählich begann er, mit mir über seine eigene Arbeit und seine Pläne zu sprechen, und bald war ich auf bestem Wege, eine Art vertrauliche Sekretärin zu werden.[7]

Furtwängler verband einen klaren Geist mit fast übertriebener Weltfremdheit. Seine Sensitivität vertrieb ihn in jeder Gesellschaft in irgend einen Winkel, aber auf Frauen übte er eine große Anziehungskraft aus.

In seiner Arbeit war Furtwängler ein merkwürdiges Gemisch von künstlerischer Intuition und abwägendem Verstand. Diese beiden Eigenschaften sind seine ganze Entwicklung hindurch aufzuweisen. Sie schienen manchmal im Kampfe zu liegen, bis sie sich in seinen reiferen Jahren ausbalancierten. Von seiner Musik war er besessen und so auf sie konzentriert, daß alles andere notgedrungen in den Hintergrund trat. Sogar als er schon Dirigent der Berliner Philharmoniker war, pflegte er bei Beginn der Probe auf das Podium zu stürzen und sofort den Taktstock zu erheben, als ob er es nicht erwarten könne, zu beginnen. Ich entsinne mich, wie das Orchester sich darüber bei mir beklagte, daß er nicht einmal »Guten Morgen« sagte. Als ich vorsichtig versuchte, ihm das beizubringen, war er wie aus allen Wolken gefallen — aber von da an begann nie eine Probe ohne ein freundliches Wort seinerseits.

Von Anfang an stand Furtwängler in großem Ansehen bei den Orchestern, die er leitete. Niemals kam der leiseste Zweifel über sein ernstes und berufenes Musikertum auf; aber bis der Idealzustand erreicht war, bis er seine Aufgabe nicht nur von der musikalischen, sondern auch von der psychologischen Seite zu meistern imstande war, gab es verschiedene Stadien in seinem Verhältnis zum Orchester, welche typisch für das eines jeden Dirigenten zu seinen Musikern sind, sogar wenn die Autorität des Kapellmeisters nicht von einem weltberühmten Namen unterstützt wird. In seinen Entwicklungsjahren hatte Furtwängler oft zu kämpfen mit dem Konflikt zwischen Technik und künstlerischer Vision. Er war ein Mann von schonungsloser Selbstkritik, der seine Schwächen kannte und sie zu überwinden trachtete. In solchen Momenten der Unsicherheit dirigierte er manchmal unruhig und nervös, und dann war es nicht leicht für das Orchester, ihm zu folgen. Unzweideutig[8] waren von Anfang an die ausdrucksvollen Bewegungen seiner wunderbaren Hände, welche die Musik auf eine unsichtbare Leinwand zu malen oder aus einer unsichtbaren Masse zu modellieren schienen. Aber sonst gestikulierte er nach allen Richtungen, schüttelte dauernd den Kopf, ging auf dem Podium herum, schnitt Grimassen, wenn »etwas vorkam«, stampfte, sang, schrie und spuckte sogar, so daß es ein bekannter Witz unter den Musikern war, daß die ersten Pulte bei Furtwängler mit einem Regenschirm bewaffnet werden müßten. Durch gelegentliche

Unklarheit seiner Bewegungen entstanden hin und wieder Schwierigkeiten mit den Musikern, die sich darüber beklagten, daß sie seine Zeichengebung nicht verstünden — und dies grämte ihn sehr.

Aber nach und nach meisterte er die Situation. Er sah ein, daß er sein Augenmerk auf zwei gleich wichtige Dinge richten müsse: seine Technik einerseits und sein Verhältnis zum Orchester als dem Medium und verstehenden Freund anderseits. Er war sich wohl bewußt, daß es nichts Empfindlicheres und Feinfühligeres, aber auch nichts Klarersehendes und Schonungsloseres gibt, als ein Orchester. Nur mit großer Einfühlungsgabe, mit feinstem Takt, mit unbeirrbarer Geschicklichkeit, Stimmungen zu handhaben, mit Güte, aber auch mit unbestrittener Autorität war es zu meistern. Im Laufe der Zeit ergab sich das alles. Seine Orchester vergötterten ihn, obwohl er oft das Unmögliche verlangte und selten ein Wort des Lobes oder des Dankes hatte. Aber seine Musiker wußten allmählich, daß ein ermunterndes Nicken von ihm während der Aufführung, halb in Trance, eine größere Anerkennung bedeutete als ein gesprochenes Wort des Lobes.

Furtwängler war ein ausgezeichneter Klavierspieler. Sein samtweicher Anschlag wurde von manchem Pianisten beneidet, und es war ein großes Erlebnis, ihn eine der Beethoven-Sonaten, die Mondschein- oder die Hammerklaviersonate, spielen zu hören. Sogar am Klavier hatte er die seltsame Gabe, die Musik in einer monumentalen und plastischen Art zum Leben zu erwecken. Er kannte die gesamte Klavier- und Kammermusik, und durch ihn gingen mir die letzten Beethoven-Quartette in ihrer ganzen Größe auf. Er spielte sie wunderbar auf dem Klavier, gleichzeitig eruptiv und durchsichtig klar. Nie werde ich vergessen, wie er mir einmal die Neunte von Anfang bis zu Ende am Klavier vordemonstrierte und mir etwas von dem wahren Sinn und der inneren Bedeutung dieses Meisterwerkes aufschloß.

Bald wurde das Mannheimer Theater der Mittelpunkt meiner Interessen. In der gleichen Loge, die meine Familie seit der Zeit meiner Urgroßeltern innehatte, hörte ich zum erstenmal die großen Werke der Opernliteratur. So oft wie irgend möglich wohnte ich Furtwänglers Proben bei, und mein Leben, an sich schon reich und voller Abwechslung, wurde verschönt durch seine Freundschaft.

Doch es waren ernste Zeiten, und trotz unseres erfüllten Daseins lastete der Krieg schwer auf uns allen. Auch mein persönliches Leben war voller Sorge. Mein Vater zeigte Anzeichen einer schweren Krankheit, von der er nicht mehr genesen sollte. Er starb im Juli 1918, ehe sich das Schicksal[9] gegen Deutschland entschieden hatte. Eine sehr glückliche Ehe hatte meine Eltern verbunden; mein Verhältnis zu meinem Vater war ein sehr inniges gewesen. Mutter und ich hatten das Gefühl, daß unser Leben nun vorbei sei, und wir zogen uns in die Abgeschiedenheit des Schwarzwaldes zurück.

Als mein Vater starb, war Furtwängler auf Urlaub. Ich war zwar seiner Freundschaft gewiß, aber ich war stets der Meinung, daß sein Interesse an unserm Haus sich auf die Person meines Vaters konzentrierte, und so wußte ich nicht, ob mit meines Vaters Tod nicht auch unsere Beziehung sich ändern würde. Aber eines Tages schrieb er mir, er sei in Mannheim zurück und wollte allerhand mit mir besprechen. Ob ich nicht kommen könnte? Ich ging. Wir trafen uns in unserm Haus, das so tot und leer und seines lebendigen Geistes beraubt schien. An jenem Abend stellte mich Furtwängler auf meine eigenen Füße. »Ich weiß«, sagte er, »daß Sie ein tapferer Mensch und dem Leben in jeder Form gewachsen sind.« Sein Zuspruch flößte mir Mut ein und gab mir das Selbstvertrauen wieder, das ich gänzlich verloren hatte.

Immer häufiger besprach er mit mir die Dinge, die ihn gerade bewegten, und zog mich so mehr und mehr in sein Leben hinein. Ich fühlte, daß ich benötigt wurde, und das war es, wonach mich stets mehr als nach irgend etwas anderem gesehnt hatte.

Bald sollte eine weitere Aufgabe an mich herantreten. Mein Vater war die Seele seines Konzertvereins gewesen. Wer sollte ihn ersetzen? Es wurde der Vorschlag gemacht, mir seinen Platz im Vorstand einzuräumen. Ich zögerte natürlich,[10] es war damals noch nicht Sitte, daß Frauen in Komitees dieser

Art saßen. Wieder war es Furtwängler, der mich ermutigte. Er erklärte, daß ich der einzig richtige Nachfolger für meinen Vater sei, ohne zu ahnen, daß die Kenntnisse und Erfahrungen, die ich mir dadurch erwarb, ihm eines Tages zugute kommen sollten.

Inzwischen war der schicksalsschwere Monat November 1918 herangekommen und damit der Waffenstillstand. Die Entspannung war so groß, daß nur wenige sich klar machten, was die Waffenstillstandsbedingungen für Deutschland bedeuteten.

Als Furtwängler nach Mannheim kam, stand seine hervorragende Begabung außer Zweifel, aber noch fehlte ihm die Erfahrung, und er war sich dessen vollkommen bewußt. Dennoch war schon damals jede einzelne seiner Aufführungen ungewöhnlich, und so war es kein Wunder, daß er immer mehr zu Gastspielen eingeladen wurde. Indessen — ganz im Gegensatz zu andern jungen Dirigenten, die ich kannte — widerstand er allen diesen Verlockungen. Er hatte genug Selbstdisziplin, um abzuwarten, und war fest entschlossen, so lange wie möglich an seiner musikalischen Ausbildung zu arbeiten. Während den zwei letzten Jahren seiner Mannheimer Tätigkeit wurde es allerdings schwer für ihn, an diesem Entschluß festzuhalten.

Im ersten Jahr nach dem Krieg war alles Reisen in Mitteleuropa sehr erschwert, und es wollte scheinen, daß Willem Mengelberg, der damals neben seinen traditionellen Concertgebouw-Aufführungen auch die Frankfurter Museumskonzerte leitete, seine Frankfurter Tätigkeit nicht weiter würde ausüben können. Nichts war naheliegender als das Angebot an Furtwängler, die Leitung der Museumskonzerte mit seinen Mannheimer Verpflichtungen zu verbinden. Aber obwohl er gelegentlich als Gastdirigent nach Frankfurt fuhr, lehnte er den Antrag ab, weil er der Ansicht war, daß er neben der umfangreichen Mannheimer Arbeit keine weitere feste Verpflichtung übernehmen könne.

Weit schwerer als diese Ablehnung war für ihn, Wien gegenüber die richtige Entscheidung zu treffen. Er war im

Dezember 1918 als völlig unbekannter Dirigent nach Wien gekommen, um ein Konzert des dortigen Symphonieorchesters zu leiten. Am Tag nach dem Konzert, in dem er die 3. Symphonie von Brahms aufführte, wurde er vom Wiener Publikum und der Presse einstimmig als die bedeutendste und interessanteste Kapellmeistererscheinung der jüngeren Generation erklärt. Von diesem Augenblick an suchten die Wiener ihn für sich zu gewinnen, wann es nur möglich war, und seine erste Wiener Verpflichtung war eine Reihe von Konzerten mit dem Symphonieorchester, der sogenannte »Tonkünstlerzyklus«, dessen Leitung er 1919 übemahm. Er selbst war von Wien berauscht. Unter seinen Freunden dort waren Menschen, die Bruckner, Brahms und Mahler gekannt hatten, und er fühlte sich zu Hause in dieser Atmosphäre von Tradition und wirklichem Verständnis. Und doch hielt er an der Mannheimer Arbeit fest, die ihm allein die unumgänglich nötige Grundlage und Erfahrung für die Zukunft geben konnte. Zwar fuhr er von Zeit zu Zeit nach Wien, aber die wenigen Reisen, die er sich erlaubte, wurden immer schwieriger. Als er einmal inmitten einer solchen Fahrt wegen mangelnder Zugverbindung steckenblieb, schrieb er mir resigniert, er fürchte, seine Wiener Konzerte ganz an den Nagel hängen zu müssen.

Mittlerweile nahm seine Karriere einen meteorgleichen Aufstieg. Er hatte bereits einigemal in Berlin dirigiert, und ebenso wie die Wiener hatte er die Berliner im Sturm erobert. Als im Jahre 1920 Richard Strauss die Berliner Staatskapellenkonzerte aufgab und nach Wien übersiedelte, wurde Furtwängler zum Probedirigieren eingeladen. Schon in der Pause, bei der ersten Probe, wurde er vom Orchester einstimmig gewählt und für die Spielzeit 1920/21 verpflichtet. Dem stand nichts mehr im Wege, da sein Mannheimer Vertrag im Juli 1920 ablief.

Zu gleicher Zeit, als Furtwängler in Berlin seinen entscheidenden Erfolg hatte, lieferte ich meine Doktorarbeit ab: »Kunst und Wissenschaft als Mittel der Welterfassung.« Rickert, Nachfolger von Windelband und Dekan der philosophischen Fakultät Heidelberg, mit dem ich ausgezeichnet stand, wußte zwar, woran ich arbeitete, aber, wie es bei philosophischem Studium üblich ist, hatte ich außer dem Thema nichts über die Ausführung meiner Doktorarbeit besprochen und selbständig gearbeitet. Er lehnte die Dissertation als zu unabhängig ab und schlug mir vor, ein weiteres Jahr daran zu wenden und sie unter seiner Leitung umzuarbeiten. Ich war völlig vor den Kopf geschlagen. Nach allen Hindernissen, die sich immer wieder meinem Studium in den Weg gelegt hatten, dem Krieg, dem Tod meines Vaters, befürchtete ich, daß ich niemals meinen Doktor machen würde, und nach meiner Unterredung mit Rickert, der nahe der Alten Brücke wohnte, ging ich hinunter an den Neckar und ließ zunächst mal meinen Tränen freien Lauf. Bald fand ich aber meinen Mut wieder und auch einen Ausweg aus meinen Schwierigkeiten. Im damaligen Deutschland gab es ja verschiedene Schulen der Philosophie, und es bestand daher die Möglichkeit, daß ein Philosoph etwas ablehnen konnte, was einem andern gut und annehmbar erschien. Ich reichte daher meine Arbeit in Frankfurt ein. Sie wurde sofort angenommen, und ich machte mein Examen.

Meine Übersiedlung nach Frankfurt hatte noch andere Vorteile. Furtwängler hatte neben den Berliner Staatsopernkonzerten inzwischen auch die Leitung der Frankfurter Museumskonzerte übernommen und reiste regelmäßig hin und her zwischen Berlin, Frankfurt und Wien, wo er ebenfalls einige Verpflichtungen eingegangen war. Wenn er nach Frankfurt kam, hatte er immer viel mit mir zu besprechen. Im Januar 1921 schlug er mir vor, nach Berlin zu kommen. Dort wäre der Mittelpunkt des deutschen Musiklebens, dort fände sich für jeden ein Feld. Ich folgte seinem Ruf.

Die politische und wirtschaftliche Lage des Landes war ernst, aber Berlin war voll pulsierenden geistigen Lebens. Alte Freunde tauchten auf, und schnell fanden sich neue. Ich hörte viel Musik und ging natürlich in alle Konzerte der Staatsoper, die am Donnerstag im Opernhaus stattfanden. Diese Konzerte waren — wie z. B. auch die der Wiener Philharmoniker — eine eigene Angelegenheit des Orchesters, das gleichzeitig das Opernorchester war. Berühmte Dirigenten hatten an seiner

Spitze gestanden, Karl Muck, Felix Weingartner und von 1908 bis 1920 Richard Strauss. Trotzdem kaum je ein Billett im freien Handel zu haben war — alles war durch Abonnement belegt — war ich bald glückliche Besitzerin eines Platzes in einer der Logen über dem Orchester, wo Max Liebermann regelmäßig zu sitzen pflegte und unzählige Skizzen machte.

Im Sommer 1921 fuhren meine Mutter und ich zum erstenmal nach dem Krieg wieder in das Engadin. Meine Eltern und Großeltern hatten dort stets ihren Sommer verbracht. Der gleiche Kreis von Freunden fand sich in jenem herrlichen Tal alljährlich zusammen. Einer von ihnen war Simrock[11], der bekannte Brahms-Verleger, und Hanslick, Brahms' treuer Anhänger und Gegner Wagners, auf den die Figur des Beckmesser in den Meistersingern besonders gemünzt ist.

Furtwängler begleitete uns auf dieser Reise. Dieses eine Mal gönnte er sich einen dreiwöchigen Ferienaufenthalt ohne Arbeit. Wir unternahmen viele Touren, und er verfiel sofort dem Zauber der großartigen Hochgebirgslandschaft. Er war ein vorzüglicher Bergsteiger. Sein Vater hatte ihn von frühester Jugend dazu erzogen. Mit sicherem Schritt seiner langen Beine kletterte er auf die Berge, ohne die Wege zu benutzen. Oft nahmen wir unser Essen mit und verbrachten den Tag auf irgendeinem Gipfel. Manchmal aber machten wir auch richtige Gletscherbesteigungen durch Schnee und Eis. Auf diesen Touren ging es sehr methodisch zu. Schweigend und langsam machten wir den Aufstieg, erst oben wurde ausgeruht. Furtwängler lagerte sich auf seinen Rock und atmete tief die klare Luft, und hier, im Frieden dieser hehren Einsamkeit, mit der Kette der Schneeberge und ihrer Gletscher um uns, sprachen wir über unsere Ziele und Hoffnungen. Nach diesem ersten gemeinsamen Engadiner Aufenthalt verbrachten wir jeden Sommer im Engadin.

Einige Jahre später, 1924, erwarb Furtwängler sein eigenes Haus dort, auf einem schönen, einsamen Abhang zwischen Pontresina und St. Moritz. Haus »Acla Silva« war sehr behaglich. Es hatte zuvor einem Maler gehört, und das große Atelier ergab einen wunderbaren Musikraum. Frau

Furtwängler[12] mit ihrer skandinavischen Gastlichkeit zählte nie, wie viele sich an ihrem Tisch niederließen, oder wie viele irgendwie in einem Winkel des Hauses verstaut schliefen. Furtwängler, der viel arbeitete, blieb meist unsichtbar, aber bei den Mahlzeiten saß er immer am Kopf seines Tisches und widmete sich den Gästen, und der Faden angeregter Unterhaltung riß nie ab.

Übersiedelung nach Berlin — Die Nachfolge von Nikisch — Das Berliner Philharmonische Orchester unter Bülow, Strauss, Mahler und Nikisch —Louise Wolff — Als Sekretärin Furtwänglers auf Reisen — Bei Toscanini in Mailand

Im Herbst 1921 zog ich nach Berlin. Ich arbeitete für Furtwängler und war gleichzeitig im »Verband der konzertierenden Künstler Deutschlands« tätig. Der Verband, eine Art von Stelle zur Wahrung der persönlichen Interessen der Musiker, war von diesen selber gegründet worden. Rechtsberatung wurde den Mitgliedern gewährt, und eine Konzertabteilung war angegliedert, die weniger Vermittlungsgebühren verlangte als professionelle Agenten. Der Vorstand, in den ich bald gewählt wurde, war statutengemäß verpflichtet, ehrenamtlich zu arbeiten.

Inzwischen stieg Furtwänglers Beliebtheit in Wien mehr und mehr, und nach einer Aufführung des »Requiems« von Brahms wurde er im Dezember 1921 zum Dirigenten der ehrwürdigen, im Jahre 1812 gegründeten »Gesellschaft der Musikfreunde in Wien« ernannt. Er reiste viel, aber in diesen Tagen begleitete ich ihn nicht immer. Ich saß in Berlin und wachte über seine Interessen.

In jenem Winter 1921/22 war dies auch nötig. Das Berliner Musikleben stand in höchster Blüte, und ein ganzes Heer von großen Dirigenten war aufgeboten: Fritz Busch, Furtwängler,

Klemperer, Nikisch, Strauss, Bruno Walter, Weingartner und andere. Ich ging möglichst in jedes Konzert und schrieb lange Berichte[13] darüber an Furtwängler, wenn er abwesend war.

Die Berliner Staatskapelle, die Furtwängler damals leitete, war ein vorzügliches Orchester mit einer ruhmreichen Tradition. Jedoch ist ein Opernhaus nicht immer für Konzertzwecke geeignet, und obwohl Furtwängler das Orchester sehr hoch schätzte, war er doch nach den Konzerten oft deprimiert, weil ihn die akustischen Verhältnisse verhinderten, seine künstlerischen Absichten zu verwirklichen. Er sagte, daß ihn das Bewußtsein dieser Schwierigkeit schon im voraus lähme. Das Orchester saß auf der vorgeschobenen Bühne, und es war bei der gedämpften Akustik unmöglich, eine große heroische Symphonie zur vollen Wirkung zu bringen. Furtwängler hatte diesem Umstande bei seiner Programmgestaltung Rechnung getragen, aber einmal konnte er der Verlockung, eine der großen Bruckner-Symphonien anzusetzen, nicht widerstehen. Ich entsinne mich noch, wie ich nachher mit ihm die Linden hinunterging und mit hilfloser Anteilnahme seinen Verzweiflungsausbruch darüber anhörte, daß es ihm unter diesen Umständen unmöglich sei, zu erreichen, was ihm eigentlich vorschwebte.

Während Furtwängler sich mehr und mehr Sorge über seine Staatskapellen-Konzerte machte, griff das Schicksal in unerwarteter Weise ein. Am 9. Januar 1922 dirigierte Arthur Nikisch zum letzten Male ein Berliner Philharmonisches Konzert. Seit 1895 war er der ständige Leiter dieser Konzerte gewesen, und seit 1897 begleitete er die Berliner Philharmoniker auf ihren regelmäßigen Reisen nach Hamburg. Auch die Leipziger Gewandhaus-Konzerte, deren Ruhm Felix Mendelssohn begründet hatte, waren ihm seit 1895 anvertraut. Am 23. Januar dirigierte Max Fiedler an Stelle des an Influenza erkrankten Nikisch. Für die Generalprobe am 5. Februar war Nikisch noch auf dem Programm angezeigt, aber am 6. Februar schon übernahm Furtwängler das Konzert: In memoriam Arthur Nikisch. — Ein großer Künstler war von uns gegangen.

Die Leipziger Gewandhaus-Konzerte wurden Furtwängler sofort angetragen; es hieß, daß dies Nikischs letzter Wunsch gewesen sei. In Berlin fiel die Entscheidung nicht so schnell. Jedoch Furtwängler war sich ganz klar, daß seine ganze Zukunft in diesem Moment auf dem Spiele stand und daß er seine künstlerischen Ideale nur dann verwirklichen könnte, wenn ihm neben dem Gewandhaus auch die Berliner Philharmonischen Konzerte mit ihrem akustisch so ausgezeichneten Konzertsaal übertragen würden.

Obwohl verschiedene Dirigenten von Rang zum Probedirigieren eingeladen wurden, erklärte sich kurz darauf das Berliner Orchester einstimmig für Furtwängler, und so wurde er Nikischs Nachfolger auch in Berlin. Sein Genie, der Instinkt der Philharmoniker und ein freundliches Schicksal hatten dazu beigetragen, daß sein Traum sich so unerwartet schnell verwirklichte.

Furtwängler war damals sechsunddreißig Jahre alt. In kurzer Zeit waren ihm einige der bedeutendsten Posten im europäischen Musikleben zugefallen. Er war ein fanatischer Arbeiter. Im Leben, im Verhältnis zur Umwelt mag sein Wesen schwankend, gespalten erscheinen, aber in seiner Kunst ist er klar und bestimmt und weiß genau, was er will. Sogar in späterer Zeit, wenn sein Name auf einer Anzeige allein genügte, um das Haus sofort auszuverkaufen, war er unablässig bemüht, seine Technik zu verbessern, und mit großem Interesse studierte er diejenige anderer Dirigenten. Er hat nie aufgehört, an seiner Zeichengebung zu arbeiten. Alle Orchester der Welt wissen, daß Furtwänglers »Schlag« ein Angsttraum für alle Musiker ist, bis sie sich endlich daran gewöhnt haben. Ein Mitglied des London Philharmonic Orchestra erklärte einmal, daß Furtwänglers Taktstock erst nach der dreizehnten Zitterbewegung herunterkäme. Es war für den Uneingeweihten immer ein Rätsel, wie Furtwängler mit diesem Schlag eine solche Präzision und einen solchen Orchesterklang erzielen konnte. Ich entsinne mich, wie er einmal in irgend einer europäischen Hauptstadt während des Applauses vom Podium herunterkam und mir zuflüsterte, daß er soeben den Schlag für eine bestimmte Stelle herausgefunden habe.

Während er sich auf ein Konzert vorbereitet, setzt er sich stets aufs neue mit dem aufzuführenden Werk auseinander, auch wenn er es schon ungezählte Male aufgeführt hat. Er versucht, sich völlig in den Geist der Komposition zu versenken und sie im Sinne des Komponisten nachzuschaffen. Nichts vermag ihn abzulenken, während er »arbeitet«, das heißt, während er mit taktschlagenden Bewegungen und schweigend singenden Lippen im Zimmer auf und abgeht. Auch in späteren Zeiten hat er sich nie auf die Zugkraft seines Namens verlassen; niemals würde er die gewissenhafte Vorbereitung für ein Konzert unterlassen, und darin liegt vielleicht eines der Geheimnisse seines künstlerischen Erfolges. Nichts auf der Welt konnte ihn dazu bewegen, jemals das Tempo seiner Vorbereitung zu beschleunigen, um etwa eine Stunde früher für etwas anderes frei zu sein. Er braucht seine Zeit, jedesmal und immer wieder, um ein Werk in aller Ruhe und Vertiefung in sich zu erleben. Wenn er dann zur Probe kommt, liegt die Hauptarbeit hinter ihm, und er hat nur noch seinem Orchester seine künstlerischen Absichten zu übermitteln. Im Konzert selbst scheint er alles Irdische hinter sich zu lassen, weder der Partitur noch des Publikums ist er sich bewußt. Mit geschlossenen Augen beschwört er das Orchester und überträgt den Geist des Schöpfers auf die Ausführenden, die an seinen Händen hängen und nicht wissen, warum sie so spielen und nicht anders.

Nur wenn Furtwängler in der Aufführung seine Vision verwirklicht hat, entspannt er sich langsam nach der Ekstase des Konzerts. Wenn er nicht zufrieden ist, dann kann ihn ein auch noch so begeistertes Publikum nicht darüber hinwegtäuschen, kein Applaus vermag ihn vor Depression zu bewahren.

Das Berliner Philharmonische Orchester* war seit seiner Gründung zur Zeit der Monarchie eine kleine Republik für sich. Es ist das Kind einer geistigen Revolution — der

* Ich danke der Broschüre von Dr. Alfred Einstein »Fünfzig Jahre Berliner Philharmonisches Orchester« die meisten Daten aus der Geschichte der Berliner Philharmoniker. Obwohl er mich als Quelle anführt, hätte ich dies nicht schreiben können ohne sein Büchlein, das er bei Gelegenheit des fünfzigjährigen Jubiläums des Orchesters veröffentlichte.

Revolution in der Interpretation musikalischer Meisterwerke. Sie ist verbunden mit dem Manne, mit dem die Geschichte des modernen Konzertlebens erst richtig beginnt: Hans von Bülow.

Im Januar 1882 hatte Bülow Berlin mit seiner Meininger Hofkapelle besucht. In der Singakademie dirigierte er Beethoven, Mendelssohn und Brahms. Zuerst spielte Brahms sein erstes Klavierkonzert unter Bülows Leitung, dann spielte Bülow Brahms' zweites Klavierkonzert und Brahms dirigierte. Die Berliner waren überwältigt, sie erkannten »ihren« Beethoven und Mendelssohn nicht wieder und spürten zum ersten Male die Größe Brahmsscher Musik.

Es war zwölf Jahre nach der Gründung des Reiches,[14] und noch besaß die junge Reichshauptstadt weder ein gutes Symphonieorchester noch einen entsprechenden Konzertsaal. Es bestand allerdings seit 1886 die sogenannte »Bilsesche Kapelle«, eine Gruppe von ausgezeichneten Musikern, besonders Streichern und Bläsern, welche Konzerte und kleine Reisen unter Leitung des biederen Benjamin Bilse, eines früheren Stadtmusikers von Liegnitz, unternahm.
Anfang 1882 entstand eine Meinungsverschiedenheit zwischen den Musikern und dem patriarchalischen und despotischen Bilse, und über Nacht waren die vierundfünfzig Orchestermitglieder sich selbst überlassen. Unter Führung des zweiten Hornisten und eines zweiten Geigers gründeten sie ihre eigene Republik und bildeten eine »Gesellschaft mit beschränkter Haftung«, deren Anteile sie selbst besaßen.

Bereits vom Mai 1882 an spielte das neue Orchester als unabhängige Körperschaft in Konzerten in Berlin und in der Provinz. Überall hatte es großen Erfolg, aber der materielle Ertrag war gering. Damals schon gab sich dieses erste selbständige Konzertorchester Deutschlands seinen Namen: Berliner Philharmonisches Orchester. Noch im gleichen Jahre wurde ein passender Saal gefunden: Der alte Skating-Rink, der eine Rollschuhbahn gewesen war, wurde in »Philharmonie« umgetauft, und seither war dieser unschöne, aber akustisch unübertreffliche Saal das Hirn der Philharmoniker, bis er Ende 1944 der Vernichtung von Hitlers Hauptstadt[15] mit anheimfiel.

Bald begann das Orchester wöchentlich drei bis vier populäre Konzerte in seinem neuen Saal zu geben. Mehr und mehr bedienten sich auch die Chorvereinigungen der Philharmoniker, und Solisten zogen sie zu Konzerten heran. Schließlich wurden die großen Berliner Philharmonischen Konzerte gegründet. Diese haben immer Wahrung der Tradition mit fortschrittlichem Geist verbunden und wurden durch die Mitwirkung namhafter Solisten bereichert.

Das erste Berliner Philharmonische Konzert fand am 23. Oktober 1882 statt. Verschiedene Dirigenten standen in diesem ersten Winter am Pult. Einer von ihnen war Joseph Joachim. Dieser große Geiger war von Anfang an Schutzpatron und Freund des Orchesters. Er sandte ihm seine besten Schüler, und im Jahre 1883 verschaffte er ihm Sommerengagements, deren erstes er selber dirigierte. Er sorgte für seine Zuziehung bei offiziellen Gelegenheiten und leitete selbst sechs von zwölf Abonnementskonzerten. Als eine finanzielle Krise das junge Orchester bedrohte, veranlaßte er die Familien Siemens und Mendelssohn[16] schnell zu helfen. Joachim war es auch, der die Gesellschaft der Freunde des Orchesters zu seiner Unterstützung ins Leben rief.

Der Erfolg der ersten fünf Jahre hatte die Notwendigkeit des Orchesters bewiesen, aber was ihm bisher vor allem gefehlt hatte, war die führende Persönlichkeit. Sie wurde in Hans von Bülow gefunden. Bülow hatte seinen Meininger Posten 1882 aufgegeben und schon am 4. März 1884 eines der großen Philharmonischen Konzerte dirigiert. Er hatte seitdem Konzertserien in Hamburg und Bremen geleitet; aber dies befriedigte ihn nicht. So kam er zu den Philharmonikern, und er, der erste große Orchestererzieher, den die Geschichte des Dirigierens kennt, muß als der eigentliche Gründer des Berliner Philharmonischen Orchesters betrachtet werden, denn erst durch ihn erhielt es die künstlerische Grundlage für seine Tradition.

Das erste der unter Bülow geplanten zehn Philharmonischen Konzerte fand am 21. Oktober 1887 statt. Bereits im

November wurde der Entschluß gefaßt, das Publikum zu den Generalproben zuzulassen. Das war eine wichtige Neuerung, und es ist bis zum Zusammenbruch Berlins[17] dabei geblieben. In der Spielzeit 1890/91 dirigierte Bülow das erste Konzert zugunsten des neugegründeten Pensionsfonds des Orchesters. Auch dieses Pensionsfonds-Konzert, welches stets ein klassisches Programm brachte, wurde zu einer dauernden Einrichtung. Bülow hat im ganzen einundfünfzig Philharmonische Konzerte geleitet. Beim fünfzigsten, am 28. März 1892, hielt er seine berühmte Rede nach einer Aufführung der »Eroica«, in welcher er dieses Werk Fürst Bismarck, dem eben von Wilhelm II. brüsk entlassenen ersten Kanzler des Deutschen Reiches, widmete. Er nannte an diesem Tage Bismarck den »Beethoven der deutschen Politik«.

Im Winter 1892/93 war Bülow schon so leidend, daß er nur daß letzte der Philharmonischen Konzerte dirigieren konnte. Bei dieser Gelegenheit hielt er eine Rede, in der er das Orchesterspiel der Philharmoniker pries.

Der Winter 1894/95 sah eine denkwürdige Zusammenstellung am Dirigentenpult der Philharmoniker: Richard Strauss und Gustav Mahler. Strauss dirigierte die zehn Berliner, Mahler die acht Hamburger Konzerte des Orchesters. Doch konnte dieser Winter nur ein Interregnum bedeuten. Strauss als schöpferischer Musiker vermochte niemals ganz im Dirigieren aufzugehen. Der rechte Mann sollte gefunden werden in Arthur Nikisch.

Die Geschichte eines Orchesters ist weitgehend die Geschichte seiner Dirigenten. Nur die große Musikerpersönlichkeit kann im Verein mit der Leistung des Orchesters jene schöpferischen Aufführungen hervorbringen, die durch die Inspiration eines genialen Dirigenten bedingt sind. Arthur Nikisch war eine solche befeuernde Künstlerpersönlichkeit, und die Höhepunkte der Tätigkeit, die das Orchester nun entfaltete, waren die jährlichen zehn Berliner Philharmonischen Konzerte unter seiner Leitung. Unter ihm gewann es neben der Disziplin, zu der Bülow es erzogen hatte, große Elastizität und feinnervige Anpassungsfähigkeit hinzu. Die Zahl der Philharmoniker wurde damals auf neunzig erhöht.

Bis zum 9. Januar 1922, volle siebenundzwanzig Jahre, hatte Nikisch ununterbrochen die Berliner Philharmonischen Konzerte geleitet. Er hat ungefähr dreihundertfünfzig Konzerte in Berlin dirigiert. Die Beschreibung seiner Programme, seiner Erstaufführungen und des dauernden Zustroms großer Solisten während seiner Amtszeit würde zu weit führen. Am 9. Januar 1922 dirigierte Nikisch die Berliner zum letzten Male, und eine neue Epoche brach für sie an mit ihrem neuen Dirigenten.

In Furtwänglers erstem Philharmonischem Konzert, im Oktober 1922, saß ich in einer Loge mit Marie von Bülow, der Witwe Hans von Bülows. Sie war seine zweite Frau gewesen — seine erste Gattin war bekanntlich Cosima Liszt —, der wir die Herausgabe der neun Bände seiner gesammelten Schriften verdanken. Sie folgte dem Programm in tiefer Bewegung und sagte zu mir: »Zum erstenmal seit Bülow habe ich in einem Konzert wieder eine Gänsehaut auf dem Rücken gespürt.«

Furtwänglers Berufung als Nachfolger von Arthur Nikisch bedeutete auch in meiner Arbeit einen Wendepunkt. Er hatte die Staatskapellen- und die Frankfurter Museumskonzerte aufgegeben, war aber dauernd zwischen Berlin, Leipzig und Wien unterwegs. Jede der Musikvereinigungen in diesen Städten hatte natürlich ihre eigene Organisation, aber der Mittelpunkt von Furtwänglers Tätigkeit war Berlin. Ich mußte ihm bei der Aufstellung seines Jahresplans, bei der zweckmäßigen Verbindung seiner gesamten Verpflichtungen und bei der Festlegung der Programme behilflich sein. Dies war die faszinierendste Aufgabe, die man sich denken konnte. Die Besuche und Verhandlungen mit Solisten, Komponisten und Verlegern rissen nie ab, und das Leben war übervoll. Die internationale Musikwelt interessierte sich natürlich für den jungen Nikisch-Nachfolger, und es entwickelten sich schnell Verbindungen mit ausländischen Konzertinstituten.

Furtwänglers erste ausländische Verpflichtung in seiner neuen Stellung, abgesehen von einigen Besuchen in Stockholm, waren Gastkonzerte mit dem Concertgebouw-Orchester in Amsterdam. Im Zusammenhang mit diesem Engagement steht eine kleine Begebenheit, die in ihrer Art für die ganze spätere Entwicklung meiner Arbeit entscheidend war. Der Begründer der Berliner Philharmonischen Konzerte war Hermann Wolff[18], der Chef der bekannten Konzertdirektion Wolff und Sachs. Wolff war nicht nur der Impresario, sondern auch der Kamerad seiner Künstler gewesen. Jahrelange Freundschaft hatte ihn mit Männern wie Hans von Bülow, Anton Rubinstein und anderen verbunden. Nach seinem Tod führte seine Witwe, die in der internationalen Musikwelt berühmte Louise Wolff das Geschäft weiter; auch die Töchter arbeiteten in der Firma. Louise Wolff war eine ungewöhnlich fähige Frau, eine ausgesprochene Persönlichkeit. In der Berliner Gesellschaft war sie eine wohlbekannte Figur, und man begegnete ihr in jedem Salon. Sie stand auf genau so gutem Fuße mit dem Reichspräsidenten Ebert wie mit den Hohenzollern, und jede ausländische Botschaft stand ihr offen. Unzählige Geschichten wurden erzählt, wie sie hinter den Kulissen die Drähte zog und mit wem sie frühmorgens ihre endlos langen Telephongespräche führte, ehe sie ins Büro fuhr.

Trotz aller Intelligenz fehlte ihr indessen das Gefühl dafür, daß nicht alles stets in alter Weise weitergehen könne, und sie war nicht imstande, die Dinge anders als vom Standpunkt ihrer Firma, Wolff und Sachs, und deren Hauspolitik zu betrachten. Da ein Orchester wie die Berliner Philharmoniker ohne Unterstützung aus öffentlichen Mitteln nicht auskommen konnte, war es auf die Dauer unhaltbar, daß 75 Prozent des Gewinns der großen Philharmonischen Konzerte in die Tasche eines privaten Unternehmens flossen.

Jedoch nicht nur das Orchester, auch sein neuer Dirigent hatte sich mit dieser Monopoltendenz auseinanderzusetzen. Natürlich war die Stimme von Wolff und Sachs maßgebend bei der Ernennung Furtwänglers zum Nachfolger von Nikisch gewesen, aber die einstimmige Wahl des Orchesters hatte doch wohl den Ausschlag gegeben. Trotzdem betrachteten Wolf und Sachs Furtwängler im Anfang als eine Art von Privatbesitz und erwarteten von ihm, daß er alle seine geschäftlichen Angelegenheiten durch ihre Firma erledigte.

Nun aber hatte ich, als Vorstandsmitglied des Verbandes der konzertierenden Künstler Deutschlands, ihm sein erstes wichtiges Auslandsengagement, die erwähnten Concertgebouw-Konzerte, vermittelt. Furtwängler selbst war sich nicht klar, ob er überhaupt frei sei, das Engagement durch den Verband abzuschließen. Zwar hatte er mit Wolff und Sachs keinen Alleinvertretungsvertrag, doch er fühlte, daß dies als Selbstverständlichkeit vorausgesetzt wurde. Ich protestierte leidenschaftlich. Ich hatte das Engagement zustande gebracht, und ich wollte es auch abschließen. Energisch erklärte ich, wenn die Dinge so gehandhabt würden, hätte ich überhaupt keine Lust, in Berlin zu bleiben. Furtwängler, wahrscheinlich im stillen amüsiert und gern die Gelegenheit benutzend, meinem Eifer einen Dämpfer aufzusetzen, sagte, er würde sich die Sache überlegen. Am nächsten Morgen rief er mich an und gab zögernd zu, daß ich gewissermaßen im Recht sei, doch klang seine Stimme wenig überzeugt. Ich hatte mir den Fall inzwischen auch überlegt und sagte ihm: »Bitte überlassen Sie die Sache mir, und warten Sie ab.«

Frau Wolff war mit mir immer sehr freundlich gewesen. Bei ihren »At Homes« und berühmten Sonntagmittagessen, wo man immer interessante Leute traf, war ich ein häufiger Gast. Ich meldete mich bei ihr an und erinnere mich noch gut, daß sie mir zunächst einen wunderbaren russischen Sherry Brandy aus einer goldenen Flasche — eine große Rarität im Nachkriegsdeutschland — anbot, den ihr amerikanische Freunde geschickt hatten. Nachdem ich mir mit dem blutroten Likör Mut eingeflößt hatte, ging ich sofort in medias res. »Ich möchte gern Ihren Rat hören, Frau Wolff«, sagte ich, und dann legte ich den Fall genau dar, jedoch ohne Namen zu nennen. »Aber darüber kann doch gar kein Zweifel sein!« rief sie impulsiv aus. »Derjenige, der das Angebot gebracht hat, muß auch den Vertrag abschließen.« »Das ist auch meine Meinung«, entgegnete ich und sagte ihr nun, daß die in den »theoretischen Fall« verwickelten Personen sie selbst, Furtwängler und ich seien. Zuerst schien sie sprachlos. Aber sie war eine überlegene Frau und mochte in dem Augenblick wohl gefühlt haben, daß sie auf die Dauer ihre Privatpolitik nicht werde aufrechterhalten können und daß ihr in mir die junge Generation und eine kommende Zeit gegenüberstand. Sie nahm mich spontan in ihre Arme und sagte: »Sie sind eine großartige Person! Und ich werde Furtwängler das Resultat unserer Unterhaltung selber mitteilen.« Dies tat sie auch. Furtwängler erwähnte die Sache mit keinem Wort, aber ganz nebenbei, beim Arbeiten, beauftragte er mich, den Concertgebouw-Vertrag abzuschließen. Von diesem Moment an, bis Hitler uns trennte, hat sich Furtwängler niemals einer anderen Mittelsperson bedient, wenn es nur irgend zu vermeiden war, und ich erhielt den Spitznamen »Louise die Zweite«.

Auf seiner ersten Auslandsreise begleitete ich Furtwängler, ebenso wie auf einer kurz darauf folgenden Schweizer Reise mit dem Gewandhausorchester, wofür ich die Vorbereitungen traf. Ende Mai 1923 wollte er heiraten, und ich half, sein Heim in Ordnung zu bringen. Seine zukünftige Frau war Skandinavierin und wurde erst am Tage vor der Hochzeit erwartet, und so nahm er mich mit, um die Eheringe zu kaufen. Der Verkäufer, der natürlich annahm, daß ich die Auserwählte sei, wollte mir den Ring anprobieren, zu Furtwänglers Entsetzen.

Ich fuhr dann nach Mannheim, und Furtwängler heiratete. Kurz nach der Hochzeit mußte er an der Tagung des Allgemeinen Deutschen Musikvereins in Kassel teilnehmen. Einige Tage später, etwa um drei Uhr nachts, rasselte mein Telephon. Es war Furtwängler, der von Kassel nach Mannheim gefahren war und mir vom Bahnhof aus mitteilen wollte, daß er auf dem Wege zu uns sei. Am nächsten Tag sollte er nach Italien weiterfahren, wo er zum erstenmal als Dirigent erwartet wurde. Ich hatte ihn bisher stets auf wichtigen Reisen begleitet, aber diesmal gar nicht daran gedacht, denn diese Fahrt war schließlich eine Art Hochzeitsreise. Er hatte aber vorausgesetzt, daß auch bei dieser Gelegenheit alles beim alten bleiben würde, und so mußte ich schleunigst packen. Wir fuhren nach Stuttgart, wo Frau Furtwängler uns erwartete.

Der Aufenthalt in Mailand gab mir eine Fülle von neuen Eindrücken, hier traf ich auch zum erstenmal Arturo

Toscanini. Er war damals Direktor der Scala und lebte in Italien, getragen von der Verehrung und Liebe des italienischen Volkes. Seine Opernaufführungen waren weltberühmt, und von überallher strömten die Menschen, um sie zu hören. Es war auch in der Scala, wo mich Toscanini empfing. Der Besuch war von Anita Colombo, seiner rechten Hand und langjährigen Sekretärin, arrangiert worden. Sie selber war später eine Zeitlang Direktor dieses berühmten Opernhauses. Während ich in ihrem Büro auf den Maestro wartete, gingen allerhand Menschen ein und aus, und ich — damals noch ein grüner Anfänger in meiner Arbeit — beobachtete mit einem Anflug von Neid den Respekt, den ihr alle entgegenbrachten. Ob ich es wohl auch einmal so weit bringen würde?

Plötzlich hörten wir rasche Schritte, die Tür wurde aufgerissen, und nachdem Colombo mich vorgestellt hatte, nahm mich der große Meister in das anschließende Zimmer. Niemand, der je mit Toscanini gesprochen hat, kann je die Intensität des Ausdrucks in seinem schönen Gesicht vergessen. Seine Augen sprühen Feuer und haben dabei oft den träumerischen Ausdruck wehmütiger Melancholie. Intensiv ist auch seine Art zu sprechen, und er begleitet seine Worte mit schnellen und entschiedenen Bewegungen. Unser Gespräch war nur kurz und drehte sich natürlicherweise um musikalische Dinge. Er schien daran interessiert, etwas Näheres über die Tätigkeit der verschiedenen Dirigenten in Deutschland zu hören — nach Furtwängler fragte er nicht. Toscaninis Gedächtnis ist berühmt. Da er halb blind ist, probt und dirigiert er ohne Partitur und verläßt sich gänzlich auf seine Kenntnis des Werkes. Jedoch scheint sein Gedächtnis für andere Dinge genau so akkurat zu sein wie für Musik, denn als ich ihn acht Jahre später in Bayreuth wieder traf, in jenem denkwürdigen Sommer 1931, als er und Furtwängler dort gemeinsam wirkten, war sein erstes, mich an meinen Besuch bei ihm in der Scala zu erinnern, der dort für ihn eine äußerst nebensächliche Angelegenheit gewesen sein mußte.

Wenn Toscanini sich nicht seiner Muttersprache bediente, sprach er manchmal französisch, meistens englisch, kaum je deutsch. In jenem Bayreuther Sommer, während der Orchesterproben, pflegte er seine Wünsche eher durch Gesten als durch Worte zu übermitteln, und wenn eine Stelle nicht ganz so klang, wie es ihm vorschwebte, pflegte er die hypnotischen Bewegungen seiner Hände mit wiederholten, kurz hervorgestoßenen Ausrufen von: »No! ... No!... No!...« zu begleiten, was ihm bei den Musikern den Spitznamen »Toscanono« einbrachte.

Während Furtwänglers Konzerten in Italien (1923) trafen die beiden Dirigenten zum erstenmal zusammen. Auf einer der unzähligen Proben, die Furtwängler nach italienischer Sitte zur Verfügung gestellt wurden, eilte Toscanini, der zuvor unbemerkt im Hintergrund gesessen hatte, plötzlich zum Podium und schüttelte ihm voll Wärme die Hand. Im Jahr darauf ging Furtwängler nach Mailand zurück, um sich einige der Opernaufführungen Toscaninis anzuhören.

Organisation der Orchesterreisen — Mit Furtwängler in New York — Die Wiener Philharmoniker — Verhandlungen wegen der Direktion der Wiener Staatsoper — Paris 1928 — Englandreise mit den Wiener Philharmonikern und Verzicht Furtwänglers auf Wien — Furtwängler und Charlie Chaplin

Das Berliner Musikleben im Winter 1923/24 war äußerst lebendig, und man konnte viele große Dirigenten hören. In diesem Winter fuhr Furtwängler zum erstenmal nach England. Er eroberte das englische Publikum im Sturm, aber der Erfolg war nicht ganz einhellig; denn Ernest Newman, der bekannte Doyen der englischen Musikgelehrten und Kritiker, schrieb eine ungünstige Besprechung über ihn. An dem Morgen, als wir London verließen, brachte uns der Erste Sekretär der deutschen Botschaft, Herr Dufour-Feronce, zur Bahn und gab uns ein Bündel Zeitungen als Reiselektüre. Während sich Furtwängler mit dem Diplomaten unterhielt, warf ich einen Blick auf die Kritiken[19] und setzte mich dann entschlossen und fest auf die »Sunday Times« mit Newmans Kritik. Furtwängler war immer empfindlich gegenüber Pressebesprechungen, und ich wollte auf diese Weise eine Störung seiner geruhsamen Rückreise vermeiden.

Es waren schwere Zeiten für die Berliner Philharmoniker. Wir wußten nicht, wie wir das Orchester über die Sommermonate 1924 hinwegbringen sollten. »Warum versuchen wir es nicht einmal mit einer Tournee?« sagte Furtwängler eines Tages, und schnell entschlossen fragten wir einige Städte telegraphisch an. Alle sagten zu, und dies war der Anfang der Gastspielreisen der Berliner Philharmoniker mit Furtwängler. Im ersten Jahr kamen wir nur durch Deutschland und in die Schweiz, und wo immer das Orchester konzertierte, wurde es sofort eingeladen, wiederzukommen.

Ende Juni fuhr Furtwängler mit mir nach Mannheim. Es war allmählich eine ständige Einrichtung geworden, daß er seine Saison mit einem Aufenthalt in Mannheim, in unserem Hause, beschloß. Er dirigierte bei dieser Gelegenheit nicht nur einige Konzerte, sondern auch Opern, zur großen Begeisterung der ihm treu ergebenen Mannheimer. Wir benutzten diese Zeit, um seine restliche Korrespondenz aufzuarbeiten. Auch die Partituren, die ihm während des Jahres zugesandt worden waren, sah er vor Saisonschluß sorgfältig durch. Von Mannheim aus pflegte er dann in die Schweiz auf Ferien zu gehen. Dieses Jahr sollte ich ihn begleiten. Als wir aus dem Haus traten, um auf die Bahn zu fahren, kam gerade der Postbote und gab mir einen Brief. Er war von Otto Müller, dem Vorsitzenden der Berliner Philharmoniker, der dem Orchester seit dessen Gründung angehörte. Müller teilte mir in seiner altmodisch kritzligen Handschrift mit, daß das Orchester beschlossen habe, die Leitung seiner Reisen meinen »bewährten Händen« anzuvertrauen, und er hoffe, daß ich einverstanden sei, diese Aufgabe zu übernehmen.

Unmöglich kann ich meinen Stolz über diesen Beweis des Vertrauens beschreiben. Meine Tätigkeit konnte nun einheitlich organisiert werden, wenn ich sowohl für das Orchester als für dessen Dirigenten arbeiten sollte. Was für ein herrlicher Ferienanfang! In diesem Sommer im Engadin, auf unsern vielen

Wanderungen in den Bergen, machten Furtwängler und ich viele Pläne für die Zukunft. Sie wurden nach und nach alle ausgeführt.

Nachdem so eine Grundlage für ersprießliche Arbeit geschaffen war, folgten Jahre ununterbrochener Tätigkeit. Wir waren eine begeisterte Arbeitsgemeinschaft, in der jeder der gemeinsamen Sache mit größter Hingabe diente. Die Zeiten waren schwer, aber wir waren frei, zu arbeiten, wie es uns richtig schien und mit wem wir wollten. In jenen Jahren waren große europäische Orchesterreisen noch nicht an der Tagesordnung. Es wurden zwar gelegentlich benachbarte Städte besucht, aber regelmäßige längere Reisen großen Stils in der Heimat oder im Ausland waren nicht üblich. Niemals zuvor hatte ich daran gedacht, etwas Derartiges zu organisieren; aber mit der Aufgabe kam die Unternehmungslust, und so setzte ich mich an meinen Schreibtisch und dachte mir alles aus. Allmählich entwickelte ich meine eigene Technik in der Organisation einer Orchesterreise. Es war wie die Erfindung einer neuen Strategie für eine Schlacht, und im Laufe der Zeit ergaben sich immer mehr Verbesserungen, die zum glatten Ablauf der Pläne beitrugen.

Meist begann ich ein ganzes Jahr vorher an einer Tournee zu arbeiten. Erst wurden die Städte festgelegt und dann ihre Reihenfolge auf dem »Fahrplan« bestimmt. Wenn das feststand, mußte Furtwängler seinen ersten Programmentwurf für die etwa dreißig bis fünfunddreißig Konzerte machen. Er konnte nicht immer nur ansetzen, was ihm paßte, denn die Städte äußerten ihre Wünsche, und lokale Verhältnisse mußten berücksichtigt werden. Das Zusammenstellen der Programme war immer eine sehr komplizierte Aufgabe, weil, obwohl ein Orchester auf Reisen wenig Zeit zum Proben hat, Furtwängler die gleichen Werke ungern zu oft wiederholte.

Viele andere Einzelheiten waren neben der rein geschäftlichen oder musikalischen Seite einer Tournee zu bedenken. Der Fahrplan mußte sorgfältig zusammengestellt werden. Ich war kein Talent in bezug auf Studium des Kursbuches, aber Lorenz Höber, Bratschist im Orchester war ein wahres Genie auf diesem Gebiet. Ein Problem für sich war die Beförderung der Instrumente, für die ein eigener Gepäckwagen nötig war. Praktische Instrumentenbehälter und enorme Schrankkoffer, in denen die numerierten Fräcke hingen, waren extra angefertigt worden. Alles war so eingerichtet, daß jeder Musiker vor dem Konzert schnell seinen Frack und sein Instrument finden konnte. Im ganzen reisten wir (abgesehen vom Handgepäck der einzelnen Musiker) mit 77 großen Gepäckstücken, deren detailliertes Inhaltsverzeichnis im voraus mit Angabe, wann die Grenze passiert würde, an die betreffenden Zollbehörden gesandt wurde. Wenn es nicht möglich war, den Instrumentenwagen an den Schnellzug anzuhängen, mit dem das Orchester am folgenden Tag reiste, mußten die Instrumente oft nachts, sofort nach dem Konzert, verladen und weitergeleitet werden. Zwei Orchestermitglieder und der Orchesterdiener, Franz Jastrau, teilten sich in die Verantwortung. Jastrau, ein Berliner Original, hatte ein sehr anstrengendes Amt und gewann sich schnell überall Freunde, auch wenn er gelegentlich die betreffende Sprache nicht verstand und sich nur in seinem Berliner Jargon verständlich machen konnte.

Überall auf dem Kontinent waren recht gute Konzertsäle, aber natürlich waren sie von ungleicher Größe, und die verschiedene Akustik erforderte gelegentlich Anpassung in der Sitzordnung des Orchesters. Immer wurde etwa zwei Stunden vor Beginn des Konzertes eine Sitzprobe abgehalten. Einer der Musiker, der dafür ein besonderes Talent hatte, machte von jedem Saal, in dem konzertiert wurde, einen Podiumsplan mit Aufzeichnungen, was in diesem Saal besonders zu beachten sei. Wenn das Orchester dann ein anderes Mal zurückkam, war die Sitzfrage schnell geregelt.

Die Unterbringung der Musiker in den verschiedenen Orten schien zuerst auch ein kompliziertes Problem; aber hier, wie oftmals, lernten wir aus der Erfahrung. So mußten zum Beispiel Schnarcher von Nichtschnarchern getrennt werden. Außerdem war es wichtig, daß die Musiker nach ihrer Ankunft so schnell wie möglich ihre Zimmer fanden, und ich entsinne mich des großen Erstaunens, das wir bei unserm ersten Besuch in London erregten, als die Orchestermitglieder fünf Minuten nach der Ankunft schon alle in ihren Hotelzimmern verschwunden waren — jeder hatte schon auf dem Schiff seine Zimmernummer erhalten.

Ich war keinesfalls die einzige, die um die Vervollkommnung der Reisetechnik bemüht war. Die Orchestermitglieder selber erwiesen sich bald als höchst erfindungsreich. Oft reisten sie wochenlang in ihren Eisenbahnwagen, und so bestimmten sie bald ihr eigenes »Placement«, dem jeder sich unterwerfen mußte. Da waren die Raucher und die Nichtraucher, da waren die Skatspieler und der Romméclub, da waren die stillen Leser und da waren die Redseligen. Alle wurden je nach ihren Interessen plaziert. Gelegentlich wurde ich von einem speziellen Abteil auf der Reise eingeladen. Solche Aufforderungen habe ich immer als besondere Ehre betrachtet, zum mindesten so groß wie die Ehre, das Abteil des Dirigenten auf diesen langen und oft sehr anstrengenden Fahrten zu teilen.

Der Ausbau dieser Reisen war für mich eine wunderbare Verbindung von Freundschaft und Beruf. Die enge Verbundenheit der Philharmoniker mit ihrem Dirigenten, auf den sie restlos vertrauten, war die Grundlage meines eigenen Verhältnisses zu ihnen. Dieses ideale Verhältnis hielt ungetrübt an, bis ich sie alle verlassen mußte und ihnen jede Verbindung mit mir untersagt wurde — als ich bald nach Hitlers Machtergreifung »untragbar« wurde.

Im Anfang unserer gemeinsamen Arbeit hatten die Berliner Philharmoniker kein Büro. Die drei Geschäftsführer teilten sich in die Pflichten und erledigten das Nötige zu Hause. Otto Müller, der Vorsitzende, trug immer alle Papiere in seiner Brieftasche mit sich herum, in der er suchend kramte, wenn etwas zu klären war. Ich selbst hatte natürlich auch keinen Büroraum; ich verfügte lediglich über ein Zimmer mit einem Schlafsofa und einer Schreibmaschine. Bald wurde mir eine Stenotypistin dreimal in der Woche zur Verfügung gestellt, und das war der Anfang des Berliner Philharmonischen Orchesterbüros.

Inzwischen waren verschiedene Einladungen für amerikanische Gastspiele an Furtwängler ergangen. Seine Verpflichtungen in Berlin, Leipzig und Wien ließen ihm wenig freie Zeit, doch nahm er schließlich einen vierwöchigen Vertrag als Gastdirigent des New York Philharmonic Orchestra für Ende Dezember 1924 an.

Deutschland war sehr arm in dieser Zeit, während in Amerika alles florierte. Die Gastlichkeit der Amerikaner ist jedem bekannt, ich brauche sie hier nicht zu beschreiben. Vom Augenblick unserer Landung, bei der uns ein gänzlich Unbekannter in ein wunderbares Auto packte und in unser Hotel fuhr, bis zu unserer Abreise, als unsere Kabinen mit Geschenken so angefüllt waren, daß wir selber kaum Platz darin hatten, war diese erste amerikanische Konzertreise ein einzigartiges Erlebnis. Wie interessant war es, die großartigen Orchester zu hören, die New Yorker Philharmoniker vor allem, aber auch das Symphonieorchester Boston und das von Philadelphia, oder im »Goldenen Horseshoe« der Metropolitan, diesem berühmtesten Opernhause der Neuen Welt, zu sitzen.

Furtwängler war nur bei den New Yorkern tätig. Unmittelbar nach seinem ersten Auftreten war kein einziges Billett mehr für die restlichen Konzerte erhältlich. Orchester und Publikum waren gleichermaßen begeistert. Man bot ihm den Direktorposten für die ganze nächste Saison an; aber seine europäischen Verpflichtungen ließen es nicht zu, mehr als zwei Monate für Amerika frei zu machen. Schon damals lebten viele der international führenden Musiker in Amerika. Im Haus von Frederick Steinway, dem verehrungswürdigen Chef der berühmten Klavierfirma, war gewöhnlich eine solche Anzahl von weltberühmten Namen versammelt wie ich sie niemals irgendwo vereint gefunden habe.

Ich entsinne mich eines Diners, bei dem Casals, Furtwängler, Gabrilowitsch, Kreisler, Landowska, Rachmaninoff, Stokowsky und andere Koryphäen am selben Tisch saßen. Es war immer besonders gemütlich bei Steinways, und seine Weine waren nicht zu verachten! Unser New Yorker Aufenthalt war aufregend und anstrengend und ließ uns kaum zur Besinnung kommen. Erst während der Heimreise auf einem ruhigen englischen Dampfer, wo wir wie gewöhnliche Sterbliche behandelt wurden, schliefen wir uns gründlich aus.

Die zwei folgenden Jahre waren für Furtwängler mit intensiver Arbeit angefüllt. Wir fuhren alljährlich nach Amerika, und außerdem machten die Berliner Philharmoniker erfolgreiche Reisen, an denen ich teilnahm.

Im Winter 1927 besuchte das Berliner Philharmonische Orchester zum erstenmal Großbritannien.

Furtwängler blieb neben seiner Haupttätigkeit in Berlin und Leipzig auch seinen Wiener Verehrern treu. Das Wiener Philharmonische Orchester fand immer Mittel und Wege, ein »Außerordentliches Philharmonisches Konzert« oder ein extra »Furtwängler-Konzert« einzuschieben, wenn er für seine Abende mit der Gesellschaft der Musikfreunde nach Wien kam. Im Jahre 1922 hatte Furtwängler die dortigen Philharmoniker zum erstenmal dirigiert. Es war ein Brahms-Konzert anläßlich des 25. Todestages des Komponisten. Nach Berlin und Leipzig verlangten auch die Wiener, Furtwängler auf ihrem ersten Dirigentenposten zu sehen.

Furtwängler brachte es nicht über sich, einen Posten abzulehnen, der der Traum eines jeden Dirigenten in Europa war, und so stand er in der Saison 1927/28 an der Spitze von nicht weniger als drei der berühmtesten Orchester: der Berliner Philharmoniker, des Leipziger Gewandhauses und der Wiener Philharmoniker.

Nur wer einen Begriff hat, was im musikalischen Wien in jener Zeit vorging, kann ermessen, was Furtwänglers großer Erfolg dort bedeutete. Als er im Jahre 1919 hinkam, hatte das Musikleben in der Donaustadt einen neuen Höhepunkt erreicht. Die Wiener Oper wurde als eines der vornehmsten Operninstitute Europas betrachtet und stand nach dem jahrelangen Regime Gustav Mahlers nun unter der gemeinsamen Leitung von Richard Strauss und Franz Schalk. Es war für jeden Musiker ein einziges Erlebnis, die Wiener Philharmoniker spielen zu hören, die gleichzeitig das Opernorchester waren. Puccini wurde zu Tränen gerührt, als er die Erstaufführung seiner »Tosca« in Wien hörte. Zur selben Zeit gab man in Festaufführungen die neuen großen Strauss-Opern von »Rosenkavalier« bis »Ariadne«.

Die Wiener Philharmoniker, die nach Gustav Mahler unter Nikisch, Mottl, Muck und Schuch gespielt hatten, standen die letzten neunzehn Jahre unter Leitung von Felix Weingartner. Er, ein Liszt-Schüler, der Brahms' zweite Symphonie in Gegenwart des Komponisten dirigiert hatte und in Begeisterung von ihm geküßt worden war, gab den Philharmonikern das gewisse »Etwas«, das ein klassischer Dirigent seines Formates zu geben hatte. Während er der ständige Kapellmeister ihrer Konzerte war, spielten sie nebenbei unter Furtwängler, Kleiber, Krauß, Mengelberg, Nikisch, Schalk, Strauss und Bruno Walter.

Kein Wunder, daß dieses Orchester mit seinem großen Können und seiner einzigartigen Tradition einen jungen Dirigenten wie Furtwängler berauschte. Im Herbst 1927 begann er sein erstes Wiener Philharmonisches Konzert mit der »Freischütz«-Ouvertüre und fühlte sich feierlich angeregt durch die historische Atmosphäre des großen Musikvereinssaals, wo Brahms und Bruckner so oft in der Vorstandsloge den Konzerten beigewohnt hatten.

Furtwänglers Wiener Tätigkeit brachte auch eine neue Phase meiner Arbeit für ihn mit sich. Natürlich hatten die Wiener Philharmoniker ihre eigene Kanzlei und Geschäftsführung, aber wenn Furtwängler in Berlin war, hatte ich für ihn immer eine umfangreiche Korrespondenz mit Wien zu erledigen, und eine neue und ganz besondere Welt erschloß sich mir dabei.

Einige der prominentesten Mitglieder, das Rosé-Quartett, dessen Primgeiger, der ehrwürdige Arnold Rose, zugleich während langer Jahre Konzertmeister der Philharmoniker war, kannte ich schon von Mannheim her, und bald stellten diese vier die Verbindung mit den andern Orchestermitgliedern her. Am meisten bezaubert war ich von dem Orchestervorstand, dem Oboisten Alexander Wunderer, einer der wienerischsten und liebenswertesten Musikerpersönlichkeiten, denen ich je begegnet bin.

Furtwängler nahm mich oft mit nach Wien, und immer begleitete ich ihn mit Begeisterung. Meistens mußten wir früh morgens nach einem Konzert von Berlin abreisen. Der Zug ging um acht Uhr vom Anhalter Bahnhof und führte einen alten österreichischen Wagen mit einem sogenannten »Halbcoupe«, einem einseitigen Abteil mit nur drei Sitzen. Es lag Furtwängler viel daran, dieses Abteil zu bekommen, denn er benutzte die langen Reisen zur Arbeit und fürchtete jede Störung. Leider konnte das Halbcoupe nicht im voraus belegt werden, und so pflegte ich schon früh, wenn der Zug bereitgestellt wurde, auf dem Bahnsteig zu sein, um die gewünschten Plätze zu sichern.

Später benutzte Furtwängler das Flugzeug, wo es nur möglich war, aber Jahre hindurch fuhren wir mit diesem Zug. So ein langer Reisetag — damals kam man erst um elf Uhr abends in Wien an — wurde immer sorgfältig eingeteilt. Erst frühstückten wir, dann herrschte Schweigen. Furtwängler las entweder ein neues Buch oder studierte sein Programm, wobei er es sehr genoß, daß ihn während solcher Fahrt nichts in seiner Konzentration stören konnte. Ich entsinne mich, wie er auf einer solchen Reise Spenglers[20] »Untergang des Abendlandes« studierte und daß er einmal zwischen Berlin und Wien Strawinskys »Sacre du Printemps« auswendig lernte. Stundenlang saß ich, obwohl ein gern gesehener Begleiter, still daneben, bis er das Zeichen der Entspannung gab.

Jeder, der sich an diese Zeit erinnert, wird zugeben, daß Wien damals einen unbeschreiblichen Zauber hatte. Wer es nicht miterlebt hat, wird sich nie einen Begriff machen können von der fanatischen Anteilnahme der Wiener an allem, was mit ihrem Musik- und Theaterleben zusammenhing. Das kleinste Detail jeder Vorstellung wurde ausführlichst besprochen, und ihr leidenschaftliches Interesse für ihre Oper, ihre Lieblingskünstler und ihre Orchester kannte keine Grenzen. Lange Jahre hindurch hatte Furtwängler in Wien nur Konzerte dirigiert, aber er stand auch sehr gut mit der Staatsoper und ging gern an freien Abenden für einen Akt in das große Haus am Ring.

Franz Schalk, der seit dem Rücktritt von Strauss alleiniger Leiter der Wiener Staatsoper war, hatte persönlich Furtwängler als Gastdirigent vorgeschlagen. Dieser begann mit einer Neuinszenierung des »Rheingoldes«. Die Aufführung war hervorragend in jeder Beziehung und bildete für Tage den Gesprächsstoff des musikalischen Wien. Während einer der Proben stattete ich Schalk einen Besuch ab. Ich fand ihn in seinem fürstlichen Zimmer am Schreibtisch sitzend, ein feiner Kopf mit mephistophelischem Ausdruck. Obwohl er, der Wahrer der klassischen Tradition Hans Richters und Gustav Mahlers, selbst Furtwängler an sein Institut eingeladen hatte, sah er doch seinen jungen Ruhm nur mit Unbehagen steigen und hatte sich auf keiner der Proben sehen lassen. »Wie geht's unten?« fragte er mich. »Mich dürfen Sie nicht fragen, Herr Professor«, antwortete ich, »ich verstehe überhaupt nichts davon.« »Ich gewiß nicht«, sagte Schalk und sah mich mit seinen geistvollen, scharfen Augen groß an, ohne mit der Wimper zu zucken.

Die Saison 1928/29 sollte die letzte unter der Direktion Schalks sein, und die Wiener Staatsoper streckte ihre Fühler nach einem würdigen Nachfolger aus. Unmöglich, die Intrigen, die bei solcher Gelegenheit gesponnen werden, zu beschreiben. Wer irgendwie offiziell oder inoffiziell an der Wahl beteiligt war, bereitete eine Atmosphäre von geheimnisvoller Wichtigkeit um sich, an der ganz Wien teilnahm. Nach langem Hin und Her wurde Furtwängler die Direktion angeboten. Er war gerade in Berlin. Aufgeregte Briefe, die ihm zur sofortigen Annahme des Postens rieten, trafen von seinen Anhängern ein. Bis ins kleinste wurde ihm die Gesamtlage, die Haltung der Presse, des Publikums, des Orchesters, des Ministeriums, des Opernpersonals und der Sänger und — seiner Gegner beschrieben. Endlich beschloß er, die Verhandlungen in Wien persönlich zu führen. Ich blieb in Berlin zurück, hatte ihm aber versprochen, sofort nachzufahren, falls er mich brauchen sollte. Kaum war er in Wien angekommen, ersuchte er mich telegraphisch, auf der Stelle abzureisen. Der Vorstand der Berliner Philharmoniker, in größter Besorgnis, Furtwängler könnte das Wiener Angebot annehmen, brachte mich an die Bahn. Bei meiner Ankunft im Hotel Imperial fand ich Furtwängler in einer Art von Belagerungszustand. Das Telefon stand nicht still; massenweise wurden

»vertrauliche« Briefe abgegeben, während die Besucher, die »wichtige« Mitteilungen für »ihn allein« hatten, kaum abzuhalten waren. Zu seiner großen Erleichterung machte ich mich zum Herrn der Lage, aber ich bezweifle, ob meine ihn schützende Energie zu meiner Beliebtheit in Wien beigetragen hat.

Die offizielle Behandlung der Frage lag in den Händen des Generaldirektors der österreichischen Bundestheater, Franz Schneiderhan, der ein gewiegter und schlauer Diplomat der alten Schule war. Furtwängler fühlte sich nach zwei Seiten hin und hergerissen. Natürlich reizte es ihn, das Angebot anzunehmen. Jedem Künstler tut ein gelegentlicher Wechsel gut, und was war dies für eine Gelegenheit! Anderseits hegte er starke Zweifel, ob der Wiener Posten nicht seine ganze Arbeitskraft aufzehren würde. Vorsichtig, wie er war, bestimmte er zunächst, daß ich ihn zu der ersten Verhandlung begleiten sollte.

Schneiderhan ließ sofort alle seine Verführungskünste spielen. Er versuchte es sogar mit Verlockungen für mich. »Sie werden Furtwängler an unsere Oper als seine Generalsekretärin begleiten und das frühere Zimmer von Richard Strauss beziehen«, sagte er mir. (Alle Direktionsräume waren fürstlich ausgestattet, und ich liebte die »Luft«, die in diesem Opernhaus wehte.)

Zwar war nie davon die Rede gewesen, daß Furtwängler die Berliner Philharmoniker ganz aufgeben sollte, aber es bestand kein Zweifel, daß ihm, einmal Operndirektor in Wien, für Berlin wenig Zeit bleiben würde. Aber nichtsdestoweniger betonte Schneiderhan, daß auch ich in jedem Monat mindestens eine Woche in Berlin verbringen könnte. Es wurden noch allerhand Fragen besprochen, und schließlich schieden wir, nachdem vereinbart worden war, daß Furtwängler seine Entscheidung der Bundestheaterleitung am folgenden Morgen früh um neun Uhr mitteilen sollte.

Furtwängler und ich verbrachten den Abend allein, und er erwog sorgfältig alle Für und Wider. Keiner von uns beiden schloß ein Auge in jener Nacht, und alle zwei Stunden kam er zu einem andern Resultat, das er logisch begründen konnte.

Als wir uns am nächsten Morgen zur Unterredung aufmachten, hatte ich keine Ahnung, was Furtwängler im gegebenen Moment schließlich sagen würde. Schneiderhan eröffnete das Gespräch mit diplomatischer Gewandtheit. Furtwängler antwortete ihm, aber in einer Art von lethargischer Apathie, als ob er erwartete, daß ihm die Entscheidung irgendwie von einem Deus ex machina abgenommen würde. Plötzlich nahm Schneiderhan Furtwänglers Hand, die schlaff herunterhing, und sagte: »Ich sehe, wir sind uns einig, also beenden wir diese Unterhaltung, hier ist der Vertrag zur Unterschrift.« Ich fühlte plötzlich, daß irgend etwas nicht stimmte. Furtwängler war so erschöpft, daß er im Moment überhaupt keine Entscheidungskraft mehr hatte, und ich empfand mit Unbehagen, daß ein unfairer Druck auf ihn ausgeübt wurde. Keinesfalls schien er in der Lage, einen so schwerwiegenden Entschluß zu fassen, und wie ein Blitz traf mich die Erkenntnis, daß ich ihn schützen müsse. Die Dringlichkeit des Augenblicks gab mir Mut. Ich schlug mit aller Kraft auf Schneiderhans Hand, die Furtwänglers gefangen hielt. Beide Männer ließen ihre Arme fallen. Furtwängler faßte sich schnell, und wir verließen die Bundestheater Verwaltung, nachdem vereinbart worden war, daß Furtwängler seine Entscheidung in aller Ruhe nach seiner Rückkehr in Berlin treffen könnte.

Nicht ungestraft kann man die Wiener eines von ihnen begehrten Künstlers berauben, den sie schon zu besitzen glaubten. Am gleichen Abend erklärte mir Dr. Dlabac, der Generalsekretär der Gesellschaft der Musikfreunde, in einem Konzert, daß er mir, als mein Freund, nur dringend raten könne, mich eine Zeitlang in Wien nicht sehen zu lassen.

Am folgenden Morgen fuhren wir nach Berlin zurück. Der Stationsvorsteher in höchst eigener Person geleitete Furtwängler zu seinem reservierten Abteil. War er nicht der künftige Operndirektor? Der Beamte titulierte ihn vertraulich: »Herr Direktor.« Wie verlockend war diese Art volkstümlicher Popularität! Furtwängler schien bereits Wien zu gehören.

Im Augenblick seiner Abreise war er allerdings sehr geneigt, sich zugunsten Wiens zu entscheiden. Aber je weiter wir nach Norden fuhren, desto mehr schwankte das Zünglein an der Waage, und als wir spät abends in Berlin ankamen, war er sich klar, daß nur eine sorgfältig abgewogene Verbindung der Wiener mit der Berliner Tätigkeit in Frage käme, und daß nur ganz besondere Umstände ihn je dazu bewegen könnten, seinen Wirkungskreis in Berlin aufzugeben.

Inzwischen waren die Berliner aber auch nicht untätig geblieben. Allerlei Artikel erschienen, und besonders einer in der »Vossischen Zeitung«: »Geht Furtwängler nach Wien?« wirkte wie eine Bombe. Der Berliner Oberbürgermeister wurde angegriffen, Preußen und das Reich wurden mit Vorwürfen überhäuft, und es war nur eine Stimme darüber, daß, was Österreich sich leisten könne, Berlin unbedingt auch zustande bringen müsse. Ich entsinne mich, welch leidenschaftlichen Anteil ich an allen Manövern hinter den Kulissen nahm, wie ich früh um sieben Uhr mit dem Berliner Oberbürgermeister Böß telephonierte, der entsetzt war über die Idee, daß Berlin Furtwängler während seiner Amtszeit verlieren könne. Mittlerweile war Schneiderhan, genau so entsetzt bei dem Gedanken, daß er in seinen Bemühungen scheitern könnte, mit dem Nachtzug von Wien gekommen, um seine Interessen an Ort und Stelle wahrzunehmen.

Schließlich kam es zur Entscheidung. Furtwängler erklärte, wenn die Philharmoniker die notwendige, von Preußen, der Stadt Berlin und dem Reich versprochene Subvention zugesichert bekämen, und wenn er in die Lage versetzt würde, die Kontrakte der Musiker so auszustellen, wie es für die Aufrechterhaltung des Orchesterstandards unerläßlich sei, wäre er bereit, in Berlin zu bleiben. Wenn nicht, würde er das Wiener Angebot annehmen.

Dieses Ultimatum wurde angenommen. Furtwängler blieb in Berlin und wirkte in Wien nur als Gastdirigent. Das Reich, Preußen und die Stadt Berlin übernahmen die Garantie für das Orchesterbudget, und der Reichsrundfunk verpflichtete sich zu einer bestimmten jährlichen Anzahl von Rundfunkübertragungen durch die Philharmoniker, was eine weitere Erleichterung ihrer Finanzlage[21] bedeutete.

Von diesem Zeitpunkt an war die Arbeit innerhalb eines jeden Jahres ziemlich die gleiche. Furtwängler fuhr zwischen Wien und Berlin hin und her, er ging auf Reisen mit den Berliner Philharmonikern und auf Operngastspiele, deren Höhepunkt die regelmäßigen deutschen Opernaufführungen in der Pariser Oper im Frühjahr bildeten. Am Ende der Spielzeit 1927/28 hatte er das Leipziger Gewandhaus verlassen; denn er fühlte mit Recht, daß an die Spitze dieses berühmten Institutes ein Mann gehörte, der sich dieser besonderen Aufgabe mehr widmen konnte, als er es bei den wachsenden Anforderungen an seine Zeit imstande war.

Der nächste Markstein in der Geschichte der Berliner Philharmoniker war ihr erster Besuch in Paris im Frühjahr 1928. Neben ihrer ersten Englandreise war dieses Pariser Konzert einer der Glanzpunkte ihrer Laufbahn.

Ich hatte Monsieur Robert Brussel, den Direktor der Association Francaise de l'Expansion et de l'Echange Artistique, der offiziellen französischen Kulturpropagandastelle, 1927 getroffen, als er als Vertreter der französischen Regierung die große Ausstellung »Ein Sommer Musik« in Frankfurt am Main besuchte. Mit ihm hatte ich einen Besuch der Philharmoniker für 1928 in Paris besprochen, und bald darauf schlug er vor, daß das Pariser Konzert der Philharmoniker unter dem Protektorat der Association Francaise, die sowohl dem französischen Außenministerium wie auch dem Kultusministerium angegliedert war, stattfinden sollte.

Niemand konnte liebenswürdiger sein als die Franzosen während meiner ersten Vorbesprechung in Paris. Die ganze Vorbereitung wurde im Ministere de l'Instruction Publique et des Beaux Arts im Palais Royal bearbeitet, und ich hatte Gelegenheit, die ausgezeichnete Organisation der Kulturabteilung mit ihrem sehr sorgfältig ausgewählten Personal kennenzulernen. Ich war nie zuvor in Paris gewesen. Damals traf ich auch den deutschen Botschafter von Hoesch zum erstenmal. Er lud Furtwängler und mich ein, bei ihm zu wohnen, wenn wir zu unserm Konzert nach Paris kämen. Hoesch unterstützte uns in erster Linie, weil er persönlich interessiert war. Nichts war »angeordnet« — es gab noch keine offizielle

Auslandspropaganda[22], wie sie später so plump aufgezogen wurde. Es gab auch noch nicht die vielen verschiedenen politischen Gruppen, die sich, besonders im Ausland, eifersüchtig auf die Finger sahen.

Natürlich wollten wir dieses erste Konzert in der Pariser Oper veranstalten, aber M. Rouché, der Direktor und zugleich Mäzen der Grand Opera war, zeigte sich als sehr vorsichtiger Mann und wollte erst einmal sehen, wie der Besuch der Philharmoniker verliefe, ehe er sich mit ihnen festlegte. So mußte dieses erste Konzert in der Salle Pleyel gegeben werden. Die Vorsicht wäre nicht nötig gewesen. Der Enthusiasmus der Pariser kannte keine Grenzen, und Herriot[23], der damalige Ministre de l'Instruction Publique, der selbst ein Buch über Beethoven geschrieben hat, war so begeistert, daß er auf das Podium eilte, um Furtwängler die Hand zu drücken. Von diesem Augenblick an gab es keinerlei Schwierigkeit mehr, wenn wir zu einer bestimmten Zeit in der Oper konzertieren wollten.

Bei Gelegenheit unseres Pariser Konzertes hatte ich den schlimmsten Augenblick im Verlauf meiner Arbeit mit Furtwängler und den Berliner Philharmonikern vor Hitlers Machtergreifung. Galakonzerte in Paris begannen erst um neun Uhr abends und endeten dementsprechend spät. Danach fand noch ein großer Empfang auf der Botschaft statt. Es blieb uns nur wenig Zeit zu ruhen, denn wir mußten schon früh um acht Uhr am folgenden Morgen mit dem Straßburger Zug weiterfahren, um am gleichen Tag zum Freiburger Konzert einzutreffen. Furtwängler richtete sich behaglich in seinem Abteil ein, um den versäumten Schlaf nachzuholen, und ich dämmerte vor mich hin in dem wohligen Gefühl, von einem großen Erfolg ausruhen zu dürfen. Als wir etwa eine halbe Stunde unterwegs waren, kam Lorenz Höber in den Gang außerhalb unseres Abteils und bedeutete mir mit Gestikulationen, daß irgend etwas Furchtbares geschehen sei und ich hinauskommen müßte. »Was sollen wir tun?« rief er aus, »der Instrumentenwagen ist nicht an den Zug angehängt worden!« Nun muß ich es der

Phantasie des Lesers überlassen, sich die Situation auszumalen, die entsteht, wenn ein Instrumentenwagen mit 77 Gepäckstücken, der am gleichen Tag in einem anderen Land benötigt wird, verloren scheint und von denen getrennt ist, die ihn über die Grenze manövrieren müssen. Niemals war uns etwas Ähnliches passiert. Das Orchester, beglückt und berauscht von seinem Erfolg, hatte natürlich nach dem Konzert das Pariser Nachtleben studiert, und unser guter Orchesterwart Jastrau war auch nicht zu Hause geblieben. Er hatte die Instrumente pflichtgemäß verladen und sich dann auf seine Weise amüsiert — wer sollte ihm das verargen? Unmöglich, zu beschreiben, was wir in der folgenden halben Stunde durchmachten, bis zum nächsten Aufenthalt, wo wir hofften, ein Telegramm nach Paris aufgeben zu können. Schließlich hielt der Zug. Höber und ich stiegen aus, indessen Furtwängler, nichts ahnend von der drohenden Katastrophe, immer noch den Schlaf des Gerechten schlief. Während wir versuchten, dem Stationsvorsteher unser Dilemma klarzumachen, fuhr auf dem nächsten Bahnsteig ein Zug ein — daran angekoppelt erblickten wir unsern Instrumentenwagen. Er war an den falschen Zug angehängt worden. Es gibt im Menschenleben Augenblicke, die man nicht vergißt — dies war ein solcher!

In der ersten Hälfte des Jahres 1930 fand eine ganz ungewöhnliche Anzahl von Orchestertourneen in Europa statt. Im Mittelpunkt des Interesses stand der Besuch des New York Philharmonic Orchestra, unter der Leitung seines Direktors Toscanini. Alle großen Städte bewarben sich um ein Konzert der Amerikaner. Da die traditionelle Tour der Berliner Philharmoniker gleichzeitig mit der amerikanischen stattfand, traf ich mich mit Anita Colombo, der früheren Sekretärin Toscaninis, die die Reise der New Yorker organisierte, im Hotel Bristol in Wien. Dort verglichen wir unsere Reisepläne, damit die Konzerte nicht kollidierten. Am Schluß ihrer Tourneen trafen die beiden Orchester in Berlin zusammen. Die italienische Botschaft gab einen Empfang für Toscanini; eine Privataufnahme zeigt ihn, umgeben von seinen deutschen Kollegen Furtwängler, Kleiber, Klemperer und Walter.

In demselben Frühjahr unternahmen die Wiener Philharmoniker eine Englandreise mit Furtwängler, wobei sie auf dem Wege in einigen deutschen Städten konzertierten. Ich war ihnen für Arrangement und Begleitung von den Berlinern gnädigst ausgeliehen. Diese Tournee zeigte so recht, was das herrliche Orchester zusammen mit Furtwängler vollbringen konnte. Und doch wurde er sich gerade auf dieser Reise klar, daß es auf die Dauer sowohl den Berliner Philharmonikern als auch den Wienern gegenüber unfair sei, wenn er die Leitung beider Orchester nebeneinander beibehalte, und nach sorgfältiger, teils schmerzlicher Überlegung gab er seine Wiener Stellung kurz nach dieser englischen Konzertreise auf. Als ständiger Gast blieb er freilich den Wienern auch weiterhin treu.

Nach seinem Verzicht auf den Wiener Posten wurde von der Reichshauptstadt alles getan, um den nun in den Vierzigern stehenden Künstler zu ehren und zu befriedigen. Auch die Berliner Opernhäuser öffneten ihm ihre Türen.

Die Arbeit entwickelte sich in den folgenden Jahren stetig. Besonders erfolgreich war die Winterreise der Philharmoniker im Jahre 1931. Sie umfaßte deutsche Städte, Belgien, Holland, England. Ein bekannter Photograph hatte angeboten, uns zu begleiten. Er machte auf der ganzen Reise sehr gelungene Aufnahmen, wenn er auch gelegentlich unbemerkt die unmöglichsten Momente mit seiner Kamera festhielt. Als wir nach der Beendigung der englischen Konzerte den Hoek-Zug bestiegen, schien mir der Bahnsteig ungewöhnlich belebt zu sein. Das Orchester hatte sich diesmal scheinbar eine ungewöhnlich große Anzahl von Verehrern zugelegt! Solche Verehrer waren übrigens manchmal höchst unbequem, ganz besonders in Paris, wo so ungefähr jedes Orchestermitglied in der letzten Minute irgendeine mysteriöse weibliche Anverwandte unbedingt ins Konzert hineinbringen mußte — in einen Saal, der längst ausverkauft war. Ich habe mich dort immer an dem leicht maliziösen Humor Rouchés gefreut, der mir, besonders nach der technischen Renovierung des riesigen

Bühnenhauses, erlaubte, die Freundinnen der Musiker hinter dem Vorhang auf der weiten Bühne unterzubringen. In London war es aber nie annähernd so zugegangen wie in Paris, daher mein Erstaunen über den bevölkerten Bahnsteig. Bald sollte ich über die Gründe aufgeklärt werden: Charlie Chaplin befand sich im gleichen Zuge wie wir, und was waren wir im Vergleich zu ihm! Unser Photograph geriet sofort in die größte Aufregung und erklärte, daß Furtwängler und Chaplin zusammen aufgenommen werden müßten. Ich wurde entsandt, um mit Chaplins Manager die Sache zu arrangieren. Als ich in dessen Abteil kam, blieb er kühl. Warum sollte Chaplin mit Furtwängler photographiert werden? Wer war Furtwängler überhaupt im Vergleich zu Charlie? Bekam er etwa viertausend Liebesbriefe pro Tag? Mußte er vielleicht drei Sekretärinnen beschäftigen, nur um die Begeisterungsdokumente zu sortieren? Angesichts dieser vernichtenden Überlegenheit des Filmstars fühlte ich mich natürlich klein und unbedeutend, und so kehrte ich, geschlagen, vom Schlachtfeld zurück. Wir gingen bei Dunkelheit an Bord, und nichts war von dem großen Manne zu sehen; es hieß lediglich, daß er sich sofort in seine Kabine zurückgezogen habe. Am nächsten Morgen hingegen, zu der unmenschlich frühen Stunde der Landung des Hoek-Dampfers, kam eine Botschaft, daß Chaplin gern Furtwängler begrüßen würde. So trafen sich die beiden bei Morgengrauen, und ich konnte kaum glauben, daß der sympathisch und gütig aussehende Mann der gleiche Charlie Chaplin sein sollte, den wir aus dem »Goldrausch« kannten. Die Aufnahme wurde gemacht, und Chaplin fuhr nach Berlin weiter, während unser nächstes Ziel Den Haag war.

Toscanini und Furtwängler in Bayreuth — Haus Wahnfried — Flugzeugunfall Furtwänglers — Der Toscanini-Zwischenfall in Bayreuth — Sekretariatsarbeit in Berlin — Die Jubiläumsfeier der Berliner Philharmoniker — Eine »Holländer« Parodie von Hindemith

Es war eine Zeit der Krisen für die Welt und nicht zuletzt für Deutschland, und doch boten sich immer neue Aufgaben im Musikleben. Siegfried Wagner war am 4. August 1930 während der Bayreuther Festspiele gestorben. Es war Toscaninis erste Bayreuther Saison. Er dirigierte den »Tristan« und die Neueinstudierung des Pariser »Tannhäuser« mit Siegfried Wagner als Regisseur. Es verlautete, daß er Siegfried noch kurz vor dessen Tod gebeten hatte, ihm für die folgende Saison den »Parsifal« zu übertragen.

Nach dem Krieg hatte Bayreuth schwere Jahre durchgemacht. Siegfried, unterstützt von Winifred, seiner jungen Frau, hatte sein Äußerstes getan, um seines Vaters Vermächtnis würdig zu verwalten. Nun war die junge Witwe allein zurückgeblieben, und die Erziehung ihrer vier unmündigen Kinder sowie die Verantwortung für die Zukunft der Festspiele lag in ihren Händen.

Bei allem ehrlichen Streben und künstlerischen Idealismus war Bayreuth aus vielen Gründen immer ein Mittelpunkt von Intrigen und Eifersüchteleien gewesen, aber es hatte stets eine unwiderstehliche Anziehungskraft auf Künstler und Publikum behalten.

Nach dem Tode von Siegfried Wagner löste Karl Muck, der letzte der Getreuen aus Richard Wagners Zeit, seine Verbindung mit Bayreuth. Zwar hatte Toscanini seine Mitwirkung für den Sommer 1931 zugesagt, aber außerdem war eine Persönlichkeit von Format dringend nötig, die Autorität und genügend Sachkenntnis besaß und der man an Stelle von Siegfried Wagner alle künstlerischen Belange anvertrauen konnte.

Im Dezember 1930 erhielt Furtwängler zu seiner größten Überraschung einen Brief von Frau Wagner, worin sie ihn anfragte, ob Bayreuth auf seine Dienste rechnen dürfe. Das war wieder eine schwierige Entscheidung. Seit seiner Mannheimer Zeit war Furtwängler als Wagner-Dirigent großen Stils bekannt. In vielen Opernhäusern hatte er Wagners Werke aufgeführt, aber bis jetzt war er noch nicht zum Dirigieren in Bayreuth — dem Traum eines jeden Opernkapellmeisters — eingeladen worden. Andrerseits benötigte er seinen Sommer dringend zum Ausspannen, und er hatte bisher entschieden alle Aufforderungen zu Sommergastspielen ausgeschlagen.

Er nahm sich Zeit, die Sache zu überdenken, und die Angelegenheit wurde streng geheimgehalten. Schließlich beschloß man, daß Frau Wagner nach Berlin kommen sollte, um sich mit ihm zu besprechen. Um jede Möglichkeit vorzeitigen Geredes zu vermeiden, fand die erste Unterredung in meiner Wohnung statt.

Zuerst wurde der Gegenstand der Zusammenkunft nicht berührt; von allem möglichen wurde gesprochen, nur nicht von dem, was uns alle bewegte. Aber schließlich gab es kein Ausweichen mehr, und Furtwängler erklärte sich bereit, dem Ruf nach Bayreuth zu folgen. Frau Wagner ist sonst ein starker und beherrschter Mensch, aber in diesem Augenblick brach sie in Tränen der Erleichterung aus — das Schicksal Bayreuths mochte ihr wohl schwer auf der Seele gelegen haben.

Es wurde vereinbart, daß Furtwängler für den Sommer 1931 an Stelle von Muck den »Tristan« übernehmen solle, verbunden mit dem Amt des musikalischen Leiters der Festspiele. Dies war keine geringe Zugabe zu seiner sonstigen Tätigkeit, und für mich ergab sich wieder eine neue und faszinierende Arbeit! Eine der Hauptaufgaben war die Zusammenstellung des Festspielorchesters, welches stets aus Mitgliedern verschiedener deutscher Orchester bestand. Im Festspielorchester herrschte eine besondere Tradition, und die eingesessenen Bayreuther kannten einen jeden der Musiker, die jahraus, jahrein im Sommer in die gleichen Quartiere zurückzukommen pflegten. Die meisten unter ihnen betrachteten es als eine besondere Auszeichnung, ihren

Sommerurlaub auf diese Weise in Bayreuth zu verbringen. So konnte man zum Beispiel Professor Edgar Wollgandt, den Schwiegersohn von Arthur Nikisch und Konzertmeister des Gewandhausorchesters, Jahr für Jahr am ersten Pult im Festspielhaus sitzen sehen.

Die Nachricht von Furtwänglers Berufung nach Bayreuth brachte eine Flut von Bewerbungsschreiben von Musikern mit sich, die in das Festspielorchester aufgenommen werden wollten. Für jedes Instrument gab es eine große Liste von überzähligen Anwärtern. Zum erstenmal bewarben sich auch Mitglieder der Berliner Philharmoniker, die gern auch einmal unter ihrem eigenen Dirigenten Opern spielen wollten. Junge Kapellmeister und Musiker baten um die Erlaubnis, den Proben beiwohnen zu dürfen. Ein großer Teil dieser Korrespondenz und die Berichterstattung darüber an Frau Wagner fiel mir zu. Bayreuth hatte seine unantastbare Tradition auch in diesen Dingen, und es war eine ganz neue Erfahrung für mich, an dieser Arbeit teilzunehmen.

Ostern 1931 mußte Furtwängler für Vorbesprechungen mit Winifred Wagner und einigen der Mitarbeiter nach Bayreuth fahren. Er nahm mich mit, und wir wohnten einige Tage als Gäste auf dem Wagnerschen Familiensitz »Wahnfried«. In dieser Zeit brachte Frau Wagner ihre Gäste meist in dem sogenannten »Siegfried-Haus« unter, einem niedrigen Gebäude im Garten von »Wahnfried«, das Siegfrieds Heim gewesen war, solange Cosima noch regierte. Frau Winifred hatte es neu herrichten lassen, und es war urgemütlich in den geschmackvollen Zimmern mit dem Blick in den altmodischen Garten. Nichts fehlte zum Behagen der Gäste; sogar englische Schmöker gab es in der Bibliothek.

In der imposanten Atmosphäre von »Wahnfried« war Frau Wagner eine geschickte und gemütliche Wirtin. An einem der Abende kamen Cosimas Töchter, um Furtwängler kennenzulernen. Gräfin Blandine Gravina, die zweite Tochter aus der Ehe mit Hans von Bülow, lebte damals meist in Florenz; Frau Isolde Beidler, die dritte Tochter, die sich nach St. Gallen verheiratet hatte, war gestorben, und so waren es nur die älteste Tochter, Frau Daniela Thode, geborene von Bülow, und Frau

Eva Chamberlain, die den neuen musikalischen Leiter in Augenschein nehmen konnten. Man kann sich heute vorstellen, was dieses Zusammentreffen mit dem neuen Mann für die beiden Frauen bedeutete, die mit fast religiöser Inbrunst am Vermächtnis Richard und Cosima Wagners hingen.

Ich kannte Frau Thode von meinem ersten Heidelberger Semester her, wo sie als Gattin des Kunsthistorikers Henry Thode die Etikette »Wahnfrieds« in einer Weise aufrechterhielt, wie sie an einem Hof nicht formvollendeter hätte sein können. Äußerlich erinnerte sie wenig an ihre Mutter. Sie war schlank und dunkel, ihre Züge waren die ihres Vaters Hans von Bülow. Ihre verschiedenfarbigen Augen hatten einen fanatischen Ausdruck, und fanatisch war sie in mancher Hinsicht. Von Cosimas Töchtern war sie die vielseitigste und unternehmendste. Durch viele Jahre enger Verbundenheit mit ihrer Mutter hatte sie eine genaue Kenntnis von den Intentionen Wagners erworben, und nach dem Tode ihres Bruders Siegfried wurde sie von vielen als die letzte lebende Quelle der wahren Wagnertradition betrachtet. Nie sprach sie von Wagner anders als vom »Meister«.

Frau Thode war eine imposante Persönlichkeit. Sie hatte die königliche Haltung ihrer Mutter Cosima, aber gelegentlich schien es, als ob ihre Wahrung der äußerlichen Lebensformen zu weit ginge. Frau Thode war eine große Verehrerin von Furtwänglers Wagner-Interpretation, aber seine Art zu dirigieren erfüllte sie mit Unbehagen. Bekanntlich ist das Orchester in Bayreuth verdeckt, und das Publikum kann den Dirigenten nicht sehen. Furtwängler machte sich aber in anderer Weise bemerkbar. Deutlich konnte man das Stampfen vernehmen, mit dem er — natürlich unbewußt — sein Dirigieren begleitete. Kurz nach Beginn seiner ersten Bayreuther Saison kam Frau Thode zu mir und schlug mir vor, eine Platte unter die Füße des wilden Mannes zu legen, um das Geräusch zu dämpfen. Sein Benehmen am Pult schien ihr unvereinbar mit der vornehmen Tradition des Festspielhauses.

Sie war eine bedeutende Frau, deren tiefe und ausgedehnte Kenntnisse sie in die Lage versetzten, viele interessante Briefe und Dokumente der Familie Wagner herauszugeben. Als im

Jahre 1931 Toscanini »Parsifal« und »Tannhäuser« dirigierte, waren die neuen Kostüme für Tannhäuser ihr anvertraut. Sie entwarf sie nach den Miniaturen der Manesseschen Liederhandschrift, die im 14. Jahrhundert vermutlich in Zürich entstanden ist. Nach Hitlers Machtergreifung und dem Rücktritt Toscaninis zog sie sich mehr und mehr vom öffentlichen Leben in Bayreuth zurück, doch behielt sie bis zu ihrem Tode ihr kleines Heim dort bei.

Ihre Schwester, Frau Eva Chamberlain, war 1867 geboren, als Tochter Richards und Cosimas. Sie war die Witwe von Houston Stewart Chamberlain, dessen Buch »Die Grundlagen des 19. Jahrhunderts« einen so verhängnisvollen Einfluß auf Hitler ausgeübt hat. Auch Frau Chamberlain war eine eindrucksvolle Erscheinung; ihr vornehmes Gesicht zeigte sowohl Züge von Cosima wie von Wagner. Sie galt für eine kluge Frau, aber sie war selten aufgeschlossen, und auch an diesem Abend blieb sie in sich zurückgezogen und leicht herablassend. Nach dem Tode ihres Gatten lebte sie weiter im alten Chamberlainschen Hause neben »Wahnfried«.

Die Töchter Cosimas haben sich im Grunde niemals dem Naziregime gebeugt, mit dem auch für sie eine völlig neue Zeit in Bayreuth anbrach — nicht nur in politischer Hinsicht. Solange ihr Bruder Siegfried lebte, hatten sie noch mehr oder weniger zu der herrschenden Generation gehört. Jetzt aber mußten sie der jüngeren weichen, die ihre eigenen Wege ging und sich nicht mehr blind an den Buchstaben der Überlieferung hielt.

Die tiefe Kluft zwischen den beiden Generationen der Familie Wagner empfand ich besonders stark an jenem denkwürdigen Abend, den wir in der einzigartigen Atmosphäre von »Wahnfried« verbrachten, mit den zwei alten Damen als Symbol vergangener Herrlichkeit und Größe, mit Frau Winifred, der jungen und energischen Erbin des großen Vermächtnisses, und Furtwängler, der so erfüllt war vom heiligen Willen, sein Bestes zu geben, um seiner neuen Aufgabe gerecht zu werden.

Schließlich waren alle Vorbereitungen für den Sommer getroffen. Frau Wagner hatte Furtwängler ein romantisches und abgelegenes Haus in der Nähe einer Mühle zur Verfügung gestellt. Die Besitzer, Familie Feustel — seit Jahren aufs engste mit »Wahnfried« verbunden — hatten sich bereit erklärt, das Haus mit seinem altmodischen Garten für den Sommer Furtwängler zu überlassen. Auch ein Pferd war für ihn da, und dieses Pferd blieb für ihn eine der größten Attraktionen seines Bayreuther Aufenthalts. Ich begleitete ihn nach Bayreuth als seine Sekretärin und wurde in einer schönen Villa auf dem Festspielhügel untergebracht, die dem früheren Direktor des Festspielhauses, Herrn Schuler, gehörte. Frau Schuler, einst mit Cosima eng verbunden, war von Anfang an meine gute Freundin und eine große Stütze in dem aufregenden Bayreuther Leben.

Im Frühjahr 1931 mußten die übliche Philharmoniker-Tournee sowie alle anderen Gastspiele Furtwänglers eingeschränkt werden, da die Proben in Bayreuth schon Anfang Juni begannen. Die Einführung eines neuen Dirigenten war dort an sich immer eine große Sache, aber Furtwänglers Amtsantritt war von besonders aufregenden und dramatischen Umständen begleitet. In jenen Tagen begann er am Fliegen Gefallen zu finden, und ein junger Pilot mit einem eigenen Flugzeug bot sich an, ihn von Berlin nach Bayreuth zu bringen. Während des Fluges entstand ein Maschinendefekt, und so mußte das Flugzeug auf halber Strecke notlanden. Die Maschine überschlug sich, und Furtwängler — immer ein vorzüglicher Sportsmann — suchte sich mit Geistesgegenwart vor dem Anprall zu schützen, indem er den Salto mortale des Flugzeuges mitmachte. Nur diesem Umstand dankte er sein Leben. Zerschunden und noch halb benommen von dem Schock kam er in einem Auto kurz nach neun Uhr früh am Festspielhaus an, unmittelbar nachdem seine erste Probe hätte beginnen sollen. Der Probenbeginn in Bayreuth war immer eine feierliche Staatsaktion. Das Orchester harrte voll Erwartung an seinen Pulten, die »Musikalische Assistenz«, alle die jungen Korrepetitoren und Volontäre saßen mit ihren Partituren bereit. Die Angehörigen der Familie Wagner erschienen mit all der getragenen Würde, die sie der Sache des Meisters stets zuteil werden ließen. Und nun passierte das in den Annalen von Bayreuth noch nie Dagewesene: Die Hauptfigur, der neue musikalische Leiter, war nicht zur Stelle. Dies war ein Verbrechen, demgegenüber die Tatsache, daß er auf seinem Fluge nach Bayreuth fast sein Leben eingebüßt hätte, nicht zählte.

Die Presse berichtete natürlich mit dicken Schlagzeilen und in langen Spalten über diese Begebenheit, und bald darauf wurde mir vorgeworfen, daß ich eine besonders gerissene Pressereklame für Furtwängler mache. Von diesem Moment an hatte ich stets Schwierigkeiten bei meiner Bayreuther Arbeit, die während des ganzen Sommers nicht nachließen.

Die erste Spielzeit ohne Siegfried Wagner war schwer für alle, die seinen freundlichen Gruß auf dem Festspielhügel vermißten, und die neue Festspielleitung, an ihrer Spitze die junge Witwe, hatte es zunächst nicht leicht, ihren Weg zwischen den nötigen Neuerungen und der eifersüchtig gehüteten Tradition zu finden.

Den ersten Zusammenstoß dieser Saison gab es mit Lauritz Melchior, dem Tristan in Furtwänglers erster Bayreuther Aufführung. Er erklärte, sofort abreisen und niemals mehr zurückkehren zu wollen. Differenzen mit der Direktion waren anscheinend die Ursache. Schließlich willigte er ein, seine eingegangenen Verpflichtungen für diesen Sommer zu erfüllen, aber seitdem hat er, einer der besten Wagner-Tenöre der Gegenwart, Bayreuth nie mehr betreten.

Da war auch der Toscanini-Zwischenfall, welcher über die ganze Welt berichtet wurde, leider entstellt und vergröbert. Die Festspielleitung hatte am Jahrestag von Siegfried Wagners Tod, am 1. August 1931, ein Gedächtniskonzert angesetzt. Dies war ein Novum in Bayreuth, denn nie zuvor hatten Konzerte im Festspielhaus stattgefunden. Die Dirigenten des Jahres, Elmendorff, Furtwängler und Toscanini, sollten sich die Leitung des Konzertes teilen. Am Morgen, in der Generalprobe, zerbrach Toscanini seinen Taktstock und verließ das Podium. (Es stellte sich später heraus, daß der Maestro, der bei der beschränkten Probezeit erwartet hatte, wenigstens dieses eine Mal ungestört zu probieren, ungehalten war, ein Haus voller Zuhörer vorzufinden. Die Direktion hatte nämlich den Angehörigen der Sänger, des Chores und Orchesters und den Hausangestellten den Zutritt zur Probe gestattet.)

Was immer der Grund war — Toscanini brach die Probe in großer Erregung ab und erklärte dem ihm nacheilenden Furtwängler, daß er abreisen und beim Gedächtniskonzert am Abend nicht mitwirken würde. Er begab sich sofort zu seinem Auto und verließ den Festspielhügel.

Furtwängler, als musikalischer Leiter, dirigierte die Probe zu Ende und sandte mich inzwischen zu Frau Wagner, um sie über Toscaninis Absichten zu informieren. Sie erklärte: »Ich glaube nicht, daß Toscanini es mir antun kann, mich bei dieser Gelegenheit zu verlassen.« Trotzdem sandte sie mich mit ihrem Neffen, Gil Gravina, der infolge seiner Kenntnis des Italienischen dem Maestro oft als Dolmetscher diente, nach »Wahnfried«, wo Toscanini als ihr Gast im Siegfried-Haus wohnte. Die Dienstboten teilten uns mit, daß Toscanini soeben mit seinem Chauffeur und seinem vergötterten kleinen Hündchen nach Marienbad abgefahren sei.

Furtwängler seinerseits fühlte sich während dieser seiner ersten Bayreuther Spielzeit nicht ganz wohl in seiner Haut. Er hatte seine ganz bestimmten Ideen, wie das Vermächtnis Richard Wagners verwaltet werden sollte. Schließlich spitzten sich die Dinge so zu, daß er noch vor seiner ersten Aufführung zurücktreten wollte. Er schrieb einen langen Brief an Frau Wagner — ein Dokument, das zeigt, wie ernst er alles nimmt, was seiner Verantwortung untersteht, und wie gründlich er sich mit allem auseinandersetzt. Er legte klar und ehrlich dar, daß seine Auffassung vom Vermächtnis Richard Wagners sich schwer mit der Art, wie Bayreuth jetzt geleitet würde, vereinen ließe. Die Meinungsverschiedenheiten wurden zwar damals ausgeglichen, aber sie waren der Keim zu seinem späteren Konflikt mit Bayreuth[24]. Schon vor der nächsten Festspielperiode erklärte er seinen Rücktritt. In einem Artikel, »Um die Zukunft von Bayreuth«, der im Juni 1932 in der »Vossischen Zeitung« erschien, verteidigte er seine Stellungnahme vor der Öffentlichkeit.

Nach Furtwänglers Rücktritt von Bayreuth wurde Berlin immer mehr Mittelpunkt seiner Arbeit und seines Lebens, obwohl er regelmäßig als Gastdirigent nach Wien fuhr. So wurde naturgemäß Berlin auch für mich zur zweiten Heimat. Furtwängler ließ den Philharmonikern seine intensivste Sorgfalt angedeihen. Die finanziellen Schwierigkeiten des Orchesters waren damals so gut wie überwunden[25]. In dem Aufsichtsrat von siebzehn Mitgliedern waren das Orchester, die Stadt Berlin, das Reich und der Reichsrundfunk vertreten. Der Vorsitzende war Dr. Lange, Berlins Erster Bürgermeister. Mit Energie und Humor widmete er sich den Angelegenheiten der Philharmoniker und kämpfte wie ein Löwe für ihre Interessen in den Stadtratssitzungen mit ihren unvermeidlichen Intrigen. Während der Konzerte saß er gern auf dem Podium, so nahe wie möglich beim Orchester.

Für mich war er der verständnisvollste und gütigste Chef, immer bereit, in Schwierigkeiten zu helfen. Er wird in meiner Erinnerung stets verbunden sein mit der Erfüllung meines sehnlichsten Wunsches von damals: ein richtiges Orchesterbüro zu haben. Ich hatte passende Räume gefunden, nahe von Furtwänglers Heim und unweit der Philharmonie, in denen neben dem Büro auch für meine Privatwohnung Platz war. Natürlich mußte die Genehmigung des Aufsichtsrates für diesen Plan eingeholt werden. Tagelang vor der zu diesem Zweck einberufenen Sitzung war ich fast krank vor Aufregung. Zwar fühlte ich mich meiner Gönner sicher, aber wer nur die geringste Ahnung von den Möglichkeiten bei einer solchen Komiteesitzung hat, wird mir zugeben, daß man niemals mit Bestimmtheit voraussagen kann, was passieren wird. Schließlich — spät nachts — rief mich Dr. Lange an: »Das Büro ist genehmigt, schießen Sie los!« Wie glücklich war ich.

Das Büro war in jeder Hinsicht ideal. Außer dem einen Raum, der Kanzlei, sah es darin überhaupt nicht wie in Geschäftsräumen aus. Ich richtete es zum Teil mit meinen alten Möbeln und Bildern ein. Wir hatten ein Musikzimmer für »Probevorspiele«, welches wir auch für unsere Kammermusikabende benutzten. Ein schöner Bechstein-Flügel wurde uns zur Verfügung gestellt. Mein eigenes Büro; ein harmonischer großer Raum mit meinen Büchern, Noten und bequemen Sesseln. Bald fanden sich Besucher aus aller Welt ein. Eine junge Ostpreußin folgte mir aus meiner früheren Wohnung und sorgte gleichzeitig für Haushalt und Büro. Sie war eine vorzügliche Köchin, und bald richtete sie sich darauf ein, daß man im Büro für wenig Geld essen konnte, wenn man sich bei ihr anmeldete. »Trudchen« stand beim Orchester in großer Gunst, und wenn ich aus war, nahm sie die Telefonanrufe mit größtem Geschick entgegen, wobei sie sich mit den Trägern berühmter Namen auf besonders diplomatische Weise zu unterhalten pflegte.

Es war ein erfülltes und tätiges Leben, das wir in jener Zeit führten. Als wir an die Vorbereitungen zum Jubiläum der fünfzig Jahre des Berliner Philharmonischen Orchesters gingen, taten wir es im Gefühl der Dankbarkeit für das Erreichte. Die Jubiläumsfeier bestand aus zwei Festkonzerten. Beim ersten wurde ein neues Werk von Paul Hindemith, »Philharmonisches Konzert«, gespielt, welches Hindemith dem Orchester und seinem Dirigenten aus diesem Anlaß gewidmet hatte. Diplomaten aller Länder saßen mit dem Oberbürgermeister der Stadt Berlin in der ersten Reihe. Die Festrede hielt der Staatssekretär im Reichsinnenministerium; er überreichte bei dieser Gelegenheit Furtwängler die »Goethe-Medaille«, eine Auszeichnung, die vom Reichspräsidenten für Männer der Wissenschaft und Kunst geschaffen worden war.

Das schicksalsschwere Jahr 1932 nahm seinen Lauf. Wir reisten durch Europa. Furtwängler dirigierte wie stets seine Operngastspiele in Wien und Paris. Seinen nächsten Geburtstag feierten wir durch einen Empfang in unseren Büroräumen, die sich vorzüglich für eine solche Festlichkeit eigneten. Orchestermitglieder und berühmte Solisten führten die Kindersymphonie von Haydn auf. Alle waren als Kinder angezogen. Hindemith, der in jenen Tagen Fagott blasen lernte, hatte eine Fagottstimme dazu komponiert, die er zur Verzweiflung seiner Frau wochenlang vorher ununterbrochen übte.

Der unerschöpfliche Hindemith hatte außerdem eine Parodie zur »Holländer«-Ouvertüre komponiert. Sie wurde gespielt von vier Philharmonikern in altmodischen Gehröcken, aus deren Taschen rote Schnupftücher hingen. Sie sollten Dorfmusikanten darstellen, welche das Stück zum erstenmal spielten und, da sie aus dem Takt kamen, sich schnell durch Einschaltung eines ihnen besser bekannten Wiener Walzers aus der Affäre zogen, dann aber mit ungeahnter Virtuosität wieder den Weg zurück zur »Holländer«-Musik fanden, bis zum glorreichen Ende, der Vereinigung des Holländers mit Senta. Diese Parodie war ein so feinsinniges Meisterwerk an Kunst und musikalischem Witz, daß wohl kaum jemand, der nicht Musiker ist, alle Finessen gebührend würdigen könnte.

Es war ein ungemein heiterer und harmonischer Abend, der große Künstler und führende Persönlichkeiten Deutschlands vereinte. Das Berliner Philharmonische Orchester sollte direkt nachher nach England abreisen. Niemand ahnte, wie nahe der Sturm war. Es war der 25. Januar 1933.

Hitler-Deutschland
1933—1935

Zwischenfall im Speisewagen Holland-Berlin — Ein Nazi-Kommissar für die Berliner Philharmoniker — Prof. Havemann droht — Der Juden-Boykott — »Gleichschaltung« des Konzertlebens — Furtwänglers offener Brief an Goebbels und dessen Antwort

Am 30. Januar 1933 wurde das Dritte Reich proklamiert, und Adolf Hitler wurde Reichskanzler. Während sich in Deutschland ein Umbruch vollzog, über dessen Tragweite sich damals die wenigsten Menschen klar waren, befand sich das Berliner Philharmonische Orchester auf seiner jährlichen Reise nach England, Holland und Belgien. Am 22. Februar hatten wir im Haag unser letztes Auslandskonzert gegeben und saßen nun im Zug nach Bielefeld, wo das erste Konzert auf deutschem Boden seit Hitlers Machtergreifung stattfinden sollte.

Während einer der Mahlzeiten war der Speisewagen ganz für das Orchester belegt, aber es waren außerdem noch ein paar Fremde anwesend, die wir nicht weiter beachteten. Kurz nach dem Grenzübertritt hatte sich uns ein Freund angeschlossen, einer der vielen deutschen Musik-Enthusiasten, die sich mit ihren Geschäftsreisen gern nach dem Orchesterfahrplan zu richten pflegten.

Damals stand Holland im Zeichen einer Mengelberg-Krise; denn Mengelberg hatte seinen Wohnsitz gerade nach der Schweiz verlegt, angeblich um der immer höher werdenden Besteuerung in Holland zu entgehen. Unsere Orchestermitglieder waren nach der erfolgreichen Tournee in bester Stimmung und unterhielten sich angeregt über den Fall. Ich mischte mich in das Gespräch und erörterte die Steuerfrage mit Furtwängler, der seit 1924 ein Haus im Engadin besaß. Ironisch schlug ich ihm vor, Mengelbergs Beispiel nachzuahmen.

Kaum waren wir in Bielefeld angekommen, erschien unser Freund mit bedenklicher Miene und berichtete: Offenbar hatte sich unter den Fremden im Speisewagen ein hoher SS-Führer befunden, der unser Gespräch belauscht hatte. Er betrachtete uns als »antinationale« Verbrecher, drohte mit dem Boykott des Bielefelder Konzertes und mit einem Bericht nach Berlin über diesen Vorfall. Da ich die einzige Frau war, die das Orchester begleitete, hatte er mich für Frau Furtwängler gehalten und war entsetzt, aus dem Munde der Gattin dieses prominenten Mannes solche Ansichten zu hören. Unser Freund wollte den Verdacht nicht auf dieser unschuldigen Dame sitzen lassen, er wollte aber auch keinesfalls die Aufmerksamkeit der Nazis auf Furtwänglers Sekretärin lenken und erklärte daher, daß die betreffende Dame lediglich eine Freundin des Orchesters sei.

Den ganzen Nachmittag gingen erregte Verhandlungen über diesen Vorfall hin und her. Schließlich fand das Konzert doch statt. Die lokale Nazibehörde wollte es anscheinend nicht auf sich nehmen, Deutschlands berühmtes Orchester am Auftreten zu hindern.

Als wir längst wieder in Berlin waren, hatte die Angelegenheit im Speisewagen noch ihre Nachwehen, indem sie zu einer der damals üblichen Denunziationen führte. Hitler bekam ein Memorandum überreicht, in welchem Furtwängler unter anderm bezichtigt wurde, die großen Honorare seiner internationalen Gastspiele mit Hilfe seiner »jüdischen« Sekretärin im Ausland zu deponieren, während das Orchester monatelang auf Bezahlung warten müsse. Gerade das Gegenteil war der Fall. Wie oft hatte Furtwängler in dieser Zeit der Unsicherheit durch die innerpolitische Lage auf den ihm zustehenden Gehaltsanteil verzichtet, damit wenigstens die Orchestergehälter regelmäßig ausbezahlt werden konnten. Diese Verleumdungsschrift gab uns einen Vorgeschmack für das, was noch kommen sollte.

Ich war in jener Zeit von einem undefinierbaren Gefühl bedrückt. Meine Arbeit hatte mich durch die Welt geführt, aber wie so viele andere hatte ich den Fehler begangen, nicht auf die Entwicklung der politischen Lage in der Heimat zu achten. Nie hatte ich »Mein Kampf« gelesen, nie den Fall Hitler ernst genommen. Unsere Tätigkeit hatte nichts mit Propaganda und Politik zu tun; ihr Inhalt war Pflege der Musik, nichts anderes. Was konnte mehr im Interesse des wahren Deutschland sein, als unsere Arbeit im Dienste der Kunst?

Nur wenige erkannten damals, auf was die Nazis hinzielten. Zwar waren die neuen Gesetze noch nicht in Kraft, aber die kommenden Ereignisse warfen ihre Schatten voraus. Allerhand Gerüchte schwirrten herum über bevorstehende Bestimmungen bezüglich der Betätigung von »Nichtariern«, und bald verlautete, daß die jüdischen Mitglieder des Orchesters nicht länger »tragbar« sein würden.

Furtwängler besprach die Lage mit den verschiedensten Leuten. Doch kam es ihm nicht in den Sinn, daß sich irgend jemand ernsthaft in seine Arbeit einmischen könnte. Er war so von seiner Sache überzeugt, daß er glaubte, nur alles richtig erklären zu müssen, um die Dinge wieder ins Lot zu bringen.

Viele Posten im neuen Deutschland waren in den Händen von unqualifizierten und unerfahrenen Leuten, von Parteimitgliedern, die für ihre Hitler-Treue schnell mit hohen Ämtern belohnt werden mußten. Man war sich über ihre Unzulänglichkeit klar und erwartete daher, daß sie bald wieder verschwinden würden und der gesunde Menschenverstand wieder die Oberhand erhalte.

Furtwängler war entschlossen, keinerlei willkürliche Eingriffe in die feinnervige Organisation seines Orchesters zu dulden. Er machte aus seinem Herzen keine Mördergrube, und so war sein Standpunkt bald für die Nazibehörden kein Geheimnis mehr. Vermutlich fühlten sie sich in dieser besondern Angelegenheit, in der auch die Meinung des Auslandes eine gewisse Rolle spielte, nicht ganz sicher. Jedenfalls verhinderten das Ansehen Furtwänglers und seine entschlossene Haltung, daß eine von irgendwelcher Naziseite willkürlich herbeigeführte Katastrophe über das Orchester hereinbrach.[26]

In dieser Zeit tauchte plötzlich ein neuer Mann bei uns auf. Dieser, ein entgleister Kapellmeister, Hocharistokrat, Gutsbesitzer, Flieger unter Göring im ersten Weltkrieg, war ein leidenschaftlicher Musikfreund[27]. Obwohl ein frühes Parteimitglied mit Zutritt zu allen Stellen, war er anscheinend einsichtsvoll und von anständiger Gesinnung. Bei den dauernden Eingriffen, die überall erfolgten, waren diese Art Zwischenfunktionäre die vorläufige Rettung vieler Institutionen, da sie schließlich als Parteimitglieder — doch mit kulturellem Hintergrund und Tradition — ein Veto einlegen konnten, wo andere machtlos waren. Unser »Schutznazi« wurde mit Furtwängler bekannt gemacht und kurz darauf im Einverständnis mit den Behörden dem Berliner Philharmonischen Orchester als »Kommissar« beigegeben, ohne den bei dem schnell wachsenden Mißtrauen gegen alles, was die Philharmoniker anging, eine Fortsetzung der Arbeit kaum möglich gewesen wäre.

Ich wurde mir zwar mehr und mehr der seltsamen Zeit, in der wir lebten, bewußt, doch war ich noch gänzlich ahnungslos bezüglich ihrer Auswirkung auf mich selbst. Ich war Protestantin jüdischer Abstammung. Die meisten der alten kultivierten jüdischen Familien, die seit Jahrhunderten in Deutschland lebten, hatten sich dem deutschen Leben assimiliert. Die »jüdische Frage«, wie sie durch Hitler heraufbeschworen wurde, hatte für uns kaum existiert.

Eines Nachmittags im März saßen Lorenz Höber, einer der langjährigen Geschäftsführer, der neue Kommissar und ich zusammen in meinem Büro. Nachdem wir allerhand andere Dinge besprochen hatten, zog Höber ein Stück Papier heraus: »Hier ist ein Brief von Professor Havemann[28] (damaligem Vorsitzenden des »Kampfbundes für Deutsche Kultur«), er betrifft das Orchester. Er schreibt, daß die jüdischen Mitglieder und natürlich Fräulein Dr. Geißmar im neuen Deutschland nicht mehr tragbar seien.«

Ich hielt dies zuerst für einen Scherz. Höber war ein großer Witzbold, und ich dachte, er zöge mich, wie üblich, auf. Erst als er mir das Schriftstück zeigte und ich seinen Inhalt mit eigenen Augen gelesen hatte, durchfuhr es mich wie ein Blitz. Wie eine eiserne Klammer legte es sich um mich, ein Gefühl, das ich viele Jahre nicht mehr los werden sollte. Langsam begann ich zu verstehen.

Professor Havemann, der Verfasser des verhängnisvollen Briefes, war ein äußerst zweifelhafter Charakter. Schon lange vor Hitlers Machtergreifung war er Mitglied der Partei geworden. Er war ein Säufer; keine Schülerin der Hochschule für Musik, wo er lehrte, war vor ihm sicher, und er steckte immer in Schulden. Seine eigenen Parteigenossen ließen ihn später fallen und verschickten an alle Behörden eine dicke Anklageschrift gegen ihn. Damals war es aber noch nicht so weit, und lange Zeit hindurch amtierte er, aufgeblasen in seiner SA-Uniform, und griff brutal in bestehende Institutionen ein, ohne daß ihn jemand hindern konnte. Wenn ihm etwas in die Quere kam, hatte er die Angewohnheit, sein Opfer am Telefon zu überfallen und mit einem unbeherrschten Wortschwall zu überschütten. Ich kannte ihn nicht persönlich, aber eines Tages rief er mich an: »Fräulein Dr. Geißmar, ich habe gerade das Programm für das Wiener Brahmsfest gesehen. Bilden Sie sich ja nicht ein, daß das Brahmsfest in dieser Form stattfinden wird! Natürlich ist die Auswahl der Solisten auf Ihren jüdischen Einfluß zurückzuführen.« (Diese waren Huberman, Casals und Schnabel.) »Wir werden bald mit Ihnen kurzen Prozeß machen, das können Sie mir glauben!« brüllte er. Ehe ich nur meinen Mund aufmachen konnte, hatte er schon seinen Hörer wieder hingeworfen.

Noch war indessen Wien frei, zu tun wie es beliebte, und die Macht der Nazis hörte an der deutschen Grenze auf. Das Brahmsfest fand genau so statt, wie es geplant war. Havemanns Drohung war für einmal wirkungslos geblieben. Die Frage meiner in seinem Brief so kategorisch geforderten Entlassung wurde für den Augenblick fallen gelassen. Auch die Zusammensetzung des Orchesters wurde nicht angetastet. Währenddessen fanden in Deutschland dauernd Veränderungen und willkürliche Eingriffe in alle Organisationen und Betriebe statt. Und doch, wie wenig Menschen, vor allem solche, die noch nicht direkt betroffen waren, machten sich klar, was auf dem Spiel stand! Ich entsinne mich, daß ein Bekannter, der eng befreundet war mit der Familie von Mendelssohn und der Joseph Joachim nahe gestanden hatte, allen Ernstes zu mir sagte: »Wir gehen wunderbaren Zeiten entgegen!«

Am 21. März fand die offizielle Gründungsfeier des Dritten Reiches[29] statt. Eine Festaufführung der »Meistersinger« unter Furtwänglers Leitung sollte den großen Tag der Nation beschließen. Generalintendant Tietjen, der Leiter der Preußischen Staatstheater, hatte einige Tage vorher angerufen, um festzustellen, ob Furtwängler an dem Tag frei sei — Hitler selbst habe den Wunsch ausgesprochen, daß er dirigieren solle. Hindenburg wurde zu der Vorstellung erwartet, die nur auf Grund persönlicher Einladung zugänglich war. Ich bekam den üblichen Platz in einer Loge zugesandt, der mir zustand, wenn Furtwängler dirigierte. Die Tatsache, daß ich ihn benutzte, zeigte, wie wenig ich ahnte, um was es wirklich ging.

Die Staatsoper war voll neuer Gesichter und Uniformen. Furtwängler dirigierte, mit einer Grippe kämpfend. In der Pause nach dem ersten Akt wurde er zum Führer »befohlen«, der im ersten Rang in der Mittelloge saß. Ich war nur wenige Logen davon entfernt, und so sah ich aus nächster Nähe den ekstatischen neuen Reichskanzler die Hand des totenblassen Furtwängler drücken. Später, in der zweiten Pause, wurden alle Fenster nach dem Lustgarten aufgerissen. Man hörte marschieren und singen. Die begeisterte Jugend brachte »ihrem Führer« einen Fackelzug dar.

Der restliche Teil des März 1933 war eine hektische Zeit voller Ungewißheit und Qual. Was sich am 1. April in Deutschland abspielte, erinnerte an die dunkelsten Zeiten des Mittelalters. Bis heute weiß ich nicht, wer eigentlich die Idee des Judenboykotts aufbrachte. Wie ein Damoklesschwert hing er plötzlich über uns allen.

In den letzten Tagen des März spitzte sich die Krise zu. Eines Morgens verkündeten die Zeitungen auf der ersten Seite mit fetter Überschrift das Verbot der Beschäftigung von nichtarischen Angestellten. Dies war noch nicht das spätere »Beamtengesetz«; es war überhaupt kein Gesetz. Die Bekanntmachung verursachte aber große Panik, weil weder Arbeitgeber noch Arbeitnehmer wußten, was es bedeutete. Eine unbeschreibliche Unsicherheit beherrschte das Leben, und die Gerüchte über den drohenden Boykott lasteten auf den Menschen, die von Angst gefoltert wurden.

Man murmelte von amerikanischer Intervention, von dauernden Kabinettssitzungen; dann hörte man von einer »Verschlechterung der Lage«, hervorgerufen durch — natürlich erfundene — Vorkommnisse im Ausland. Es hieß auch, daß die Reichsregierung sich über die Boykottfrage nicht einig sei und daß bis zur letzten Minute Parteiführer bei Göring vorsprächen, der selbst angeblich gegen den Boykott sei. Einflußreiche Stimmen wurden laut und rieten zur Mäßigung. Niemand wußte, was wirklich geschehen würde; ich glaube, die Regierung wußte es bis zum letzten Augenblick selber nicht. Endlich, nach schier unerträglicher Spannung, wurde am 31. März angekündigt, daß Goebbels abends um neun Uhr über alle Sender zum Thema des Boykotts sprechen würde. Voller banger Vorgefühle schickte man sich an, diese Rede zu hören. Sie war eine schlaue Mischung von Seelensadismus, Verschlagenheit und leerer Rhetorik. Nach einer Einleitung, die auf das Schlimmste schließen ließ, verkündigte der Propagandaminister, daß der Boykott am 1. April in Kraft treten, aber um sechs Uhr abends am gleichen Tage wieder enden würde. Gleichzeitig stieß er die — zweifellos für das Ausland bestimmte — Drohung aus, daß der Boykott im Falle »schlechten Verhaltens« — wohl der Auslandspresse — wieder aufgenommen werden sollte.

Man hatte mir geraten, am Boykottage außer Gefechtsweite zu gehen, da anzunehmen war, daß auf Grund von Furtwänglers Haltung in der Frage der jüdischen Orchestermitglieder und meiner selbst das Orchesterbüro Zielscheibe der von Goebbels dirigierten »Volkswut« sein würde. Infolgedessen begab ich mich früh am 1. April in den Grunewald, begleitet vom Konzertmeister Goldberg, einem der ersten Geiger, Back, und den zwei Solocellisten Graudan und Schuster, mit ihren Frauen. Wir hatten unser Essen mitgenommen, gingen spazieren und kamen erst spät abends nach der Stadt zurück.

Was war inzwischen in Berlin geschehen? Niemand, der es erlebt hat, wird es je vergessen.

Jeder nur erdenkliche Trick von Demagogie war aufgeboten worden, um die öffentliche Meinung aufzupeitschen. Junge SA-Männer drangen in altbekannte jüdische Geschäfte ein. Die Namenschilder von Ärzten und Anwälten, deren Familien alteingesessen in Deutschland waren, wurden mit schmutzfarbenen Plakaten überklebt; die Worte »Jude«, »Jüdisches Geschäft« oder der Davidstern wurden an Häuser, die man von Juden bewohnt wußte, angepinselt. Geschäfte mit jüdischen Inhabern wurden von SA-Truppen bewacht, die sich am Eingang aufstellten und die Käufer am Eintreten hinderten.

Nichts war dem Philharmonischen Orchesterbüro geschehen. Die Nazis wußten genau, wann sie die »Stimme des Volkes« einzuschalten hatten. Unser Tag war noch nicht gekommen.

Der Geist der Unruhe und Unsicherheit, der die Hauptstadt in jener Zeit erfüllte, beherrschte die Provinz in noch größerem Maße. Jeder Tag brachte neue Klagen aus den verschiedensten Ecken des Reiches über Eingriffe und Übergriffe der neuen Parteibeamten.

In allen Betrieben drängten sich zweitrangige Leute unter irgendwelchem Vorwand herein, während die bisherigen Leiter von der »Nazizelle«, die bisher nur im geheimen gewirkt hatte, kurzerhand abgesetzt wurden. Was sich auf dem Gebiet der Stadtverwaltungen, Banken, Universitäten und Krankenhäuser abspielte, ist genügend bekannt. Absolutes Chaos herrschte in der Konzert- und Theaterwelt. Hier, wo auch in normalen Zeiten der Konkurrenzneid und gesteigertes Ichbewußtsein eine große Rolle spielten, hatte sich nun ein undurchdringlicher Wirrwarr von Intrigen gebildet.

Die vielen Konzertgesellschaften, von denen einige, wie das Leipziger Gewandhaus, auf eine jahrhundertealte Tradition zurückblicken konnten, fanden sich plötzlich in ihrer Tätigkeit behindert. Ihre Vorstandsmitglieder waren meist Idealisten, die ihre Dienste der guten Sache zur Verfügung gestellt hatten. Jetzt wurde jeder eingehend auf seine Abstammung hin unter die Lupe genommen.

Auch die Konzertdirektionen fanden sich bedroht, außer wenn sie der zwangsweisen »Gleichschaltung« durch freiwillige Liquidation zuvorkamen.

Die Künstler selbst fanden sich natürlicherweise auch in einer ganz ungeklärten Lage. Der Status derjenigen, die in staatlichen Betrieben arbeiteten, sollte bald durch das damals erst in Vorbereitung befindliche »Beamtengesetz«[30] bestimmt werden. Was aber sollte mit den prominenten Solisten, Dirigenten, den Kammermusikvereinigungen und ausländischen Künstlern geschehen? Wer durfte auftreten? Wen durfte man engagieren? Die meisten in Deutschland lebenden Künstler waren so tief mit dem heimischen Kunstleben verwachsen, daß sie zuerst nicht an Auswanderung dachten und vorzogen, die Entwicklung der Dinge abzuwarten. Schnabel, der als Österreicher zunächst außerhalb der Reichweite des Gesetzes stand, blieb vorerst ruhig in Deutschland. Adolf Busch hingegen, der große deutsche Geiger, löste sofort alle seine deutschen Verpflichtungen und verließ mit seiner Familie und seinem Quartett das Land. Dies war sein Protest gegen die Knebelung der geistigen Freiheit in Deutschland. Der »Kampfbund für Deutsche Kultur« hatte im Stammbaum des Zweiten Geigers herumgestöbert und Rudolf Serkin, den bekannten Pianisten und Buschs langjährigen Begleiter, für untragbar erklärt. Lotte Lehmann, die herrliche Sängerin, lehnte ab, weiter in Deutschland aufzutreten.

Bruno Walter hatte sein letztes Berliner Konzert abgesagt, und Richard Strauss war auf Wunsch der Philharmoniker und unter der Bedingung für ihn eingesprungen, daß sein Honorar dem Orchester zufalle. Es wurde erzählt, daß die SA gedroht habe, das Konzert in der Philharmonie zu stören, falls Walter dirigiere. Der erbetene »Saalschutz« war verweigert worden, und so zog Walter natürlich vor, zu verzichten. Die Entwicklung der Dinge bewies bald, wie recht er getan hatte. In Leipzig, wo er Leiter der Gewandhauskonzerte war, passierte zuerst nichts, aber als er eines Tages zur Probe erschien, fand er das Gewandhaus für sich geschlossen.

Furtwängler verfolgte mit großer Bestürzung die Entwicklung der Dinge; aber er war fest überzeugt, daß dies unmöglich von Dauer sein könne. Obwohl die Partei ihn kritisierte, weil er sich geweigert hatte, sein Orchester »gleichzuschalten«, wurde er mit Rücksicht und Respekt behandelt, und das wiegte ihn in Sicherheit. Er scheute sich nicht, zu opponieren, nahm kein Blatt vor den Mund und war in seinem Vorgehen keineswegs ein Diplomat. Er glaubte damals, daß es ihm ein leichtes sein würde, die neuen Machthaber von der Notwendigkeit zu überzeugen, einen andern Weg einzuschlagen. Seine Stellung schien äußerst stark; er hatte im ganzen Reich ungezählte Anhänger. Viele setzten damals ihre einzige Hoffnung auf ihn.

Als die willkürlichen Eingriffe der Partei überhandnahmen, liefen bei ihm massenweise Berichte und verzweifelte Bitten um Hilfe ein. Jeder schrieb ihm in seiner Not, und jeder bekam eine Antwort, in der Abhilfe versprochen wurde. Furtwängler fühlte sich als befugter Fürsprecher dieser Verfolgten. Entlassene Intendanten, Rundfunkleute sowie andere ihrer Stellung Beraubte kamen angereist und baten um Gehör und Rat.

Langsam begann Furtwängler, den Behörden einzelne Fälle zu unterbreiten, die ihm wichtig erschienen. Seine Gesuche wurden immer mit größter Höflichkeit entgegengenommen, jedoch von einer Stelle zur andern weitergeschoben. Sprach er mit einem hohen Regierungsbeamten, so wurde ihm stets eine sofortige positive Erledigung der Angelegenheit versprochen. Der Einlösung des Versprechens wurde aber entweder zynisch aus dem Wege gegangen, oder sie wurde von irgendeiner untergeordneten Stelle sabotiert. Man lernte bald, daß sogar der Minister machtlos war, wenn die »unteren Organe« nicht wollten. Trotzdem ließ Furtwängler in seinen Bemühungen nicht nach. Die Tage vergingen im vergeblichen Bestreben, einzelne Minister oder ihre Mitarbeiter zu erreichen. Wie aufreibend war dies für einen sensitiven Künstler! Einmal, als ein Reichsminister seinen Anruf zu einer bestimmten Zeit erbeten hatte und beim vierten Versuch immer noch unerreichbar blieb, schlug Furtwängler in seiner Wut mit dem Arm durch eine Fensterscheibe und verletzte sich die Hand. Er kam mit einer Splitterschramme im Gesicht davon.

Die Not aller durch diese Verhältnisse Betroffenen wuchs; überall herrschte Chaos, und die Übergriffe mehrten sich. Furtwängler sah, daß etwas geschehen mußte, um den unheilvollen Kurs der Entwicklung zu steuern, und er fühlte in seinem Bestreben das ganze geistige Deutschland hinter sich. Schließlich gab er seinen Gedanken die Form eines offenen Briefes an Minister Goebbels.

Die Presse war damals schon völlig in der Hand des Reichspropagandaministers, ohne dessen Zustimmung nichts veröffentlicht werden konnte. Es war eines der schlauesten Manöver des kleinen Joseph Goebbels, daß er dieses Schreiben Furtwänglers als aktuell akzeptierte und seine Veröffentlichung gestattete[31]. Er schrieb selbst eine Antwort und veröffentlichte diese mit Furtwänglers Brief auf der ersten Seite aller deutschen Zeitungen. Hier ist der Wortlaut des Briefwechsels:

Deutsche Allgemeine Zeitung

Berlin, 12. April 1933

Generalmusikdirektor Wilhelm Furtwängler an Reichsminister Dr. Goebbels

Sehr geehrter Herr Reichsminister!

Angesichts meines langjährigen Wirkens in der deutschen Öffentlichkeit und meiner inneren Verbundenheit mit der deutschen Musik erlaube ich mir, Ihre Aufmerksamkeit auf Vorkommnisse innerhalb des Musiklebens zu lenken, die meiner Meinung nach nicht unbedingt mit der Wiederherstellung unserer nationalen Würde, die wir alle so dankbar und freudig begrüßen, verbunden sein müssen.

Ich fühle mich hierbei durchaus als Künstler. Kunst und Künstler sind dazu da, zu verbinden, nicht zu trennen. Nur einen Trennungsstrich erkenne ich letzten Endes an: den zwischen guter und schlechter Kunst. Während nun aber der Trennungsstrich zwischen Juden und Nichtjuden, auch wo die staatspolitische Haltung der Betreffenden keinen Grund zu Klagen gibt, mit geradezu theoretisch unerbittlicher Schärfe gezogen wird, wird jener andere, für unser Musikleben auf die Dauer so wichtige, ja entscheidende

Trennungsstrich, der zwischen gut und schlecht, allzu sehr vernachlässigt.

Das heutige Musikleben, durch die Weltkrise, das Radio, schon ohnehin geschwächt, verträgt keine Experimente mehr. Man kann Musik nicht kontingentieren wie andere lebensnotwendige Dinge, wie Kartoffeln und Brot. Wenn in Konzerten nichts geboten wird, gehen die Leute nicht hinein. Daher ist die Frage der Qualität für die Musik nicht nur eine ideale, sondern schlechthin eine Lebensfrage. Wenn sich der Kampf gegen das Judentum in der Hauptsache gegen jene Künstler richtet, die — selber wurzellos und destruktiv — durch Kitsch, trockenes Virtuosentum und dergleichen zu wirken suchen, so ist das nur in Ordnung. Der Kampf gegen sie und den sie verkörpernden Geist, der übrigens auch germanische Vertreter besitzt, kann nicht nachdrücklich und konsequent genug geführt werden. Wenn dieser Kampf sich aber auch gegen wirkliche Künstler richtet, ist das nicht im Interesse des Kulturlebens. Schon weil Künstler, wo es auch sei, viel zu rar sind, als daß irgendein Land sich leisten könnte, ohne kulturelle Einbuße auf ihr Wirken zu verzichten.

Es muß deshalb klar ausgesprochen werden, daß Männer wie Walter, Klemperer, Reinhardt usw. auch in Zukunft in Deutschland mit ihrer Kunst zu Worte kommen müssen.

Deshalb noch einmal: Unser Kampf gelte dem wurzellosen, zersetzenden, verflachend destruktiven Geiste, nicht aber dem wirklichen Künstler, der in seiner Art immer, wie man seine Kunst auch einschätzen möge, ein Gestaltender ist und als solcher aufbauend wirkt.

In diesem Sinne appelliere ich an Sie im Namen der deutschen Kunst, damit nicht Dinge geschehen, die vielleicht nicht mehr gut zu machen sind.

In vorzüglicher Hochachtung Ihr ergebener
gez. Wilhelm Furtwängler

Deutsche Allgemeine Zeitung

Berlin, 12. April 1933

Reichsminister Dr. Goebbels an Generalmusikdirektor Wilhelm Furtwängler.

Sehr geehrter Herr Generalmusikdirektor!

Ich begrüße es dankbar, daß ich auf Grund Ihres Briefes Gelegenheit habe, Ihnen Aufschluß über die Haltung der national bedingten deutschen Lebenskräfte, zur Kunst *im allgemeinen und zur Musik im besonderen geben zu können. Dabei freut es mich außerordentlich, daß Sie im Namen der deutschen Künstlerschaft gleich zu Beginn Ihres Schreibens betonen, daß Sie die Wiederherstellung unserer nationalen Würde dankbar und freudig begrüßen.*

Ich habe niemals angenommen, daß das anders sein könnte, denn ich glaube, der Kampf, den wir um Deutschlands Wiedergestaltung führen, geht den deutschen Künstler nicht nur passiv, sondern auch aktiv *an. Ich berufe mich hier auf ein Wort, das der Reichskanzler drei Jahre vor unserer Machtübernahme in der Öffentlichkeit gesprochen hat: »Wenn die deutschen Künstler wüßten, was wir einmal für sie tun werden, dann würden sie uns nicht bekämpfen, sondern mit uns fechten.«*

Es ist Ihr gutes Recht, sich als Künstler zu fühlen und die Dinge auch lediglich vom künstlerischen Standpunkt zu sehen. Das aber bedingt nicht, daß Sie der ganzen Entwicklung, die in Deutschland Platz gegriffen hat, unpolitisch gegenüberstehen. Auch die Politik ist eine Kunst, vielleicht die höchste und umfassendste, die es gibt. Und wir, die wir die moderne deutsche Politik gestalten, fühlen uns dabei als künstlerische Menschen, *denen die verantwortungsvolle Aufgabe anvertraut ist, aus dem rohen Stoff der Masse das feste und gestalthafte Gebilde des Volkes zu formen. Es ist nicht nur die Aufgabe der Kunst und des Künstlers, zu verbinden, es ist weit darüber hinaus die Aufgabe, zu formen, Gestalt zu geben,* Krankes zu beseitigen *und Gesundem freie Bahn zu schaffen. Ich vermag deshalb als deutscher Politiker nicht, lediglich den einen Trennungsstrich anzuerkennen, den Sie wahrhaben wollen: den zwischen guter und schlechter Kunst. Die Kunst soll nicht nur gut sein, sie muß auch volksmäßig bedingt erscheinen, oder besser gesagt, lediglich eine Kunst, die aus dem vollen Volkstum selbst schöpft, kann am Ende gut sein und dem Volke, für das sie geschaffen wird, etwas bedeuten. Kunst im absoluten Sinne, so wie der liberale Demokratismus sie kennt, darf es nicht geben. Der Versuch, ihr zu dienen, würde am Ende dazu führen, daß das Volk kein inneres Verhältnis mehr zur Kunst hat, und der Künstler selbst sich im luftleeren Raum des l'art-pour l'art-Standpunktes von den treibenden Kräften der Zeit isoliert und abschließt. Gut muß die Kunst sein, darüber hinaus aber auch verantwortungsbewußt, gekonnt, volksnahe und kämpferisch.*

Daß sie keine Experimente mehr verträgt, gestehe ich gerne zu. Es wäre aber angebracht gewesen, gegen künstlerische Experimente zu protestieren in einer Zeit, in der das deutsche Kunstleben fast ausschließlich von der Experimentiersucht volks- und rassefremder Elemente bestimmt und dadurch das deutsche künstlerische Ansehen vor der ganzen Welt belastet und kompromittiert wurde. Gewiß haben Sie recht, wenn Sie sagen, daß die Qualität für die Musik nicht nur eine ideale, sondern schlechthin eine Lebensfrage sei. Mehr noch haben Sie recht, wenn Sie den Kampf gegen die wurzellos destruktive, durch Kitsch und trockenes Virtuosentum verdorbene künstlerische Gestaltung mit uns kämpfen. Ich gebe gern zu, daß auch germanische Vertreter sich an jenem üblen Treiben beteiligt haben, das ist aber nur ein Beweis dafür, wie tief die Wurzeln dieser Gefahren schon in den deutschen Volksboden hineingedrungen waren und wie notwendig es auch auf der anderen Seite erschien, dagegen Front zu machen. Wirkliche Künstler sind rar. Man muß sie deshalb fördern und unterstützen. Es sollen dann aber in der Tat wirkliche Künstler sein.

Sie werden in Deutschland auch in Zukunft mit ihrer Kunst immer zu Wort kommen können. Dagegen zu klagen, daß hier und da Männer wie Walter, Klemperer, Reinhardt usw. Konzerte absagen mußten, erscheint mir im Augenblick um so weniger angebracht, als wirkliche deutsche Künstler in den vergangenen vierzehn Jahren vielfach überhaupt zum Schweigen verurteilt waren und die auch von uns nicht gebilligten Vorgänge in den letzten Wochen nur eine natürliche Reaktion auf diese Tatsache darstellen. Jedenfalls aber bin ich der Meinung, daß jedem wirklichen Künstler bei uns das Feld zur unbehinderten Wirksamkeit freigegeben sein soll. Er muß dann aber, wie Sie selbst sagen, ein aufbauender, schöpferischer Mensch sein und darf nicht auf der Seite der von Ihnen mit Recht gegeißelten, wurzellos zersetzenden, verflachend destruktiven, meistens nur technischen Könner stehen.

Seien Sie bitte davon überzeugt, daß ein Appell im Namen deutscher Kunst in unseren Herzen immer einen Widerhall finden wird. Künstler, die wirkich etwas können und deren außerhalb der Kunst liegendes Wirken nicht gegen die elementaren Normen von Staat, Politik und Gesellschaft verstoßen, werden wie immer in der Vergangenheit, so auch in Zukunft bei uns wärmste Förderung und Unterstützung finden.

Darf ich Ihnen, sehr verehrter Herr Generalmusikdirektor, bei dieser Gelegenheit meine Dankbarkeit zum Ausdruck bringen für die vielen Stunden wirklich erbauender, großer und manchmal erschütternder Kunst, die Sie mir, vielen meiner politischen Freunde und Hunderttausenden von guten Deutschen schon bereitet haben. Es würde mich freuen, bei Ihnen für meinen Standpunkt ein offenes Gehör und ein weiteres Verständnis zu finden.

In besonderer Hochachtung Ihr ergebener
gez. Dr. Goebbels

Trotz der Hohlheit und der Widersprüche von Goebbels' Antwort wurde die Atmosphäre durch diesen »Meinungsaustausch« in gewisser Weise entspannt. Die Wirkung von Furtwänglers Brief war ungeheuer. Er wurde in der Presse der ganzen Welt abgedruckt, und auf den Verfasser regnete es Gratulationen, Telegramme und Briefe.

Furtwängler war erleichtert, daß er das hatte aussprechen können, wozu er sich gedrängt fühlte. Er hoffte mit ganzer Seele, daß die Dinge sich allmählich wieder normalisieren und die guten Kräfte wieder zu ihrem Recht kommen würden, ehe zu viel zerstört war.

Die erste Konzertreise der Philharmoniker im Dritten Reich — Zusammenprall mit den Nazis in Mannheim — Mit den Philharmonikern in Frankreich — Das Brahms-Fest in Wien — Wagner-Aufführungen in Paris — Besuch in London — Furtwängler und die Naziführer — Ein Brief Hitlers an Toscanini — Die Berliner Philharmonischen Konzerte und die ausländischen Solisten — Hubermans Absagebrief

Die erste Konzertreise, die Furtwängler mit dem Berliner Philharmonischen Orchester nach Hitlers Machtergreifung unternahm, zeigte, welche Wendung das Geschick des deutschen Musiklebens genommen hatte und welchen Problemen man gegenüberstand. Furtwängler hatte stets unzweideutig erklärt, daß das deutsche Musikleben bei einer Regelung nach Rassegesichtspunkten bald völlig gelähmt sein würde. Abgesehen von den großen Solisten und Dirigenten befanden sich erstrangige Kräfte jüdischer Abstammung unter den Orchestermusikern, besonders unter den Streichern. Außerdem bildeten die musikliebenden Juden, von denen viele, Juristen, Ärzte, Gelehrte oder Finanzleute, selber musizierten und stets bereit waren, Kunst und Künstler zu fördern, einen großen Bestandteil des kunstbegeisterten Publikums.

Der Anfang unserer Reise — Mitte April 1933 —, der durch Hitler-Deutschland führte, zeigte, welche verheerende Wirkung die Nazipolitik auf das Publikum hatte. Die Juden blieben den Konzerten fern; sie waren eingeschüchtert, und ihr Stolz verbot ihnen, was das Gesetz ihnen damals noch offen ließ. Die Nazis gingen größtenteils nicht hinein, weil das Orchester nicht »gleichgeschaltet« war. Sie fürchteten, sich durch den Besuch der Konzerte zu gefährden. So blieb also nur eine dünne Mittelschicht von solchen, die durch Furtwänglers Mut angefeuert waren und deren Enthusiasmus durch nichts beeinträchtigt werden konnte. Jedoch diese allein waren nicht imstande, die Konzertsäle zu füllen, und so konnte es geschehen, daß die erste Tournee der Berliner Philharmoniker seit Hitlers Machtergreifung auch ihre erste war, in der sie innerhalb Deutschlands meist vor halbleeren Häusern spielten.

Ich hatte das Orchester im Anfang der Reise nicht begleitet und traf es erst in Mannheim auf meinem Weg nach Paris. Lange vor Hitler war ein gemeinsames Konzert der Berliner Philharmoniker mit dem Mannheimer Nationaltheater-Orchester für das Frühjahr 1933 vereinbart worden. Es war das letzte in der Reihe der regelmäßigen Mannheimer Abonnementskonzerte, und sein Reinertrag sollte dem Mannheimer Orchester zugute kommen. Im Laufe der Verhandlungen hatte Furtwängler dem Mannheimer Orchestervorstand mitgeteilt, daß die Berliner in ihrer üblichen Besetzung — natürlich inklusive der jüdischen Musiker — kämen. Da die Reichsregierung sich mit der Beibehaltung der Juden im Orchester einverstanden erklärt hatte, konnten die Provinzbehörden nichts dagegen einwenden. Jedoch schrieb der Mannheimer Vorsitzende, er könnte sich nicht damit einverstanden erklären, daß der Jude Simon Goldberg, der Berliner Konzertmeister, am ersten Pult der vereinigten Orchester sitzen würde. Goldberg war im Alter von neunzehn Jahren von Furtwängler engagiert worden; er wurde allgemein als einer der besten seines Faches betrachtet. Die Mannheimer verlangten, daß ihr eigener Konzertmeister die Stelle Goldbergs einnehmen sollte. Furtwängler antwortete, wenn die Sitzordnung nicht so bliebe, wie er es aus künstlerischen Gründen bestimmt hatte, oder wenn seine Musiker ihnen nicht paßten, müßte das Konzert unterbleiben.

Die Berliner Philharmoniker trafen programmgemäß in Mannheim ein. Furtwängler wohnte wie gewöhnlich bei meiner Mutter. Während der ersten Probe wurde noch einmal der

Versuch gemacht, den Berliner Konzertmeister von seinem angestammten Platz zu vertreiben, doch Furtwängler blieb unerbittlich. Der Mannheimer Konzertmeister war bei weitem der minder gute Spieler, aber er war Parteigenosse und hatte sofort unter dem neuen Regime das Hakenkreuz angesteckt. Nun glaubte er seinen Augenblick gekommen. In jenen Tagen gab es wenige, die den Nazis in einer anscheinend so unbedeutenden Angelegenheit widerstanden hätten. Persönlicher Mut, wie ihn Furtwängler seit Hitlers Machtergreifung gezeigt hatte, war eine große Seltenheit, und erst die Zukunft sollte zeigen, wie schwer die Deutschen für diesen nationalen Mangel an Charakter zu büßen haben würden.

In diesem Konzert waren zum erstenmal Naziuniformen in den ersten Reihen zu sehen. Biedere Beamte, sonst ganz harmlose Leute, saßen da, stolz in ihren braunen Hemden mit der großen Hakenkreuzbinde. Das Konzert war ausverkauft. Nach Schluß sollte ein Bankett für beide Orchester stattfinden — es war ein Herrenessen[32], an dem der Oberbürgermeister und andere Honoratioren teilnahmen.

Nach dem Konzert, als meine Mutter und ich bei Tisch saßen, ging auf einmal die Tür auf und Furtwängler kam herein — in seinem Reiseanzug. Er war nach Hause gekommen und gleich auf sein Zimmer gegangen, um sich, wie wir glaubten, für das Bankett umzuziehen. »Um Gottes willen, was ist denn los?« rief ich ihm entgegen. »Sie können doch nicht so auf ein Festessen gehen!« »Ich gehe auch nicht, ich bleibe hier«, antwortete er mit kreideweißem Gesicht. Er war erschöpft und in einem Zustand höchster Erregung. Nur allmählich war aus ihm herauszubekommen, was sich ereignet hatte. Nach dem Konzert, das allein die gesamte Abonnementserie finanziert hatte, war der Mannheimer Orchestervorstand ins Künstlerzimmer gekommen und hatte ihm Vorwürfe über seinen »Mangel an nationalem Empfinden« gemacht. Daraufhin hatte Furtwängler den Herren wortlos seine Partitur vor die Füße geworfen und sie einfach stehen lassen.

Den ganzen Abend lang klingelte das Telefon, und Abgesandte kamen, um ihn zu bitten, doch zum Bankett zu kommen. Er aber blieb fest und erklärte, daß er trotz der Ehrenmitgliedschaft, die ihm am hundertfünfzigsten Gründungstage des Orchesters im Jahre 1929 verliehen worden war, das Orchester nicht mehr dirigieren und die Stadt Mannheim, deren Ehrenbürger er war, nicht mehr betreten würde. Diesen Entschluß bestätigte er in einem Brief an das Mannheimer Orchester.[33]

In den Provinzstädten Deutschlands wimmelte es damals von »Obmännern«, »Kommissaren«, »Kunstwarten« und anderen Parteifunktionären. Für alle diese neuen Würdenträger war der Mannheimer Zwischenfall natürlich eine Angelegenheit von größter Wichtigkeit. Lange Berichte gingen nach Berlin ab, und die Mannheimer Parteivertreter fuhren sofort nach Karlsruhe, wo die Philharmoniker am Tage darauf mit Furtwängler konzertieren sollten, um die badische Naziregierung über diesen »Skandal« zu informieren. Dementsprechend blieben die Regierungslogen in Karlsruhe sowie in Baden-Baden vielsagend leer.

Inzwischen war ich von Mannheim direkt nach Paris gefahren. Hier konnte ich zum erstenmal wieder aufatmen, nach Wochen innerer Spannung, Schlaflosigkeit, Demütigung und Verzweiflung. Mit aller Energie, die mir noch verblieben war, widmete ich mich der Vorbereitung für die beiden Konzerte, die in der Pariser Oper stattfinden sollten. Ein Konzert in Straßburg, das vor dem Pariser angesetzt war, mußte abgesagt werden. Die Veranstalter hatten erklärt, sie könnten keine Gewähr für einen ungestörten Verlauf geben, da das Orchester aus einem Lande komme, in dem Künstler an der Ausübung ihrer Tätigkeit aus rein politischen Gründen verhindert würden. Auch in Paris stießen wir auf Widerstand; trotzdem waren die Konzerte ausverkauft.

Vom Beginn des Hitler-Regimes an lebte Furtwängler im Zwiespalt. Er hatte sich nach zwei Fronten zu verteidigen: innerhalb Deutschlands gegen die Nazis, die ihm Mangel an nationaler Gesinnung vorwarfen, und im Ausland gegen alle, die sein Verbleiben in Deutschland verurteilten.[34]

Unser Pariser Agent wurde inzwischen mit Drohbriefen überhäuft. Besonders eine gewisse Organisation tat sich dabei durch Energie und Betriebsamkeit hervor und teilte ihm mit, daß beschlossen worden sei, die Konzerte zu stören. Es war der »Verein zur Bekämpfung des Antisemitismus«. Vergeblich wurde ihnen mitgeteilt, daß ihre Agitation in unserem Falle am falschen Platze sei, daß Juden nach wie vor im Orchester spielten und nichts geändert sei. Wir suchten ihnen klar zu machen, daß wir wirklich nicht das richtige Objekt für ihre Propaganda seien, jedoch alles Argumentieren erwies sich als erfolglos. Sie erklärten, wenn auch Furtwängler und das Orchester selber nicht Antisemitismus »ausübten«, sei es das Prinzip ihres Verbandes, jedem Besucher aus dem antisemitischen Nazi-Deutschland entgegenzutreten, und daher könne auf die Demonstration nicht verzichtet werden.

Schließlich kam ein etwas seltsamer Kompromiß zustande. Die »Union« erklärte, sie würde sich auf ein schweigendes Herabwerfen von Flugblättern beschränken, wenn man ihr freien Eintritt in das (überausverkaufte) Konzert gestattete. Dies wurde arrangiert, und zu Beginn der Pause, unter tosendem Beifall eines vollen Hauses, in Anwesenheit der vollzählig erschienenen französischen Regierung, flatterten Tausende weißer Flugblätter von der Galerie herunter.

Die Konzerte der Berliner Philharmoniker in Paris waren seit 1928 Galavorstellungen, die voller Glanz und unter beispielloser Begeisterung stattfanden. Sie waren stets ein Höhepunkt unserer Reisen gewesen.

Auf dieser ersten französischen Reise seit 1933 ging alles ziemlich glatt, wie aus den ausverkauften Konzerten zu sehen war. Furtwänglers aufrechte Haltung, sein mutiges Eintreten für sein Orchester und seine Sekretärin waren in der Welt bekannt.

In jeder französischen Stadt kamen Abgesandte, um Furtwängler zu seiner Haltung zu beglückwünschen. In der Zeitung »Le Marseillais« erschien ein besonders guter Leitartikel, betitelt »Une Voix«; er nannte Furtwänglers Brief eine Stimme der Menschlichkeit inmitten all der verzweifelten Not, die Hitler über so viele gebracht hatte. Das Konzert in Marseille wurde mit rasendem Beifall und einem echt südlichen Begeisterungssturm aufgenommen. Das Lyoner

Konzert, das erst durch eine Boykottandrohung der Bevölkerung gefährdet schien, fand nach diesen ermutigenden Ereignissen doch statt und war ebenfalls ein Erfolg.

Nach Frankreich gaben wir Konzerte in Genf, Zürich und Basel, wo wir zum erstenmal deutsche Flüchtlinge unter den Zuhörern hatten.

Während das Orchester und Furtwängler noch einige Konzerte in Deutschland absolvierten, fuhr ich nach Wien, um bei den letzten Vorbereitungen für das Brahmsfest, das auf den 10. bis 21. Mai angesetzt war, zugegen zu sein.

Das achte Brahms-Fest der Deutschen Brahmsgesellschaft fand anläßlich des hundertsten Geburtstages des Komponisten statt. Es wurde angekündigt als: »Johannes-Brahms-Fest. Wien. Hundert-Jahr-Feier. Mai 1933.« Die Deutsche Brahmsgesellschaft war mit der Gesellschaft der Musikfreunde in Wien, deren Ehrenmitglied Brahms gewesen war, übereingekommen, daß das Fest in Wien gefeiert werden solle.

Bei dem Wiener Fest hatte die Gesellschaft der Musikfreunde den entscheidenden Einfluß. Die Solisten waren gemeinsam bestimmt worden. Furtwängler, den die Gesellschaft bereits früher zu ihrem Ehrenmitglied ernannt hatte, war Hauptdirigent des Festes. Huberman und Casals, beide ebenfalls Ehrenmitglieder, sollten das Doppelkonzert spielen. Schnabel war Solist im B-dur Konzert und er, Huberman und Hindemith bestritten auch den Kammermusikteil.

Zu jener Zeit stand Wiens Kunstleben in höchster Blüte. Viele aus Deutschland geflüchtete Schriftsteller und Schauspieler hatten sich in Österreich niedergelassen, in der Hoffnung, in diesem außer der Schweiz letzten deutschsprachigen Land, in dem noch Freiheit herrschte, ein neues Leben zu beginnen. Alle berühmten Dirigenten, unter ihnen Toscanini, fühlten sich damals in Wien zu Hause.

Die Brahms-Jahrhundertfeier war eines der letzten internationalen Musikfeste, bei denen man die unsichtbaren Mauern, die sich bald zwischen den Deutschen und anderen Menschen aufrichten sollten, noch kaum bemerkte. Die Festteilnehmer waren aus allen Ecken der Welt gekommen.

Bei dem eröffnenden Festakt hielt Furtwängler die Rede über Brahms[35]. Dollfuß, der die Festteilnehmer im Namen der österreichischen Regierung hätte begrüßen sollen, war verhindert, und Schuschnigg sprach an seiner Stelle.

Die Abende nach den Konzerten verbrachten wir meist in der »Schwemme« des Hotels Imperial mit den Mitwirkenden und ihren Freunden. Bis in den frühen Morgen hinein saßen wir da, und wohin auch das Gespräch schweifte, immer wieder kam man zurück auf das unlösbare und verzweifelte Problem, das Hitler in die Kulturwelt hineingetragen hatte. Und trotz des jahrelangen gemeinsamen Wirkens, das diese großen Solisten mit Furtwängler verband, fühlte ich an diesen Abenden unerbittlich und hoffnungslos, daß er ihnen einsam gegenüberstand und sich sein Leben von dem der andern zu scheiden begann.

Zwischen dem Brahms-Fest und dem Beginn der alljährlichen deutschen Opernfestspiele in Paris lagen nur vierzehn Tage, die wir in Berlin verbrachten. Diese Zeit war hektisch, angefüllt mit Ministerbesprechungen, Korrespondenz mit verzweifelten Menschen aus ganz Deutschland und mit all den Fragen, welche die Philharmoniker und die Staatsoper betrafen, wo Furtwängler einige Opern dirigierte.

Es schien eine wahre Wohltat, diesem Hexensabbat für einige Zeit zu entrinnen und nach Paris zu fahren. Die Wagner-Aufführungen unter Furtwänglers Leitung mit deutschen Sängern in der Pariser Oper hatten sich mit den Jahren zu einer ständigen Einrichtung entwickelt. Paris war um diese Jahreszeit besonders schön, und Menschen aller Länder hielten sich im Frühsommer in der französischen Hauptstadt auf. Ein Teil der Solisten pflegte um diese Zeit von der Metropolitan zurückzukommen, und Paris teilte sich in den Monaten Mai und Juni mit Covent Garden die großen Sänger. Lauritz Melchior war ein besonderer Liebling der Pariser. Mit schweigendem Staunen pflegten wir zu beobachten, was er im norwegischen Restaurant »Viking« verzehrte, wo wir uns manchmal nach der Oper trafen. Die Sänger unter sich waren wie eine große Familie, besonders die »Tristan«-Besetzung, die in den Hauptrollen damals meist aus Frida Leider, Lauritz

Melchior und Herbert Janssen bestand. Ob eine Aufführung in Paris, Berlin, Bayreuth oder London stattfand, diese drei Sänger wurden fast immer zusammen engagiert, während Brangäne und Marke wechselten. Damals fanden in Paris zwei »Tristan«- und zwei »Walküre«-Aufführungen statt. In letzterer sang Friedrich Schorr den Wotan und Lotte Lehmann die Sieglinde — beide gerade von New York zurück. Wir wohnten alle zusammen in der Villa Majestic. Die Nazinöte traten in den Hintergrund wie ein halbvergessener Traum, an den man sich nicht erinnern will.
Es war unvermeidbar, daß man trotzdem allerhand unterirdische Strömungen zu spüren bekam. Die Presse war nicht immer freundlich. Paris war voller feindlicher Elemente; sie waren teils chauvinistischer Art, aber auch aus den Reihen der deutschen Flüchtlinge entstanden Schwierigkeiten. Einige von ihnen besuchten zwar Furtwängler, und viele kamen zu mir, doch war es für diejenigen, die mit dem Verlassen Deutschlands die ganze Grundlage ihres Lebens verloren hatten, schon damals fast unmöglich, noch etwas mit denen zu tun zu haben, die in der Heimat verblieben waren. Die Ausgewanderten wurden innerlich hin und her gerissen zwischen ihrer Liebe zur Tradition des deutschen Lebens und der Erkenntnis, daß die neue Ordnung mit geistiger Freiheit nicht zu vereinen war. Und doch kehrten einige der nach Frankreich Geflüchteten, eingelullt durch eine politisch ruhigere Zeitspanne, nach Deutschland zurück. Sie sollten es bald bitter bereuen. Andere, die in Frankreich blieben, fielen später dort der Gestapo zum Opfer.

Hätte nur das Ausland von Anfang an eine festere Haltung eingenommen! Dann hätten sich die Dinge schwerlich in dieser Weise entwickeln können, und die erstaunlich wenigen Männer in Deutschland, die mutig den Nazis entgegentraten, wären in ihrem Bestreben, dem Unheil zu steuern, besser unterstützt worden. In der Zeit, von der ich gerade berichte, war Nazi-Deutschland noch sehr abhängig von der Meinung des Auslandes, und alles, was mit der Behandlung außenpolitischer Fragen zusammenhing, wurde von der

Regierung zunächst noch mit Glacehandschuhen angefaßt.

Furtwängler, obwohl verzweifelt über die Entwicklung der Dinge, hielt den Kampf doch nicht für verloren. Von seinen zahlreichen Besprechungen, in welchen er Goebbels, Hitler[36] und kleinere Parteigrößen vor den fatalen Folgen ihrer Rassen- und Parteipolitik für Deutschlands kulturelles Leben warnte, kam er manchmal voller Zuversicht zurück. Er ahnte nicht, daß die Naziführer nur vorgaben, seiner Meinung zu sein, um ihn ruhig zu halten, und daß sie ihn von Mal zu Mal mit leeren Versprechungen hinhielten, während sie im Grunde nur das taten, was sie wollten.

Eines Tages wurde Furtwängler bedeutet, daß Goebbels die Aufführung eines bestimmten Werkes begrüßen würde. Furtwängler hatte dessen Annahme seit Jahren verweigert, da es ihm unzulänglich erschien, und daran hielt er auch fest, nachdem der Komponist sich als Parteigenosse entpuppt hatte und seine Arbeit dem Propagandaminister gewidmet war.

Allmählich erkannte man in der Welt, was innerhalb Deutschlands vorging, und Stimmen des Protestes wurden laut. Prominente Künstler wie Bodanzky, Gabrilowitsch, Kreisler und andere wandten sich in einem gemeinsamen Telegramm an Hitler, worin sie um Schutz für ihre Kollegen baten. Toscanini sagte seine Mitwirkung in Bayreuth ab. Die Tatsache, daß Hitler einen Italiener und Antifaschisten in einem persönlichen Brief bat, seinen Entschluß zu ändern, während er zur gleichen Zeit ungezählte wertvolle Deutsche aus ihrem Lande vertrieb, hat viele Deutsche schwer gekränkt.

Angesichts der Verantwortung, die er auf sich lasten fühlte, entwarf Furtwängler seine Konzertprogramme für den Winter 1933/34 mit ganz besonderer Sorgfalt. Die Vorbereitungen für die großen Berliner Philharmonischen Konzerte begannen immer ein Jahr voraus. Niemand durfte die Philharmonie belegen, ehe nicht die zehn Sonntage und Montage für die Konzerte und ihre Generalproben bestimmt waren. Sowie diese Daten feststanden, ergingen die Einladungen an die Solisten. Alle Beteiligten waren sich klar, daß die Solistenauswahl in der ersten Saison unter Hitler eine

Probe aufs Exempel bilden würde. Furtwängler pflegte die Solisten für seine Programme selbstverständlich nur nach künstlerischen Gesichtspunkten auszuwählen und war fest entschlossen, die traditionsreichen Philharmonischen Konzerte von jeder unbefugten Einmischung freizuhalten. Außerdem war er der Ansicht, daß, wenn einmal große internationale »nicht-arische« Solisten in Berlin aufgetreten waren, es für die Konzertinstitute in der Provinz, wie zum Beispiel das Leipziger Gewandhaus, leichter sein würde, auch ihrerseits die Tradition fortzuführen.

Furtwängler hatte seinen Standpunkt einer gemäßigten, der Reichskanzlei nahestehenden Instanz[37] unterbreitet, und seine Vorschläge waren gebilligt worden. So schrieb er persönlich Einladungen an Casals, Cortot, Josef Hofmann, Huberman, Kreisler, Menuhin, Piatigorsky (den früheren Solocellisten der Philharmoniker), Thibaud und Arthur Schnabel. Die Antworten, die er von diesen großen Künstlern erhielt, waren nicht nur interessant, sondern auch erschütternd. Menuhin, damals noch ein Kind, sagte sofort telegraphisch ab,[38] und sein Vater begründete die Absage in einem langen Brief. Auch Kreisler, Piatigorsky und Thibaud lehnten ab. Casals, ein Mann von unbeugsam starkem Charakter, schrieb einen wunderbaren Brief, ein Dokument der Würde und doch wahrer Kollegialität, in welchem er seinen Standpunkt unmißverständlich darlegte, während er anderseits seine persönliche Freundschaft für Furtwängler betonte. Cortot sagte zuerst ebenfalls ab, besann sich aber später eines andern.

Furtwängler hatte in seinen Einladungsbriefen den Standpunkt verfochten, daß Kunst und Politik nichts miteinander zu tun hätten. Aber die Solisten vertraten in ihren Antworten einstimmig die Ansicht, daß, ungeachtet Furtwänglers persönlicher Bemühungen, das deutsche Musikleben eben doch politisiert worden sei — und sie alle, Arier und Nichtarier, weigerten sich, von Vorrechten Gebrauch zu machen, die ihnen lediglich auf Grund ihres internationalen Ansehens gewährt wurden. Sie erklärten kategorisch, daß sie nicht in Deutschland auftreten würden, bevor nicht wieder gleiches Recht für alle gelte.

Besonders eindringlich hatte Furtwängler an Bronislaw Huberman geschrieben. Viele Jahre gemeinsamen künstlerischen Wirkens in Berlin und Wien hatten die beiden verbunden. Huberman war in Berlin außerordentlich beliebt und einer der wenigen Solisten, die die Philharmonie in einer Saison mehrere Male mit einem Solo-Abend füllen konnten. Er weigerte sich entschieden, nach Deutschland zu kommen[39] Furtwängler schrieb ihm einen zweiten, sehr freundschaftlichen und ausführlichen Brief, in dem er ihn ausdrücklich bat, diese Korrespondenz und den darin enthaltenen Meinungsaustausch als privat und vertraulich zu behandeln. Er schrieb ihm vor allem, daß in seinen Augen die Kunst dazu da sei, Gegensätze zu überbrücken, und er sprach den Wunsch aus, daß Huberman ihm in diesem Kampfe helfen möge.

Furtwängler hatte an Huberman aus tiefster Überzeugung geschrieben. Er war beseelt von der Hoffnung, daß es ihm gelingen würde, die unnatürlichen Maßnahmen, die das deutsche Kunstleben zu ersticken drohten, zu überwinden. Er rechnete damit, daß die Nazis in allen ihren Anordnungen sich immer auf »die Stimme des Volkes« bezogen. Er war überzeugt, daß das »Volk« nur allzugern die großen Künstler begrüßen würde, denen es so viele Jahre zugejubelt hatte. Die Solisten, mit denen er durch so lange unvergeßliche Zusammenarbeit verbunden war, sollten ihm dabei helfen, das neue Regime von dem zu überzeugen, was das »Volk« wirklich wollte.

Huberman schrieb aus nicht geringerer leidenschaftlicher Überzeugung zurück und übergab seine Antwort gleichzeitig der Presse. Sie lautete:

Wien, 31. August 1933.

Lieber Freund!

Lassen Sie mich zunächst Ihnen meine Bewunderung ausdrücken für die Unerschrockenheit, Zielbewußtheit, das Verantwortlichkeitsgefühl und die Zähigkeit, mit der Sie Ihre im April begonnene Campagne um die Rettung des Konzertwesens vor der drohenden Vernichtung durch die Rassenreiniger geführt haben. Wenn ich Ihrer Aktion — der einzigen im heutigen Deutschland, die zu einem positiven Resultat geführt hat — die Taten Toscaninis (Absage an Bayreuth), Paderewskis (Pariser Hilfskonzert) und der Brüder Busch an die Seite stelle, dann erfaßt mich ein Gefühl des Stolzes, mich auch Musiker nennen zu dürfen.

Aber gerade diese Vorbilder hoher Pflichterfüllung müssen alle Kollegen von jedem zielgefährdenden Kompromiß abhalten. Mögen auch die von Ihnen veranlaßten Regierungserklärungen die Grenze des augenblicklich Erreichbaren darstellen, so kann ich sie leider doch nicht als eine genügende Grundlage für meine Wiederbeteiligung am deutschen Musikleben ansehen. Meine Stellungnahme gründet sich auf folgende prinzipiellen, sachlichen, menschlichen und ethischen Erwägungen:

Die Regierung glaubt das Selektionsprinzip der Höchstleistung als entscheidend für die Musik wie für jede andere Kunst erst hervorheben zu müssen. Diese Unterstreichung des an sich Selbstverständlichen wäre sinnlos, wenn daraus nicht implicite der Wille spräche, auf allen übrigen Kulturgebieten eben das Nichtverständliche, nämlich die Rassenauslese weiter gelten zu lassen. Außerdem klafft selbst innerhalb dieser willkürlich auf die Kunst beschränkten Verkündung des Leistungsprinzips in ihrer praktischen Anwendung ein unüberbrückbarer Widerspruch. Denn zum Begriff der Kunstpflege im allgemeinen gehören in erster Linie die Lehrinstitute und Kunstsammlungen, und zum innersten Wesen der Musikpflege im besondern gehören die staatlichen und städtischen Opernhäuser: und doch ist mir nicht bekannt geworden, daß nunmehr die Wiederanstellung jener Museumsdirektoren, Kapellmeister und Musiklehrer beabsichtigt sei, die wegen ihrer jüdischen Abstammung oder abweichenden politischen oder sogar nur apolitischen Einstellung entlassen wurden. Es handelt sich also bei der »Wiederaufrichtung des Leistungsprinzips in der Kunst« keineswegs um die Kunst im allgemeinen, noch auch um das Gesamtgebiet der Musik. Es soll lediglich das verhältnismäßig enge Spezialgebiet des Konzertes der freien Konkurrenz jener »wirklichen« Künstler zurückgegeben werden, die ihm die Häuser füllen sollen: und da jede wichtigere Konzertveranstaltung mit großer internationaler Publizität verknüpft ist, während der Forscher, der Lehrer nur alle Jubeljahre einmal mit den Ergebnissen seiner Arbeit vor die Öffentlichkeit tritt, so könnten die wenigen zur Mitwirkung herangezogenen ausländischen beziehungsweise jüdischen Musiker vor aller Welt um Beweise dafür angeführt werden, daß es in Deutschland um die Kultur gut bestellt sei. In Wahrheit aber würde die deutsche Gründlichkeit immer neue Definitionen über Rassereinheit gegenüber dem noch ungereiften Kunstjünger, an Schulen, Laboratorien usw. anwenden. Ich weiß, daß Ihnen, verehrter Freund, eine derartige Wirkung ebenso zuwider wäre wie der Mehrzahl der deutschen Konzertbesucher. Das Problem hat aber auch eine menschlich-ethische Seite. Ich möchte das Musizieren als eine Art künstlerischer Projektion des Besten, Wertvollsten im Menschen bezeichnen. Kann man diesen eine völlige Selbsthingabe voraussetzenden Sublimierungsprozeß von einem Künstler erwarten, der sich in seiner Menschenwürde mit Füßen getreten fühlt und offiziell zu einem Paria degradiert wird: dem von den bestallten Hütern deutscher Kultur in geflissentlicher Unterschlagung der nunmehr einwandfrei nachgewiesenen halbjüdischen Abstammung Richard Wagners einerseits, der historischen Rolle eines Mendelssohn, Anton Rubinstein, Hermann Levi, Joseph Joachim unter anderen im deutschen Musikleben anderseits, rassenmäßig die Fähigkeit zum Verständnis der »rein deutschen Musik« abgesprochen wird?

Sie versuchen mich mit dem Satz zu überzeugen, daß »Einer den Anfang machen muß, um die trennende Wand zu durchbrechen«. Ja, wenn es sich nur um eine Wand im Konzertsaal handeln würde! Aber diese Frage einer mehr oder minder berufenen Interpretation eines Violinkonzertes ist nur einer der mannigfachen Aspekte — und, weiß Gott, nicht der wichtigste! —, unter denen sich das eigentliche Problem verbirgt. In Wahrheit geht es nicht um Violinkonzerte, auch nicht um Juden, es handelt sich um die elementarsten Voraussetzungen unserer europäischen Kultur: Die Freiheit der Persönlichkeit und ihre vorbehaltlose, von

Kasten- und Rassenfesseln befreite Selbstverantwortlichkeit! Ob diese mit Gut und Blut erkämpften Errungenschaften unserer Väter wieder zur Herrschaft gelangen — das wird nicht durch die Bereitschaft des Einzelmenschen entschieden, der als »Erster die trennende Wand durchbricht«, sondern, wie in der Vergangenheit, von dem Gewissen und der darüber unüberhörbaren Forderung der Gemeinschaft, die, einmal erwacht, alle Widerstände mit Naturgewalt wie papierene Wände durchbrechen wird.

Ich kann diesen Brief nicht schließen, ohne meinen tiefsten Schmerz über die Ursachen auszudrücken, die mich augenblicklich von Deutschland trennen. Ganz besonders empfinde ich diesen Schmerz als Freund meiner deutschen Freunde, als Interpret der deutschen Musik, der den Widerhall des deutschen Publikums sehr entbehrt. Und nichts könnte mich glücklicher machen als die Wahrnehmung eines sich auch außerhalb des Konzertwesens anbahnenden Umschwunges, der mich von dem meine Seele zutiefst treffenden Gewissenszwang, Deutschland zu entsagen, befreien würde.

Mit herzlichen Grüßen
Ihr Bronislaw Huberman

Huberman ließ damit noch keineswegs von seinem Kampf ab, wie aus dem folgenden Brief über die Nürnberger Gesetze und die Knebelung der geistigen Freiheit zu ersehen ist, der am 7. März 1936 im »Manchester Guardian« veröffentlicht wurde:

Offener Brief an die deutschen Intellektuellen

Seit der Veröffentlichung der Durchführungsbestimmungen zu den Nürnberger Gesetzen, diesem Dokument der Barbarei, warte ich auf ein Wort der Empörung, eine Tat der Befreiung von Ihnen. Müßte doch so mancher von Ihnen zu dem Geschehenen etwas zu bemerken haben, wenn frühere Bekenntnisse von Ihnen bestehen bleiben sollen. Ich warte vergebens. Angesichts dieses Schweigens kann ich nicht länger stumm bleiben. — Ich greife nach einem Beispiel, nach mei-

nem mehrere Jahre zurückliegenden Briefwechsel mit einem der repräsentativsten deutschen Geistesführer: Dr. Wilhelm Furtwängler. Er hatte eben versucht, mich von meinem Vorhaben abzubringen, meine Absage auf seine Konzerteinladung zu veröffentlichen, und zwar mit dem mir schon damals unbegreiflichen Argument, daß ich mir sonst meine Rückkehr nach Deutschland für viele Jahre, vielleicht für immer verschließe. Meine Antwort am 31. August 1933 (!) lautete:

». . . Trotzdem hätte ich vielleicht mit der Veröffentlichung gezögert, wenn durch die Ereignisse der letzten Zeit die Kluft zwischen Deutschland und der Kulturwelt nicht noch immer unüberbrückbarer geworden wäre. Nichts zeigte besser die Vertierung weiter Kreise in Deutschland als die wochenlang durch die Presse gehende Androhung von Anprangerungen deutscher Mädchen für den Fall gemeinsamer Kaffeehausbesuche, Ausflüge, und gar Liebschaften mit Juden — eine Hetze, die schließlich zu solchen Bestialitäten des schwärzesten Mittelalters führen mußte, wie die ,Times' sie beschreibt.« (Zur Erklärung: ,The Times', London, berichtete: Ein zartes arisches junges Mädchen wird wegen ihrer ,rasseschänderischen' Beziehungen zu einem Juden so lange in einem Prangerkarren unter dem Gejohle der Menge durch die Hauptstraßen Nürnbergs geschleift, bis ein Wahnsinnsanfall sie von den Streicherschen Bestien befreit.)

Diese Mitteilungen[40] lösten bei Dr. Furtwängler tiefste Empörung aus: sowohl gegen die Nürnberger Vorfälle, in deren Verurteilung er und alle wirklichen Deutschen mit mir ,vollständig einig' seien, als auch gegen mich wegen meines Vorwurfs der ,Vertierung weiter Kreise', den er als eine ,ungeheuerliche Verallgemeinerung, die mit der Wirklichkeit nichts zu tun habe', aufs schärfste glaubte zurückweisen zu müssen.

Inzwischen sind zweieinhalb Jahre verstrichen, unzählige Menschen sind ins Konzentrationslager, ins Zuchthaus geworfen, aus dem Lande gejagt, in den Tod durch Mord und Selbstmord getrieben — katholische und protestantische Geistliche, Juden, Demokraten, Sozialisten, Kommunisten,

Generäle. Dr. Furtwänglers Meinung über diese Geschehnisse kenne ich nicht. Aber gegen die Schmach der rasseschänderischen Anprangerungen hat er sich deutlich genug ausgesprochen, für sich und ‚alle wirklichen Deutschen'. Und ich hege nicht den geringsten Zweifel an der Echtheit seiner Empörung, glaube auch felsenfest daran, daß viele, ja vielleicht die Mehrzahl aller Deutschen derselben Ansicht sind. Nun denn, was haben Sie, die ‚wirklichen Deutschen' getan, um diese Schmach von Ihrem Gewissen, von Deutschland, von der Menschheit abzuwenden, seitdem die aus Argentinien, Böhmen, Ägypten, Livland gebürtigen Pseudodeutschen durch die Nürnberger Gesetze meine angeblich ‚ungeheuerliche Verallgemeinerung' zur legalen ‚Wirklichkeit' gemacht haben? Wo sind in Deutschland die Zolas, Clemenceaux, Painlevés, Piquarts in diesem Monstre-Dreyfus-Prozeß gegen eine ganze wehrlose Volksminorität, wo die Masaryks in diesem überdimensionalen Polna-Prozeß? Wo erhob sich die Stimme des Blutes, wenn schon nicht der Gerechtigkeit und Vernunft, gegen die unmöglich noch unmenschlichere Verfolgung der arisch-jüdischen Mischlinge und sogar reinarischen Judengatten?

Vor aller Welt klage ich Euch, deutsche Intellektuelle, Euch Nicht-Nazis, *als die wahren Schuldigen an allen nazistischen Verbrechen an, an diesem jammervollen, unsere ganze weiße Rasse*[41] *beschämenden und gefährdenden Niedergang eines hochstehenden Volkes. Denn es ist nicht das erstemal in der Geschichte, daß Instinkte der Gosse nach der Macht greifen, aber es war erst den deutschen Intellektuellen vorbehalten, ihnen zum Siege zu verhelfen. Es ist ein wahrhaft erschütterndes Schauspiel, das sich der staunenden Welt bietet: Deutsche Geistesführer von der internationalen Bewegungsfreiheit und Bedeutung eines Richard Strauss, Furtwängler, Gerhart Hauptmann, Werner Krauß, Kolbe, Sauerbruch, Eugen Fischer, Planck, unter anderen noch bis gestern das deutsche Gewissen, den deutschen Genius darstellend, zur Führung des Volkes durch Beispiel und Tat berufen, finden von allem Anfang an keine andere Reaktion auf diesen Anschlag, gegen die heiligsten Güter der Menschheit als*

Kokettieren, Paktieren, Kooperieren. Und zum Schluß, als ihnen Usurpation und Halbbildung ihre ureigensten Begriffe aus ihrer geistigen Werkstatt raubt, um dieser Verkörperung von Terror und Feigheit, Unmoral und Geschichtsfälschung, innerer und äußerer Volksaufwiegelung auch noch die Gloriole von Freiheit und Heroismus, Ethik und Wissenschaftlichkeit, Mystizismus und Pazifismus zu verleihen, da treiben sie ihren Verrat auf die Spitze: ducken sich und schweigen!

Soll denn die katholische und protestantische Kirche in Deutschland allein bleiben in ihrem wahrhaft heroischen Kampf um Deutschlands Ehre, Überlieferung und Zukunft? Deutschland, Volk der Dichter und Philosophen, die Welt, nicht nur die feindliche, Eure Freunde warten in Bestürzung auf ein Wort der Befreiung!

Goebbels als Schirmherr der Philharmoniker — Die Philharmoniker vor dem Bankrott — Furtwängler bei Hitler auf dem Obersalzberg

Von den ersten Tagen des Hitler-Regimes an fand ein Wechsel in allen Verwaltungsbehörden statt, und das Orchester sah sich in seiner materiellen Lage abhängig von neuen, unbekannten Faktoren und Instanzen.

Dr. Lange, der »arische« und geistig ungewöhnlich interessierte Erste Bürgermeister der Stadt Berlin, konnte als Sozialdemokrat nicht länger Vorsitzender unseres Aufsichtsrates bleiben. Bereits im März 1933 wurde er seines begehrten Amtes enthoben.

Das Orchester war auf dem Prinzip der Leistung aufgebaut. Jedes Mitglied hatte vor seiner Aufnahme ein Probespiel vor Furtwängler und dem gesamten Orchester ablegen müssen. Bei diesem Probespiel ging es unerbittlich zu; oft winkte Furtwängler nach wenigen Takten schon ab, und in diesem Falle war für den Bewerber nichts mehr zu erhoffen.

An sich herrschte im Orchester ein kameradschaftlicher Geist. Es war eine der wenigen Organisationen, die keine »Parteizelle« hatte. Indessen, Orchestermusiker sind bekanntlich eine Menschengattung für sich, besonders wenn sie sich mit Politik befassen, und so war es nicht zu vermeiden, daß es sogar in dieser Vereinigung zu politischen Zwischenfällen kam. Da war einer der Bläser, ein nicht gerade intelligent zu nennender Mann. Seine Leistungen hatten in letzter Zeit sehr nachgelassen, so daß man bereits erwogen hatte, ihn durch einen besseren Musiker zu ersetzen. Dieser ausgerechnet erschien eines Tages in SA-Uniform und versuchte, Unruhe zu stiften[42] und den Herrn zu spielen. Seine Kollegen ließen ihn völlig abblitzen*.

Während alledem blieb die finanzielle Lage des Orchesters ungeklärt. Alle Zahlungen von seiten der Stadt Berlin und von Preußen stockten plötzlich, obwohl bis zu einer neuen Lösung der alte Aufsichtsrat noch verantwortlich war. Aber solange die übergeordnete Behörde noch nicht bestimmt war, mischte sich nicht nur jede dem alten Aufsichtsrat angehörende Instanz, sondem auch jede der wie Unkraut aufschießenden neuen Parteistellen in unsere Angelegenheiten.

Göring, der preußischer Ministerpräsident war, bemühte sich sehr um Furtwängler. Er bot ihm den Posten des Direktors der Berliner Staatsoper an und schuf dadurch für Furtwängler eine Doppelstellung. Bekanntlich hatte sich Göring von Hitler ausbedungen, daß die Staatsoper ihm allein unterstellt sein sollte. Dadurch wurde das erste Opernhaus der Hauptstadt dem Zugriff von Goebbels entzogen, der sich

** Anmerkung des Verlegers (Atlantis-Musikbuch Verlag)*
Wie weit es den Berliner Philharmonikern gelungen ist, während der ganzen Nazizeit eine gewisse Unabhängigkeit zu bewahren, zeigt folgende Agenturmeldung aus Berlin vom September 1945:
»Das aus 110 Musikern bestehende Orchester mußte natürlich, wie jede andere deutsche Organisation, politisch gesäubert werden. Die alliierten Behörden, die befürchtet hatten, daß die notwendige Entfernung aller nationalsozialistischen Elemente die Struktur des Orchesters erheblich schwächen würde, waren angenehm überrascht, als es sich herausstellte, daß nur acht Musiker der Partei angehörten. Keiner von ihnen hatte eine führende Funktion im Orchester inne, so daß sie alle mit Leichtigkeit ersetzt werden konnten.“

bald darauf zum Herrscher aller andern Theater im Reich machte. Göring nahm es mit seiner Eigenschaft als oberster Chef der Berliner Staatsoper sehr genau und wohnte, soweit möglich, besonders im ersten Jahr, allen Vorstellungen bei. So kam es, daß Furtwängler während seiner Verhandlungen über die Oper bei Göring wenn auch keine direkte Abhilfe, so doch ein williges Ohr für seine Philharmoniker-Sorgen fand. Die Verwaltungs- und Etatfrage war die eine Seite der Philharmoniker-Nöte, die »Gleichschaltung«, das heißt die Judenfrage, eine andere. Hätte die Stadt Berlin zu jenem Zeitpunkt allein zu entscheiden gehabt, so wären sofort alle nach dem Beamtengesetz »untragbaren« Mitglieder entlassen worden. In der Tat wurde von seiten der Stadt ein solcher Versuch gemacht und eine Sitzung zu diesem Zweck einberufen. Furtwängler, der Unheil witterte, gelang es aber, diese Sitzung durch die höhere Instanz abblasen zu lassen und so eine Katastrophe zu verhüten.

Die gesamte Reichsregierung hatte dem letzten Philharmonischen Konzert der Saison 1932/33 beigewohnt, ehe das Orchester die oben erwähnte Auslandsreise antrat. Nach dem Konzert war Goebbels ins Künstlerzimmer gekommen und hatte Furtwängler mitgeteilt, daß in Zukunft das Orchester ihm unterstellt sei. Viele können bezeugen, daß Goebbels sehr charmant sein konnte, wenn er wollte. Wie oft hat er Furtwängler durch seine Liebenswürdigkeit eingewickelt, und auch bei dieser Gelegenheit streute er ihm in gewohnter Weise Sand in die Augen[43]. Im Gegensatz zu den Provinzorganisationen, die damals den willkürlichen sofortigen Zugriffen der neuen Nazifunktionäre wehrlos preisgegeben waren, fühlte sich Furtwängler durch die Worte des Ministers in Sicherheit und fuhr beruhigt ab.

Auf der Reise wurde zwar in philharmonischen Angelegenheiten hin und her korrespondiert, aber nichts geschah. Als wir Mitte Juni nach Berlin zurückkamen, war noch nicht der geringste weitere Schritt zu einer praktischen Lösung getan. Trotz der von Goebbels Anfang April gemachten Versprechungen war noch keinerlei Zahlung geleistet worden. Der zuständige Referent im Propagandaministerium, noch ein

Mann des alten Regimes, erklärte, daß der Minister niemals irgendwelche Versprechungen hinsichtlich des Orchesters hätte abgeben dürfen, ehe er die nötigen Summen in seinem Budget bereitgestellt hätte. Der preußische Finanzminister Popitz strich einfach die dem Orchester von seiten Preußens gewährten Zuschüsse. Der Reichsrundfunk erklärte seinen Vertrag unter den obwaltenden Verhältnissen für null und nichtig. Göring, an den man sich wegen des preußischen Staatszuschusses gewendet hatte, sagte, er könne in der Sache nichts tun, da laut Reichsgesetzblatt das Orchester dem Propagandaminister allein unterstünde.

Durch die monatelange Unsicherheit entstand allmählich im Orchester eine große Spannung, und es nahm die Ansicht überhand, die geschickt durch allerlei Parteigrößen genährt wurde, daß, wenn die jüdischen Musiker und ich nicht ausschieden, die Nazis immer weitere Vorwände finden würden, um eine befriedigende Lösung hinauszuschieben.

Die schwächeren Geister im Orchester gaben dem unausgesprochenen Druck nach; sie erklärten eines Tages das langjährige Vorstandsmitglied Lorenz Höber für abgesetzt und äußerten die Absicht, die Geschäftsräume des Orchesters zu verlegen — das hieß, sie von meiner Wohnung zu trennen. Dies brachte Furtwänglers Geduld zum Reißen. Damals konnte man es sich noch leisten, den Nazis gegenüber die Geduld zu verlieren.

Er erzwang sich sofort ein Interview bei Goebbels, der ihm ständig ausgewichen war. Diese Unterredung brachte, wenigstens theoretisch, eine Klärung der Lage. Goebbels erklärte sich von neuem bereit, den Etat des Orchesters zu übemehmen, unter der Voraussetzung, daß Furtwängler in jeder Beziehung dessen Führer sei. Alle Rechte der bisherigen siebzehn Mitglieder des Aufsichtsrates sollten an Furtwängler abgetreten werden. Zum Schluß versicherte ihm der Minister, daß er zu seinem Wort stünde. Demzufolge stellte Furtwängler den Status quo ante wieder her und erließ ein Rundschreiben an das Orchester, in dem er die Situation auseinandersetzte.

Ich muß hier alle diejenigen aufklären, die vielleicht glauben, daß eine derartige »Führerstellung«, wie sie Goebbels für

Furtwängler aufzog, in Wirklichkeit möglich gewesen wäre. Sie war im absoluten Staat viel weniger denkbar als bei einer andern Staatsform. Furtwängler war von neuem mit leeren Worten hingehalten worden, und alles blieb weiter ungeklärt. Zwar berief Goebbels selber eine Sitzung des vorherigen Aufsichtsrates ein, doch verschwand er an dem betreffenden Tage auf »Urlaub«, ohne irgendeinen der Beteiligten zu benachrichtigen.

Furtwängler war allerdings kein bequemer Verhandlungspartner. Mit seinen dauernden Forderungen zerrte er an den Nerven der überlasteten Leiter des Reiches, und alle offiziellen Stellen wichen ihm tunlichst aus, wo sie nur konnten.

Hitler hatte Furtwängler prinzipiell jede Unterstützung zugesagt, die er benötigen würde, und eine persönliche Aussprache mit dem »Führer« über Opern- und Konzertfragen war in Aussicht genommen worden. Indessen auch Hitler verschwand plötzlich nach dem Obersalzberg, und man erfuhr so nebenbei, daß er in absehbarer Zeit nicht wieder nach Berlin käme, sondern sich vom Berghof direkt nach Bayreuth begeben würde, um den Festspielen beizuwohnen.

Im Juli 1933 befand sich daher das Berliner Philharmonische Orchester trotz aller Ministerzusagen vor dem Bankrott[44]. Um die letzte Katastrophe zu vermeiden, gab es nur noch einen Ausweg — eine direkte Intervention bei Hitler. Es wurde daher beschlossen, unsern Parteikommissar nach Bayreuth zu entsenden. Hitler, der ihn aus den Anfangstagen der Parteibewegung her kannte, empfing ihn sofort. Er wurde wütend, als er hörte, daß das Orchester gezwungen sei, für den 1. August Zahlungsunfähigkeit anzumelden und erklärte kategorisch, daß dieser Skandal unter allen Umständen vermieden werden müsse. Er ließ sofort Goebbels kommen, der sich ebenfalls in Bayreuth aufhielt. Der kleine Doktor befand sich, was selten vorkam, in großer Verlegenheit. Von seinem erzürnten Herrn und Meister zur Rede gestellt, wandt er sich wie ein Aal, besonders als er es nicht verhindern konnte, daß Hitler in seiner Gegenwart aufs genaueste über die verzweifelte finanzielle Lage des Orchesters informiert wurde. Der Führer bestimmte, daß die Sache unverzüglich in die Hand genommen werden müsse und versicherte unserm Abgesandten, daß die nötigen Gelder sofort zur Verfügung gestellt werden würden. Er ließ auch Furtwängler auffordern,[45] ihn so bald wie möglich zu besuchen, um alles weitere zu besprechen.

Furtwängler fuhr Anfang August nach dem Obersalzberg. Er verließ Berlin, bewaffnet mit einem riesigen Memorandum über Orchesterfragen und andere »Fälle«. Er pflegte für solche Besprechungen immer sehr sorgfältig ausgearbeitete Exposés mitzunehmen. Einer der Nachteile seiner sensitiven und komplizierten Natur war seine Unfähigkeit, sich bei solchen politischen Auseinandersetzungen auf die rohe und primitive Mentalität der Nazis einzustellen.

Die betreffende Zusammenkunft scheint besonders stürmisch verlaufen zu sein. Hitler und Furtwängler gerieten sich bereits während ihrer Auseinandersetzung über allgemeine Fragen in die Haare und schrien sich etwa zwei Stunden lang gegenseitig an, so daß Furtwängler fast vergaß, sein Hauptobjekt, das Orchester, überhaupt zu erwähnen. Sobald er von dieser Unterredung nach München zurückgekehrt war, rief er mich in Berlin an. Er sagte, daß es ihm erst jetzt klar sei, was hinter Hitlers bornierter Einstellung stecke. Es sei nicht die Judenfrage allein, es sei seine feindliche Einstellung zu allen geistigen Dingen. Dieses Telefongespräch wurde — wie wir bald erfahren sollten — von den Nazis abgehört.

Trotz des Zusammenstoßes mit dem Führer schien die Zukunft der Philharmoniker nun endgültig gesichert. Hitler sorgte dafür. Am 26. Oktober 1933 wurde das Orchester offiziell vom Reich übernommen. Die Gehälter und Pensionen der Musiker waren sichergestellt. Der »Arierparagraph« sollte auf sie nicht angewendet werden. Das Büro wurde zunächst nicht angetastet.

Die Berliner Staatsoper — »Arabella«-Premiere — Persönliche Beziehungen zu Richard Strauss — Göring ernennt Furtwängler zum Staatsrat — Die »Stimme des Volkes« irrt sich im Saal — Die italienische Botschaft in Berlin — Die französische Botschaft — Die britische Botschaft — Die Abteilung VII des Auswärtigen Amtes — Gastspiele in London und Holland Januar 1934 — Demonstrationen in Brüssel und Antwerpen — Sir Thomas Beecham in Berlin

Während sich allmählich eine neue Gesellschaftsschicht entwickelte und eine alte verschwand, dauerte es, besonders in Berlin, eine ganze Weile — etwa bis Mitte 1934 —, bevor die tiefe Spaltung, die das Nazitum in das ganze bürgerliche Leben bringen sollte, sich in allen Schichten der Bevölkerung entscheidend bemerkbar machte. Von Anfang an waren durch willkürliche Eingriffe in Berufe und Institutionen sofortige und unersetzliche Verluste entstanden. Sie wurden auf jedem Gebiet empfunden, in den Universitäten, den großen Hospitälern, Privatkliniken, Forschungsinstituten sowohl als auch in der Industrie und im Bankwesen. In den städtischen und Regierungsbehörden wurden alle Beamten, auch »Arier«, wenn sie das Unglück hatten, einem Nazi aus irgendwelchem Grund nicht genehm zu sein, aus ihren Ämtern vertrieben. Forscher und Gelehrte von Weltruf wurden von den Hochschulen verjagt. Alle in dieser Weise Betroffenen wurden automatisch von ihrem früheren Dasein abgeschnitten, sie zogen sich vom öffentlichen Leben zurück und verschwanden am Ende völlig.

Das alles ging nur ganz allmählich vor sich, und es wäre falsch, zu behaupten, daß diese drastischen Eingriffe das Leben im großen und ganzen schon völlig umgestaltet hätten. Noch waren fast allabendlich Konzerte in der Philharmonie und in andern Sälen[46]. Die geselligen Veranstaltungen im Zusammenhang mit den großen Philharmonischen Konzerten fanden weiter statt. Meist gab es ein offizielles Frühstück nach der Sonntags-Generalprobe und einen Empfang nach dem Montagskonzert.

Die Berliner Staatsoper blieb weiter ein beliebter Treffpunkt. Abgesehen von den wundervollen Aufführungen, die man dort hören konnte, war die Staatsoper der Mittelpunkt vieler Interessen, und während der Pausen fanden da oft wichtige Besprechungen statt. Das »Opernhaus Unter den Linden«, wie es genannt wurde, hatte von jeher ein hohes Niveau und bemühte sich, dies auch weiter aufrechtzuerhalten. Es gab hier zunächst wenig neue Nazibeamte, und dank Görings Einfluß walteten noch Mäßigung und eine gewisse Zurückhaltung gegen die sonst üblichen Neuerungen.

Die Staatsoper hatte ihren ganz besonderen Stil. Wie vertraulich und zeremoniell zugleich waren die alten Logenschließer. Besonders unvergeßlich sind mir die beiden Diener vor den Logen des Generalintendanten, Stamm und Hauck, der eine ellenlang, der andere klein und untersetzt, Charaktertypen alten preußischen Beamtentums! Sie betreuten ihre Ämter seit der Hohenzollernzeit, und ihre unnachahmliche Würde konnte durch keinen noch so großen Pomp der neuen SA- oder SS-Wachen übertrumpft werden, mit denen sich die Naziminister bei ihren Besuchen im Opernhaus zu umgeben pflegten.

Die großen Neuinszenierungen standen im Mittelpunkt des Interesses. Im März 1933 fand eine Neueinstudierung der »Elektra« von Strauss statt, unter Leitung von Furtwängler als Gastdirigent. Strauss war anwesend. Er pflegte sorgfältig seine Beziehungen zu den Opernhäusern und stand mit der Berliner Staatsoper auf besonders gutem Fuße. Im Herbst 1933 fand die Berliner Premiere seiner neuen Oper »Arabella« statt, welche Furtwängler einstudierte. Der Komponist wohnte allen Proben bei.

Diese ungezählten Proben verliefen harmonisch und anregend. Einmal während eines Vormittags entdeckte mich Strauss im Hintergrund des Parketts und rief: »Ah, da ist ja Fräulein Geißmar! Bitte kommen Sie doch mal auf den Gang hinaus.« Während wir auf und ab gingen, fragte er mich, wie mir sein neues Werk gefiele und ob ich nicht fände, die Bläser seien zu laut. »Könnten Sie das dem Wilhelm nicht beibringen?« Was für eine komische Situation! Der große Richard

Strauss wagte nicht, dem Dirigenten seines Werkes seine Ansicht über eine rein musikalische Frage zu sagen. Er wußte, wie sensibel Furtwängler war und wollte ihn bei guter Laune erhalten. Beim Mittagessen nach der Probe brachte ich Furtwängler vorsichtig die Sorgen des Komponisten bei. Er war nicht wenig belustigt darüber, daß Strauss für seine Mitteilung diesen Umweg gewählt hatte.

Zwischen Strauss und meiner Familie herrschten alte Beziehungen. Solange mein Vater lebte, holte Strauss ihn stets für seine unvermeidliche Skatpartie, wenn er nach Mannheim kam. Einmal war Strauss in meinem Elternhaus zum Abendessen, und nach Tisch sagte mein Vater zu meiner Mutter: »Du ziehst dich jetzt besser zurück, denn wir wollen Karten spielen.« Strauss, der bekanntlich stark unter dem Pantoffel seiner Frau, Pauline, stand, fragte meinen Vater erstaunt: »Wie bringen Sie es fertig, Ihrer Frau zu sagen, sie solle das Zimmer verlassen, und daß sie es sogar tut?«

In diesen verworrenen Zeiten kamen die Künstler aus allen Teilen der Provinz weit öfter nach Berlin als sonst. Viele hatten die Reise gemacht, um mit Furtwängler zu sprechen, der durch sein mutiges Verhalten mit einem besonderen Nimbus umgeben war. Sie alle berichteten nicht nur über die offiziellen Eingriffe, sondern auch über die nicht zu steuernden unterirdischen Wühlereien und Willkürlichkeiten. Es war zum Verzweifeln, was man alles hörte.

Furtwängler war nun Dirigent des Berliner Philharmonischen Orchesters, Direktor der Berliner Staatsoper, Vizepräsident der Reichsmusikkammer — und vom Juli 1933 an auch Preußischer Staatsrat. In der Welt hat man ihm oft vorgeworfen, daß er diesen Titel angenommen hat. Im Grunde war der ganze Preußische Staatsrat eine der bedeutungslosen pompösen Schaustellungen des prachtliebenden preußischen Ministerpräsidenten[47] und ist kaum öfter als zweimal zusammengetreten.

An einem Sonntagmorgen, als er auf Ferien war, erhielt Furtwängler folgendes Telegramm: »Ernenne Sie hiermit zum Preußischen Staatsrat. Hermann Göring.« Später wurde erzählt, daß Göring am Tag zuvor beim Verlassen seiner

Amtsräume aus heiterem Himmel ausgerufen habe: »Ich will noch schnell Furtwängler zum Preußischen Staatsrat machen!« Diese Ernennung erfolgte in einem Augenblick, als der Kampf um die Aufrechterhaltung des Leistungsprinzips noch in vollem Gange war und keineswegs als verloren betrachtet wurde. Es mußte Furtwängler als falsch erscheinen, in dieser Situation ein solches Zeichen von Vertrauen abzulehnen. Im Gegenteil, er konnte hoffen, daß er durch diese neue Funktion an Einfluß gewinnen und seinen Standpunkt leichter geltend machen würde. Diese Hoffnung sollte sich als trügerisch erweisen, aber das war in diesem Stadium der Dinge noch nicht abzusehen. Der »Staatsrat« sollte aber später für Furtwängler eine besondere Quelle unausgesetzten Verdrusses werden; denn als er mit allen seinen Ämtern auch diesen Titel niederlegte, erklärte ihm Göring, Demissionieren sei verboten, und so blieb die zweifelhafte Würde weiterhin an ihm haften.

Unter dem drohenden Schatten der Politik herrschte bei den Musikern in Berlin damals ein starker Kameradschaftsgeist. Ein enger Zusammenhang bestand unter den Anführern der Streicherpulte der Philharmoniker, die eine Kammermusikvereinigung gegründet hatten. Oft kamen sie abends zu mir und spielten Quartett. Furtwängler selber, der ein wunderbarer Kammermusikspieler war, gesellte sich öfters zu uns. Manchmal kam auch Hindemith und begeisterte uns alle mit seinem schönen Bratschenton. Niemals vergesse ich, wie wir mit Furtwängler das Brahms-Klavierquintett spielten, Goldberg erste Geige, ich zweite, Hindemith Bratsche und Graudan — damals Erster Solocellist mit Schuster — das Cello.

Aus der gleichen Zeit stammt auch eine Begebenheit, die beweist, wie wenig die Meinung der Regierung auch die Meinung des Volkes war. Da ja angeblich beim Philharmonischen Orchester alles beim alten bleiben sollte, wurde im ersten Volkskonzert im Herbst 1933 das Doppelkonzert von Brahms angesetzt, mit den oft genannten Konzertmeistern Goldberg und Graudan als Solisten[48]. Hunderte mußten abgewiesen werden! Jubelnder und demonstrativer

Applaus! Die »Stimme des Volkes« war ganz in Ordnung. So kam es, daß die Nazis oftmals Vorsehung spielen mußten, um ihren Willen durchzusetzen[49]. Peinlicherweise unterbrach die »Stimme des Volkes« aus Versehen eines der Bach Konzerte, die Edwin Fischer regelmäßig mit seinem Kammerorchester zu geben pflegte. Das »Volk« hatte sich im Saal geirrt. Sein Auftrag war gewesen, das Konzert eines jüdischen Sängers nebenan zu stören.

Die Nazis legten mehr als irgendein Regime zuvor Wert auf eine Schaustellung von Ausländern und taten alles, um internationale Künstlerbesuche in Deutschland zu erleichtern und die erhaltenen Absagen wettzumachen. Der japanische Dirigent Prinz Konoye, der Bruder des japanischen Premierministers, kam 1933 nach Berlin und dirigierte ein Konzert mit den Philharmonikern. Er war ein ganz guter Musiker, im Geiste deutscher Musik erzogen.

Italien war damals keineswegs nazifreundlich. Trotzdem erschienen italienische Künstler in Scharen in Deutschland. Respighi kam im Herbst, Casella, Mainardi, Cassadó (dieser ein Spanier) und manche andere sahen nicht ein, warum sie von der Situation nicht profitieren sollten.

Es ist leicht begreiflich, daß die Atmosphäre in den ausländischen Vertretungen am längsten unangetastet blieb. Die italienische Botschaft war besonders seit dem Amtsantritt des Botschafters Vittorio Cermti am lebendigsten. Die Botschafterin, Donna Elisabetha Cerruti, war unermüdlich. Sie war eine Ungarin, sehr gebildet, zielbewußt und schien frei von jedem Snobismus. Ihr stolzer, schöner Kopf stand in Harmonie mit ihrer stattlichen Erscheinung. Ging Hitler je aus, so gab man ihm die italienische Botschafterin zur Tischdame. Obwohl gelegentlich gemunkelt wurde, daß sie jüdischer Abstammung sei, schien dies die Beziehungen in keiner Weise zu stören, im Gegenteil, es war bekannt, daß sich Hitler in Gegenwart dieser klugen und erfahrenen »femme du monde« stets äußerst wohl fühlte.

Wenn ein italienischer Künstler nach Berlin kam, wurde immer irgendeine Festlichkeit für ihn auf der italienischen

Botschaft arrangiert. Stand einmal kein Italiener auf dem Berliner Konzertprogramm, so sorgte die Botschafterin, daß dies geändert wurde. Nichts war ihr zu viel. War ich von meinem Büro nicht abkömmlich, so kam sie zu mir und besprach ihre musikalischen Pläne. In dem großen Musiksaal der Botschaft hörte man regelmäßig Musik, meist kamen italienische Solisten und Komponisten zu Gehör. Diese Konzerte waren trotz ihrer Länge äußerst beliebt, und man pflegte danach in diesem gastlichen Hause bis spät in die Nacht hinein zu bleiben.

Einer der denkwürdigsten Abende auf diesem neutralen Boden war ein Empfang für den italienischen Dirigenten Graf Gilberto Gravina. Seine Mutter, Gräfin Blandine Gravina, war die zweite Tochter Cosimas und Hans von Bülows. Er lebte mit seiner englischen Frau in Bozen. Sein Bruder war der inzwischen verstorbene Völkerbundskommissar in Danzig, Graf Bruno Gravina. Gil, wie er genannt wurde, war im Grunde ein armer Kerl. Als ich im Jahre 1930 das erstemal mit Furtwängler in Bayreuth war, spielte Gil im Orchester die Flöte. Bayreuth behandelte ihn schlecht, aber seine betagten Tanten, Frau Thode und Frau Chamberlain, liebten ihn zärtlich. Im Hitler-Reich wuchsen natürlich seine Chancen. In einem Sonderkonzert der Berliner Philharmoniker dirigierte er Werke seines Großvaters Richard Wagner und seines Urgroßvaters Franz Liszt. Er hielt sich in seinen Berliner Tagen meist bei mir auf, und ich bemühte mich, ihn bei seinem Auftreten zu unterstützen. Nach dem Konzert war ein sehr animierter Empfang auf der italienischen Botschaft. Das alte Bayreuth, sofern es noch existierte, war versammelt. Auch die deutsche Kronprinzessin Cecilie war anwesend. Frau Thode und Frau Chamberlain waren von Bayreuth gekommen. Gil war glücklich, und Frau Thode sagte zu mir: »Ja, Fräulein Geißmar, wenn Gil sein ganzes Leben lang Sie an seiner Seite gehabt hätte! ...«

Auch die französische Botschaft war ein Mittelpunkt der verschiedensten gesellschaftlichen Ereignisse. Der Botschafter, Monsieur François-Poncet, mit seinem mephistophelischen Lächeln, war ein sehr angenehmer Gastgeber. Er hatte viele

Kinder und stand mehr im Vordergrund als seine Gattin. Viele »bon-mots« wurden ihm zugeschrieben. Für den Führer erfand er die Bezeichnung »Le fureur«. Als er einst von einer Einladung beim Außenminister von Neurath zurückkam, bei dem er dessen Sohn, den damaligen deutschen Kulturattache in Rom, kennenlernte, erklärte er: »Ich habe den Vater gesehen und den Sohn, aber vom Heiligen Geist war nichts zu bemerken.«

Die britische Botschaft war immer sehr exklusiv. Man sah dort — wenn überhaupt — nur ganz hohe Nazifunktionäre. Sir Eric Phipps, der damalige Vertreter Seiner Britischen Majestät in Berlin, war ein typischer englischer Diplomat alten Stils. Sein größter Feind hätte ihn nicht einen Nazifreund nennen können. Er war ein Charakter. Hitler soll für ihn eine gewisse Sympathie gehabt haben, der er durch vorzügliches Nachahmen von Sir Eric Ausdruck gab.

Die Holländer und besonders die Amerikaner waren sehr zurückhaltend in bezug auf Nationalsozialisten und richteten ihre Geselligkeit dementsprechend ein. Die übrigen ausländischen Vertretungen lebten weiter ihr Leben nach der gewohnten Routine, abgestimmt auf die jeweilige politische Lage.

Inmitten all der neuen Entwicklungen war das Auswärtige Amt immer noch ein ruhender Pol und die Hoffnung vieler. Seine Aufgabe war damals hauptsächlich, im Interesse Deutschlands alles wieder einzurenken, was die Nazis verpatzt hatten. Beschwerden über kleine Zwischenfälle liefen am laufenden Band ein und gaben den erfahrenen Sachbearbeitern alle Hände voll zu tun. Die Wilhelmstraße stand damals im Mittelpunkt spekulativer Gerüchte. Einmal hieß es, daß das Auswärtige Amt, verbunden mit der Armee, das Land wieder auf den richtigen Weg zurückführen werde. Dann wieder hörte man von vereinten Bemühungen des Amtes und der Großbanken und derartige Enten.

Alles, was in bezug auf Kunst behördlicher Unterstützung bedurfte — Künstler im Ausland, Ausstellungen im Ausland, Kunstausübungen an den Grenzen des Reiches, unterstand vor der Zeit Hitlers der Abteilung VII des Auswärtigen Amtes. Dort waltete ein Stab von hochkultivierten Männern, die sorgfältig mit Rücksicht auf ihre Arbeit ausgewählt waren. Es schien undenkbar, daß das »Neue Deutschland« auf ihre Dienste verzichten könnte.

Das Berliner Philharmonische Orchester war im allgemeinen unabhängig von diplomatischer Unterstützung gewesen; wenn es aber je dergleichen benötigte, so wurde die Hilfe prompt und diskret von der Abteilung VII gewährt. Und solange es nur irgend möglich war, gab sie uns den gewünschten Rückhalt — bis sie eines Tages aus der Wilhelmstraße verschwunden war. Goebbels, der ja die Leitung des ganzen Kulturlebens der deutschen Nation beanspruchte, konnte sich diese Stelle mit ihren ausgezeichneten Beziehungen nicht entgehen lassen, und so hatte er sie bald unter die Autorität des Propagandaministeriums gezwungen; seine Kreaturen ersetzten allmählich die vorigen Leiter der Abteilung in ihren Ämtern — der Mangel an Kenntnissen wurde durch arrogantes Auftreten wettgemacht.

Das Ende von 1933 verlief verhältnismäßig ruhig. Viele hatten inzwischen Deutschland verlassen, während andere noch zögerten. Würden sich die Übergriffe der Nazis auf jedes Gebiet nicht doch wieder eindämmen lassen? Wir waren ein Spielball der um Macht kämpfenden Kräfte geworden. Man schien davon abhängig, ob in einem bestimmten Moment Göring, Goebbels, Heß oder Rosenberg gerade »Oberwasser« hatten. Auch außenpolitisch war das Dritte Reich weit davon entfernt, konsolidiert zu sein.

Im Januar 1934 begab sich das Berliner Philharmonische Orchester mit Furtwängler wieder auf eine Auslandsreise, die durch Deutschland, England, Holland und Belgien führte. Ich fuhr nach London voraus, wo ich bei Botschafter von Hoesch wohnte. Hoesch war ein Mann von vorbildlicher Haltung. Er mußte notgedrungen unter der Art, wie die Nazis vorgingen, leiden; doch hat er es, solange er auf seinem Posten war, nie gezeigt und weiter das wahre Deutschland nach Kräften unterstützt.

London war damals bereits eine Zufluchtsstätte für viele. Künstler, die nicht mehr in Deutschland wirkten, bemühten sich, in England zu konzertieren. Am ersten Tage meines Aufenthaltes in London spielte das Trio Hindemith-Goldberg-Feuermann im britischen Rundfunkhaus. Feuermann hatte Deutschland verlassen, Hindemith, obwohl sehr bekämpft, war noch entschlossen zu bleiben. Er hatte eine Art Siegfriedshaut und war ganz auf sich selbst gestellt[50]. Goldberg hatte trotz des ihm zugesagten neuen Vertrages mit den Berliner Philharmonikem vorgezogen, seine Verbindung mit Deutschland abzubrechen. Diese drei Künstler spielten nun zusammen in London. Jeder von ihnen hatte sein eigenes Problem im Hinblick auf Nazi-Deutschland zu lösen. Auch ich hatte das meine — was noch dadurch kompliziert wurde, daß meine damalige Tätigkeit mich oft in eine schwierige Lage ausgewanderten Freunden gegenüber brachte. Und so dauerte es, als wir abends nach dem Konzert alle beisammen saßen, eine ganze Weile, bis wieder die alte Unbefangenheit zwischen uns herrschte. Keiner von uns war noch der alte. Jeder, der aus Deutschland kam, trug sein »Hitler-Schicksal« mit sich herum, das oft seine Beziehung zur Umwelt neu bestimmte.

Kurz darauf trafen die Philharmoniker mit Furtwängler in London ein. Zum ersten Male war die Stimmung in England in bezug auf den Besuch des Orchesters geteilt. Viele erklärten, daß man die Konzerte nicht länger besuchen könne; wir wurden sogar vor möglichen Demonstrationen gewarnt. Die Queen's Hall wurde während der Konzerte von Polizei bewacht. Nichtsdestoweniger ging es ohne jeden Zwischenfall ab, und sowohl die Londoner als auch die Provinzkonzerte waren ausverkauft. Damals schrieb Sir Thomas Beecham, der stets ein großer Freund der Berliner Philharmoniker war, einen offenen Brief an die Presse, in dem er das Gastspiel unterstützte.

Auf unserer Rückreise war ein Konzert im Haag angesetzt. Wir wohnten bei dem deutschen Gesandten, Graf Zech, dessen Gattin eine geborene Bethmann-Hollweg war. Beide waren ausgezeichnete Menschen, typische Vertreter des ancien regime. Graf Zech hatte es schwer durch den Umschwung der Zeit. Er war ein besonderer Musikfreund. Als deutscher

Gesandter durfte er nicht mehr in ein Konzert von Bruno Walter gehen, aber auch die Konzerte seines alten Freundes Adolf Busch waren ihm untersagt. Wie so viele andere versuchte er sein Bestes zu tun, um zu retten, was zu retten schien. Nazi-Deutschland war in Holland sehr verhaßt. Das Konzert der Philharmoniker wurde offensichtlich boykottiert.

Schon im Haag hatte uns die Nachricht erreicht, daß unsere Konzerte in Belgien zwar ausverkauft, aber die politische Atmosphäre sehr feindlich sei und daß mit Demonstrationen gerechnet werden müsse. Unser alter Freund, der frühere deutsche Gesandte in Brüssel, Graf Lerchenfeld, war damals von den Nazis bereits pensioniert worden, und der Posten des Gesandten in Brüssel war zur Zeit unbesetzt. Am Nachmittag vor dem Konzert fand im Palais des Beaux-Arts eine Probe statt. Um das Orchester und Furtwängler zwischen dem Ende der Probe und dem Konzertanfang vor feindlichen Demonstrationen zu schützen, durften wir den Saal nicht verlassen und bekamen eine Mahlzeit dort serviert. Das Palais des Beaux-Arts wurde von berittener Polizei umgeben. Die belgische Regierung tat ihr möglichstes, um ernste Zwischenfälle zu verhindern. Vor Konzertbeginn betrat der belgische General M., der seit vielen Jahren dem Vorstand der Societe Philharmonique de Bruxelles angehörte, das Podium und hielt eine kurze Ansprache. Erst dann erschien Furtwängler, von jubelndem Beifall begrüßt. Das Konzert verlief glänzend. Aber die Stimmung auf der Straße war unheilschwanger.

Das Antwerpener Konzert war auch ausverkauft, aber die schwelende Stimmung war noch unheimlicher als in Brüssel. Absperrungscordons, berittene Polizei, Demonstrationen! Sogar Rotkreuzschwestern saßen hinter dem Podium in Bereitschaft. Während des Konzertes wurde eine Stinkbombe geworfen. Nach Schluß mußte Furtwängler durch einen Hinterausgang herausgebracht werden. Zwölf Polizisten begleiteten ihn an seinen Zug.

Furtwängler und meine eigene Stellung — Die Berliner Philharmoniker als Reichsgesellschaft — Bei Außenminister Barthou in Paris — Botschafter Köster — Improvisation eines Gastspiels der Philharmoniker in Rom — Furtwängler bei Mussolini — Quertreibereien der Auslandsdeutschen — Konzert und Empfang in Zürich — Intervention von Tietjen bei Göring

Am 26. Oktober 1933 war das Berliner Philharmonische Orchester vom Reich übernommen worden. Um schließlich eine Lösung der Verwaltungsfragen zu finden, entsandte das Reich gegen Ende 1933 einen »Reichsprüfungskommissar«, der nicht nur unsere Bücher, sondern auch unsere ganze Korrespondenz einsehen sollte. Der Bericht des Kommissars war ausgesprochen ungünstig.[51] Nachdem Furtwängler das umfangreiche, von Unverständnis strotzende Schriftstück gesehen hatte, fing er sofort an, einen Gegenbericht auszuarbeiten, in dem er die betreffenden Behörden schonungslos angriff und auf die weitgreifenden Folgen aufmerksam machte, die ihre beabsichtigten Eingriffe haben würden.

Furtwängler hatte scheinbar eine gewisse Machtstellung. Jedoch die Schwierigkeiten wuchsen. Nicht immer konnte er gleich durch ein Ministerwort einer neu auftauchenden Katastrophe vorbeugen. Seine prominente Stellung, sein weitreichender Ruhm, den er sich unabhängig von den Nazis erworben hatte, seine dauernden Forderungen trugen ihm schließlich Neid und Feindschaft nicht nur der kleinen Bürokratie, sondern allmählich auch der höheren Beamten ein. Jedes Wort aus seinem Munde wurde weitergetragen und entstellt.

Auch ich wurde dauernd angegriffen, ohne die geringste Möglichkeit zu haben, mich zu verteidigen. Mein Leben war, an der Oberfläche gesehen, vielleicht ein hochinteressantes, aber in der Tat war es eine Tortur. Ich war zwar frei und nicht im Konzentrationslager. Aber unter welch demütigenden Verhältnissen mußte man leben — wie mit einer ansteckenden Krankheit behaftet, ein geächteter Mensch in der eigenen

Heimat! Das natürliche Verhältnis zu anderen Menschen wurde in heimtückischer Weise untergraben, und das Gemüt wurde vergiftet. Furtwängler blieb mir gegenüber unverändert, und ich gab mir die größte Mühe, meine Sorgen vor ihm geheim zu halten.

Eines Tages besuchte mich ein alter Freund Furtwänglers. Wie so viele Deutsche neigte er dazu, ein bißchen pompös daherzureden. An jenem Tage erschien er mit besonders wichtiger Miene und erklärte, er habe mir etwas mitzuteilen. Nach allerhand Umschweifen kam er schließlich zur Sache und riet mir »als guter Freund«, ich möchte in Zukunft die Philharmonie meiden, da meine Anwesenheit dort Furtwängler »schade«. Wenige Beleidigungen haben mich so getroffen wie dieser Rat eines sogenannten anständigen Menschen.[52] Natürlich war ich in der Philharmonie eine bekannte Erscheinung, und dies war den Nazis nicht genehm. Ging ich in der Pause umher, wie man gewöhnt war, so sagten sie, ich benähme mich zu auffällig; blieb ich auf meinem Eckplatz sitzen, so beklagten sie sich, daß die Menschen bei mir stehen blieben (in Nazizeiten weit mehr als vorher), um sich mit mir zu unterhalten. Ohne ein Wort darüber zu verlieren, blieb ich beim nächsten Philharmonischen Konzert zu Hause. Sofort nach dem Konzert rief Furtwängler an, ob ich krank sei. »Nein«, erwiderte ich, »aber man hat mir mitgeteilt, daß meine Anwesenheit in der Philharmonie Ihnen schade.« Furtwängler geriet in Wut. »Wer hat sich diese Einmischung erlaubt?« fragte er. »Bitte, hören Sie nicht auf solchen Unsinn!«

Die Nazis tasteten auf allen Gebieten, wie weit sie sich wagen konnten, ehe sie auf ernstlichen Widerstand stießen. Die gleiche Methode versuchten sie auch bei der Neuorganisation des Orchesters. Und trotz aller vorherigen Zusagen schien es eines Tages, als ob Furtwängler nicht einen seiner früheren Mitarbeiter, geschweige denn mich, werde behalten können. Endlich riß ihm die Geduld. Er erklärte Dr. Funk, damals Staatssekretär bei Goebbels (später Wirtschaftsminister und Reichsbankpräsident an Stelle Dr. Schachts), den er zufällig bei einem Empfang des Reichspräsidenten Hindenburg traf, daß, wenn die Regierung so wenig Verständnis für seine Arbeit habe und diese dauernden Einmischungen nicht verhindere, er von allen seinen Ämtern zurücktreten würde, da es ihm unmöglich sei, unter solchen Verhältnissen weiterzuwirken.

Dies half wieder einmal — wenigstens für den Moment. Nach nochmaligen endlosen Verhandlungen wurde eine Einigung erzielt.

Die Bürogemeinschaft zwischen dem Orchester und Furtwängler blieb in gewisser Weise unberührt. Jedoch wurde in Furtwänglers Vertrag für mich und meine Sekretärin eine besondere Summe[53] eingesetzt. Die Abteilung des Büros, die die Furtwänglerkonzerte, seine Auslandsreisen und ausländischen Verhandlungen — also mein Arbeitsgebiet — bearbeitete, wurde als besonderes »Furtwängler-Sekretariat« abgetrennt. Eine runde Summe wurde ihm zur Finanzierung dieser Abteilung zugesprochen. Mein Name durfte in den Abrechnungen mit dem Reich nicht mehr genannt werden. Ich gab mein bisheriges Arbeitszimmer auf, das inmitten der anderen Büroräume lag und bezog das äußerste, abgelegene Zimmer.

Ich ließ mich auf diese »Lösung« ein, trotzdem ich völlig im klaren darüber war, was sie bedeutete. Furtwängler hatte alle seine Kräfte dafür eingesetzt, zu retten, was zu retten war, und er verdiente, nicht im Stich gelassen zu werden. Es war leicht, von außen her zu kritisieren, und es schien mir damals wichtiger und mutiger, an Ort und Stelle Widerstand zu leisten[54] und weiterzuarbeiten.

Zu Beginn des Frühjahres 1934 fuhr ich nach Paris, um einige Tage vor dem Orchester dort zu sein. Um diese Zeit war die Verschiedenheit der Atmosphäre in Deutschland und im Ausland bereits unmittelbar nach dem Überschreiten der Grenze fühlbar. Man atmete auf wie in einer Brise frischer Luft.

Damals war Barthou französischer Außenminister. Ich hatte ihn verschiedentlich früher getroffen, und er hatte sich mit mir unterhalten. Er war ein hochkultivierter Mann und besaß eine herrliche Bibliothek. Er liebte Musik und hatte das Vorwort zu einem Buch über Hector Berlioz sowie ein Buch über Wagner geschrieben, zu dessen begeisterten Anhängern er zählte. In Bayreuth war er eine wohlbekannte Erscheinung. Er nahm lebhaftes Interesse an Kunst und Künstlern, und bei einem vorherigen Zusammentreffen hatte er sich sehr eingehend nach meiner Arbeit erkundigt. Damals hatte er mich auch aufgefordert, ihn doch zu besuchen, wenn ich wieder in Paris wäre.

Als ich nun erschöpft und niedergeschlagen in Paris ankam, sehnte ich mich nach einer verständnisvollen Seele, und obwohl ich viele alte Freunde dort hatte, war in mir der Wunsch, gerade Barthou zu sehen, am stärksten. Ich sandte ihm daher ein »petit bleu« nach dem Quai d'Orsay. Noch an demselben Morgen rief er mich an und fragte, ob ich gleich zu ihm kommen wolle. Da saß er in seinem prunkvollen Arbeitsraum, ein kleiner Mann mit typisch französischem Gesicht, dessen Anziehendstes seine Augen waren, die Humor, Klugheit und Güte ausstrahlten. Er empfing mich voll Wärme und Anteilnahme und fragte mich nach allerhand Dingen, auch nach meinem eigenen Schicksal. Ich versuchte, ihm zu beschreiben, wie Furtwängler kämpfte, um die alte Tradition aufrechtzuerhalten. Er mochte wohl fühlen, wie erregt und aufgewühlt ich war, denn er fragte: »Est-ce qu'on vous persecute?« Nie werde ich sein feines Verständnis, sein Mitgefühl und seinen Takt vergessen. Er vermied, irgend etwas gegen Deutschland zu sagen, gerade so, wie ich ihm gegenüber nie geklagt hätte, aber in seiner Art zu fragen lag wirkliches Verständnis für unsere Sorgen, das mich aufs tiefste berührte. Er sagte mir dann, er sei der erste gewesen, der Karten für unsere Konzerte bestellt habe, er würde beide Aufführungen besuchen und hoffe, daß wir uns noch einmal treffen würden.

Inzwischen ging ich in Paris meine gewohnten Wege. Die Spaltung zwischen den ausgewanderten und den im Reich verbliebenen Deutschen war damals schon tief. Die ersteren sahen in meiner Arbeit für Furtwängler und die Philharmoniker eine Art Verrat. Nachdem ich einige Tage in Paris war, erschien im »Pariser Tageblatt«, der Zeitung der Emigration, ein Artikel, worin ich als »Hitlerjüdin« angegriffen wurde.[55] Obwohl ich mir immer klar war, daß es nur darauf ankommt, vor sich selber ein reines Gewissen zu haben, regte mich dieser Angriff sehr auf. In der Heimat war das Leben ein dauernder Kampf geworden, nun hatte man auch in der Welt draußen Feindseligkeiten zu begegnen.

Als ich den deutschen Botschafter, Dr. Koester, den Nachfolger Hoeschs, besuchte, der als äußerst unabhängiger Mann bekannt war, schüttete ich ihm mein Herz aus. Er blieb ganz ruhig und sagte: »Erst wollen wir mal Tee trinken.« Er bereitete selbst den Tee, holte aus einem Schrank ein Glas englischer Orangenmarmelade und fing dann an, mir zuzusprechen. »Sie brauchen sich gar nicht so aufzuregen«, sagte er, »haben Sie die Rückseite dieser Zeitung gelesen?« Da stand ein scharfer Angriff auf die Person des deutschen Botschafters. Ich bemerkte schüchtern, daß der deutsche Botschafter es dennoch leichter hätte als ich. Er war aber nicht davon zu überzeugen.

Die Pariser Konzerte verliefen in alter Weise. Der Präsident der Republik war anwesend und empfing Furtwängler in der Pause. Wir waren viel eingeladen und trafen die Komponisten Milhaud, Honegger, Roussel, den Bayreuther Freund Guy de Psurtalès und andere. Barthou, den ich inzwischen noch einmal gesehen hatte, kam zum ersten Konzert. In der Pause ging er mit mir im Foyer auf und ab. Es war am Vorabend seiner bedeutsamen Reise nach Polen, und für die Menge Journalisten — Franzosen und Ausländer, nicht zuletzt für die zahlreich erschienenen deutschen Pressevertreter — war seine Anwesenheit gerade bei diesem Konzert eine Sensation. Barthou begab sich dann hinter die Bühne und unterhielt sich eine Zeitlang mit Furtwängler. Obwohl die Luft mit Spannung geladen war, endeten die Konzerte mit demonstrativem Erfolg, der alle politischen Gegensätze überbrückte und allein der hervorragenden Leistung der Musiker und ihres Dirigenten galt. Als Barthou sich nach dem Konzert von mir verabschiedete, nahm er meine beiden Hände in die seinen und fragte: »Etes-vous heureuse?«

Nur einmal noch habe ich ihn danach wiedergesehen, es war Ende Mai 1934 in einem Toscanini-Konzert. Am 13. Oktober 1934 wurde er in Marseille ermordet.

Die Konzertreisen der Philharmoniker wurden stets ein Jahr im voraus festgelegt, um alles möglichst praktisch einzurichten. Mitte Februar 1934, als die kommende Frühjahrsreise bereits bis ins letzte Detail festlag, rief mich eines Abends spät der italienische Botschafter Cerruti an und sagte, er sei beauftragt worden, die Philharmoniker mit Furtwängler für das kommende Frühjahr nach Italien einzuladen. Ich erklärte ihm, daß diese Anfrage viel zu spät käme; doch auf sein dringendes Bitten versprach ich ihm schließlich, zu versuchen, ob sich die bereits verabredete Tournee ohne zu große Unkosten umlegen ließe. Gleichzeitig aber erklärte ich, daß ich, falls der Besuch in letzter Minute zustande komme, einen Empfang von Furtwängler durch Mussolini erwarte.

Ich tat das Meine, Cerruti das Seine, und die Italienreise wurde an die französischen Konzerte angeschlossen. In Paris erhielt ich ein Telegramm, daß »il Capo del Governo« Furtwängler am freien Tag zwischen den beiden Konzerten um fünf Uhr im Palazzo Venezia erwarte. Dieses Telegramm hätte mich damals beinahe meinen Kopf gekostet — doch davon später.[56]

Während das Orchester in Etappen nach dem Süden fuhr, reiste ich direkt von Paris nach Rom. Bald bemerkte ich, daß — in starkem Gegensatz zu früher — die Stimmung den Philharmonikern gegenüber eine ausgesprochen feindliche war. Der Vorverkauf war schlecht, alles machte Schwierigkeiten, nichts war wie früher. Kurz nach meiner Ankunft erhielt ich eine Mitteilung von Graf Ciano, daß er mich im Palazzo Chigi erwarte. Ich begab mich dorthin, und nachdem ich durch ungezählte prunkhafte Vorräume mit noch prunkhafter livrierten Dienern geführt worden war, befand ich mich in Gegenwart des eleganten Schwiegersohnes des Duce. Er fragte mich, ob ich Zeit habe, mich um etwas anderes, als um unsere Konzerte zu kümmern, und als ich selbstredend bejahte, gab er Anweisung, daß mir in den Ämtern des »Fascio« deren Bearbeitung von Kunstfragen erklärt werden sollte.

Inzwischen war das Orchester eingetroffen, und im Augusteo fand eine Sitzprobe statt, bei der sich seltsame Dinge ereigneten. Österreichische Joumalisten, von denen wohl nur wenige den Hitlerschen Anforderungen in bezug auf Rassereinheit genügt haben würden, erschienen zahlreich auf dieser Probe und machten sich sehr bemerkbar. Die Österreicher fühlten sich damals sicher im Schutze des Duce, und die Nazifeindlichkeit des damaligen Italien kam ihnen sehr zustatten. Plötzlich tauchte in dieser Probe die Idee auf, daß man das Horst-Wessel-Lied parat haben müsse, falls die »Giovinezza« gespielt werden sollte. Während die Nazi-Journalisten passiv — aber wohl mit gespitzten Ohren — dabei saßen, erbot sich ein übereifriger österreichischer Reporter, die Noten von der Partei zu beschaffen — als ob er mit den Nazis auf intimstem Fuße stände.

Es war uns nicht mitgeteilt worden, ob ein Mitglied der italienischen Regierung dem ersten Konzert beiwohnen würde. Furtwängler, der stets dagegen war, das Spielen von Nationalhymnen mit rein künstlerischen Angelegenheiten zu verbinden — besonders wenn sie solche musikalischen Monstrositäten wie das Horst-Wessel-Lied waren — begann seine Haydn-Symphonie zu dirigieren. Kaum hatte er angefangen — ich saß auf einer Pauke hinter dem Podium — als sich mir einer der faschistischen Geheimpolizisten näherte und mir wütend erklärte, daß Regierungsmitglieder erwartet würden und Furtwängler unterbrochen werden müßte, um die »Giovinezza« zu spielen. Der Mann war ganz rabiat, und ich sagte mir sofort: »Wenn ich nicht ganz geschickt in dieser Sache vorgehe, haben wir einen zweiten Fall Toscanini!« Bekanntlich hat Toscanini nie mehr in Italien dirigiert, seitdem angesichts seiner Weigerung, inmitten eines Konzertes in Bologna die »Giovinezza« zu spielen, die Faschisten handgreiflich geworden waren. Ich sagte daher vorsichtig: »Man hat Dr. Furtwängler ausdrücklich mitgeteilt, daß das Spielen von Nationalhymnen im heutigen Konzert nicht erwartet wird. Glauben Sie nicht, daß der Duce, der so musikalisch ist, es sehr mißbilligen würde, wenn man Furtwängler inmitten einer Symphonie unterbräche?« Dies hatte den gewünschten Erfolg. Mit der Zusicherung, daß wir in dieser Frage bezüglich des zweiten Konzertes rechtzeitig informiert würden, zog sich der Mann zurück, und ich atmete auf.

Das erste Konzert war halbleer. Der oberste Rang des Augusteo, der sonst voll von Geistlichkeit war, zeigte ganze Reihen unbesetzter Plätze an Stelle des gewohnten malerischen Bildes — ohne Zweifel ein offizieller Protest des Klerus. Nur ganz wenige Erst-Rang-Logen waren besetzt. Der künstlerische Erfolg des Konzertes war groß, aber noch nie hatte das Orchester eine solche Situation erlebt. Am nächsten Tag rief ich daher Ciano an und fragte ganz direkt: »Was hat es für einen Sinn, dieses Orchester für teures Geld nach Rom einzuladen, wenn die Konzerte boykottiert werden?« Er wich der Frage vorsichtig aus mit der Mitteilung, daß Mussolini dem zweiten Abend beiwohnen würde. — Am freien Tag zwischen den zwei Konzerten wurde Furtwängler vom Duce empfangen, der ihm schlauerweise die Worte: »Morgen komme ich in Ihr Konzert!« entgegenrief. Er fragte dann: »Was halten Sie von Adolf Hitler?« Der weitere Verlauf des Gespräches bleibt besser unberichtet.

Das zweite Konzert war ausverkauft. Mussolini saß mit seiner Lieblingstochter Edda in der ersten Loge nächst dem Podium, sein energisches und brutales Gesicht fasziniert dem Orchester zugewendet. Seine Liebe zur Musik war bekannt. Lange vor Anfang des Konzertes war das Haus voller Geheimpolizisten, und nur mit Mühe und Not wurde mir gestattet, noch einmal an die Kasse hinunterzugehen, nachdem ich schon den Konzertsaal betreten hatte.

Oft sind diejenigen Anhänger einer politischen Bewegung, die am weitesten vom Aktionszentrum entfernt leben, die fanatischsten; einen Beweis dafür lieferten die deutschen Nazis in Rom. Wir hörten später, daß Major Wirth, der Leiter der Ortsgruppe Rom, empört über die Tatsache, daß das Orchester nicht »gleichgeschaltet« war, einen höchst indignierten Bericht an die deutsche Parteileitung gesandt hatte, worin er seine Mißbilligung über die nichtarischen Mitglieder des Orchesters aussprach.[57] Sein Bericht war natürlich in der Absicht verfaßt, die oberen Parteistellen gegen Furtwängler und die Philharmoniker aufzuhetzen. Der deutsche Botschafter von Hassell hingegen betonte in seinem Bericht die Bedeutung des rein künstlerischen Erfolges angesichts der offensichtlichen Nazifeindlichkeit der Italiener. Herr von Hassell und seine Frau, eine Tochter des Admirals von Tirpitz, waren besonders feine Menschen aus der Welt vor Hitler. Hassell wurde 1938, zur Zeit der österreichischen Krise, abberufen und ist nach dem verunglückten Anschlag auf das Leben Hitlers am 20. Juli 1944 durch den Strang hingerichtet worden.

Während ich mich in Rom meinen verschiedenen Pflichten widmete, zog sich über meinem ahnungslosen Haupte aus den immer drohenden Wolken ein besonders schlimmes Gewitter zusammen. Mitten in der Nacht weckte mich ein telefonischer Anruf aus Berlin: Ich solle mich so unauffällig wie nur möglich verhalten, das Weitere würde ich nach meiner Rückkehr erfahren.

Nur wer es selbst erlebt hat, was es bedeutet, von der Unberechenbarkeit solcher Leute abhängig zu sein und unter dem ständigen Druck der Unsicherheit zu leben, kann verstehen, daß die Tortur der Ungewißheit, genährt durch geheimnisvolle Telefonanrufe, verschleierte Anspielungen und geflüsterte Ratschläge, unter Umständen noch schwerer zu ertragen ist als offen mitgeteilte Tatsachen. Ich mußte also warten, bis ich in Berlin zurück war, um den Schleier zu lüften, der das Geheimnis barg.

Von Rom fuhren wir nach Florenz, wo zwei Konzerte stattfanden. Wir verbrachten einen Mittag bei der betagten Gräfin Gravina. Sie sprach ihren glühenden Wunsch aus, eine Versöhnung zwischen Toscanini, den sie über alles verehrte, und Mussolini herbeizuführen und den Maestro seiner Heimat und deren berühmtem Opernhaus in Mailand zurückzugewinnen.

Seit 1924, als Furtwängler und die Berliner Philharmoniker zum erstenmal in der Schweiz zusammen konzertierten, hatten sie dort ihre treue Gemeinde. Das Zürcher Konzert, welches denen in Florenz und Mailand folgte, war ausgezeichnet und der Saal übervoll. Die Stadt Zürich gab einen Empfang für Furtwängler und Richard Strauss, der sich gerade dort aufhielt, um einige seiner Opern zu dirigieren. Wir wohnten in dem bekannten und so auf das Wohl seiner Gäste bedachten Hotel Baur au Lac.

Jedesmal wurde das Zurückkommen nach Berlin schwerer. Ich stieg aus dem Zug voller dunkler Ahnungen, was wohl hinter der mysteriösen Anweisung, die ich in Rom erhalten hatte, stecken würde. Folgendes wurde mir eröffnet:

Die Tatsache, daß ich die Zusammenkunft Furtwängler-Mussolini zustande gebracht hatte, nur mit Hilfe des italienischen Botschafters und ohne Zuhilfenahme der deutschen Botschaft oder gar der Nazibehörden, war ein »Staatsverbrechen«. Goebbels soll, empört über mein eigenmächtiges Vorgehen, bei Hitler meine sofortige Entlassung beantragt haben.

Und es wäre auch dabei geblieben, wenn Göring nicht eingegriffen hätte. Tietjen hatte in seiner Stellung als Leiter der Preußischen Staatstheater sofort von der ganzen Sache Kenntnis erhalten, als sie passiert war. Er wußte immer genau, wie eine Angelegenheit zu bewerten war, je nachdem, wie gerade das Gleichgewicht der Macht unter den Naziführern schwankte. Er befürchtete die Wirkung von Goebbels' Vorgehen auf den sensiblen Furtwängler, der für die Staatsoper so unentbehrlich war. Er informierte daher sofort Göring. Dieser lieh ihm wie stets ein williges Ohr und ging zu Hitler. Wer weiß, was er seinem Führer erzählt hat — aber angeblich hat Hitler den Staatssekretär Funk im Propagandaministerium, der zu diesem Zeitpunkt die philharmonischen Belange unter sich hatte, sofort angerufen und ihm befohlen, die Aktion gegen mich einzustellen. Noch war mir eine Atempause gewährt. Es sollte aber nicht für lange sein.

Die zwei Wochen in Deutschland vor dem Pariser Operngastspiel vergingen schnell. Furtwängler dirigierte einige Staatsopernaufführungen, hatte viel Arbeit und viel Verdruß. Auch mein Fall kam erneut zur Sprache. Wieder kämpfte Furtwängler mit Hitler und den andern Reichsministern, und wieder wurde für den Moment alles geregelt. So konnte ich ohne weitere Schwierigkeiten nach Paris abfahren, wo die traditionellen Wagnerfestspiele (diesmal

»Meistersinger« und »Tristan«) unter Furtwängler stattfanden.

Zu dieser Zeit waren »arische« deutsche Künstler noch frei, im Ausland nach Belieben aufzutreten. Allmählich aber wurden dieser Betätigung ihre Grenzen gesetzt. Die Auslandsabteilung der Musikkammer mußte von jedem Auslandsengagement benachrichtigt werden, und ihre Zustimmung zur Annahme war erforderlich. Ausreisebewilligung wurde in einem Falle erteilt, in anderen Fällen willkürlich verweigert. Auf diese Weise konnten die Nazis ihre eigenen Leute vorschieben und andere an der Ausübung ihrer Tätigkeit beliebig hindern.[58] Langsam begannen sie zu kontrollieren, in welcher Besetzung zum Beispiel ausländische Opernfestspiele geplant waren, und Sänger, die gänzlich von ihrer Beschäftigung an deutschen Bühnen abhängig waren, bekamen Angst, Auslandsengagements anzunehmen, bei denen Juden oder andere »Untragbare« mitwirkten, wie zum Beispiel in Salzburg zur Zeit, als Toscanini und Bruno Walter dort dirigierten. Mehr und mehr begann Nazi-Deutschland auf alles, was in seine Reichweite kam, einen Druck auszuüben. Dies ging so weit, daß 1938, sofort nach dem Anschluß, die italienische Regierung gezwungen wurde, die Verträge mit Bruno Walter und mit dem früheren Oberregisseur der Wiener Staatsoper, Lothar Wallerstein (später an der Metropolitan Opera, New York), die beide für den Maggio Musicale in Florenz verpflichtet gewesen waren, zu lösen. Sogar der »Arier« Carl Ebert, der vorzügliche Regisseur, der Deutschland sofort nach Hitlers Machtergreifung verlassen hatte[59] und damals viel an italienischen Opernhäusern arbeitete, wurde dahingehend informiert, daß seine Dienste in Italien nicht weiter benötigt würden.

Wo es nur möglich war, in Holland, Belgien und der Schweiz, wurde der gleiche Einfluß geltend gemacht. Die dem Propagandaministerium unterstellte staatliche Bühnenagentur kontrollierte die meisten Auslandsverträge. Wenn ihr daran gelegen war, einen Sänger bei einer Auslandsveranstaltung zu placieren, wurde er gezwungen, nur einen Teil seines Honorars in Devisen zu verlangen, während sie selbst ausgleichend einsprang und den Rest des Honorars in Mark auszahlte. Die meisten Opernhäuser begrüßen nur zu gern jede finanzielle Entlastung, und auf diese Weise konnten die Nazis ihre Kulturpolitik bei manchen ausländischen Veranstaltungen durchsetzen.

Jedoch nicht alle Bühnen des Auslandes ließen sich darauf ein, mit den Kunstbehörden der Nazis zu paktieren. Weder die Pariser Oper noch Covent Garden nahmen die geringste Notiz davon. Sir Thomas Beecham, dem es nur darauf ankam, für seine Internationale Opern-Season die besten Stimmen zu finden, engagierte seine Kräfte wie es ihm paßte. Hätten sich alle, die damals im Ausland an der Spitze von Opernhäusern standen, ebenso verhalten, so hätten die Nazis ihre Kunstpolitik keinesfalls so weit treiben können.

Von Paris aus fuhr ich in geschäftlichen Angelegenheiten auf einige Tage nach London. Bei dieser Gelegenheit war ich zum erstenmal in Covent Garden. Sir Thomas Beecham, die Seele dieses berühmten Opernhauses und der triebkräftige Dynamo im Londoner Kunstleben, lud mich zu einer Probe ein und nachher zum Lunch zu Boulestins. Er fragte mich besorgt, wie es uns unter den Nazis erginge — aber da seine Fragen in einem Gemisch von Bosheit und Witz gestellt wurden, lösten sie nicht die hoffnungslose Verzweiflung aus, die mich bei meiner Unterhaltung mit Barthou über das gleiche Problem überkommen hatte. Sir Thomas wiederholte, was er schon in Berlin gesagt hatte: »Wenn Sie Schwierigkeiten mit Hitler haben, kommen Sie einfach zu mir.« Vielleicht meinte er es gar nicht so ernst, aber es tat so wohl! Er schlug vor, daß Furtwängler in der Saison 1935 einige Opern in Covent Garden dirigieren solle, und ich trat meine Rückreise nach Berlin an, voller Pläne für das kommende Jahr.

Einladung Furtwänglers nach Nürnberg — Hindemith und »Mathis der Maler« — Der 10. Juni 1934 — Ferien im Engadin — Verbot der Hindemith-Oper — Ich soll verhaftet werden — Göring als Hausherr der Staatsoper — Die Reichsmusikkammer und ihre Fragebogen — Furtwänglers Artikel »Der Fall Hindemith« — Die Reaktion von Goebbels

Die Engagements der Philharmoniker mit Furtwängler für 1935 waren wie üblich abgeschlossen worden. Da die Nazis — bis jetzt — sich in meine Auslandsarbeit nicht eingemischt hatten, war es mir möglich gewesen, meine Verhandlungen in alter Weise durchzuführen. Indessen bemerkte ich nach meiner Rückkehr aus dem Ausland, daß sich der neue, vom Propagandaministerium angeblich zur Verbesserung unserer Buchführung eingesetzte Delegierte in die Leitung unserer Tourneen einzuschalten suchte. Die Musikabteilung[60] der Reichskulturkammer, mit der die Leitung der Reichsmusikerschaft verbunden war, zielte darauf hin, sämtliche Engagements durch Monopol zu beherrschen.

Geschäftsverbindung mit Emigranten im Ausland war innerhalb Deutschlands strengstens untersagt, und ungezählte Leute gerieten in Schwierigkeiten, wenn es entdeckt wurde, daß sie solche Beziehung unterhielten. Aber die Leitung der Musikabteilung war zynisch genug, sich selbst der ausgewanderten jüdischen Konzertagenten zu bedienen; diese hatten ihr die Auslandsverbindungen zu schaffen, die sie allein nicht imstande gewesen wäre, herzustellen.

Innerhalb Deutschlands war ich damals wohl die einzige Person auf meinem Gebiet, die auch im Ausland Bescheid wußte. Und so kam es, daß ich sowohl der Musikabteilung der Reichsmusikkammer als auch den Emigranten, die eine Monopolvertretung der Musikabteilung im Ausland anstrebten, verhaßt war.

Um diese Zeit erhielt Furtwängler zum erstenmal die Einladung, auf dem Nürnberger Parteitag zu dirigieren, der im September unter dem Schlagwort »Triumph des Willens«

stattfinden sollte. Wie bei den Nazis üblich, wurde diese »Einladung« begleitet von der Mitteilung, daß sie auf Wunsch des Führers erfolge. Furtwängler war sich sofort klar, daß es das Ende seiner Laufbahn als freier Künstler bedeuten müßte, wenn er einmal anfinge, seine Kunst bei rein politischen Kundgebungen zur Verfügung zu stellen.

Noch war damals nicht alles so definitiv festgefahren, und man konnte sich hin und wieder über Streitpunkte verständigen. So fand auch Furtwängler Mittel und Wege, Hitler seine Ansicht über das Dirigieren auf dem Parteitag wissen zu lassen. Hitler erklärte, daß er von der Einladung an Furtwängler nach Nürnberg überhaupt nichts gewußt habe und daß er mit dessen Stellungnahme einverstanden sei.[61]

Dies war aber keineswegs unser einziges Problem. Das Interesse aller Beteiligten konzentrierte sich damals auf Hindemiths neue Oper »Mathis der Maler«. Hindemith hatte selbst den sehr schönen und ergreifenden Text zu diesem Werk geschrieben, das sich mit dem großen deutschen Maler Mathias Grünewald befaßt. Furtwängler hatte das Werk eingesehen und sich sofort entschlossen, es für die Berliner Staatsoper für das kommende Jahr anzunehmen. Alle großen deutschen sowie ausländischen Opernhäuser hatten sich um die Aufführungsrechte nach der Berliner Welturaufführung beworben.

Hindemith war die Hoffnung der jungen deutschen Musikgeneration. Sein Lehrbuch »Unterweisung im Tonsatz« hatte einen großen Eindruck gemacht.[62] Hindemith war ein unkomplizierter und hochbegabter Mensch, immer geradeheraus. Die Angriffe, mit denen ihn die Nazis überhäuften, vermochten ihn nie aus seiner Ruhe zu bringen. Seit vielen Jahren war er die Seele der großen Musikfeste der Internationalen Gesellschaft für neue Musik und vieler anderer Veranstaltungen zur Pflege moderner Musik in Europa. Er war nicht nur Komponist und Lehrer, er war als Bratschenspieler auch ein großer Solist und Kammermusiker.

Das einzige Werk Hindemiths, das Hitler gehört hatte, war dessen Oper »Neues vom Tage«, in welcher eine nackte Frau in ihrem Bad auf der Bühne zu sehen ist. An dieser nackten Frau nahm Hitler Anstoß, und seither hatte er ein unüberwindliches Vorurteil gegen Hindemith, das von seinem musikalischen Berater und Hofnarren Hanfstaengl[63] weiter genährt wurde.

Als nun Furtwängler seinen Spielplan 1934/35 für die Staatsoper vorlegte, wurde ihm zu seinem Erstaunen eröffnet, daß die Oper »Mathis der Maler« nicht zur Aufführung gelangen könne, ehe Göring die Einwilligung des Führers erhalten habe.

Furtwängler nahm diesen Vorfall zum Anlaß einer erneuten prinzipiellen Auseinandersetzung über das Thema Musik und Politik, ungeachtet der Folgen, die sich für ihn daraus ergaben.

Inzwischen war der unheimliche Frühsommer 1934 herangekommen. Der 30. Juni jenes Jahres ist oft beschrieben worden. Es war ein Samstag. Wie oft nach Büroschluß ging ich zum Mittagessen zu einem Freund, der Ecke Hohenzollern- und Tiergartenstraße wohnte. Merkwürdigerweise fand ich die Tiergartenstraße in Richtung Brandenburgertor abgesperrt. Röhms Haus lag nahebei, in der Matthäikirchstraße. Auffallend war, daß nirgends SA-Leute zu sehen waren, nur die »grüne« Schutzpolizei, die der Berliner »Schupo« zu nennen pflegte, war unterwegs. War dies ein Putsch gegen Hitler? Schnell und voller Hoffnung fuhren wir auf vielen Umwegen nach der Wilhelmstraße, um zu sehen, ob dort etwas los sei. Aber alles war ruhig, und es schien kein Grund zur Vermutung, daß irgend etwas Ungewöhnliches im Gange sei. Wir gingen zurück zur Hohenzollernstraße und hörten dort die am Radio in regelmäßigen Abständen wiederholte Darstellung der grauenhaften Ereignisse, die sich am frühen Morgen in Wiessee abgespielt hatten. Schon schwirrten Gerüchte durch Berlin, und bald sickerte durch, daß die ganze Familie von Papen ihr Haus nicht verlassen dürfte, während Jung und von Bose, Papens intime Mitarbeiter, bereits erschossen seien. Das Schicksal des Generals von Schleicher und seiner Familie ist der Welt bekannt. Ein

Dokument, in welchem Schleichers Haushälterin genau beschreibt, was sich bei seiner Ermordung in seinem Hause zugetragen hat, befindet sich in England.[64]

Eine große Unruhe hatte Berlin erfaßt. Am Abend hielt ich es nicht länger zu Hause aus. Ich ging das Lützowufer entlang unter den schönen alten Kastanienbäumen und stieß dort auf den italienischen Botschafter, der allein, in tiefen Gedanken des Weges kam. Ihn hatte wohl die gleiche Unruhe auf die Straße getrieben. Er hatte auch keine offizielle Information, aber er hatte gehört, daß angeblich im Haus des SA-Führers Röhm — der mittlerweile erschossen war — ein ausführlicher Plan zum Sturz von Hitlers Regime gefunden worden war. Der Plan sollte genaue Angaben enthalten haben, welcher Naziführer in diesem Falle sofort umgebracht und wer gefangengesetzt werden sollte. Wer kann heute sagen, ob ein solches Dokument wirklich existiert hat oder ob ein solches je gefunden worden ist? Jedenfalls war die Atmosphäre unheimlich, und Gerüchte schossen wie Giftpilze in die Höhe. Es hieß, daß man in Lichterfelde die ganze Nacht das Schreien derer, die dort haufenweise erschossen wurden, gehört habe. Immer mehr Menschen flohen aus der Hauptstadt.

»Unser« Nazi im Philharmonischen Büro sagte erstaunlicherweise:[65] »Das ist der erste Nagel zu Hitlers Sarg.« Man sollte es annehmen. Tausende von Menschen aller Kreise waren von den Greueln des 30. Juni betroffen, die Stimmung war furchtbar. Verzweiflung herrschte überall, besonders nach der zynischen Erklärung, die Hitler einige Tage später dem schnell einberufenen Reichstag gab: die Erklärung, daß er in einem Moment der höchsten Gefahr für die Nation während dieses einen Tages das Amt des höchsten Richters im Reich hätte ausüben müssen. Aber Deutschland und die Welt ließen alles geschehen.

Wieder einmal sah Hitler, wie weit er sich vorwagen konnte. Er spielte mit immer größeren Einsätzen.

Tagelang stand man unter dem Eindruck des blutigen 30. Juni. Die Staatsoper ging Anfang Juli in die Ferien, Furtwängler zog sich erschöpft aufs Land zurück. Der Blutdurst der Nazis schien noch nicht gestillt, und man hatte mir angedeutet, daß bei nächster Gelegenheit Furtwängler würde daran glauben müssen. Furtwängler ist ein offener Mensch. Er war nicht gewohnt, seine Worte auf die Waagschale zu legen, wenn er erregt war. Er hatte sich eine private Telefonleitung zu mir legen lassen, die nicht über das Amt ging. Wenn er an seinem Schreibtisch den Hörer abnahm, klingelte es bei mir. Es war nicht anzunehmen, daß man eine solche Leitung abhören konnte. Im übrigen wäre es Furtwängler auch gleichgültig gewesen. Er hatte die Gewohnheit, mich abends, ehe er schlafen ging, anzurufen. Manchmal, um ihn aufzuheitern, erzählte ich ihm dann kleinen amüsanten Klatsch, manchmal besprach er Politisches. Am Abend des 30. Juni war er aufs höchste erregt und erklärte mir am Telefon, er wolle mit diesen Mördern nichts mehr zu tun haben. Eines der Hauptdruckmittel, die die Nazis später gegen ihn und gegen mich anwendeten, war die Behauptung, daß sie alle diese Gespräche auf Platten aufgenommen hätten. Wer würde es für möglich gehalten haben, daß so viel Wachs zu haben war! Entsprach die Behauptung den Tatsachen, dann war es allerdings nicht verwunderlich, daß Furtwängler bei der Partei auf der schwarzen Liste stand. Von mir ganz zu schweigen.

Ich verbrachte meine Ferien in der Schweiz, wo viele Einzelheiten über den 30. Juni bekannt waren, von denen man in Deutschland nichts wußte. Man kochte dort vor Empörung. Aber was half das alles? Dollfuß war ermordet worden — Hindenburg starb. Hitler wurde Staatsoberhaupt, und die Armee bestätigte seine »Wahl«. Eine große Begräbnisfeierlichkeit wurde in Tannenberg veranstaltet. Furtwängler sollte die Trauermusik dirigieren; er lehnte ab.

Trotz der beunruhigenden Gerüchte atmete man im Engadin erleichtert auf. Immer schon hatten viele Musiker an den Engadiner Seen gelebt; Furtwängler hatte, wie schon erwähnt, sein Haus bei St. Moritz, Bodanzky kam jedes Jahr von New York herüber. Auch Bruno Walter und Edwin Fischer waren regelmäßige Sommergäste. Der Pianist Wladimir Horowitz hatte ein Haus in Sils Maria gemietet, und seine zukünftige Frau, Toscaninis Tochter Wanda, und

Gregor Piatigorsky waren seine Gäste. Serafin, der römische Dirigent, kam mit Commendatore Passigli, dem Leiter des »Maggio Musicale«, von Florenz. Letzterem lag viel daran, für seine nächsten Maifestspiele eine Aufführung der »Matthäuspassion« unter Furtwängler zustande zu bringen, und so saßen wir viele Stunden am wundervollen St. Moritzer See und arbeiteten alle Einzelheiten dieses kostspieligen Planes aus.

Über den Salzburger Festspielen, an denen Toscanini in diesem Jahr zum erstenmal teilnahm, lag der Schatten der Ereignisse in Österreich. M. Rouché aus Paris, der für den Sommer ein großes Haus bei Salzburg gemietet und mich dorthin eingeladen hatte, änderte seine Pläne, nachdem die Eisenbahnbrücke bei Völcklabrück in die Luft gesprengt worden war. Unsere jüdischen Konzertmeister verließen einer nach dem andern das Philharmonische Orchester. Mit dem Solocellisten Joseph Schuster stand ich in ständiger telefonischer Verbindung. Er hatte sich entschlossen, nach Amerika zu gehen, so schwer es ihm auch fiel.

Inzwischen hatte sich der Fall Hindemith zugespitzt. Während Furtwängler auf die Entscheidung über das Schicksal der Hindemith-Oper wartete, hatte er seinen Standpunkt in einem Schreiben an Göring eindringlich und ausführlich klargelegt, war jedoch lange ohne Antwort geblieben. Endlich schrieb Göring: Die Verantwortung trügen der nationale Staat und seine Führer, und Furtwängler würde gut daran tun, aus dem Fall Hindemith keine cause celebre zu machen, wie auch immer die Entscheidung darüber ausfallen würde. Kurz darauf wurde ich von Görings Sekretariat angerufen und ersucht, dem »Herrn Staatsrat Furtwängler« im Auftrag des »Herrn Ministerpräsidenten« mitzuteilen, daß der »Herr Reichskanzler« die Aufführung der Hindemith-Oper untersagt habe.

Ein Vorgefühl kommenden Unheils überkam mich, als ich den Hörer hinlegte, und ich konnte mich nicht gleich entschließen, Furtwängler die Botschaft weiterzugeben. Als ich es endlich — zwei Tage später — tat, erklärte er, er würde sofort die Leitung der Staatsoper niederlegen, wenn diese Entscheidung nicht rückgängig gemacht würde. Die

Atmosphäre um uns wurde in diesen Wochen immer drückender.

Eines frühen Morgens im September klingelte es an meiner Haustür. Es war eine Botschaft von Furtwängler: Ich solle sofort Berlin verlassen und nach Süddeutschland fahren. Ich solle mich so unauffällig wie möglich benehmen und im Falle einer weiteren Nachricht mich weiter weg, möglicherweise in den Schwarzwald begeben. Ich reiste sofort ab.

Was war geschehen? Später erfuhr ich, daß, während die maßgebenden Leute außer Reichweite, nämlich auf dem Nürnberger Parteitag waren, Furtwängler die Nachricht einer mich belastenden Anklage bekommen hatte, die gleichzeitig an Hitler, Göring und Goebbels gegangen war und meine sofortige Verhaftung forderte. Der Urheber war mein alter Feind Havemann.

Um seiner Anschuldigung mehr Gewicht zu geben, hatte er einen mich anklagenden Brief aus dem Ausland beigelegt, der auf Papier mit dem Briefkopf einer ausländischen Konzertagentur geschrieben war, auf dem aber die Namen ihrer Direktoren nicht, wie meist üblich, aufgedruckt waren. Havemann hatte wohlweislich verschwiegen, daß diese Konzertagentur von deutschen Emigranten geleitet wurde, die bestrebt waren, sich mit den Nazis auf guten Fuß zu stellen. Diese Firma hatte im Ausland verbreitet, daß nur die Reichsmusikkammer Solisten nach Deutschland engagieren könne und daß auch nur durch ihre — der Emigranten — Organisation außerhalb des Reiches Verträge mit Deutschland abgeschlossen werden könnten. Furtwängler und ich waren im Ausland über dieses angebliche Monopol befragt worden und hatten der Wahrheit gemäß erklärt, daß es nicht existiere. Furtwängler selber hatte verschiedene Solisten bei unserm Aufenthalt im Ausland in alter Weise verpflichtet. Dies hatten die betreffenden Emigranten sofort ihrer Nazi-Geschäftsverbindung auf ihrem neuen Briefpapier mitgeteilt, und dieser ausländische Bericht wurde in Abschrift an die Führer des Reiches gesandt. Der sehr geschickt abgefaßte Brief aus anscheinend einwandfreier Quelle konnte seinen Eindruck nicht verfehlen. Erst viele Jahre später, als ich schon längst in britischen Diensten stand, wollte es der Zufall, daß mir das Originaldokument zu Gesicht kam.

Furtwängler war über den Vorfall maßlos erregt. Er telegraphierte an Hitler, Göring und Goebbels nach Nürnberg, daß er von dem Antrag, mich zu verhaften, Kenntnis erhalten habe. Er nehme alle Anschuldigungen gegen seine Sekretärin auf sich und ersuche um eine sofortige Unterredung, um den Vorfall aufzuklären. Lange ehe diese Unterredung zustande kam, war die Angelegenheit schon im Sande verlaufen. Die Behörden taten das Ihrige, um alles zu vertuschen, um so mehr, als sich gerade damals belastendes Material gegen Havemann unliebsam häufte.

Es schien, als ob mir noch einmal eine Frist vergönnt war. Bald darauf holte mich Furtwängler nach Berlin zurück. Schweren Herzens folgte ich seinem Ruf.

Da ich oft auf Reisen war, hatte man meine Abwesenheit zu einer Zeit, als sowieso viele Menschen auf Ferien waren, nicht weiter bemerkt. Obwohl ich mich beschmutzt und gedemütigt fühlte, war ich zu dem Ergebnis gekommen, daß es falsch wäre, sich von irgendeiner Anschuldigung oder Diffamierung von seiten der Nazis beeindrucken zu lassen. Das einzig richtige war, seinen geraden Weg zu gehen, gleichgültig, was auch von außen an einen herankommen mochte. Nicht auf das, was wir erleben, kommt es an, sondern darauf, wie wir unser Schicksal tragen. In uns allein liegt die Entscheidung über das, was wir sind. Das ist leichter gesagt als durchgehalten. Aber es ist deshalb nicht weniger wahr, und diese Erkenntnis hat mir oft über schwere Stunden hinweggeholfen.

In jener Zeit fanden schöne Vorstellungen in der Staatsoper statt. Pfitzner dirigierte seine Oper »Palestrina« und mehrere Konzerte. Eine Neuinszenierung und Neueinstudierung des »Rings« kam unter Furtwänglers Leitung heraus. Die Bühnenbilder waren von Preetorius, Deutschlands großem Bühnenbildner, der damals fast ausschließlich für Bayreuth und die Berliner Staatsoper arbeitete. Die Regie lag in Tietjens bewährten Händen. Göring, der »Chef« des Hauses, wohnte den Vorstellungen mit leidenschaftlichem Interesse bei, und einmal, während einer Probe zur »Walküre«, rannte er schnurstracks auf die Bühne, um dem Wotan (Bockelmann) zu zeigen, wie ein Speer gehandhabt werden müsse.

Generalintendant Tietjen hatte einen der schwierigsten Posten im damaligen Berlin inne. Er mußte dauernd in seinem Opernhaus das Gleichgewicht zwischen den politischen und künstlerischen Interessen halten. Allerdings hatte er eine besondere Technik, mit den Dingen fertig zu werden. Furtwängler und Tietjen hatten ihre gemeinsame Arbeit mit großer Begeisterung begonnen, aber die Verschiedenheit ihrer Temperamente bewirkte, daß allmählich in ihren Beziehungen eine gewisse Gespanntheit eintrat. Meine gute Freundschaft mit Tietjen kam der gemeinsamen Arbeit sehr zustatten. In meinen Nazisorgen war er mir eine starke Stütze, er machte mir Mut und riet mir zum Durchhalten. Jedoch war ich damals mehr und mehr geneigt, zurückzutreten, um Furtwängler und mir selbst weitere Kämpfe zu ersparen. Ein Vertrauensmann Görings erzählte diesem privatim meine Bedenken. Göring — so wurde mir mitgeteilt — erklärte, ich solle mich nicht sorgen, Furtwängler benötige mich, und dies allein sei ausschlaggebend.[66] Von Göring wurde ja auch berichtet, daß er gesagt habe: »Wer Jude ist, bestimme ich.« Vielleicht hat er damals wirklich geglaubt, daß er die Macht dazu habe.

In den Regierungsabteilungen, denen das Musikleben unterstellt war, befand sich alles noch im Flusse. Die dauernde Einführung neuer Gesetze und Vorschriften führte zu einer großen Konfusion innerhalb der Reichskulturkammer, besonders der Musikkammer, deren Präsident Richard Strauss war. Strauss selbst war meistens in Garmisch und schwer zu erreichen. Es erwies sich aber bald eine starke Hand notwendig, um das schwankende Schiff zu steuern. Denn jede der neuen Regelungen hatte Stöße von Briefen und Gesuchen zur Folge, von denen, die betroffen waren.

Das Durcheinander war unbeschreiblich. Machthunger, krasse Unkenntnis, Rivalität und Neid, alles wirkte durcheinander und bestimmte die Entscheidungen der Funktionäre.

Strauss erledigte seine Obliegenheiten mit seiner bekannten wienerisch-bajuwarischen Leichtigkeit. Durch seine Librettisten, seinen Verleger und seine Schwiegertochter nach vielen Richtungen »jüdisch versippt«, schien er am allerwenigsten in der Lage, den Wahnsinn des Rassenkriteriums zu steuern [67].*

Im Herbst 1934 war die Organisation der Reichskulturkammer, von der die Reichsmusikkammer eine Unterabteilung war, in vollem Gange. Keine noch so geringe Betätigung auf kulturellem Gebiet war dem Netz der Bürokratie entgangen. Jedes Mitglied — und damals mußte jeder (Arier oder Nichtarier), der sich kulturell betätigte, in den Listen der Kammer geführt werden — war verpflichtet, endlose Fragebogen auszufüllen, in denen vor allem die Abstammung (also vier Großelternteile) anzugeben war.

Furtwängler war Vizepräsident der Musikkammer. Im Gegensatz zu dem sorglosen Strauss nahm er alles, was er tat, sehr genau. Er war meist »gegen alles«, was man ihm vorschlug, weil er es mit seinem Verantwortungsgefühl nicht vereinigen konnte. Das hatte zur Folge, daß ihm die Bürokratie verheimlichte, was sie nur konnte. Nur so war folgender, für die Situation typischer, Vorfall möglich:

Furtwängler hatte selbst in Paris den französischen Pianisten Cortot für die Berliner Philharmonischen Konzerte 1934/35 engagiert, und alles war festgelegt worden. Plötzlich sagte Cortot ab. Denn mittlerweile hatte die Auslandsstelle der Musikkammer es für nötig befunden, von Ausländern das Ausfüllen des gleichen Fragebogens wie von den Deutschen zu verlangen und auch Cortot einen solchen Fragebogen zugesandt. Der französische Meisterpianist schrieb, sein Name und seine Leistung seien in der Welt bekannt. Wenn dies für Deutschland nicht genüge, zöge er es vor, wegzubleiben.

Furtwängler, obwohl Vizepräsident der Kammer, hatte nie von diesen Fragebogen für Ausländer Kenntnis erhalten und

* *Anmerkung des Verlegers (Atlantis Musikbuch-Verlag)*
Eine faire Darstellung der Situation von Richard Strauss im Dritten Reich gibt Stefan Zweig, der Textdichter der »Schweigsamen Frau«, in seinem Erinnerungsbuch »Die Welt von gestern« (Bermann-Fischer-Verlag)

war mit Recht empört. Er erzwang sich sofort eine Unterredung mit Goebbels, der wie immer zu Furtwängler ins Gesicht charmant war und vorgab, in diesem Falle völlig mit ihm einig zu sein. Furtwängler kam befriedigt von dieser Unterredung zurück und erklärte, die Fragebogen für Ausländer würden abgeschafft. Die betreffende Stelle aber versandte ruhig weiter ihre Fragebogen. Denn kaum hatte Furtwängler Dr. Goebbels verlassen, als dieser die Anordnung traf, daß nur die in den großen Philharmonischen Konzerten mitwirkenden Ausländer keine Fragebogen auszufüllen brauchten; sonst blieb alles wie zuvor.

Obwohl das Verbot der Hindemith-Oper nicht aufgehoben war, lag kein offizielles Veto gegen seine Konzertmusik vor. Hindemith hatte einen Teil seiner Oper »Mathis der Maler« als Symphonie bearbeitet, und Furtwängler hatte diese Symphonie auf einem der Programme für die Berliner Philharmonischen Konzerte angesetzt, ohne daß von seiten der Behörden Einspruch erhoben wurde. Die Aufführung war von einem beispiellosen Erfolg begleitet (Oktober 1934), und das Publikum der Philharmonie tobte vor Begeisterung.[68]

Eine Reihe der Reichsminister und hoher Parteibeamten wohnten, wie immer, dem Konzert bei. Im Grunde war der ernste Charakter dieses Stückes gar nicht dazu angetan, einen frenetischen Beifallssturm auszulösen, doch die deutschen Musikfreunde nahmen die Gelegenheit wahr, ihre Gesinnung zu demonstrieren.

Hindemith mußte diesen Erfolg teuer bezahlen; dauernd wurde er in der Nazipresse angegriffen, die sich von der Regierung darin gestützt fühlte. Die Aufführung der Oper blieb verboten.

Ähnlich wie im April 1933, als Furtwängler seinen offenen Brief an Dr. Goebbels über die Freiheit der Kunst schrieb, fühlte er sich wiederum gedrängt, das auszusprechen, was viele geistige Menschen in Deutschland bewegte und wofür die Hindemith-Angelegenheit nur eines von vielen Beispielen war. So schrieb er seinen berühmten Artikel: »Der Fall Hindemith.«

Deutsche Allgemeine Zeitung

25. November 1934

In gewissen Kreisen ist ein Kampf gegen Paul Hindemith eröffnet worden, mit der Begründung, daß er für das neue Deutschland »nicht tragbar« sei. Warum? Was wirft man ihm vor?

Zunächst Dinge rein politischen Charakters: Er sei jüdisch versippt und habe jahrelang in dem teilweise aus Juden bestehenden Amar-Quartett, das er ins Leben gerufen habe, als Bratscher mitgewirkt. Weiter habe er noch nach der nationalsozialistischen Revolution sich konzertierenderweise mit zwei emigrierten Juden auf Schallplatten aufnehmen lassen. Es handelte sich hier um eine bereits Jahre vor dem Umsturz bestehende Streichtriogemeinschaft, deren übrige Partner nicht »Emigranten« waren, sondern der hervorragende Erste Konzertmeister des Berliner Philharmonischen Orchesters, Goldberg, der erst vor einigen Monaten, in der Absicht, sich ganz der Solisten-Karriere zu widmen, das Orchester verlassen hat, und der an der Staatlichen Hochschule für Musik in Berlin lange Jahre als angesehener Lehrer wirkende Österreicher Feuermann, der als einer der besten europäischen Cellisten allgemein anerkannt ist. Zudem waren diese Aufnahmen die Ableistung eines alten Vertrages.

Auch Hindemiths Gegner sind sich klar, daß die Ablehnung gegen ihn auf solche Dinge allein nicht zu stützen ist. Die Hauptgründe für ihre Haltung erblicken sie in denjenigen seiner Werke, die irgendwie w e l t a n s c h a u l i c h a n f e c h t b a r *erscheinen: vor allem in einem Teil der von ihm bisher vertonten Texte. Nun muß ohne weiteres zugegeben werden, daß Stoffe, wie die zu den drei Einaktern »Mörder, Hoffnung der Frauen«, »Nuchs-Nuschi« »und »Sancta Susanna« recht fragwürdig sind: ebenso das »Lehrstück« und die Zeit-Revue — anders kann man es wohl nicht nennen — »Neues vom Tage«. Demgegenüber ist zu bedenken, daß die drei Einakter recht eigentlich ein »Jugendwerk« darstellen — Hindemith wußte, als er sie schrieb, noch gar nicht, ob er überhaupt Komponist werden wolle. Und übertrifft einer dieser Einakter — ohne sonst zu vergleichen — an Perversität des Vorwurfs etwa die »Salome« des reifen Meisters Strauss? Wer aber wollte um des »Salome«-Textes willen Richard Strauss ablehnen? Verantwortlich zu machen für solche Textwahl — bei Hindemith wie bei Strauss — ist vor allem die Zeitepoche ihrer Entstehung die nach Sensationen dieser Art verlangte. Und das Bestreben, möglichst zeitnahe zu bleiben, war bei Hindemith verständlich in einer Zeit, wo die Beziehung zwischen Künstler und Publikum immer fragwürdiger wurde. Hindemith wußte — ebenso wie Strauss —, daß, um etwa wagnerische Erlösungsdramen zu schreiben, eben die persönlichen und zeitlichen Voraussetzungen eines Richard Wagner nötig waren. Es war seine* Ehrlichkeit, *die ihn von einer Wagner-Nachfolge abhielt. Wie aber ein Text aussieht, der seiner, Hindemiths,* wirklicher *Natur entspricht, zeigt der einzige Operntext, den er sich selbst schreibt, der Text zu seiner letzten, erst vor kurzem beendeten Oper »Mathis der Maler«. Niemand, der ihn liest, wird — neben allem andern — gerade das tiefe Ethos verkennen können, das seinen Schöpfer beseelt. Die ihn anfeinden, reden von Umstellung, Wahrnehmung der Konjunktur. Ganz abgesehen davon, daß Hindemith der letzte wäre, der dazu fähig ist, ist das bei diesem Werk schon deshalb nicht möglich, weil dessen Anfänge lange vor der nationalen Revolution liegen.*

So weit die Frage der Texte. Was nun die Musik, etwa zu den drei Einaktern, betrifft, so ist diese zum Teil voller Leben und Talent. Das später geschriebene »Neues vom Tage« enthält allerdings (wie auch ein großer Teil der reinen Instrumentalmusik dieser Epoche des Komponisten, z. B. das Orgelkonzert usw.), bei aller technischen Meisterschaft, die sich bei Hindemith nie verleugnet, zu nicht geringem Teil rein motorische, ziemlich inhaltlose »Bewegungsmusik«, so daß es verständlich wurde, wenn die Theorie des damaligen Tages (die ursprünglich von Strawinsky inaugurierte »Theorie der Sachlichkeit«, der »Antiromantik«) in Deutschland vielfach gerade mit Werken Hindemiths identifiziert wurde. Heute, aus ganz anderer weltanschaulicher Haltung heraus, sich gegen beides zu wenden und damit den Komponisten zugleich für die theoretischen Exzesse seiner Kommentatoren verantwortlich zu machen, ist zwar bequem, aber falsch. Und das um so mehr, wenn man bedenkt, daß gerade die Werke dieser Epoche des Komponisten fast ausschließlich schnell hingeschriebene Gelegenheitswerke *sind, während das Schwergewicht der Tätigkeit Hindemiths in dieser Zeit — den letzten Jahren vor dem Umsturz — sich von der reinen Komposition immer mehr auf das unmittelbar-praktische musikalische Leben und Wirken verlegt hatte. Neben dem vielfältig konzertierenden Bratscher Hindemith trat damals vor allem der Lehrer in den Vordergrund. Ein hohes Ethos schlichter Handwerklichkeit, das Hindemith — an altdeutsche Meister erinnernd — kennzeichnet, scheint ihn für den Lehrberuf geradezu zu prädestinieren: zudem eignet ihm eine seltene Fähigkeit, die Jugend zu verstehen, sich zu ihr gehörig zu fühlen. Eine ganze Schülergeneration bildete sich an ihm und durch ihn: keiner im heutigen Deutschland hat so wie er die musikalische* Jugend *hinter sich. Besondere Anregungen erfuhr durch ihn die Schulmusikpflege: unermüdlich ist er hier bestrebt, auf seine Weise die verhängnisvolle Kluft zwischen Volks- und Kunstmusik produktiv zu überwinden. Sein Wollen berührt sich auf diesem Gebiet mit Tendenzen, die gerade die jüngste Gegenwart, das neue nationalsozialistische Deutschland, kennzeichneten. So hat er seinerzeit mit dem »Plöner Musiktag« eine Jugendmusik geschrieben, die für das neuzeitliche schulische Musizieren richtunggebend wurde.*

Zuerst auf Hindemith aufmerksam wurde die Musikwelt im weiteren Sinne durch sein Streichquartett Opus 16. Unter der Einwirkung dieses Werkes — das in gewisser Weise epochemachend wurde — und der ihm folgenden ähnlich gearbeiteten Werke erstand damals eine ganze Generation von Kammermusik-Komponisten, und wenn deren Arbeiten im allgemeinen über die Bedeutung von Experimenten schließlich nicht hinauskamen, so kann man dies nicht Hindemith zur Last legen. In seinen eigenen Veröffentlichungen dieser ersten Zeit verbindet sich angeborene satztechnische Meisterschaft, ein eigentümliches Maßhalten und Sinn für die Erfordernisse kammermusikalischen Stils mit lebendiger Frische, Unbeküm-

mertheit, ja Kühnheit und — zumal in den langsamen Sätzen — einer sachlichen, nach innen gewandten tiefen Empfindung. Auch das Ausland wurde damals auf ihn aufmerksam: und das nicht nur wegen seines musikalischen Könnens, sondern mehr wohl noch wegen des Vorwärtsweisenden, Zukunftsträchtigen, das in seinen Arbeiten, zum erstenmal auf deutschem Boden, sich Bahn brach: ein bewußt-entschiedenes Abrücken von der vorhergegangenen Epoche des »wilhelminischen« Pathos, der falsch verstandenen Wagner- und Strauss-Nachfolge: Schlichtheit, Sachlichkeit, Einfachheit anstatt eines Vertonens philosophischer Ideen oder eines spätromantisch überhitzten Stimmungs-Musizierens, wie es um ihn herum vorwiegend betrieben wurde.

Wenn man nach diesen ersten Werken — zu denen auch noch aus späterer Zeit so manches zu rechnen wäre (z. B. das »Marienleben«) — ein Bild des Komponisten Hindemith zu umreißen versuchte, müßte man ihn, der ja auch blutsmäßig rein germanisch ist, als einen ausgesprochen »deutschen« Typus bezeichnen. Deutsch in seiner schlicht-handwerklichen Gediegenheit und gerade-kernhaften Art ebenso wie in der Keuschheit und Zurückhaltung seiner relativ seltenen Gefühls-Ausbrüche. Das letzte bisher von ihm erschienene Werk, die Sinfonie aus der Oper »Mathis der Maler«, hat diesen Eindruck von neuem bestätigt. Es hat überall, wo es seit seiner Uraufführung im März 1934 erklang, sehr stark gewirkt, und zwar auch auf solche, die sonst nicht gerade seine Freunde waren. Es bedeutet, wie schon gesagt, keine konjunkturtüchtige »Umstellung« Hindemiths, sondern viel eher — wenn man so will — eine Rückkehr zu seinen Anfängen, eine Rückkehr zu sich selbst.

Vor acht Monaten, als dies Werk erschien, ließ man ihn — vielleicht aus unbewußter Scheu, in kulturelles Werden von außen her eingreifen — noch so ziemlich in Ruhe. Heute versucht man, ohne daß er inzwischen etwas weiteres veröffentlicht hat, das Versäumte nachzuholen, ihn öffentlich zu diffamieren, ihn — worauf es schließlich hinauskäme — aus Deutschland zu vertreiben. Dazu scheint kein Mittel zu gering: man verschmäht es in diesem Zusammenhang nicht einmal, gelegentlich Persiflagen auf falsch verstandenen Puccini und Wagner, die es von ihm gibt, hervorzuholen — als ob Hindemith nicht wüßte, wer Wagner war! Natürlich lassen sich bei einem Komponisten, der so viel geschrieben hat und dessen Werke gedruckt vorliegen und nur eingesehen zu werden brauchen, leicht nachträglich »Jugendsünden« hervorholen. Hindemith hat sich niemals politisch betätigt: wo kämen wir überhaupt hin, wenn politisches Denunziantentum in weitestem Maße auf die Kunst angewendet werden sollte?

Sicher ist, daß für die Geltung deutscher Musik in der Welt keiner der jungen Generation mehr getan hat als Paul Hindemith. Im übrigen ist es heute natürlich nicht abzusehen, welche Bedeutung das Werk Hindemiths einmal für die Zukunft haben wird. Das ist es aber auch gar nicht, was hier zur Diskussion steht. Es handelt sich hier, viel mehr noch als um den besonderen »Fall Hindemith«, um eine allgemeine Frage von prinzipiellem Charakter. Und weiter noch, auch darüber müssen wir uns klar sein: wir können es uns nicht leisten, angesichts der auf der ganzen Welt herrschenden unsäglichen Armut an wahrhaft produktiven Musikern, auf einen Mann wie Hindemith so ohne weiteres zu verzichten.

Kaum war der Artikel in der »Deutschen Allgemeinen Zeitung« erschienen, entwickelten sich die Dinge mit der Geschwindigkeit einer Lawine.

Furtwängler hatte sich über seinen beabsichtigten Artikel mit dem Musikkritiker des Blattes besprochen; auch der Chefredakteur war informiert worden und hatte keine Bedenken gegen die Veröffentlichung getragen.

Sonntag, den 25. November, wurde der Aufsatz auf der ersten Seite der Sonntagsausgabe der »Deutschen Allgemeinen Zeitung«, dem am meisten gelesenen Blatt des alten Deutschland, abgedruckt.[69] An jenem Morgen fand eine Generalprobe in der Philharmonie statt. Die zum Konzertsaal führenden Straßen waren voller Menschen, die den Verkäufern die Zeitung aus der Hand rissen. Die Ausgabe mußte wegen der enormen Nachfrage nachgedruckt werden. Als Furtwängler das Podium betrat, erhob sich das Publikum und demonstrierte mit Klatschen und Beifallsrufen, daß es volle zwanzig Minuten dauerte, bis Furtwängler seinen Taktstock erheben konnte.

Hinzu kam, daß Furtwängler an diesem Sonntag zweimal zu dirigieren hatte, was er sonst tunlichst vermied. Am gleichen Abend[70] leitete er eine »Tristan«-Aufführung in der Staatsoper. Das Haus war ausverkauft. Göring saß in seiner Loge, auch Goebbels war anwesend. Sowie Furtwängler aus dem Orchesterraum auftauchte, ereignete sich das gleiche wie morgens in der Philharmonie. Ein endloser, durch nichts einzudämmender Beifallssturm brauste durch das Haus. Ein wehmütiger Glanz lag über der herrlichen Vorstellung; viele spürten ahnungsvoll kommendes Unheil. Nach Schluß wollten die Kundgebungen nicht aufhören. Göring erkannte sofort, was dies bedeutete. Er soll Hitler noch in der gleichen Nacht über den Vorfall im Opernhaus berichtet und ihm mitgeteilt haben, daß Furtwängler die Autorität der Regierung gefährde. Das Publikum hätte für ihn demonstriert und damit — in diesem Falle — gegen die Führung des Reiches.

Inzwischen war Furtwänglers Artikel »Der Fall Hindemith« in der ganzen Welt teils in Auszügen, teils ungekürzt nachgedruckt worden. Die Partei- und Fachpresse, letztere natürlich unter Druck, griff Furtwängler in der plumpesten Weise an. Rosenberg selbst schrieb unter dem Titel »Ästhetik oder Volkskampf?« eine schwülstige, wortreiche Antwort, ein für diesen offiziellen Weltanschauungsonkel des Nazismus charakteristisches Dokument.[71]

Plötzlich war auf keiner Behörde mehr irgend jemand für Furtwängler erreichbar. Er stand völlig isoliert. Ehe er aus diesem Zustand seine Konsequenzen zog, besprach er sich mit seinen Freunden, mit seinen Mitarbeitern, seinen Kollegen im Opernhaus, den Orchestermitgliedern und allerhand Leuten hinter den Kulissen. Mittelspersonen hatten Unterredungen mit Regierungsmitgliedern. Goebbels, der mit Furtwänglers Widerstand nicht gerechnet hatte und der einen sein Ministerium kompromittierenden Skandal fürchtete, zeigte in einer solchen Unterredung sein wahres Gesicht. Er drohte, er würde Furtwängler schon zeigen, wer der Stärkere sei.

Es ist begreiflich, daß alle, die mit Furtwängler künstlerisch verbunden waren, leidenschaftlich darum kämpften, ihn von seinem Entschluß abzubringen. Was für ein schwerer Konflikt für ihn! Was hatten alle diese politischen Probleme mit Musik zu tun? Sie waren künstlich zwischen ihn und sein Orchester gedrängt worden, zwischen ihn und die Opernsänger, mit denen er seit so vielen Jahren verbunden war, ganz zu schweigen von seinem Publikum, das ihn vergötterte und das seine Kunst wollte, ganz gleich was seine »politische Weltanschauung« sein mochte. Schließlich bewirkte das alles, daß er sich zu folgendem Vorschlag durchrang:

Wenn man ihm ermöglichte, rein als Künstler nach seinem Gewissen weiterzuwirken, wenn er weder ein musikpolitisches Amt zu bekleiden noch irgendwelche politische Verantwortung zu tragen hatte, dann war er bereit, seine Arbeit fortzusetzen. Mit allem Übrigen wollte er nichts mehr zu tun haben. Dieser letzte Vorschlag wurde Göring übermittelt, der ihn Hitler zur letzten Entscheidung unterbreiten sollte.

Einige Tage lang verlautete nichts. Am Abend des 4. Dezember rief mich Furtwängler aus der Oper an: »Ich formuliere eben meine Rücktrittserklärung.« Hitler hatte den Vorschlag zurückgewiesen. Wenn Furtwängler nicht gewillt war, sich politisch auf den Boden des nationalen Staates zu stellen, verzichtete der Führer auf seine Kunst.[72]

Am gleichen Abend kam Furtwängler zu mir; er war erlöst und entspannt wie schon lange nicht mehr.

Furtwänglers Rücktritt — Goebbels' Rede zur Gründung der Kulturkammer — Meine Trennung von den Berliner Philharmonikern — Meine Flucht aus Berlin — Verhinderung von Furtwänglers Ausreise

Die nächsten Tage vergingen wie im Traum. Furtwänglers Rücktrittserklärung wurde am 5. Dezember 1934 von der

Regierung veröffentlicht. In der gleichen Nacht rief mich Erich Kleiber, damals Erster Kapellmeister der Berliner Staatsoper, an und las mir am Telefon einen Brief vor, den er soeben auf Tietjens Schreibtisch hatte legen lassen. — Auch er trat von seinem Amt zurück. Er erklärte kategorisch, nachdem Hitler Furtwängler lediglich aus politischen Gründen hatte gehen lassen, würde er unter keinen Umständen weiter seinen Posten beibehalten, und er bäte um seine Entlassung.

Großes Chaos herrschte um uns. Die Abonnenten der Philharmonischen Konzerte und Generalproben stürmten das Büro und verlangten die Rückerstattung ihres Geldes. Abonnements in der Höhe von 180 000 Reichsmark[73] wurden am Tag nach Furtwänglers Amtsniederlegung zurückgegeben. Zwar hatte das Propagandaministerium die Zurückerstattung des Geldes erst untersagt, die Abonnenten waren aber gesetzlich berechtigt, ihr Geld zu verlangen, da die Abonnementshefte Furtwänglers Namen trugen.

Inzwischen hatte Furtwänglers mutiges Verhalten überall größtes Aufsehen erregt. Es gab kaum eine Zeitung, die diesen Rücktritt nicht kommentierte und nicht sein Bild veröffentlichte. Es regnete Angebote aus der ganzen Welt, vom New York Philharmonic Orchestra, aus Philadelphia, von der Wiener Staatsoper und vielen anderen. Alma Mahler, die Witwe des berühmten ehemaligen Leiters dieses Institutes, unterstützte die Wiener Bestrebungen leidenschaftlich. Mitten in der aufregenden Nacht, die auf die Bekanntgabe des Rücktritts folgte, rief sie mich aus Wien an und drang in mich, Furtwängler zur Annahme der Staatsoperndirektion zu bewegen. Aus ganz Deutschland trafen Blumen ein, Stöße von Telegrammen und viele Briefe, die teils persönlich abgegeben wurden. Seine Wohnung sah aus wie die einer Braut. Die Gattin eines hohen Diplomaten sandte ihm einen Strauß dunkelroter Rosen mit den Worten: »Es lebe die Freiheit!«

Furtwängler wollte weder Angebote noch Blumen. Er wollte nur Ruhe haben und weit weg von alledem sein. Er telegraphierte englischen Freunden[74], die ihn schon seit Jahren nach Ägypten eingeladen hatten, und sagte sich bei ihnen an.

Die Berliner Philharmoniker waren verzweifelt und beschlossen, es nicht bei diesem Entschluß bewenden zu lassen. Die Staatsoper, mit Ausnahme von einigen Sängern, verhielt sich völlig passiv. Clemens Krauß wurde sofort[75] als Operndirektor an Furtwänglers Stelle engagiert und zwar, wie betont wurde, auf ausdrücklichen Wunsch des Führers.

Furtwängler war der naiven Meinung, daß mit diesem Rücktritt alle seine Schwierigkeiten aus dem Weg geräumt seien. Er dachte damals, daß er ruhig weiter in Deutschland wohnen bleiben könne, auch ohne zu dirigieren, so wie Toscanini dies ja auch in Italien getan hatte. Er beabsichtigte, seine spätere Tätigkeit zwischen Österreich und Amerika zu teilen und machte aus seinen Plänen kein Hehl. Die Nazis hingegen waren nicht so arglos wie er, und plötzlich wurde bekannt, daß die deutsche Grenze für Furtwängler, Kleiber und mich selbst gesperrt sei. Kleiber aber war Österreicher, und so mußte für ihn das Ausreiseverbot wieder aufgehoben werden.

Wenn ich jetzt an jene Wochen zurückdenke, kann ich kaum verstehen, daß wir damals so wenig Überblick hatten. Das einzig richtige nach Furtwänglers Rücktritt, der ein politischer Skandal ersten Ranges war, wäre gewesen, daß wir beide sofort Berlin verlassen hätten — und zwar getrennt. Dies hätte die Aufmerksamkeit von uns abgelenkt, und wir wären vielleicht unbehelligt geblieben. Es war mir »gestattet« worden, in aller Ruhe mein (Furtwänglers) Büro aufzulösen, da man nun doch einsehen mußte, daß das Sichten von Akten und Korrespondenz aus einem Zeitraum von zwanzig Jahren einer gewissen Zeit bedarf. Im Zusammenhang mit dieser Auflösung war ich viel in Furtwänglers Wohnung. Anstatt dem guten Rat unserer Freunde zu folgen und, solange es noch möglich war, schnellstens Deutschland — wenigstens für den Moment — zu verlassen, gingen wir oft wie gewohnt im Tiergarten spazieren, als wenn nichts geschehen wäre. Wir wurden beide ständig beobachtet, was wir uns aber damals keineswegs klar machten. Viel später sagte mir der Portier in Furtwänglers Haus, daß er angewiesen worden war, alle Besucher genau zu kontrollieren.

Am 6. Dezember fand eine Feier anläßlich des Jahrestages der Gründung der Kulturkammer statt, und Goebbels hielt die Festrede, die auf allen Sendern übertragen wurde. In dieser Rede kam er in prinzipieller Weise auf die Hindemith-Angelegenheit zurück und griff sowohl den Komponisten als auch indirekt Furtwängler auf das schamloseste an.[76] Am Schluß verlas er ein Gratulationstelegramm, das Strauss aus Holland gesandt hatte. Es war so abgefaßt, daß es als eine Billigung der Goebbelsschen Maßnahmen im Falle Hindemith-Furtwängler erscheinen mußte. Es stellte sich dann später heraus, daß Strauss selbst nichts von diesem Telegramm wußte, sondern daß sein Sohn es eigenmächtig abgeschickt hatte — vermutlich in dem vom Propagandaministerium vorgeschriebenen Wortlaut.

Ich hörte die Übertragung der Feier am Radio, während ich in meinem Büro Papiere durchsah. Ich wollte meinen Ohren nicht trauen. Etwas wurde mir an jenem einsamen Abend klar: Nicht einmal um Furtwänglers Geschäfte abzuwickeln, konnte ich mich noch länger in einem Büro aufhalten, das diesem Minister unterstellt war. Meine Mutter war zwei Monate vorher nach Berlin übersiedelt, um mit mir zu leben, und hatte eine Wohnung in demselben Hause. Noch in derselben Nacht brachte ich sämtliche Dokumente und Akten dorthin und hinterließ eine Notiz für meine Sekretärin, die mir noch bis zum 1. Januar belassen war.

Dies war mein Abschied vom Büro des Berliner Philharmonischen Orchesters. Das Schicksal führt uns seltsame Wege. Wer hätte gedacht, daß ich es nach sechs Monaten wieder betreten würde — als Generalsekretärin von Sir Thomas Beecham und Organising Manager des London Philharmonic Orchestra.

Mittlerweile blieben die Nazis nicht untätig. Nachdem ihnen Furtwängler unwiderruflich verloren schien, hatten sie keinen Grund mehr, mich mit Samthandschuhen anzufassen. Unverzüglich wurden Veränderungen im Philharmonikerbüro vorgenommen. Furtwänglers Mitarbeiter wurden entlassen.[77]

Sehr bald setzte in der öffentlichen Meinung die Reaktion auf Furtwänglers Rücktritt ein. Die unzweideutige Forderung der Öffentlichkeit, Furtwängler den Wirkungskreis zu erhalten, war zu stark, als daß die Nazis sie hätten ignorieren können. Sie fühlten sich nicht ganz wohl bei der Sache, aber sie suchten die Gründe für ihre moralische Niederlage natürlich nicht bei sich selbst, sondern — bei mir. Denn, wenn ich nicht gewesen wäre — so redeten sie sich ein —, hätte Furtwängler sich bestimmt anders verhalten. Ich war die Ursache allen Übels — des deutschen Prestigeverlustes und der Verzweiflung des Orchesters!

Mehr und mehr wurde Furtwängler und mir klar, was gespielt wurde, und obwohl wir damals noch nicht glaubten, daß es mit unserer Arbeitsgemeinschaft für immer zu Ende war, entschieden wir uns jetzt zu einer radikalen Trennung.[78] Er engagierte eine neue Sekretärin, die »reine Arierin« war und ihn daher bei den Behörden vertreten konnte. Ich würde ihm ja immer noch — so dachten wir — im Hintergrund beistehen können.[79]

Die Philharmoniker hatten Furtwängler gebeten, doch ihnen zuliebe die für Januar 1935 angesetzte Englandreise zu dirigieren, doch kam dies für ihn nun natürlich nicht in Frage. Das Propagandaministerium[80], »verfügte« daraufhin, daß die Tournee in jedem Falle stattzufinden habe, und Herr Staatssekretär Funk ließ verlauten, daß hier eine passende Gelegenheit sei, zu beweisen, daß es ohne Furtwängler genau so gut ginge. Unser englischer Agent, Harold Holt, zeigte indessen keine Lust, den großen Dirigenten, der in Verbindung mit seinem Orchester beim englischen Publikum so populär war, durch einen beliebigen andern ersetzen zu lassen. Sir Thomas Beecham, der von Berlin aus angefragt wurde, ob er an Stelle Furtwänglers das Berliner Orchester auf seiner Englandreise dirigieren würde, lehnte ab, und die Englandreise mußte abgesagt werden.[81] Die Nazis, die mir damals die Ehre antaten, alles, was sich im Ausland Furtwängler betreffend ereignete, mir in die Schuhe zu schieben, erklärten, die Absage von Sir Thomas sei auf meinen Einfluß zurückzuführen.

Nichts stand jetzt Furtwängler im Wege, einmal wirklich Ferien zu machen, und so rüstete er sich zur Abreise nach

Ägypten. Gegenüber den fortgesetzten Vermittlungsbestrebungen Dritter zeigte er sich taub. Er zog mich damals enger ins Vertrauen als je.

Plötzlich, eines Nachmittags, erschienen zwei Nazis in meiner Wohnung und teilten mir mit, daß ich verhaftet würde, falls ich nicht unverzüglich Berlin verließe, und zwar ohne Furtwängler davon zu benachrichtigen. Es blieb mir keine Wahl. Es war eisig kalt, eine der kältesten Nächte, an die man sich in Deutschland erinnerte. Ein harter Frost und Nebel machten die Straßen fast unbefahrbar. Jedoch war ein Aufschub unmöglich, und wie ein Verbrecher entfloh ich unter Schutz der Dunkelheit im Auto nach Leipzig. Dort erreichte ich den Schnellzug nach München, wo ich Freunde und Verwandte hatte.

Als Furtwängler von meiner erzwungenen Abreise erfuhr, war er empört und bat mich, zurückzukommen. Nach einer in dumpfer Benommenheit verbrachten Woche riskierte ich es, in den Hexenkessel zurückzukehren. Am 19. Dezember war ich wieder in Berlin, und am 24. sollte Furtwängler nach Ägypten abreisen. In den wenigen Tagen, die uns noch blieben, hofften wir alles Restliche zu ordnen. Am Abend des 23. ging ich zu ihm, um die letzten Fragen zu besprechen. Es war schon spät. Plötzlich klingelte das Telefon. Es war ein hoher Regierungsbeamter, der nach Furtwängler frug und ihn sofort persönlich zu treffen wünschte. Furtwängler erklärte, eine Zusammenkunft sei leider nicht möglich, da er früh am kommenden Morgen nach Ägypten abreise. Aber der Betreffende ließ nicht nach und gab zu verstehen, daß er eine direkte Botschaft des Führers zu übermitteln habe. So hatte Furtwängler keine Wahl als zu dem Treffen einzuwilligen. Als er ging, sagte ich zu ihm in banger Ahnung: »Sie werden sehen, man wird Sie nicht ausreisen lassen.« Stunden atemlosen Wartens vergingen. Erst in später Nacht kam er zurück. Es war, wie ich vermutet hatte. Der Führer hatte ihn »bitten« lassen, mit seiner Reise zu warten, bis sich die Aufregung des Auslandes über seinen Rücktritt etwas gelegt habe.

Ich hatte mich auf Furtwänglers Abreise für den 24. Dezember eingestellt. Bis dahin war ich vorbereitet, die nun schon monatelang dauernde Qual und innere Anspannung auszuhalten. Aber jede weitere Verlängerung dieses Zustandes schien unerträglich. Ich bat daher Furtwängler, in die Berge zu fahren, in den Schnee, irgendwohin, nur weg von Berlin, weg von mir! Er reiste am Weihnachtstag ab. Am nächsten Morgen kam ein Beamter der Gestapo und nahm mir meinen Paß ab.

Der alte Kampf war vorüber, aber schon hatte ein neuer begonnen.

Der Kampf um meinen Paß — Furtwängler in Bayern — Bei Graf Lerchenfeld am Starnberger See — Ein Erpressungsschreiben — Heimliche Unterredung mit Furtwängler in Potsdam — Winter in Oberbayern — Nervenkrieg der Nazis gegen Furtwängler — Furtwänglers »Verständigung« mit Goebbels — Aussprache Furtwängler-Hitler — Die Göring-Hochzeit — Das Photogramm-Archiv von A. van Hoboken — In Berlin und wieder in Bayern — Minister Frick als Nachbar

Mannigfach und geheimnisvoll waren in Deutschland die Methoden, jemanden unter Druck zu setzen. Eine undurchdringliche Mauer schien jetzt um mich herum aufgerichtet. Eines Tages stand eine der ausländischen Diplomatenfrauen plötzlich in meinem Zimmer; sie war die Hintertreppe heraufgekommen und sagte mir, daß sie ihr Auto »um die Ecke« hatte warten lassen. Wenn irgend jemand ihren Besuch bei mir bemerkte, würden wir beide Unannehmlichkeiten haben. Seit fast zwanzig Jahren hatte meine Arbeit mein Leben bestimmt und ihm Sinn gegeben. Nach solch erfülltem Dasein schien Untätigkeit unmöglich. Von einem Monat zum andern war meine Welt mir genommen. Wohin ich auch den Fuß setzte, wich der Boden unter mir. Mein einziger Halt war damals das Bewußtsein, daß ich nicht nur an mich allein zu denken hatte. Ich war entschlossen, Furtwängler alles tunlichst zu erleichtern und seine neue Sekretärin soweit wie möglich in ihre Arbeit einzuführen. Mein Leben war mit Furtwängler und dem Orchester so eng verbunden gewesen, alle meine Gedanken und Sorgen gehörten so sehr ihrer Sache, daß es mir einfach unmöglich war, anders zu handeln als auch jetzt noch zu helfen, wo ich konnte. Die zuständigen Behörden allerdings, das Propagandaministerium und die Reichsmusikkammer, fragten dauernd an, ob denn die Übergabe der Geschäfte noch nicht beendet sei. Sie konnten es gar nicht abwarten, bis sie mich endlich los waren.

Inzwischen war Furtwängler nach allerlei Umwegen in Bayern eingetroffen. Er hatte sich in einem Vorort von München ein Zimmerchen mit einem Klavier gemietet und einstweilen niedergelassen. Trotz seiner beständigen Bemühungen war es ihm nicht gelungen, mit einem der Regierungsmitglieder in Verbindung zu treten. Die vierzehn Tage, die man angeblich bis zu seiner Abreise nach Ägypten verstreichen lassen wollte, waren vorbei, ohne daß sich irgend jemand rührte. Furtwänglers Retiro war ganz nahe von dem Besitz von Rudolf Heß, dem Stellvertreter des Führers. Heß und seine Frau hatten sich früher vor Begeisterung für Furtwängler nicht genug tun können. Der fanatische Parteiführer hatte einmal erklärt, er würde vor nichts zurückschrecken, um Deutschlands großen Dirigenten von seiner »jüdischen Sekretärin« zu befreien! Jetzt aber, wo der Stein des Anstoßes beseitigt war, konnte Furtwängler, trotzdem er nur wenige Schritte entfernt wohnte, nicht zu ihm vordringen.

Furtwängler ist ein sehr empfindsamer Mensch. Daß ihm alle technischen Dinge abgenommen wurden, so daß sie klappten wie geschmiert, hielt er für selbstverständlich. Er war mit ganzer Leidenschaft seiner Musik ergeben und hatte sich stets darauf verlassen, daß ich mich um die andern Dinge kümmerte. Ohne daß es ihm zum Bewußtsein kam, war er doch sehr an alle die Annehmlichkeiten gewöhnt, die die Welt einem berühmten Manne so gern zugesteht. Nun sah er sich auf einmal ignoriert und vernachlässigt.

Er machte eine Eingabe nach der andern und telefonierte sogar die verschiedenen Behörden an — ohne den geringsten Erfolg. Die Nazis wußten nur zu genau, wie man Menschen kleinkriegt.[82]

Eines Tages wurde mir auf Umwegen mitgeteilt, daß Furtwängler mich zu sehen wünsche — und so fuhr ich nach Bayern — heimlich, wie ein Verbrecher. Es war mir gesagt worden — zweifelsohne ein Versuch, mich einzuschüchtern —, daß ich dauernd beobachtet würde, und so sah ich überall Gespenster. Mein damaliger Besuch bei Furtwängler war vielleicht notwendig, aber wie schmerzlich war dieses erste Wiedersehen, nachdem sich unsere Wege getrennt hatten. Furtwängler war tief verstimmt, und ich tat mein Äußerstes, um meine eigenen Gefühle zu verbergen. Als wir durch den schneebedeckten winterlichen Wald gingen, sagte Furtwängler zu mir: »Wir sind wie zwei geprügelte Hunde.« Ich antwortete: »Ja, aber nur für den Augenblick zwei. Sie werden bald wieder auf einen grünen Zweig kommen, aber ich nicht — wenigstens nicht in Deutschland.« Nach zwei Tagen fuhr ich wieder nach Berlin zurück.

Furtwängler hatte erst seinen Aufenthalt geheimgehalten, aber da er in Bayern sehr bekannt war und sich auch nicht verbarg, so wußte man bald, wo er zu finden war. Allmählich fanden pilgernde Philharmoniker, Abgesandte der Wiener Staatsoper und sogar solche von amerikanischen Orchestern ihren Weg zu ihm. Währenddessen unterwies ich weiter seine neue Sekretärin und wartete sehnsüchtig auf die Rückgabe meines Passes.

Im Februar erschien Furtwängler plötzlich wieder in Berlin. Er konnte die dauernde Spannung in seiner Einsamkeit nicht länger ertragen und wollte wieder selber an Ort und Stelle sein. So war er in sein romantisches Heim in der Fasanerie im Park von Sanssouci zurückgekehrt. Noch am Abend fuhr ich zu ihm hinaus. Wir waren uns klar, daß ich bei dem gegenwärtigen Stand der Dinge keinesfalls in derselben Stadt bleiben dürfe. So fuhr ich schweren Herzens zum zweitenmal nach München. Unsere dortigen Freunde waren wenigstens frei von der Berliner »Psychose«, und ich konnte ungehemmt mit ihnen sprechen. Trotzdem wußte ich nicht, wie ich das Gefühl der Leere meines damaligen Lebens überwinden sollte. Während der letzten Jahre hatte mich die Spannung aufrechterhalten. Nun ließ meine Widerstandskraft nach. Ich begann unter Schlaflosigkeit zu leiden. Ich war gänzlich erschöpft, körperlich, geistig und vor allem seelisch. Alles, für das ich gelebt hatte und an das ich glaubte, war bedroht. Ich hatte kein Heim, keine Arbeit und keine Hoffnung mehr.

Kurz nachdem ich in München angekommen war, rief mich meine Mutter in großer Aufregung aus Berlin an, um mir zu sagen, daß mein Paß zurückgebracht worden sei. Ich fühlte mich sofort sehr unbehaglich dabei. Es wäre mir lieber gewesen, sie hätte den Paß ruhig, ohne jeden Kommentar entgegengenommen.

Ich beschloß, nicht sofort nach Berlin zurückzufahren, sondern folgte einer Einladung von Graf Lerchenfeld, ihn am Starnberger See zu besuchen. Der Graf war bayrischer Ministerpräsident und dann deutscher Gesandter in Wien gewesen, wo er und seine anglo-amerikanische Frau sich großer Beliebtheit erfreuten. Später wurde er an die deutsche Botschaft nach Brüssel versetzt, und dort haben Furtwängler und ich vor der Hitlerzeit öfters bei ihm gewohnt. Lerchenfeld war ein tief religiöser Mann. Sein echter Glaube erfüllte sein ganzes Leben und verließ ihn nie. Er war hochgebildet, belesen und vorzüglicher Kammermusikspieler. Die Gräfin war eine ungewöhnliche Persönlichkeit, ein starker Charakter und eine aufopfernde Freundin. Das Haus stand in einem großen alten Garten, mit weitem Blick über den See. Es war voll schöner alter Möbel, Bilder und Porzellan; die reichhaltige Bibliothek enthielt seltene Werke aus allen Gebieten von Kunst, Politik und Geschichte.

Es sollte mir aber nicht vergönnt sein, mich der friedlichen, ausgeglichenen Atmosphäre dieses Hauses lange zu erfreuen. Kaum war ich angekommen, erhielt ich aus Berlin die Nachricht, daß mein Paß wieder eingezogen sei. Noch heute weiß ich nicht, was hinter alledem steckte. Viel später wurde mir gesagt, die damalige Rückgabe sei ein »Irrtum« gewesen, denn es war beabsichtigt, mich festzuhalten, bis Furtwängler einmal allein ins Ausland gereist sei und bis vor allem das Orchester eine Auslandstournee ohne mich absolviert habe. Ehe ich freigelassen wurde, sollte zuerst der Mythos meiner Unentbehrlichkeit zerstört werden.

Aber noch Schlimmeres erwartete mich. Als ich nach München zurückkam, fand ich dort ein Schreiben der Gestapo[83] vor. Es hatte folgenden Wortlaut:

Berlin, den 10. März 1935

Wertes Fräulein Doktor!

Wie Sie ja bereits durch Ihre Frau Mutter erfahren haben, ließ ich Ihnen Ihren Paß durch einen meiner Beamten zustellen. Zu ihrem Bedauern aber mußte Ihr Paß nach drei Tagen wieder eingezogen werden, da Ihre Frau Mutter noch im Beisein meines Beamten am Fernsprecher und später auch in Ihrem Hause in Berlin bekanntgab, daß Sie Ihren Paß erhalten hätten. Der Beamte machte über diesen Vorfall Meldung, und ich wurde dadurch gezwungen, Ihnen den Paß wieder zu entziehen, da durch das freudige Benehmen Ihrer Frau Mutter anzunehmen war, daß Sie etwas Bestimmtes auszuführen gedenken, wenn Sie wieder im Besitz des Passes sind.

Durch diesen Zwischenfall werden Sie wohl ohne mich nicht mehr in die Lage kommen, Ihren Paß zu erhalten. Ich bitte Sie daher, wenn Sie den Paß wieder besitzen wollen, mir die Kleinigkeit von 1200 RM in bar in einem gewöhnlichen Umschlag (in zwölf Hundertmarkscheinen) und zwar so, daß der Brief äußerlich nichts von seinem Inhalt vermuten läßt, an E. Helfrich, Berlin Spandau, Hauptpostlagernd, bis spätestens Donnerstag, den 14. März, zu senden.

Das Geld benötige ich, um einigen Beamten Schweigegelder zu geben, die in Ihrer Angelegenheit genau Bescheid wissen.

Sollte der Brief nicht eintreffen, so kann ich leider nichts mehr für Sie tun, da ich spätestens bis zum 15. März an meinen Chef Meldung über Ihre Paßgeschichte und Ihre Betätigung zu Herrn Staatsrat Dr. Furtwängler machen muß. Trifft der

Brief mit dem Inhalt ein, so werde ich die Meldung so abfassen, daß Sie Ihren Paß gegen Ende dieses Monats erhalten werden.

Ferner will ich Ihnen verraten, daß Sie noch dauernd durch unsern Geheimdienst beobachtet werden, ob Sie dann in Berlin oder München sind, spielt keine Rolle. Auch müssen Sie sich vor der Sekretärin, die an Ihrer Stelle bei Herrn Staatsrat Dr. Furtwängler tätig ist, in acht nehmen. Ich habe von dieser viel Belastendes über Sie erhalten. Ich bitte Sie, von diesem Schreiben niemand etwas mitzuteilen, da sonst die Sache mit Ihrem Paß ergebnislos verlaufen würde. Befolgen Sie meine Anordnungen, und Sie werden Ihren Paß wieder erhalten.

gez. Rauch Inspektor des politischen Geheimdienstes

Man sollte es nicht für möglich halten, daß eine so unverblümte Erpressung, unterzeichnet von einem, wenn auch noch so untergeordneten, Beamten der Geheimen Staatspolizei, abgeschickt werden konnte. Offenbar war der Verfasser der Meinung, ich sei ohne die geringste Möglichkeit, mir zu helfen.

Natürlich war der Inhalt des Briefes reinster Bluff. Ich hatte nichts zu verbergen. Die Hauptsache war, nicht den Kopf zu verlieren.

Es ist kein Geheimnis, daß manche Leute in ihrer Verzweiflung auf solche damals übliche Erpressungen reagierten und dadurch gelegentlich ihr Ziel erreichten. Aber dies kam für mich nicht in Frage. Ich suchte sofort einen Anwalt auf, der vor allem strengstes Stillschweigen anriet und vorschlug, persönlich das ominöse Schriftstück nach Berlin zu bringen. Dort gab er es einem Nazibekannten, welcher es an Himmler, den Chef der Gestapo, weiterleitete. Ich habe nie verstanden, warum daraufhin die Stelle, wo bis zu einem bestimmten Datum das Geld deponiert werden sollte, nicht beobachtet wurde, um so des Erpressers habhaft zu werden. Denn die eingehenden Nachforschungen, die die Gestapo anstellte, ließen darauf schließen, daß ihr die ganze Angelegenheit nicht sehr angenehm war.

Ich selbst verhielt mich gänzlich passiv und hoffte, daß nach Enthüllung dieses unsauberen Versuches die Gestapo mir sofort meinen Paß zustellen würde, schon um die Sache zu vertuschen. Aber nichts dergleichen geschah.

Erst nach einigen Monaten wurde mir mitgeteilt, daß die bayrische Polizei den Auftrag erhalten habe, mich zu verhören, und so fand sich eines Tages der wohlbeleibte und biedere Ortspolizist des Dörfchens, in dem ich lebte, bei mir ein. Ein gebranntes Kind scheut das Feuer, und bei jeder noch so oberflächlichen Berührung mit irgendwelcher Behörde wurde ich unruhig. Aber die friedlich ländliche Form dieses Verhörs konnte die eingeschüchtertste Person mit Zutrauen erfüllen — nichts von preußischen Gestapomethoden war hier zu verspüren. Auf der Holzbank vor dem kleinen Häuschen unter einem blühenden Kastanienbaum saß der behäbige Vertreter der Dorfjustiz. Er war ein riesiger Mann mit kindlich rosigem Gesicht. Es dauerte eine Weile, bis es mir gelungen war, ihm den Fall klarzumachen, aber als er endlich begriffen hatte, um was es sich drehte, wurde er sehr interessiert und, anstatt daß er mich verhörte, versuchten wir beide, wie Sherlock Holmes und Watson, eine Erklärung der Angelegenheit zu finden.

Später wurde ich nochmals in Berlin vernommen. Einmal von einem sehr korrekten Polizeibeamten, der mir sofort sagte, ich solle mich nicht beunruhigen, gegen mich persönlich läge nichts vor, aber man hoffte, daß ich ihnen bei der Auffindung des Erpressers helfen könne. Obwohl ein Buchstabe seiner Schreibmaschine einen Defekt aufwies (das ch stand schief), hatten sie des Verbrechers nicht habhaft werden können — so sagten sie wenigstens. Noch ein letztes Mal wurde ich in der Sache befragt, als ich ein Jahr später, zum erstenmal mit Sir Thomas Beecham, nach Berlin kam. Unnötig zu erwähnen, daß dieses letzte Verhör an Höflichkeit und Zuvorkommenheit nichts zu wünschen übrig ließ. Das war das letzte, was ich von dieser unerfreulichen Angelegenheit hörte.

Doch ich bin dem Gang der Dinge etwas vorausgeeilt. Es war Anfang März 1935. Furtwängler wartete noch immer in

Berlin auf eine Unterredung mit Goebbels und Hitler, um seine Lage zu klären. Ich lebte immer noch in meinem Schlupfwinkel in den bayrischen Bergen. Plötzlich erhielt ich wieder eine Nachricht von Furtwängler, er wünsche dringend, mich zu sprechen und bäte mich, nach Potsdam zu kommen. Ich wählte einen Zug, der bei Morgengrauen dort ankam, und wanderte einsam durch den winterlichen Sanssouci-Park, wo Furtwänglers Haus wie ein Märchenschloß in einem Gewand von Schnee stand. Ängstlich spähte ich umher, ob mich auch niemand erkenne.

Obwohl im Jahre 1935 der Reiseverkehr zwischen Deutschland und dem Ausland noch völlig normal war und im allgemeinen die Menschen frei ein- und ausreisen konnten, so waren wir beide — er natürlich weniger fühlbar als ich — alles eher als frei. Im Ausland gab es damals viele anteilnehmende Menschen, die bereit waren, Gefährdete aus unerträglicher Lage zu befreien. Ich besprach mit Furtwängler einen Vorschlag, der mir von ausländischen Diplomatenfreunden gemacht worden war, mich ohne Paß aus Deutschland hinauszubringen. Wie verlockend war dieses Angebot, um so mehr, als es den Anschein hatte, daß die Nazis mich auf unbestimmte Dauer gefangen halten wollten. Ich hatte aber zu bedenken, daß meine Mutter noch in Deutschland lebte und daß — falls ich in ungesetzlicher Weise das Land verließe — nicht einmal im Ausland jemand, der mit Deutschland zu rechnen hatte, es wagen könnte, mit mir in Verbindung zu sein, ohne sich selbst zu gefährden. Ich war mir klar, daß ich durchhalten müßte und daß mir nichts anderes übrigblieb, als Deutschland auf »legalem« Wege zu verlassen.

Während wir unsere Lage so gründlich besprachen, als es die knappe Zeit zuließ, kam mir mehr als je zu Bewußtsein, daß es eine stärkere Welt gibt als die, mit der die Nazis uns zu schrecken versuchten — eine Welt ewiger menschlicher Grundsätze, eine Welt des Vertrauens.

Wir trennten uns heiter und ruhig. Gegen Abend, im Schatten der Dämmerung, stahl ich mich zu meinem Zug, der mich nach Bayern zurückführte.

Porträt Wilhelm Furtwänglers Anfang der dreißiger Jahre von Trude Fleischmann. Sie emigrierte später nach New York.

Wilhelm Furtwängler in den dreißiger Jahren

Wilhelm Furtwängler mit den Berliner Philharmonikern in Paris 1930

Bruno Walter, Arturo Toscanini, Erich Kleiber, Otto Klemperer, Wilhelm Furtwängler (v.l.n.r.) anläßlich der Berliner Kunstwochen in der Italienischen Botschaft in Berlin 1930

Wilhelm Furtwängler mit Igor Strawinsky, um 1930

Bayreuther Festspiele 1931
Wilhelm Furtwängler,
Heinz Tietjen, Winifred
Wagner, die damalige
Festspielleiterin, Arturo
Toscanini (v.l.n.r.)

Wilhelm Furtwänglers Geburtstag 1933 feierten Berta Geißmar, Edwin Fischer, Georg Kulenkampff, Wilhelm Furtwängler, Paul Hindemith (v.l.n.r.)

Seinen nächsten Geburtstag feierten wir durch einen Empfang in unseren Büroräumen, die sich vorzüglich für eine solche Festlichkeit eigneten. Orchestermitglieder und berühmte Solisten führten die Kindersymphonie von Haydn auf. Alle waren als Kinder angezogen.

Staatsoper Unter den Linden 1933: Richard Strauss' »Elektra« mit Rose Pauly, Marie Gutheil-Schoder (Regie), Wilhelm Furtwängler, Viorica Ursuleac (v.l.)

In Bayern lag um diese Zeit des Jahres noch tiefer Schnee. Damals wohnten Freunde von mir in einem einsamen Blockhaus über dem Isartal. Es war ein Ehepaar, beide Katholiken, der Mann kam aus einer angesehenen Gelehrtenfamilie[84], er war einer der Assistenten von Furtwänglers Vater gewesen und gehörte zum intimsten Kreis des jungen Furtwängler. Eines Tages machte ich mich auf, diese alten Freunde zu besuchen.

Die Poesie dieses Bergaufenthaltes war unbeschreiblich. Von dem Blockhaus, hinter dem ein dichter Tannenwald schützend stand, hatte man einen weiten Blick bis zur Zugspitze. Weniger poetisch war die Bewirtschaftung des Hauses. Alles mußte den schmalen Bergpfad heraufgebracht werden. Meine Freunde versorgten sich vollkommen allein und kochten alles selbst auf einem kleinen Ofen, genannt »Küchenwunder«, und wahre Wunder wurden darauf auch hergestellt. Ein Gefühl von Unabhängigkeit ging von diesen beiden Menschen aus und legte sich wohltuend auf mich gehetztes Wesen. Abends wateten wir durch den tiefen Schnee hinunter in das Dörfchen Ebenhausen. Dort war ein altes Gasthaus, die »Post«, eine typisch bayrische Dorfwirtschaft, mit der gleichzeitig die Metzgerei des kleinen Ortes verbunden war. Man saß dort in der rauchigen Wirtsstube, und die Bauern kamen und tranken Bier. Jeder sagte gerade heraus, was er dachte, und nie habe ich eine so originelle Oase von echter Ursprünglichkeit gefunden, wie dieses alte Wirtshaus im Isartal.

Allmählich mußte ich einsehen, daß die Regelung meiner Angelegenheit viel länger dauern würde, als ich angenommen hatte. Und so beschloß ich, München zu verlassen und aufs Land zu ziehen. Der einfache Bauerngasthof in Ebenhausen schien mir in diesem Moment genau das richtige zu sein. Ich nistete mich dort ein als einziger Gast. Ich hatte ein winziges Zimmerchen mit einem eisernen Öfchen. Der Anbau des Hauses, in dem mein Zimmer lag, war bitterkalt, da außer mir niemand dort lebte. Bis der Ofen in der Wirtsstube brannte, war der einzig warme Platz am Herdfeuer in der Küche. Von der Welt hörte ich kaum je etwas, und Tag für Tag wanderte ich planlos in Schnee und Regen in den Wäldern herum, immer verfolgt und gequält von dem gleichen Gedanken. Des Nachts war ich zwar tief erschöpft, aber ich konnte keinen Schlaf finden. Am Abend saß ich in der Wirtsstube und hörte, was die Bauern redeten. Ihre Gesichter wurden mir allmählich vertraut, aber wochenlang sprach ich zu niemandem ein Wort außer zu einem alten struppigen Hund, der bald anfing, mich auf meinen einsamen Spaziergängen zu begleiten.

Auch ein inhaltloser Tag muß gelebt werden, und so versuchte ich etwas Bestimmtes zu tun, was meine Zeit ausfüllen könnte. Solche Arbeit zu finden war nicht leicht, da es ja etwas sein mußte, was ich ganz für mich allein tun konnte. Eine Freundin aus München brachte mir etwas Tipparbeit, und ich schrieb einige zoologische Abhandlungen ab. Die Tage und vor allem die schlaflosen Nächte dehnten sich endlos, aber wie friedlich war das Leben dort, wie still und fern von der lauten Welt. Oft pilgerte ich zu dem nahen Kloster Schäftlarn und verbrachte eine beschauliche Stunde in der wundervollen, von Zwiebeltürmen gekrönten Klosterkirche. An Sonntagen ging ich mit den Bauern zum Gottesdienst. Der Abt von Schäftlarn war ein großer Gelehrter und eine starke, charaktervolle Persönlichkeit.

Unterdessen gingen die Dinge in Berlin immer noch nicht voran. Furtwängler war noch keine Unterredung gewährt worden, und die nun schon monatelange Ungewißheit seiner Lage irritierte ihn immer mehr. Von neuem schrieb er an einzelne Regierungsmitglieder, von neuem machte er eine Eingabe an Hitler. Von allen den Menschen, mit denen er sich besprach, riet ihm jeder etwas anderes, alles, was er sagte, wurde entstellt und aufgebauscht weitergetragen. Es war klar, daß die Nazis anstrebten, Furtwängler »kleinzukriegen«. Bei seiner sensiblen Natur war dies um so leichter, je länger man ihn im ungewissen ließ. Bei all diesen Machenschaften spielte meine Person weiter eine Rolle.

Plötzlich gerieten die Dinge wieder in Fluß, aber sie nahmen eine gänzlich unerwartete Wendung. Eines Abends im März saß ich in der Wirtsstube, als eine besondere Bekanntmachung am Radio angesagt wurde. Sie begann mit den

Worten: »Reichsminister Dr. Goebbels empfing heute Staatsrat Dr. Furtwängler.« Und dann wurde verkündet, daß Furtwängler erklärt habe, er bedaure alle vorangegangenen Mißverständnisse, er habe niemals beabsichtigt, den Fall Hindemith zu einer politischen Frage zu machen, er anerkenne, daß die Leitung der Reichskunstpolitik in den Händen des Führers und Reichskanzlers liege ...

War dies das Ende eines so verzweifelten Kampfes? Des tapferen Widerstandes im Ringen um die geistige Freiheit? Mein Herz stockte — ich konnte es nicht glauben.

Die Tatsache, daß Furtwängler diese über alle Sender verbreitete Erklärung angeblich guthieß, wurde ihm nicht nur im Ausland verübelt; auch ungezählte Deutsche waren entsetzt darüber, daß dieser Mann, auf den so viele gebaut und der dank seiner einzigartigen Leistung so unabhängig von den Nazis war wie wenige andere — anscheinend klein beigegeben hatte.

Viel später erst habe ich die wahren Zusammenhänge erfahren. Furtwängler wurde dauernd von seinen Freunden und von seinem Publikum bedrängt, sie doch nicht im Stich zu lassen. Er war durch all das in einem schweren Gewissenskonflikt. Schließlich besprach er mit einigen Leuten, unter welchen Bedingungen er sich in den bevorstehenden Unterhandlungen eventuell bereit erklären sollte, seine Tätigkeit in Deutschland wieder aufzunehmen. Er legte seine Vorschläge und Bedingungen in Entwürfen zu einem Exposé fest. Nicht nur seine neue Sekretärin, sondern allerhand sonstige Hilfskräfte schrieben diese Entwürfe ab. Ein solcher Entwurf fand seinen Weg auf Goebbels' Schreibtisch. Mit diesem Papier in Händen hatte der schlaue Propagandaminister leichtes Spiel. Anstatt die immer wieder hinausgeschobene Unterredung zu gewähren, sandte er einen Referenten nach Potsdam mit einer bereits fertigen Erklärung, die nur noch Furtwänglers Unterschrift bedurfte. Der Wortlaut sollte unmittelbar nach der »Versöhnung« an der Goebbels nicht mehr zweifelte, veröffentlicht werden. Jedoch dieser Text war derart, daß Furtwängler sich weigerte. Erst nach langem und hartnäckigem Verhandeln während einer langen Audienz kam als Kompromiß die Erklärung zustande, die der Öffentlichkeit übergeben wurde. Furtwängler war der Meinung, daß der endgültige Wortlaut nichts enthielte, was er nicht verantworten könne und im Grunde seinem Wunsch entspräche, jede politische Verantwortung los zu sein. Aber für die nicht Eingeweihten wirkte das Ganze eben doch wie ein Nachgeben Furtwänglers auf der ganzen Linie, um so mehr als Goebbels aus »staatspolitischen Gründen« einen Teil der vereinbarten Erklärung unterschlug.[85]

Nachdem das Ergebnis der Unterredung im Rundfunk und in der Presse genügend ausgebeutet und das Prestige der Nazis im Falle Furtwängler wiederhergestellt war, stand nun der Aussprache mit Hitler nichts mehr im Wege. Inzwischen rückte das Datum für Furtwänglers nächstes Konzert in Wien, sein erstes Auslandskonzert nach langer Pause, immer näher. Wenn er rechtzeitig für die Proben zum Nicolai-Konzert eintreffen wollte, mußte er Berlin spätestens am 10. April verlassen. Die Unterredung mit Hitler war mehrmals hinausgeschoben worden. Schließlich wurde sie in der Reichskanzlei am Vormittag des Tages angesetzt, an dem Furtwängler abends nach Wien abreisen sollte. Ehe diese Zusammenkunft tatsächlich stattgefunden und Hitler das Ausreiseverbot aufgehoben hatte, war kein Grenzübertritt möglich.

Über den genauen Inhalt dieser Unterredung — vor allem soweit sie Furtwänglers zukünftige Tätigkeit in Deutschland betraf — wurde nichts Bestimmtes bekannt. Er hatte sich geweigert, eine feste Stellung in Deutschland anzunehmen, doch war er bereit, einige der Berliner Philharmonischen Konzerte zu dirigieren sowie Konzerte mit den Philharmonikern in der Provinz und im Ausland. Er war auch gewillt, Opernvorstellungen im Reich zu leiten, jedoch nicht an der Berliner Staatsoper. Von Bayreuth war zunächst nicht die Rede. Er versprach ferner, nach seiner Rückkehr von Wien, am 25. April, ein Winterhilfskonzert in Berlin zu leiten. In diesem Konzert wurde er von seinem alten Publikum mit tobendem Beifall begrüßt. Hitler saß mit der ganzen Reichsregierung in der ersten Reihe. Während der Schlußovation stand er auf, ging zum Podium und reichte Furtwängler die Hand. Dieser symbolische Moment wurde natürlich photographisch festgehalten und das Bild überall veröffentlicht.

Der 10. April, an dem die Aussprache Hitler-Furtwängler stattfand, war der Hochzeitstag Görings mit Emmy Sonnemann. Hitler war Trauzeuge, und daher war die Zusammenkunft auf eine frühe Morgenstunde anberaumt worden. Als Furtwängler jedoch mit seinem Wagen nach der Wilhelmstraße fahren wollte, kam er durch die Absperrung bereits nicht mehr durch, und als er schließlich auf endlosen Umwegen in der Reichskanzlei anlangte, war Hitler schon zur Hochzeit unterwegs. Von neuem mußte man den Führer zu erreichen suchen, um eine andere Stunde zu bestimmen. Schließlich trafen sich die beiden knapp vor der Abfahrt des Wiener Zuges. Die Reichskanzlei wies den Anhalter Bahnhof an, den Zug nicht ohne Furtwängler abfahren zu lassen. Also wartete der Zug, bis der Dirigent endlich auf dem Bahnsteig erschien und einstieg. Er war frei. Die Wiener Zeitungen berichteten in Schlagzeilen auf der Titelseite über seine Ankunft — »leider ohne die altgewohnte Sekretärin« — .

Die altgewohnte Sekretärin saß inzwischen immer noch in ihrem Exil und wartete auf den Paß. Nicht einmal während Furtwänglers Abwesenheit von Berlin durfte sie dorthin fahren.

Während Furtwängler in der Wilhelmstraße auf Hitler wartete, stand Deutschland unter dem Zeichen von Görings Hochzeit. Diese pompöse Staatsaktion wurde mit allen Einzelheiten auf allen Sendern und in der Presse geschildert. Später wurde erzählt, daß Goebbels seinem Erzfeind und Rivalen in der Gunst des Führers durch diese Publizität einen Extraschabernack antun wollte. Ich weiß nicht, welche Wirkung die Schilderung dieser Feier im übrigen Reich hatte. Ich kann nur bezeugen, wie die Leute in Ebenhausen darauf reagierten.

Es war einer der ersten sonnigen Frühlingstage. Die Bauern saßen mit ihren Maßkrügen anstatt in der Wirtsstube im Freien auf den Holzbänken unter dem jungen Grün der Kastanienbäume im Hof der »Post«. Das Radio war vor das Küchenfenster gestellt worden, und alle hörten gespannt zu, wie die Feier und der reiche Gabentisch beschrieben wurden. Es war ein offenes Geheimnis, daß jeder »Volksgenosse«, und wenn er noch so arm war, darum angegangen worden war, zum mindesten eine Mark zu diesen Hochzeitsgeschenken beizusteuern. Alles wurde aufgezählt, die Jacht, die Brillantentiara mit dem diamantenen Hakenkreuz in der Mitte und vieles andere mehr. Die Bauern machten ihre Bemerkungen und bekundeten frei ihre Meinung über das Dritte Reich, dem nach Aussage seiner Führer eine tausendjährige Dauer beschieden sein sollte. Plötzlich sagte einer der biederen Bayern: »Eines Morgens werden wir halt aufwachen und aus wird's sein mit dem Dritten Reich!«

Auf seiner Rückreise von Wien besuchte mich Furtwängler zum erstenmal, seit seine Beziehung zu den Nazis wieder zusammengeleimt war. Wieder mußten wir uns in größter Heimlichkeit treffen. Er war durchaus nicht entspannt durch seine »Versöhnung« mit der Regierung, er war sich noch nicht klar, welche Konsequenzen sie haben würde. In Wien wurde sein Verhalten stark kritisiert, und es war zweifelhaft, wie seine bevorstehenden Gastspiele in London und Paris aufgenommen würden. Er war müde und erschöpft, und wir sprachen kaum von etwas anderem als von seinen eigenen Angelegenheiten. Er hielt es für ausgeschlossen, daß ich je wieder meinen Fuß nach Berlin setzen könnte außer zur endgültigen Auflösung meiner Wohnung. Ich fühlte, wie es ihn bedrückte, daß er keinerlei Möglichkeit sah, meine Lage zu erleichtern, und wir konnten nur von neuem die Hoffnungslosigkeit der ganzen Situation feststellen. Er ging allein weg, um zu vermeiden, daß wir zusammen gesehen würden.

Während mein Fall unentschieden und mein Schicksal völlig in der Hand der Nazis war, enthielt ich mich tunlichst jeder Korrespondenz mit dem Ausland. Aber meine Freunde außerhalb Deutschlands bewährten sich jetzt. Einer von ihnen, ein Holländer, kam sogar öfters zugereist, um zu sehen, wie es mir ginge, und es war wohltuend, sich mit ihm auszusprechen. Es war aber Anton van Hoboken, der bekannte Sammler und Musikologe, der mich aus Deutschland herausbrachte. Er machte mir ein Angebot, für sein »Archiv für Photogramme musikalischer Meisterhandschriften« nach Amerika zu fahren, um dort nach weiteren Autographen zu suchen. Hoboken hatte dieses Archiv gegründet und es der Nationalbibliothek in Wien im Jahre 1927 zur Verfügung gestellt. Es war in der Albertina untergebracht und bestand aus photographischen Reproduktionen handschriftlicher Originalpartituren der großen Meister. Der Sinn des Archivs war, dem Studenten, der bisher darauf angewiesen war, das Manuskript dort einzusehen, wo sich das Original zufällig befand, nun zu ermöglichen, Photokopien musikalischer Meisterwerke der ganzen Welt an einer Stelle vereint vorzufinden. Hoboken war damals bestrebt, sein Archiv so viel als möglich zu erweitern, und einige amerikanische Bibliotheken hatten die Absicht ausgesprochen, gleiche Sammlungen zu begründen.

Trotz dieses Angebotes einer Arbeit im Ausland, welches ich den Behörden unterbreitete, wurde mir mein Paß nicht zurückerstattet. Schließlich wurde mir geraten, eine neue Eingabe an die zuständige Stelle zu machen. Zu diesem Zwecke war meine Anwesenheit in Berlin unumgänglich nötig.

Inzwischen war Furtwängler nach London abgereist, um in Covent Garden »Tristan« zu dirigieren. Zum erstenmal dirigierte er in London und Paris, ohne daß ich dabei war! Ich aber fuhr nach Berlin, wo ich mich zuerst ganz eingeschüchtert und allem entfremdet fühlte. Die Frau eines ausländischen Diplomaten sagte einmal zu mir: »Nichts verstehen die Nazis so gut, wie Menschen zu demütigen.« Kaum kam ich nach Berlin, fingen sie sofort wieder mit ihren Machenschaften an. Es wurde mir bedeutet, ich solle mich möglichst unauffällig verhalten, mit niemandem sprechen und mich lediglich meinen Paßangelegenheiten widmen. Am Tag meiner Ankunft ging ich auf mein früheres Polizeirevier. Der alte Inspektor flüsterte mir zu: »Fräulein Doktor, ich bewundere Ihre Geduld. Wir kennen Sie doch nun schon seit so vielen Jahren. Wie können Sie das alles aushalten?« Schließlich wurde mir gesagt, welche Formalitäten ich zu erfüllen hätte, und ich machte meine Eingabe.

Das Wiedersehen mit einigen Freunden in Berlin gab mir neue Zuversicht, und obwohl dieser Berliner Aufenthalt viele schmerzliche Gefühle aufwühlte, kam ich mit frischem Mut nach Bayern zurück. Mittlerweile war es Ende Mai geworden, alles stand in Blüte, und der kleine Ort strahlte wohltuenden Frieden aus.

Kurz nach meiner Rückkehr kam Graf Lerchenfeld mich besuchen. Er schlug mir vor, für den Sommer an den Starnberger See, in die Nähe seines Hauses überzusiedeln und dort die weitere Entwicklung meiner Angelegenheiten abzuwarten. Dies war ein willkommener Gedanke, und an einem sonnigen Morgen wanderte ich über die Berge und mietete mich für Mitte Juni in Percha ein.

Unterdessen hatte Furtwängler seine Aufführungen in Covent Garden beendet und ließ mir sagen, daß er mich sofort nach Schluß seines Pariser Gastspieles besuchen würde. Er kam nach München, wo er auch einige Male dirigierte, und wir trafen uns häufig im schönen Heim eines treuen Freundes. Die Nazis fuhren fort, Furtwänglers Beziehung zu mir eine übertriebene Bedeutung beizumessen, und Herr Heß erkundigte sich während Furtwänglers Münchner Aufenthalt persönlich, ob ich wohl in der Nähe sei.

Mein neues Heim in Percha war ein reizendes kleines bayrisches Blockhaus mit blühenden Geranien an allen Fenstern. Das Haus gehörte zwei hochkultivierten Frauen aus der Familie Mendelssohn. Hier brauchte ich mich nicht in mich zu verschließen wie bei den Bauern, und das tiefe menschliche Verständnis dieser vornehmen Frauen war unendlich wohltuend.

Liquidation meiner Sekretariatsarbeit —
Der wieder erhaltene Paß

Endlich fing mein Geschick an, sich zu wenden. Nach endlosen Nachforschungen, welche der vielen in Frage kommenden Stellen meinen Paß zurückhielt, wurde mir schließlich bedeutet, an das Hauptquartier der Gestapo eine Eingabe zu richten unter Angabe, daß ich eine Beschäftigung im Ausland annehmen wolle. Herr van Hoboken wollte mich Anfang Dezember in Holland treffen, Anfang Januar sollte ich nach Amerika abreisen.

Inzwischen hatte Furtwängler meine Nachfolgerin Nummer 2 engagiert. Der dauernde Wechsel nach zwanzig Jahren stetiger Arbeit mit mir war für ihn sehr beunruhigend. Er hatte sich dem politischen Druck gefügt, hatte aber weder Zeit noch Lust, sich ständig mit der Neuorganisierung seiner Geschäfte zu befassen, welche sich bisher immer glatt abgewickelt hatten. Er erklärte daher plötzlich, daß, wenn mir nicht gestattet würde, nach Berlin zu kommen und von neuem seine Angelegenheiten zu ordnen, er nicht imstande sei, die nötige Zeit für alle von ihm übernommenen Aufführungen zu erübrigen.

Ehe ich aber seinem Wunsch nachkommen konnte, mußte die Genehmigung von Herrn Hinkel im preußischen Kultusministerium eingeholt werden, der die »kulturelle Betätigung der Nicht-Arier im Reich« überwachte. Diese — mir bisher unbekannte[86] — Nazi-Kulturgröße erteilte mir großspurig die Genehmigung zur Ordnung von Furtwänglers Angelegenheiten, jedoch unter der Bedingung, daß dies während Furtwänglers Abwesenheit von Berlin zu geschehen habe. Und überdies sollte ich — so wurde mir weiter bedeutet — wenn irgend möglich von niemandem gesehen werden!

Bald wußte man in Berlin, daß ich »wieder da« sei, und ich bekam rührende Zeichen von Anhänglichkeit zu spüren. Nicht nur von den Musikern, sondern auch von den Taxichauffeuren an der Haltestelle an der Ecke meiner Straße und den Marktfrauen in der Halle.

Ich hatte viel Besuch. Viele beklagten sich über das Regime, und ich war auf bestem Wege, wieder in all die Wirrnisse hineingezogen zu werden. Dies wollte ich aber unter allen Umständen vermeiden, und nachdem ich alle nötigen Schritte in meiner Angelegenheit unternommen und Furtwänglers neues Seketariat ins Lot gebracht hatte, fuhr ich schnellstens nach Bayern zurück.

Am 2. November erhielt ich meinen Paß. — Jedoch entdeckte ich zu meinem Schrecken, daß er abgelaufen war! Wie bezeichnend für die ganze Angelegenheit. Neues Bangen und neues Verhandeln. Diesmal hatte ich aber die wirkungsvolle Unterstützung der holländischen Gesandtschaft. Schließlich wurde mir mitgeteilt, ich möchte bei meinem Polizeirevier zwecks Aushändigung eines neuen Passes vorsprechen. Diesmal schien es wirklich Ernst zu sein. Ich brach also meine Zelte in Bayern ab und fuhr nach Berlin.

Im Zuge saßen Frau Wagner und Tietjen, aber die Situation war so, daß ich es nie hätte wagen können, diesen treuen Freund anzureden, wenn er mich nicht in meinem Abteil aufgesucht hätte. Er sagte: »Nur Mut, jetzt kommt alles in Ordnung; kommen Sie zu mir, wenn Sie mich brauchen.«

Am 22. November 1935 erhielt ich einen Paß mit fünf Jahren Gültigkeit für In- und Ausland. Ich war frei! Endlich konnte ich wieder ein normales Leben beginnen. Die Gedanken jagten sich in meinem Kopf, während ich das kostbare Dokument fest an mich gepreßt hielt.

Doch meine Freude war von kurzer Dauer. Am nächsten Morgen erschien ein Beamter der Gestapo und nahm mir den Paß von neuem wieder ab. Dieser Rückschlag spiegelte den Kampf der verschiedenen Richtungen hinter den Kulissen wider. Genau wie die Mitglieder der Regierung, jeder auf seine Weise, ihre Interessen zu verfolgen suchten, so wurde auch meine Angelegenheit ein Spielball aller dieser sich befehdenden Mächte.

Nur mit größter Vorsicht konnte ich meine Freunde über das Vorgefallene verständigen, um nicht ihre Hilfsaktion für mich zu erschweren. Einige Tage später wurde mir bedeutet, mich nach Einbruch der Dunkelheit in eine bestimmte Seitengasse zu begeben, um dort einen vertrauenswürdigen Boten zu treffen. Ich ging mit klopfendem Herzen. Der Bote sagte zu mir, ich solle mir keine Sorgen machen — der Paß würde mir bestimmt bald zurückgegeben.

Das Schicksal war einmal freundlich gewesen. In diesen Tagen hatten Furtwängler und Tietjen bei Göring eine Opernbesprechung. Göring empfing Furtwängler mit den

Worten: »Nun, sind Sie endlich zufrieden? Fräulein Dr. Geißmar hat ja jetzt einen neuen Paß.« »Ja«, antwortete Furtwängler, »sie hat ihn 24 Stunden gehabt, dann ist er wieder abgeholt worden.« Dies wußte Göring nicht. Er geriet in Wut und erklärte, er würde die Sache in Ordnung bringen.

Der Paß kam aber nicht sofort. Ich packte zwei kleine Reisetaschen — und wartete von Tag zu Tag . . .

Nach zwei endlos erscheinenden Wochen klingelte es eines Tages an der Haustür. Es war der nur zu bekannte Gestapobeamte. Schweigend händigte er mir den Paß aus. Im gleichen Moment rief Görings Sekretärin an, um mir zu sagen, daß der Paß unterwegs sei. »Ich danke«, sagte ich. »Wann reisen Sie?« fragte sie. »Morgen«, antwortete ich, obwohl ich wußte, daß ich Berlin noch am gleichen Tag verlassen würde.

Wir schickten unsere Mädchen aus dem Haus, damit sie nichts bemerken sollten; denn wir trauten niemand mehr. Ein Freund holte mein Gepäck und erledigte für mich die Zoll- und Devisenformalitäten an der Bahn. Gegen Abend ging meine Mutter aus, und bald nachher verließ ich meinerseits die Wohnung, als ob ich spazieren gehen wollte.

Ich stieg in den Haag-Expreß und ging in meinen Schlafwagen. Die holländische Gesandtschaft hatte mir ein Schreiben für die Grenze mitgegeben. Alles ging glatt, und nach einem langen und bangen Jahr verließ ich Deutschland und fuhr einer unbestimmten Zukunft entgegen.

Zwischenspiel in Amerika

Zusammentreffen mit Furtwängler in Holland — Bei Mengelberg in Amsterdam — Veränderte Stimmung in Paris — Über den Atlantik — Ankunft in New York — Sir Thomas Beechams Persönlichkeit — Die Arbeit für das Photogramm-Archiv van Hoboken — Diskussion um Furtwänglers Berufung durch die New Yorker Philharmoniker

Nur wer es selbst erlebt hat, kennt das Gefühl, mit dem man die Grenzen der Heimat für immer hinter sich läßt, aus welchen Gründen auch immer es geschehen mag. Man verliert etwas unwiederbringlich, was kein neues Leben einem je ersetzen kann. Jeder muß es mit sich selbst ausmachen, welches seine innere Beziehung zu seinem Vaterland ist, wenn er es aus politischem Zwang verläßt. Alles dies war mir noch nicht klar, als Deutschland und damit das alte Leben mit seinem Wechsel von Erfolg und Enttäuschungen langsam aus meinem Gesichtskreis verschwand.

Zur Zeit, als meine Ausreise mehr oder weniger gesichert schien, war Furtwängler mit den Berliner Philharmonikern in England — zum erstenmal ohne mich. Er hatte mir sagen lassen, ich möchte mich nach meiner Ankunft in Holland mit ihm in Verbindung setzen, und so sandte ich ihm nach London die Nachricht mit meiner Adresse im Haag.

Zwei Tage später, früh morgens, wurde unter meiner Tür ein Brief hereingeschoben. Er trug Furtwänglers nur zu vertraute Schriftzüge. Er schrieb mir, er wolle mich vor meiner Abreise nach Amerika sehen und würde daher seine Rückreise in Holland unterbrechen.

Seine Zeit war knapp. Nur 24 Stunden lagen zwischen seinem letzten Londoner Konzert und dem darauffolgenden in Dortmund. Um die Zeit auszunutzen, beschloß ich, ihn in

Vlissingen abzuholen, wo er nachmittags um fünf Uhr mit dem Orchester eintreffen sollte.

So wie die Dinge lagen, mußte ich unter allen Umständen vermeiden, von den Philharmonikern gesehen zu werden. Ich setzte mich daher schon in den bereitstehenden Zug nach dem Haag, und es gelang mir, ihm an Bord des ankommenden Schiffes die Nachricht zu schicken, daß ich im zweiten Wagen säße.

Der Zug nach Deutschland stand auf dem nächsten Geleise. Verborgen hinter einem Vorhang sah ich die altgewohnten Instrumentenkoffer umladen und die vertrauten Gesichter der Musiker, als sie in ihre Abteile stiegen.

Ein Gepäckträger kam mit Furtwänglers Handtaschen an meinem Zug entlang. Wie in alten Zeiten sagte ich: »Hier herein bitte.« Und schon erschien Furtwängler, glücklich, mich endlich frei zu sehen. Er begann sofort, mir von England zu erzählen. Die Tour war nicht ganz wie früher verlaufen, und er war sich nicht ganz im klaren, ob er dies auf die allgemeinen Verhältnisse oder auf das Fehlen der alten sorgfältigen Vorbereitung zurückführen sollte. Er war müde und verstimmt und sagte mir, daß er sich entschlossen habe, nicht mehr so viel zu dirigieren. Er wollte im Winter einen langen Urlaub nehmen, den er in Ägypten zu verbringen gedachte. Im Haag angekommen, verließen wir den Bahnhof — für alle Fälle getrennt — und verlebten den Abend im gastlichen, kultivierten Heim guter Freunde.

Kurz darauf lud mich Mengelberg zu einem Konzert nach Amsterdam ein und ließ mich bitten, ihn in der Pause im Künstlerzimmer aufzusuchen. Damals tat er alles, um mir zu helfen — später scheint er allerdings mit der Macht, die seine Heimat besetzte, gemeinsame Sache gemacht zu haben.

Knapp vor Weihnachten fuhr ich nach Paris. An der Bahn holte mich Lucienne Couvreux, Rouches Tochter, mit ihrem Gatten ab. Sie hatte sich während aller meiner Schwierigkeiten großartig benommen und immer Mittel und Wege gefunden, mir zu schreiben. Wie glücklich war ich, diese treuen Freunde wiederzusehen! Ich kam mir wie verzaubert vor in dem wunderbaren alten Haus am Bois de Boulogne, und in der ersten Nacht gingen wir überhaupt nicht ins Bett, so viel hatten wir uns zu erzählen.

Rouché zeigte mir seine Korrespondenz mit der neuen Geschäftsführung der Berliner Philharmoniker. Wie plump wurden nun diese delikaten Dinge behandelt, auf die wir früher so viel Sorgfalt verwendet hatten. Und doch, wie weit sind die Nazis oft mit ihren Methoden gekommen!

Zu diesem Zeitpunkt waren die Dinge allerdings nicht mehr ganz so einfach. Die Stimmung in Frankreich wurde immer deutschfeindlicher, besonders nach der militärischen Besetzung des Rheinlandes, und diese Strömung war so stark, daß die für April 1936 angesetzten traditionellen Pariser Frühjahrskonzerte der Philharmoniker abgesagt werden mußten.

Eines Abends waren wir im Theater, um ein neues Stück zu sehen. Plötzlich stand Herr von Hoesch, der deutsche Botschafter in London, vor mir, der die Weihnachtstage in seinem geliebten Paris verbrachte. Gerade ihn zu treffen war aufregend — so viel meines alten Lebens war mit ihm verknüpft gewesen. Trotzdem überkam mich damals das Gefühl, daß nun alles anders sei und daß ich als Flüchtling kein Recht mehr auf seine Freundschaft hätte. Ich sagte ihm offen, was ich fühlte; er aber nahm meine beiden Hände und sagte: »Warum denn nicht, sind wir nicht alte Freunde?«

Dies waren seine letzten Worte zu mir. Ich habe ihn nicht wiedergesehen, denn als ich nach London kam, war er noch nicht zurück, und während ich mich in Amerika aufhielt, starb er. Er hat vielleicht unter den Nazis mehr gelitten als wir, die wegen unserer Rasse verfolgt wurden. Aber er hat nie geklagt. Immer habe ich seine tiefe Lebensweisheit bewundert und habe seinen Wahlspruch zu meinem eigenen gemacht: In dubio abstine!

Von Paris aus fuhr ich für eine Woche nach London, und auch hier traf ich alte Freunde.

Am 4. Januar 1936 fuhr ich nach New York.

Als ich im Jahre 1936 nach Amerika fuhr, war ich ein Einzelschicksal, das noch nicht in den Strudel der Vergewaltigung ganzer Völker hineingerissen war. Mein Feind war das Land, in dem meine Familie seit Hunderten von Jahren ansässig gewesen, die Welt, in der ich aufgewachsen war und an der ich mit allen Fasern meines Herzens hing.

Als ich bei dichtem Nebel in Southampton mein Schiff bestieg, gedachte ich meiner früheren amerikanischen Reisen. Wie anders war diese Fahrt! Doch je mehr sich das Schiff der neuen Welt näherte, desto mehr erfüllte mich tiefe Dankbarkeit, daß es mir vergönnt war, ein neues Leben anzufangen — wie immer es sich auch gestalten mochte.

Eine Freundin, die mich bei der Landung abholen wollte, sandte mir ein Telegramm, daß sie krank sei, und so stand ich allein an fremdem Ufer.

Ich dachte mir: diese Ankunft ist symbolisch für das Leben, das mir bevorsteht, so ist es eben jetzt. Mein Ankunftstag sollte aber der einzige einsame während meines Aufenthaltes in Amerika sein. Bereits mitten in der Nacht klingelte das Telefon. Es war Joseph Schuster, einer der beiden Solocellisten der Berliner Philharmoniker, welcher Berlin vor achtzehn Monaten verlassen und seitdem in Amerika festen Fuß gefaßt hatte. In einem Konzert von Artur Schnabel hatte ihm jemand gesagt, daß ich angekommen sei. Zufällig wohnte er im gleichen Hotel und erklärte, er müsse sofort zu mir heraufkommen. Mit der Nachtruhe war es zwar aus, dafür wurde aber für ihn und für mich ein Stück unseres früheren, längst begrabenen Lebens wieder lebendig, während wir bis in die Morgenstunden plauderten.

Nach und nach tauchten auch andere alte Freunde auf. Ich war beglückt in dem Gefühl, eine Zeitlang ruhig in New York bleiben zu können.

Wie ungewohnt war es, wieder als freier Mensch, ohne Angst zu leben, zu telefonieren, Musik zu genießen, in die Oper zu gehen, wie in alten Zeiten die Künstler in ihren Garderoben zu besuchen, Zeitungen und Zeitschriften aus der ganzen Welt zu lesen, Briefe ohne Hemmung zu schreiben und sich langsam aus dem unnatürlichen und verkrampften Zustand, in dem man sich befunden hatte, zu lösen.

Es war wie eine Genesung nach einer langen und schweren Krankheit. Es dauert lange, bis man sein Gleichgewicht wieder findet, aber von dem, was man erlitten hat, wird man nie wieder ganz frei.

Um diese Zeit war Sir Thomas Beecham in Amerika. Ich kannte ihn seit vielen Jahren und hatte ihn immer bewundert. Es strahlte von ihm so viel Unabhängigkeit und Freiheit aus. Sein erstes Konzert mit den Berliner Philharmonikern in meiner Amtszeit fand 1929 statt, und das Orchester verstand sich mit ihm von der ersten Probe an. Im Konzert passierte ein komischer Zwischenfall. Als Sir Thomas das Podium betrat, ging sein Schuhband auf. Anstatt sich vor dem ihn begrüßenden Publikum zu verbeugen, bückte er sich — mit dem Rücken gegen den Saal — und brachte erst mal in aller Ruhe seine Schuhe in Ordnung. Die Berliner Presse wußte damals nicht recht, was sie mit dem exzentrischen Gast anfangen sollte.

Über Sir Thomas' Großzügigkeit gibt es zahllose Geschichten. 1932 erlebten wir selbst ein kleines Beispiel davon. In jenen Jahren waren die Karten für Gastkonzerte der Berliner meist kurz nach Eröffnung der Kasse bereits vergriffen. Auch der Vorverkauf für die Englandtour 1932 war ausgezeichnet. Aber kurz vor Beginn der Reise starb plötzlich unser englischer Agent Lionel Powell, und seine Firma machte Bankrott. Im Frühjahr darauf hätten sich wohl Einnahmen und Ausgaben die Waagschale gehalten, und es wäre keine Schwierigkeit entstanden. Nun aber durch Powells Tod waren sämtliche Einnahmen, also auch unsere Vorverkaufsgelder — Bestandteil der Konkursmasse geworden, und daher war das bare Geld, von dem die Ausgaben für die Tournee und die Gehälter des Orchesters bezahlt werden sollten, nicht vorhanden. Trotzdem waren wir uns einig, daß wir die Tournee möglichst nicht absagen wollten, um unser englisches Publikum nicht zu enttäuschen. Nachdem ich den Rat der deutschen Botschaft und ihres Rechtsbeistandes eingeholt hatte, setzte ich mich etwa vierzehn Tage vor dem Tourneebeginn in den Zug nach London, um zu sehen, was nun zu machen sei. Die Sache schien aber hoffnungslos. Ich war gerade zu dem deprimierenden Ergebnis gekommen, daß uns nichts anderes übrig bleiben würde, als die Konzerte doch abzusagen, als ich gebeten wurde, sofort Sir Thomas Beechams Anwalt aufzusuchen. Dieser erklärte mir: »Ich bin beauftragt, Ihnen mitzuteilen, daß Sir Thomas sehr ungehalten über diese unglückselige Angelegenheit ist. Er will sie in Ordnung bringen.« »Was meinen Sie damit?« fragte ich. »Es paßt Sir Thomas nicht, daß das Berliner Philharmonische Orchester in England Schwierigkeiten dieser Art hat. Er beabsichtigt, die Unkosten für die Tournee zu garantieren.« »Was beabsichtigt er?« fragte ich von neuem. »Sir Thomas wird alle Unkosten aus seiner Tasche bestreiten. Er hat mich beauftragt, das Nötige mit Ihnen zu besprechen.« Die wenigen Formalitäten waren schnell erledigt. Meine schüchterne Bitte, Sir Thomas meinen Dank persönlich abstatten zu dürfen, wurde ausweichend beantwortet, und noch am gleichen Abend fuhr ich erleichterten Herzens nach Berlin zurück.

Vierzehn Tage später begann die Tour, und jedes Konzert war ausverkauft. Die Erwähnung der überaus komplizierten Verrechnung mit den nicht zur Verfügung stehenden Vorverkaufsgeldern gehört nicht hierher. Das letzte Konzert fand in der Albert Hall statt, und am Morgen während der Probe erhielten wir die endgültige Abrechnung. Sie zeigte ein Plus auch ohne die Vorverkaufsgelder, und so brauchten wir Sir Thomas' großmütige Garantie gar nicht in Anspruch zu nehmen. Gerade als wir uns dies klar gemacht hatten, erschien er unerwartet auf der Probe. Ich ging auf das Podium und erklärte dem Orchester, was sich ereignet hatte. Das Orchester begrüßte ihn mit enthusiastischem Bogengeklapper, und die Wogen der Begeisterung schlugen hoch.

Im Dezember 1933 dirigierte er ein Konzert mit den Philharmonikern in Berlin und engagierte gleichzeitig einige Sänger für Covent Garden. Wir lebten damals alle schon unter Nazidruck, und sein Besuch war für uns eine große Erfrischung. Ehe er abreiste, frühstückte ich mit ihm im »Esplanade« und brachte ihn dann an seinen Zug. Als wir uns verabschiedeten, sagte er plötzlich: »Wenn Sie je hier irgendwelche Schwierigkeiten bekommen sollten, müssen Sie nach Covent Garden kommen und für mich arbeiten.«

Oftmals während des langen Jahres, als ich auf meinen Paß wartete, waren meine Gedanken zu ihm geflogen, als dem einzigen Menschen, für den es mich wirklich noch interessiert hätte zu arbeiten, aber nie hatte ich ihm ein Wort geschrieben oder ihn von meinen Schwierigkeiten wissen lassen.

Kurz nachdem ich angekommen war, gab Sir Thomas ein Konzert mit dem New York Philharmonic Orchestra. Ich meldete mich bei ihm, und er bestellte mich nach dem Konzert ins Künstlerzimmer. Ich ging also in den mir wohlbekannten »Green Room« von Carnegie Hall und fand dort Sir Thomas, zwar noch etwas erhitzt von dem Konzert, aber in seiner üblichen sprühenden Laune. »Hallo!« begrüßte er mich, »wie geht es Ihnen? Ich habe die unglaublichsten Geschichten über Sie gehört . . . ist das wirklich alles wahr?« Da das Künstlerzimmer aber voller Menschen war, ging ich schnell über diese Frage weg, und wir verabredeten eine Zusammenkunft.

Zwei Tage später besuchte ich ihn dann in seinem Hotel, dem »Savoy Plaza«. Seit diesem Besuch habe ich Sir Thomas in vielen Hotelsalons gesehen und habe mit ihm in vielen Hotels gewohnt. Wie auch der Raum ursprünglich aussehen mag, sobald Sir Thomas ihn bewohnt, nimmt er einen bestimmten Charakter an; Bücher, Noten und Zeitungen liegen auf den Tischen, und wenn er im Ausland ist, sicher wenigstens eine Nummer von der »Times«. Immer ist sein Reiseschach aufgestellt mit einem angefangenen Problem; Bleistifte liegen herum und seine kostbaren Pfeifen, die er mit Kunst und Sorgfalt stopft, nicht zuletzt seine speziellen Zigarren, die seit den letzten dreißig Jahren immer für ihn eigens angefertigt werden. Und mitten in dieser Umgebung er selbst, wie er es sich gern nach getaner Arbeit bequem macht, von gepflegtester Eleganz, in seinen weißseidenen Pyjamas und dem türkischen Schlafrock darüber — ein Bild des Behagens und der selbstverständlichen Sicherheit.

Bald waren wir in ein langes Gespräch vertieft. »Nun müssen Sie mir aber genau erzählen, was Sie erlebt haben«, befahl er mit Humor in seinen funkelnden Augen, aber auch voller Güte und Ermutigung.

Nachdem ich ihm meine Erlebnisse des vergangenen Jahres geschildert hatte, erzählte ich ihm, mit was ich gerade beschäftigt war. Dies interessierte ihn sehr, und er erklärte es sofort für wünschenswert, daß auch in England ein Archiv musikalischer Photogramme gegründet würde. Ich setzte ihm auseinander, daß ich mir noch nicht klar über die Entwicklungsmöglichkeiten meiner Arbeit sei. Dann sagte ich zu ihm: »Es gibt nur eine Arbeit auf der Welt, die mich interessieren würde, und das ist, für Sie zu arbeiten. Können Sie mich nicht nächsten Sommer bei der Covent Garden Season ausprobieren?« Sir Thomas strich mit seiner unnachahmlichen Würde seinen Bart. »Warum nicht? Sie sind gerade die Person, die ich brauchen kann. In etwa zwei Wochen fahre ich zurück nach England. Ich bin gerade dabei, die Oper und das Orchester umzuorganisieren, und ich werde Ihnen Genaueres in etwa drei Wochen schreiben.« Getröstet und voller Hoffnung für ein neues Leben verließ ich ihn. Er hatte mit mir ausgemacht, daß ich ihn nach seinem letzten Konzert am 20. Januar in New York noch einmal aufsuchen sollte. Dies tat ich, und er schlug mir vor, daß ich in jedem Fall »irgendwie« zum Season-Beginn auftauchen sollte.

Inzwischen hatte ich langsam angefangen, Fühler auszustrecken, um die Forschungen für das Wiener Photogramm-Archiv aufzunehmen. Erwünscht waren vor allem Originale von J. S. und Ph. E. Bach, Händel, Haydn, Mozart, Beethoven, Schubert, Schumann, Chopin, Mendelssohn und Brahms. Die Aufgabe war betreffs Amerikas besonders interessant, weil dort nicht nur viele Bibliotheken musikalische Originalhandschriften haben, sondern weil es auch eine ganze Reihe einzelner Liebhaber gibt, die mit Eifer und Begeisterung, oft auch mit großen Kenntnissen, ihre Privatsammlungen immer weiter auszubauen versuchen.

Mein erster Besuch galt Miß Belle da Costa Green, der Leiterin der Morgan Library, die ich von früheren Besuchen in Amerika kannte. Sie hatte bei Adolf Furtwängler studiert, der viel für den älteren Morgan gesammelt hatte. Miß Green war Morgans Sekretärin und rechte Hand gewesen, und es hieß, daß sie jahrelang die Preise auf dem internationalen Kunstmarkt bestimmt habe.

Miß Green zeigte mir verschiedene kostbare Manuskripte und erklärte dann, sie habe das beste für zuletzt aufgehoben. Es war die Partitur der Sonate in G-dur für Geige und Klavier Opus 96 von Beethoven — ein Manuskript, das lange Jahre hindurch verloren geglaubt und niemals photographiert worden war. Sie erlaubte mir ohne weiteres, eine Photographie herstellen zu lassen, und gab mir eine Reihe von Adressen, an die ich mich zwecks Auffindung anderer Manuskripte wenden sollte. Trotz meiner völligen Unerfahrenheit auf diesem Gebiet schien sich alles ganz gut anzulassen.

Ein anderer höchst interessanter Fund war die Skizze zum letzten Satz der »Mondschein-Sonate« von Beethoven, die dem bekannten amerikanischen Pianisten Ernest Hutcheson gehört. Das Blatt war viele Jahre lang im Besitz von Robert Schumann und ist Schumanns Album entnommen. Schumann hat eigenhändig den Titel darauf geschrieben.

Die Musikkritiker schienen wenig von diesen Dingen zu wissen. Ich besuchte unter anderen den — seither verstorbenen — Laurence Gilman[87], den langjährigen Musikkritiker der »New York Herald Tribune«, Amerikas anerkannten Wagner- Spezialisten. Nach einem langen Gespräch über Bayreuth sagte er mir, er habe gehört, irgendwo in Amerika sei ein kostbares Wagner-Manuskript, der Text zu einer der großen Opern. Ich versuchte nun, dies aufzustöbern, und durch puren Zufall kam ich dem Original auf die Spur. Es war das Libretto zu den »Meistersingern«, säuberlich geschrieben in Wagners feiner Handschrift. Es war damals im Besitz eines großen amerikanischen Sammlers, der es sorgfältig in einem tiefen Gewölbe verwahrt hielt. Er zeigte es mir selbst und nannte den fabelhaften Preis, mit dem das kostbare Dokument damals bewertet wurde. Der Fund wurde in Musikerkreisen viel besprochen, und als Toscanini davon hörte, ließ er sich das Manuskript zeigen.

Meine Nachforschungen wurden immer faszinierender. Hilfe wurde mir von allen Seiten angeboten. Es wurde damals sogar der Plan besprochen, in New York und Washington ähnliche Archive zu gründen, zuerst das bis jetzt in Wien schon Gesammelte in Kopie für Amerika zu erwerben und dann das weitere Photokopieren von Manuskripten gemeinsam mit Wien zu unternehmen und auszubauen.

Nichts stand im Wege, die Ausführung dieser Idee sofort in Angriff zu nehmen; doch Wien zog die Einwilligung dazu hinaus, und so mußte der Plan zunächst zurückgestellt werden. Die spätere Entwicklung der Dinge beweist, wie bedauerlich dies war. Nach dem Anschluß, als die Nazis in Wien einzogen, übernahmen sie natürlich auch die Leitung der Wiener Museen und so auch der Albertina, in der das Photogramm-Archiv untergebracht war. Dies war das Ende des großzügigen Planes, der für die Musikwissenschaft der ganzen Welt von großer Bedeutung gewesen wäre.

Seit meiner Abreise nach Amerika hatte ich von Furtwängler nichts gehört, aber im Februar erhielt ich einen Brief — in Warschau aufgegeben —, der einen Monat gebraucht hatte, um in meine Hände zu gelangen.

Zu jener Zeit verdichtete sich das Gerücht, daß Toscanini die Absicht habe, seine Stellung als Direktor des New York Philharmonic Symphony Orchestra niederzulegen. Es hieß, daß alle Versuche, ihn zu halten, gescheitert seien und daß er angeblich Furtwängler als einen geeigneten Nachfolger vorgeschlagen habe.

In jedem Fall beschloß der Vorstand des New York Philharmonic, den Versuch zu machen, Furtwängler zu gewinnen und sandte ihm ein Kabel nach Wien, wo er sich gerade aufhielt.

Furtwängler hatte von Anfang an starke Bedenken. Nach langem Hin und Her willigte er schließlich telegraphisch ein, für eine bestimmte Zeit der Saison das Amt des Direktors des New York Philharmonic Orchestra zu übernehmen. Am Samstag, dem 29. Februar 1936, wurde Furtwänglers Engagement in der New Yorker Morgenpresse veröffentlicht und fand zunächst recht günstige Aufnahme. Dann aber ereignete sich etwas Seltsames. Die Abendpresse brachte gleichzeitig mit der Ankündigung des New Yorker Engagements in fetten

Schlagzeilen eine Associated-Press-Meldung[88] aus Berlin des Inhalts, daß Furtwängler wieder in sein altes Amt als Direktor der Berliner Staatsoper eingesetzt sei.

Der Posten eines Direktors des New York Philharmonic Symphony Orchestra ist eine der größten Dirigentenstellungen der Welt, und sogar, wenn die Meldung von Furtwänglers erneuter Annahme der Leitung der Berliner Staatsoper den Tatsachen entsprochen hätte, wäre es eine große Taktlosigkeit gewesen, diese Berufung am gleichen Tage wie das amerikanische Engagement zu veröffentlichen. Abgesehen davon war die New Yorker Berufung nur unter der Voraussetzung erfolgt, daß Furtwängler keinerlei feste Bindung hatte und in Deutschland sowie im Ausland nur als Gastdirigent wirkte. Indessen kann man eine Associated-Press-Meldung nicht einfach ignorieren, und so entstand in einem Teil des New Yorker Publikums eine nur zu begreifliche Mißstimmung, die auch in der Presse zum Ausdruck kam. Während dies alles die Gemüter erregte, war der ahnungslose Furtwängler auf dem Wege nach Ägypten.

Eine Rückfrage bei der Associated Press in Berlin ergab die überraschende Erklärung, daß diese Meldung »aus offizieller Quelle« stamme. Diejenigen Amerikaner, die gegen Furtwänglers Berufung gewesen waren, sahen ihren Verdacht bestätigt, daß er doch ein verkappter Nazi sei.

Die Direktoren des Philharmonic, die sich alle für Furtwängler eingesetzt hatten, beschlossen nun, die Luft zu reinigen. Sie waren für ihren Kandidaten eingetreten und wollten in ihrem eigenen wie in seinem Interesse jedes Mißverständnis aus dem Wege schaffen. Telegramme wurden gewechselt, und Furtwängler kabelte, er sei nicht Direktor der Berliner Staatsoper.

»I am not chief of Berlin Opera, but conduct as guest.
My job is only music. Wilhelm Furtwängler.«

Nochmalige Rückfragen bei der Associated Press bestätigten anderseits, daß die Meldung des Berliner Büros auf offizieller Information beruhe.

Unmittelbar bevor Furtwängler nach Ägypten abfuhr, war von deutscher Seite wieder einmal alles versucht worden, um ihn zur Annahme einer festen Bindung zu bewegen, aber ohne Erfolg.[89] Als nun in Deutschland plötzlich die Nachricht von seinem New Yorker Engagement bekannt wurde, geriet alles in Aufregung. Während er sich auf der Reise nach Ägypten befand und einige Tage lang nicht erreicht werden konnte, hat Göring angeblich die Mitteilung verbreitet, daß Furtwängler wieder in sein altes Amt an der Staatsoper eingesetzt sei.

Mitten in diese Auseinandersetzung platzte die Nachricht, die für die ganze Welt im Moment alle anderen Fragen in den Hintergrund rückte: Am 7. März 1936 marschierte Hitlers Armee in das Rheinland.

Ich ging am gleichen Abend den Broadway entlang, eine aufgeregte Menschenmenge wogte hin und her; Bilder der einziehenden Truppen in voller militärischer Ausrüstung wurden gezeigt. Eine gespannte, dumpfe Atmosphäre herrschte überall — als stünde der Krieg unmittelbar bevor.

Bei den Redaktionen der Zeitungen liefen Hunderte von Briefen für und gegen Furtwängler ein. Freundliche und ablehnende Kommentare wurden gleicherweise veröffentlicht. Es protestierten die Gewerkschaften und erklärten, man würde ihn nicht landen lassen. Es protestierte unter anderen die Karl-Schurz-Gesellschaft, obwohl Furtwängler deren Ehrenmitglied in Deutschland war; es protestierte der Bund der in Amerika lebenden Deutschen, die Teacher's Union, die American Federation of Musicians und die American Federation of Labour.

Den deutschen Dirigenten zu dem Standpunkt einiger seiner Freunde zu überreden: »it will all blow over« wäre aussichtslos gewesen. Er hatte schon unter viel zu großen Bedenken zugesagt.

In einem Kabel, das am 15. März veröffentlicht wurde, verzichtete er auf seine Berufung. Es lautete:

»Political controversy disagreable to me stop am not politician but exponent of German music which belongs to all humanity

regardless of politics stop I propose postpone my season in the interest of Philharmonic Society until the time public realizes that politics and music are apart.

Luxor, 13. März 1936. *Furtwängler.*«*

Das nächste, was ich von Furtwängler hörte, war die Mitteilung, daß in Berlin verbreitet würde, ich sei der Anstifter des ganzen Konfliktes und habe die Juden von New York gegen ihn aufgehetzt.

Ich besaß noch von meinen früheren Besuchen her eine Reihe von Freunden in Amerika. Es hatte immer eine Anzahl Künstler aus Europa in den USA gelebt, die sich dort zeitweilig aufhielten oder ständig niedergelassen hatten. Zu alten Bekannten gesellten sich bald neue.

Der Hauptdirigent der Metropolitan Opera war damals Artur Bodanzky. Wie schon erwähnt, war Bodanzky vor Annahme seiner New Yorker Berufung von 1915 erster Kapellmeister des Mannheimer Hof- und Nationaltheaters gewesen, das auch schon anderen großen Dirigenten als Sprungbrett gedient hat. Die alte Freundschaft aus den Mannheimer Tagen zwischen Bodanzkys und meinen Eltern hatte immer weiterbestanden, und nach meines Vaters Tod pflegten meine Mutter und ich Bodanzky und seine Frau jeden Sommer im Engadin zu treffen.

Bodanzky, der selbst die Wahl Furtwänglers als seines Nachfolgers in Mannheim befürwortet hatte, war voller Interesse und Freundschaft für seinen jüngeren Kollegen, und während unserer früheren Besuche in Amerika hatten wir

*) »Politische Kontroversen sind mir zuwider. Ich bin nicht Politiker, sondern Vertreter deutscher Musik, die der ganzen Menschheit gehört unabhängig von Politik. Schlage vor, mein Gastspiel zu verschieben im Interesse der Philharmonic Society, bis das Publikum einsieht, daß Musik und Politik nichts miteinander zu tun haben.

Luxor, 13. März 1936 Furtwängler.«

viele schöne Stunden in seinem gastfreien Haus verbracht. Nun kam ich allein, und er zeigte warmes Verständnis für meine Lage, aber in einem Punkt war er unerbittlich: er ließ sich auf keinerlei Argumentieren ein zugunsten derjenigen, die sich mit dem Nazi-Regime in irgendeiner Form eingelassen hatten.

Dank seiner war ich bald wieder in der Metropolitan Opera zu Hause und genoß dies mit vollen Zügen. Ich hörte »Lohengrin« und den »Ring« und traf wieder viele alte Freunde aus europäischen Opernhäusern, unter anderen Lauritz Melchior; dieser trat nicht mehr in Deutschland auf, war aber dafür bei dem New Yorker Publikum äußerst beliebt — er und seine populäre Frau »Kleinchen«.

Ein aufregendes Wiedersehen feierte ich mit Alma Mahler, welche 1919 den Dichter Franz Werfel geheiratet hatte. Dessen Drama »Der Weg der Verheißung« sollte damals gerade in New York unter Leitung von Max Reinhardt aufgeführt werden, und deshalb waren Werfels zur Zeit in Amerika. Alma und ich waren alte Freunde. Als ich im Jahre 1921 zum erstenmal Furtwängler nach Wien begleitete, suchte ich sie auf. Sie ist ein merkwürdiges Gemisch verschiedener Elemente, eine hinreißende und kraftvolle Persönlichkeit. Unser erstes Gespräch hatte mich erfaßt wie eine schwere Meereswoge. Alma kannte das Leben und war eine gereifte Frau — in ihrer Gegenwart fühlte ich mich wie ein unerfahrenes Kind. Sie hatte viel erlebt, und sie hatte eine seltene Einfühlungsgabe in das Schicksal anderer. Wie gut konnte man mit ihr über das Leben an der Seite eines genialen und komplizierten Künstlers reden. Nie war ich in Wien, ohne bei ihr zu sein, und manchmal kam sie auch mit Werfel nach Berlin. Als wir uns nun 1936 in New York trafen, war ich gestrandet, und die Welt, die uns beide verbunden hatte, war nun für mich verschlossen. Sie aber hatte noch ihr schönes Haus auf der Hohen Warte und war noch immer die »Königin« des geistigen und politischen Wien; Schuschnigg und andere Mitglieder der österreichischen Regierung waren häufige Gäste in ihrem Salon. Jedoch auch ihre Stunde schlug, und sie verließ Wien noch in der gleichen Nacht, als Hitler in

Österreich einmarschierte. Als wir uns dann im Jahre 1938 in London wieder trafen, war sie es, die auf der Wanderschaft war, während ich mittlerweile meine Zelte in Covent Garden aufgeschlagen hatte.

Nun, im Jahre 1936, saßen wir in New York im »St.-Regis«-Hotel, wo sie mit Werfel wohnte, und redeten Stunden und Stunden von den Geschehnissen, die uns bewegten. Sie versuchte mir Mut zu machen, indem sie erklärte, es müsse doch alles wieder in Ordnung kommen . . . aber ich bezweifle, ob sie dies je selbst geglaubt hat.

In England vor dem Krieg
1936–1939

Sir Thomas Beecham

Sir Thomas Beecham gründete 1932 das Londoner Philharmonic Orchestra

Sir Thomas Beecham

Gastspiel des Londoner Philharmonic Orchestra in Berlin 1936. Der damalige Staatsrat Furtwängler begrüßt Sir Thomas Beecham.

Wilhelm Furtwängler mit Generalintendant Heinz Tietjen in Bayreuth 1936

In St. Moritz um 1942, Wilhelm und Elisabeth Furtwängler mit Thomas

Wilhelm Furtwängler mit Winifred Wagner in Bayreuth 1944

Konzert mit Wilhelm Furtwängler in der alten Berliner Philharmonie (1944 zerstört)

Zurück nach Europa — Sir Thomas Beecham engagiert mich — Sir Thomas probt in Covent Garden — Verhandlungen in Paris für Covent Garden — Wiedersehen mit Furtwängler in Zürich — Einladung der Londoner Philharmoniker nach Deutschland — Sekretariatsarbeit in London

Schnell verflog die Zeit, und am 4. April 1936 schiffte ich mich auf der Île de France nach Europa ein. An Bord waren allerhand Freunde, vor allem einige Sänger von der Metropolitan, die zur Covent Garden Season fuhren. Die Seereise schien mir sehr kurz, und am 10. April landeten wir in Plymouth.

Es war Karfreitag und strahlende Sonne — die Wiesen, die ich in Amerika so sehr vermißt hatte, leuchteten im goldenen Glanz der Schlüsselblumen.

Nachdem ich in London angekommen war, rief ich Sir Thomas an. Bekanntlich geht er nicht ans Telephon. Wenn es nicht abgestellt werden kann, ist er imstande, mit größter Seelenruhe daneben zu sitzen, während es immer weiter klingelt. Nur bei seltenen Gelegenheiten nimmt er den Hörer selber ab, und dann gibt er mit verstellter Stimme einen derart schreckenerregenden Ton von sich, daß ein nicht Eingeweihter sofort völlig eingeschüchtert schnell wieder einhängt.

Nichts dergleichen geschah, als ich anrief. Sir Thomas antwortete selbst mit liebenswürdigstem Ton: »Hallo, also Sie sind gelandet. Wie wäre es heute mit Lunch?«

Die Götter waren mir günstig. Nicht nur hatte ich ihn gleich erreicht, sondern er hatte auch Zeit — ein sehr seltener Zufall.

In diesen Tagen wohnte Sir Thomas wegen der Nähe von Covent Garden im »Waldorf Hotel«, und dort suchte ich ihn am 18. April auf. Er begrüßte mich voll Wärme, und ich fühlte seine ehrliche Anteilnahme. Eine Welle von Frische und Energie ging von ihm aus und wirkte auf mich wie Champagner. Nachdem wir uns über allerhand unterhalten hatten, fing er an, mich genauer auszufragen. Ich erzählte ihm von meinen New Yorker Erlebnissen. Jedoch Sir Thomas verliert nie gern viel Zeit, und so nahm er bald eine Diktatormine an:

»Nun also, wie steht es eigentlich mit Ihnen? Sind Sie frei?«

»Ich bin noch nicht ganz frei«, antwortete ich, »aber wenn Sie mich wollen, so werde ich mich freimachen.«

»Ja«, sagte er, »ich will Sie.«

Er stand auf, ging an seinen Schreibtisch und schrieb den folgenden Brief:

Waldorf Hotel, Aldwych W.C.2 *18. April 1936*

Liebe Dr. Geißmar!
Es freut mich zu hören, daß Sie in der Lage sind, mein Angebot als Generalsekretärin für alle meine musikalischen Angelegenheiten anzunehmen.

Diese haben in den letzten Jahren ein so internationales Ausmaß angenommen, daß nur jemand mit Ihrer großen Erfahrung und Kenntnis des Kontinents den Aufgaben und der Verantwortung gerecht werden kann, die eine solche Stellung mit sich bringt.

Ich bin Ihr sehr ergebener Thomas Beecham

Ich erklärte ihm dann meine gesetzliche Lage. Als ich Deutschland sechs Monate vorher verlassen hatte, war die Geheime Staatspolizei dahingehend informiert worden, daß ich auf eine Geschäftsreise nach Amerika gefahren war, und ich war noch nicht ausgewandert. Ich hatte damit zu rechnen, daß die Gestapo sich in absehbarer Zeit nach meinen weiteren Plänen erkundigen würde. Sie hatte damals die Gewohnheit, Deutsche, die entweder im Ausland lebten oder sich auf einer Auslandsreise befanden, plötzlich auszubürgern oder ihr Konto zu sperren. Es war langsam an der Zeit, daß ich meine Situation klärte.

Sir Thomas riet mir, meinen Wohnsitz so schnell als möglich von Berlin nach London zu verlegen. Ehe ich dies tun konnte, mußte ich die Unbedenklichkeitserklärung meiner Steuerbehörde und meine polizeiliche Abmeldung von Berlin in Händen haben. Wir fanden es daher am besten, meinen Rechtsbeistand aus Berlin kommen zu lassen, da nur Spezialisten sich in den immer komplizierteren und dauernd wechselnden Bestimmungen der Nazis auskannten.

Sir Thomas und ich beschlossen, von unserer neuen beruflichen Bindung noch nichts verlauten zu lassen, damit die Nazis mir die Annahme meiner neuen Stellung nicht durch Erschwerung der Formalitäten vereiteln konnten. Er wollte aber seinen Anwalt verständigen, damit die notwendige Eingabe für meine Arbeitserlaubnis in England unverzüglich gemacht werden könnte.

Er meldete mich für den nächsten Tag bei seinem Anwalt an, und ehe ich ihn verließ, sagte er so nebenbei:

»Übrigens, ich kümmere mich nie um Geld, wie Sie vielleicht schon gehört haben. Geld langweilt mich. Aber sagen Sie mir, wieviel Gehalt Sie haben wollen.«

Nach all den Schwankungen meines Geschicks war ich noch ganz benommen von der Wendung der Dinge. Auch für mich stand Geld nie an erster Stelle. Es war die Arbeit, auf die es ankam. Ich nahm mich aber zusammen und nannte eine Summe, von der ich annahm, daß sie der von ihm umrissenen Tätigkeit entspräche.

»Einverstanden«, sagte Sir Thomas und entließ mich.

Am nächsten Tag suchte ich den Anwalt auf, der seit vielen Jahren die Angelegenheiten von Sir Thomas betreute. Dem Anwalt schien meine Begeisterung für meine zukünftige Arbeit etwas Besorgnis einzuflößen, und er fragte mit einem Anflug von Humor, ob ich mir auch klar sei, was ich übernommen hätte. Abgesehen von dieser Warnung hat er mich stets nach Kräften unterstützt. Als wir zur Besprechung des finanziellen Punktes kamen, sagte er mir, daß Sir Thomas mein Gehalt doppelt so hoch angesetzt habe als ich ihm vorgeschlagen hätte. Niemals werde ich ihm seine Großzügigkeit vergessen. Wohl war ich eine Arbeitskraft, die im Augenblick in seine Pläne paßte, doch ich befand mich in größter Notlage, und er wußte es. Wie viele andere hätten es an seiner Stelle ausgenutzt!

Mein Rechtsbeistand kam sofort angereist. Er war ein untersetzter, phlegmatischer Sachse, der durch nichts aus seiner Ruhe zu bringen war. Irgendwie hatte er es fertiggebracht, mit den Nazis auf gutem Fuße zu bleiben, obwohl er vielen half, die von ihnen verfolgt wurden. (Später durften ja bekanntlich »Arier« nicht mehr die Geschäfte von »Nichtariern« bearbeiten.)

Mein Berater war stolz und geehrt, nach London gerufen worden zu sein, und er brachte es fertig, in zwei Tagen mehr von der Stadt zu sehen als ich in den ganzen späteren Jahren. Vorsichtig begann ich, ihm mein Geheimnis anzuvertrauen.

Wir vereinbarten einen Code[90] für seine Mitteilung an mich aus Deutschland und verabredeten, daß, wenn er mir ein Telegramm schickte: »Bruno ist abgereist«, dies heißen sollte, daß meine Papiere unterwegs und alles im Lot sei.

Damals waren die Proben für die internationale Season in Covent Garden in vollem Gange. Zwar durfte ich ja noch nicht sagen, daß ich inzwischen zu Sir Thomas in ein »dienstliches Verhältnis« getreten sei, doch ging ich jeden Tag ins Opernhaus und nahm oft an seinem Mittagessen teil. Dies wurde ihm von Boulestin, dem bekannten Restaurant — sein Besitzer, Marcel Boulestin, war der Verfasser berühmter Kochbücher und früherer Musikkritiker — ins Opernhaus geschickt. Ich wohnte regelmäßig allen Proben von Sir Thomas bei. Es war nicht immer leicht für mich, den Mund zu halten. Besonders nicht, als Herbert Janssen, der berühmte Bariton von Berlin und Bayreuth, der seit siebzehn Jahren regelmäßig nach Covent Garden kam, zu mir sagte: »Wissen Sie, Geißmar, es gibt nur einen Platz auf der Welt, wo Sie hingehören — und das ist Covent Garden!«

Bei diesen Proben wirkte Sir Thomas wie ein lebendiger Dynamo. Alles hing von seiner unerschöpflichen Energie ab, und es schien nichts zu geben, was er beruhigt einem andern allein überlassen konnte. Um seine Stimme zu schonen, benutzte er eine Polizeipfeife, die er an einem schwarzen Band um seinen Hals hängen hatte.

Inzwischen hatte er des öftern mit mir über seine weiteren Pläne gesprochen. Es war die Rede von einer Tournee des London Philharmonic Orchestra nach Deutschland unter seiner Leitung. Außerdem sollte die Coronation Season im Royal Opera House mit einer zehnwöchigen Spielzeit gefeiert werden. Neben der damals so beliebten deutschen Season sollten noch eine französische und eine italienische Opernreihe zur Aufführung kommen.

Ich schlug Sir Thomas vor, daß er seine Pläne für die französischen Opern mit meinem alten Freund, Monsieur Jacques Rouché, dem Direktor der Pariser Oper, besprechen sollte. Sir Thomas ist stets für neue Vorschläge zu haben. Er liebt schnelle Entscheidungen, und das macht die Arbeit mit ihm einfach und leicht. So sagte er sofort: »Sehr einverstanden. Am besten, Sie fahren gleich nach Paris. Besprechen Sie die Sache im allgemeinen mit Herrn Rouché — und dann fahren Sie gleich weiter auch nach der Schweiz während der dortigen Konzerte der Berliner Philharmoniker und verhandeln mit Dr. Furtwängler. Ich möchte gern, daß er die deutschen Opern hier nächstes Jahr dirigiert und werde Ihnen einen Brief mitgeben.« Verschmitzt zwinkerte er mich an. Das war echt Sir Thomas. Natürlich wollte er sich die Mitarbeit des großen Wagnerdirigenten sichern, aber wie gütig von ihm, mir die Möglichkeit zu geben, meinen alten Chef und Freund wieder zu treffen.

In strahlendster Laune trat ich meine erste Reise auf den Kontinent in englischen Angelegenheiten an.

In Paris standen die Kastanien in voller Blüte im Bois de Boulogne, wo ich bei alten Freunden in einem der schönen aristokratischen Häuser wohnte. Es war wie in alten Zeiten.

Dann fuhr ich nach Zürich weiter. Zufällig teilte ich meinen Schlafwagen mit der langjährigen Sekretärin von Huberman. Sie war auf dem Wege von Amerika nach Wien, um sein dortiges Heim aufzulösen, da er die Entwicklung der Dinge klar voraussah.

Als ich morgens in Basel aus meinem Schlafwagen stieg, kaufte ich eine Zeitung.[91] Eine fette Schlagzeile fiel mir sofort ins Auge: »Wilhelm Furtwängler für ein Jahr beurlaubt.« Was für ein seltsamer Auftakt für unser Wiedersehen!

Es war ein sehr bewegtes Wiedersehen. Wir waren uns einig, daß ich den Konzerten besser fernbliebe, aber sonst wollten wir die drei Tage in der Schweiz richtig ausnützen. Bald mußte er zu seinem Konzert nach Luzern weiterfahren. Freunde hatten ihm ein Auto zur Verfügung gestellt, und in diesem Auto erwartete ich ihn am nächsten Morgen an einer verborgenen Stelle, um nicht von den Orchestermitgliedern gesehen zu werden. Allerdings hörte ich später, daß der Orchesterdiener Jastrau, dieser Ur-Berliner, dem nie etwas entging, mich im Auto hatte sitzen sehen. Als ich ihn viel später wiedersah, sagte er zu mir: »Na, wissen Sie, Fräulein Doktor, ich habe Sie damals in Luzern gesehen und habe mir schon mein Teil gedacht. Aber verraten habe ich nischt.«

Einen Tag verbrachte ich mit Furtwängler und zwei englischen Freunden auf dem »Dolder«. Inmitten aller persönlichen Aufregungen und bei allen freundschaftlichen Gefühlen vergaß ich nicht einen Augenblick den Zweck meiner Reise. Furtwänglers Entschluß, ein ganzes Jahr nicht zu dirigieren, war sicher eine Lösung vieler Schwierigkeiten, aber ich war doch entschlossen, nicht unverrichteter Dinge zu Sir Thomas zurückzukommen, und so suchte ich Furtwängler zu überreden, seine »Nichtdirigierperiode« vor den Coronation-Festlichkeiten zu beenden, wobei mich die beiden Engländer energisch unterstützten. Wir alle redeten auf ihn ein, bis er hilflos ausrief: »Ja, was wird aber der Göring dazu sagen?« Eine seiner größten Schwierigkeiten bei Erreichung dieser einjährigen Ruhepause war nämlich Görings Enttäuschung über diesen Entschluß[92] gewesen. Er hatte bestimmt darauf gehofft, Furtwängler wenigstens als Gastdirigent für sein geliebtes Opernhaus in Berlin zu gewinnen.

Am nächsten Morgen fuhr ich nach Paris zurück. Dort fand ich einen Brief von Sir Thomas vor, der mir mitteilte, daß das London Philharmonic Orchestra bald eine offizielle Einladung für eine Deutschlandreise unter seiner Leitung erhalten würde.

Da Furtwängler am folgenden Tag für seine Opernproben in Paris erwartet wurde, war ich froh, mit ihm diese Angelegenheit noch gleich an Ort und Stelle besprechen zu können. Furtwängler, der so viele Jahre mit seinem Orchester in

England gefeiert worden war, begrüßte den Plan eines Gegenbesuches wärmstens. Wir besprachen im einzelnen, wie alles am besten arrangiert werden sollte. Ich blieb noch einen weiteren Tag zu einem Frühstück, welches Rouché für den polnischen Komponisten Karol Szymanowski gab, dessen Ballet »Harnasie« gerade uraufgeführt worden war, und fuhr dann nach London zurück.

Ich konnte es kaum erwarten, Sir Thomas wiederzusehen und ihm zu berichten. Er war mitten in seiner Opern-Season und sehr beschäftigt, aber er hatte immer Zeit für mich. Wie schön war es, eine »Götterdämmerung«-Aufführung zu hören mit der vertrauten Besetzung, mit Frida Leider und ihrem Mann zu Mittag zu essen und über alle Opernneuigkeiten zu plaudern!

Sir Thomas sagte mir, daß er inzwischen die Einladung für die Deutschlandreise von Ribbentrop erhalten hatte, der damals »Außerordentlicher und bevollmächtigter Botschafter des Deutschen Reiches« in London war.

Natürlich ergaben sich aus dieser Einladung eine Reihe von Fragen. »Ich glaube«, meinte Sir Thomas, »es spart uns allen viel Zeit und Mühe, wenn Sie sofort wieder nach Paris zurückfahren und alles Nötige mit Furtwängler besprechen.« So fuhr ich in der gleichen Woche zum zweiten Male über den Kanal.

In Paris überreichte mir Furtwängler einen offiziellen Brief von Generalintendant Tietjen. Tietjen schrieb, daß er erfahren habe, daß ich Generalsekretärin von Sir Thomas geworden sei und daß er diesen einladen wolle, einige Opernvorstellungen in Berlin zu dirigieren. Aber ehe er ihm direkt schriebe, wünschte er festzustellen, ob Sir Thomas, dessen bemerkenswerte Unabhängigkeit in bezug auf Einhaltung von Verpflichtungen bekannt war, auch ernstlich gewillt sei, die Einladung anzunehmen. Diese Vorfrage sollte etwaigen Mißstimmungen vorbeugen auf Grund der Tatsache, daß Sir Thomas im Jahr zuvor eine »Tristan«-Aufführung an der Berliner Staatsoper im letzten Moment abgesagt hatte. Tietjen, als Generalintendant der Preußischen Staatstheater, genoß die Gunst Görings, welcher zwar unvorstellbarer

Verbrechen gegen seine Mitmenschen schuldig, aber ein Lamm an Güte und Milde war, wo sein geliebtes Opernhaus in Frage kam.

Bei meiner Rückkehr in London erwartete mich ein Telegramm: »Bruno heute abgereist.« Endlich frei! Meine Übersiedlung nach London war ohne jede Schwierigkeit bewerkstelligt worden. (Nebenbei hat sie mich etwa 100 000 Mark[93] gekostet*.) Strahlend teilte ich Sir Thomas die erfreuliche Nachricht mit, wozu er nebenbei bemerkte: »Übrigens Ihre Arbeitsbewilligung ist auch eingetroffen, Sie können also losschießen.«

Die Season war immer noch in vollem Gange und Sir Thomas sehr in Anspruch genommen. Nicht nur mußte er fast jeden Abend am Pult stehen, sondern er hatte auch die Oper als ihr Direktor verwaltungsmäßig zu leiten; dazu arbeitete er damals schon sorgfältig am Spielplan für die Coronation Season.

Sir Thomas war sehr großzügig und ließ mir völlig freie Hand, meine Arbeit so einzurichten, wie ich es gewöhnt war. Aber Covent Garden war ein besonderer Boden, und manchmal entstanden Situationen, bei denen ich, besonders im Anfang, als ich meinen Chef noch nicht so intim kannte, nicht wußte, wie ich ihnen gerecht werden sollte. Sir Thomas gab mir nur selten Anweisungen oder Erklärungen für irgend etwas. Zum Beispiel hat er mir niemals auch nur mit dem leisesten Hinweis geholfen, mich in dem Gewirr der ungezählten neuen Menschen zurechtzufinden, mit denen ich notgedrungen in Berührung kam. Ich mußte mir über alle mein eigenes Urteil bilden, während er sich damit begnügte, zu sagen, daß einer entweder ein Dummkopf oder etwas Ähnliches sei.

Eines Tages, als ich mich wieder einmal gezwungen sah, den Ausweg aus einem Dilemma allein zu finden, ohne nur eine Ahnung von den Wünschen meines Chefs zu haben,

*) Es war die Reichsfluchtsteuer — eine Summe, die ich der deutschen Regierung zahlen mußte für die Erlaubnis, meiner Heimat zu entfliehen und mich in einem anderen Land niederzulassen.

fragte ich ihn, warum er mir eigentlich niemals irgendwelche Anweisungen gäbe — wie sollte ich je wissen, ob ich etwas richtig machte oder nicht. »Ja, wissen Sie«, erklärte er mir, »als ich ein kleiner Junge war und schwimmen lernen sollte, warf mich ein Lehrer einfach ins Wasser, und ich bin immer ein Anhänger dieser wirksamen Erziehungsmethode geblieben. Außerdem«, fügte er mit seiner unnachahmlichen Selbstsicherheit hinzu, »wenn ich mir jemand als meinen persönlichen Mitarbeiter engagiere, so tue ich es, weil ich ihm vertraue, und selbstverständlich bleibt es ihm überlassen, wie er seine Arbeit einrichtet.«

Im Auftrag von Sir Thomas in Deutschland — Berlin — Bayreuth und die Familie Wagner — Unterhandlungen mit Frau Wagner und Tietjen — Sir Thomas und die Bayreuther Festspiele

Sir Thomas nahm es als selbstverständlich an, daß ich seine Angelegenheiten auch in Deutschland für ihn erledigte. Indessen, gewitzigt durch meine Erfahrungen, sagte ich ihm:[94] »Das ist alles schön und gut, aber nach allem, was ich erlebt habe, muß ich sicher sein, daß mir in Deutschland nichts zustößt. Ich werde die Reise gerne bearbeiten, aber ich will mich frei bewegen können und davor sicher sein, daß, während die eine Behörde sich mit den Vereinbarungen einverstanden erklärt, eine andere beschließt, mich bereits an der Grenze zu verhaften, oder eine dritte mir wieder meinen Paß abnehmen läßt.«

Inzwischen wurde ich mit Sir Thomas immer mehr vertraut. Jeder Tag begann mit einem langen Telefongespräch. Eines Morgens rief er mich an und sprach mit mir über allerhand. Schließlich sagte er: »Übrigens — Sie können nach Deutschland fahren, so oft und so lange Sie wollen; das ist alles in Ordnung.« Später ging ich zu ihm, um näheres zu hören. Nach allen Erfahrungen war mir die Sache nicht geheuer, aber für ihn war sie kein Problem. »Ja, wissen Sie«, erklärte er mir, »ich habe gestern mit Ribbentrop eine Besprechung gehabt. Ich habe ihm gesagt, daß Sie alle meine musikalischen Angelegenheiten bearbeiten und selbstverständlich die deutsche Tournee betreuen und daß ich natürlich sicher sein müßte, daß nicht die geringsten Schwierigkeiten gemacht würden. Aber er hat mir gesagt, Sie hätten nur Freunde in Deutschland und daß sie alle stolz darauf wären, daß ich eine deutsche Sekretärin habe. Sie sehen also«, schloß Sir Thomas, »es ist kein Grund für Befürchtungen.«[95]

Das war echt Ribbentrop. Ich war zwar an allerhand gewöhnt, aber eine so schamlose und zynische Lüge wie diese von Ribbentrop ging denn doch zu weit. Es darf nicht vergessen werden, daß in diesem Moment »Freundschaft mit England um jeden Preis« das Losungswort der Nazi-Außenpolitik war. Hitler, der wenig wußte, wie es in der Welt wirklich aussah, vertraute auf Ribbentrop, der weiße Gamaschen trug und sich bemühte, englischer zu sein als die Engländer.

Eines Tages rief mich Ribbentrops Verbindungsmann für alle besonderen Angelegenheiten zwischen England und Deutschland an, der gerade in London angekommen war. Er fragte, ob ich in die deutsche Botschaft kommen könnte, um die Tournee zu besprechen. Ich sagte, ich möchte das lieber nicht. Dies war der erste Konflikt in meiner neuen Arbeit. Ich war fest entschlossen, alles Erdenkliche für Sir Thomas zu tun, aber ich war gerade so fest entschlossen, meinen Fuß nicht in die deutsche Botschaft zu setzen, solange die Nazis am Ruder waren. Anderseits konnte ich aber den betreffenden Herrn nicht gut zu mir bitten, denn ich lebte in einem Dachzimmer, um mir Geld für mein neues Heim zu sparen. Schließlich vereinbarten wir, uns im »Carlton Hotel« zu treffen, und dorthin begab ich mich mit unbehaglichem Gefühl. Bei einem Cocktail wurde nun ganz vorsichtig das Gespräch angebahnt. Zuerst brachte ich kaum ein Wort heraus. Aber der Betreffende war niemand, vor dem man sich zu fürchten brauchte. Er war ein vornehmer und feinfühliger Mann aus altem Adel, der sein Leben meist im Ausland verbracht und nun eine ziemlich freie Funktion übernommen hatte. Schon zwei Jahre später hat er seine Verbindung mit Ribbentrop und dem diplomatischen Dienst gelöst. Er sagte mir, daß der Botschafter ihm die Organisation der Tournee überlassen habe, gab aber offen zu, daß er in solchen Dingen ganz unerfahren sei. Als ich merkte, wie wenig Bescheid er wirklich wußte, sagte ich: »Das beste ist, ich entwerfe einen Plan. Wenn die Hauptpunkte feststehen, ist alles andere einfach.« Dies schien ihn sehr zu erleichtern, und ich schlug dann weiter vor: »Ich bearbeite die Tournee von England aus, und das Büro der Berliner Philharmoniker kann alles innerhalb Deutschlands regeln. Die wissen genau, was zu tun ist und haben jahrelang mit mir zusammen diese Arbeit gemacht. Wenn die London-Philharmonic-Orchestra-Tour auf diese Weise gehandhabt wird, können Sie sicher sein, daß die Sache klappt.« Er begrüßte diese einfache Lösung wärmstens. Als wir uns trennten, sagte ich: »Sie können sich auf mich verlassen; aber unter zwei Bedingungen: Ich wünsche weder meine frühere Sekretärin noch den von den Nazis eingesetzten neuen Geschäftsführer[96] der Berliner Philharmoniker zu treffen. Abgesehen von diesen Bedingungen will ich unter die Vergangenheit einen Strich machen und die ganze Angelegenheit nur vom Gesichtspunkt meiner neuen Arbeit für England betrachten.«

Der Verbindungsmann kehrte bald darauf nach Berlin zurück und traf seine Anordnungen nach den mit mir besprochenen Richtlinien. Die Berliner Philharmoniker waren hell begeistert von dem Plan, die Tournee für ihre englischen Kollegen in ihrem Büro zu bearbeiten. Sie hatten so oft in England gespielt, daß es für sie Ehrensache und ein Vergnügen war, alles daran zu setzen, daß der Besuch der Londoner Philharmoniker in Deutschland tadellos vonstatten ging.

Furtwängler hielt seine schützende Hand über den Plan, zu dem er mir ausführliche Briefe schrieb. Gleichzeitig teilte er mir mit, daß er inzwischen meine dritte Nachfolgerin engagiert habe, und sprach die Hoffnung aus, daß ich bei meiner kommenden Anwesenheit in Deutschland Zeit genug haben würde, um ihr das Nötige beizubringen![97] Sir Thomas, dem ich diesen Fall vortrug, genehmigte mir mit Paschamiene den dazu erforderlichen Urlaub.

Inzwischen hatte Sir Thomas seine Sommerpläne gemacht. Er wollte für einen Monat nach Norwegen und dann zu den Vorstellungen nach Bayreuth gehen, um sich seine Sänger für die Coronation Season zu engagieren. Ich sollte ihn in Nürnberg treffen und dann mit ihm nach Bayreuth weiterfahren.

Mit sehr gemischten Gefühlen bestieg ich in Holland den Zug nach Berlin. An der deutschen Grenze wurde mein Paß kontrolliert, aber keinerlei Frage gestellt. Mein Gepäck wurde nicht geöffnet. Berlin zeigte sich in strahlendem Wetter, und bald war ich in unserer Wohnung und begann, meiner Mutter über meine Erlebnisse zu berichten.

Schon vor meiner Ankunft hatte die Geschäftsführung der Berliner Philharmoniker sich erkundigt, wann sie mir ihre Aufwartung machen könnte, und auch vom »Stab Ribbentrop« war angefragt worden, wann meine Ankunft zu erwarten sei.

Meine Mutter ist eine Frau von geradem Charakter, und seit 1933 hatte sie unter der Unwürdigkeit meiner Situation schwer gelitten. Obwohl sie Furtwängler wie einem Sohn zugetan war, hätte sie es lieber gesehen, daß wir uns viel früher getrennt hätten. Kein Wunder daher, daß ihr die seltsamen Umstände, unter denen ich zurückkehrte, nicht recht in den Kopf wollten. »Ich kann mich nicht darüber freuen«, meinte sie, »es ist zu verrückt nach allem, was wir vorher erlebt haben.« »Ich muß dies jetzt alles hinter mir lassen«, sagte ich. »Ich habe eine Aufgabe zu erfüllen und darf an nichts anderes denken.«

Bald klingelte das Telefon. Es war das Philharmonikerbüro, um zu fragen, ob die Geschäftsführer mich sofort aufsuchen könnten. »Es ist gar nicht nötig, daß Sie mich besuchen«, antwortete ich. »Ich habe den Auftrag, geschäftliche Dinge zu verhandeln, und ich werde in einer halben Stunde in Ihrem Büro vorsprechen.«

Wie schon erwähnt, hatte ich die Bedingung gestellt, weder meine alte Sekretärin noch den Nazigeschäftsführer treffen zu müssen. Daran wurde streng festgehalten.

Der erste Geschäftsführer, der noch zu meiner Zeit amtiert hatte, war sofort nach Furtwänglers Rücktritt entlassen worden. Sein vom Propagandaministerium ernannter Nachfolger hatte sich als unfähig erwiesen.[98] Der gegenwärtige Vorsitzende war vor dem Naziregime am Rundfunk tätig gewesen. Ich kannte ihn seit langem, hatte ihn aber nicht gesehen, seit er der Geschäftsführung der Philharmoniker angehörte.

Zu der vereinbarten Zeit nahm ich all meinen Mut zusammen, ging zu meinem alten Büro und klingelte. Der schon erwähnte Arbeitslose öffnete die Tür. Er war in SA-Uniform und sagte: »Heil Hitler, Fräulein Doktor, das ist aber ein schönes Wiedersehen.«

Er führte mich in mein früheres Zimmer, das jetzt der Erste Geschäftsführer innehatte. Als Ersatz der einstigen Behaglichkeit grüßte mich von der Wand ein Riesenbild von Adolf Hitler.

Noch ehe ich diesen Eindruck ganz überwunden hatte, kamen der Vorsitzende und Höber, mein alter Mitarbeiter, herein, etwas verlegen grinsend, und schüttelten mir die Hände. »Na, Sie haben es ja schnell geschafft«, erklärten sie. »Wir haben uns alle so darüber gefreut.«

»Ich auch«, sagte ich, »jetzt müssen Sie mir aber alles erzählen, was es bei Ihnen Neues gibt.« Das taten sie, und dann fragten sie mich, wen ich von früheren Orchestermitgliedern in der Welt getroffen hätte. Ich hatte sie alle gesehen, einige von ihnen in London und einige in New York.

Bald erschien mein altes Trudchen, deren Dienste ich mit dem Orchester geteilt hatte, und brachte Kaffee und den von mir so geliebten Streuselkuchen, den sie mir in früheren Zeiten immer zu meinem Kaffee im Büro vorgesetzt hatte. Sie strahlte übers ganze Gesicht.

Nachdem sich die erste Aufregung gelegt hatte, gingen wir an die Arbeit. Höber und ich, die in vergangenen Zeiten ungezählte Tournees arrangiert hatten, waren in unserm Element. Bald nahm der Plan Gestalt an.

Zwei Tage später fuhr ich nach Bayreuth weiter. Bayreuth war immer ein seltsames Pflaster. Von jeher war es der Schauplatz vieler sich kreuzender Interessen und Leidenschaften gewesen, in die man hineingezogen wurde, ob man wollte oder nicht.

Wie man auch über Bayreuth denken mag, niemand kann sich seiner Atmosphäre entziehen: dieser Tradition einer großen kulturellen Epoche, dem Zauber seiner weichen und verträumten Landschaft, welche das alte poetische Barockstädtchen umgibt und — vor allem nicht dem Reiz des Festspielhügels.

Im Jahr 1936 wohnten fast alle überlebenden Mitglieder der Familie Wagner in Bayreuth. Nach dem Tod ihres Gatten Siegfried war Winifred Wagner Alleinerbin und Herrscherin. Sie leitete die Festspiele, und das Erbe Richard Wagners war ihr anvertraut als Vorerbin ihrer vier damals noch unmündigen Kinder. Winifred war eine geborene Engländerin, aber sie war in Deutschland erzogen worden. Sie hatte einen schönen, klaren Kopf, ein reines, edles Profil und konnte von bezauberndem Liebreiz sein. Trotz allen Glanzes ihrer Stellung hatte sie es nicht leicht, und ich glaube, daß ihre Unzugänglichkeit und gelegentliche Unverbindlichkeit eher einer inneren Unsicherheit als einer wirklichen Härte des Wesens zuzuschreiben war. Es war keine leichte Aufgabe für diese junge Frau, unter den Augen der Vergangenheit Bayreuth seiner Zukunft entgegenzuführen.

Die vier Wagnerkinder waren alle sehr ausgesprochene Persönlichkeiten. Sie waren unter merkwürdigen Verhältnissen in dieser einzigartigen Atmosphäre aufgewachsen, und niemand hatte es je fertig gebracht, ihnen Disziplin beizubringen. Als ich im Sommer 1931 mit Furtwängler bei den Festspielen arbeitete, da war kein Mensch vor ihnen sicher, und niemand wußte, was sie in der nächsten Minute anstellen würden.

Wieland, der älteste, war damals — 1936 — neunzehn Jahre alt. Er hatte viele künstlerische Neigungen, aber bis dahin noch keine entscheidende Begabung gezeigt. Er malte und beschäftigte sich damals mit Plänen für eine neue »Parsifal«-Ausstattung, die er später auch zum Teil ausführte. Er war ein großer, starker Mensch mit unverkennbaren

Wagnerzügen. Hitler hatte ihn besonders in sein Herz geschlossen, und es hieß, daß, als im Herbst 1939 der Krieg ausbrach, er ihm verboten habe, am aktiven Kampf teilzunehmen, mit Rücksicht auf sein kostbares Wagnersches Blut!

Die nächste war Friedelind, allgemein »Maus« genannt. Sie hatte bis ins Letzte die Züge ihres Großvaters, sogar die zwei verschieden geformten Ohren; ihre schlanken, langen, aristokratischen Hände hatte sie von Liszt durch Cosima geerbt. Maus war in vieler Hinsicht das Ebenbild ihres Großvaters. Sie war hochbegabt, gerade und mutig. Sie war kein einfacher Charakter und ist im Leben sehr entschieden ihren eigenen Weg gegangen.

Verena, die dritte, ein zauberhaftes Geschöpf, gertenschlank, mit großen, melancholischen grauen Augen, war nach Aussage aller, die es beurteilen konnten, das Ebenbild der Cosima und schlug im Aussehen nach der Lisztschen Seite.

Wolfgang, der jüngste, war ein bildhübscher Junge mit Wagnerzügen, aber von allen Kindern ähnelte er seiner Mutter am meisten. Obwohl er damals noch ein kleiner Kerl war, zeigte er schon ausgesprochene handwerkliche Begabung und war der Schatten des bekannten technischen Direktors der Festspiele, Herrn Eberhardt, dem die bühnentechnische Vollkommenheit Bayreuths zu danken war.

Diese vier Kinder mit ihrer jungen Mutter waren die Zukunft von Bayreuth; aber noch lebte die Vergangenheit, welche Treue zur Tradition forderte und ängstlich über allem wachte, was innerhalb der Mauern von Wahnfried und auf dem Festspielhügel vor sich ging. Mit unverminderter Anteilnahme verfolgten die betagte Gräfin Blandine Gravina, die hochgebildete Daniela Thode und Frau Eva Chamberlain die Entwicklung der Festspiele, und ihre Anwesenheit machte das Leben für Frau Winifred nicht immer leicht.

All diese Mitglieder der Familie wohnten damals in dem Bayreuth, dem Hitler sein leidenschaftliches Interesse schenkte. Er war schon als junger Mensch ein passionierter Wagnerianer gewesen, und es muß für ihn ein großes Erlebnis gewesen sein, als er die junge und schöne Schwiegertochter

Richard Wagners im Hause von Frau Bechstein in München kennenlernte. Winifred hatte die Lage Deutschlands nach dem letzten Kriege schmerzlich empfunden. Sie war daher für Hitlers nationale Ideen empfänglich, aber es dauerte lange, bis ihr Gatte Siegfried Wagner einwilligte, Hitler in »Wahnfried« zu empfangen. Maus erzählte mir, daß sie niemals Hitlers ersten Besuch 1922 vergessen hat: wie verhungert er aussah und wie armselig. Sie erinnerte sich genau aller Kämpfe um seine Person. Ihre Großmutter Cosima, welche damals noch lebte, aber schon sehr leidend und fast erblindet war, hatte sich geweigert, ihn zu empfangen. Noch lange nach diesem ersten Besuch konnte Hitler nur bei Nacht und Nebel und durch Hintertüren nach »Wahnfried« kommen; später erhielt er seine eigene prunkvolle Wohnstätte im umgebauten früheren Siegfriedhaus, und dem Besucher konnte es fast scheinen, daß nicht Richard Wagner, sondern Adolf Hitler der dominierende Geist von Bayreuth sei.

Hitler ließ der berühmten Stätte alle mögliche Fürsorge angedeihen. Dazu gehörte in erster Linie, daß Bayreuth — wie die Staatsoper Berlin — dem Machtbereich von Goebbels, dem alle anderen Theater im Reich angehören, entzogen wurde. Frau Winifred teilte das blinde Vertrauen Görings in Tietjen, seinen Generalintendanten, und so entwickelte sich eine enge Arbeitsgemeinschaft zwischen der Berliner Staatsoper und Bayreuth, bei der Tietjen allmählich die gleiche Autorität auf dem Festspielhügel erhielt, über die er in Berlin verfügte. Für Frau Wagner war dies eine große Entlastung. Tietjen wurde auch im Falle des Ablebens der Mutter zum Vormund der vier Wagnerkinder bestellt.

Das war das Bayreuth, das mich erwartete. Ich wohnte in der »Post«, wie so oft in früheren Zeiten. Der dicke Wirt begrüßte mich in alter Freundschaft. Das Festspielhaus hatte mein Zimmer bestellt — das genügte. Die Sänger kamen gern am Abend in die »Post« zum Nachtessen, oder um ein Glas Bier zu trinken, und so trafen wir uns alle wieder.

Inzwischen hatte ich die Nachricht erhalten, daß der Generalintendant mich am nächsten Tag früh um neun Uhr erwarte. Ich wanderte an einem strahlenden Morgen die altgewohnten Pfade zum Festspielhügel hinauf. Als ich ankam, standen Tietjen und Frau Wagner vor dem Haus. Tietjen forderte mich zu einem kleinen Spaziergang um den Hügel auf. Ich erzählte ihm, wie gerne ich in England sei und sagte ihm auch ganz offen meine Ansicht über die politische Lage. Dann bestellte ich ihm Sir Thomas' Grüße und berichtete über die Pläne für die Coronation Season. Schließlich brachte ich ihm vorsichtig bei, wie viele deutsche Sänger in Covent Garden für die deutschen Opernaufführungen 1937 gebraucht würden, worauf er spöttisch bemerkte: »Die Berliner Staatsoper soll wohl während der Coronation Season schließen?« Jedoch er versprach mir seine Unterstützung wo nur möglich und war sehr erfreut, daß Sir Thomas nach Bayreuth kommen wollte, um sich mit ihm persönlich zu besprechen.

Dann suchte ich Frau Wagner auf. Bei meinem letzten Aufenthalt mit Furtwängler im Sommer 1931 war unsere Beziehung etwas gespannt gewesen.[99] Nun kam ich unabhängig von den Unterströmungen jener Tage, und so war alles gut. Sie lud Sir Thomas ein, in allen Vorstellungen in ihrer Loge zu sitzen. Ich besprach mit ihr, wo er wohnen sollte. Die Unterkunftsfrage war sehr schwierig, da Ribbentrop die halbe Umgebung belegt hatte. Er hatte ungezählte Engländer eingeladen, die aber alle im letzten Moment nicht erschienen. Alles war nun vorbereitet. Ich begab mich für meine drei Wochen Ferien an den Starnberger See, während Sir Thomas sich in Norwegen aufhielt.

Der erste »Ring«-Zyklus begann am am 23. Juli. Sir Thomas wollte am 24. zur »Walküre« eintreffen. Als ich zwei Tage vorher in Bayreuth ankam, war an der Bahn schon Hochbetrieb. Aber wie sah das in normalen Zeiten so poetische Städtchen aus! Es war kaum zu erkennen. Hakenkreuzfahnen flatterten überall, und die ganze Straße hinauf zum Festspielhügel hing voll blutroter lang wallender Flaggen mit der Swastika.

Diesmal wohnte ich in meinem alten Quartier am Festspielhügel bei Frau Johanna Schuler, der Witwe des früheren Festspieldirektors. Frau Schuler hat ein großes Stück der Geschichte Bayreuths miterlebt und zu Cosima in naher Beziehung gestanden. Sofort erzählte sie mir alle lokalen

Neuigkeiten; Preetorius huschte einen Augenblick herein, in der Pause während der »Rheingold«-Generalprobe, dann kam Furtwängler, um mich abzuholen, und wir fuhren in das Land hinaus.

Bayreuth war wieder einmal in Siedehitze. Furtwängler hatte Krach mit weiß Gott wem[100], und der ganze Ort war voller Gerüchte. Auch auf mich herrschte große Wut, weil ich erklärt hatte, daß der Vertreter der Auslandsstelle der Reichsmusikkammer ein Rindvieh sei — was meiner Ansicht nach der absoluten Wahrheit entsprach.[101]

Früh am nächsten Morgen kam Ribbentrops Verbindungsmann in Bayreuth an und erschien sofort bei mir, um nach Sir Thomas zu fragen, der am Nachmittag erwartet wurde. Kaum hatte er mich verlassen, bekam ich ein Telegramm: »Kann leider nicht kommen. Beste Grüße Thomas Beecham.« Da saß ich nun. Ich meldete ein Gespräch nach Covent Garden an. Obwohl Sir Thomas' Telegramm in London aufgegeben war, hatte das Opernhaus keine Ahnung, wo er sich in diesem Moment aufhielt. Später erfuhr ich, daß es zum »Zeremoniell« von Covent Garden gehört, daß, wenn Sir Thomas sich im Opernhaus nicht meldet, niemand den Versuch macht, ihn zu erreichen.

Ich meldete mich bei Tietjen, was an dem betreffenden Morgen sehr schwer war, da er probte, und teilte ihm den Inhalt des Telegramms mit. »Unter keinen Umständen bleibe ich allein in Bayreuth«, erklärte ich. Er verstand, riet mir aber, Frau Wagner vor meiner Abreise aufzusuchen. Frau Winifred war sehr wenig erfreut. »Ja, das geht doch aber nicht. Der Führer erwartet Sir Thomas und will mit ihm in meiner Loge sitzen!« Ich sagte: »Ich habe keine Ahnung, was los ist, aber ich will sofort nach London zurückfahren und sehen, was vorliegt. Das ist alles, was ich tun kann.« Frau Wagner fühlte sich durch meinen Vorschlag erleichtert. Mittlerweile kam der Verbindungsmann wieder zu mir. Er war aufs höchste erregt über die Nachricht, daß Sir Thomas seinen Besuch abgesagt hatte. »Da ist bestimmt etwas passiert«, rief er aufgeregt, »womöglich stecken die Italiener hinter der ganzen Sache!« Zu dieser Zeit galt Sir Thomas für einen Freund Edwards

VIII. Die Deutschen schienen sein Verhalten als Barometer für die politische Lage zu betrachten. Was die Italiener bei dieser ganzen Sache zu tun haben sollten, war mir schleierhaft.

Dieser kleine Vorfall ist ein Beispiel, das zeigt, mit welcher Naivität die Nazis der englischen Politik gegenüberstanden. Sie dachten allen Ernstes, daß sie Schlußfolgerungen auf die allgemeine Lage aus dem Verhalten eines einzelnen Mannes ziehen könnten, nur weil er im Ruf stand, zu dem engeren Kreis um den König zu gehören.

Um zwei Uhr mittags, bei glühender Hitze, fuhr ich ab, um noch abends das Hoekschiff zu erreichen. Kaum hatte ich Holland erreicht, sandte ich Sir Thomas ein humoristisches Telegramm an seine übliche Adresse: »Komme nach London, um Sie zu holen. Hitler erwartete Sie. Grüße Geißmar.« Kampfesmutig landete ich in London und hatte nichts anderes im Kopf, als Sir Thomas zu finden. Nun ist es eine von Sir Thomas' zwar sehr amüsanten, aber keineswegs immer bequemen Eigenheiten, daß er, wenn es ihm paßt, einfach verschwindet. Jeder, den ich fragte, warnte mich: »Um Gottes willen, lassen Sie ihn ungestört«, oder: »An Ihrer Stelle würde ich lieber warten, bis ich von ihm höre« und so weiter. Ich war aber keinesfalls gewillt, zu warten, bis ich von ihm hören würde, und das Schicksal wollte, daß ich seinen Aufenthaltsort entdeckte. Er hatte sich ins »Euston«-Hotel zurückgezogen. Ich rief ihn an, als wenn es das normalste in der Welt sei, ihn dort aufzustöbern. Smith, sein unentbehrlicher Diener, war hilfreich, und Sir Thomas kam in höchst eigener Person ans Telefon. »Haben Sie mein Telegramm bekommen?« fragte ich ihn. »Ja«, sagte er, »am besten kommen Sie gleich zu mir.«

Im »Euston«-Hotel saß, ein Bild des Behagens und der Seelenruhe, Sir Thomas, elegant wie immer, in seinem weißseidenen Pyjama und türkischen Schlafrock und mit der unvermeidlichen Zigarre beim Frühstück.

»Also«, befahl er, »nun erzählen Sie mir einmal alles von Bayreuth.«

»Über Bayreuth ist sehr viel zu sagen«, antwortete ich ihm, »aber die Hauptsache ist, daß ich Sie sofort zurückbringen soll, da Hitler Sie nächsten Sonntag in der Wagnerloge als seinen Gast begrüßen will.«

Erwartungsvoll und sehr skeptisch schaute ich ihn an und schilderte ihm weiter die Lage. Aber ihm konnte nichts imponieren. Ob Hitler auf ihn wartete, war ihm gänzlich gleichgültig.

»Jetzt werde ich Ihnen mal etwas sagen«, erklärte er. »Ich kann im Augenblick einfach nicht nach Bayreuth fahren. Ich habe sehr viel in London zu erledigen, und außerdem müssen Sie verstehen, daß ich in Bayreuth zu arbeiten haben werde. Wollen Sie bitte Frau Wagner mein aufrichtigstes Bedauern übermitteln und ihr gleichzeitig ankündigen, daß ich später zum ‚Lohengrin' und zum zweiten ‚Ring' kommen werde. Sie fahren natürlich mit.«

»Ich habe mir überlegt«, fuhr er fort, »daß es leichter sein wird, während des zweiten Teils der Festspiele dort zu arbeiten als während des ersten Zyklus.« Kein Wort über Hitler. Seine Miene war undurchdringlich. Nur seine Augen funkelten verdächtig, und ich war nicht im Zweifel, daß er seine Pläne geändert hatte, um der Politik zu entgehen und nur als Künstler nach Bayreuth zu fahren. Ich fühlte mich sehr erleichtert.

Geschäftsreise nach Berlin — Mit Sir Thomas in Bayreuth — Vorbereitung der Coronation Season — Engagement von Kirsten Flagstad in Wien — Bei Furtwängler in Bayreuth — Am Reichsparteitag vorbei — Vorbereitung der Deutschland-Tournee der Londoner Philharmoniker in Berlin — Das neue Büro in Covent Garden — Verhandlungen in Paris — Sir Austen Chamberlain — Londoner Musikleben — Die Dresdner Staatsoper in Covent Garden — Richard Strauss in London

Sir Thomas beabsichtigte, bis zu seiner Abreise nach Bayreuth in London zu bleiben. Eines Tages sagte er mir, daß er beschlossen habe, sein Zimmer unten im Opernhaus aufzugeben und sich oben drei ineinandergehende Räume als neues Büro einzurichten. Ich sollte das erste Zimmer bekommen, dann kam sein großer Arbeitsraum und hinter diesem noch ein privater Bibliotheksraum mit seiner Musikbibliothek. Außer durch eine schmale eiserne Tür, zu welcher Sir Thomas allein den Schlüssel hatte und welche direkt ins Theater führte, war dieser innere Raum nur von seinem Büro aus zugänglich. Der Eingang zu der ganzen Flucht ging durch mein Zimmer, an dessen Außenseite ein Schild mit unseren beiden Namen angebracht war.

Ende Juli wurde ich bereits wieder nach Berlin geschickt. Es war gerade um die Zeit der Eröffnung der Olympischen Spiele. Große Plakate, die zum Besuch Deutschlands einluden, waren an der Einfahrt zur Liverpool Street Station angebracht. Alle Züge nach dem Kontinent liefen damals dreifach. Nicht nur wegen der Olympischen Spiele, es war überhaupt Reisezeit.

In Berlin mußte mein Auto einen großen Umweg machen. Trotz der Olympiade waren viele Straßen aufgerissen, wegen der gigantischen Pläne des Führers, der Nachwelt eine Stadt zu hinterlassen, welche den Stempel der »architektonischen Kultur« des Dritten Reiches trug. Der Chauffeur schüttete mir sofort im breitesten Berliner Jargon sein Herz aus: »Janz Berlin ist aufjerissen, meine Dame, sag ick Ihnen, wohin soll det noch führen! — Na, wir haben's ja dazu«, schloß er ironisch. Schließlich lieferte er mich am Haus meiner Mutter ab. Bald war ich mit dem Berliner Philharmonischen Orchesterbüro bei der Arbeit, die letzten Einzelheiten für die Tournee der Londoner Philharmoniker festzulegen.

Am 7. August fuhr ich nach England zurück. Fast hätte ich meinen Zug am Bahnhof Friedrichstraße versäumt wegen erneuter Absperrungen der Linden bis zum Brandenburger Tor, da Hitler inzwischen beschlossen hatte, die Charlottenburger Chaussee zu verbreitern, die vom Brandenburger Tor am Reichstag vorbei durch den Tiergarten führt. Auch hier wieder ein wütender Chauffeur, der seiner Empörung in unzweideutigem Geschimpfe Luft machte. »Die Stimme des Volkes« schien alles eher als hitlerfreundlich!

Am 11. August wurde die Ernennung Ribbentrops zum deutschen Botschafter in London bekannt.

Die nächsten Wochen vergingen schnell. Bald war ich wieder auf dem Wege nach Bayreuth. Ich mußte in letzter Minute den Luxuszug nehmen, weil das Büro von Covent Garden beim Bestellen eines Schlafwagens für Dr. Geißmar vergessen hatte zu erwähnen, daß ich eine Frau bin, und ein Mann das zweite Bett hatte. Schließlich kam ich an, und nachdem ich alle Formalitäten und Höflichkeitsbesuche hinter mir hatte, überreichte mir Tietjen meine Karten für die Vorstellungen — in der ersten Reihe der sogenannten »Verwandtenloge«.

Am nächsten Morgen um sieben Uhr fuhr ich nach Nürnberg, um Sir Thomas abzuholen. Mit zweistündiger Verspätung, aber frisch und elegant wie immer, stieg er aus seinem Schlafwagen. Während des Frühstücks ließ er sich alles über Bayreuth berichten, und dann fuhren wir nach dem ihm für seinen Aufenthalt zur Verfügung gestellten Quartier. Es war ein altes Jagdschloß eines der Markgrafen von Bayreuth, mit einem achteckigen Turm in der Mitte, welcher bald »Sir Thomas' Turm« hieß. Um ihn herum war ein äußerst romantisches »Kavaliershaus« gebaut, in dem noch die Täfelung und die Möbel der Zeit vorhanden waren. Das Schlößchen stand allein auf einem Hügel, weit weg von aller Welt, umgeben von einem altmodischen Garten mit einer schönen alten Zisterne. Es hatte einen wundervollen Blick über die weite, wellige Landschaft. Abgesehen von den Dienstboten lebte Sir Thomas allein in dem Haus. Er war bezaubert von diesem romantischen Ort.

Nachmittags war »Parsifal«. Furtwängler dirigierte, und Germaine Lubin sang zum erstenmal die Kundry. Ich fühlte mich im Festspielhaus zuerst etwas befangen, besonders da viele alte Bekannte um mich herum saßen, für die der Wechsel meiner Stellung keine kleine Sensation bedeutete. Aber bald ließ die Musik einen alles vergessen.

In der zweiten Pause wollte Sir Thomas Furtwängler begrüßen. Wir stiegen also die winklige Treppe hinten im Festspielhaus hinauf zu Furtwänglers Zimmer. Er saß aufgelöst da und hatte nur das Allernötigste an, denn es war sehr heiß. Der Gegensatz zwischen den zwei berühmten Dirigenten, mit denen ich so nahe verbunden war, wurde mir in diesem Moment besonders stark bewußt: Furtwängler, etwas geniert, weil er gerade sein Luftbad nahm, und doch erfreut, seinen englischen Kollegen und mich zu sehen, Sir Thomas elegant wie immer, in seinem wunderbar geschnittenen leichten grauen Anzug und seidenem Hemd, der vollendete Weltmann. »Wie gefällt Ihnen Ihre neue Sekretärin?« fragte Furtwängler, worauf Sir Thomas großmütig antwortete, daß sie ein wahres Wunder sei und alles wisse.

Sir Thomas war bald auf dem Festspielhügel sehr beliebt. Seine sichere und liebenswürdige Art gewann ihm schnell alle Sympathien, und der Nimbus, der ihn als Herrn von Covent Garden umgab, trug natürlich zu seiner Beliebtheit bei. Er benutzte gerne die langen Pausen, um mit Furtwängler allerlei zu besprechen, und wir saßen manchmal im Freien vor dem Restaurant zu dritt beisammen. Es widerte mich an, zu sehen, wie Leute, für die ich während meiner Schwierigkeiten mit den Nazis aufgehört hatte zu existieren, sich plötzlich unter irgendeinem Vorwand an unseren Tisch heranschlängelten.

Schließlich neigte sich unser Aufenthalt seinem Ende zu. Eine Entente cordiale für die Coronation Season war zwischen der Berliner Staatsoper und dem Royal Opera House

Covent Garden geschaffen worden. Alle für London benötigten Sänger sollten, wenn nur irgend möglich, von Berlin beurlaubt werden. Furtwängler sollte zweimal den »Ring« dirigieren mit Tietjen als Regisseur, und Preetorius wurde mit neuen Dekorationen für den »Fliegenden Holländer« und für Glucks »Orpheus« beauftragt. Sir Thomas sagte zu, eine Neuinszenierung des »Orpheus« in Berlin zu dirigieren. Diese Aufführung sollte später in London wiederholt werden. Mein Chef hatte sich viele neue Freunde erworben und war sehr befriedigt mit dem Ergebnis seines Bayreuther Besuches.

Am Tag nach der »Götterdämmerung« ging er nach Paris, während ich nach London zurückfuhr, wo ich mich zunächst mal gründlichst ausschlief.

In London mußten zunächst alle Bayreuther Verhandlungen bestätigt und protokolliert werden. Die Besetzung des »Rings« ist auch in normalen Zeiten immer eine schwierige Sache, und für die Coronation Season wollte Sir Thomas natürlich nur das Allerbeste.

Besonders wichtig ist die Wahl der Brunnhilde und des Siegfried; deshalb war es notwendig, zuerst die Besetzung dieser Partien endgültig zu sichern. Lauritz Melchior, der nicht mehr in Deutschland sang, war seit vielen Jahren ein Liebling der Londoner. Er sollte den Siegfried in einem »Ring«-Zyklus singen, und Max Lorenz, der Bayreuther und Berliner Siegfried, in dem anderen.

Für die Brunnhilde wollten die Londoner trotz ihrer alten Freundschaft für Frida Leider die norwegische Hochdramatische, Kirsten Flagstad, deren Weltruhm damals im Aufstieg war, für einen Zyklus gewinnen. Dies war nicht leicht, da Frau Flagstad in Amerika schon viele Verpflichtungen eingegangen war. Eines Morgens, als Sir Thomas und ich an den Besetzungsplänen arbeiteten, schien es plötzlich, als ob wir mit dem Brunnhildeproblem nicht weiterkämen und womöglich zwischen zwei Stühlen sitzen würden.

Frau Flagstad war damals gerade in Wien, wo die Proben zu ihrem ersten Auftreten in der Staatsoper stattfanden. Wie immer war Sir Thomas schnell entschlossen. »Wieviel Uhr ist es genau?« fragte er mich. Es war zwölf Uhr mittags. »Wissen Sie, Doktor«, erklärte er, »mir wächst die ganze Brunnhildenwirtschaft zum Halse heraus, und ich habe nicht die Absicht, noch weitere Zeit damit zu verlieren. Der Verbindungszug zum Orientexpreß geht um drei. Sie haben also reichlich Zeit, sich fertigzumachen. Ich werde Smith schicken, um Ihr Billett zu holen, und inzwischen einen Brief an Frau Flagstad schreiben. Das einfachste ist, Sie fahren sofort nach Wien und bringen diese Sache persönlich in Ordnung.«

Schon saß ich im Zug und kam am nächsten Tag pünktlich in Wien an. Auf meinem Weg zum Hotel »Imperial«, meinem alten Hauptquartier, fuhr ich am Hotel »Bristol« vorbei, wo Kirsten Flagstad wohnte, und hinterließ die Mitteilung, daß ich gerade angekommen sei mit dem Auftrag, sie aufzusuchen.

Viele Jahre hindurch hatte ich mit Furtwängler im Hotel »Imperial« gewohnt, und wie viel habe ich in diesem Hotel erlebt! Es ist wohl das merkwürdigste Hotel der Welt — wenigstens war es dies bis zum »Anschluß«. Die Angestellten waren immer die gleichen und hatten ihre besondere Art, die Gäste, besonders die alten Habitués, zu behandeln. Ich war nun seit drei Jahren — seit dem Brahmsfest von 1933 — nicht mehr dort gewesen. Die gewichtigen Portiers in der Halle freuten sich sehr oder taten wenigstens so. Man gab mir ein wunderschönes Zimmer, und sofort kam der Zimmerkellner an — auch ein alter Freund: »Grüß Gott, Frau Doktor, darf ich gleich einen Indianerkrapfen bringen?«, was ich begeistert bejahte. Indianerkrapfen im Hotel »Imperial« sind bestimmt das Beste, was es gibt. Ich verzehrte also meinen Indianerkrapfen und ging dann ins Hotel »Bristol«, wo Flagstad mich erwartete.

Kirsten Flagstad ist eine schöne große Frau mit reinem, klarem skandinavischem Gesicht und ausdrucksvollen Augen. Im Wesen hat sie wenig von einer Künstlerin. Sie ist eher still und bürgerlich. Ich traf sie gerade zwei Stunden vor ihrem ersten Auftreten — als Isolde an der Staatsoper. Ich wollte ihre Zeit nicht unnütz in Anspruch nehmen und sagte daher kurz und bündig: »Sir Thomas möchte endlich Klarheit haben, und er möchte Sie gerne engagieren. Hier sind die Daten für den ‚Ring'.« Auf Grund ihrer vielseitigen Verpflichtungen war es für sie nicht ganz einfach, die nötige Zeit in ihrem Programm freizumachen, aber sie hatte selbst große Lust, in der Coronation Season aufzutreten und hoffte, ihre Pläne danach einrichten zu können. Ich sandte Sir Thomas ein Telegramm, daß alles auf gutem Wege sei und erhielt seine imperatorische Antwort: »Bleiben Sie in Wien, bis Sie den Vertrag abgeschlossen haben.« Seine Anordnungen sind stets kurz und bündig, und das macht es leicht, sie auszuführen.

Es war Anfang September. Warme Spätsommersonne lag über Wien. Zwar wußte man, wie schlecht die Verhältnisse in Österreich waren, aber das Wien dieser Herbsttage war voller Schönheit und Sorglosigkeit. Die Hotels waren voll internationalen Publikums. Viele Besucher hielten sich nach Beendigung der Salzburger Festspiele in Wien auf. Auch Edward VIII. war mit seinen Freunden da und wohnte im Hotel »Bristol«. Er war sehr populär, und was er in der Oper oder im Römischen Bad geäußert hatte, bildete das Tagesgespräch.

Daß ich die Wiener Staatsoper noch einmal betreten würde, hatte ich mir nicht träumen lassen; aber der unwiderstehliche Zauber dieses traditions- und intrigenreichen Theaters umfing mich wieder, als ich mich mit Direktor Kerber, dem damaligen Leiter, unterhielt.

Wien zog damals alle Musiker an. Unter den Dirigenten, von denen jeder seinen Anhang hatte, waren Böhm, Furtwängler, Kleiber, Klemperer, Knappertsbusch, Clemens Krauß, Toscanini, Bruno Walter, Weingartner und viele andere. Es war eine große Zeit für die Wiener, denen alles, was mit Musik zusammenhängt, so viel bedeutet.

Ich besuchte Museen, und zum letztenmal sah ich alle Schätze im Archiv der Gesellschaft der Musikfreunde. Ich besichtigte auch in der Nationalbibliothek das Archiv für Photogramme musikalischer Meisterhandschriften, für das ich zwar gearbeitet, das ich aber nie gesehen hatte.

Inzwischen hatte ich meine Verhandlungen mit Frau Flagstad abgeschlossen und auch einen Besuch von Sir Thomas und den Londoner Philharmonikern in Wien angebahnt.

Kurz darauf fuhr Sir Thomas mit dem Orchester nach Norwich ab, und ich wurde wieder nach Berlin geschickt.

Dies war nun schon meine dritte Berliner Reise seit Juni. Ich gewöhnte mich allmählich an meine Deutschlandfahrten und hatte kein Herzklopfen mehr. Die meisten meiner Freunde hatten dauernde Schwierigkeiten mit den Nazis und waren erleichtert, sich mit jemandem von außerhalb aussprechen zu können.

Die Tage in Berlin waren ausgefüllt mit den letzten Vorbereitungen für die Londoner Philharmoniker-Tournee, welche im November anfangen sollte. Das Berliner Philharmonische Büro hatte alles bis aufs kleinste vorbereitet, die Städte waren bestimmt, der Fahrplan stand fest, und die Hotels waren belegt.

Sir Thomas hatte mich seiner Gewohnheit gemäß jeden Tag von London angerufen und vor meiner Abreise von Berlin vorgeschlagen, ich sollte sofort bei meiner Ankunft morgens zu ihm zum ersten Frühstück kommen. Dies tat ich nur zu gern, denn es war ein Vergnügen, einem so verständnisvollen Zuhörer wie Sir Thomas über die Ergebnisse meiner Arbeit zu berichten. Kaum waren wir fertig, sagte er: »Sie kommen am besten gleich mit ins Theater.« Während meiner Abwesenheit war das neue Büro fertig geworden. Ich fand es wunderschön eingerichtet, mit grauen Teppichen ausgelegt; geschmackvolle neue Vorhänge hingen an den Fenstern. In meinem Zimmer stand ein großer Schreibtisch mit allem möglichen Zubehör und ein großer Wandschrank für Sir Thomas' Privatakten. Im nächsten Zimmer, seinem eigenen Büro, war sein großer Chippendale-Schreibtisch, sein Klavier, Grammophon und Radio, seine wertvollen alten Musikerstiche und sein Schrank mit Nachschlagewerken. Im dritten Zimmer stand ein alter geschnitzter Refektoriumtisch, seine Musikbibliothek mit den kostbaren Partituren bedeckte die Wände. Hier konnte er ungestört arbeiten und durch eine kleine Privattüre ins Theater schlüpfen.

Von meinem Zimmer aus konnte man direkt auf den Schnürboden gehen und auf die Bühne hinuntersehen, um festzustellen, wie weit die Probe war. Es war eine praktische und gemütliche Flucht von Zimmern; Sir Thomas hatte alles bis in die letzten Einzelheiten selber angegeben. »Wie gefällt es Ihnen?« fragte er mich erwartungsvoll, und ich konnte nichts anderes sagen als: »Es könnte nicht schöner sein.«

Ich hatte erwartet, nun mit meiner regelmäßigen täglichen Arbeit anfangen zu können. Aber bis die Coronation Season im Lot war, hatte man dauernd mit dem Ausland zu tun, und Sir Thomas zog vor, alles persönlich und nicht durch langwierigen Briefwechsel erledigen zu lassen. Kaum war ich in London, wurde ich schon wieder auf den Kontinent geschickt. »Ja sehen Sie, Doktor«, erklärte Sir Thomas, »Sie sind nun einmal eine Art von außerordentlichem und bevollmächtigtem Botschafter von Covent Garden. Sie besprechen die noch zu erledigenden Fragen besser persönlich mit unseren Freunden in München, und von dort aus fahren Sie nach Paris, um Rouche aufzusuchen.« So fand ich mich bereits am 6. Oktober wieder auf dem Kanal. In München war meine Hauptaufgabe, mit Preetorius wegen der Bühnenbilder für den »Holländer« und »Orpheus« zu sprechen. Preetorius ist ein ausgezeichneter Fachmann, der weiß, was er will; und alles ging glatt.

In Paris hatte ich eine Reihe von Fragen zu erledigen, vor allem Einzelheiten über die französischen Dekorationen für »Alceste« und »Pelléas et Mélisande«. Der Pariser Besuch der Londoner Philharmoniker mit Sir Thomas wurde vorläufig für den kommenden März angesetzt. Ich sah allerhand Freunde, sprach mit Ministern und Komiteedamen und fuhr so schnell wie möglich nach London zurück.

Das Orchester war im Begriff, nach Sheffield zu fahren. Sir Thomas rüstete sich für seine Konzertreise nach Schweden und Norwegen. Auf seiner Durchreise nach Stockholm verbrachte er einen Abend in Berlin mit Furtwängler und Tietjen. Beide berichteten mir äußerst befriedigt über diese Zusammenkunft.

Inzwischen führte ich in London ein bewegtes Leben. In seinem schönen Haus voller Gauguins und anderer Kunstschätze besprach ich die Pläne für das Pariser Konzert der Londoner Philharmoniker mit Roland de Margerie, dem Ersten Sekretär der französischen Botschaft, den ich so gut von Berlin her kannte. Eines Tages sagte er mir, daß Sir Austen und Lady Chamberlain zu ihnen zum Mittagessen kommen würden, und er lud mich dazu ein, da Lady Chamberlain, die Vorsitzende der englisch-französischen Gesellschaft »Art and Travel«, sich in höchstem Maße für das Pariser Konzert von Sir Thomas interessierte.

Ich war dankbar für die Gelegenheit, den berühmten Staatsmann kennenzulernen. Er war eine ungewöhnliche Erscheinung. Sein durchgeistigtes Gesicht mit den scharf geschnittenen Zügen beeindruckte mich sehr. In seinem Gespräch mit mir verhehlte er nicht, daß er mit Sir Thomas' Deutschlandreise mit den Londoner Philharmonikern nicht sehr einverstanden sei.

Sir Austen sprach dann über die Nazipropaganda, welche ihm natürlich zuwider war. Ich sagte zu ihm: »Niemand weiß besser als ich, was Nazipropaganda bedeutet. Aber ich wünschte doch, daß die Engländer eine andere Methode anwenden würden als die ihres üblichen understatement, die von allem zu wenig Aufhebens macht, so daß der Unterschätzung des englischen Kulturlebens im Ausland Vorschub geleistet wird.« Die Unterhaltung nahm dann eine andere Wendung, und seine Miene glättete sich, als ich über unsere anderen Auslandspläne, besonders über das beabsichtigte Pariser Konzert, berichtete.

London war damals ein Brennpunkt musikalischen Lebens. Sir Thomas dirigierte seine »Beecham Sunday Concerts« in Covent Garden. Die Royal Philharmonic Society gab ihre Konzerte mit dem London Philharmonic Orchestra in der Queen's Hall, wo auch die Courtauld-Sargent-Konzerte stattfanden. Die BBC hatte ihre Mittwoch-Abende in der Queen's Hall mit ihrem eigenen Orchester. Internationale Dirigenten, Solisten und Kammermusikvereinigungen waren ständig in London zu hören. London war um diese Zeit eine Art Oase — unberührt von irgendwelchen inneren oder äußeren politischen Ereignissen. Jeder konnte auftreten, und für jeden war ein Publikum da.

Die Dresdener Staatsoper hatte für zwei Wochen Covent Garden gemietet und wollte während der Zeit »Tristan und Isolde«, »Figaros Hochzeit«, »Rosenkavalier«, »Don Giovanni« und »Ariadne auf Naxos« geben. Richard Strauss wurde erwartet, um seine »Ariadne« und ein Royal Philharmonic Concert zu dirigieren. Bei diesem Anlaß sollte ihm die goldene Medaille der Gesellschaft überreicht werden.

Bereits Ende Oktober kamen der Regisseur und das Bühnenpersonal aus Dresden an. Dies war auch dringend nötig, denn die Dekorationen hatten auf der sehr stürmischen Reise stark gelitten und mußten zunächst gründlich repariert werden. Oben vor meinem Büro, am Schnürboden und im Malersaal hantierten sächsische Arbeiter herum und waren hoch beglückt, im englischen Opernhaus plötzlich jemand zu treffen, der ihnen mit der Sprache helfen konnte.

Mittlerweile traf Strauss in Covent Garden ein und wohnte den Proben bei. Seit den letzten Jahren hegte ich einen Groll gegen ihn wegen seines gleichgültigen Verhaltens während unserer Schwierigkeiten in Deutschland. Ich hatte mir vorgenommen, es darauf ankommen zu lassen, daß ich ihm zufällig in die Arme liefe. Er ließ es aber nicht darauf ankommen. Jackson, der so beliebte Bühnenportier von Covent Garden, dessen Memoiren bestimmt interessanter wären als alle die unsern zusammen, telefonierte plötzlich herauf: »Dr. Strauss hat soeben nach Ihnen gefragt und läßt Ihnen sagen, er sei auf die Bühne gegangen.« Ich ging hinunter und begrüßte den berühmten Komponisten, der mir mit Wärme erklärte, wie er sich gefreut habe, daß ich in Covent Garden gelandet sei. Er wollte gerne wissen, wann Sir Thomas von Schweden zurückerwartet werde. Sir Thomas hatte die meisten Strauss-Opern zum erstenmal in England herausgebracht. Er und Strauss waren alte Freunde, seit Beecham 1910 die englische Erstaufführung der »Elektra«

dirigiert hatte. Sir Thomas' Erzählung dessen, was sich alles bei der Londoner »Salome«-Premiere ereignete, ist eine berühmte Geschichte, die er auch in seinen eigenen Memoiren in einem Kapitel »Die Salome-Episode« zum besten gibt. Er war ein ausgezeichneter Interpret der Straussschen Musik, und Strauss wußte das wohl.

Strauss fragte mich: »Wo könnt mer sich a bißel zusamme unterhalte?« worauf ich ihm vorschlug, hinauf nach Sir Thomas' Büro zu gehen. Oben betrachtete er nachdenklich das Schild vor der Tür:

»Sir Thomas Beecham, Bart.
Dr. Geißmar.«

Strauss ließ sich behaglich in Sir Thomas' bequemen Stuhl nieder und eröffnete das Gespräch. Er sah immer noch sehr gut aus. Obwohl etwas gealtert, hatte er noch die gleichen feinen Züge mit seinem treuherzig bajuwarischen Ausdruck. Vielerlei schoß mir durch den Kopf, während ich ihm gegenübersaß. Wie reimte es sich zusammen, daß er, der so große Stücke auf die Texte von Hofmannsthal und Stefan Zweig hielt und der im Ausland nach wie vor mit seinem jüdischen Verleger Otto Fürstner, der nach London ausgewandert war, zusammenarbeitete, das Präsidium der Reichsmusikkammer angenommen, aber in dieser Stellung kaum etwas gewagt hatte? Aus vielen Gründen erschien es mir nicht taktvoll, ihn all das zu fragen, was mir auf der Zunge lag. Außerdem aber — und dies muß ich eingestehen — war ich wieder, wie immer, völlig im Banne seiner faszinierenden Persönlichkeit. Wir sprachen über alle möglichen Dinge, auch über die Besetzung seiner Opern; aber die heiklen Probleme wurden sorgfältig vermieden. Er äußerte den Wunsch, Sir Thomas so schnell wie möglich nach seiner Rückkehr zu begrüßen, und wir trennten uns in bestem Einvernehmen.

Ein anderer Besucher oben in meinem Büro war der Dresdner Bühnenbildner Professor Fanto. Nachdem er mich zum erstenmal aufgesucht hatte, fand er öfters seinen Weg herauf. Ich dachte bei mir: »Komisch, man weiß ja so etwas nie ganz genau, aber wenn der Fanto kein Jude ist, dann bin ich ein Chinese.« Bald darauf wurde folgende kleine Geschichte erzählt: Strauss verbrachte seine freie Zeit in London — wie überall in der Welt — mit Skatspielen. Wo er auch hinkam, hatte er seine Freunde, und so war es ihm auch in London gelungen, seine traditionelle Skatpartie zusammenzutrommeln. Eines Tages fragten ihn seine Skatbrüder nach Fanto, worauf Strauss erklärt haben soll: »Jo, der Fanto, der hat's schlau gemacht. Der hot einfach erklärt, er sei a Findelkind, er weiß nix über seine Abstammung, und do haben's ihn halt in Ruhe g'lassen.«

Natürlich wurde Strauss sehr gefeiert. Bei der Aufführung des »Rosenkavaliers« saß er in der Loge des Botschafters von Ribbentrop. Dieser hielt es für passend, seinen Arm zum Hitlergruß zu erheben, während die englische Nationalhymne gespielt wurde — eine Taktlosigkeit, die verstimmte.

Die Gastspielreise der Londoner Philharmoniker mit Sir Thomas Beecham in Deutschland — Beechams Interview mit Hitler — Das erste Konzert in Berlin — Der Bierabend mit den Berliner Philharmonikern — Leipzig nach Entfernung des Mendelssohn-Denkmals — Unter der Hakenkreuzfahne in München — Konzerte in Stuttgart und Ludwigshafen — Ein Abend mit Sir Thomas in der »Hitlerwohnung« des »Mannheimer Hofs« — Rheinfahrt — Ribbentrop verschläft einen Empfang

Inzwischen nahte sich der Termin unserer Deutschlandreise. Viele Leute mißbilligten die Konzerttournees nach Hitler-Deutschland, und Sir Thomas wurde stark kritisiert.

Die Programme waren sehr sorgfältig überlegt worden. Sir Thomas sagte zu mir: »Ich werde in Deutschland weder Beethoven noch Brahms aufführen, das wäre ja Eulen nach Athen tragen. Aber ich werde ihnen schon etwas anderes bringen.« Sein gesundes Selbstbewußtsein sagte ihm, daß er es sich wohl leisten könne, auf die Anziehungskraft erprobter Werke zu verzichten.

Sir Thomas und das Orchester sollten in Berlin am 12. November frühmorgens eintreffen; ich selbst wurde eine Woche vorausgeschickt, um bei den letzten Vorbereitungen anwesend zu sein.

Das Berliner Philharmonikerbüro hatte alles in ausgezeichneter Weise arrangiert.

Sir Thomas und das Orchester trafen pünktlich früh am Morgen ein. Von diesem Moment an, bis wir Deutschland wieder verließen, wußte ich nie, ob ich lachen oder weinen sollte. Alles, besonders meine eigene Lage, schien mir seltsam und unwirklich. Bereits am Bahnhof waren verschiedene Abordnungen, darunter die Vorstände der Berliner Philharmoniker, die ich seit 1934 nicht mehr gesehen hatte. Vertreter des Stabes Ribbentrop, des Auswärtigen Amtes, der Reichskanzlei und anderer offizieller Stellen hatten sich eingefunden, um Sir Thomas zu begrüßen. Pressephotographen bevölkerten den Bahnsteig, es war ein Riesenrummel.

Wer nicht Sir Thomas bei einer solchen Gelegenheit gesehen hat, kann sich nicht die geringste Vorstellung machen von der unnachahmlichen Würde, mit der er auftritt. Während er mich mit einem Augenzwinkern begrüßte, nahm er die Ovationen der versammelten Abordnungen mit der Herablassung eines Potentaten entgegen.

Wir fuhren nach dem Hotel »Esplanade«, wo wir in ungestörtem Frieden ein gemütliches Frühstück zu uns nahmen, ehe uns der Trubel erfaßte. Sir Thomas hatte eine fürstliche Flucht zugewiesen bekommen. Er und ich (!) waren auf der ganzen Reise Gäste der deutschen Regierung. Alle Hotels waren davon benachrichtigt worden. Die Regierung stellte Sir Thomas in jeder Stadt ein Auto zur Verfügung. Die Hakenkreuzflagge, die dieses Auto schmückte, hatte auch noch eine Art von schwarzem Adler — wohl um die Zugehörigkeit zu einer hohen Regierungsstelle zu dokumentieren.

Sir Thomas verbrachte seinen Ankunftstag mit allerhand Besprechungen; außerdem wurde er von der Presse belagert.

Auch die englischen Journalisten meldeten sich und betrachteten die Sache von ihrem eigenen Gesichtspunkt aus. Ich war ja gewöhnt, mit der Presse umzugehen und kannte damals noch die meisten der ausländischen Pressevertreter in Berlin. Allerdings waren meine guten Beziehungen zur Presse das erste, was das Mißfallen der Nazis erregt hatte. Alles dies war nun aber vergessen. Im Gegenteil, es wurde mir dauernd von offiziellen Stellen bedeutet wie froh man über meine Anwesenheit sei, da diese den Verkehr mit der Presse so sehr erleichtere! Es war ein dauerndes Kommen und Gehen, und ununterbrochen mußte ich telefonische Anrufe von Regierungsbehörden in Empfang nehmen.

Am nächsten Morgen, am Tage des Berliner Konzertes, fand eine Probe in der Philharmonie statt, der das ganze Berliner Philharmonische Orchester beiwohnte. Ich hatte die Philharmonie nicht mehr betreten seit dem unheilvollen Sonntagmorgen (25. November 1934), an dem Furtwänglers Artikel »Der Fall Hindemith« erschien.

Bei diesem Wiedersehen mit der Stätte meiner ehemaligen Tätigkeit verlor ich meine Fassung zum ersten und einzigen Male auf dieser Reise. Die Berliner Philharmoniker umringten mich liebevoll, als ob wir nie getrennt gewesen wären. Der Orchesterdiener Jastrau, noch von oben bis unten voller Staub vom Ausladen der englischen Instrumente, nahm mich in seine Arme: »Aber, Fräulein Doktor, Sie dürfen doch nicht weinen«, sagte er hilflos. Er war so komisch in seiner Bestürzung, daß er mir damit half, meine Haltung wieder zu gewinnen.

Sir Thomas wollte sich an diesem Tag nichts weiteres vornehmen. Am Nachmittag war für ihn eine Audienz bei Hitler vorgesehen. Als Zeit war fünf Uhr bestimmt, doch wurde ihm dann mitgeteilt, daß der Führer eine Konferenz habe und sofort nach deren Beendigung sein Auto schicken würde. Aber das Auto ließ auf sich warten. Als es nach fünf war, erklärte Sir Thomas mit Bestimmtheit: »Wenn dieser Wagen jetzt nicht sofort kommt, gehe ich überhaupt nicht. Schließlich habe ich heute abend ein Konzert zu dirigieren!« Er meinte genau, was er sagte. Es hing nur an einem Haar, daß er den Besuch beim Führer abgesagt hätte. Aber ehe der Entschluß feste Form angenommen hatte, wurde der Wagen aus der Reichskanzlei gemeldet, und Sir Thomas fuhr grollend davon. Später wurde in eingeweihten Kreisen folgende Geschichte erzählt:

Nachdem Hitler seiner Befriedigung darüber Ausdruck gegeben hatte, daß Sir Thomas mit seinem Orchester nach Deutschland gekommen war, soll er erklärt haben:

»Ich würde sehr gern nach London kommen, um an den Krönungsfeierlichkeiten teilzunehmen, aber ich kann doch nicht riskieren, die Engländer den Ungelegenheiten auszusetzen, die mein Besuch mit sich bringen würde.«

»Aber warum denn nicht«, antwortete Sir Thomas unschuldig. »Warum denn Ungelegenheiten? In England ist jeder frei, zu tun und zu lassen, was er will.«

Es wurde behauptet, daß der Führer nie in seinem Leben so sprachlos gewesen sei, wie dem schlagfertigen Sir Thomas gegenüber.

Inzwischen rückte die Zeit des Konzertes heran. Die Philharmonie war ausverkauft und bot ein glänzendes Bild: Das diplomatische Korps war vollständig erschienen, an der Spitze natürlich Sir Eric Phipps. Viele Musiker, Vertreter aller Behörden und die ganze Reichsregierung einschließlich Adolf Hitler waren anwesend. Die Reichsregierung saß in der Philharmonieloge. Mir hatte man die Loge darüber gegeben, und ich teilte sie mit unseren englischen Freunden. Furtwängler saß zwei Logen von mir entfernt und schaute mich manchmal mit großen Augen an.

Das Programm dieses denkwürdigen Konzertes war: Dvořák, Rhapsodie Nr. 3 in As-dur; Haydn, Symphonie Nr. 5 in D-dur; Berlioz, Römischer Karneval; Händel-Beecham, Ballett-Suite; »The Gods go a begging«; Elgar, Enigma-Variationen. Das Konzert verlief ausgezeichnet, und sowohl das Orchester als sein Dirigent hatten allen Grund, mit dem Erfolg zufrieden zu sein. Nach dem ersten Stück klatschte Hitler voll Begeisterung. Sir Thomas, der völlig vergessen hatte, daß dies Konzert über die halbe Welt per Radio gesendet wurde, sagte zu seinem Orchester mit hörbarer Stimme:

»The old bloke seems to like it.«* Aber nicht nur das Orchester hörte, was er sagte, sondern überall, wohin die Übertragung gesendet wurde, hörte man es natürlich, und eine englische Zeitung brachte einen sehr witzigen Bericht über diesen Zwischenfall mit der Überschrift: »Geheimnisvolle Stimme am Radio während des Berliner Konzerts von Sir Thomas Beecham.«

In der Pause war reges Kommen und Gehen. Ich rührte mich nicht von meinem Platz, aber viele Menschen suchten mich in meiner Loge auf. Eine Reihe von Photographien wurden gemacht, man fand sie am nächsten Tage im ganzen Reich veröffentlicht. Zu unserem großen Erstaunen erschien aber auch ein Bild von Sir Thomas in Hitlers Loge, umgeben von Hitler, Goebbels, Neurath, Blomberg und andern. Dies war ganz unerklärlich, da Sir Thomas das Künstlerzimmer während der Pause nicht verlassen hatte. Viele hatten ihn dort aufgesucht, so der britische Botschafter, Furtwängler, und, wenn ich mich recht entsinne, auch Goebbels. Aber Sir Thomas hatte bestimmt die Hitlerloge nicht betreten. Die Nazis indessen schienen es nötig zu finden, ihn im Schoße der deutschen Regierung zu präsentieren, und so hatten sie das Kunstmittel der Photomontage zu Hilfe genommen.

Die Berliner Philharmoniker behandelten diese Angelegenheit als ein rein künstlerisches Ereignis, und um das zu feiern, hatten sie und Furtwängler die englischen Gäste zu einem Bierabend in die Philharmonie gebeten, zu dem nur Musiker eingeladen waren. Man vertiefte sich in Fachgespräche. Es ist eine unvermeidbare Tatsache, daß in solchen Fällen die Flötisten sich immer mit den Flötisten zusammenfinden und die Cellisten mit den Cellisten. Bald herrschte allgemeine Heiterkeit, und man erzählte, daß Sir Thomas in früher Morgenstunde auf einem Tisch getanzt, gesungen und einige seiner unvergleichlichen Geschichten zum besten gegeben habe.

Am nächsten Tag fuhren wir nach der Provinz ab. Alle Konzerte waren ausverkauft. In Dresden verlief alles ohne besondere Zwischenfälle, und am Tage danach war ein Konzert

* »Dem alten Kerl scheint's zu gefallen.«

in Leipzig, im Gewandhaus, angesetzt. Nach der Probe fand dort ein zwangloser Empfang statt, bei dem ich viele alte Freunde traf, unter ihnen Max Brockhaus, den berühmten Verleger, Herrn von Hase[102], den Chef von Breitkopf & Härtel, und Dr. Karl Straube, den verehrungswürdigen Thomaskantor. Sie alle wohnten dem Konzert bei, in dem die Aufführung der zweiten Symphonie von Sibelius, die kaum je vorher in Leipzig gespielt worden war, großes Aufsehen erregte.

Zwar hatte Leipzig sich äußerlich dem Naziregime angepaßt, doch waren seine Einwohner damals in großer Erregung. Knapp eine Woche ehe Sir Thomas mit seinem Orchester dort eintraf, war das Mendelssohn-Denkmal nachts entfernt worden. Die Leipziger waren empört und beschämt. Soweit mir bekannt ist, war die Frage des Denkmals schon vorher aufgeworfen worden, doch hatte der damalige Oberbürgermeister Dr. Goerdeler sich für das Verbleiben des Monuments auf seinem Platz vor dem Gewandhaus verbürgt. Gördeler befand sich damals aber auf einer Dienstreise nach Schweden. Nach dem Gesetz mußte er in einem solchen Falle seine Dienstgewalt seinem Stellvertreter übergeben. Dieser, später Nachfolger Dr. Gördelers, war aber einer der neuen Leute, und so verschwand das Denkmal.

Instinktiv fühlten die Menschen die Atmosphäre eines freien Mannes, die Sir Thomas um sich verbreitete. Deshalb hatten sie das Vertrauen, sich in ihrer Not an ihn zu wenden. In der Pause des Leipziger Konzertes drückte er mir einige Briefe in die Hand und flüsterte: »Sie nehmen diese Briefe besser an sich.« Um zu zeigen, was damals in den Menschen vorging, drucke ich zwei dieser Briefe hier ab.

Leipzig, den 15. November 1936

Sir Thomas Beecham, Gewandhaus, Leipzig

In der Nacht vor sechs Tagen wurde das große Denkmal von Felix Mendelssohn-Bartholdy, welches vor dem Haupteingang des Gewandhauses stand, abgerissen und weggeschafft, wohin ist nicht bekannt, es fehlt auch jede Zeitungsnotiz hierüber.

Mendelssohn übernahm 1835, mit 26 Jahren, die Leitung der Gewandhauskonzerte und behielt sie bis zu seinem Tod. Er starb, 38 Jahre alt, 1847. Sein Wirken war eine ununterbrochene Kette von Triumphen, die er als Komponist, Virtuose, Dirigent und als geistreicher, allgemein geliebter Mensch feierte. Er hatte auch England oft besucht, und 1846 begrüßte festlich das englische Publikum das letztemal seinen Liebling.

Der Rat der Stadt Leipzig errichtete ihm obiges Denkmal und enthüllte es mit ehrenden feierlichen Worten. Die dritte, jetzt herrschende Generation zertrümmerte es, weil er ein Jude ist.

Wahrscheinlich wird die Bronze der überlebensgroßen stehenden Figur von Mendelssohn, der Göttin und zwei Engelchen mit Notenblättern zu Kanonenrohren umgeschmolzen.

Seine Musik wird aber unsterblich sein und in allen Kulturstaaten weitergespielt werden, mit Ausnahme von Deutschland, wo sie streng verboten ist.

Ehre seinem Andenken!

Die gesamte gebildete Welt Deutschlands denkt und fühlt ebenso und trauert um vieles Verlorene und schließt in ihre täglichen Gebete die Bitte um Hilfe und um Freiheit.

Ohne Unterschrift

Auf dem Umschlag stand:

Sir Thomas Beecham, Gewandhaus, Leipzig.
Please don't give this letter to any German because that might be very dangerous.

Sir Thomas gab den Brief mir — und ich habe ihn noch heute. Noch ein weiterer Brief verdient hier erwähnt zu werden:

Sir Thomas Beecham, Gewandhaus, Leipzig

Sehr geehrter Herr!
Wenn Sie morgen abend im Leipziger Gewandhaus dirigieren und in vorderster Reihe — genau wie in Berlin — die »Führer«-Persönlichkeiten beflissen rasenden Beifall spenden sehen, so werden Sie die wirkliche Musikkultur dieser Herren

richtig einzuschätzen wissen, wenn Sie von folgender Tatsache, die Ihnen vielleicht niemand sonst berichten wird, Kenntnis haben.
Vor einigen Tagen wurde abends in der Dunkelheit das Denkmal Felix von Mendelssohn-Bartholdys, des unsterblichen Komponisten und Kapellmeisters am Gewandhause abgebrochen und entfernt.
Möge Sie, sehr geehrter Herr, bei dem Gedanken an diese Kulturtat des Rassenhasses die Tatsache trösten, daß es Millionen musikliebender Deutscher gibt, denen dabei die Schamröte ins Gesicht steigt.
Für Ihre herrliche Musik herzlichen Dank!

Ein Deutscher

Dies war die ernste Seite der Tournee, von der aber das Orchester nicht viel merkte. Es wurde in jeder Stadt sehr gefeiert, und besonders die deutschen Musiker waren in hohem Maße interessiert. Der Oboist Leon Goossens, wohl der beste Oboist der Welt, erregte überall besonderes Aufsehen. Natürlich waren alle durch ihren Erfolg in glänzender Laune, und man brachte sie nur mit Mühe und Not dazu, bei der Nachtreise von Leipzig nach München auch wirklich ins Bett zu gehen.

In München war von der Absicht, den Besuch der Londoner Philharmoniker als ein rein musikalisches Ereignis zu behandeln, nichts mehr zu spüren. Wir kamen früh am Morgen an. Am Bahnhof waren Abordnungen vom »Gau« und von der »Partei«, um Sir Thomas zu begrüßen. Bereits auf dem Bahnsteig wurden endlose Reden an ihn gehalten, welche er zwar mit Würde, aber nicht gerade mit Genuß anhörte. Jedermann weiß, daß Sir Thomas die vollendetsten Umgangsformen hat, und besonders auf dieser Tournee machte er seinem Ruf alle Ehre. In München stieg er aus dem Zug, meinen Pelzmantel über seinen Arm gehängt. Die bayrischen Nazifunktionäre waren zweifellos stolz darauf, den berühmten Engländer in sein Hotel zu fahren, aber Sir Thomas verdarb ihnen den Spaß. Er wandte sich mit einladender Geste zu mir: »Bitte, steigen Sie ein.« Nur der, der etwas von den Interna der Partei kennt, kann die Tragikomik verstehen, die darin liegt, daß Sir Thomas, die Münchener Nazis und meine Wenigkeit zusammen in einem mit einem großen Hakenkreuz beflaggten Regierungsauto losfuhren!

Bald kamen wir im Hotel »Vier Jahreszeiten« an, wo ich seit vielen Jahren zu Hause war. Der Besitzer, Herr Walterspiel, kam sofort, um Sir Thomas zu begrüßen. Der alte Portier sagte ermutigend zu mir, als er mir unsere Briefe aushändigte: »Sehen Sie, Fräulein Doktor, es kommen auch mal wieder andere Zeiten.«

München machte seinem Namen als »Hauptstadt der Bewegung« alle Ehre. Es war wohl für einen gewöhnlichen Sterblichen unmöglich, sich in all den verschiedenen Behörden von Partei, Stadt, Gau und Staat Bayern zurechtzufinden. Jede dieser Instanzen hatte ihre Kulturabteilung. Ob sie etwas mit Kultur zu tun hatten, ist eine andere Frage! Alle Funktionäre dieser Ämter beantragten so viele Plätze zum Konzert, daß ich nur mit Mühe die nötigen Karten für die englische Presse retten konnte.

Wer in München einen Namen hatte, war bei diesem Konzert anwesend. Der Saal war bis auf den letzten Platz gefüllt und bot ein glänzendes Bild. Vorne in der Mitte thronte Heß, der Stellvertreter des Führers, umgeben von einem großen Stab. Sir Thomas wäre an diesem Abend gern nach Hause gegangen, jedoch wurde ihm bedeutet, daß der Stellvertreter des Führers, der ihn nach dem Konzert in sein Haus eingeladen hatte, durch eine Absage »verletzt« sein würde. Darauf beschloß Sir Thomas, für kurze Zeit hinzugehen, und Frau Wagner begleitete ihn. Der Abend nahm einen seltsamen Verlauf, da Herrn Heß, um den schwer geprüften Sir Thomas zu unterhalten, nichts Besseres einfiel, als ihm noch einmal ein Konzert vorzusetzen.

Heß versuchte, sich bei Sir Thomas beliebt zu machen, indem er ihm erklärte, wie sehr er die Disziplin des Orchesters bewunderte — eine Eigenschaft, die er bei Engländern gar nicht erwartet habe. »Oh«, antwortete Sir Thomas von oben herab, »wir Engländer haben unsere eigene Art von Disziplin. Aber dies wird anderswo nicht immer erkannt oder verstanden; denn anstatt sie von außen her anzunehmen, erlegen wir sie uns selbst auf.«

Bei dieser Gesellschaft setzte sich Sir Thomas ans Klavier und spielte. Als ich ihm am nächsten Morgen sagte, jedermann sei voller Begeisterung über die Liebenswürdigkeit, mit der er die Gäste von Heß unterhalten habe, gab er zur Antwort: »Was sollte ich sonst tun; ich langweilte mich zu Tode, und so spielte ich, um mich selbst zu amüsieren.«

Am nächsten Tag, auf der Reise nach Stuttgart durch den mir so vertrauten romantischen Teil von Süddeutschland, sagte Sir Thomas: »Ich habe diese Festivitäten jetzt satt und werde an keiner mehr teilnehmen. Was hat das schließlich für einen Sinn, diese Reden anzuhören, die alle wahrscheinlich aus der gleichen Quelle in Berlin stammen.« Kaum aber waren wir angekommen, so wurde uns mitgeteilt, daß ein weiteres Bankett vorgesehen war. Als nun Sir Thomas versuchte, sich freizumachen, wurde ihm bedeutet, daß der Herr Gauleiter mit Recht verstimmt sein würde, wenn er, der Gast von Herrn Heß in München, die Einladung des württembergischen Führers in Stuttgart verschmähte. Sir Thomas wurde allmählich ungemütlich und begann seine gute Laune zu verlieren. Schließlich sagte er zu mir mit größter Bestimmtheit: »Wollen Sie bitte dem Baron von G. (dem Herrn vom Stabe Ribbentrop, der als Verbindungsoffizier zwischen Sir Thomas und den verschiedenen Behörden amtierte), sagen, daß dieser Unfug unbedingt aufhören muß. Ich will meine Konzerte dirigieren und sonst nichts. Dies ist das letztemal gewesen, daß ich mich habe breitschlagen lassen. Kein Künstler, der jeden Abend am Pult stehen muß, kann das aushalten.« Ich antwortete: »Ich will es ihm selbstverständlich sagen, aber es tut mir doch leid, daß Ihr Entschluß gerade vor dem Konzert in Ludwigshafen kommt, wo Sie sicher die interessantesten Leute von der ganzen Reise treffen würden.« »Das ist mir ganz egal«, sagte Sir Thomas, »ich wäre Ihnen sehr verbunden, wenn Sie mir die ‚Times' verschaffen würden. Das ist das einzige, was mich interessiert.«

Das nächste Konzert fand in Ludwigshafen im Konzertsaal der IG-Farbenindustrie[103] statt. Die sozialen Einrichtungen der IG waren äußerst fortschrittlich, und schon seit Jahren wurden erstrangige Konzerte für die Firma und ihre Beamten veranstaltet. Die Nachfrage war so groß, daß jedes Konzert zweimal gegeben werden mußte. Die IG hatte sich lange gegen jegliche Einmischung der Nazis gewehrt, und Eingeweihte wissen von vielen Kämpfen, die der wissenschaftliche Leiter, Direktor Bosch, nicht zuletzt mit Hitler selbst ausgefochten hatte. Als der Plan einer Tournee der Londoner Philharmoniker auftauchte, hatte sich die IG in Ludwigshafen zuallererst um ein Konzert beworben.

Da die Hotels in Mannheim besser waren als in Ludwigshafen, wurden wir alle in Mannheim einquartiert. Sir Thomas und ich wohnten im »Mannheimer Hof«, einem neuen Hotel (»Juden unerwünscht«). Groß war meine Heiterkeit, als man Sir Thomas mitteilte, daß ihm als besondere Ehrung die sogenannte Hitlerwohnung zur Verfügung gestellt war. Diese Wohnung, welche nur für Besuche von Hitler selbst oder für Mitglieder der Reichsregierung bestimmt war, bestand aus mehreren Zimmern, welche sehr geschmackvoll eingerichtet waren, mit schönen Bildern an den Wänden und aparten Blattpflanzen dekoriert.

In Ludwigshafen sollte eine zweistündige Probe stattfinden. Sir Thomas ist sehr rücksichtsvoll und ist kein Probensadist, aber wenn er eine Probe verlangt, braucht er sie auch. Als er seine Programme einrichtete, hatte er gleich bestimmt, daß eine Probe für die drei letzten Konzerte unerläßlich sei und durch nichts beeinträchtigt werden dürfe. Kaum waren wir aber in dem Konzertsaal der IG-Farben gelandet, als sich schon der Bürgermeister von Ludwigshafen zu Wort meldete und an Sir Thomas eine nicht enden wollende Rede hielt, was dessen Laune nicht gerade verbesserte. Schließlich begann die Probe, und Sir Thomas' Verstimmung wich schnell seinem Interesse an der ganz hervorragenden Akustik des Saales. Verschiedene Fachleute der IG erzählten ihm, daß die Akustik einer besonders konstruierten abgerundeten Holzwand zu danken sei, die hinter dem Podium errichtet war. Sir Thomas fand im Konzert das Resultat so günstig, daß er diese Wand später für Covent Garden nachbauen ließ, wozu ihm die Direktion der IG die Pläne und einzelne Angaben zur Verfügung stellte.

Im Verlaufe des Gesprächs erzählten ihm die Herren auch von einer neuen Methode, Musik auf einen Film aufzunehmen. Es war ein äußerst interessantes Problem. Sir Thomas, der sich für alle technischen Neuerungen brennend interessiert, vereinbarte sofort mit dem Erfinder, daß ihm das Experiment nach der Probe vorgeführt werden sollte.

Das Konzert fand unter ungeheurem Andrang der Mannheimer und Ludwigshafener Bevölkerung statt und verlief glänzend. Nach Schluß holte der Chefingenieur Sir Thomas in den Versuchsraum ab, und bald war er in die ihm vorgeführte Erfindung so vertieft, als ob sonst auf der Welt nichts existierte. Die IG hatte an diesem Abend 600 Leute zu einem Bankett zu Ehren von Sir Thomas geladen, aber es wurde spät und später, und immer war er noch im Versuchsraum. Einer der Direktoren, den ich seit Kindheit kannte, kam besorgt zu mir und erinnerte mich: »Sechshundert Leute warten auf Sir Thomas, Fräulein Doktor.« Aber ich war machtlos.

Baron von G. schien es allmählich etwas schwül zu werden. Endlich stieg Sir Thomas in sein Auto, um — wie die Leute dachten — sich in seinem Hotel für das Bankett umzukleiden. Auf der Rückfahrt sprachen wir nur von Musik.

Im Hotel angekommen, begleitete ich ihn in seine Wohnung. Er war in blendender Laune und sagte: »Nun werden wir einen sehr gemütlichen Abend zusammen verbringen. Lassen Sie mir Zeit, mich umzuziehen, und schicken Sie mir bitte den Kellner.

Das war natürlich sehr verlockend, aber anderseits wurde mir angst und bange. Abgesehen von den sechshundert Gästen bei den IG-Farben, wartete in der Halle Baron von G., und außerdem hatte ich meinen alten Mannheimer Freunden versprochen, den Abend mit ihnen zu verbringen. Schüchtern versuchte ich einzuwenden: »Sie wissen wohl, daß der Baron unten ist, um Sie auf das Bankett zu begleiten?« Aber Sir Thomas erklärte sehr entschieden: »Überlassen Sie das mir.«

Ich ging also hinunter, um mit meinen Freunden zu sprechen. Der Adjutant hatte mich herunterkommen sehen, aber er durfte unter keinen Umständen bemerken, daß ich wieder hinaufging, so schlich ich mich über eine Hintertreppe zu Sir Thomas zurück. Der hatte sich inzwischen umgezogen und saß da, wie aus dem Ei gepellt, gepflegt und elegant, und las Zeitung, als ob ihn sonst auf der ganzen Welt nichts anginge. »Hier bin ich«, sagte ich, »aber was fangen wir mit dem Mann da unten an?« Sir Thomas nahm ein Stück Briefpapier und schrieb einige Zeilen. Er erklärte, daß es ihm zu seinem größten Bedauern ganz unmöglich sei, noch einmal auszugehen, da er durch die Anstrengungen der letzten Tage so übermüdet sei, daß er befürchtete, falls er sich nicht schonte, die Tournee nicht zu Ende führen zu können. Der Brief war ein Meisterwerk an Höflichkeit; aber wer wollte, konnte alles mögliche zwischen den Zeilen lesen.

»Nun also«, sagte Sir Thomas, für den die Angelegenheit damit erledigt war, »was wollen wir essen?« Er vertiefte sich in die Speisekarte, und erst nachdem er ein lukullisches Mahl mit Champagner bestellt hatte, wurde der Kellner entlassen und durfte dem immer noch wartenden Adjutanten die Botschaft überbringen.

Der Abend, den ich mit Sir Thomas in den Hitlerzimmern in Mannheim verbrachte, gehört zu meinen amüsantesten Erinnerungen. Ich erzählte ihm bei dieser Gelegenheit, wie im April 1933 Furtwängler sich auch geweigert hatte, in Mannheim an einem für ihn veranstalteten Festessen[104] teilzunehmen und auch statt dessen den Abend mit mir verbracht hatte — allerdings aus ernsteren Gründen und ohne Gänseleber und Champagner.

Der nächste Morgen war weniger amüsant. Als ich herunterkam, wurde ich mit langen Gesichtern begrüßt. Die an Intrigen gewohnten Nazis pflegten ihre eigene Gesinnungsweise auch bei anderen Sterblichen vorauszusetzen. Sie nahmen nie an, daß etwas einen einfachen natürlichen Grund haben konnte. Ich wurde mit Vorwürfen überhäuft, daß ich der Urheber des Debakels vom vorherigen Abend sei — anscheinend als Rache für den Mannheimer Furtwängler-Vorfall von 1933.

Inzwischen hatte Sir Thomas nach mir gesucht. Er rauchte seine Zigarre und las mit Imperatormiene die Zeitung: »Liebe Freundin«, sagte er, »ich habe jetzt genug von all dem und will diese Leute weiterhin so wenig wie möglich sehen. Bitte mieten Sie mir ein Privatauto, und dann werden wir sehr gemütlich und ungestört unsere Tournee beenden.« Es hatte keinen Sinn, mit ihm zu debattieren, wenn er einmal einen Entschluß gefaßt hatte. Ich verschaffte ihm also das Auto. Auf der neuen Autobahn fuhren wir nach Frankfurt, wo das nächste Konzert im großen Museumssaal stattfand. Es war ausverkauft, und im Publikum waren viele alte Freunde.

Ehe wir uns am Abend trennten, schlug Sir Thomas vor, früh am nächsten Morgen weiterzufahren. »Ich möchte zuerst Frankfurt wiedersehen, und dann werden wir irgendwo am Rhein auf unserem Weg nach Köln zu Mittag essen.« So fuhren wir früh zuerst zum Römer, zum Dom und zum Goethehaus und dann an die Schirn in der Altstadt, wo die Frankfurter Würstchen gemacht werden. Mit Sir Thomas etwas anzusehen ist ein großer Genuß. Er ist weder ein trockener Akademiker noch ein Tourist, der auf Sehenswürdigkeiten aus ist. Er kennt die Dinge ganz genau, und er weiß, was er sehen will. Alles lebt in ihm, wie überhaupt seine Bildung eine persönliche und selbst erworbene ist.

Sir Thomas zog seine Uhr heraus. »Ich würde eigentlich gerne den Mainzer Dom wiedersehen. Am besten fahren wir sofort nach Mainz.«

Nachdem wir eine Weile im Dom waren, gesellte sich ein Geistlicher zu uns; es war in einer katholischen Kirche ausgeschlossen, nicht zu fühlen, was alle diese Leute unter dem Naziregime durchmachten. Auch hier, wie bei vielen anderen kleinen Erlebnissen dieser Reise, war es seltsam zu beobachten, wie schnell jemand seinem Herzen Luft macht, wenn er merkt, mit wem er es zu tun hat. Sir Thomas verblüffte mich durch seine genaue Kenntnis der Geschichte des Doms.

Wir fuhren dann dem Rhein zu, und in einem kleinen versteckten Dörfchen machten wir zum Mittagessen halt. Niemand war außer uns in dem Eßzimmer des ländlichen Wirtshauses, das im Schatten uralter Kastanienbäume stand.

Sir Thomas studierte die Weinkarte mit großem Interesse. Er versteht viel von Rheinwein, und bald stand eine ganze Batterie von Flaschen vor uns, die er alle probieren wollte. Ich half dabei mit meinen schwachen Kräften. Sir Thomas war guter Stimmung, denn er liebt alles Ungewöhnliche, und nach der letzten, unter dem Zeichen der Nazis verbrachten Woche war dieser Tag der Freiheit doppelt wohltuend. Doch bald meldete sich der Ernst des Lebens wieder; zu unserem Entsetzen stellten wir fest, daß es schon recht spät geworden war. Ein leichter Nebel begann über dem Rhein aufzusteigen, und wir konnten kaum damit rechnen, in weniger als vier Stunden nach Köln zu kommen, wo das letzte Konzert stattfinden sollte. So fuhren wir mit größter Geschwindigkeit. Der Zauber des Rheintals umfing uns. Sir Thomas schwieg, und ich wollte seine ernste Stimmung nicht stören.

Endlich kamen wir in Köln an, wo das Orchester schon in der riesigen Messehalle versammelt war. Während der Probe wurde mir mitgeteilt, daß Herr von Ribbentrop eingetroffen sei, um von Sir Thomas vor seiner Abreise aus Deutschland Abschied zu nehmen. An diesem Abend war ein Empfang im Rathaus vorgesehen. Sir Thomas hatte nicht die Absicht, daran teilzunehmen; aber man ließ ihn durch mich sehr bitten, an diesem letzten Abend seinen Entschluß zu ändern.

Nach der Probe fuhren wir ins Hotel zurück. Hier herrschte ein solcher Betrieb, daß man hätte denken können, ein ganzes Armeekommando sei eingezogen. Anscheinend konnte ein Nazi-Minister sich nicht bewegen, ohne von einem Heer von Adjutanten und einer SS-Wache umgeben zu sein.

Als wir nach dem Konzert über die Rheinbrücke zurückfuhren, war zu Ehren der englischen Gäste die Stadt angeleuchtet. Der Dom und die alten Kirchen strahlten in einem seltsam magischen Glanze. Es war ein unbeschreiblich wunderbares Bild, das mich aufs tiefste bewegte.

Im Hotel war der Zauber schnell verflogen. Von allen Seiten wurden wir bedrängt, und Sir Thomas erklärte sich schließlich bereit, für kurze Zeit auf das Rathaus zu kommen. Ich ging zu Bett.

Spät abends klopfte jemand an meiner Tür: »Doktor«, sagte Sir Thomas mit empörter Stimme »wollen Sie mir glauben, was passiert ist? Herr von Ribbentrop war überhaupt nicht da, er hat die ganze Sache verschlafen!« Was für ein grotesker Abschluß nach all der offiziellen Wichtigtuerei!

Sir Thomas teilte mir dann mit: »Ich habe meine Reisepläne geändert. Ich werde nicht gleich mit dem Orchester nach England zurückfahren, sondern wir gehen noch ein paar Tage nach Paris. Bitte, treffen Sie die nötigen Vorkehrungen. Wir fahren morgen früh mit dem Nordexpreß.«

Der Adjutant, der uns an die Bahn begleitete, saß mit verlegener Miene da — wegen des Ribbentropschen Zwischenfalles. Sir Thomas hingegen war eitel Sonnenschein. Alles war ja nun vorüber. Er konnte wieder tun, was er wollte. Und wieder einmal ließ ich meine so seltsam veränderte Heimat hinter mir.

Verhandlungen in Paris für ein Gastspiel der Londoner Philharmoniker — Die englische Königskrise — Mein neues Heim am Red Lion Square — Beecham an der Staatsoper und bei »Lutter und Wegener« in Berlin

Vom Beginn meiner Arbeit für Sir Thomas und das Londoner Philharmonische Orchester versuchte ich, meine alten Geschäftsverbindungen mit den Musikzentren des Kontinents wieder aufzunehmen. Erst langsam erkannte ich, wie viel schwerer alles von England aus war. Die geographische Lage Großbritanniens erforderte schon eine kostspielige Reise, ehe man nur auf dem Kontinent ankam, und so war es schwierig, Unternehmungen zu finanzieren, welche so bedeutende Risiken mit sich brachten. Die halboffiziellen Organisationen, die sich heute mit der Wahrung britischer Kulturinteressen im Ausland befassen, waren erst im Entstehen.

Seit meiner ersten Pariser Reise in meiner neuen Stellung hatte ich Verhandlungen mit Herrn Jacques Rouche über einen Besuch des London Philharmonic Orchestra in Paris geführt. Die Pariser Oper war nur an Dienstagen und Donnerstagen verfügbar. Es war ein wahres Puzzle, zwischen all ihren englischen Verpflichtungen den sowohl für Sir Thomas als auch für das Orchester geeigneten Tag zu finden, um so mehr, als die Royal-Philharmonic sowie die Halle-Konzerte in Manchester, die damals hauptsächlich von Sir Thomas geleitet wurden, alle an Donnerstagen stattfanden. Schließlich wurde ein Datum für März 1937 gefunden. Damit waren aber keineswegs alle technischen Schwierigkeiten beseitigt.

Von Anfang an, seit 1927, als ich zum erstenmal nach dem ersten Weltkrieg ein Pariser Konzert für das Berliner Philharmonische Orchester arrangierte, arbeitete ich in Verbindung mit der Association Française d'Expansion et d'Echange Artistique. Diese Abteilung der französischen Regierung stand unter dem Patronat des Außenministeriums sowie des Kultusministeriums und war der Mittelpunkt der französischen Kulturpropaganda. Die Geschäftsräume lagen im Palais Royal, von dessen Fenstern man in den schönen Hof des berühmten Gebäudes hinaussehen konnte. Die ganze Organisation hatte etwas sehr Altmodisches; aber es wurde dort vorzüglich gearbeitet. Kaum einer der Beamten oder der alten Diener hatte gewechselt seit meinem ersten Besuch.

Im Jahr 1936 betrat ich zum erstenmal das Palais Royal in englischen Angelegenheiten. An die offizielle Regierungsstelle war eine offiziöse Gesellschaft, Art et Tourisme, angeschlossen worden, welche die staatliche Kulturpropaganda auf private Weise unterstützen sollte. Dieser Gesellschaft entsprach die schon erwähnte britische Organisation »Art and Travel«, die Lady Austen Chamberlain zur Vorsitzenden hatte.

Es war mir gar nicht zum Bewußtsein gekommen, wie viele »Commitees« auf beiden Seiten an dem Plan des Pariser Konzertes von Sir Thomas und der Londoner Philharmoniker interessiert waren. Mir schien es, daß viel zu viele Leute bei dieser Sache ihre Hand im Spiel haben wollten. Mit größter Unbekümmertheit steuerte ich an allen diesen, meiner Ansicht nach unnötigen Hilfskräften vorbei.

Nach einer sehr bewegten Woche fuhr ich nach London zurück. Hier hatte sich inzwischen wegen der Heiratsabsichten des jungen Königs eine politische Krise entwickelt. Die Offenheit, mit der dieser Fall in der Presse kommentiert wurde, war mir etwas Ungewohntes und Erstaunliches. Nach meinen Erfahrungen auf dem Kontinent hatte ich erwartet, daß in solch kritischem Augenblick sogar in einer Demokratie gewisse Richtlinien für die Presse gegeben werden müßten, um die öffentliche Meinung nicht zu sehr zu verwirren. Jedoch war es augenscheinlich, daß solche Direktiven nicht existierten. Ich war mit Bewunderung erfüllt für das Volk, das so viel moralische Kraft und Selbständigkeit hatte, daß man ihm die Bildung seiner eigenen Meinung in so weitgehendem Maße überlassen konnte.

Sir Thomas, als leidenschaftlicher Brite, der den König seit seiner frühesten Jugend kannte, nahm intensiven Anteil, beteiligte sich aber nicht am Meinungsaustausch über den Fall.

In diesen Tagen hatten wir sehr viel zu tun, und Sir Thomas verließ fast nie das Theater. Er regierte sein Opernhaus mit eiserner Hand und verlangte, daß ihm alles unterbreitet würde; anderseits ließ er sich aber sehr ungern stören, wenn er arbeitete. Für solche Fälle hatten wir ein großes Plakat entworfen »Eintritt verboten!«, das ich mit großem Vergnügen vor meiner Tür aufhing. So konnten wir ungestört viele Dinge besprechen, für die die Routine des Tages sonst wenig Zeit gelassen hätte; unter anderem konnte ich ihm in aller Ruhe meine Eindrücke aus Paris mitteilen und die vielen Komitees und so weiter beschreiben. Nachdem er mich ziemlich lange schweigend angehört hatte, unterbrach er mich plötzlich: »Hören Sie, Doktor, so geht das nicht weiter. Die einzige Lösung aus all diesem Durcheinander ist eine offizielle Einladung. Wenn ich nicht von der französischen Regierung eingeladen werde, lasse ich dies leidige Konzert fahren, und dabei bleibt es.«

Ich merkte sofort, daß es ihm Ernst war mit dem, was er sagte. Ich brannte natürlich darauf, daß das Konzert stattfinden sollte, und so antwortete ich: »Das ist alles ganz einfach.

Den Franzosen liegt etwas an diesem Konzert. Schicken Sie mich nach Paris, und ich werde die Sache in zwei Tagen in Ordnung bringen.« »Einverstanden«, erklärte Sir Thomas.

So reiste ich innerhalb weniger Tage zum zweiten Male nach Paris. Ich fuhr mit dem Fähre-Schlafwagenzug mit Madame de Margerie. Eine große Anzahl bekannter Persönlichkeiten war im Zug; man sprach nur von der anscheinend unvermeidlich gewordenen Abdankung des Königs. Als wir in Paris ankamen, war der Bahnsteig voller Zeitungsverkäufer, die die Extrablätter mit der Tatsache der vollzogenen Abdankung ausriefen.

Ich ging direkt zum Ministre des Beaux-Arts, entschlossen, mein Ziel zu erreichen. Das einschlägige Departement erklärte sich sofort mit meinen Vorschlägen einverstanden. Die französische Regierung lud Sir Thomas und das Londoner Philharmonic Orchestra ein und war bereit, alle Kosten zu bestreiten.

Bei meiner Ankunft in Boulogne auf der Rückreise nach London herrschte im Hafen eine merkwürdige Stimmung. Es war trübes nebliges Wetter, und ein leichter Regen rieselte herab. Mein Gepäckträger sagte mir, daß man gerade auf die Einfahrt des Zerstörers wartete, der den abgedankten englischen König auf seinem Weg ins Exil an Bord hatte. Ich entsinne mich, wie aufgepeitscht die englische öffentliche Stimmung in diesen Tagen war und wie die Meinungen durcheinander wogten. Aber die Ruhe wurde schnell wiederhergestellt. Der neue König hatte sein Amt angetreten, und von diesem Moment an wurde alles in seinen Dienst gestellt.

Das Leben ging ruhig weiter, und was Covent Garden betraf, erlitten die Vorbereitungen zur Coronation Season nicht die geringste Veränderung dadurch, daß der König, für den sie ursprünglich geplant war, nicht zur Regierung kam.

Von Anfang an, seitdem ich in England eine neue Heimat gefunden hatte, war ich auf der Suche nach einer passenden Wohnung. Dies war nicht so einfach in London, wenn man nicht in die zwar bequemen, aber unpersönlichen modernen »Flats« ziehen wollte. Ich lief überall herum, besonders in der

Bloomsbury-Gegend, in der Nähe von Covent Garden. Hier gab es schöne Häuser mit gut proportionierten Räumen. Schließlich endete mein Suchen am Red Lion Square mit seinen stattlichen alten Häusern und einer Kirche aus dem 15. Jahrhundert. Obwohl die City sich schon bis in die Nähe des Platzes ausdehnte, hatte dieser sich eine altmodische Verträumtheit bewahrt, besonders spürbar an Samstagnachmittagen oder Sonntagen, wenn keine Seele zu erblicken war. Schöne alte Bäume standen auf dem Platz, vor allem eine riesengroße, uralte Platane, in der Tauben nisteten. Man konnte kaum glauben, daß man sich im Zentrum Londons befand.

Ich fand mein zukünftiges Heim in einem der Häuser aus dem siebzehnten Jahrhundert. Das erste, was mir der Besitzer erzählte, war, daß Charles Dickens hier für kurze Zeit gewohnt haben soll, ehe er sein später historisch gewordenes Haus in der Nähe bezog.

Ich bewohnte die zwei obersten Stockwerke des Gebäudes, das sonst nur Geschäftszwecken diente. Von einem kleinen Vorraum kam man in ein großes, helles, dreifenstriges Zimmer mit dem Blick auf den Square. Hier flutete die Morgensonne herein, und der getäfelte helle Raum mit seiner niedrigen Decke gab einen schönen Rahmen ab für meine alten Möbel und war akustisch sehr geeignet für Kammermusik. Daneben war ein kleinerer Raum, dessen Decke malerisch von Gebälk durchzogen war. Eine Treppe höher lag ein großes Atelier, von dem zwei Türen auf den Dachgarten führten. Auch hier waren die Proportionen des Raumes vollendet, dessen Schönheit noch durch einen alten, vom vorigen Bewohner mit großem Geschmack eingebauten Tudor-Kamin gehoben wurde. Vom Dachgarten aus hatte man einen weiten Blick über London mit der Kuppel der nahe gelegenen St.-Pauls-Kathedrale.

Anfang Januar langte mein Hab und Gut aus Deutschland an. Ich stand auf dem Dachgarten und wartete, bis der Möbelwagen um die Ecke kommen würde. Endlich kam er angefahren, mit all den vielen lieben Dingen, die ich so schmerzlich entbehrt hatte! Schnell wurde ausgepackt, wobei

Freunde und allerhand Helfer aus Covent Garden mit Hand anlegten. Noch ahnte ich nicht, wie bitter kalt und zugig diese alten Häuser sein können, aber eine erfahrene Freundin schickte mir ein Petroleumöfchen, um das wir uns zwischen dem Auspacken scharten.

Bald erschien Sir Thomas, um die Wohnung zu inspizieren. Er liebt alte Sachen und bewunderte meine Sheraton-Möbel, die meine Großeltern seinerzeit in England gekauft hatten. Mein neues Heim gefiel ihm ausnehmend: »Das ist wirklich einzigartig«, erklärte er und ließ sich gemütlich nieder. Dann begann er, mir die Geschichte vom Red Lion Square und der berühmten Leute, die hier gewohnt hatten, zu erzählen.

Jeden Morgen ging ich zu Fuß — sieben Minuten — nach Covent Garden, und bald war mir jedes Haus auf dem Weg durch die alten Straßen vertraut.

Man war übereingekommen, daß Sir Thomas um diese Zeit eine Neueinstudierung von Glucks »Orpheus« und der »Entführung« an der Berliner Staatsoper dirigieren sollte. Wie immer reiste ich einige Tage voraus. Sir Thomas kam in blendender Laune an, und der ganze Berliner Aufenthalt ist in meiner Erinnerung mit dieser seiner Ferienstimmung verbunden. Wir wohnten im »Esplanade«, wo wir gut versorgt waren. In einem derartigen Hotel merkte man wenig von dem, was in Nazi-Deutschland vorging.

Die Berliner Staatsoper stellte Sir Thomas ihre besten Kräfte zur Verfügung. Der »Orpheus« war eine interessante Vorstellung mit Dekorationen von Preetorius. Die Regie lag in den Händen von Tietjen. Die Sänger waren die besten, die Berlin zur Verfügung hatte. Für den Amor wurde Maria Cebotari, die in dieser Rolle berühmt war, vom Dresdener Opernhaus verpflichtet.

Sir Thomas stürzte sich noch in der Stunde seiner Ankunft in die Arbeit und interessierte sich leidenschaftlich für die Bühnenbilder und die Regie, abgesehen von den Sängern, mit denen er sorgfältig probte. Die Tage vergingen mit Proben und Besprechungen, hinter denen alles andere zurückstehen mußte.

Einen sehr originellen Abend verbrachten wir mit Preetorius und einigen der Sänger in dem alten berühmten Lokal von Lutter und Wegener. Dieser historische Weinkeller des alten Berlin zwischen der Staatsoper und dem Schauspielhaus ist der Schauplatz der ersten Szene von »Hoffmanns Erzählungen«. Immer war er ein Treffpunkt von Schriftstellern, Musikern und Schauspielern. Nachdem der alte Kellner informiert worden war, wer der neue Gast sei, gab er uns denselben Tisch, an dem E.T.A. Hoffmann mit seinen Freunden zu sitzen pflegte und von dem er niemals in nüchternem Zustande aufgestanden sein soll. Man zeigte Sir Thomas alle Arten von Reliquien und Bilder berühmter Schauspieler, die Stammgäste in früheren Zeiten gewesen waren. Kein Wunder, daß er von der ganzen Atmosphäre bezaubert war. Wir saßen bis in den frühen Morgen. In vorgerückter Stunde stieg einer auf den Tisch und hielt eine Rede. Ich könnte nicht beschwören, daß es nicht Sir Thomas war.

Die Berliner Aufführungen waren ein großer Erfolg. Besonders der »Orpheus« hinterließ tiefen Eindruck. Das Staatsopern-Orchester liebte Sir Thomas, die Sänger folgten ihm gut. Da er besonders von der Choreographie der Orkusszene begeistert war, engagierte er die Ballettmeisterin Lizzie Maudrick, um dieselbe Szene in Covent Garden, wo das russische Ballett tanzen sollte, einzustudieren.

Sir Thomas als Herr von Covent Garden und seine Mitarbeiter — Richard Tauber — Die improvisierte »Rosenkavalier« - Aufführung

Das historische Royal Opera House Covent Garden kann auf eine ruhmreiche Vergangenheit zurückblicken. Erinnerungen großer künstlerischer Erlebnisse schwingen durch das alte Haus; eine Patina von Tradition haftet an den Räumen — an der altmodischen Galerie mit ihrem hohen Geländer, am

Zuschauerraum mit seinem roten Sammet und Gold und an den Logen mit ihren dünnen Säulen und elfenbeinfarbenem Getäfel. Geheimnisvoll ist die Atmosphäre der altmodischen, gewundenen Treppen; das glasbedeckte Foyer mit seiner Bar bringt heitere Stunden ins Gedächtnis zurück. Der schwere rote Vorhang mit den Initialen des regierenden Königs erweckt die Erinnerung an die weihevolle Stimmung großer Galavorstellungen.

Für Sänger war Covent Garden immer ein heißer Boden; denn das englische Publikum, an das Beste gewöhnt, ist in bezug auf Stimmen besonders anspruchsvoll. In einigen Städten Italiens und Frankreichs und in allen größeren Städten Deutschlands spielt (oder spielte damals) die staatlich subventionierte Oper das ganze Jahr hindurch. So konnte der Spielplan für ein ganzes Jahr im voraus eingerichtet werden. Im Gegensatz hierzu drängte sich in dem von privater Unterstützung abhängigen Covent Garden alles auf die kurze »Season« der Monate Mai und Juni zusammen. Während dieser Zeit war die Oper allerdings nicht nur ein musikalisches, sondern auch ein gesellschaftliches Ereignis ersten Ranges. Die englische Gesellschaft pflegte während dieser Monate vom Land hereinzukommen. Aus dem ganzen britischen Empire kamen die Besucher, und auch die Diplomaten nahmen gerne ihren Heimaturlaub während der Season. In normalen Zeiten war meist ein ganzes Jahr vorher keine einzige Loge mehr zu haben; sie trugen außen Schilder mit den Namen ihrer Inhaber. Monatelang im voraus waren die Restaurants in der Nähe von Covent Garden für den »Dinner Interval« zwischen den »Ring«-Aufführungen belegt, und nach der Oper saß man bis in die Nacht hinein in den großen Hotels, wie dem »Savoy«. Dieses Leben ist nun vorbei — und wird auch wohl nicht mehr wiederkommen.

Aber die wirklichen Musikliebhaber waren nicht in den Logen zu finden. Sie saßen auf den billigen Plätzen, in den oberen Rängen und auf der Galerie. Wenn man das Opernhaus spät nachts, am Abend vor einer populären Oper verließ, konnte man eine lange Schlange Ausdauernder sehen, die mit Klappstühlen und Butterbroten bewaffnet die ganze Nacht durch geduldig warteten, bis die Galerie für die Aufführung am nächsten Abend geöffnet wurde.

Es war ein seltsames Erlebnis für mich, nun in diesem berühmten Opernhaus zu arbeiten, das eine so ganz andere Organisation hatte als die Theater, an die ich gewöhnt war. Als die praktischen Vorarbeiten zur Season begannen, hatte ich schon sieben Monate mein Büro in Covent Garden, doch brauchte alles seine Zeit, und genau so, wie ich erst lernen mußte, mich in den vielen Anbauten, Gängen und Seitenflügeln zurechtzufinden, gewann ich erst langsam und allmählich ein Verhältnis zu den vielen im Opernhaus arbeitenden Menschen.

Sir Thomas Beecham war Chef des Hauses, und es ist kein Zweifel, daß es nur seiner unermüdlichen Energie, seiner rastlosen Hingabe und seiner persönlichen Opferwilligkeit zu danken ist, daß dieses Opernhaus im Herzen des britischen Empires sein hohes Niveau aufrechterhalten konnte. Wie schwer das Finanzieren einer Opernsaison war, ist für den Außenstehenden nicht leicht zu verstehen, denn schon ehe ein Budget aufgestellt werden konnte, hatte man mit der enormen Miete für das Haus zu rechnen.

Sir Thomas galt als Zyniker und gibt sich der Welt gegenüber gern als solcher. In Wirklichkeit ist er das gerade Gegenteil. Er ist ein leidenschaftlicher Idealist, voller Sensibilität. Unter dem Deckmantel seines beißenden Spottes und der Ironie seiner gepfefferten Reden, in denen er unbefriedigende Zustände geißelt und das englische Publikum auffordert, ihn in seinem Kampf um das englische Musikleben zu unterstützen, hat er der englischen Nation nicht nur ein Vermögen, sondern auch sein Herzblut gegeben.

Der Coronation Season galt natürlich sein ganzes Interesse, und er widmete sich ihrer Vorbereitung mit größter Sorgfalt. Monatelang vorher schon begann er alle Opern mit dem Orchester allein durchzuprobieren. Während dieser Proben hörte man nie ein lautes Wort. Nur ganz gelegentlich mal konnte man ihn »Hey« rufen hören.

Sobald die Generalproben angefangen hatten, wurde die Stimmung natürlich etwas gespannter. Besonders einmal, bei der Generalprobe der «Götterdämmerung«, schien alles auf der Bühne schief zu gehen. Die Dekorationen waren nicht fertig aufgestellt. Die Beleuchtung funktionierte nicht. Der Siegfried hatte sich unter irgendeinem Vorwand geweigert, zur Probe zu kommen. Die Atmosphäre stand auf Siedehitze. Plötzlich ertönte aus der Versenkung leichtbeschwingt ein Wiener Walzer. Das Orchester hatte mit der »Blauen Donau« die Luft gereinigt. Sir Thomas, der immer mit seinem Orchester mitging, reagierte sofort, rannte von der Bühne herunter an sein Pult, ergriff den Taktstock und dirigierte die »Blaue Donau« in voller Wagnerbesetzung, sogar mit Tuben. Auf der Bühne war man im Augenblick sprachlos. Der deutsche Souffleur streckte seinen Kopf aus dem Souffleurkasten und murmelte hörbar: »In Dresden wäre dies einfach unmeeglich!«

Obwohl der Proben- und Aufführungsplan lange vorher ausgearbeitet war, wurde der tägliche Stundenplan immer erst in letzter Minute ausgegeben. Manchmal war ein Schiff von Amerika verspätet, oder der Urlaub eines Sängers wurde verschoben, oder eine Probe, mit der man nicht gerechnet hatte, erwies sich als notwendig. Die Dirigenten verlangten immer viele Proben, jedoch die Sänger, besonders die berühmten, wollten stets ein großes Honorar, aber wenige Proben. Kein Wunder, daß manchmal guter Rat teuer war.

Einige der Sänger kamen seit vielen Jahren zur Season, und da die Garderobiers auch seit vielen Jahren die gleichen waren, herrschten ungeschriebene Gesetze, denen sich jeder in den Ankleideräumen in Covent Garden beugte. Melchior, der Liebling der Londoner, hatte seine besonderen Gepflogenheiten. So wäre es völlig ausgeschlossen gewesen, ihm je einen anderen Garderobier zu geben als seinen geliebten »Bill«. In Melchiors Garderobe war stets etwas los. Hatte er gerade Pause, so wollte er unterhalten werden, wobei er meist nur mit dem allernötigsten bekleidet war. Währenddessen erledigte Kleinchen die Korrespondenz oder auch ihre Finanzgeschäfte mit ihrem kunstbegeisterten Londoner Bankier, welcher niemals im Theater fehlte, wenn Melchior sang. Manchmal schrieb sie auch Dutzende von Autogrammen für ihren Gatten, worin sie es zu einer unerreichten Meisterschaft gebracht hatte. Um Melchiors war es immer sehr heiter und friedlich — wenn alles nach ihren Wünschen ging.

Dies traf auch auf künstlerischem Gebiet zu. So wurde zum Beispiel erzählt, daß Melchior im ersten Akt von »Tristan« nach seiner ersten Szene niemals auf dem Schiff stehen geblieben war, sondern in seine Garderobe zurückging, dort einige Liter Grapefruitjuice trank und dann erst wieder für seine zweite Szene auf das Schiff zurückkehrte. Aber auf Grund einer neuen Konstruktion des Schiffes war es unmöglich für ihn geworden, diese Gewohnheit beizubehalten, ohne daß es vom Publikum bemerkt wurde. Melchior wehrte sich gegen die Neuerung und wollte wie üblich durch den Ozean waten; als aber Sir Thomas darauf bestand, daß sein Tristan an Bord zu bleiben habe, erklärte Melchior — so wird es wenigstens erzählt — , er könne sich zwar Sir Thomas' Wünschen nicht widersetzen, aber er verlange für dieses »Opfer« eine Flasche Champagner pro »Tristan«-Aufführung. Angeblich soll sich Sir Thomas treulich an diese Abmachung gehalten haben. Melchiors wurden manchmal in die Hofloge gebeten, wobei er dann ungeniert in seinem Tristangewand vom dritten Akt oder gar nur mit seinem Siegfriedfell bekleidet durch eine sonst verschlossene Verbindungstür die Royal Box betrat.

Der Kurwenal des »Tristan«, Herbert Janssen, ist wohl der erschütterndste »Amfortas«-Darsteller in der Welt. Aber in den endlosen Pausen zwischen seinen Auftritten im »Parsifal« mußte er richtig unterhalten werden, damit er sich von der Anspannung, die diese Rolle mit sich bringt, erholen konnte. Für denjenigen, der, ergriffen von der Aufführung, hinter die Bühne kam, war es schwer, den monumentalen und tragischen »Amfortas«, dem behaglichen Janssen wiederzuerkennen, der heiter über seinem Kreuzworträtsel saß oder sich mit seinem Garderobier Horace neckte; dieser hatte ein besonderes Talent, den Tee und die ungezählten Sandwiche, die Janssen in seinen Pausen zu verzehren pflegte, nett angerichtet hereinzubringen. Stets war Janssen bereit zu einem Gespräch, während seine Frau ruhig dabeisaß, strickte oder las.

Miß Mary Newbery, die Obergarderobiere, war eine würdevolle Erscheinung. Einmal zogen sie und ich gemeinsam eine Künstlerin an. In der Aufführung des »Rosenkavaliers« vom 4. Mai 1938, in der Lotte Lehmann auf der Bühne zusammenbrach, konnte die Vorstellung nur weitergehen, weil Hilde Konetzni, die sich unter dem Publikum befand, bereit war, sofort einzuspringen. Die Zuhörer wurden gebeten, sich kurze Zeit zu gedulden. Ich eilte sofort hinter die Bühne, um nach Lotte Lehmann zu sehen, und ging dann in die Garderobe von Hilde Konetzni. Letztere war um ein beträchtliches umfangreicher als Frau Lehmann. Als ich ihr Zimmer betrat, wurde sie gerade in deren Kostüm »eingenäht«; aber auf dem Rücken klaffte immer noch eine Riesenlücke. Ich trug gerade ein langes schwarzes Sammetcape über meinem Abendkleid, und Miss Newbury schlug vor: »Wenn Sie nichts dagegen haben, Fräulein Doktor, glaube ich, daß Ihr Cape gerade das ist, was wir brauchen.« Wir drapierten es um Hildes Rücken, und damit angetan betrat sie als pompöse Marschallin die Bühne.

Die Verhältnisse lagen in London ganz anders und in vielem schwieriger als in einem laufend spielenden Opernhaus, wo man seine Besetzung und die entsprechenden Substituten leicht zur Hand hat. Das Publikum wollte natürlich bei einer internationalen Saison auch internationale Sänger hören. Es war oft ein gewagtes Spiel, bei einer sehr speziellen Besetzung keinen entsprechenden Ersatz in erreichbarer Nähe zu haben. Wurde ein Starsänger krank, so saß man da. Die folgende Geschichte zeigt, wie schwierig und verantwortungsvoll in solchem Falle ein schnelles Handeln war:

Richard Tauber hatte endlich das Ziel seiner Sehnsucht erreicht und war in Covent Garden für »Entführung« und »Don Giovanni« engagiert worden (1938). Eines Abends, knapp vor der Premiere der »Elektra« in dieser Spielzeit, welche Sir Thomas dirigieren sollte, kam ich in unser Büro zurück. Ich fand da, rothaarig und elegant, Frau Tauber, die um Sir Thomas wie ein Wirbelwind herumtobte. Ihr Mann habe rote Stimmbänder, sie würde ihm in keinem Fall erlauben, am kommenden Tag aufzutreten. Ich habe mich immer als ziemlich kompetent betrachtet, mit aufgeregten Frauen von Tenören umzugehen, und Sir Thomas war bekanntlich ein Meister auf diesem Gebiet, aber mit Frau Tauber war nicht fertig zu werden. Er erkannte sofort, daß er seine Pläne ändern müßte. Unmittelbar vor Beginn einer so schwierigen Vorstellung hatte er keine andere Wahl, als schnellstens seine Anweisungen zu erteilen. So befahl er: »Doktor, entweder schaffen Sie mir einen anderen Tenor für die morgige ‚Entführung', oder Sie müssen die ganze ‚Rosenkavalier'-Besetzung von Berlin für morgen anstatt für übermorgen herzaubern. Ich kann mich beim besten Willen um nichts kümmern, ich muß jetzt ‚Elektra' dirigieren. Nach der Aufführung erwarte ich Ihren Bericht über das, was Sie erreicht haben.« Sprachs und verschwand.

Ich hängte mich sofort ans Telefon und versuchte zunächst, einen Tenor aufzutreiben. Helge Roswaenge von Berlin war nicht frei, so rief ich München an, um es mit Patzak zu versuchen. Die Münchener Staatsoper teilte mir mit, daß er frei sei, aber um diese Zeit des Tages hielte er sich gewöhnlich in Tegernsee auf. Die Hoffnung auf Patzak mußte ich aber schnell aufgeben, denn als sich endlich Tegernsee meldete, wurde mir mitgeteilt, er sei auf den See hinausgefahren. Nachdem also die Tenorfrage sich als hoffnungslos erwiesen hatte, setzte ich mich mit der Berliner Staatsoper in Verbindung, um die Situation bezüglich der »Rosenkavalier«-Besetzung zu ergründen. Die Staatsoper war sehr entgegenkommend. Frau Lemnitz, die Hauptperson, war gottlob nicht beschäftigt, und so rief ich sie an. In solchen Momenten lernt man einsehen, wie sehr man vom guten Willen der Sänger abhängig ist. Frau Lemnitz erklärte sich bereit, zu kommen und die anderen mitzubringen, vorausgesetzt, daß sie im Morgenflugzeug der Lufthansa nach London noch Plätze bekämen. Es wurde ausgemacht, daß sie dies versuchen und mich nachts um zwei Uhr in meiner Privatwohnung wieder anrufen würde.

Nach Schluß der Vorstellung erschien Sir Thomas, angeregt von »Elektra«. Er nahm meinen Bericht entgegen und verabreichte mir zur Stärkung zunächst ein Glas Champagner. Mitten in der Nacht rief Frau Lemnitz an. Alles war in Butter. Sie würden alle zusammen eintreffen. Ihre Plätze im Frühflugzeug hatten sie Fahrgästen zu danken, die zugunsten von Covent Garden auf die Reise verzichteten.

Das Galakonzert in Paris — Beginn der Coronation Season in London — Zwei Prinzessinnen — Furtwängler und die Berliner Philharmoniker in London — Friedelind Wagner — Toscanini in London — Die Wiener Philharmoniker

Mitte März war ich wieder auf dem Weg nach Paris, um dort bei den letzten Vorbereitungen für das Konzert der Londoner Philharmoniker mit Sir Thomas, das für den 16. März angesetzt war, anwesend zu sein. Seit dem Jahre 1928, als ich das erste Konzert des Berliner Philharmonischen Orchesters unter Furtwängler in Paris vorbereitete, war ich vertraut mit der Art, wie Galakonzerte in der Pariser Oper gehandhabt wurden. Aber ohne es recht sagen zu können warum, empfand ich, daß dieses englische Galakonzert eine ganz andere Atmosphäre hatte als die deutschen. Eine andere Gesellschaftsschicht war beteiligt.

Am Abend des Konzertes bot die Pariser Oper ein prächtiges Bild. Auf der historischen Treppe standen die »Gardes Republicains« mit ihren malerischen Uniformen. Die französische Regierung, an der Spitze Präsident Lebrun, war vollständig anwesend, und ein Publikum, das seither in alle Winde zerstoben ist, füllte das Haus. Vertreter aller Ministerien und das diplomatische Corps wohnten dem Konzert bei.

In London war damals ein äußerst lebendiges und angeregtes Leben. Während des ganzen Sommers reihte sich ein gesellschaftliches Ereignis an das andere. Die großen Häuser, die Botschaften und die Dominion-Vertretungen rüsteten sich für ihre Empfänge während der Coronation Season.

Eines der gastlichsten Häuser war Kent House, das Heim von Sir Saxton und Lady Noble. Das Haus hatte einen großen Konzertsaal und war für seine Jade- und China-sammlung berühmt. Dort war ich einmal mit der Prinzessin Marie Louise zum Abendessen eingeladen. Wir waren nur zu dritt, und ich freute mich, einer Enkelin der Königin Victoria in so intimem Kreis zu begegnen. Die Prinzessin hatte viele bedeutende Menschen gekannt, und da wir allein waren, konnte sie uns viel aus einer vergangenen Zeit erzählen. Sie sprach von den Sonntag-Mittagessen beim alten Kaiser Wilhelm; sie hatte natürlich die Kaiserin Friedrich gekannt, die ihre Tante und die älteste Schwester ihrer Mutter war, und sie hatte Bismarck getroffen. Die Prinzessin war durch und durch musikalisch und hatte ihre äußerst bestimmte Ansicht über Opern, Dirigenten und Sänger. Sie war eine große Wagnerianerin und erzählte mir, daß ihre Liebe für Wagners Musik aus der Zeit stammte, als sie mit Cosima zusammen den Proben auf dem Festspielhügel beiwohnte. Wenn irgend möglich versäumte sie nie eine Vorstellung in Covent Garden, und bei Wagner-Opern saß sie zusammen mit ihrer Schwester, der Prinzessin Helena Victoria, im Parkett.

Kurz darauf gab Lady Noble eine kleine Abendgesellschaft, bei der die Prinzessinnen Marie Louise und Helena Victoria zugegen waren. Die Unterhaltung drehte sich um die bevorstehenden Krönungsfeierlichkeiten. Von Jugend an hatte ich unseren alten Großherzog Friedrich von Baden verehrt, und ich war aufgewachsen in einer Zeit, in der der Staat durch einen Monarchen verkörpert wurde. »Mich ergreift so sehr der symbolische Gedanke der Krönung«, sagte ich, »und ich werde bestimmt ins Kino gehen, um mir die ganzen Feierlichkeiten anzusehen.« »Aber warum müssen Sie denn in das Kino gehen?«, fragte Prinzessin Marie Louise, »warum gehen Sie denn nicht zu Ihrem Botschafter?«

Wie sollte ich ihr erklären, daß »mein Botschafter« mich niemals einladen würde. Es war schwer genug, die durch das

Naziregime erwachsenen Komplikationen Ausländern zu erklären, geschweige denn königlichen Prinzessinnen. So sagte ich einfach: »Mein Botschafter ist bestimmt der letzte Mann in London, der mich einladen würde, die Coronation zu sehen«, worauf ich prompt zur Antwort bekam: »Dann werden wir Sie einladen.« Ich weiß noch heute, wie mir das Blut in den Kopf schoß, so verlegen wurde ich, denn ich hatte mich an dieser Unterhaltung voller Arglosigkeit und ohne jeden Nebengedanken beteiligt.

Die Prinzessinnen hielten ihr Versprechen. Einige Tage später bekam ich ein Riesencouvert mit einer Einladung, auf der geschrieben war: »Gast der Prinzessinnen«, dabei genaue Anweisungen, wie ich auf meinen Platz gelangen würde, und ein braunes Schild für mein Auto und anderes mehr. Ich war aufs tiefste gerührt von dieser freundlichen Geste, und der Krönungstag, an dem die ganze Macht des britischen Empire in symbolischer Weise zutage trat, bleibt für mich ein unvergeßliches Erlebnis.

In der letzten Woche vor Beginn der Coronation Season ging es im Opernhaus bereits zu wie im Taubenschlag, oder mehr noch wie im Turm von Babel. Alle Sprachen schwirrten durcheinander.

Der Eröffnungsabend einer Covent Garden Season war ein einzigartiges Erlebnis, und keine andere offizielle Angelegenheit kam ihm an Pracht der zur Schau getragenen Toiletten und Juwelen gleich. Aber nicht nur die Auserwählten, die der Vorstellung beiwohnten, waren in gehobener Stimmung, auch das Volk in den Straßen um das Opernhaus nahm an der allgemeinen Erregung teil und staute sich in der Nähe des Eingangs.

In der Halle flammten die Blitzlichter von allen Seiten auf — die Ankommenden wurden photographiert. War man im geringsten Zweifel über den Grad an Berühmtheit, dessen sich jemand erfreute (oder sich zu erfreuen bestrebt war), so brauchte man nur zu beobachten, wie sich die Pressephotographen wie Jäger auf ihre Beute stürzten, die sie entweder hoch einschätzten — oder verachtungsvoll die Versuche irgendeines eifrigen Parvenus ignorierten, der sich in den Mittelpunkt eines Bildes drängen wollte.

Die reich uniformierten Türsteher verfügten über ganz ungewöhnliche Autorität. Sie hatten ihr eigenes Ritual, um zu verhindern, daß weggehende Gäste, die vielleicht gern auf der Schwelle des Hauses zu einem letzten Gespräch verweilt wären, den Verkehr aufhielten. Auch wenn einer der ersten Peers des Empire länger als einen Moment beim Abschied von seinen Freunden stehengeblieben war, ertönten mit Stentorstimme die anklagenden Worte: »Der Wagen des Herzogs von Blankshire hält den Verkehr auf« — und dieser Ruf wurde so lange wiederholt, bis seine Herrlichkeit eingestiegen und weggefahren war.

Man weiß, daß nicht alle Besucher nur der Musik wegen kamen; für viele bestand die Anziehungskraft des Abends nur in dem gesellschaftlichen Ereignis. Aber wie genossen wir anderen die Eröffnungsvorstellung des »Othello«, welche Sir Thomas dirigierte. Als Auftakt des Abends intonierte Sir Thomas mit Schwung und dem ganzen Stolz des Briten die Nationalhymne. Während sie das Haus mit ihren Gesängen erfüllte, hörte sie das Publikum stehend an, bis die Lichter verlöschten und die Ouvertüre begann.

Alle Ehrungen des zweiten Abends galten den französischen Gästen. Die Aufführung von »Ariane et Barbe-Bleue« von Dukas wurde von Philippe Gaubert, dem ersten Dirigenten der Pariser Oper, geleitet. Monsieur Rouche und andere französische offizielle Persönlichkeiten, welche von Paris eingetroffen waren, wurden feierlich im Foyer empfangen. Eine Aufführung von »Ariane« kann wegen des unheimlichen Inhaltes schwerlich je ein lauter Erfolg sein, aber Germaine Lubin als »Ariane« war einer der stärksten Eindrücke der Season. Frau Lubin ist unberechenbar und kapriziös und dabei unendlich anziehend. Ob sie Isolde, Ariane oder Alceste darstellt, immer hat sie königliche Würde, Einfachheit und Größe.

In der ersten Woche gab es eine »Parsifal«-Aufführung mit Torsten Ralph als Parsifal, Herbert Janssen als Amfortas, Ludwig Weber als Gurnemanz und der wunderbaren Kerstin

Thorborg als Kundry. Wie bei der Besetzung von Siegfried und Brunnhilde wurde es in den letzten Jahren immer schwerer, auch den idealen Vertreter für den Parsifal zu finden.

Am Tag nach der Krönung begann der erste »Ring«. Infolge der großen Nachfrage wurden nur Karten zum ganzen »Ring« als geschlossenes Abonnement ausgegeben. Für viele Londoner Opernbesucher bildete der »Ring« stets das Hauptereignis der Season. Furtwängler vermeidet es, den »Ring« allzu oft zu dirigieren; sein Gefühl für das Heroische gibt ihm eine Einfühlungsfähigkeit in die große Trilogie, wie sie nur wenigen gegeben ist. Er lebt leidenschaftlich jeden Takt der Musik und hält seine Hörer in der gleichen atemlosen Spannung, in der er sich selber befindet.

Ursprünglich hatte Sir Thomas die Idee gehabt, mit der Coronation Season ein internationales Musikfest zu verbinden. Mit Rücksicht auf den umfangreichen Saisonkalender wurde aber der interessante Plan, verschiedene Orchester des Kontinents einzuladen, fallen gelassen. Alles, was von der Idee übrigblieb, waren zwei Konzerte der Berliner Philharmoniker unter Furtwängler, die man so gelegt hatte, daß Furtwängler nachher gleich zu den »Ring«-Proben dableiben konnte.

Sir Thomas hatte die ihm und seinem Orchester in Deutschland erwiesene Gastfreundschaft nicht vergessen und widmete dem Besuch der Berliner größte Sorgfalt. Er entsandte mich auf die Victoria-Station — offenbar mit ironischen Hintergedanken —, um Furtwängler und das Orchester in seinem und Covent Gardens Namen offiziell zu begrüßen.

Am ersten Abend dirigierte Furtwängler die »Neunte« von Beethoven, wozu er sich seine Solisten von Deutschland mitgebracht hatte. Der Chor war englisch. Eine Aufführung der »Neunten« Symphonie war für Furtwängler immer eine geheiligte Sache gewesen. Während des ersten Weltkrieges, als er Dirigent in Mannheim war, lehnte er ab, die »Neunte« auf seine Programme zu setzen. Erst nach 1918 dirigierte er dieses einzigartige Meisterwerk wieder. Auch in späteren Jahren gab Furtwängler die »Neunte« nur bei besonderen Gelegenheiten.

Am Abend nach dem zweiten Konzert hatten Sir Thomas und das London Philharmonic Orchestra die deutschen Gäste zu einem Bankett geladen; seit Monaten hatte jeder Londoner Philharmoniker zu diesem Zweck einen wöchentlichen Beitrag in eine extra zu diesem Zweck errichtete Kasse einbezahlt. Sir Thomas, der unerreicht im Arrangieren von Festlichkeiten ist, hatte diesen Abend auf das originellste vorbereitet. Die beiden Orchester waren im »Savoy« Hotel versammelt, wo in einem reservierten Raum alles auf charakteristisch englische Weise hergerichtet war. Enorme Roastbeefs wurden von weißbemützten Köpfen herumgefahren, und an Getränken fehlte es nicht. Die Musiker saßen an kleinen Tischen, fanden sich schnell mit ihren Kollegen zusammen und erneuerten die in Berlin geschlossene Freundschaft. Oben, am Ehrentisch, saßen einige Gäste, die — in Anbetracht der Nazizeiten und Prinzipien — nur von jemandem wie dem unabhängigen Sir Thomas an einem Tisch vereint werden konnten. Bei dieser Gelegenheit hielt er eine seiner gepfeffertsten Reden. Er kam auf die Deutschlandreise zurück, bei der ihn die Eintönigkeit aller an ihn gehaltenen Ansprachen, die alle die »kulturelle Verbundenheit« beider Länder betonten, so gelangweilt hatte, daß er schließlich erklärte, sie seien alle in demselben Kessel gebraut worden. »Ich habe 39 Reden gehalten«, fuhr er fort, »genau so viele wie es Glaubensartikel gibt — und alle waren verschieden. Unsere deutschen Gastgeber hingegen hielten auch 39 Reden, aber sie waren alle gleich; was von neuem die überlegene Organisation des teutonischen Geistes beweist.«

Noch herrschte Freundschaft und Unbekümmertheit, aber mit unaufhaltsamer Tragik wurde die Kluft zwischen den Deutschen und der Welt immer breiter und damit immer schwerer zu überbrücken.

In dieser Zeit erschien plötzlich Friedelinde Wagner, die damals siebzehnjährige Tochter von Siegfried und Winifred, in Covent Garden.[105] Ich hatte immer viel übrig gehabt für »Mausi«, wie sie genannt wurde. Ihr Widerspruchsgeist, ihr schneller Verstand und ihre natürliche Musikalität hatten mich angezogen. Als ich das erstemal nach Bayreuth kam, war sie zwölf Jahre alt und das ungezogenste und amüsanteste Kind, das man sich nur denken konnte.

Ich war natürlich nicht wenig überrascht über ihren Besuch, denn ich wußte, daß sie in der Schule war und daß sogar siebzehn Jahre alte Zöglinge während der Schulzeit keine eigenmächtigen Ausflüge unternehmen dürfen. »Hier bin ich«, erklärte Mausi und betrat mein Büro in Covent Garden. »Du meine Güte, was fangen wir nun mit Dir an«, rief ich aus. In diesem Moment erschien auch noch Frida Leider, damals die Brunnhilde von Bayreuth und Vertraute von Frau Wagner und Tietjen. »Um Gottes willen, seien Sie vorsichtig«, warnte sie. »Wenn die in Bayreuth hören, daß Mausi auf eigene Faust in London ist, gibt es den größten Krach. Sie muß sofort wieder in ihr Pensionat zurück.« Aber Mausi irgendwohin zurückzubefördern, wohin sie nicht will, ist leichter gesagt als getan. Sie wußte genau, was sie wollte. Nicht nur wollte sie die Opernvorstellungen in Covent Garden genießen, sondern sie wollte vor allem ihren väterlichen Freund Toscanini wiedersehen. Toscanini dirigierte im Krönungssommer eine Reihe von Konzerten bei der BBC und war mit seiner ganzen Familie und einem großen Anhang von Freunden in London. Trotz seines Zerwürfnisses mit Bayreuth bestand zwischen diesen beiden eine enge Freundschaft. Mausi benahm sich für ihre Verhältnisse sehr zurückhaltend in Covent Garden. Sir Thomas ordnete an, daß man sich um sie kümmern solle. Jede Publizität sollte mit Rücksicht auf Bayreuth vermieden werden.

Mausi blieb in London, solange es ihr beliebte, ehe sie wieder in ihre Schule zurückging. Vom Herbst 1938 an, wo sie Hitler-Deutschland für immer verließ, machte sie London zu ihrem Hauptquartier, ehe sie im Frühjahr 1941 nach Amerika weiterwanderte.

Schließlich kam der 30. Juni und damit das Ende der Saison heran. Mit einer »Tristan«-Aufführung, dirigiert von Sir Thomas, mit Walter Widdop, Flagstad und Thorburg, schloß diese denkwürdige Opernsaison. Die meisten anderen Sänger hatten schon am 17. Juni London verlassen, um in Bayreuth ihre Proben aufzunehmen.

Am Ende der letzten Vorstellung gab es eine große Beifallsdemonstration. Zum Sprechen aufgefordert, trat Sir Thomas vor den Vorhang, nachdem dieser zum letztenmal gefallen war, und leistete sich die folgenden ironischen Bemerkungen:

Die Spielzeit dauerte länger als gewöhnlich und zeichnete sich in mannigfacher Weise aus. Das bemerkenswerteste von allem war aber die Presse. Nie zuvor in der Geschichte von Covent Garden hat die Presse einen solchen Grad der Vorzüglichkeit erreicht. — Was uns anbetrifft, konnten wir dem leider nicht entsprechen. Und so mögen die nächsten sechs Monate unserer sorgfältigen Lektüre jedes Wortes des Tadels gewidmet sein, das in den Zeitungen geschrieben wurde. Wir wollen in uns gehen, denn Sie wissen, wie ernst wir alles nehmen, was über uns gesagt wird. Wir hoffen nur, daß Sie dasselbe tun. Ich fürchte freilich, Ihr starker Besuch scheint anzudeuten, daß das, was jene sagten, keine Wirkung auf Sie hatte.

Danach veränderte das Haus schnell sein Gesicht. Das russische Ballett zog ein, wunderschöne Frauen und Männer bevölkerten Gänge und Treppen. Die herrlichsten Blumen, die den Tänzerinnen von ihren Verehrern gespendet wurden, häuften sich am Abend auf der Bühne. Im Parkett, besonders in den ersten Reihen, war immer das männliche Geschlecht am stärksten vertreten; je älter die Bewunderer, desto weiter vorn saßen sie. Ich selbst war völlig im Banne dieser unvergleichlichen Tanztruppe, die seit Jahren mit dem Royal Opera House eng verbunden war. Sie hatte das alleinige Recht, im Theater zu tanzen, und ohne ihre Genehmigung durfte kein anderes Ballett in Covent Garden auftreten. Nur wer diese Frauen morgens auf der Bühne in ihren Übungstrikots in eiserner, unentwegter Disziplin hat trainieren sehen, weiß, wie teuer der überwältigende Glanz ihrer Abende und ihr kurzes Leben im Schein des Rampenlichtes erkauft ist.
Toscanini dirigierte während des Coronation-Sommers eine Reihe von Konzerten in der Queen's Hall für die BBC. Seine

Londoner Konzerte wurden stets sehnsüchtig von einer großen Gemeinde und seinen persönlichen Freunden erwartet. Viele der letzteren waren Italiener, die eigens zu dieser Gelegenheit nach London zu kommen pflegten, da sie ihn ja in Italien nicht mehr hören konnten.

Schon seit langem haben das Publikum und die Presse dem Taktstock Toscaninis fast magische Eigenschaften zugeschrieben. Toscaninis starke und unerschütterliche Haltung gegenüber der faschistischen Gefahr und seine moralische Kraft im Kampf um die Freiheit haben ihm auch menschlich die größte Achtung und Verehrung eingetragen. Seine Auffassung war der Anlaß zu vielen interessanten Diskussionen unter Musikern. Vielleicht hat der Umstand, daß er unabhängig von der Partitur dirigieren muß, Toscanini, den Fanatiker der musikalischen Wahrheit, dazu geführt, mit fast übertriebener Gewissenhaftigkeit sich größter Exaktheit zu befleißigen. Sein optisches Gedächtnis für Partituren — er dirigiert sogar alle Wagner- und Verdi-Opern auswendig — ist derart, daß er einen jeden Takt in der Partitur genau kennt. Seine Vorbereitung zu einem Konzert ist wie die Regie zu einer Oper, wo alles bis ins kleinste Detail im voraus bestimmt wird; alles wird mit dem Orchester in sorgfältigster Arbeit durchgeprobt. Nichts bleibt dem Zufall bei der Aufführung überlassen. Aber wenn der Moment gekommen ist, wirkt die Darbietung wie eine inspirierte Improvisation.

Um Toscaninis Proben beizuwohnen, mußte man eine von ihm selbst unterzeichnete Einlaßkarte haben. Ich besuchte diese Proben, so oft es mir zwischen meinen Covent-Garden-Pflichten möglich war und fühlte wieder, daß nichts interessanter ist, als der produktiven Arbeit eines großen Dirigenten beizuwohnen. Hier herrschte eine ganz besondere Atmosphäre; es war, als wenn eine Riesenfamilie sich um die Toscaninis versammelt hätte; Signora Toscanini war der Gegenstand großer Verehrung und hatte für jeden ein freundliches Wort.

Das letzte prominente Ereignis in der Kette der Coronation Festlichkeiten waren zwei Konzerte der Wiener Philharmoniker unter der Direktion von Bruno Walter, Ende Juni.

Durch Arbeit und Erlebnisse langer Jahre war ich auch aufs engste mit den Wiener Philharmonikern vertraut; und als ich am Oxford Circus Buxbaum und Rosé, diese Patriarchen des Orchesters, auf ihrem Weg nach Queen's Hall traf, fielen wir uns gerührt in die Arme.

Das erste Programm bestand aus Beethovens Es-dur-Konzert, gespielt von Schnabel, und der »Achten« von Bruckner. Ein prominentes und vornehmes Publikum und viele Musiker hatten sich versammelt.

Nach dem Konzert ging ich mit einigen der Musiker nach Soho und ließ mir alle Neuigkeiten erzählen. Die wechselnden musikalischen Machtverhältnisse zwischen Toscanini, Walter, Furtwängler und anderen standen für sie in der Mitte des Weltgeschehens und bildeten ausschließlich das Gesprächsthema des Abends.

Der Besuch der Wiener Philharmoniker in London fand seinen Abschluß in einem Empfang auf der österreichischen Gesandtschaft, wo Baron Franckenstein ein so vorbildlicher Gastgeber war. Fürstlichkeiten, Diplomaten und bekannte Persönlichkeiten der Gesellschaft füllten den großen Musiksaal. Auch eine Anzahl bedeutender Künstler und Wissenschaftler waren der Einladung gefolgt, die von den Wienern gebotene Musik zu hören. Die Bläservereinigung des Orchesters führte das Sextett für Blasinstrumente von Beethoven auf; dann sang Elisabeth Schumann, am Klavier von Bruno Walter begleitet. Zum Schluß spielte der neue junge Konzertmeister der Wiener Philharmoniker, Odnoposoff, und sein Lehrer, Professor Carl Flesch[106], hörte mit Stolz und Befriedigung zu.

Sir Thomas arbeitete bereits an seinen Plänen für die nächste Opernsaison 1938 und an seinen Konzertprogrammen für den Winter. Mitte Juli fuhr ich auf Urlaub nach dem Kontinent mit dem Auftrag, Bayreuth und Salzburg zu besuchen.

Wiedersehen mit Heidelberg — Verhandlungen in Bayreuth — Sir Thomas und die Sänger — Ferien am Starnberger See — Die Salzburger Festspiele — Mannheim im Zeichen der Naziherrschaft

Die Erinnerung an alte Zeiten und das tiefe Bedürfnis, zu erfahren, wie die alte Universitätsstadt die Stürme der Nazijahre ertragen hatte, zogen mich unwiderstehlich nach Heidelberg. Ich machte dort auf meinem Weg nach Bayreuth halt.

In den Jahren nach 1910, als ich dort Philosophie studierte, und auch nach 1918 war Heidelberg eine Oase geistigen Lebens. Große Gelehrte wirkten dort, und aus der ganzen Welt strömten die Studenten zu dieser Hochburg der Wissenschaft. Nicht einmal die Nazis hatten es vermocht, dieser Oase das Wasser abzugraben, und so gab es dort noch immer vieles, was an vergangene große Zeiten erinnerte.

Folgende kleine Begebenheit mag beweisen, was für Sorgen die Nazis hinsichtlich einer so ehrwürdigen Institution wie dieser Universität hatten. Im Jahre 1929 wurde gegenüber dem altberühmten, 1386 gegründeten Universitätsgebäude ein neues errichtet. Die Mittel hierzu hatte der amerikanische Botschafter Jakob Gould Schurmann, der selbst begeisterter alter Heidelberger Student war, in Amerika gesammelt. Friedrich Gundolf, Deutschlands großer Literarhistoriker und Shakespeare-Kenner, hatte als Motto, das am Giebel des neuen Hauses angebracht werden sollte, die Worte geprägt: »Dem lebendigen Geiste«. Die Nazis fanden es notwendig, diese Inschrift in »Dem deutschen Geiste« abzuändern.

Auch nach meiner Studienzeit war ich oft in Heidelberg. Es war ja nicht nur Universitätsstadt. Es war bekannt für seine schönen Konzerte und Musikfeste, und eines der schönsten Brahmsfeste hatte dort im Jahre 1926 unter Furtwänglers Leitung stattgefunden. Er besuchte Heidelberg alljährlich auf seinen Reisen mit den Berliner Philharmonikern, und so blieb mein Kontakt mit den dortigen Freunden, vor allem mit dem Universitätskreis, lebendig.

Während meines kurzen Aufenthaltes besuchte ich einige alte Freunde, und in der Erinnerung scheinen sie mir den Konflikt der »neuen Ordnung« mit der alten Universität zu verkörpern, welche so tapfer um die Erhaltung ihrer ehrwürdigen Tradition gekämpft hat.

Einen Nachmittag verplauderte ich mit Furtwänglers betagter Mutter, der Tochter des klassischen Philologen Gustav Wendt, der ein naher Freund von Brahms gewesen war. Ich fand sie in der Bibliothek ihres verstorbenen Gatten, des berühmten Archäologen, voller Anteilnahme am Leben ihres Sohnes.

Ich traf wieder den mutigen protestantischen Theologen Professor Martin Dibelius. Die Schlichtheit und Lauterkeit, mit der dieser große Gelehrte sich angesichts aller Anfechtungen verhielt, ruhig, würdig, heiter und fest, ist ein kleines Stück Heldentum, das, wie so vieles, wohl in unserer lauten Zeit unbemerkt geblieben ist. Und doch sind es diese Männer, welche Geschichte machen.

Anders verlief mein Besuch beim Nationalökonomen Alfred Weber. Er war wie sein verstorbener Bruder Max ein leidenschaftlicher Demokrat. Max, der berühmtere der beiden, war mit der Frauenrechtlerin Marianne Weber verheiratet. Die Webers sind »Arier«, und Alfred hätte leicht, wie so viele andere, mit dem Strom schwimmen können, um seinen Lehrstuhl zu behalten. Doch er trat kurz nach Hitlers Machtergreifung von seinem Posten zurück und widmete sich privaten Arbeiten. Als ich ihn zuletzt im Jahre 1938 sah, war er noch voller Aktivität. Im Gegensatz zu der inneren Abgeklärtheit des Theologen Dibelius und der bewußten Resigniertheit des Philosophen Jaspers, war er immer noch voll sprühender Lebendigkeit. Während ich dies schreibe, weiß ich nicht, wie ihm inzwischen die Jahre »ausgeschalteter Existenz« bekommen sind. Ein Leben in völliger Vereinsamung war im nationalsozialistischen Deutschland das Schicksal so vieler geistiger Menschen, welche keine Nazis waren, für die kein zwingender Grund zur Emigration vorlag, oder die auch keine Möglichkeit dazu hatten. Sie lebten in einer Art von Exil in ihrer eigenen Heimat, ein Schicksal, das vielleicht noch tragischer ist als das derjenigen, die ausgewandert sind.

Ein anderer Besuch galt meinem alten Lehrer, Professor Karl Jaspers. Er war wohl der bedeutendste der modernen deutschen Philosophen, bis seinem Wirken durch die Nazis ein Ende bereitet wurde. Vom Anfang seiner Laufbahn an hatte er eine große Gefolgschaft, die nicht nur auf Deutschland beschränkt war. Er kam von der Medizin (Psycho-Pathologie) her, konzentrierte sich aber später auf systematische Philosophie. Seine Vorlesungen über Religionsphilosophie, über Kierkegaard, Jesuitismus oder über Figuren wie die heilige Therese oder Ignatius von Loyola waren in ihrer Problemstellung so neu und einzigartig, daß die Studenten in Scharen zu ihm strömten. Wegen des großen Andranges konnte Jaspers nur in dem alten, berühmten Auditorium maximum lesen. Sein Schicksal war bestimmt durch seine jüdische Frau, seine getreue Mitarbeiterin, Sekretärin — und Pflegerin; denn er war von zarter Gesundheit, und ohne ihre aufopfernde Fürsorge hätte er wohl kaum die Kraft für seine Arbeit aufgebracht. Ich fand ihn als Einsiedler hinter den Mauern seines Heims voller Bücher. Allmählich hatte sich seine Verbindung mit der Welt, in der er von einer aufstrebenden Jugend vergöttert und von einsichtigen Kollegen verehrt wurde, gelockert. Er aber war der gleiche, den ich vor einigen Jahren verlassen hatte. Seine griechischen Philosophen, seine Mystiker, sein Kierkegaard, sein Kant und sein Goethe waren die gleichen. Noch immer war eine Stunde mit diesem wunderbaren Menschen, diesem lauteren und hochstehenden Geiste ein Erlebnis, von dem man lange zehren konnte. Aber diesmal verließ ich ihn nicht erhoben und voll neuer Kraft; ich verließ ihn voll Wehmut und Verzweiflung über das Schicksal, das großen Männern des ewigen Deutschland im Hitler-Reich bereitet wurde.

In Bayreuth kam ich diesmal weniger schüchtern an als im Jahre 1936. Ich war inzwischen mehrere Male beruflich in Deutschland gewesen und hatte auch viele deutsche Sänger wieder in London getroffen. Beim wochenlangen Zusammensein mit ihnen auf dem neutralen Boden von Covent Garden hatte ich meine durch die Nazierlebnisse entstandenen Hemmungen wieder etwas verloren.

An der Bahn stand Mausi Wagner in einem originellen Dirndelkleid mit roten Herzen als Knöpfen. Wir fuhren sofort in ihrem neuen Wagen los, auf der kürzlich fertig gewordenen Autobahn. Natürlich taten wir etwas, was »verboten« war, nämlich wir drehten an der falschen Stelle um und wurden auch prompt von einem Polizisten angehalten. »Heil Hitler! Bitte Namen und Adresse.« »Wagner, Wahnfried«, sagte Mausi, und der in Ehrfurcht ersterbende Schutzmann zog sich schleunigst zurück. Wir fuhren dann weiter zu der Eremitage, der alten Residenz der Markgrafen von Bayreuth, wo der unglückliche König Ludwig II. von Bayern während seines letzten Besuches bei Wagner gewohnt hatte. Und wieder umfing mich der unwiderstehliche Zauber von Bayreuth mit seiner weichen Landschaft.

Abends war eine »Ring«-Probe. Frau Wagner lud mich ein, bei »der Familie« zu sitzen, was nach der Etikette von Bayreuth eine außergewöhnliche Ehrung war. Als ich noch Furtwänglers Sekretärin war, wäre dies ein Ding der Unmöglichkeit gewesen.

Die Wagnerkinder und die »Tanten«, Gräfin Gravina, Frau Daniela Thode und Frau Eva Chamberlain, saßen zusammen in einer Reihe. Dies war das letztemal, daß ich der alten Bayreuther Generation begegnete. Keine der Töchter Cosimas ist heute noch am Leben. Die Wagnerkinder waren vollzählig versammelt. Verena, die zweite, war ätherischer und Liszt ähnlicher denn je; Wieland, der älteste, hatte sich an den neuen »Parsifal«-Dekorationen versucht und war völlig von seiner Arbeit besessen, während der kleine Wolfgang, ein Schatten des technischen Leiters Eberhardt, diesem durch das ganze Haus und über die Bühne folgte.

Am nächsten Tag begann ich meine Arbeit. Sir Thomas hatte mir ein Schreiben für Tietjen mitgegeben, worin er ihm seine Pläne bezüglich der deutschen Opern für die Saison 1938 mitteilte. Er wollte Besetzungsvorschläge für »Meistersinger«, »Rosenkavalier«, »Lohengrin« und »Fliegender Holländer«. Besonders war ihm daran gelegen, eine neue

Senta zu finden. Er wollte Furtwängler wieder als Dirigenten für den »Ring« gewinnen und schlug vor, daß Tietjen die Regie übernehmen sollte.

Nachdem sich die Auguren von Bayreuth geäußert hatten, sandte ich an Sir Thomas einen ausführlichen Bericht. Er selbst hatte sich bisher jeder Stellungnahme enthalten, denn ihm lag gerade daran, die Ansicht der andern zu hören. »Hören Sie, was Ihre Freunde vorzuschlagen haben«, befahl er mir, ehe ich abreiste. »Das wird mir eine Menge Zeit sparen.«

Seine handschriftliche Antwort auf meinen langen Bayreuther Bericht kam postwendend. Es war ein echtes Beecham-Dokument.

Obwohl Sir Thomas seine sehr bestimmten Ansichten über Sänger hat, zeigt er viel menschliches Verständnis für sie und hat eine außerordentlich geschickte Art, sie zu behandeln. Zum Beispiel würde er niemals während einer Opernsaison einen Sänger fühlen lassen, daß er längst entschlossen ist, ihn nicht wieder zu engagieren. Seine Bemerkungen über Sänger, die das Pech haben, ihm nicht zu gefallen, sind äußerst amüsant — natürlich nicht gerade für den Betroffenen. Gelegentlich wird behauptet, daß Sir Thomas eine starke Antipathie gegen Opernsänger hat. Ich habe nie einen Beweis dafür gesehen — im Gegenteil, ich habe immer die gütige, sogar oft väterliche Art bewundert, wie er mit seinen Sängern umgeht. Die folgende Geschichte scheint allerdings das Gerücht zu bestätigen:

Während des letzten Aktes von Massenets »Don Quixote« sang Frau Sadowa[107], welche die Rolle der schönen Dulcinea sang, nie mit Schaljapin (Don Quixote) und Petrov (Sancho Pansa) im Takt. Nach mehrfachen Ermahnungen von seiten Sir Thomas' rief sie schließlich verzweifelt aus:

»Ich kann's nicht ändern, Schaljapin stirbt immer zu früh.«

»Gnädige Frau, Sie sind in einem großen Irrtum befangen, kein Opernsänger ist je zu früh für mich gestorben«, sagte Sir Thomas.

Seine Antwort auf meinen Bayreuther Bericht enthielt jedenfalls eine Reihe gepfefferter Kommentare. Seine Vorschläge für die betreffenden Besetzungen entsprachen zum

Teil nicht dem Standpunkt der Gewaltigen vom Festspielhügel. Ich tat mein Bestes, durch meine freundschaftlichen Beziehungen zu vermitteln.

Von Bayreuth aus fuhr ich nach dem Starnberger See, um dort meine Ferien zu verbringen. Vieles hatte sich seit dem Sommer vorher verändert. Obwohl dies nicht gleich ins Auge fiel, spürte man, daß die Regierung des Dritten Reiches die Schraube wieder einmal fester angezogen hatte. Wie schwer war es für die Katholiken, die gewohnt waren, ihre Kinder in die Klosterschule zu schicken! Wie bedrückt waren die Bauern, die gezwungen wurden, ihre Kinder in die Hitlerjugend zu stecken! Was für Gerüchte und Geschichten wurden einem beim Friseur und in den Geschäften, vor allem aber in den kleinen, auf dem Lande verstreuten Gasthöfen erzählt, wo wir gelegentlich auf einer Radtour zu einem Glas Bier haltmachten. Obwohl der Nationalsozialismus in Bayern angefangen hatte, sah es so aus, als ob er bereits im Jahre 1937 dort auf dem Weg zu seinem Ende war.

Im Anschluß an die ruhigen und friedlichen Tage am See fuhr ich auf Wunsch von Sir Thomas nach Salzburg. Der Trubel dort war ein großer Kontrast zu der Stille des bayrischen Dörfchens. Die Umgebung der alten Bischofsresidenz ist herrlich, aber es schien mir, daß der Geist und die Atmosphäre von Mozarts Geburtsstadt mancherlei Wandlungen durchgemacht hatte.

Die Festspielgemeinde teilte sich in verschiedene Gruppen. Die Wiener Philharmoniker mit ihren verzweigten Interessen beherrschten das Feld. Dann gab es die Reinhardt- und die Bruno Walter-Gefolgschaft und nicht zuletzt den Toscanini-Anhang von begeisterten Musikern, Italienern und internationalen Enthusiasten.

Ich entledigte mich meiner Covent-Garden-Aufträge bei Dr. Kerber, dem Direktor der Festspielgemeinde, der gleichzeitig Direktor der Wiener Staatsoper war, und besuchte Proben und Aufführungen.

Das Festspielprogramm war reich und vielseitig. Ich hörte eine prachtvolle Aufführung des Requiems von Verdi unter

Toscanini. Es war auch interessant, den »Orpheus« von Gluck unter Bruno Walter zu hören, eine schöne Aufführung, soweit sie die Musik betraf.

Die Festspiele dauerten bis September und vereinigten sehr verschiedene Elemente. Die Hauptfigur war Toscanini, der trotz des Umstandes, daß die meisten andern Musiker durch alte Tradition mit dem österreichischen Musikleben verbunden waren, zweifellos die größte Anziehungskraft der Festspiele darstellte.

Furtwängler war seit vielen Jahren regelmäßig eingeladen worden, in Salzburg zu dirigieren, aber er hatte immer abgelehnt, weil er einen ruhigen und ungestörten Sommer vorzog. Im Jahre 1937 hatte er sich aber durch die eindringlichen Bitten der Wiener Philharmoniker erweichen lassen und hatte eingewilligt, Beethovens Neunte Symphonie Ende August zu dirigieren. Nach allen Berichten war diese prachtvolle Aufführung einer der Höhepunkte der Festspiele. Es hieß damals, Toscanini habe offen seine Mißbilligung über die Einladung Furtwänglers nach Salzburg ausgedrückt. Sobald dieser selbst von dem Gerücht hörte, bat er seinen italienischen Kollegen, mit dem und dessen Familie er bisher immer auf gutem Fuß gestanden hatte, um eine offene Aussprache. Toscanini erklärte unzweideutig[108], nach seiner Meinung könne man nicht nebeneinander in einem freien und einem geknechteten Lande dirigieren; in einer solchen Zeit müsse sich auch der Künstler klar für das eine oder das andere entscheiden, in diesem Falle für Bayreuth oder Salzburg. Furtwängler aber hätte zugunsten seiner Sommerruhe am liebsten auf beides verzichtet. Irgendwie sickerte dieser Meinungsaustausch der beiden Dirigenten in die Öffentlichkeit durch und bildete für einige Zeit das Tagesgespräch. Das Problem »Salzburg oder Bayreuth« war für die ganze europäische Situation symbolisch. Es sollte bald auf eine unerwartete und tragische Weise gelöst werden. Im März 1938 marschierte Hitler in Österreich ein.

Auf der Rückreise von Bayreuth nach London folgte ich der Einladung einer alten Freundin und verbrachte einige Tage in

Mannheim. Es ist schon unter normalen Umständen ein seltsam bewegendes Erlebnis, an die Stätten der Kindheit zurückzukehren, aber es ist noch seltsamer, in eine Umgebung zurückzukommen, aus der man gewaltsam vertrieben wurde. Die Rückkehr nach Berlin war aufregend genug gewesen, aber es war eine Großstadt, und mein Aufenthalt dort hatte hauptsächlich meinem Beruf gegolten. Etwas anderes war es in der kleinen Stadt, wo einen jeder von Jugend auf kannte.

Es war nicht mehr das alte Mannheim, was ich vorfand. Nur wenige der alten Freunde lebten noch dort. Die Kinder und Enkel von vielen der älteren Leute waren über die ganze Welt zerstreut. Es hat in Süddeutschland immer eine ganze Reihe alter und angesehener jüdischer Familien gegeben, und bei einigen von ihnen hörte ich über die Wanderfahrten der jüngeren Generation. Überall war es die gleiche traurige Geschichte. Die älteren Leute, obwohl sie in vielem eingeengt waren, lebten noch ein stilles Leben. Nur die wenigsten von denen, die ich damals sah, dachten daran, in ihren vorgerückten Jahren die Heimat zu verlassen.

Niemand von ihnen konnte ahnen, was ihnen bevorstand. Der neunte November 1938[109] hat dann auch in Mannheim furchtbar gewütet; Menschen wurden getötet, und Häuser, in denen ich bei diesem Besuch 1937 zu Gaste war, wurden ausgeplündert oder niedergebrannt. Massenweise wurden die Menschen in Konzentrationslager verschleppt, aus denen sie nur nach Vorzeigung eines Aulandsvisums entlassen wurden. Wer es konnte, wanderte nach diesen Novembertagen aus, aber wie wenige hatten die Möglichkeit dazu. Für die Zurückbleibenden gab es kein Erbarmen. Im Jahre 1940 (Oktober) wurden die in Baden und der Pfalz noch existierenden Juden plötzlich aufgerufen. Sie hatten sich innerhalb einer Stunde zur Deportation nach einem unbekannten Ziel bereitzuhalten; Ehegatten wurden auseinandergerissen, und nur einige Schwerkranke und Altersschwache wurden zurückgelassen. Viele, die ich persönlich kannte, starben auf diesen Transporten. Nur was sie selber tragen konnten, durften sie mitnehmen; was sie zurücklassen mußten, wurde natürlich von Nazibeamten eingesackt. Schließlich wurden die meisten dieser aus Süddeutschland Deportierten in Lagern im unbesetzten Frankreich interniert.

Aber es sollte noch schlimmer kommen. Anfang 1942 begann eine allgemeine Verschleppung der Juden, meist nach dem Osten. Seitdem sind Ungezählte von ihnen im gleichen Jahr dem barbarischen Ausrottungsprogramm der Nazis zum Opfer gefallen.

Die Auseinandersetzung zwischen Toscanini und Furtwängler in Salzburg — Wiedersehen mit Casals — Mengelbergs Schwierigkeiten mit den Londonern — Furtwänglerbesuch im Schatten der Politik — Ribbentrop in London — Der Einmarsch in Österreich — Covent Garden als Asyl emigrierter Künstler — «Elektra« unter Beecham

In England war das Musikleben jener Zeit reich und internationaler als je zuvor, und der verdunkelte politische Horizont wirkte nicht hemmend auf die Fülle der künstlerischen Pläne und deren Ausführung.

Sir Thomas Beecham konzentrierte seine Energie und sein ganzes Interesse auf das englische Konzert- und Opernleben. Für die Spielzeit 1937/38 hatte er eine Reihe von Einladungen, auf dem Kontinent zu dirigieren, aber zu meinem großen Bedauern strich er die Liste mit einem Federzug durch, indem er erklärte: »Hier bin ich nötig und nirgendwo anders.«

Um diese Zeit erschien Herbert Janssen plötzlich in London. Er war einer der besten deutschen Baritone, ein »Arier«, wunderbarer Liedersänger und Wagnerinterpret. Seit vielen Jahren war er ständiges Mitglied der Berliner Staatsoper und der Bayreuther Festspiele, und überall, wo die Rollen von Kurwenal, Wolfram von Eschenbach und Amfortas zu besetzen waren, wurde er zuerst angefragt. Er hatte innerhalb zweier Stunden seine Heimat verlassen müssen und war nach England geflohen. Die Gründe dieser Flucht waren Intrigen, Denunziationen und Berufsneid.

Sir Thomas, in seiner charakteristischen Weise, fragte nicht viel, sondern handelte. Seit siebzehn Jahren hatte Janssen regelmäßig bei den Covent Garden Seasons mitgewirkt. Nun engagierte ihn Sir Thomas für eines seiner Sonntagskonzerte und verhalf ihm dadurch zu einem neuen Anfang.

Kurze Zeit danach traf ich einen andern politischen Flüchtling. Es war mein alter Freund Pau (Pablo) Casals, der nach London gekommen war, um Toveys Cellokonzert mit Sir Adrian Boult und dem BBC-Orchester zu spielen. Dieser unauffällige Mann mit seinen dichten Brillengläsern und seiner Pfeife im Mund sieht nicht aus, wie man sich einen großen Künstler vorstellt. Wenn er jedoch zu spielen beginnt, verklärt sich sein Gesicht und nimmt einen visionären Ausdruck an. Immer ist es so bei ihm — niemals wird für ihn Kunst zur Routine, immer wieder ist sie das gleiche wunderbare Erlebnis. Zudem ist er ein starker und bestimmter Charakter und leidenschaftlicher Patriot. Er ist unbeugsam, auch in Kleinigkeiten. Nichteingeweihte konnten unmöglich ahnen welch eiserner Wille dahinter stand, wenn er mit weicher und höflicher Stimme irgendeinen Wunsch äußerte.

Damals, im Herbst 1937, hatte er blutenden Herzens seine eigene Heimat verlassen. Als leidenschaftlicher Katalonier und glühender Demokrat war er von Franco aus Spanien vertrieben worden und lebte nun in der Nähe der spanischen Flüchtlingslager bei Perpignan in Frankreich. Unsere Freundschaft war eine alte; aber seit dem Brahmsfest in Wien 1933 hatten wir uns nicht mehr gesehen. Ich suchte ihn sofort auf, als er in London ankam. Zuerst war es schwer, das rechte Wort zu finden — wieviel war inzwischen geschehen und wie tragisch war die Zeit! Dann aber sprachen wir lange über Spanien und über Deutschland, über ihn und über mich. Schließlich sprachen wir auch von Musik, und ich sagte: »Wie oft habe ich mich danach gesehnt, noch einmal die d-moll-Suite von Bach von Ihnen zu hören« — wer diese Suite einmal von ihm gehört hat, kann dies nie vergessen. »Warten Sie«, sagte er, und packte sein Cello aus, und in dem nüchternen Hotelzimmer begann er zu spielen. Die ewige Musik Bachs siegte in dieser Stunde und ließ uns für kurze Zeit die Verzweiflung über das Schicksal unserer Heimat vergessen, das wir beide — jeder auf seine Weise — bei diesem Wiedersehen empfunden hatten.

Londons musikalischer Kalender für 1938 war vollbesetzt; es blieb kaum ein Tag ohne irgendein musikalisches Ereignis. Anfang des Jahres kam Mengelberg und probte mit dem Londoner Philharmonischen Orchester Vorspiel und Liebestod von »Tristan« für sein Konzert bei der Royal Philharmonic Society. Er behandelte das Orchester, als ob es diese Musik nie zuvor gehört hätte. Die Londoner Philharmoniker zeigen nicht leicht, was sie denken; aber sie denken viel, und ihre Gedanken gehen äußerst unabhängige Wege. Das Verhältnis zwischen dem Orchester und Sir Thomas war ein sehr natürliches. Er behandelte eine Probe immer wie eine gemeinsame Unternehmung. »Wir wollen das noch einmal spielen«, pflegte er zu sagen, oder »wir wollen es einmal so versuchen.«

Mengelberg respektierte die Tradition nicht. Seine Art zu probieren ist ja bekannt, und seine endlosen Reden dabei sind eine Tortur für jeden Orchestermusiker. Ich saß auf Kohlen in dieser Probe und war nicht im mindesten erstaunt, als eines der Orchestermitglieder zu mir sagte: »Wenn er so weitermacht, gibt's bald Krach.«

Ich kannte Mengelberg seit 1924, als ich ihn mit Furtwängler in New York getroffen hatte. Er war viele Jahre lang Direktor der New-York-Philharmonic-Konzerte und in New York äußerst beliebt gewesen. Neben seinen musikalischen Vorzügen war er auch sehr gesellig, und es machte ihm nicht das geringste aus, eine ganze Nacht nach einem Konzert durchzuzechen. Er war dabei sehr gastlich, was die Amerikaner sehr schätzen. Der Leser darf nicht vergessen, daß Amerika damals »trocken« war; aber es ist kein Geheimnis, daß auch in Amerika, gerade wie anderswo, ein guter Tropfen nicht verachtet wird. Mengelberg, der mit einem Diplomatenpaß reiste, sorgte immer reichlich für die benötigte Zufuhr. In der Saison 1926/27 hatte das Philharmonische Orchester in New York drei Dirigenten: Mengelberg, Furtwängler und Toscanini. Furtwängler kam nach Mengelberg an die Reihe. Wir gingen mit dem Orchester auf eine Tournee, und als wir in Washington, unserem ersten Ziel ankamen, fragte mich der Transportleiter, Mr. Salter: »Und wo ist die Kiste?« Natürlich verstand ich nicht gleich, was er meinte, und erst allmählich dämmerte mir, daß er mit der »Kiste« wohl den Vorrat an alkoholischen Getränken meinte, den Mengelberg mit sich zu nehmen pflegte, wenn er mit dem Orchester auf Reisen ging. Furtwängler konnte auf diesem Gebiet nicht konkurrieren.

Auf Grund der alten Bekanntschaft hatte ich in der eben beschriebenen Probe das Gefühl, ich könnte etwas zur Entspannung der Atmosphäre beitragen. Ich ging daher in der Pause zu ihm ins Künstlerzimmer. Im Laufe unserer Unterhaltung bemerkte ich nebenbei, daß dieses Orchester »Tristan« unter Beecham, Furtwängler und Bruno Walter gespielt habe. Ich glaube, er hat mich verstanden, und ehe es zu einem Gewitter kam, war die Luft gereinigt.

Ende Januar kamen die Berliner Philharmoniker mit Furtwängler nach London. Nach dem Konzert trafen sich einige alte Freunde bei mir, um ihn zu begrüßen. Noch ahnte niemand von uns, was in kurzer Zeit alles geschehen würde, und daß knapp zwei Monate später Baron Franckenstein, der den Abend mit uns verbrachte, so heimatlos sein würde wie so viele, denen er sein gastliches Haus stets so menschlich geöffnet hatte.

An jenem Abend wurde mir die wachsende Schwierigkeit der Lage Furtwänglers besonders klar. Obwohl ich wußte, daß seine scheinbare Duldung des Naziregimes ihren Grund hatte in seiner Treue zu dem, was von dem ewigen Deutschland übriggeblieben war, schmerzte es mich aufs tiefste, daß er sich nicht auch äußerlich von einem System zu trennen vermochte, das unsere Heimat und ihr geistiges Leben verriet.[110]

Inzwischen mehrten sich die Anzeichen des kommenden Unheils. Hitler hatte nicht wie sonst am 30. Januar, dem

Jahrestag seines Amtsantritts als deutscher Reichskanzler, seine traditionelle Rede gehalten. Gerüchte über Unzufriedenheit in deutschen Militärkreisen waren im Umlauf. In der Armee und in hohen Regierungsposten wurde ein Revirement vorgenommen.

Der vorsichtige Außenminister von Neurath wurde abgesetzt und als Präsident eines neuen geheimen Kabinettsrates kaltgestellt. Ribbentrop wurde sein Nachfolger und von London, wo er sowieso kaum je zu sehen war, abberufen.

In punkto Ribbentrop war Hitler blind. Viele Leute bemühten sich, ihm klar zu machen, daß sein Botschafter in England glatt versagt hatte. Ribbentrop hatte zwar einige englische Freunde, aber seine eitle Art und der snobistische Luxus, mit dem er die früher so würdige deutsche Botschaft umgebaut hatte — wo Männer wie Fürst Lichnowsky mit einem Drittel seines Gehaltes ausgekommen waren —, stempelten ihn in den Augen der Engländer zum Parvenu. Er wurde dauernd bespöttelt und erhielt bald den Spitznamen »Brickendrop« oder »Ribbensnob«.

Inzwischen wurde die schon an sich so schwierige innenpolitische Lage in Österreich durch unterirdische Einflüsse aus Deutschland noch verwirrter. Nach seiner Unterredung in Berchtesgaden mit Hitler wurde Schuschnigg gezwungen, Seyß-Inquart als Innenminister einzusetzen. Damit waren das österreichische Kabinett und die Polizei an Hitler ausgeliefert.

Historische Geschehnisse brauchen ihre Zeit, um objektiv gesehen zu werden. Wie wenig schien die Welt damals zu erkennen, daß die verzweifelten inneren Wirren in Österreich der beginnende Todeskampf einer Nation waren! Jedoch Toscanini hatte bereits verstanden, denn schon am 17. Februar kabelte er aus New York an die österreichische Regierung, daß er in Zukunft weder in Salzburg noch sonst irgendwo in Österreich dirigieren würde.

Am Sonntag, dem 20. Februar, erschienen zwei verschiedene Nachrichten in der Londoner »Sunday Times«. Die eine brachte den Wortlaut eines Telegrammes, das Bruno Walter, der damals musikalischer Leiter der Wiener Staatsoper war, an Toscanini gesandt hatte und worin er diesen dringend bat, Salzburg nicht im Stich zu lassen, da dort alles beim alten bleiben würde. Die andere Nachricht besagte, daß Walters Vertrag mit der Wiener Staatsoper auf weitere drei Jahre verlängert sei. Was für ein merkwürdig gewählter Augenblick, um dies anzukündigen!

Die Lage in Österreich und ihre politischen Konsequenzen verfehlten nicht ihre Rückwirkung auf die Weltlage; schließlich begann auch England unruhig zu werden. Nach einigen erregten Parlamentsdebatten wurde das englische Kabinett auf einen Sonntag einberufen. Die Situation mußte schon sehr kritisch sein, wenn sie zu einer Unterbrechung der heiligen Wochenendruhe der Kabinettsmitglieder berechtigte.

Am gleichen Sonntag (20. Februar) hielt Hitler eine in Österreich mit Spannung erwartete Rede, die der Welt zeige, wie der Wind wehte. Am 26. Februar besuchte ich den österreichischen Gesandten in einer musikalischen Angelegenheit; äußerlich schien er ganz ruhig. Niemand konnte ihm anmerken, welche Konflikte ihn bewegten. Er war ein leidenschaftlicher Österreicher und hatte siebzehn Jahre hindurch die Interessen seines Landes am Hof von St. James vertreten. Wir sprachen über das ihm so am Herzen liegende Salzburg, über die Toscanini- und Walter-Frage, und ich bemerkte, wie unerbittlich klar er sich der drohenden Gefahr bewußt war. »Wie ist es möglich, Exzellenz, daß Sie so ruhig bleiben können?« fragte ich ihn. »In einer Krise bin ich immer so«, erwiderte er. Es war zweifellos eine Krise — niemand wußte es besser als er. Trotzdem sagte er nicht den schon seit langem festgesetzten Empfang in seinem Hause für den Opera Circle ab, bei dem Mr. John Christie von Glyndebourne sprechen sollte. Es war der letzte Empfang der österreichischen Gesandtschaft.

Am 5. März schrieb mir Furtwängler aus Wien: »Hier ist dicke Luft!« Sie schien von Stunde zu Stunde dicker zu werden, und nur ganz schnelles Handeln schien Österreichs Freiheit noch retten zu können. So entschloß sich Schuschnigg, in einem bereits auf Sonntag den 13. März angesetzten Plebiszit, das österreichische Volk zu einer freien

Entscheidung über das weitere Fortbestehen Österreichs als freier, christlicher, selbständiger Staat aufzurufen. Deutschland verhielt sich diesen Vorbereitungen gegenüber unheimlich ruhig.

Bald aber verlautete, die deutsche Armee sei im Anmarsch, und am Morgen des 11. März wurde die österreichische Bundesarmee mobilisiert. Das Plebiszit wurde abgesagt. Am gleichen Tag wurde bekanntgegeben, daß Schuschnigg am Rundfunk sprechen würde. Wir hörten seine Rede in London. Er kündigte seinen Rücktritt an, um »Blutvergießen zwischen Deutschen zu verhüten«, und schloß mit den Worten: »Gott schütze Österreich.« Dann erklangen die Variationen des Kaiser-Quartetts von Haydn, dessen Thema die wundervolle österreichische Nationalhymne ist. Eine Weile wurde noch klassische österreichische Musik gespielt — solange es irgend ging, schützten loyale Beamte den Rundfunk — ; plötzlich ertönte das Horst-Wessel-Lied. Mit Österreichs Freiheit war es aus.

Schuschnigg wurde eine Stunde nach seiner Rede verhaftet. Sofort danach zog ein nach Hunderttausenden zählender Fackelzug durch die Straßen Wiens. Alles war bis ins Letzte vorbereitet gewesen — auch die Fackeln.

Am gleichen Tag, an dem ursprünglich das Plebiszit stattfinden sollte, wurde Österreich unter dem Namen »Ostmark« dem Reich einverleibt. Was in Deutschland fünf Jahre gedauert hatte, wurde in Österreich in wenigen Wochen mit grausamer Konsequenz durchgeführt. Massenverhaftungen, Massenerschießungen, Massenentlassungen, Arierparagraph, Selbstmorde, Verfolgungen, Verzweiflung — keine der Begleiterscheinungen des Faschismus fehlte.

Viele aus Nazi-Deutschland Abgewanderte hatten sich in Österreich schon wieder eine neue Existenz aufgebaut; mit einem Schlag war das alles hin. Von neuem befanden sie sich auf einer Wanderschaft ins Ungewisse. Nicht nur solche Österreicher, denen keine andere Wahl blieb, schickten sich an, ihre Heimat zu verlassen.

Die Wiener Staatsoper war eine der ersten Institutionen, bei der sich der Umschwung auswirkte. Bruno Walter war damals in Holland. Er hatte viel in Frankreich dirigiert und beschloß, sich jetzt dort niederzulassen. Ein besonderes Dekret machte ihn zum Franzosen. Aber er sollte sich seiner neuen Staatsbürgerschaft nicht lange erfreuen. Bereits 1940 war er wieder auf der Wanderschaft und hat jetzt in Amerika eine Heimat und ein reiches Tätigkeitsfeld gefunden. Da die Nazis seiner Person in Wien nicht habhaft werden konnten, versiegelten sie seine Wohnung, und sein Besitz wurde versteigert.

Die »untragbaren« Kräfte der Wiener Staatsoper verschwanden sofort, während neue Leute schnell die Gelegenheit ergriffen, sich in den Vordergrund zu drängen. Das weltberühmte Orchester der Wiener Philharmoniker, das 1942 sein hundertjähriges Bestehen feiern sollte, kam sofort unter Nazigewalt.[111] Sein unternehmender Vorsitzender, ein großer Verehrer von Toscanini und Bruno Walter, verschwand spurlos, ohne Abschied, und tauchte später in Kanada wieder auf. Eine Anzahl von Mitgliedern wurde pensioniert, unter ihnen der betagte Hofrat Professor Arnold Rose, der 57 Jahre lang an der Spitze der Wiener Philharmoniker in der Oper gestanden hatte. Rose — der Patriarch des Orchesters, wie er in Wien genannt wurde — war der einzige aus ihren Reihen, den die Wiener Philharmoniker zu ihrem Ehrenmitglied ernannt hatten. Er und Professor Friedrich Buxbaum, der berühmte Solo-Cellist der Philharmoniker, in der Welt auch durch seinen Witz bekannt, trafen bald darauf in London ein. Ein neues Rose-Quartett wurde hier gegründet, und mit wehmütigen Gefühlen lauscht eine Gemeinde, mit dem früheren österreichischen Gesandten in der vordersten Reihe, dem ersten Konzert. Es begann mit Haydns Kaiser-Quartett.

In das ehrwürdige Musikvereinsgebäude in der Canovagasse zog der Nazigeist schnell ein. In den vielen Jahren, in denen ich Furtwängler auf seinen Reisen nach Wien begleitete (1920 bis 1933), und auch bei meinem Besuch in Wien in Angelegenheiten von Covent Garden (1936) war stets mein erster Gang zum Musikvereinsgebäude gewesen. Hier saß der Generalsekretär der 1812 gegründeten Gesellschaft der Musikfreunde, Dr. Friedrich Dlabac, ein passionierter Musikliebhaber und — wie so viele Wiener — selbst ein ausgezeichneter Kammermusikspieler. Hier waren alle Neuigkeiten aus der Musikwelt schon bekannt, ehe sie passiert waren; hier war der Angelpunkt der Welt, die musiziert. Hier war auch das Archiv der Gesellschaft mit seinen Schätzen von unersetzlichen Originalmanuskripten, Künstlerporträts und Originalbriefen berühmter Musiker, betreut von Leuten, deren Leben in ihrer Arbeit aufging. Hier war die Kanzlei der Philharmoniker mit ihrer Ehrenwand voll Bilder aller Künstler, die mit dem Orchester seit seinem Bestehen verbunden waren. Hier waltete der sagenhafte Orchesterdiener Effenberger, der ein großes Zeichentalent war. Hier wehte noch die Luft von Beethoven, Schubert, Bruckner und Brahms.

Bald hörte man, daß den meisten derer, die im Musikvereinsgebäude zu arbeiten pflegten, der Zutritt verwehrt war. Sie wurden schnell durch andere Kräfte ersetzt. Dlabac überlebte den Zustand, daß »Fremde« an dieser geheiligten Stätte wüteten, nicht lange.

In Deutschland war das Mendelssohn-Denkmal vor dem Leipziger Gewandhaus entfernt worden, ebenso die Büsten Joseph Joachims aus der Hochschule für Musik in Berlin und aus dem Beethovenhaus in Bonn, wo das Joachim-Quartett seinen Zuhörern bei den Beethoven-Festen unvergeßliche Stunden der Weihe geschenkt hatte. Auch in Wien wurde dem Wahn dieser »Säuberung« gehuldigt, und so verschwanden unter anderen aus der Kanzlei der Philharmoniker die Bilder Mahlers und Walters sowie Schmutzers schöne Radierung von Rose. Die berühmte Büste Gustav Mahlers von Rodin wurde aus dem Foyer der Wiener Staatsoper verbannt und die Gustav-Mahler-Straße in Meistersingerstraße umbenannt.

Aber es gab auch Menschen, für die das Leben ruhig weiterging. In der Oper wirkten viele der nicht betroffenen Künstler nach wie vor, und alles war schon im neuen Geleise, als an Hitlers Geburtstag, am 20. April 1938, in Gegenwart des Führers eine Festvorstellung der »Meistersinger« stattfand.

Mit dem Aufhören Österreichs als unabhängiger Staat wurde die österreichische Gesandtschaft in London sofort von den

Nazis besetzt; kaum daß man den österreichischen Beamten die zum Packen nötige Zeit ließ.

Die Nazis versuchten, möglichst viele Mitglieder der österreichischen Gesandtschaft nach Wien zurückzuholen. Am 15. März erlebte ich, wie dramatisch eine solche Aufforderung werden konnte, als ich den Abend mit dem Pressechef der Gesandtschaft, dem (seither verstorbenen) Grafen Huyn und seiner Frau, verbrachte. Ein kleiner Kreis von Freunden war versammelt. Während des ganzen Abends stand das Telefon nicht still; Boten kamen von der in ihrer Liquidierung begriffenen Gesandtschaft, um Graf Huyn mitzuteilen, daß Wien auf seine Rückkehr bestünde. Aber er leistete der Aufforderung nicht Folge. In den Tagen, als die Nazis die österreichische Gesandtschaft übernahmen, hatte das österreichische Personal einen schweren Stand. Der Gesandte, Baron Franckenstein, zog so schnell aus, wie er nur konnte, obwohl man ihm vierzehn Tage zum Ordnen seiner Belange bewilligt hatte. Als Zeichen seines Protestes gegen den Anschluß weigerte er sich, nach Österreich zurückzukehren und um die britische Staatsangehörigkeit bat, die ihm sofort gewährt wurde. König Georg VI. empfing ihn in Audienz und machte ihn zu Sir George Franckenstein. Das »Plebiszit« über die Einverleibung Österreichs in das Deutsche Reich am 10. April 1938 besiegelte scheinbar endgültig Österreichs Schicksal. An der früheren österreichischen Gesandtschaft, 18 Belgrave Square, in London, prangte nun ein Schild »Deutsche Botschaft«, und die Hakenkreuzflagge wehte vom Dach.

Covent Garden wurde damals bestürmt mit Anfragen von Sängern, Korrepetitoren und Dirigenten, die Wien verlassen wollten. Erschütternde Briefe kamen, sogar von hilfeflehenden Mitgliedern des Staatsopernchores und -balletts. Soweit es in letzter Stunde möglich war, wurde alledem Rechnung getragen; Sir Thomas war immer bereit, in wirklicker Not zu helfen. Ich habe dies ja an mir selbst erlebt. Eine Reihe hervorragender Künstler, die unbehindert hätten bleiben können, verließen Wien so schnell wie möglich. Kerstin Thorborg zum Beispiel, die hervorragende norwegische Altistin, reiste in der Nacht des Einmarsches der Nazis ab, um nicht mehr zurückzukehren. Die unvergleichliche Elisabeth Schumann, deren Kunst Wien so viel verdankte, begab sich mit ihrer Familie sofort nach London. Lotte Lehmann, die bald nach Hitlers Machtergreifung aufgehört hatte, in Deutschland zu singen und sich hauptsächlich auf Wien und Salzburg konzentriert hatte, war zur Zeit des Anschlusses in New York. Sie hat ihre Heimat nicht wiedergesehen, doch hatten wir die Freude, sie und viele andere in jenem Sommer in Covent Garden zu begrüßen. Am Tag, an dem sie von Amerika ankam, sang sie im »Rosenkavalier«, und es wurde später erzählt, daß ihr Zusammenbruch während der Vorstellung durch die Nachrichten verursacht war, welche sie gerade über ihre noch in Wien weilende Familie erhalten hatte.

Mehr als je war das königliche Opernhaus Covent Garden ein letztes Asyl, nicht nur für die Sänger, sondern in vieler Hinsicht auch für das Publikum.

Eine Reihe von großen Künstlern, die vorher fast ausschließlich in Wien und Salzburg beschäftigt waren, kamen jetzt nach Covent Garden und waren beglückt, freie Luft zu atmen. Da war Richard Tauber, der Liebling der Wiener, und Erich Kleiber, der sich seit seinem freiwilligen Ausscheiden aus der Berliner Staatsoper am Tag nach Furtwänglers Rücktritt[112] am 4. Dezember 1934, auf der Wanderschaft befand. Er war gebürtiger Österreicher und hatte seine Zelte wieder in seiner Heimat aufgeschlagen, von wo aus er nach Südamerika und anderen Ländern reiste, um dort zu dirigieren. Nun war er von neuem heimatlos. Auch Rose Pauly, die einzigartige Darstellerin der »Elektra« und der »Salome«, kam zu uns.

Die Spielzeit begann mit einer Aufführung der »Zauberflöte« unter Leitung von Sir Thomas Beecham. Das festliche Bild der »first night« von Covent Garden war noch immer dasselbe. Der deutsche Botschafter von Dirksen, welcher für die ganze Saison eine Loge genommen hatte, saß ganz selbstverständlich unter all den Vertretern der Länder, die von Nazi-Deutschland bedroht wurden.

Für den Kenner war der Höhepunkt der Saison die Aufführung der »Elektra« von Strauß. Wer konnte sich der künstlerischen Leistung entziehen, in welcher eine erstrangige Besetzung — Rose Pauly, Kerstin Thorborg, Hilde Konetzni und Herbert Janssen — mit einer großartigen Orchesterleistung unter dem Stabe Beechams wetteiferten! Der sonst so zurückhaltende und stets so beherrschte Engländer geriet außer Rand und Band. Elektra (Rose Pauly) wurde von dem Feuer des Dirigenten derart mitgerissen, daß sie im dramatischsten Moment ihre zarte Schwester, Chrysothemis (Hilde Konetzni), in der Erregung so hart anfaßte, daß diese vor Schmerz in Tränen ausbrach. Das Publikum war in Ekstase, und Rose Pauly erklärte, daß sie niemals die Elektra unter solch inspirierender Führung gesungen habe. Nach der Vorstellung stürmte sie hinauf zu Sir Thomas; die Begeisterung, in der wir uns alle nach der Vorstellung befanden, fegte alle Grenzen der Etikette weg. Wir blieben die halbe Nacht bei ihm sitzen.

Sir Thomas hat über zweihundert Opern zum erstenmal in England aufgeführt, so auch die »Elektra« im Jahre 1910. Er hat darüber in seinem eigenen Memoirenbuch *»A Mingled Chime«* einen amüsanten Bericht geschrieben.

Als Richard Strauss von Sir Thomas' Absicht, die »Elektra« in der Season von 1938 zu geben, hörte, übersandte er ihm zu seinem Geburtstag die erste und die letzte Seite der Orchesterpartitur, eigenhändig geschrieben, mit einer freundschaftlichen Widmung. Während der Luftangriffe im September 1940 wurde Sir Thomas' Wohnung von einer Bombe völlig zerstört, und damit verschwand dieses Zeichen einer jahrelangen Freundschaft, mit so vielen anderen unersetzlichen Schätzen.

Sommer 1938 in Deutschland — Ein Mitarbeiter von Pastor Niemöller — Begegnung mit »Putzi« Hanfstaengl in England — Die tschechoslowakische Krise — Meine Mutter emigriert von Berlin nach London

Am 9. Juli ging ich auf Urlaub nach Deutschland und erledigte dort gleichzeitig einige geschäftliche Dinge. Es sollte mein letzter Aufenthalt in meiner alten Heimat sein. Meine persönlichen Freunde waren die gleichen, und meine beruflichen Aufträge konnte ich so glatt erledigen wie zuvor. Doch vom Augenblick an, als ich den deutschen Boden betrat, hatte ich das deutliche Gefühl tief einschneidender Veränderungen. Es war unschwer zu sehen, daß sich die Dinge in bedrohlicher Richtung entwickelten.

Nach kurzem Aufenthalt in Berlin ging ich für drei Tage nach Bayreuth. Dort hörte ich die Generalprobe zum »Tristan« mit den neuen Dekorationen von Preetorius. Noch einmal sah ich all meine Freunde, noch einmal umfing mich der Zauber des Festspielhügels — und doch . . .

Nach Salzburg ging ich nicht. Schnell hatte man sich dort umgestellt. Es war, als ob ein Max Reinhardt, ein Hofmannsthal, Bruno Walter und Toscanini nie existiert hätten. Es war ja leicht, mit den vereinten deusch-österreichischen Kräften weiterzuspielen; außerdem rissen sich die Italiener um die Mitwirkung bei den Aufführungen. Furtwängler, der ursprünglich hatte absagen wollen, willigte nach langen Verhandlungen ein, vier »Meistersinger«-Aufführungen und ein Konzert zu dirigieren. Wie üblich stellte dies einen Kompromiß zwischen seinem ursprünglichen Entschluß und dem Druck der Nazis dar.

Am 24. Juni fand in München die Welturaufführung von Strauss' neuer Oper »Friedenstag« statt. Bei dieser Gelegenheit waren Musikfreunde, Verleger und Musikkritiker aus der ganzen Welt wohl zum letztenmal vor dem Krieg in Deutschland vereint. Alles sprach vom kommenden Krieg. Freunde legten mir des öfteren nahe, abzureisen. — »Man kann nie wissen.« Am Starnberger See konnten die Menschen nachts nicht schlafen; das unablässige Rollen der Züge nach der tschechischen Grenze hielt sie wach. Trotzdem konnte ich an die Ungeheuerlichkeit eines Krieges immer noch nicht glauben.

Am 22. August verließ ich Deutschland; diesmal für immer — oder wenigstens für den Rest des Tausendjährigen Reichs.

Eines Tages hatte ich einen seltsamen Besucher, einen Mitarbeiter und Freund von Pastor Niemöller. Er war einer der wenigen, die durch ihre Abgeklärtheit und Kraft imstande sind, die Menschen wirklich aufzurichten. In Zeiten von Not kann man sich letzten Endes nur selber helfen, und doch ist man für ermutigendes Verstehen so dankbar. Als ich jede Hoffnung aufgegeben hatte und dachte, daß mein Leben zerstört sei, hatten die moralische Kraft und der unerschütterliche Glaube dieses Mannes, daß das Wahre und Gute am Ende siegen müsse, mich mit der festen Überzeugung erfüllt, daß es eine geheimnisvolle Vorsehung gibt, welche unser Schicksal bestimmt. Niemals werde ich die Neujahrsnacht nach Weihnachten 1934, nachdem Furtwängler und ich uns getrennt hatten, vergessen. Unwiderstehlich hatte es mich durch die verschneiten Straßen in die Zwölf-Apostel-Kirche gezogen, in der dieser Mann seine Silvesterpredigt hielt. Es waren viele unbekannte Gesichter bei diesem nächtlichen Gottesdienst, aber viele sah ich, von denen ich wußte, in welch großer Bedrängnis sie waren. Die übervolle Kirche mit der atemlos lauschenden Gemeinde und der Priester, der, aufrecht und unerschrocken, das verkündigte, was er als seine Sendung fühlte, und der uns damit allen Kraft und Zuversicht gab, hat sich mir unauslöschlich eingeprägt. Nun war er auf eine Einladung des Bischofs von Chichester nach England gekommen. Alles war eingeleitet, ihm und seiner Familie in England ein Heim zu bereiten; denn England war damals im wahren Sinne das »Gelobte Land«. Trotzdem war er entschlossen, nach einem kurzen Besuch wieder nach Deutschland zurückzukehren und seine Gemeinde nicht im Stich zu lassen. Soweit ich seither erfuhr, kam er ins Konzentrationslager und lebt jetzt wieder in seinem Pfarrhaus oder dem, was davon übrig blieb. Wie mutig sind diese Art Menschen, und wie wenig weiß man von ihrer still ausharrenden Tapferkeit!

Die Zufälle des Lebens nehmen es bisweilen mit den Ausgeburten einer Phantasie auf. Eines Nachmittags schlug ein englischer Freund mir vor, ihn zu Bekannten aufs Land zu begleiten. Nach einstündiger Fahrt kamen wir auf einem schönen englischen Landsitz in Surrey an. In der Halle entdeckte ich unter den Gästen . . . Dr. »Putzi« Hanfstaengl, der nach seiner Flucht aus Deutschland zurückgezogen in einem Vorort Londons lebte. Bei seinem Anblick stiegen sofort die Erinnerungen an die qualvollen ersten Monate des Hitlerregimes in mir auf. Hanfstaengl war Hitlers Pressechef gewesen und hatte zuerst großen Einfluß auf den Führer, der sich von Putzi den neuesten Tratsch berichten und Klavier vorspielen ließ. Außer seiner offiziellen Tätigkeit war Hanfstaengl eine Art von Hofnarr, bis die Eifersucht von Hitlers Umgebung ihn fast das Leben kostete. Hanfstaengl war ständiger Gast bei Hitlers vielbesprochenen Mittagessen, und in den ersten Monaten der Unsicherheit wurden dauernd Tischgespräche zwischen Hanfstaengl und Hitler von Mund zu Mund weitergegeben. Er hatte den Führer über Deutschlands Musikleben, wie es seiner Ansicht nach sein sollte, belehrt. Auf diese Weise war Hindemiths Kopf »gefallen«, und auch über mich hatte diese seltsame Tafelrunde zu Gericht gesessen.

Niemand kann mir verdenken, daß ich diesem unerwarteten Zusammentreffen nicht mit der Überlegenheit einer Weltdame gewachsen war! Indessen schüttelte mir Hanfstaengl, den ich vorher nicht persönlich kannte, wärmstens die Hände und sagte: »Liebes Fräulein Doktor, ich habe mich wirklich gefreut, daß sich bei Ihnen alles so gut gewendet hat«; als ob er sein Leben lang mein bester Freund gewesen wäre.

»Wie können Sie so etwas sagen«, rief ich aus, »Sie, der dem Hitler erzählt hat, ich hätte drei Kinder von Furtwängler und der daran schuld ist, daß er mich so behandelt hat!« Ich war in heftigster Erregung; doch die Hausfrau erwies sich auf der Höhe der Situation. Sie nahm mich unter den Arm und sagte: »Ich glaube, es ist besser, wenn Sie beide sich zuerst mal im anderen Zimmer unterhalten. Möchten Sie etwas Sherry?« Eine seltsame Aussprache fand statt.

Mehr und mehr Leute trafen vom Kontinent in England ein. Viele Tschechen, welche die Ereignisse voraussahen, kamen an, und Österreicher, soweit sie ausreisen konnten. Es kamen auch Ungarn und eine Anzahl 1933 nach Italien ausgewanderter deutscher »Nichtarier«, die durch Mussolinis neue Rassengesetze wieder heimatlos geworden waren.

Am 8. September begann in Nürnberg der »Parteitag Großdeutschland«; aber nicht alle diplomatischen Vertreter der ausländischen Mächte in Deutschland nahmen am Parteitag teil. Hitler erklärte, daß sich Beneš mit den Sudetendeutschen einigen müsse. Wenn die Differenzen nicht »friedlich« behoben werden konnten, schien der Krieg unvermeidlich.

Aber das Leben in Covent Garden ging ruhig weiter. Tag für Tag war ich in meinem Büro, allein mit meinen Gedanken. Wer verursachte alle die Unruhe? Mein Land. Die Begriffe verwirrten sich. Ich hatte oft bemerkt, daß die Welt nicht immer zwischen Flüchtlingen und anderen Deutschen unterschied. Zwar hatte unser Land uns verstoßen, aber nach internationalem Gesetz waren wir immer noch Deutsche. Dies war schon in Friedenszeiten schwer genug, aber nun stand der Krieg vor der Tür. Niemand konnte es den Engländern verdenken, wenn sie in ihrer eigenen schweren Situation uns nach unserem Paß klassifizierten.

Wie ein Gespenst tauchte unausweichlich die alte Schwierigkeit, die mich aus der Heimat und von meiner Arbeit vertrieben hatte, von neuem auf. Würde ich nun wieder eine Ausgestoßene sein — in dem Land, das mich so freundlich aufgenommen hatte — und dieses Mal, weil ich »deutsch« war? Aber ich behielt meine Sorgen für mich. In solchen Zeiten zeigt sich die hohe menschliche Kultur und Güte der Engländer besonders. Während ich mich in diesen Tagen in meinem abseits gelegenen Büro leicht von den anderen Leuten im Opernhaus entfernt halten konnte, kamen meine verschiedenen Kollegen öfters zu mir herauf. Niemals fühlte ich mich vereinsamt oder schief angesehen.

Inzwischen hatten die Proben für die englische Covent Garden Season begonnen. Erst sollte drei Wochen in London gespielt und dann bis Weihnachten die Provinz bereist werden. Mit großen Schwierigkeiten hatten Opernfreunde die Mittel dazu bereitgestellt. Jedoch schleppten sich die Proben unter dem Druck der Ungewißheit, der auf jedem lastete, freudlos hin. Der Engländer behelligt niemals andere mit seinen persönlichen Angelegenheiten, und er erwartet von seinen Mitmenschen das gleiche. Aber auch der Engländer ist nur ein Mensch, und eines Tages, als die Spannung sich ins Unerträgliche gesteigert hatte, kam eine der Sekretärinnen zu mir herauf, und in dieser Stunde der Not erzählte sie mir, daß ihr Vater im letzten Krieg als vermißt gemeldet wurde und ihre Familie dann nie wieder eine Nachricht über ihn erhalten habe. Die Mutter habe die Zeit qualvollen Hoffens nie überwunden und sich nur allmählich mit ihrem Schicksal abgefunden. Sie selbst sei verlobt, und ihr Bräutigam müßte sich im Falle einer Mobilisierung sofort stellen. »Glauben Sie, daß es zum Krieg kommen wird?« fragte sie mich angstvoll. Ich weiß nicht, wer von uns beiden die Verzweifeltere war.

Am 14. September hatte die Spannung ihren Höhepunkt erreicht. Um die Mittagszeit schien alle Hoffnung auf eine friedliche Lösung dahin. Der Chor probte im Foyer für eine Aufführung, welche vielleicht nie stattfinden würde. In Friedenszeiten hörte ich mir selten die Nachrichten an; aber an diesem Nachmittag drehte ich geistesabwesend an Sir Thomas' Radio, als plötzlich eine Sondermeldung durchgegeben wurde. »Mr. Chamberlain fliegt nach Berchtesgaden!« Ein Hoffnungsstrahl! Ich rannte hinunter auf die Bühne und rief: »Kein Krieg für den Augenblick, Chamberlain geht nach Berchtesgaden.« Ungläubig hörte man meine Worte. Doch die furchtbare Ungewißheit war vorbei, und mit Begeisterung wurde die Probe wieder aufgenommen.

Das Septemberdrama nahm seinen Lauf. Der Nervenkrieg in der Tschechoslowakei begann.

Mussolini erklärte sich im Falle eines Konfliktes auf seiten Deutschlands. Chamberlain, Halifax, Daladier und Bonnet trafen sich am 18. September in London und einigten sich dahin, daß alle tschechischen Gebietsteile mit einer über fünfzig Prozent betragenden deutschen Bevölkerung an Deutschland abgetreten werden sollten. Dies war mehr, als Hitler verlangt hatte. Die Tschechen lehnten zunächst diese Bedingungen ab. Erneute Versteifung der Lage. Chamberlain flog nach Godesberg. Angstvoll warteten wir in London. Die Nachrichten waren sehr unklar, Gerüchte von abgebrochenen Verhandlungen in Godesberg schwirrten durch die Luft. Wieder stand das Gespenst des Krieges vor der Tür.

Am 24. September kam Chamberlain, das wandelnde Symbol der letzten Friedenshoffnung, nach England zurück. Es hieß, er habe sich nicht mit Hitler einigen können, und der Krieg sei unvermeidlich.

Am Sonntag, dem 25. September, brachte der »Observer« einen Leitartikel von Garvin, welcher für den Stimmungsumschwung der englischen öffentlichen Meinung symptomatisch war. Die Alliierten, obwohl bereit, Sudetenforderungen zu konzedieren, drohten mit Kriegserklärung, falls Hitler eine Invasion versuchte. Hitler hielt eine seiner berüchtigten Reden im Berliner Sportpalast. »Das Sudetenland ist meine letzte territoriale Forderung in Europa — wir wollen keine Tschechen!«

Sofort nach Hitler hielt Chamberlain eine Rede am Radio, die ich mit Millionen andern anhörte. Ich fühlte, daß er am Ende seiner Nerven war und jede Hoffnung aufgegeben hatte, als er sagte: »Wie schrecklich, phantastisch und unglaublich ist es, daß wir Schützengräben anlegen und Gasmasken probieren wegen einer Streitigkeit in einem fernen Lande, zwischen Menschen, von denen wir nichts wissen.«

Es wurde bekannt, daß Hitler die Mobilmachung der deutschen Armee für den 28. September um zwei Uhr nachts befohlen hatte. Die britische Flotte wurde mobilisiert. Dies bedeutete Krieg.

Am gleichen Tag wurde im Unterhaus bekanntgegeben, daß durch Vermittlung von Mussolini Hitler den französischen und englischen Premierminister zu einer Konferenz nach München eingeladen habe. Das Ergebnis ist jedem bekannt. Am 29. September wurde »München« unterzeichnet. Chamberlains Regenschirm wurde zum Symbol von »Peace in our time«. Sogar Woolworth verkaufte Miniaturausgaben davon aus Zucker und schwarzem Seidenpapier . . .

Für Deutschland bedeutete der blutlose Sieg in der Tschechoslowakei nach der Annexion Österreichs nicht nur eine außenpolitische, sondern auch eine innenpolitische Stärkung. Wie immer ermutigte der außenpolitische Sieg Hitler zu neuen Gewaltakten im Reich. Die »Nichtarier« wurden plötzlich aufgefordert, sich auf ihrem zuständigen Polizeirevier einzufinden; dort wurden ihnen die Pässe abgenommen. Kurz darauf wurde bekanntgegeben, daß »Nichtarier« in Deutschland und Österreich (Großdeutschland) einen Paß nur noch zu Zwecken der Auswanderung erhalten würden. Diese Auswanderungspässe wurden mit einem »J« (Jude) versehen. Alle »nichtarischen« Männer mußten sich »Israel«, die Frauen »Sarah« nennen. Sogar im Ausland lebende Inhaber deutscher Pässe wurden aufgefordert, sich zwecks Eintragung des ominösen »J« und des neuen Vornamens auf den deutschen Konsulaten zu melden.

Die Menschen innerhalb Deutschlands mochten allmählich derartigen demütigenden Maßnahmen gegenüber stumpf geworden sein; aber wenn man im Ausland lebte, mußte eine solche Maßnahme Empörung und Protest hervorrufen. Sir Thomas war meinen Nazinöten gegenüber immer sehr verständnisvoll gewesen. Aber meistens vermied ich, ihn mit so unerfreulichen Dingen zu behelligen. Diesmal aber ging es doch zu weit, und so legte ich ihm den Fall vor. »Aber warum regen Sie sich denn so auf?« bemerkte Sir Thomas zu meinem leidenschaftlichen Protest. »Sarah ist ein wunderschöner Name, meine Urgroßmutter hieß so.« Trotz dieser scherzhaften Antwort verstand er mich vollkommen. Und ich habe meinen Paß nicht zum Abstempeln eingereicht. Die deutsche Botschaft aber ließ die Sekretärin von Sir Thomas Beecham unbehelligt.

Für Ende Januar 1939 war, wie alljährlich, eine Englandreise der Berliner Philharmoniker unter ihrem Hauptdirigenten geplant. Seit 1933 war das Leben für Furtwängler inner- und außerhalb Deutschlands immer schwerer geworden. Im November 1938 war er von all den Kämpfen schon sehr zermürbt. Die Nazis überschütteten ihn zwar mit Ehren[113], aber sie trauten ihm doch nicht ganz. Furtwängler machte sich nicht klar, daß man im Ausland sein Verbleiben in Deutschland nicht verstand und vielfach glaubte, er handle um persönlicher Vorteile willen, während er sich selbst nach wie vor als Kämpfer für die Freiheit der Kunst fühlte. Bei seiner großen Sensibilität war ihm indessen der Stimmungsumschwung in der Welt nicht entgangen, und so hatte er damals starke Bedenken im Hinblick auf den bevorstehenden Besuch der Berliner Philharmoniker in England. Die Ereignisse sollten ihm bald die Entscheidung aus der Hand nehmen: Am 7. November 1938 erschoß ein polnischer Jude, Herschel Grynspan, in der deutschen Botschaft in Paris den Sekretär vom Rath. Als »Strafe« dafür entfesselten die Nazis ein Pogrom, und jedem »Nichtarier« wurde eine ungeheure Geldstrafe auferlegt. Tausende von Menschen wurden in Konzentrationslager verschleppt.

Eine Welle der Empörung ging durch die Welt. Die Reaktion auf diese Vorgänge war sogar innerhalb Deutschlands stark. Ein alter Parteigenosse mit sehr niedriger Mitgliedsnummer, der sich die Entwicklung keinesfalls so gedacht hatte, als er der Partei beitrat, schrieb mir ganz unerwartet von einer Geschäftsreise im Ausland. Wir hatten nie zuvor in Briefwechsel gestanden. Er schrieb: »Angesichts der Vorgänge in Deutschland, die jedem anständigen Menschen die Schamröte ins Gesicht treiben müssen, ist es mir ein Bedürfnis, Sie meiner Freundschaft zu versichern. Glauben Sie mir«, so fuhr er fort, »daß mit mir Millionen anderer in dieser Weise fühlen.«

Wie die »andern« auch fühlen mochten — es war zu spät. Tausende von deutschen »Ariern« und »Nichtariern« versuchten nach dem 9. November 1938 auszuwandern.

Meine Mutter war damals siebzig Jahre alt. Sie lebte in Berlin, persönlich unbelästigt, aber sie litt stark unter allen

Geschehnissen. Bis dahin waren wir der Ansicht gewesen, daß sie in ihrem vorgerückten Alter in ihrer Heimat bleiben solle. Aber nach diesen letzten Vorgängen war sie fest entschlossen, Deutschland zu verlassen, ganz gleich unter welchen Verhältnissen sie in Zukunft leben mußte. Ich unternahm sofort die erforderlichen Schritte. Von England aus gab es kaum Schwierigkeiten, weil die Einwanderungsbedingungen für Leute über siebzig vereinfacht worden waren. Umständlicher war es in Berlin selbst. Der dortige britische Geschäftsträger, den ich durch Sir Thomas kennengelernt hatte, war so freundlich, meine Mutter zu beraten. Eines Tages rief er bei ihr an und bat sie, zu ihm in die englische Botschaft nach der Wilhelmstraße zu kommen. Meine Mutter mußte ihm aber mitteilen, daß sie seiner Aufforderung nicht nachkommen könne, da sie weder die Linden noch die Wilhelmstraße betreten dürfe. Er lud sie dann in sein Haus in Charlottenburg zu einem Glas Sherry ein. Trotz seines Beistandes dauerte es volle neun Monate, ehe ihre Angelegenheiten geregelt waren und sie bei mir ankam. Fast alles, was sie besaß, hatte sie zurücklassen müssen.

Die englische Konzertsaison vor Weihnachten schloß traditionsgemäß mit einer Aufführung von Händels »Messias« unter Leitung von Sir Thomas Beecham.

Weihnachten ging ich nach Paris, um die Festtage mit einigen Freunden zu verbringen.

In diesen Tagen war Paris voll von Flüchtlingen. Außer den vielen Deutschen, die seit 1933 dort lebten, waren jetzt auch Österreicher und Tschechen da, und alle diese Fremden hatten in gewissem Grade die Physiognomie der Stadt verändert.

Furtwängler war damals auch in Paris und dirigierte zwei »Siegfried«-Aufführungen mit deutschen Sängern an der Großen Oper. Während der ganzen Zeit war er ernst und sorgenvoll. Er sah die Dinge klar, wie sie waren, doch immer noch vertrat er den Standpunkt, daß er sein Land und sein Orchester nicht im Stich lassen könne. Wenn er aber aus Deutschland heraus war und sich einige Zeit im Ausland aufhielt, hatte er mehr Abstand und sah vieles aus einer andern Perspektive. Sein Pariser Operngastspiel Weihnachten 1938 war sein letztes dort vor dem Krieg, denn die für Juni 1939 an der Pariser Oper unter seiner Leitung angesetzten Wagner-Festspiele wurden auf Anordnung der französischen Regierung abgesagt.

Felix Weingartner in London — Französischer Staatsbesuch in London — Ein Brief von Casals — Paris — Kriegsvorbereitung in England

Die Bevölkerung Europas war in Bewegung geraten, seitdem die Flüchtlinge aus Spanien über die Berge nach Frankreich strömten. Die Tradition des Kontinents wurde immer weiter nach dem Westen gedrängt, und schließlich wurde London mehr und mehr die Zuflucht der Alten Welt. Bruno Walter, damals schon französischer Staatsbürger, kam im Januar und gab ein Konzert in der Queen's Hall, bei dem eine Aufführung von Mahlers Erster Symphonie von seinen Freunden, besonders seinen alten Wiener Anhängern, begeistert aufgenommen wurde.

Auch Felix Weingartner erschien und dirigierte, wie seit Jahren, seine regelmäßigen Konzerte in England. Es war erstaunlich, wie viel er noch aus dem Orchester herauszuholen verstand — man fühlte den Meister. Trotz seiner 76 Jahre war er voll jugendlicher Kraft und großem Charme. Jeden Morgen zeitig, wenn die meisten noch schliefen, ging er im Hyde Park spazieren. Manchmal begleitete ich ihn, und bei einer solchen Gelegenheit beschrieb er mir seine merkwürdige Lage. Obwohl sein »Stammbaum« allen Anforderungen genügte, hatte er niemals in Nazi-Deutschland dirigieren dürfen.[114] Nach dem Anschluß wurden ihm zwar seine Bezüge als Gastdirigent der Wiener Staatsoper und der Wiener Philharmoniker weiter überwiesen, doch wurden seine Wiener

Vorstellungen unter allerhand Vorwänden stets verschoben oder abgesagt. Da ihm niemand eine Erklärung hierfür gab, wandte er sich nach Berlin zwecks Aufklärung, erhielt jedoch nur die ausweichende Antwort, daß »alles in Ordnung« sei. Dies ging immer so weiter, bis er es eines Tages für geratener hielt, zurück nach der Schweiz zu gehen, da er ja Schweizer Bürger geworden und auch mit einer Schweizerin verheiratet war.

Nach Ausbruch des Krieges schrieb mir Weingartner gelegentlich. Ich hatte gerade eine Fotografie von dem nun beinahe Achtzigjährigen bekommen und mich an dem unverändert jungen und frischen Ausdruck seines feinen Kopfes gefreut, als am 7. Mai 1942 die Nachricht von seinem Tode eintraf. Mit ihm ist der letzte Vertreter einer großen Dirigentengeneration aus der Welt geschieden.

Die Düsterkeit des politischen Horizontes wurde keinesfalls durch Hitlers am 30. Januar gehaltene »Friedensrede« erhellt. Trotzdem war Sir Thomas fest entschlossen, wie bisher seine internationale Season abzuhalten. Unbeeinflußt von den drohenden Wolken am Horizont begann er mit seinen Vorbereitungen und hatte gerade über ein Gastspiel der Prager deutschen Oper verhandelt, als die Politik dazwischenfuhr. Mit der nun schon bekannten Technik wurde der Präsident der Tschechoslowakei, Hácha, am 13. März nach Berlin beordert. Am 15. März zog Hitler in Prag ein. Covent Garden änderte seine Pläne und verzichtete auf den offiziellen Besuch der Prager Oper. Aber eine Reihe der aus Prag geflüchteten Sänger fanden noch einen Platz unter der Besetzung der International Season in diesem Sommer.

Während der Kontinent bereits ein Schauplatz politischer Umwälzungen war, fand im Royal Opera House eine freundschaftliche diplomatische Kundgebung erster Ordnung statt. Es war eine Galavorstellung bei Gelegenheit des Staatsbesuches des französischen Präsidenten mit Madame Lebrun in England. Bereits im Januar war Sir Thomas vom Hofmarschallamt gebeten worden, diese Festvorstellung im Royal Opera House am 22. März zu arrangieren. Bei dieser

Gelegenheit war das ehrwürdige alte Theater mit den schönsten französischen Möbeln und Wandbehängen, die in England zu finden waren, geschmückt. Ein Stück eines Gobelins, der anläßlich der Hochzeit von Charles I. mit Henrietta Maria von Frankreich gewebt worden war, fand sich im Haus eines Sammlers und trug die auch für die jetzige Gelegenheit so bedeutsamen Worte: »Aimez-vous, les Uns les Autres.« Dieser Gobelin wurde im Vorzimmer des Königs im Opernhaus aufgehängt und begrüßte die ankommenden Ehrengäste.

Bereits am 28. März war Londons Musikleben wieder der Schauplatz von Rückwirkungen politischen Geschehens. Pablo Casals, der leidenschaftliche Vertreter aller freiheitlichen Ideen, hatte sich erboten, in der Albert Hall ein Konzert »Zum Besten spanischer Kinder« zu geben, die damals unter den Folgen des Bürgerkrieges unsagbar zu leiden hatten. Aber die Ereignisse in Spanien überschatteten unglücklicherweise den Vorverkauf. Francos Sieg schien unvermeidlich, und die offiziellen Kreise verhielten sich zurückhaltend. Gerade am Tage des Konzertes (28. März) mußte die spanische Republik die Waffen strecken. Eine seltsam bedrückte und gespannte Stimmung herrschte in der Albert Hall, aber nie habe ich Casals schöner spielen hören. Als im Jahre 1942 die Nazis das bis dahin unbesetzte Frankreich überrannten, hieß es, daß Casals sich unter den an Franco ausgelieferten politischen Gefangenen befände. Dies konnte später glücklicherweise dementiert werden. Ich hatte ihm einige Zeit vorher geschrieben, um zu erfahren, wie es ihm ginge und ob er nicht nach England kommen könnte, um mit den Londoner Philharmonikern zu spielen. Hier ist sein Antwortbrief:

Prades, 7. juillet 1942

Ma chère amie,

Vous me faites un bien grand plaisir avec votre lettre. J'ái pensé tant à vous et à tous mes amis ainsi qu'à mon cher public de Londres et de toute l'Angleterre du quel j'ai reçu sympathie et fidélité depuis 43 ans! Rien ne me ferait plus de plaisir que de revoir tant de personnes et de choses qui me sont chères

dans ce pays. Malheureusement les difficiles circonstances du moment m'en empêchent et Dieu sait pour combien de temps encore.
Toutes ces années mes activités artistiques ont été réduites à la Suisse et en France. Ici il ne s'agit pour moi que je me rendre utile à ce bon peuple Français et à mes compatriotes exilés — le sentiment d'aider me soutient dans mes propres préoccupations. Dites à l'Orchestre combien j'apprécie leur cordiale salutation à laquelle je corresponds de tout mon cœur. A tous mes meilleurs vœux.

A vous, chère amie, ma reconnaissance et affection.

Votre Pau Casals

Villa Colette, Routes de Ria, Prades
Pyrénées orientales

Die Covent Garden Season begann am 2. Mai mit der »Verkauften Braut«, von Smetana. Es war die letzte internationale Season vor dem Krieg, und vielleicht überhaupt für lange, lange Zeit — und sie wäre ohne Sir Thomas' unermüdliche Energie nie zustande gekommen. Immer noch verfuhr er, soweit es möglich war, nach seinem alten Prinzip, seine Sänger unabhängig von der Politik zu engagieren. So kam es, daß sich noch einmal vor dem Krieg Künstler aus europäischen und amerikanischen Opernhäusern friedlich in der glücklichen Atmosphäre von Covent Garden zusammenfanden.

Gleich nach Schluß der Season fuhr ich für eine Woche nach Paris. Das erste, was ich gefragt wurde, als ich in die Oper kam, war: »Croyez-vous que nous aurons la guerre?«

Wie schon erwähnt, waren die traditionellen deutschen Opernvorstellungen in Paris unter Furtwängler auf Veranlassung der französischen Regierung abgesagt worden. Trotzdem sang die französische Hochdramatische, Germaine Lubin, weiter in Bayreuth. Während ich in Paris war, verbrachten wir einen Abend zusammen. Bei dieser Gelegenheit erzählte sie mir, wie viel sie Bayreuth künstlerisch verdanke, und wie gern sie dort sei. Sie war gerade im Begriff, zu den Proben dorthin zu fahren, und ich stellte in ihrem Falle wie in so vielen anderen wieder fest, wie unbeteiligt oft Künstler der Politik gegenüberstehen — solange sie nicht selbst davon betroffen sind.

Hauptgrund meiner Pariser Reise war, die Aufführung der »Trojaner« von Berlioz anzusehen. Sir Thomas beabsichtigte, die Oper in der Saison 1940 aufzuführen. Der schöne Plan sollte nicht zur Ausführung kommen. Der hervorragendste Teil dieser Aufführung waren die herrlichen Dekorationen. Unvergeßlich die brennende Mauer von Troja! Diese Aufführung war eines der letzten interessanten Ereignisse des kontinentalen internationalen Kunstlebens vor dem Krieg. Künstler aus aller Welt waren an diesem Abend anwesend. Hinter mir saßen Kussewitzky aus Boston und seine Freunde, einige Plätze weiter Hindemith, der damals im Wallis lebte, mit seiner Frau.

Von Paris aus gingen einige Nimmermüde zum Musikfest nach Luzern, das im Zeichen Toscaninis stand. Ich fuhr nach London zurück und habe England seitdem nicht wieder verlassen.

Sir Thomas hatte sich entschlossen, eine Einladung nach Australien anzunehmen. Außerdem sollte das London Philharmonic Orchestra mit ihm die Vereinigten Staaten und Kanada bereisen. Ich unterzog mich mit großer Begeisterung den Vorarbeiten für diesen Plan.

Währenddem rollte das Rad des Geschicks unaufhaltsam weiter. Die nächste Szene auf der dramatischen Bühne Europas war das Zwischenspiel in Tirol. Im Vergleich zu dem gigantischen Fresko der Weltkatastrophe war das Schicksal der Tiroler natürlich nur eine Miniatur. Während Hitler die Interessen der Deutschen im Sudetenland und in Memel zum Vorwand seiner Angriffspolitik nahm, ließ er es ruhig zu, daß 7000 deutschsprachige Tiroler am 7. August 1939 durch die italienische Regierung aus ihren Heimstätten vertrieben wurden. Der Zynismus des »Führers« erreichte den Gipfel, als Deutschland am 21. August einen Nichtangriffspakt mit Rußland schloß, der bereits am 23. August in Moskau ratifiziert wurde. Die Photographie, die den grinsenden Ribbentrop zeigt, wie er Stalin die Hände schüttelt, wurde in der Weltpresse veröffentlicht. Ein Macchiavelli, der seinen Meister gefunden hatte.

Ab 19. August war ich zu Gast bei englischen Freunden in Dorsetshire, die eng mit dem Foreign Office in Fühlung standen. Seit langem wußte ich, daß der Engländer ein Genie des Schweigens ist. In seiner angeborenen Reserviertheit lehnt er ab, Dinge zu bereden, welche die Deutschen in endlosen Diskussionen erörtern würden. Jedoch in diesem August 1939 war die Lage so ernst, daß sie stärker war als alle Tradition, und man hörte von nichts anderem reden als von dem einen, das im Mittelpunkt aller Gedanken stand.

England war bestimmt nicht auf den Krieg vorbereitet, doch waren einige Vorsichtsmaßregeln ergriffen worden. Da man mit einem sofortigen Luftangriff auf London rechnen mußte, war eine Evakuierung der Kinder aus der Hauptstadt und ihren Vororten vorgesehen. Meine Freunde hatten einen Teil ihres großen Hauses für diesen Zweck zur Verfügung gestellt. Alles war bereit zur Aufnahme von vierzig ein- bis dreijährigen Kindern und ihren Pflegerinnen. Solange die Ankunft der Kinder noch nicht angesagt war, konnte man immer noch auf Erhaltung des Friedens hoffen. Inzwischen wurde die deutsch-polnische Grenze gesperrt. Engländer und Franzosen verließen Berlin. Die britische Flotte wurde mobilisiert. Am gleichen Tag wurden die Kinder angemeldet. Mein Herz sank. Manchmal bleiben Augenblicke großen Geschehens in der Erinnerung am lebendigsten in kleinen Erlebnissen. Niemals werde ich meine widerstreitenden Gefühle vergessen, als die Autobusse mit ihrer Kinderladung vor dem Haus hielten. Die Kinder weinten vor Müdigkeit.

ENGLAND IM KRIEGE
1939—1945

Einstellung der Arbeit in Covent Garden — Neuorganisation der Londoner Philharmoniker — Sir Thomas Beechams Abreise nach Australien — Churchill übernimmt die Führung Großbritanniens — England unter der Drohung der Invasion — Bin ich feindliche Ausländerin? — Hilfsaktion für die Londoner Philharmoniker

Viele von denen, die voller dunkler Vorahnungen die Erklärung des englischen Premierministers, Neville Chamberlain, hörten, daß England sich nun im Krieg mit Deutschland befände, waren sich darüber klar, daß dieser Krieg nicht nur ein Krieg zwischen Nationen sein würde. Hier ging es um weit mehr, und der Ausgang dieses Krieges sollte über Sein oder Nicht-Sein von dem entscheiden, was viele von uns gewohnt waren, hochzuhalten und zu ehren.

Jede Gewißheit nach einer Zeit der Unsicherheit bringt Entspannung. Aber wie 1938 sah ich mich wieder vor die Frage gestellt: Wo gehörte ich eigentlich hin? Wo durfte ich hingehören? Würde ich meine bisherige Arbeit fortsetzen, würde ich überhaupt arbeiten dürfen?

Sir Thomas machte meinen Sorgen schnell ein Ende. Er rief mich sofort nach London zurück, da sehr viel zu tun sei, besonders im Zusammenhang mit Covent Garden. Es war selbstverständlich, daß die Ausländer einer scharfen Kontrolle unterlagen; aber sogar in diesen allerersten erregten Tagen wurde alles in freundlicher und ruhiger Weise gehandhabt. Die Ortspolizei in Dorset, der ich Sir Thomas' Brief vorlegte, rief die Bow Street Police in London an, und es wurde mir sofort gestattet, zu meinem Chef zurückzufahren. Inzwischen war beschlossen worden, Covent Garden während des Krieges nicht weiter für seine bisherigen Zwecke zu benutzen. Das Büro der Londoner Philharmoniker mußte aus dem geliebten Opernhaus ausziehen, Sir Thomas

Beechams oben im Haus gelegene Zimmer mußten geräumt werden. Das auszuführen war meine traurige Pflicht. Ich stellte seine Musikbibliothek und seine Opernakten unter; ganz wenige unentbehrliche laufende Korrespondenzen nahm ich mit in meine Wohnung.

Die Londoner Philharmoniker sahen sich aber einer ganz andern Situation gegenüber als nur einer einfachen Verlegung ihres Büros. Nicht nur, daß mit Kriegsausbruch zunächst alle Konzerte abgesagt wurden, auch die Gesellschaft, die bisher das Orchester finanziert hatte, konnte ihre Verpflichtungen nicht weiter erfüllen. Die Musiker warteten nicht ab, ob die Regierung oder die City of London zu Hilfe kommen würde. Mit Beechams Einverständnis bildeten sie einen Ausschuß, der aus sechs ihrer Mitglieder bestand. Thomas Russell, bisher Bratschist am vierten Pult, wurde zum Geschäftsführer ernannt. Seitdem hat er dieses Amt mit ungewöhnlicher Umsicht und Überlegenheit bekleidet. Das Ziel der neugebildeten Leitung war, das vorzügliche Orchester zu erhalten und die Pflege großer symphonischer Musik fortzusetzen.

Allmählich wagte man sich in der Provinz mit einigen Konzerten heraus, und am 29. Oktober fand das erste Londoner Konzert im Krieg unter Leitung von Beecham in Queen's Hall statt. Es war zugleich das letzte, das Sir Thomas vor seiner Abreise nach Australien leitete.[115] Die Philharmoniker gaben ihm ein Abschiedsessen bei Paganis. Kurz darauf verließ er England. Er verabschiedete sich von mir mit einem festen Händedruck. Zwar war vereinbart worden, daß ich ihm im Herbst nach Amerika nachfolgen sollte, aber ein prophetisches Gefühl sagte mir, daß sich viel ereignen würde, ehe er und ich wieder zusammenkommen würden.

Am 9. April erhielt ich einen Brief aus Oslo — von Furtwängler. Er schrieb mir, daß er gerade in Norwegen und Schweden konzertierte und sich freuen würde, in Kopenhagen, wo er am 9. April einträfe, ein Wort von mir vorzufinden. Der Brief war vierzehn Tage alt, und für eine briefliche Antwort wäre es ohnehin zu spät gewesen. Als ich ausging, mich zu erkundigen, ob ein Telegramm nach Dänemark gestattet sei, hatten die Zeitungshändler bereits große Plakate aufgehängt: »Dänemark und Norwegen überrannt.« Der Krieg war in ein neues Stadium getreten.

Bisher hatte sich das Publikum in England noch in der Lage eines Zuschauers befunden, und das Musikleben hatte recht und schlecht aufrechterhalten werden können. Am 25. April fand ein Konzert für die Polenhilfe statt. Für den Sommer waren allerhand Konzerte in der Queen's Hall geplant; vor allem war ein englisch-französisches Musikfest für Juni und Juli angesetzt worden, das von der Association of British Musicians gemeinsam mit dem London Philharmonic Orchestra unternommen wurde.

Kaum war der Schreck der Invasion Skandinaviens einigermaßen überwunden, als am 10. Mai die Nazis in Holland, Belgien und Luxemburg einfielen. Am 11. Mai demissionierte Neville Chamberlain als Premierminister, und Winston Churchill trat an seine Stelle.

Am 17. Mai marschierten die Deutschen in Brüssel ein; am 26. Mai fiel Calais, und Boulogne wurde besetzt; am 28. Mai ergab sich Leopold von Belgien mit seiner Armee. In England fing man an, für die britischen Truppen auf dem Festland zu zittern. Am 29. Mai begann die Verteidigung von Dünkirchen. Die britischen Truppen wurden zurückgenommen. Am 4. Juni wurde Dünkirchen von den Deutschen besetzt. An diesem Tage hielt Churchill eine Rede an die Nation. Der Klang der Stimme dieses Mannes, der die Last der Verantwortung für das Schicksal der Nation zu tragen hatte, verriet uns, daß ein kritischer Augenblick der Entscheidung über »Sein oder Nicht-Sein« gekommen war.
Teile dieser Rede, die jeden, der sie hörte, im tiefsten erschütterten, sind viel zitiert worden, aber sie können nicht oft genug wiederholt werden. Sie waren ein Weckruf an die ganze Menschheit und bleiben ein Symbol für den Geist Englands.

We shall go on to the end; we shall fight in France, we shall fight on the seas and oceans; we shall fight with growing confidence and growing strength in the air; we shall defend our island, whatever the cost may be; we shall fight on the bea-

ches; we shall fight in the landing grounds; we shall fight in the fields and the streets; we shall fight in the hills. We shall never surrender! . . .

Am 10. Juni trat Italien in den Krieg ein, während die Deutschen vor den Toren von Paris standen. Am 14. Juni fiel Paris, und vom Eiffelturm wehte das Hakenkreuz. Die deutsche Armee drang unaufhaltsam vorwärts; am 17. Juni ersuchte Marschall Pétain um Frieden, und der deutsch-französische Waffenstillstand wurde am 22. Juni unterzeichnet.

Der Fall Frankreichs besiegelte auch das Schicksal des englisch-französischen Musikfestes.

Der große Umbruch, der die Folge der Besetzung Westeuropas war, veränderte — wenigstens für eine Zeitspanne — die Landkarte Europas, und das Schicksal von Millionen von Menschen wurde zum unlösbaren Problem. In vielen der nun besetzten Länder hatten Auswanderer aus dem Reich eine Zuflucht gefunden; zwar lebten sie oft in bitterster Armut, aber sie konnten doch frei atmen. Manche flohen schnell nach dem Süden oder Westen; einigen gelang es, nach Amerika zu entkommen; aber die meisten wurden im Netz der komplizierten Paßvorschriften und der Umständlichkeit der Aus- und Einwanderungsbedingungen gefangen. Nicht allein die Flüchtlinge aus Deutschland waren von neuem auf der Wanderschaft; auch die Bevölkerung der überrannten Länder suchte zu entkommen.

England war ein letztes Bollwerk freier Menschen geworden. Welches Schicksal stand der Inselfestung bevor? Viele Menschen kamen vom Kontinent an, von Frankreich, Dänemark und Holland, von Norwegen und Belgien. Die geflüchteten Regierungen ließen sich hier nieder, und allmählich entstanden eine Reihe von ausländischen Ministerien und kultureller Institute der verschiedenen Länder. Großbritannien, das Land der »splendid isolation«, wurde allmählich zum kosmopolitischen Treffpunkt der ganzen Welt.

Nachdem Frankreich nun gefallen war, mußte man erwarten, daß Hitler sofort seine so oft angekündigte Invasion Großbritanniens in Angriff nehmen würde. Jede Vorsichtsmaßregel mußte ergriffen werden. Eine davon war die fast vollzählige Internierung aller männlichen »feindlichen Ausländer« — unter ihnen natürlich viele bekannte Antifaschisten. Sogar Nobelpreisträger, Männer der Wissenschaft, die an den englischen Universitäten eine Zufluchtsstätte gefunden hatten, wurden plötzlich aus ihren Wohnungen abgeholt und interniert. Sie ertrugen es mit großer Fassung.[116] Ein berühmter Gelehrter sagte mir später, daß er um keinen Preis das Erlebnis seiner Internierungszeit missen möchte, weil unter den Internierten das Verhältnis von Mensch zu Mensch so rein und edel in Erscheinung trat.

Damals wollte das Gerücht nicht verstummen, daß den Frauen in diesen kritischen Zeiten das gleiche Schicksal bevorstünde wie den Männern, da ihre »Gefährlichkeit« nicht außer Frage stünde. Ich muß offen gestehen, daß mich dies sehr verstimmte. Hier war man in England, das angeblich den Kampf für Freiheit und Unabhängigkeit aufgenommen hatte. Gab es wirklich keine andere Lösung, als weiße und schwarze Schafe allesamt zu verhaften?

Eine kleine Begebenheit mag beweisen, wie wenig im Grunde die Einstellung der Flüchtlinge verstanden wurde.

Gerade in den kritischen Tagen war ich im Hause eines Abgeordneten zu einem Abendessen eingeladen, an dem einige höhere Regierungsbeamte teilnahmen. Bald war eine Diskussion über die Internierungsfrage im Gange, und ich wurde über einzelne hier lebende Deutsche befragt. Einer der Herren sagte zu mir: »Sie wollen mir doch nicht weismachen, daß die Deutschen hier nicht begeistert über den deutschen Sieg in Frankreich sind! Sie müssen mir doch zugeben: ‚my country right or wrong'?« Ich versuchte ihm zu erklären, daß das gegenwärtige Deutschland nicht mehr unsere Heimat sei. Es wollte uns nicht. Er war nicht imstande, sich in meine Lage zu versetzen, denn für einen Briten ist der Gedanke, daß ein Land einen Teil seiner eigenen Bürger verleugnet und verstößt, völlig unfaßbar. Diese Verständnislosigkeit für die wirkliche Situation verschlimmerte meine Niedergeschlagenheit. Das alte Gefühl der Gehetztheit — das Erbe der Nazijahre — war plötzlich wieder da, und nach dem Essen stahl ich mich unbemerkt aus dem Hause.

Während dieser Nacht schloß ich kein Auge. Ich dachte an das Orchester. Die Abwesenheit von Sir Thomas hatte meine Verbundenheit mit den Musikern nur noch enger werden lassen. Ich hatte an ihrem tapferen Kampf teilgenommen und ging täglich ins Büro. Nun wurden alle alten Komplexe wieder wach. Gleich am nächsten Morgen suchte ich mir Klarheit zu verschaffen. Die sechs Direktoren hielten gerade eine Sitzung ab, und ich stürmte zu ihnen hinein: »Sagen Sie mir bitte offen und ehrlich, ob es Ihnen lieber ist, wenn ich im Augenblick das Büro meide? Schließlich bin ich ein ‚feindlicher Ausländer', und es könnte Ihnen schaden.« »Sie sind wohl verrückt«, rief der Hornist Francis Bradley aus. »Wir sind doch keine Nazis! Was bilden Sie sich denn eigentlich ein?« Die andern pflichteten ihm bei. Sie taten dies nicht aus Höflichkeit; ich fühlte sofort, daß es ihnen Ernst war. Wäre meine Verbundenheit und Bewunderung für diese prächtigen Männer noch einer Steigerung fähig gewesen, so hätte dieser Vorfall es getan.

Es ist nicht zu verwundern, daß, nachdem der Westen des Kontinents besetzt und die französischen Kanalhäfen in Feindeshand waren, nicht nur das englische Musikleben, sondern überhaupt das ganze Leben auf den britischen Inseln nur von einem Tag zum andern gelebt werden konnte. Konzerte gab es so gut wie keine, und da das Orchester kein Kapital hatte, saß es bald auf dem Trockenen. Eines Morgens rief Felix Aprahamian, Thomas Russells begeisterter Mitarbeiter, mich an und sagte: »Fräulein Doktor, wenn uns jetzt niemand hilft, müssen wir die Büromöbel verkaufen.« Ich wußte genau, was dies bedeutete. Solche Augenblicke gibt es in der Geschichte der meisten Orchester. Die Wiener Philharmoniker hatten ihre Schwierigkeiten behoben, die Berliner waren Reichsorchester geworden, aber was sollte man mit dieser unerschrockenen Gruppe von Männern in London machen? Sie trugen den Namen Londons, der Hauptstadt des Britischen Empire. Aber sie konnten nicht den Oberbürgermeister von London anrufen, wie ich einmal den von Berlin angerufen hatte, der uns daraufhin trotz aller bürokratischen Hindernisse sofort mit einem Scheck zu Hilfe gekommen war. Sie konnten sich auch an keine andere Behörde wenden. Zwar hatten sie viele Freunde — eine große, wenn auch anonyme Gefolgschaft. Aber schließlich war man im Krieg, und wer wollte in diesem Augenblick sein Geld für musikalische Zwecke ausgeben?

Ich schrieb ein paar Worte an Mr. James Smith, einen der Garanten und Direktoren der Covent Garden Seasons, der auch dem Vorstand der Royal Philharmonic Society angehörte. Schon oft hatte er in großzügigster Weise geholfen, und ich war sicher, daß er uns zum mindesten mit gutem Rat beistehen würde. Er diente damals schon im Heer und war in Chatham stationiert. Einige Tage nachdem ich ihm geschrieben hatte, rief er mich von auswärts an: »Ich bin in einer Telefonzelle«, sagte er. »Eben habe ich Ihren Brief bekommen. Natürlich muß das London Philharmonic Orchestra erhalten werden. Ich weiß zwar nicht, wieviel eben auf meinem Bankkonto ist, aber was darauf steht, sollen Sie haben. Ich habe nicht viel Verwendung für Geld in meinem gegenwärtigen Leben!« Noch in der gleichen Woche sandte er dem Orchester einen Scheck von tausend Pfund. Dies gab den Musikern wieder eine Grundlage, und sie konnten ihre Schwierigkeiten überbrücken.

Bald darauf veranstalteten sie ein Konzert in Queen's Hall, welches sie ein »Musical Manifesto« nannten; bei dieser Gelegenheit sprach J. B. Priestley. Das erste Ergebnis dieses Appells an das Publikum waren weitere tausend Pfund, die ein anonymer schottischer Musikfreund an Priestley sandte, und bald liefen große und kleine Beträge von allen Seiten ein. Einfache Soldaten und Schulkinder sandten ihre zweieinhalb Shilling, und reichere Leute taten das Ihre.

Das Orchester gab weitere Konzerte und nahm dann ein Angebot von Jack Hylton[117] an, durch England zu reisen. Es war eine neue Form von Gastspielen: die Philharmoniker sollten in jeder Stadt eine Woche bleiben und populäre Programme spielen. Bald darauf lud der Londoner Magistrat die Bürgermeister und Verwaltungsbehörden aller Bezirke von Groß-London zu einem Konzert der Londoner Philharmoniker nach Central Hall in Westminster ein — ein Zeichen der Anerkennung, das von den Musikern in ihrer kritischen Lage dankbar empfunden wurde.

Beginn des »Blitzes« in London — Die Promenadenkonzerte während der Luftangriffe — Ein Abend mit J. B. Priestley — Eine Vorladung zur Polizei — Meine Wohnung zerstört — Zuflucht in Warwickshire — Richard Tauber als Dirigent — Englandreise der Londoner Philharmoniker unter Schwierigkeiten — Queen's Hall zerstört — Es wird weiter musiziert

Am 25. Juni, nachts um ein Uhr, wurde ich durch einen seltsam eindringlichen, heulenden Ton geweckt. Ein gelbgrünes Licht schien vor meinen Augen zu flimmern. Es war Londons erste Fliegerwarnung, nachdem ein Alarm, der sofort nach der Kriegserklärung ertönt war, sich als ein falscher herausgestellt hatte. Plötzlich fiel mir ein, daß zu Anfang des Krieges ein kleiner Zettel vom Luftschutzwart unter meine Haustür geschoben worden war, auf dem stand, daß mein baufälliges Haus, 36, Red Lion Square, zu unsicher sei. Im Falle von Luftangriffen hätte ich in den nächsten Luftschutzkeller zu gehen.

Ich zog mich schnell an und führte meine Mutter in Eile über den Platz. Es war stockdunkel. Man hörte die schlürfenden Schritte der Leute, die aus ihren wackeligen Häusern in den kleinen Seitenstraßen zum Luftschutzkeller rannten, während wir über uns das Dröhnen eines Flugzeugs hörten. Es war eine unheimliche Nacht, auf die viele gleichartige Nächte folgten — Nächte, in denen man zusammengepfercht mit einer Herde von Menschen in einem Unterstand auf das »All Clear« wartete, das immer erst am frühen Morgen ertönte.

Diese Juninacht war der Anfang des Londoner »Blitzes«. In diesem frühen Stadium hatten wir es allerdings nur mit gelegentlichen Erkundungsflügen zu tun. Es war ein wunderschöner Sommer, und man gewöhnte sich bald daran, den einen oder andern der Parks als Sommerfrische zu benutzen. Es gibt Stellen im Hyde Park, wo man vergessen kann, daß man sich in London befindet. Natürlich war der Park im Krieg nicht ganz der alte. Da waren die gefürchteten Hyde-Park-Kanonen, die einige Wochen später einen solchen Höllenlärm machten. Da waren aber auch die friedlich weidenden Schafe und die Liebespärchen. Es gab eine Menge Leute, die ihre Arbeit mit in den Park nahmen und auf dem grünen Gras saßen. Übrigens ist auch der Anfang dieses Buches dort geschrieben worden.

Aber als die feindlichen Flugzeuge auch bei Tag erschienen und die Nachtangriffe immer schwerer wurden, war der Park der Ort in London, wo man am wenigsten sicher war. Am Morgen sah man dort die tiefen Bombenkrater, und kleine Jungen rannten herum und sammelten Schrapnellstückchen. Erst versuchte man noch, sich am Rande des Parks aufzuhalten, um schnell im Luftschutzkeller zu sein, aber bald mußte man auch darauf verzichten.

Während, wie schon erwähnt, das London Philharmonic Orchestra, von Jack Hylton präsentiert, England bereiste, spielte das London Symphony Orchestra für die »Proms«*. Das Rundfunk-Orchester, welches bisher in diesen Konzerten gespielt hatte, war in diesem Sommer nicht verfügbar, und so wurde es vom London Symphony Orchestra abgelöst. Sir Henry Wood, der verehrte Prom-Dirigent, dessen 4. Promenaden-Season dies war, stand wieder am Pult.

Mit den zunehmenden Luftangriffen hörte man während dieser Konzerte, die in Queen's Hall stattfanden und bis Ende September dauern sollten, des öfteren Sirenen und andere Töne, die mit Musik nichts zu tun hatten. Trotz des drohenden »Blitzes« war der Andrang zu den Proms größer als je, und von fünf Uhr an standen bereits Leute am Eingang von

* Der Name der »Prom« (Promenade-) Konzerte stammt ursprünglich daher, daß die Zuhörer im Saal stehen oder umhergehen, also »promenieren« konnten.

Queen's Hall, die Angst hatten, später durch den Luftangriff am Konzertbesuch verhindert zu werden. Mit den längeren Nächten kamen die »Alerts« immer früher und ertönten gewöhnlich bereits in der Mitte des Konzerts; aber die Zuhörer blieben da, und es wurde weitergespielt. Am nächsten Tag kam das Publikum mit dem gleichen Bedürfnis nach Musik zurück. Die Polizei hatte angeordnet, daß während des Alarms alles an Ort und Stelle bleiben sollte, und so kam es oft vor, daß Leute — im Durchschnitt etwa 1500 — , die schon gegen fünf Uhr nachmittags an der Queen's Hall erschienen, bei Morgengrauen noch da waren. Natürlich bekamen sie Hunger, und Mr. West, der den Erfrischungsraum der Queen's Hall betreute, paßte sich schnell dieser neuen Situation an. Hunderte Liter von Kaffee wurden ausgeschenkt und belegte Brote zu Tausenden bereitet und verzehrt. Ich hörte später, daß Mr. West die ganze Nachbarschaft wegen Lebensmitteln heimgesucht hatte, um die gestrandeten Schafe zu füttern, die nicht nur hungrig, sondern auch todmüde waren, denn sie bekamen ja nachts keinen Schlaf. Sie konnten noch weniger mit Nachtruhe rechnen, nachdem mit zunehmendem Blitz die »letzten Züge« nicht mehr gingen und erst eine halbe Stunde nach dem »All Clear«, also frühestens beim Morgengrauen, abfuhren. Allmählich wurde es ein Ding der Unmöglichkeit, den Besuch eines Prom-Konzertes mit Nachtruhe zu verbinden. Aber auch dieser Eventualität zeigte sich die erfinderische Queen's-Hall-Verwaltung gewachsen. Die Menschen schliefen auf dem »Prom Floor«, oder sie ruhten in den bequemen Sesseln oben, während der Platz unter dem ersten Rang von den Vorsichtigen besonders begehrt war. Sowie das »All Clear« ertönte, wurden allerdings die Schläfer mit Humor und rauher Hand von den Saalangestellten geweckt und vertrieben.

Besonders der Abend des 26. August ist in unvergeßlicher Lebendigkeit in meiner Erinnerung geblieben. Das von Sir Henry Wood geleitete Konzert war vorüber und ein schwerer Luftangriff noch im Gange. Die Polizei hielt es für ratsamer, daß jeder da bliebe, wo er sich gerade befand. Da zeigten sich so recht die Erfindungsgabe und der Witz der englischen

Musiker. Alles blieb im Saal beisammen. Bald begann das Orchester im Verein mit einzelnen Leuten aus dem Zuhörerkreise, aus dem allerhand bisher unentdeckte Talente auftauchten, das Publikum zu unterhalten. Darbietungen verschiedenster Art folgten.

Sir Henry war verschwunden. Aber da tauchte eine große, schlanke Erscheinung im Frack plötzlich an der Seite des Podiums auf. Es war Sir Adrian Boult, der nach seinem eigenen Konzert hergekommen war. Als musikalischen Scherz versuchte das Orchester, die Idee von Haydns Abschiedssymphonie auf den Kopf zu stellen. Anstatt, wie Haydn vorschreibt, vor Schluß einer nach dem andern das Podium zu verlassen, kamen die Musiker, langsam, einer nach dem andern, herauf. Für die Anfangstakte — eine eigentlich vollbesetzte Passage — waren nur eine Posaune und eine Klarinette vorhanden, um ihre Stimme zu spielen. Dann ging Sir Adrian Boult schnell entschlossen zum Schlagzeug hinauf und verschönte die Harmonie durch Becken und Triangelklänge, bis endlich zum Finale das ganze Orchester wieder bei den Pulten saß und geigte und flötete und blies und paukte.

Und wieder versammelte sich das ganze Orchester. Umständlich verteilte der Bibliothekar die Stimmen zur »Figaro«-Ouvertüre. Alles wartete in atemloser Stille, während Sir Henry Wood hinter dem Vorhang hervorschaute. Schließlich wurde feierlich verkündet, daß »ein berühmter englischer Dirigent — zur Zeit in Australien« die »Figaro«-Ouvertüre dirigieren würde. Zum Erstaunen des Publikums betrat das leibhaftige Ebenbild von Sir Thomas mit seinem gepflegten Spitzbart und dem gewohnt majestätischen Schritt das Podium — wie der »Star« am nächsten Morgen berichtete, »mit dem alten geliebten Ritual der vorrutschenden Manschetten, des Zischens und Im-Takte-Stampfens des ersten Mozartdirigenten der Welt«. Ganz wie das berühmte Vorbild warf sein Doppelgänger zunächst die Partitur weg und ließ mit verachtungsvoller Miene das Dirigentenpult entfernen. Jeder mögliche Zweifel zerstob, als vor der Aufführung eine Rede an das Publikum gehalten wurde.

Selbstverständlich hielt der Dirigent es auch für nötig, mitten während der Aufführung »Ruhe« zu brüllen. Die ausgestreckten Arme und der in gewohnter Weise nach unten gestraffte Taktstock zu Beginn der »Figaro«-Ouvertüre erzielten erstaunlicherweise etwas vom Geist der berühmten Beecham-Interpretierung. Als der Mime nach seiner Darbietung hinter dem Podium ankam, sagte Sir Henry, der in ihm einen seiner eigenen Geiger erkannte, mit leutseligem Erstaunen: »Ich wußte nicht, daß Sie Dirigent sind.« Immer noch von oben herab, in seiner Rolle beharrend, antwortete ‚Sir Thomas': »O ja, Sir Henry, und wie ich höre, dirigieren Sie auch gelegentlich!«

Danach hielt jemand aus dem Publikum eine Rede. Er sagte, alle seien sich wohl einig, daß sie an diesem Abend weit mehr für ihr Eintrittsgeld erhalten hätten, als zu erwarten war, und schlug vor, eine Sammlung für den Pensionsfonds der Musiker zu veranstalten. Sofort wurde ein Papierkorb mit Zeitungspapier ausgelegt, damit das Geld nicht herausfiele, und Sir Adrian Boult in die Hand gedrückt, den man dann auch bald damit im ganzen Saal herum sammeln sah.

Die Nachtsitzungen in Queen's Hall während der Luftangriffe wurden bald Stadtgespräch und trugen zur Anziehungskraft der Proms bei. Schließlich aber ließen die immer schwerer werdenden Angriffe die Abhaltung von Konzerten in London nicht weiter ratsam erscheinen, und so fand diese unvergeßliche Promenaden Season bereits am 7. September ihr Ende.

Nicht alle musikalischen Geschichten aus der Blitzzeit sind so amüsant wie die der Nachtsitzungen während der Proms. In jenen Tagen kam ich eines Morgens ins Orchesterbüro und fand alle in größter Bestürzung vor. »Wir wissen nicht«, erklärte mir Felix, »ob wir damit rechnen können, daß die ersten Geiger für das Glasgower Konzert vollzählig abfahren können. Jemand, der nahe von Mr. Wynn-Reeves wohnt, hat uns gerade angerufen, um uns zu sagen, daß dessen Haus letzte Nacht einen Volltreffer abbekommen hat. Es ist nur noch ein Trümmerhaufen, die Rettungsmannschaften haben noch niemand unter den eingestürzten Mauern gefunden.« Aber als sich das Orchester an der Euston-Station versammelte, war Wynn-Reeves zur Stelle. Er hatte zum Glück gerade diese Nacht mit seiner Frau bei Freunden verbracht.

Inzwischen hatte sich das London Philharmonic Orchestra bis zu einem gewissen Grade finanziell erholt. Es hatte frischen Mut gefaßt und war voller Pläne. Wir wollten den Freunden, die uns so wirkungsvoll geholfen hatten, unsere Dankbarkeit zeigen und beschlossen, in meiner Wohnung eine Gesellschaft zu geben. Wir luden J. B. Priestley und andere ein; die fünf Orchestervorstände kamen alle. Es gab kaltes Abendessen, bestehend aus Würstchen mit Kartoffelsalat, Fastenbrezel und Bier, und bald waren große Debatten im Gange.

Es war ein schöner, klarer Sommerabend. Wir standen auf dem Dachgarten mit seinem wunderbaren Blick bis über die St. Paul's Kathedrale. Von dieser hohen Warte aus sahen wir weit weg in der Richtung der Themsemündung seltsam farbige Lichter aufflackern; aber wir konnten uns nicht erklären, was sie bedeuteten. Mit einbrechender Dunkelheit heulten die Sirenen. Die Lichter, die wir gesehen hatten, waren die ersten Leuchtsignale über dem East End. Wir verbrachten die Nacht zusammen und lauschten den Geschichten, die Priestley, ein meisterhafter Erzähler, zum besten gab. Der Angriff ließ nicht vor Morgengrauen nach. Oft war der Lärm so groß, daß wir unser eigenes Wort nicht verstanden. Als der Tag anbrach und das »All Clear« ertönte, war der Himmel in der Richtung von St. Paul's blutrot. Die Docks von London brannten.

Das dauernde Bombardement des Stadtzentrums machte es auf die Dauer unmöglich, in dem so unsicheren Haus am Red Lion Square zu bleiben. Ich brachte daher meine Mutter in Hampstead unter, während ich selbst weiter die Nächte in öffentlichen Luftschutzkellern verbrachte, da ich ja bald zu Sir Thomas nach Amerika fahren sollte. Holborn, die City und das East End wurden immer schlimmer heimgesucht. Gähnende Lücken starrten einem entgegen, wo am Tage zuvor noch Häuser gestanden hatten; Straßen wurden aufgerissen, Gebäude wurden wegen Einsturzgefahr abgesperrt, viele Obergeschosse und Dachstühle fielen den ungezählten Brandbomben zum Opfer, die nachts über London abgeworfen wurden. In diesen Nächten waren so viele Großbrände zu löschen, daß man unmöglich auch all der kleinen Herr werden konnte.

Als ich eines Morgens nach einem Angriff von zehn Stunden Dauer zu meiner Wohnung zurückkam (24. September), bot sich mir ein trauriger Anblick. Von allen Seiten strömte Wasser herunter; die Straße lag voller Trümmer, Glas und Gebälk. Der obere Teil des Hauses war ausgebrannt.

Wieder hatte ich mein Heim verloren, das ich mir nach so vielen Schicksalsschlägen neu geschaffen hatte mit dem, was ich mir von meinem Familienhausrat hatte retten können.

Inzwischen dauerte der Blitz an. Die Tage waren eine ununterbrochene Kette von Warnungen, optimistischerweise »Alerts« genannt, die mit den »All-Clear«-Signalen abwechselten. Feindliche Flieger waren ständig über uns, und die Detonationen der Abwehrgeschütze mischten sich die ganze Nacht hindurch mit den dumpfen Explosionen der auffallenden Bomben.

Ich wartete auf mein Schiff nach New York, als ich ein Kabel von Sir Thomas erhielt. Er bliebe etwas länger in Australien, und ich sollte nicht abreisen, ehe ich weiteres von ihm hören würde. Ich beschloß daher, mich in dem gleichen Haus einzumieten, wohin meine Mutter gezogen war, bis ich klarer sähe, wie die Dinge sich entwickeln würden.

Mein neues Heim, 25, Lyncroft Gardens, Hampstead, liegt in einer stillen kleinen Seitenstraße von Finchley Road, in der alle Häuser gleich aussehen. Die Besitzerin unserer neuen Behausung war die heitere und tatkräftige Mrs. Edith Biggs, eine jener unternehmenden und ausgeglichenen englischen Frauen, welche ohne viel Aufhebens mit allem fertig werden. Sie kommt aus einer Marinefamilie. Ihre beiden Brüder waren Schiffskapitäne in der Handelsmarine gewesen; einer von ihnen und ihre Schwester sind auf hoher See geboren.

Der andere Hausinsasse war Annie Purcell, die in direkter Linie von dem großen Komponisten abstammt. Sie lebte seit

34 Jahren in dieser Familie. Eine musikalische Besucherin behauptete, daß Fräulein Purcell die gleichen tiefliegenden wundervollen Augen habe, die auf dem Keller zugeschriebenen Porträt des Komponisten in der National Portrait Gallery zu finden sind. Nicht zuletzt war noch ein Sealyhamhund da, Bunty genannt, der mit unerbittlicher Tyrannei das Haus regierte.

Zweiundfünfzig Tage und Nächte lang dauerten die Luftangriffe ununterbrochen fort. In diesem Stadium der Dinge wagte es niemand, sich nachts zu entkleiden — aber dies war nur eine der kleineren Unannehmlichkeiten des »Blitzes«. Schließlich gewöhnte man sich an diesen Hexensabbat. Mitten in der ersten Nacht, die ich unter dem Dach von Lyncroft Gardens verbrachte, hörten wir plötzlich Annies Stimme rufen: »Ein deutsches Flugzeug ist auf die Straße heruntergekommen!« Ich rannte aus dem Hause. Was für ein Anblick! Der Himmel war taghell erleuchtet von den in der Stadt lodernden Bränden. Unsere Straße stand in Flammen. Es war zwar kein deutsches Flugzeug, aber mehrere »Molotov breadbaskets«, die auf die Straße mit ihren ungezählten Brandbomben abgeworfen worden waren. Die Dachstöcke von vier Häusern brannten. Luftschutzwarte eilten umher und sahen nach dem Rechten. Die Feuerwehr rückte an. Als ich in mein Zimmer zurückkam, fiel mir ein merkwürdiger Geruch auf, und von der Decke kam ein knisterndes Geräusch. Eine Brandbombe war im Begriff, sich durch die Decke zu fressen und begann gerade Funken zu spucken und erstickenden Qualm zu entfalten. Ich dachte an unsern Luftschutzunterricht, wo der große, rosige, blauäugige Feuerwehrmann uns gelehrt hatte, wie mit Brandbomben umzugehen sei. »Einige dieser Bomben können mit der Fußpumpe ausgelöscht werden, aber andere explodieren erst nach zwei Minuten!« hatte er gesagt. »In letzterem Falle sind natürlich weitere Instruktionen zwecklos.« Es blieb keine Zeit für derartige Überlegungen, und während Mrs. Biggs (mit ihren 76 Jahren) den Gartenschlauch auf die Bombe richtete, rief ich auf die Straße hinaus: »Feuer in Nummer 25.« Die Nachbarn kamen herbei, und »unsere Bombe« wurde unschädlich gemacht, nachdem sie bereits allerhand Schaden verursacht hatte.

Diese nächtlichen Abenteuer pflegten zu früher Morgenstunde mit einer guten Tasse Tee, dem englischen Universalmittel in allen Lebenslagen, zu enden.

Allmählich gewöhnte sich Lyncroft Gardens an den »Blitz«. Nachdem die Angriffe zu einer ständigen Einrichtung zu werden schienen, erklärte Mrs. Biggs, daß sie nun keine Rücksicht mehr darauf nehmen könnte. Jeden Abend um sieben, Alarm oder nicht, erschien Annie in weißem Häubchen und weißer Schürze, das Dinner wurde aufgetragen, auf dem Tisch blinkten Kristall und Silber, und niemals fehlten Blumen.

Es ist zwar eine feststehende Lebensweisheit, daß alles seine Grenzen hat, aber für die Seelenruhe der Engländer scheint es keine zu geben. Eines Abends surrte eine Bombe über unsern Köpfen. »What a Whizzie!« sagte Annie gelassen und bereicherte damit das englische Idiotikon um eine neue Variante des Wortes »whiz« (zischen). Ein furchtbarer Knall folgte. Unser kleines Haus schwankte, und in den Wänden klafften Risse. Unwillkürlich duckte ich mich. »Nur keine Aufregung«, sagte Mrs. Biggs, »es ist ja vorbei.«

Churchills Worte schossen mir durch den Kopf: »Wir werden uns niemals ergeben«, nein, das würden sie — oder darf ich sagen wir? — nicht; dessen war ich gewiß. Einige Minuten später sahen wir, daß ein Haus in unserem Block, nur wenige Schritte von dem unsern entfernt, einen Volltreffer erhalten hatte und zusammengestürzt war.

Viele Nächte hindurch ging es so weiter. Niemand von uns verlor seine Nerven, aber der Mangel an Schlaf machte sich fühlbar. Eines Nachts, spät gegen zwölf Uhr, klingelte das Telefon. Laut Verordnung waren wir im Kellergeschoß. Ich rannte nach oben; der Kanonendonner hinderte mich fast am Hören. Am Apparat war Thomas Beecham junior. »Sie müssen unbedingt zu uns kommen«, sagte er. »Sie können doch unmöglich in dieser Zeit dauernd in London bleiben.«

Ehe ich noch recht zu mir gekommen, war abgemacht worden, daß ich ihn und seine Frau Ende der Woche in Warwickshire besuchen sollte. Einige Tage später fuhr ich im Auto durch das herbstliche Land auf dem Weg nach Tidmington Manor, einem Herrenhaus aus der Zeit Elisabeths mit eigener, daneben gelegener Kirche. Zwei Alleen jahrhundertealter Eichen führen zum Hause, und wohin das Auge reicht, sieht man Wiesen mit friedlich weidenden Schafen, Pferden und Kühen.

Als ich mich abends zum erstenmal seit fast zwei Monaten in meinem behaglichen Zimmer mit schönem altem Holzgetäfel auszog, konnte ich kaum glauben, daß ich die gleiche war, die wenige Stunden zuvor während eines Luftangriffs von Paddington Station abgefahren war.

Dieser Besuch in Warwickshire war der erste von vielen.

Ich habe das englische Land lieben gelernt, entweder im stattlichen Tidmington oder in der Manor Farm, Compton Scorpion, dem Heim von Sir Thomas' ältestem Sohn Adrian und seiner Frau. Ich habe mit ihnen im Winter, Frühling und Sommer gelebt, und der Reiz des Landlebens wurde noch erhöht durch unsere Abende von Musik, die ja der Familie Beecham eine Notwendigkeit ist. Ich habe sie in ihre kleine Kirche begleitet, wo ihre Farmer sich am Sonntag mit ihnen vereinigen und wo Adrian als der Gutsherr den Bibeltext las, während der Pfarrer alle Mitglieder der Gemeinde, die im Krieg waren, in sein Gebet einschloß. Niemals bin ich von diesen Besuchen auf dem englischen Land anders als mit neuer Hoffnung und neuem Glauben an die ewigen Güter des Lebens nach Hause zurückgekommen. Ende November 1940 begannen die Luftangriffe nachzulassen. Sogar die Londoner hatten einige Nächte ohne Alarm, und das Leben nahm allmählich wieder normale Gestalt an. In der Queen's Hall wurden die Sonntagskonzerte mit dem Londoner Philharmonischen Orchester und verschiedenen Dirigenten neu aufgenommen. Auch andere musikalische Institutionen fingen ihre Tätigkeit wieder an, und zu den alten Unternehmungen kamen neue hinzu. Die National Gallery, wo Myra Heß einstündige Mittagskonzerte organisierte, war stets übervoll.

Diese Veranstaltungen zogen ein ganz besonderes Publikum an, und viele bekannte Persönlichkeiten, die sonst von Kriegsarbeit beansprucht waren, fanden sich als tägliche Besucher ein.

Mehr und mehr künstlerische Unternehmungen aller Art wurden ins Leben gerufen, und die Theater waren wieder Abend für Abend ausverkauft. Überall machte sich ein wachsendes Bedürfnis nach Orchestermusik bemerkbar. Die wenigen verfügbaren Dirigenten hatten alle Hände voll zu tun, um allen Anforderungen gerecht zu werden. Dr. Malcolm Sargent zum Beispiel sagte mir, daß er in der Spielzeit 1942 im Durchschnitt mehr als ein Orchesterkonzert pro Tag geleitet habe. Nachdem das London Philharmonic Orchestra zuerst unter Jack Hyltons Flagge gespielt hatte, begann es nun seine Reise- und sonstige Konzerttätigkeit selber auszubauen. Seit Kriegsbeginn hat es an über hundert Orten gespielt, die nie vorher ein Orchester gesehen hatten — und so brachte es buchstäblich dem Volk die Musik bis an die Haustüre.

Zu den englischen Dirigenten gesellte sich ein Neuling — Richard Tauber. Seit vielen Jahren kam Tauber regelmäßig nach England, und kurz nach Kriegsausbruch, nach seiner Rückkehr von Südafrika, hat er die englische Staatsbürgerschaft erworben. Noch in Zeiten, da er als Opernstar und Liedersänger auftrat oder mit einer seiner eigenen oder einer der Leharschen Operetten durch die Welt fuhr, hat Tauber immer eine Leidenschaft fürs Dirigieren gehabt. Von Kindheit an hatte er sich eine gründliche Kenntnis des Konzert- und Opernrepertoires erworben, da sein Vater viele Jahre lang Direktor des Stadttheaters in Chemnitz war. Eines Tages trat er an das Londoner Philharmonic Orchestra heran und schlug vor, ein Konzert zu dessen Gunsten zu veranstalten, worin er nicht nur als Sänger, sondern auch als Dirigent auftreten wollte. Großes Erstaunen und — ich muß gestehen — schwere Bedenken wurden laut. Doch das Konzert erwies sich als großer Erfolg, und dies war der Beginn einer musikalischen Freundschaft zwischen den Londoner Philharmonikern und dem Tenor-Dirigenten. Von ihren Covent-Garden-Zeiten an hatten die Musiker stets Bewunderung für Tauber gehabt. Mit

Vergnügen entsinnen sie sich einer stürmischen Probe in Covent Garden, als Sir Thomas mit einer hauptsächlich aus Prag stammenden Besetzung, unter der sich Tauber befand, Smetanas »Verkaufte Braut« probte. Sir Thomas hatte seine eigene Ansicht über die Tempi der Partitur. Es klappte nicht recht. Sir Thomas' Geduld fing an zu reißen, und auch die Sänger wurden unlustig. Plötzlich trat Tauber an die Rampe und sagte: »Bitte, Sir Thomas, Sie müssen mit uns mehr Geduld haben. Nachdem wir 25 Jahre diese Oper falsch gesungen haben, können Sie nicht erwarten, daß wir nun sofort richtig singen, nicht wahr?« Sir Thomas, der stets für Offenheit und Humor zu haben ist, verstand natürlich sofort, was gemeint war.

Taubers erste Provinztournee mit dem London Philharmonic Orchestra war ein Erfolg in mehr als einer Beziehung. Sein Wiener Humor und seine »Tauber Cocktails« waren äußerst beliebt.

Aber die verschiedenartige Tätigkeit des Orchesters hatte auch ihre ernste Seite. Es ist schwer, sich einen Begriff von den Schwierigkeiten zu machen, mit denen die Musiker im ersten Stadium des Krieges zu kämpfen hatten. In Burnley (im Januar 1941) mußte der kleine ausverkaufte Konzertsaal auf Dr. Sargent warten; er war auf dem Moor durch einen Schneesturm aufgehalten worden, und in letzter Minute sprang Thomas Matthews, damals Erster Konzertmeister des Orchesters, für ihn ein und dirigierte das anspruchsvolle Programm. Am nächsten Tag wurde die ganze Gesellschaft auf ihrer Fahrt per Autobus nach Barnsley vom Nebel überrascht, versäumte ihr Kinderkonzert und traf kaum rechtzeitig für das Abendkonzert ein. In Preston war es noch schlimmer — die Musiker kamen einen ganzen Tag zu spät, und in Wakefield mußte das Konzert abgesagt werden, weil der Instrumentenwagen auf der Bahn verlorengegangen war.

Doch nicht nur die Transportschwierigkeiten wurden immer größer; es wurde auch immer schwieriger, Unterkunft für die Musiker zu finden. In Stafford zum Beispiel verbrachten die meisten Mitglieder des Orchesters die Nacht in

Luftschutzdecken gewickelt auf dem staubigen Boden der Stadthalle, in der sie ihr Konzert gegeben hatten.

Das Jahr 1941 brachte die Nazifizierung der Balkanländer und Griechenlands. Der Verlust von Kreta ließ den Krieg in Afrika und in Kleinasien aufflammen. Die deutsche Invasion Rußlands am 22. Juni und der japanische Angriff auf Pearl Harbour im Dezember trieben den zweiten Weltkrieg seinem Höhepunkt entgegen.

In London herrschte verhältnismäßig Ruhe, aber sie sollte nicht von langer Dauer sein. Die Luftangriffe begannen bald wieder mit erneuter Wut. Wieder hatten wir schwere Wochen durchzumachen, und besonders an dem unvergeßlichen Mittwoch und Samstag, am 16. und 19. April 1941, wurde in allen Teilen Londons großer Schaden angerichtet. Wieder wurde Red Lion Square schwer getroffen; seine schöne alte Kirche erhielt einen Treffer, und viele Menschen wurden in der Krypta, wo sie Schutz gesucht hatten, unter den Trümmern begraben. Auch die City wurde schwer heimgesucht. Am Samstag, dem 10. Mai, überflogen Hunderte von feindlichen Flugzeugen die Stadt; das House of Commons und die Westminster Abbey wurden schwer beschädigt, und Londons Musikleben erhielt den härtesten Schlag, der es treffen konnte: Queen's Hall wurde zerstört.

Am Samstag, dem 10. Mai, war in der Queen's Hall nachmittags »Dream of Gerontius« von Elgar in einem Konzert der Royal Choral Society mit dem London Philharmonic Orchestra aufgeführt worden. Am folgenden Morgen sollte eine Probe für das Sonntagnachmittagskonzert stattfinden, und daher befanden sich die meisten Instrumente im Saal. Als das Orchester am Sonntagmorgen ankam, lag die Queen's Hall in Trümmern. Weiße Rauchwolken strömten aus den Ruinen, Feuerschläuche hingen wie Riesenschlangen aus den Fensterhöhlen, und überall rieselte Wasser herab. Die verkohlten Überreste wertvoller Instrumente wurden ans Tageslicht befördert, eine traurige Bergungsarbeit, an der sich das Orchester beteiligte.

Als ich auf dem Schauplatz der Zerstörung ankam, stand Mr. Charles Taylor, seit vielen Jahren Manager von Queen's

Hall, vor den Trümmern. Obwohl er tief getroffen war, ließ er sich als echter Brite nichts anmerken. Er sagte nur: »Es sieht ein bißchen unordentlich aus, nicht wahr?« Auch Mr. Alfred Matthews, der Vorstand der Kasse, war da, der seit 35 Jahren in dem berühmten Konzerthaus arbeitete. Er brachte überhaupt kein Wort heraus. Ich kannte ihn seit meinem ersten Besuch mit Furtwängler in England. Wie oft hatte ich ihn um Hilfe bitten müssen, um in letzter Minute einige Freunde in dem ausverkauften Saal für die Konzerte der Berliner Philharmoniker hineinzubringen! Wie schwer war der Kampf mit ihm um einige Extrastühle in dem wohlbekannten Winkel hinter dem Podiumsvorhang, wo weltberühmte Solisten oftmals lieber als im Saal saßen. Geliebter Winkel, von dem aus ich die Berliner Philharmoniker aufs Podium gehen sah, als ich noch ein Gast in Großbritannien war, und wo mir später die Londoner Philharmoniker zunickten und »Hallo Doctor« nach einem erfolgreichen Konzert zuriefen. Geliebter Winkel, durch den Sir Thomas auf seinem Weg aufs Podium ging und mich anzwinkerte, und von wo aus ich ihn anstrahlte, wenn er befriedigt nach einer guten Aufführung zwischen dem Applaus zurückkehrte. Erinnerungen an all dies schossen mir durch den Kopf, als ich nun mit den zwei Männern, die so eng mit Queen's Hall verbunden gewesen waren, vor den Ruinen stand. War das alles wirklich vorbei?

Aber der Moment war schlecht gewählt für Überlegungen. Es war früh um elf Uhr, und wir hatten keinen Konzertsaal und keine Instrumente. Das Orchester hielt eine Beratung ab und beschloß, das einmal angekündigte Konzert müsse stattfinden. Um drei Uhr nachmittags war die Verlegung nach einem andern Saal durchgeführt; Instrumente hatte man schnell zusammengeliehen. Das Publikum traf nichtsahnend zum Konzert ein. Eine Notkasse wurde aufgemacht. Man konnte die Angestellten mit Regenschirmen unter den Ruinen mit Konzertbilletten und Kleingeld herumgehen sehen, während Wasser, das heiß genug gewesen wäre, um Tee zu kochen, durch die Mauern tropfte. Auf der Straße wurde ein Kartenverkauf eröffnet, und die Notkasse machte mit der Überweisung der bereits gekauften Billette nach dem andern Konzertsaal glänzende Geschäfte. Bald war kein Platz mehr zu haben. Die Zuhörer standen bis auf die Straße hinaus, und Hunderte mußten abgewiesen werden, nachdem sie sich bei der London Philharmonic Canteen mit einer Tasse Tee gestärkt hatten.

Der Tag verging unter Hochspannung. Am folgenden Morgen allerdings mußte man der nackten Wirklichkeit ins Auge sehen. Zwar spielte das Orchester an Wochentagen in der Provinz und in den zerstörten Gebieten, aber Samstage und Sonntage blieben stets für die Londoner Konzerte reserviert, welche auf Grund des wachsenden Bedürfnisses für die ganze Dauer des Sommers in Queen's Hall vorgesehen waren. Es bestand kein Zweifel darüber, daß diese Konzerte fortgesetzt werden mußten, auch wenn das Orchester seinen Saal verloren hatte. Schließlich wurden alle musikalischen Veranstaltungen einschließlich der diesjährigen Proms, bei denen das London Philharmonic Orchestra zum erstenmal mitwirkte, nach der großen Albert Hall verlegt, wo übrigens sowohl Mr. Taylor wie Mr. Matthews jetzt die ihrer Queen's-Hall-Tätigkeit entsprechenden Ämter bekleiden.

Die brennendste Frage war im Augenblick die der Instrumente. Die BBC hatte freundlicherweise dem Publikum die schwierige Lage des Orchesters mitgeteilt. Vom Augenblick dieses Appells an gab es keine Ruhe. Ein Strom von Besuchern aus allen Teilen der Bevölkerung rückte an. Leute, beladen mit Geigen oder Bratschen, standen Schlange vor dem Orchesterbüro. Celli wurden am Eingang abgegeben. Inzwischen war das Orchester mit geborgten Instrumenten auf seine längst vorher bestimmte Provinzreise abgefahren, und wo sie auftraten, erschienen Leute, die ihnen Instrumente zur Verfügung stellten. Würdevolle Briefe trafen ein, in denen wertvolle Instrumente — oftmals kostbare Erbstücke — angeboten wurden. Ein alter Mann schrieb aus einem Dorf in Yorkshire, er hätte zwar kein Instrument, das er zur Verfügung stellen könne, aber das Reparieren von Instrumenten sei seine Liebhaberei, und er habe unbeschränkte Zeit und

Geduld dazu. Ein Autobusfahrer kam den ganzen Weg von Kent her und hatte ein braunes Paket unter seinen Arm geklemmt. »Hier ist eine Fiedel«, sagte er. »Ich kann den Gedanken nicht ertragen, daß ein Musiker brotlos ist, weil er sein Instrument verloren hat. Ich weiß, was das bedeutet!« Wir registrierten etwa 3000 Briefe. Wir bekamen etwa 1000 Instrumente und konnten sogar noch andern damit aushelfen.

In der gleichen Nacht, in der Queen's Hall zusammenfiel, wurde Red Lion Square Nummer 36 zum drittenmal getroffen. Zwar war das Haus schon lange unbewohnbar, aber die Überreste meiner Möbel und anderer Besitztümer waren im Keller aufbewahrt gewesen. Ein Volltreffer machte das Haus und die anliegenden Gebäude dem Erdboden gleich; nichts als Stücke verkohlten Gemäuers blieben übrig.

Mit Mrs. Churchill in einer Loge — Londoner Musikleben im 5. Kriegsjahr — Nervenkrieg durch die »fliegenden Bomben« — Die Landung der Alliierten in Frankreich — Bombeneinschlag in Lyncroft Gardens — Die 50. Promenaden-Season unter Sir Henry Wood — Die »V 2« über London

Der Widerstand der Sowjets zog die deutsche Luftwaffe nach Osten ab, und die Londoner nahmen dankbar von dem Wendepunkt im englischen Kriegsleben Kenntnis, der durch das Ende der »Blitz«-Periode gekennzeichnet war.

Mehr und mehr paßte sich das »Festungs-Dasein« der Stadt den Umständen einer langen Kriegszeit an. Das Leben in London wurde immer interessanter. Die verschiedenen Exilregierungen und -gruppen, die — wenigstens für eine Zeitspanne — nun in England residierten, entfalteten ihr eigenes politisches, gesellschaftliches und kulturelles Leben. Konzerte und Vorträge wurden veranstaltet und Versammlungen abgehalten. Die Organisation der Londoner Philharmoniker verfügte mittlerweile über den ausreichenden Apparat, um sich an einer Reihe solcher Manifestationen zu beteiligen.

Wie vieles könnte man noch über das abwechslungsvolle und reiche Leben in England während des Krieges berichten, aber das ginge weit über den Rahmen dieses Buches hinaus.

Ein kleines Erlebnis von Weihnachten 1942 will ich hier noch erzählen, welches für mich den Unterschied zwischen dem Leben in Deutschland, wie ich es seit 1933 gesehen habe, und dem englischen Leben kennzeichnete: Das traditionelle Christmas Carol Concert der Royal Choral Society in Albert Hall war ausverkauft. Da meine Mutter gern einmal die alten Weihnachtslieder hören wollte, die teils vom Publikum mitgesungen werden, bat ich Dr. Sargent, uns noch hineinzubringen. Er sandte mir zwei Plätze in seiner Loge, und ich ging mit meiner Mutter ins Konzert. Plötzlich öffnete sich die Logentür, und eine Dame in Grau fragte, ob dies Dr. Sargents Loge sei. Wir erkannten sofort Mrs. Churchill. Sie war begleitet von ihrer Tochter Mary in Uniform. Sie wollte kaum erlauben, daß wir die Vorderplätze für sie freimachten. Mit welch ungeheurem Aufwand wäre Frau Goebbels oder Frau Göring bei einer derartigen Gelegenheit aufgetreten! Aber die Gattin des englischen Premierministers fand es ganz selbstverständlich, ihren Platz mit zwei namenlosen Flüchtlingen zu teilen.

Dies ist zwar keine Kriegsgeschichte, aber als Hintergrund der Entwicklung müssen kurz die Ereignisse erwähnt werden, die langsam, sehr langsam, aber immer sicherer, dazu beitrugen, den alliierten Völkern die Hoffnung auf einen siegreichen Ausgang dieses Krieges zu geben. Der Fall von Stalingrad im Januar 1943 bedeutete wohl den entscheidenden Wendepunkt an der russischen Front; der Zusammenbruch der Achsenmächte in Afrika, die Landung der Alliierten in Sizilien, die Absetzung Mussolinis am 25. Juli und die bedingungslose Übergabe Italiens am 8. September waren Marksteine in dieser Entwicklung.

England war um diese Zeit in künstlerischer Beziehung noch hauptsächlich auf sich selbst angewiesen, aber die

Nachfrage nach Musik und Theater wuchs stetig, und die Londoner Philharmoniker waren überbeschäftigt. Im Winter 1943/44 gaben sie ihre eigenen Sonntagskonzerte im Adelphi-Theater, bei denen sie zum erstenmal unabhängig ihre eigene Programmpolitik walten lassen konnten.

Das Bedürfnis nach moderner Musik konnte unter den herrschenden Kriegsverhältnissen freilich nur in sehr beschränktem Maße befriedigt werden. Da sprang der Musikverlag Boosey & Hawkes in die Bresche und veranstaltete Konzerte zeitgenössischer Werke, die sich von einem zaghaften Experiment zu einem festen Bestandteil des Londoner Musiklebens entwickelten. Diese Konzerte boten in bisher vier Konzertwintern nahezu 200 moderne Kammermusik- und Orchesterwerke, darunter über 80 Erstaufführungen britischer und ausländischer Komponisten.

Und so war bereits das fünfte Kriegsjahr herangekommen. Im Februar gab Churchill einen seiner Überblicke zur Lage, worin er über den stetigen Fortschritt auf allen Fronten berichtete. Er stellte eine Steigerung der Luftangriffe auf dem Kontinent in Aussicht, die der späteren Invasion den Weg bahnen sollten.

Während das Jahr 1943 in London verhältnismäßig ruhig verlaufen war und sich das Kriegsleben meist weit weg von uns, in Afrika, dem Fernen Osten und in Rußland abspielte, wurden wir im Jahre 1944, in dem sich bei nachträglichem Beschauen eine ganze Weltgeschichte zusammenzudrängen scheint, schnell wieder in die vorderste Frontlinie versetzt. Man hatte sich allmählich daran gewöhnt, gelegentliche Luftwarnungen nicht weiter zu beachten. Ich selbst hatte ja nichts mehr zu verlieren. Meine einzige Vorsichtsmaßregel bestand in einem kleinen Koffer, »Panicbag« genannt, der mit meinen wichtigsten Papieren nachts neben meinem Bett stand.

Plötzlich, eines Nachts im Februar, ertönten die Sirenen und lautes zunehmendes Donnern der Abwehrgeschütze. Ich stand auf, ging zur Haustür, um zu sehen, was los sei. Schon warf mich ein furchtbarer Luftdruck, der mir fast den Atem nahm, zurück; die eingedrückte Haustür fiel auf mich, ein ohrenbetäubender Krach ertönte, man hörte Schreie, Klirren von Glas und einstürzendem Gemäuer. Der Himmel und die Straße waren brandrot. Kurz darauf ertönte das »All Clear«; aber alles um uns herum brannte, und es stellte sich nachträglich heraus, daß einer der feindlichen Flieger, der sich anscheinend durch die intensive Abwehr und die Scheinwerfer bedroht fühlte, fünf schwere Explosivbomben auf einmal abgeworfen hatte. So hatten wir es mal wieder abgekriegt. Es war eisig kalt in diesen Tagen — lange waren wir ohne Fenster und lebten eine Art von Zigeunerdasein in unserem beschädigten Heim.

Dies war der erste von einer Reihe kurzer, scharfer Angriffe. London nahm davon wenig Notiz. Kaum daß man am nächsten Morgen eine gestörte Nacht erwähnte. Theater und Konzerte waren übervoll, und Menschen und Soldaten aus aller Welt drängten sich in der englischen Metropolis zusammen. Während sich die Front im Osten immer mehr gegen Deutschland vorschob, trat in London bald wieder eine Periode äußerer Ruhe ein.

In dieser Zeit erwarb das London Philharmonic Orchestra sein eigenes Haus in 53, Welbeck Street, London, W. 1. Es war ein moderner, schöner Bau mit großen, hellen Räumen und einer geräumigen Küche, in der man nachmittags seinen unvermeidlichen Tee trinkt. Durch die Zunahme der Konzerte war eine Vergrößerung des Personals nötig geworden. Es waren meist junge, begeisterte Menschen, die im Büro arbeiteten, eine originelle Mischung von Idealisten und Realisten, wie man sie oft in England findet. Thomas Russell, der das Schiff des Orchesters durch die Fährnisse des Krieges steuerte, stand weiter an der Spitze der Gemeinde. In seinen beiden Büchern Philharmonic (Hutchinson, 1942) und Philharmonic Decade (Hutchinson, 1945) hat er selbst ihre Schicksale geschildert.

Als man immer mehr von der unmittelbar bevorstehenden Invasion murmelte, beschränkte das Orchester in weiser Voraussicht der kommenden Dinge seine Tätigkeit auf London und Umgebung, da mit einer plötzlichen Einstellung des privaten Zugverkehrs gerechnet werden mußte. Zunächst war aber alles noch beim alten. So fuhr ich nach Warwickshire auf die Farm von Adrian Beecham.

Adrians Farm liegt schon in normalen Zeiten abseits vom Verkehr. Im Krieg war sie richtig isoliert. Sogar die Zeitung kommt erst einen Tag nach Erscheinen. Am 6. Juni tobte ein heftiges Gewitter; die Telefondrähte wurden von den sich biegenden uralten Eichen erfaßt und durchgerissen. Die Batterie des Radios — elektrischen Strom gibt es dort nicht — war abgelaufen und die magere Treibstoffration fast völlig für den Traktor aufgebraucht worden. Es blieb nur noch so viel übrig, um am Abend nach dem einige Meilen entfernten Stretton-on-Fosse zu fahren, wo eine Probe für eine Veranstaltung der Dorfbewohner zu ihrer »Salute the Soldier Week« stattfinden sollte. Ein solches Programm besteht aus unendlich vielen Nummern; die Bauern und sonstige Dorfbewohner wirkten alle mit. Sie haben ihre eigenen »Stars«, so den weitbekannten, betagten Sam Bennett, der noch heute in dem dort üblichen Bauern-»Smock« Volkslieder singt und dazu tanzt und sich auf der Geige begleitet.

Als wir am Schulhaus ankamen, waren die Bauern mit ihren Frauen bereits versammelt. Die Probe begann. Ohne die geringste Befangenheit trug jeder sein Stück vor, von Adrian auf dem klapprigen, verstimmten Schulklavier begleitet. Nachdem sich eine Dorfschöne als Ballettänzerin produziert und ein alter Homeguard »There will always be an England« gesungen hatte, machten wir um neun Uhr eine Pause und stellten das Radio an. — Erst jetzt erfuhren wir zu unserm großen Erstaunen, daß der »D-Day« bereits seit 24 Stunden angebrochen war, und lauschten atemlos den Schilderungen der Truppenlandungen in der Normandie. Die Invasion, von der seit so langem geredet wurde, endlich war sie Wirklichkeit geworden, und nach den Berichten schien alles gut zu gehen, trotz des stürmischen und schlechten Wetters.

London war voll von durchpassierenden Truppen und hohen Offizieren aller Waffengattungen. Trotzdem waren keinerlei Luftangriffe zu verzeichnen, und im Volk herrschte die

Ansicht, daß die Deutschen für einen Krieg an drei Fronten weder genug Treibstoff noch genug Piloten besäßen und daher die Bombardierung Englands einstellen müßten. Aber in der Nacht vom 15. auf den 16. Juni, kaum zwei Wochen nach der Invasion, wurde man plötzlich durch Alarm, Kanonendonner und laute Detonationen geweckt. Gleichzeitig hörte man ein surrendes Geräusch in der Luft, als ob eine ganze Armada von Flugzeugen über London sei. Einige sausten so tief über uns weg, daß man jeden Augenblick erwartete, daß das Dach eingerissen werde. Es war anders als sonst, und es war unheimlich. Es hörte auch nicht auf. Es kam auch kein »All Clear«. Es ging die ganze Nacht weiter — und die ganzen folgenden Tage.

Längst war man in London fatalistisch geworden. Im Grunde war es ja ein Wunder, daß man überhaupt noch lebte. Man konnte schließlich nicht seine ganze Zeit im Luftschutzkeller verbringen, und die kleinen Häuser der Vorstädte boten wenig Schutz. So ließ man es darauf ankommen. Höchstens daß man sich, wenn's zu toll wurde, aus dem Bereich etwa herumfliegender Glassplitter brachte.

Jedoch schien hier eine neue Waffe vorzuliegen. Als ich morgens ins Philharmonikerbüro kam, wurden bereits die »pilotenlosen Bomben« eifrig diskutiert, die man ununterbrochen, oft in recht unbequemer Nähe heruntersausen und explodieren hörte. Sie fielen wahllos überall hin, eine Beunruhigung für die Bevölkerung, aber außer als Störungswaffe nicht ernst zu nehmen.

London schien diese Zeit schwerer zu ertragen als den »Blitz«. Diesen hatte man erduldet, mitgerissen von dem Mut und dem Sportsgeist der ganzen Bevölkerung. Mit größter Bravour waren verwöhnte Gesellschaftsdamen mit ihren Ambulanzen oder Kantinen nachts durch den Hagel der Bomben nach den Docks oder dem East End gefahren. Mit unverbrauchten Nerven hatte man die endlosen Wochen dieser ununterbrochenen Bombardierung ausgehalten. Wie toll auch die Nacht gewesen war, am Morgen lag die Zeitung da, niemals ließ einen der Milchmann im Stich, der Briefträger kam pünktlich — auch wenn das Postamt was abgekriegt hatte, und eine zerstörte Telefonleitung wurde schnell repariert. Mit tausend anderen Menschen fuhr man zur Arbeit, in vollgestopfter Untergrundbahn, oder wartete in endloser Schlange auf den Bus, der oftmals Umwege machen mußte, weil die Straße aufgerissen war. Jeder von uns wundert sich heute, wie er durch diese Zeit gekommenen ist, aber man wundert sich auch, wie schnell das alles wieder vergessen war. Nun steckte man auf einmal von neuem wieder mitten drin in solcher Gefahr. Man war sich dessen aber nicht gleich bewußt. Viele wollten gerne die neuen Ungeheuer sehen, und wenn man eine Bombe heranbrausen hörte, stellten sich die Neugierigen ans Fenster. Bald merkte man aber, wie gefährlich dies war. Vor allem lernte man, das Aussetzen des Motors zu beachten, das dem Niedergehen und Explodieren des Lufttorpedos vorausging. Trotzdem ging das Leben am Tag ruhig weiter; aber in der Stille der Nacht hörte man oft über achtzig Geschosse heransausen und irgendwo explodieren, so daß sich die Phantasie dauernd die mögliche Katastrophe ausmalen konnte. Schließlich konnte ja jedes der Torpedos einen selbst treffen. Wehrlos und überwach lag man da und wartete.

Auch das Orchester hatte unbequeme Tage. Es hatte von jeher zum Prinzip dieser mutigen Leute gehört, unter keinen Umständen ein Konzert abzusagen, solange das Publikum bereit war, zu kommen. So spielten sie in dieser unheimlichen Zeit ruhig weiter. Gelegentlich allerdings, wenn sie während einer Probe eine Bombe heranzischen hörten, wurde schnell aus einem Fortissimo ein Pianissimo, bis der Paukenschlag von außen durch die explodierende Bombe erfolgte und die Gefahr für den Moment vorüber war. Sie kamen ziemlich mit heiler Haut davon; außer daß einmal das ganze Orchester fast einer neben dem Konzertsaal einschlagenden Bombe zum Opfer gefallen wäre, beklagen sie nur den Verlust eines einzigen Mitgliedes.

Der englische Humor ist freilich durch nichts unterzukriegen. Bald hießen diese »Fliegenden Bomben« im Volk nur noch »Doodle bugs«, wegen ihres dudelnden, vom gesteuerten Flugzeug so verschiedenen Geräusches. In unserer Straße wurde ein Kätzchen geboren, das man Doodle-bug taufte, und bald ertönte dauernd der Ruf nach dem herumstrolchenden Tierchen: »Doodle, Doodly-doo.«

Alles hat seinen Rhythmus, so auch Doodle-bug-Beschießungen. Zuerst erfolgten sie ohne Unterbrechung. Dann gab es zeitweise Pausen. Bald setzte auch die englische Abwehr energisch ein, wobei bereits über dem Kanal tollkühne Abschüsse der Bomben durch Flieger die bedrängte Bevölkerung Südenglands entlasteten.

Eines Nachts hörte ich in unmittelbarer Nähe das unheimliche Surren eines Dudels auf unser Haus zukommen; schon setzte der Motor aus — und auch mein Herz stockte, denn bereits sauste die Bombe mit schauderhaftem Getöse herunter. Merkwürdig, was einem im Augenblick der Todesgefahr durch den Kopf schwirrt. Etwas bäumte sich in mir auf: »Ich will nicht sterben, ehe ich das Ende von Hitler erlebt habe.« — Da erfolgte schon die grausige Explosion. Alles schwankte. Man hörte das prasselnde Einstürzen von Mauern. Ich war in eine Wolke von Staub gehüllt, aber abgesehen von einigen Schrammen war mir nichts geschehen. Meine sechsundsiebzigjährige Mutter, die seit der Beschießung von London von dem Mut der Engländer angesteckt war, rief mir aus ihrem Zimmer zu, sie lebe noch.

Die Bombe war vier Häuser entfernt von uns eingeschlagen. In unserer erst kürzlich nach dem Februarschaden reparierten Straße war kein Fenster mehr ganz, die Häuser waren teils völlig unbewohnbar, teils schwer beschädigt. Merkwürdigerweise war niemand ums Leben gekommen.

Wie schon so oft wurde in dieser furchtbaren Nacht das Zusammenhalten der Menschen wieder zum unvergeßlichen Erlebnis. In einer Küche, deren Wände eingestürzt waren, deren Herd aber noch funktionierte, wurde schnell für etwa 25 Leute Tee gemacht. Ein Nachbar erschien in Gummistiefeln und erbot sich, das hochaufgehäufte Glas vor unserm Haus wegzukehren, Home Guards und Sanitäter kamen, um zu fragen, ob wir etwas brauchten, und eine Erfrischungskantine fuhr in der Straße herum, in deren Dunkelheit es von Menschen wimmelte, die nur an ihren abgeblendeten Taschen-

lampen erkennbar waren. Die ausgebombten Bewohner begannen, ihre Sachen auf die Straßen zu räumen, wobei jedermann half. — Dies war mein sechster Bombentreffer in nächster Nähe, und ich wurde geneckt, daß Hitler es auf mich abgesehen habe.
Außer der täglichen lakonischen Feststellung am Radio, daß Südengland weiter beschossen würde und daß Schaden und Menschenopfer zu beklagen seien, tangierten alle diese Vorgänge das tägliche Leben kaum. So war für die Musikliebhaber Londons ein großer Tag herangekommen: der Beginn der sich zum fünfzigsten Male jährenden Henry-Wood-Promenaden-Season, die auch dieses Jahr wieder von Sir Henry selbst geleitet werden sollte. Sir Henry, der allgemein hochverehrte Doyen des englischen Musiklebens, hatte am 3. März 1944 seinen fünfundsiebzigsten Geburtstag gefeiert — England ehrte ihn in jeder Weise. Es wurde ihm ein Album überreicht, das handschriftliche Grüße von Musikern aus der ganzen Welt enthielt, eine einzigartige musikalische Autographensammlung aus dieser sturmbewegten Zeit.

Als Orchester dieser Promenaden-Spielzeit fungierten das Britische Rundfunkorchester und die Londoner Philharmoniker. Am Morgen des ersten Promenadentages, am 10. Juni 1944, fand eine Probe in der Albert Hall statt. Nach der Pause wurde Sir Henry durch Basil Cameron abgelöst. Erhitzt wickelte er sich seinen weißseidenen Schal um den Hals, steuerte auf mich zu und setzte sich zu mir. »Heute ist ein großer Tag, Sir Henry, man ist ganz stolz, daß man ihn mit Ihnen erleben darf«, sagte ich. Sir Henry war voller Liebenswürdigkeit. Er sagte, mein Buch* habe ihn so interessiert, daß er es nicht habe aus der Hand legen können, bis er es ausgelesen hatte. Dann begann er, sich nach einigen darin erwähnten Personen zu erkundigen.

In den darauffolgenden Tagen stand er jeden Abend am Pult, elegant wie immer, mit seiner unvermeidlichen weißen Nelke im Knopfloch, während die Beschießung mit den

* Die erste englische Ausgabe dieses Buches, »The Baton and the Jackboot«, war im April 1944 erschienen.

Fliegenden Bomben im vollen Umfang weiterging. Jeden Abend war der Saal bis auf den letzten Platz ausverkauft. Weder das gewohnte Publikum noch die Angehörigen aller Waffengattungen, die zahlreich vertreten waren, schienen das geringste Gefühl dafür zu haben, daß die vollbesetzte Albert Hall für eine so gefährliche Angriffswaffe ein gutes Ziel sei. Jedoch die Behörden waren anderer Meinung, und eines Tages wurde bekanntgegeben, daß die »Proms 1944« für den Moment ihr Ende gefunden hätten, da die Albert Hall »bis auf weiteres« geschlossen sei. Dies war am Freitag, dem 29. Juni.

Bald darauf hörte man, daß Sir Henry an einer hartnäckigen Erkältung erkrankt sei. Er sollte das Ende seiner fünfzigsten Saison nicht erleben. Albert Hall blieb bis 30. September geschlossen. Sir Henry starb am 19. August. Ein reiches Leben im Dienste der Musik hatte sein Ende gefunden.

Inzwischen schoben sich alle Fronten stetig vorwärts; die fast unglaubhaften Erfolge der Russen, die in einem atemraubenden Tempo vordrangen, schienen mehr und mehr auf die Möglichkeit eines baldigen Endes des europäischen Krieges hinzuweisen. In Deutschland gärte es. Die Krise fand ihren Ausdruck in dem Attentat auf Hitler am 20. Juli.

Am 23. August zogen die Alliierten in Paris ein. Unaufhaltsam ging der Vormarsch weiter. Mit besonderer Spannung verfolgte man auf der britischen Insel das Vordringen der Alliierten an der Kanalküste, von der aus die Beschießung Südenglands hauptsächlich erfolgte. Tagelange Pausen in der »Doodle«-Beschießung ließen darauf schließen, daß diese Phase des Krieges, wenn auch noch nicht gänzlich vorüber, so doch im starken Abnehmen war, und am 17. September wurden die ersten Erleichterungen in den Verdunkelungsvorschriften bekanntgegeben.

Doch wir hatten uns zu früh gefreut. Eines Tages hieß es, man habe in weiter Ferne einige merkwürdige Explosionen gehört. Die Beschießung mit den Rockets, den sogenannten »V 2«, hatte begonnen. Aus kriegstechnischen Gründen wurden diese Rockets in der Presse und am Rundfunk nicht ausdrücklich erwähnt. Da sie zuerst nur ganz vereinzelt kamen, wurde der Knall mit der Explosion einer Gasleitung motiviert. Das Volk, das bald merkte, daß da etwas nicht ganz geheuer war, nannte sie daher »Fliegende Gasleitungen« (gasmains). Die Technik der »V 2« machte jede vorherige Warnung unmöglich. Die Bevölkerung zog sie der »V 1« vor, da sie weit weniger Nerven kosteten. Wenn die der »V 2« eigentümliche Doppeldetonation ertönte, war es ja schon vorbei. Allerdings, wo solch ein Ungeheuer hinfiel, wuchs kein Gras mehr.

Rückkehr Sir Thomas Beechams aus Amerika — Der Zusammenbruch des Nationalsozialismus

Auch die Londoner Philharmoniker fuhren in ihrer Tätigkeit fort. Das Musikleben Englands, das solange auf die Opferwilligkeit der englischen Musiker allein angewiesen war, sollte bald wieder durch den Besuch von Künstlern aus Amerika und Frankreich bereichert werden. Als erster sollte Menuhin auftreten, und eine ganze Reihe von französischen Solisten und Dirigenten waren für die Winterprogramme vorgesehen.

Aber noch ein anderer Besucher stand in Aussicht, dessen Kommen für das englische Musikleben und besonders für das London Philharmonic Orchestra eine besondere Bedeutung hatte: Sir Thomas Beecham, den wir eigentlich schon längst erwartet hatten, war durch seine amerikanischen Verpflichtungen und die schwierigen Transportverhältnisse zurückgehalten worden. Er hatte stets mit uns in engster Verbindung gestanden, und so hatte er für Herbst 1944 eine Reihe von Konzerten mit den Philharmonikern in London und der Provinz vereinbart. Außerdem sollten Platten gemacht werden. Er wollte Ende August eintreffen. Einige Wochen ausführlicher Proben sollten den Konzerten vorangehen.

Ende August — kein Sir Thomas; Anfang September — kein Sterbenswort. Endlich ließ er uns auf Umwegen (die

Kriegsvorschriften machten direkte Verständigung darüber unmöglich) wissen, daß wir mit seiner Ankunft Ende September rechnen könnten. Was war geschehen? Sir Thomas, der ungeduldig auf den ihm zu einem bestimmten Termin zugesagten Transport wartete, hatte plötzlich das Warten satt bekommen und sich auf das erste abgehende Schiff, nämlich einen holländischen Frachtdampfer, begeben. Dieser wurde von allen Unbilden des Wetters und des Krieges heimgesucht. Ein Sturm zwang ihn zunächst, kurz nach seiner Ausfahrt wieder in seinen Ausfahrtshafen zurückzukehren; einige ermunternde Torpedos und Aeroplane zwangen dann noch zu einer Kursänderung. Sir Thomas durfte unter diesen Umständen kaum an Deck und benutzte seine Zeit zum Dichten einer umfangreichen, vielstrophigen Ballade, worin er im Stile eines mittelalterlichen Epos die Erlebnisse des braven Schiffes beschrieb.

Endlich erhielten wir die Nachricht, daß er sich in »britischen Gewässern« befinde. Thomas Russell stürzte in den nächsten Zug nach Liverpool, um den solange entbehrten Chef dort bei der Landung zu begrüßen. In London angekommen, fuhr Sir Thomas direkt vom Bahnhof zu uns ins Büro nach Welbeck Street.

Am Tag nach seiner Ankunft war die erste Probe, und zwar in der neuen Town Hall der Vorstadt Wembley, da Albert Hall noch gesperrt war. Es war ein unvergeßlicher Augenblick, als Sir Thomas in den Konzertsaal hereinkam, wo das Orchester bereits wartend an seinen Pulten saß. Was sie auch empfinden mochten beim Wiedersehen mit ihrem künstlerischen Leiter, dem sie stets mehr Rechte und Autorität eingeräumt hatten als irgendeinem andern, wenn auch noch so berühmten Dirigenten, sie zeigten es nicht. Aber man spürte, daß alle etwas nervös waren, und man wußte nicht recht, wer sich mehr vor diesem Augenblick des Wiedersehens fürchtete — Sir Thomas oder das Orchester. Auch Sir Thomas ließ sich nicht anmerken, wie sehr er bewegt war. Er bestieg das Podium und hob den Taktstock. Die lange Unterbrechung der gemeinsamen künstlerischen Arbeit war vergessen.

Das Orchester spielte mit Hingabe, und Sir Thomas dirigierte mit Furore. Beim »Römischen Karneval« von Berlioz, dem Glanzstück des Orchesters unter seiner Leitung, fuhr er mit der Spitze seines Taktstockes durch den Rücken seiner linken Hand, und es blieb nichts übrig, als ihn in das nächste Spital zu fahren, wo die abgebrochene Spitze herausoperiert werden mußte. Nach zwei Stunden kam er zurück und hielt triumphierend in seiner unverletzten Hand ein Glas mit der ominösen Reliquie! Er war noch etwas blaß, aber die Probe ging weiter, wenn auch in etwas mäßigerem Tempo.

Es folgten nun Monate beglückender Arbeit, befeuert von der Dynamik seiner einzigartigen Persönlichkeit. Als dann seine Konzerte in London und in der Provinz begannen, hatte das Orchester »Rekord-Wochen«, und nicht selten kam es vor, daß Sir Thomas unter polizeilichem Schutz zu seinem Auto gebracht werden mußte, so staute sich die Menschenmenge, die nach der Aufführung am Künstlereingang auf ihn wartete.

Die Geduld des englischen Volkes wurde trotz aller Siegeszuversicht noch auf eine harte Probe gestellt. Der holländische Vormarsch kam zum Stehen; auch die Russen verlangsamten ihr Tempo an der Ostgrenze des Reichs. Im Westen fand eine starke Gegenoffensive der Deutschen statt. Sie konnte den alliierten Vormarsch nicht verhindern, aber doch aufhalten. So saß man an Weihnachten in London, ohne bestimmte Aussicht auf eine baldige Entscheidung und wurde weiter von Rockets und gelegentlichen »V 1«-Bomben heimgesucht.

Doch Anfang 1945 änderte sich das Bild. Auf allen Fronten ging es vorwärts. Das systematische Bombardement deutscher Kriegs- und Verkehrszentren nahm stetig zu. Das baldige Ende des Krieges stand außer Zweifel. Alles, was aus Deutschland zu hören war, klang unglaubhaft, bombastisch und doch chaotisch. Die Sprecher des Reichs hielten, auch wenn das geschulte Ohr bei ihnen gelegentlich einen Unterton von Pessimismus und Besorgtheit durchhören konnte, weiter an ihrer Siegesgewißheit fest, anstatt dem Volke die Wahrheit zu sagen und ihm die letzten Monate grauenhafter und unvermeidlicher Verwüstung ihres Landes zu ersparen.

Wie oft habe ich in diesen Tagen dankbar empfunden, in einem freien Land zu leben. Wie vieles ist hier selbstverständlich, wovon man in Deutschland längst nichts mehr wußte. Angesichts der erschütternden Ereignisse der letzten zwölf Jahre, bei denen man ein blühendes Land unaufhaltsam seinem Verderben zutreiben sah, hat sich mir immer und immer wieder die Frage aufgedrängt: Wie war es möglich, daß sich das deutsche Volk mit seinen großartigen Eigenschaften einer solchen Führung anvertrauen konnte, daß es sich alles hat rauben lassen, was groß und edel im Leben ist? Wie war es nur möglich?

Inzwischen nahmen die Dinge ihren unaufhaltsamen Lauf. Immer enger schloß sich der Ring um die deutschen Verteidigungskräfte. Die Einkreisung Berlins war vollzogen. Das Ende konnte nur noch eine Frage von Stunden sein. Am Abend des ersten Mai zufällig am Radio drehend, hörte ich — anscheinend aus Deutschland — eine Stimme, die eine wichtige Mitteilung für das deutsche Volk ankündigte. Ich wartete. Trompetenstöße ertönten, dann Musik aus der »Götterdämmerung«. Dazwischen immer weiter die Aufforderung, am Radio zu bleiben. Dann folgte das lange Adagio aus Bruckners Neunter Symphonie. Endlos dehnten sich die Minuten. Und doch wartete man. Diese über eine Stunde dauernde Vorbereitung ließ auf ein Ereignis von ungewöhnlicher Tragweite schließen. Endlich — endlich, verkündigte Admiral Dönitz — für wenige Tage der Führer des vernichteten Deutschen Reiches — den Tod Adolf Hitlers. Ob dieser Tod ein freiwilliger, erzwungener, ein Kriegstod bei der Verteidigung Berlins — oder ein vorgetäuschter war — wer wird es je wissen, und was kümmerte es die aufatmende Welt? Schon längst war Hitler nur noch ein Schatten, und doch bedeutete die Tatsache seines Verschwindens einen Wendepunkt. Wie kurz ist die Zeitspanne von zwölf Jahren im Rahmen der Weltgeschichte, und doch wie endlos schien sie uns allen, die sie miterlebten! Nun ist diese schwere Zeit vorüber. Gelähmt stehen wir vor dem, was sich uns enthüllt.

Schlusswort

25, Lyncroft Gardens, London, N. W. 6.
9. Mai 1945, am Tag nach der Waffenniederlegung Deutschlands

Die Sonne scheint, die Vögel singen im Gärtchen vor meinem Fenster. Die kleine Straße, die so oft mitten in der Front dieses Krieges lag, atmet Ruhe und Frieden. Die Häuser sind mit kleinen Fähnchen geschmückt. Noch kommt man kaum zur Besinnung, noch kann man sich die Folgen des Kriegsendes in Europa nicht klarmachen. Die Spannung der letzten Monate, Wochen, dann der Tage und Stunden war zu groß.

Mit großer Ruhe trägt das englische Volk seinen Sieg, mit der gleichen Ruhe, mit der es im Sommer 1940 dem Schlimmsten ins Auge gesehen hat. Wenig Worte werden gemacht; kein Wort des Hohnes habe ich in irgendeiner Zeitung gelesen oder am Rundfunk gehört, diesem Feind gegenüber, der sich stets über die Alliierten erhaben gefühlt und sie jahrelang in bombastischen Worten geschmäht hat.

Gestern war der erste »VE-Day« (Victory in Europe Day). Zu meinem Erstaunen rief mich vormittags der Baß-Klarinettist und Orchesterbibliothekar Richard Temple Savage, eines der begabtesten, originellsten und liebenswertesten Mitglieder der Londoner Philharmoniker, an, um mich zum Mittagessen einzuladen. Er bestellte eine Flasche Wein (in England ein teurer Luxus!) und trank mir zu. Ich lebe zwar jetzt seit über neun Jahren in diesem Lande, aber an solchen Tagen nationalen Hochgefühls werden in einem die unter dem Nazidruck entstandenen Komplexe wieder lebendig, und man fürchtet, sich unter Menschen zu begeben. Ich versuchte, dies meinem Orchesterfreund zu erklären. Jedoch mit seiner gesunden, unbeschwerten Natur zeigte er dafür nicht das geringste Verständnis. »Ihre Hemmungen sind gänzlich falsch am Platz«, erklärte er lakonisch, »Sie gehören doch jetzt zu uns. Es war immer meine Absicht, Sie am V-Day einzuladen.« Seine selbstverständliche Menschlichkeit nahm mir schnell das Gefühl des »Nirgends-mehr-wohin-Gehörens«, das mich in diesen Tagen überkommen wollte, in denen sich das Schicksal meines Heimatlandes erfüllte.

So überwand ich meinen Kleinmut, und wir gingen durch die Straßen, in denen Männer und Frauen aus aller Welt, in Uniformen von Waffengattungen aller Nationen, sangen und glücklich waren. Eine stille Heiterkeit herrschte in der Stadt — abgesehen von den stürmischen Kundgebungen der Liebe und Dankbarkeit, die das Volk zum Buckingham Palace und Downing Street, der Wohnung Churchills, trieb, der das Schiff durch so schwere Stürme gesteuert.

Es ist merkwürdig, gleichzeitig einen solchen Zusammenbruch und einen solchen Sieg zu erleben. Über so vieles möchte man Bescheid wissen — man hat doch an so vielem gehangen. Wie manches wird in der Tragödie Europas für ewig verschwinden! Stärker jedoch als alles andere ist das Gefühl einer fast religiösen Dankbarkeit, daß die Gerechtigkeit des Schicksals nicht allzulange hat auf sich warten lassen und daß sich die Herrschaft brutalen Terrors nicht hat behaupten können. Dies erfüllt uns auch mit Hoffnung und Vertrauen darauf, daß die gleiche Kraft, die uns vom Alptraum der letzten Jahre befreit hat, auch weiter beim Aufbau der Nachkriegswelt hilft. Und dazu muß jeder an seinem Platz beitragen.

Dr. Berta Geissmar*

Dem Gedächtnis einer Geschäftsträgerin der Kunst

Wie viele Menschen und wie viele von Rang und Leistung werden den frühen, schweren Tod dieser ungewöhnlichen und liebenswerten Frau beklagen. Denn wie viele hat ihre stete Bereitschaft, ihre entschlossene Hilfswilligkeit, ihr unermüdlicher Elan beschwingt und gefördert; wieviel fruchtbare Verbindungen hat sie geknüpft, wieviel störende Mißverständnisse geklärt, wieviel schädliche Feindschaften befriedet. So manchen schönen Ideen hat sie durch Beharrlichkeit, Umsicht und Sachkenntnis zur Verwirklichung geholfen, so manche weitzielende Planungen zum Anlauf gebracht. Ihr Einfluß, ihr Wirken, ihre rege Existenz, sie sind aus dem europäischen Musikleben der letzten dreißig Jahre nicht mehr wegzudenken. Und allen, die daran teilgehabt, war sie ein vertrauter und verständnisvoller Kamerad: Großen wie Kleinen, Dirigenten wie Orchestermusikern, Regisseuren, Szenikern, Solisten, Intendanten, Unternehmern und Agenten. Alle kamen sie zu ihr mit ihren vielfältigen sachlichen und persönlichen Fragen, mit ihren Wünschen, Hoffnungen und Sorgen, und alle fanden sie bei ihr bereite Aufnahme, klugen Rat und tätigen Beistand.

Der großen Öffentlichkeit bekannt wurde Berta Geißmar als die Chefsekretärin von Wilhelm Furtwängler. Von der

* *Der Verleger (Atlantis Musikbuch-Verlag)*
Nachdem Fräulein Dr. Geissmar noch die Luzerner Festspiele wieder hatte besuchen können und in London den Besuch von Dr. Wilhelm Furtwängler empfangen hatte, ist sie infolge eines Schlaganfalles im November 1949 gestorben. Wir glauben, ihr Andenken am besten zu ehren, indem wir den Nachruf hierher setzen, mit dem Prof. Emil Preetorius den Empfindungen vieler Freunde unmittelbar nach Empfang der Todesnachricht Ausdruck gab.

hohen, ja einzigartigen Bedeutung Furtwänglers als Interpret, Schöpfer und originaler Geist war sie tief durchdrungen und setzte alles daran, seiner Wirkung ins Weite die Bahn zu bereiten: der triumphale Gang dieses großen Künstlers ist mit dem Namen von Berta Geißmar für immer verbunden. Gewiß hat sie sich gerade damit auch Feinde, und mitunter bittere Feinde, gemacht: wie wäre das anders möglich gewesen bei einem Wesen ihres Temperamentes, ihrer unbekümmerten Subjektivität, ihrer besonderen Art von Mangel an Takt, der, recht verstanden, nur ein Überfluß war an Hingabe und Erfülltheit. Sie wollte, sie konnte es eben nicht begreifen, daß irgendwer in der Welt von Furtwängler anders oder gar weniger hoch denken sollte als sie selbst. Und ihre Überzeugungskraft war so stark, so suggestiv, so beharrlich, daß sie manchem Indifferenten, ja Ablehnenden den Weg gewiesen hat zum rechten Verständnis von Furtwänglers Persönlichkeit und Künstlerschaft.

Es kam das Naziregime und mit ihm die aus menschlichen wie aus taktischen Gründen wachsende Notwendigkeit, sich schließlich von Furtwängler und ihrem Heimatlande zu trennen. Sir Thomas Beecham wußte sich nichts besseres, als diese außerordentliche Frau unverzüglich zu seiner und der Sekretärin des Londoner Philharmonischen Orchesters zu machen. Auch hier bewährte sich Berta Geißmar wie nur eh und je und gewann bald des gesamten Orchesters Liebe und Verehrung. Sie sind ihr in einer wahrhaft rührenden Weise geblieben durch ihr langes Siechtum hin bis zum Tode. Noch in ihrer Londoner Position versuchte Berta Geißmar für Deutschland und ihre vielen deutschen Freunde zu wirken; sie blieb frei von jeglichem Ressentiment und sah mit festem Gleichmut und gutem badischen Humor lachend hinweg über alle tückischen Verdächtigungen und bösen Brüskierungen.

1944 erschien in englischer Sprache ihr ohne Prätention, aber mit viel Geschick geschriebenes Buch »Musik im Schatten der Politik«, erlebte rasch sechs Auflagen, wurde ins Holländische, Dänische, Französische übersetzt und kam 1945 als deutsche Ausgabe in der Schweiz heraus. Es ist ein Dokument für das musikalische Geschehen zwischen den bei-

den großen Kriegen und bedeutsam in der Darstellung des hoffnungslosen Kampfes der deutschen Kunstkreise gegen die wachsenden Übergriffe einer bedenkenlosen Politik. Grundsätzliche Erwägungen und anekdotische Details, witzige Randglossen und sorgende Gedanken knüpfen sich zwanglos zusammen und werden zu einem ebenso aufschlußreichen wie fesselnden und höchst originellen Ganzen.

Wer Berta Geißmar nahe gekannt, wer sie erlebt hat in so mancher dunklen Stunde, in so mancher heiklen Situation, allein und mit anderen, zu Hause und im Beruf, in London, Amsterdam oder Paris, in Berlin, Bayreuth oder München, sie, die in Mundart, Laune und bon sens immer die echte Mannheimerin geblieben ist: der wird ihr ein gutes, dankbares und ehrendes Andenken bewahren. Es ist das Andenken an einen Menschen, der seine Mission in dieser Welt richtig erkannt und mit Gewissenhaftigkeit, Tapferkeit und Dreingabe aller Kräfte treulich erfüllt hat: Dienerin zu sein der Kunst und ihren großen und kleinen Sendboten selbstlos und mit Umsicht zur Seite zu stehen.

Emil Preetorius
Bühnenbildner

Anhang

Anmerkungen

Seite 44

1 Alfred Ebsworth Hill, einer von vier Brüdern, die sich damals in die Leitung der berühmten, seit Mitte des 18. Jh. bestehenden Geigenbaufirma W.E. Hill & Sons in London teilten, auch Mitautor von Fachliteratur über das Instrument.

Seite 45

2 So nannten die Briten halb verharmlosend, halb spöttisch die »Luftschlacht um England« 1940-41, mit der Göring vergebens versuchte, zur Vorbereitung der geplanten Invasion der Insel die Luftherrschaft zu erringen.

Seite 46

3 Herbert Beerbohm-Tree, 1853-1917, namhafter englischer Schauspieler und Bühnenmanager.

4 Michail Mordkin, 1881-1944, russischer Ballettmeister des Großen Theaters in Moskau, dann bei Diaghileff, Partner der Pawlowa, verließ 1923 den Rätestaat und machte sich in den USA heimisch.

Seite 47

5 Schon damals steckte eine politisch-propagandistische Absicht dahinter, Auftrumpfen mit »geistigen Werten« gegen die «kulturlose« Entente. Nachträglich noch schrieb Konrad Huschke in seinem Buch »Die deutsche Musik und unsere Feinde« (Regensburg, 1921): «Jetzt ist unser geliebtes Vaterland vom unerbittlichen Weltenschicksal in seiner politischen Macht von höchster Höhe in einen furchtbaren Abgrund gestürzt worden. Noch sieht man keine Rettung aus dem Zusammenbruch. Unsere deutsche Musik darf nicht in ihn hinabgezogen werden. Möge sie vielmehr, in der wir auch jetzt noch allen Völkern siegreich voranschreiten und vor

allem unseren ärgsten Feinden, den Engländern, so weit überlegen sind, in fernerem Siegeszuge dazu beitragen, daß wir uns darauf besinnen, was Deutschland für die Welt bedeutet, und uns, statt am Deutschtum zu verzagen, allem Haß und Neid und aller Gemeinheit und Vernichtungswut der Feinde zum Trotz, stolz aufrichten, um im Kreise der Völker von neuem ein unserer würdiges politisches Leben zu beginnen« (S. 79-80). Die restaurative Absicht ist unverkennbar; Musik sollte über Krieg und Niederlage hinwegtäuschen.

Seite 50
6 Ein Ski-Unfall, der ihm eine Arbeitspause aufzwang, Ende Februar 1941, brachte WF in die Schlagzeilen und - per Foto als riskant lebender Sportler - in die Illustrierten und veranlaßte Hitler zu dem besorgten Kommentar, daß gefährlicher Sport bedeutenden Männern eigentlich untersagt werden müßte.

Seite 52
7 Die Vertraulichkeit reichte aus, daß WF sie mit heiklen persönlichen Angelegenheiten betraute; dennoch schien die Anrede »Du« hier wie dort unpassend, ja unschicklich.

Seite 53
8 BG »schönt« hier. Richtig ist dagegen, was sie wenige Zeilen später von der »gelegentlichen Unklarheit seiner Bewegungen« erzählt und auf S. 28 insoweit ergänzt, der Schlag von WF sei »ein Angsttraum für alle Musiker«. Im Gegensatz zum »Roboterdirigenten« (wie Weingartner das verächtlich nannte) entwickelte er die scheinbaren Mängel an Präzision zur Arbeitspraxis, die er immer wieder auch literarisch verteidigte.

Seite 55
9 BG folgt hier der »rechten« öffentlichen Meinung jener Zeit. Tatsächlich hatte der Generalstab des Kaisers zum Krieg mit Frankreich getrieben, weil es gerade noch zu besiegen wäre! Für die heutige Geschichtsforschung war die Nieder-

lage 1918 eine logische Konsequenz dieses Arguments und alles andere als Schicksalhaftigkeit.

10 Ihre Erziehung hatte die Überlegenheit des Mannes unablässig betont; nur Kinder, Küche und Kirche waren der geduldete Bereich der Frau. Die in jeder Beziehung emanzipierte BG möchte den Anschein wahren und kokettiert daher mit ihrer Rollenprägung.

Seite 59

11 Welcher Simrock gemeint ist, bleibt unklar; vermutlich Fritz August, der Enkel des Firmengründers, oder sein Neffe Hans. Jedenfalls war der Verlagschef ab 1920 schon Fritz Auckenthaler, der Enkel von Fritz Simrock.

Seite 60

12 Es handelt sich um die erste Frau Furtwängler; WF war 1923-1948 mit der Dänin Zitla Lund verheiratet.

Seite 61

13 Viele dieser Berichte sind überliefert; sie waren für WF um so wichtiger als seine Berichterstatterin sich nicht beim Phänomen aufhielt, sondern zumeist auch bedeutsame Hintergrundinformation mitlieferte.

Seite 64

14 Die Niederlage Frankreichs im deutsch-französischen Krieg 1870-71 lieferte die psychologischen Voraussetzungen, um unter Wilhelm I. das deutsche Kaiserreich auszurufen; dies geschah symbolträchtig mitten im besiegten Frankreich, am 18. Januar 1871 im Spiegelsaal von Versailles.

Seite 65

15 Berlin war - nachdem am 28. Juli 1943 ein Luftangriff auf Hamburg einen Feuersturm erzeugt und bewiesen hatte, was Brand- und Sprengbomben in Wohnvierteln für Verheerungen anrichten können - von britischen und amerikanischen Luftgeschwadern laufend angegriffen; da die Moral der Bevölkerung gebrochen werden sollte, konzentrierten sich

die Allierten auf zivile Ziele. »Jeder Angriff auf Berlin war auf ein Zielgebiet von fünf bis sieben Quadratkilometern gerichtet, teilt das Luftfahrtministerium mit« (Dagens Nyheter, Stockholm, 28. November 1943). Die Methodik freilich war - in kleinem Maßstab - für den »Blitz« gegen England 1940-41 in Görings Hauptquartier entwickelt worden.

16 Die Brüder Ernst Werner, Wilhelm und Karl von Siemens, deren Telegraphen und Kabelwerke Anlagen in aller Welt bauten, waren Mäzene der Wissenschaften und Künste; das Bankhaus Mendelssohn und Komp., begründet von Vater und Onkel des Komponisten Felix Mendelssohn-Bartholdy, diente der Berliner Kunstwelt als Stütze.

Seite 66

17 Gemeint ist der Zusammenbruch des Hitlerreiches; öffentliche Generalproben fanden, wenn der jeweilige Dirigent seine Einwilligung nicht versagte, auch nach 1945 statt.

Seite 68

18 Hermann Wolff, geb. 1845 in Köln, gest. 1902 in Berlin, Musikkritiker, Musikschriftsteller, Komponist und Konzertagent. Siehe auch Edith Stargard-Wolff: Wegbereiter großer Musiker (Berlin/Wiesbaden, 1954), das Erinnerungsbuch von Wolffs Tochter.

Seite 72

19 WF interessierte sich sehr für sein Echo in der Presse; deswegen sammelte BG alle Kritiken, die sie bekommen konnte. Die Anschriften der bedeutendsten in- und ausländischen Musikjournalisten standen im Adressenbüchlein des Dirigenten. In einigen Fällen falscher Tatsachenbehauptung oder vermeintlich ungerechter Bewertung ermahnte WF Kritiker persönlich oder ließ sie vom Chefredakteur rügen.

Seite 80

20 WF las nicht nur Kriminalromane zur Zerstreuung, sondern konzentrierte sich, weil er Antwort auf »letzte Fragen« suchte, auf kulturhistorische und kulturkritische Werke, die

sein Denken zum Teil stark beeinflußten; Spengler galt ihm bei allem methodischem Vorbehalt - als einer der wichtigsten Autoren solcher Art.

Seite 84

21 Die »Erleichterung ihrer Finanzlage« war sehr relativ, denn einen Gewinn - letztmalig 10.232,24 RM im Geschäftsjahr 1929/30 - konnte die Gesellschaft eben nur dank der Subventionen aus öffentlicher Hand ausweisen, zudem hatten die Zahlungen von Reich, Land und Stadt einen politischen Nachteil, der sofort sichtbar war: Das Orchester konnte sich nun nicht entziehen, wenn staatliche Anlässe zu dekorieren waren; das BPhO spielte am 11. August 1927 und 1928 bei der Verfassungsfeier der Reichsregierung und sogar anläßlich der Reichsgründungsfeier der »Vereinigten vaterländischen Verbände« am 27. Januar 1928.

Seite 86

22 S. auch S. 102 unten. BG widerspricht sich hier. Tatsächlich förderte auch die Republik, und zwar durch das Auswärtige Amt, Künstlerreisen zum Zweck der Kulturpropaganda; ein Musikreferent des AA betreute die entsprechenden Musikergastspiele. Als der Reichstag per Notverordnung 1930 den schon genehmigten Jahreszuschuß in Höhe von 120 000 RM strich, argumentierte WF in einem Brief an Reichskanzler Dr. Bruening mit der Bedeutung des Orchesters, die gerade im Ausland (Paris, London, Schweiz usw.), wo wir infolge der zahlreichen Reisen in den letzten Jahren sehr bekannt geworden sind, fast noch mehr anerkannt wird als in Deutschland selbst«. Dieses Ansuchen vom 30. August 1930 veranlaßte den Haushaltsausschuß des Reichstags über Antrag der Sozialdemokraten, sich für die Subvention zu entscheiden.

23 Edouard Herriot, 1872-1957, Radikalsozialist, erhielt 1932 die Goethe-Medaille.

Seite 97

24 Der Konflikt war nicht nur künstlerischer, sondern auch ideologischer Natur, wie der Brief eines Bayreuther Bürgers

an den Bielefelder Bankdirektor Albert Osthoff vom 7. Januar 1933 verrät: »Eine prominente Persönlichkeit hat das Fernbleiben Furtwänglers zuerst stark getadelt, kam aber nach einer persönlichen Aussprache mit Frau Winifred W. zu einer ganz anderen Ansicht u. steht nun ganz entschieden auf ihrer Seite. Herr Furtwängler wollte anscheinend ganz selbständig die Künstler engagieren, ohne Frau Wagner zu befragen. Zudem soll er ziemlich jüdisch eingestellt sein«. Jene prominente Persönlichkeit war - Hitler. Daß der ideologische Grund entscheidende Bedeutung hatte, bestätigte Winifred Wagner brieflich am 12. Mai 1933: »Die Behauptung, Herr Dr. Furtwängler sei judenfreundlich eingestellt, hat er ja durch seinen Briefwechsel mit Dr. Goebbels erneut vor aller Welt bestätigt. Seine rechte Hand ist seit etwa 16 Jahren Fräulein Dr. Geißmar - eine Vollblutjüdin - und meine erste ernstliche Auseinandersetzung während der Festspiele 1931 wurde heraufbeschworen durch unsere gegensätzliche Einstellung zur jüdisch geleiteten Presse«. In der öffentlichen Erörterung des Konflikts blieb dieser »innere« Grund damals außer Betracht.

Seite 98

25 BG brachte es nicht über sich, dem Leser zu verraten, daß das BPhO überhaupt nur noch existierte, weil Geschäftsleitung und Gesellschafter, also die beteiligten Musiker, Rechtsbruch riskierten. Tatsächlich war die Gesellschaft überschuldet; die Verluste überstiegen das Stammkapital. Als das Geschäftsjahr 1930/31 mit 56.445,90 RM Verlust abschloß, hätte dem Gesetz nach Konkurs angemeldet werden müssen. Aber man verließ sich darauf, daß steigende Zuschüsse das Minus irgendwie ausgleichen würden. Im Geschäftsjahr 1934/35 war der Verlust auf 149.981,18 RM angewachsen - trotz Zunahme der Subvention auf rund eine halbe Million. Der Buchprüfer machte auf die strafrechtlichen Folgen aufmerksam.

Seite 105

26 Als starkes Moment erwies sich die gemeinsame Interessenlage: Erhaltung des Orchesters. Richtig ist, daß WF die

Gleichschaltungsbemühungen einiger NSDAP-Mitglieder unterband und daher zunächst versuchte, das Ensemble unter seine persönliche Führung zu bringen - in der Hoffnung, die NSDAP werde ihr eigenes »Führerprinzip« auch hier akzeptieren.

Seite 106

27 BG meint Dr. Rudolf von Schmidtseck, den WF, nachdem er dessen Loyalität ausprobiert hatte, in der Orchesterversammlung am 11. September 1933 als seinen Vertreter und Sachberater vorstellte. Obwohl von der NSDAP mit der Durchsetzung der Gleichschaltung - d.h. der »Entjudung« - des BPhO beauftragt, setzte sich Schmidtseck mit Eifer und Kenntnis für die Sache der künstlerischen Qualität gegen das Rassekriterium ein.

28 Die Aktenüberlieferung des 3. Reiches ist voll von Dokumenten über die unheilvolle Tätigkeit Gustav Havemanns - s.a. Joseph Wulf: Musik im Dritten Reich (Gütersloh, 1963). In den zwanziger Jahren förderte er interpretatorisch neue Musik, auch jüdische, schwenkte 1933 aber plötzlich um und gab sich als »selektiver« Antisemit zu erkennen; Juden, die ihm nützten oder wichtig schienen, protegierte er, die anderen jagte er mit desto größerer Wut. WF erlebte deswegen mehrere Zusammenstöße mit ihm, da Havemann - mit Vollmacht der NSDAP - die Gleichschaltung der Musikorganisationen zu organisieren hatte, die später zur Reichsmusikkammer führte, und entsprechend frech die politische Karte ausspielte. Er stürzte - in dieser Sache allerdings Bundesgenosse von WF - über ein Rundschreiben, das er am 18. Juni 1935 zugunsten von Hindemith an Hitler und elf Minister und Reichsleiter der NSDAP verschickte.

Seite 108

29 Dieser »Tag von Potsdam« markierte nicht so sehr die »Gründungsfeier des Dritten Reiches« wie den Versuch, den neuen Staat symbolisch durch Rückbeziehung auf das alte Preußen zu legitimieren; in diesem Augenblick herrschte

noch eine Koalitionsregierung, nämlich ein »Nationaler Zusammenschluß« aus NSDAP, Deutschnationaler Volkspartei, Stahlhelm, Zentrum und einem parteilosen Minister, den nur empfindsame Republikaner richtig deuteten; aber weder BG noch WF waren empfindsame Republikaner. Erst zwei Tage später verabschiedete der Reichstag das als »Gesetz zur Behebung der Not von Volk und Staat« wortreich kaschierte »Ermächtigungsgesetz«, das die gesetzgebende Gewalt ausschaltete und die Parteidiktatur einleitete.

Seite 111
30 Gemeint ist das berüchtigte »Gesetz zur Wiederherstellung des Berufsbeamtentums« vom 7. April 1933, mit dem die Beamtenschaft »entjudet« wurde; durch Analogiebildung wendete man dieses Gesetz bald überall da an, wo Juden in Angestelltenverhältnissen oder mit Zeitverträgen arbeiteten.

Seite 113
31 Diese Darstellung trifft nicht den Sachverhalt. Die Gleichschaltung der Presse hatte erst begonnen; von Anfang an verzichtete Goebbels auf Vorzensur und ahndete mißliebige Publikationen nachträglich. In diesem Falle handelte es sich um einen privaten Brief von WF an den Minister, der am 7. April 1933 in der Kanzlei des ProMi einging. Goebbels bereitete eine propagandistisch gezielte Antwort vor und bat WF in einem Gespräch am 10. April um die Genehmigung, den Brief zu veröffentlichen; am nächsten Tag - nach entsprechender Agenturmeldung - begann in der Presse die Publikation von Brief und Antwort.

Seite 120
32 Ein »Herrenessen« ist nicht überliefert; die Mannheimer Presse registrierte lediglich einen Kameradschaftsabend mit musikalischen und literarischen Späßen beider Orchester, wozu zwei Herren vom Kuratorium des Nationaltheaters, der erste Bürgermeister und der städtische Kulturdezernent erschienen. WF hatte sich wegen der »Strapazen seiner Konzerttournee« entschuldigt.

Seite 121

33 Eine Kopie dieses Schreibens sandte WF an Goebbels, um dem Kesseltreiben der Mannheimer NS-Funktionäre entgegenzuwirken, und malte in einem Begleitbrief ein düsteres Bild der deutschen Musikkultur, so lange nicht Qualität vor rassische Erwägungen gehe.

34 Dieser »Zweifrontenkrieg« war Teil der Taktik, mit der WF gegen die Rassendiskriminierung auftrat. Je wütender ihm das Ausland vorwarf, gemeinsame Sache mit den Nazis zu machen, desto glaubhafter war sein Alibi gegenüber den NS-Behörden, die er in seine Hilfsaktionen für das Orchester, für jüdische Musiker und andere politisch Verfolgte einspannen mußte. Solange ihn die Nazis für einen Bundesgenossen hielten, konzedierten sie Ausnahmeregelungen. Deswegen informierte WF die Auslandsjournalisten nicht über seine Hilfsaktionen; als »NS-Gegner« hätte er keine Chance zu helfen mehr erhalten. Heute stellt sich die Situation als objektives Zusammenspiel zwischen WF, der Emigration und den Nazis dar, das allein der Dirigent durchschaute.

Seite 124

35 Nachgedruckt in WF: Ton und Wort (Wiesbaden, 1982), S. 40-52; die dort angegebene Jahreszahl 1931 ist in 1933 zu korrigieren.

Seite 126

36 Die erste Besprechung mit Hitler fand am 9. August 1933 statt, und von ihr kehrte WF ohne Zuversicht zurück, was die Rassenfrage anging.

Seite 127

37 Die ministerielle Zuordnung der Musik war monatelang Zankapfel der Spitzenfunktionäre. Warum BG derart umständlich das Ministerium für Wissenschaft, Kunst und Volksbildung umschrieb, muß offenbleiben. WF teilte dem Minister Dr. Rust lediglich mit, wen er eingeladen habe. Einer Billigung bedurfte es nicht, denn zuvor hatte WF jenen »Erlaß über das Konzertwesen in Preußen« angeregt und vor-

formuliert, mit dem Rust das Auftreten freier nichtarischer Musiker für legitim erklärte. Eine Kopie des Erlasses legte WF seinen Einladungen bei.

38 Nach Hubermans Absage sah BG die Absage Menuhins voraus und teilte WF am 13. Juli 1933 mit: »Wenn Menuhin Ihnen absagt (und ich habe das nachträglich mir überlegt, daß er dies wohl mit Rücksicht auf Henry Goldmann tun wird, der doch so viel für deutsche Universitäten etc. getan hat und im Frühjahr so unglücklich wieder aus Deutschland abgereist ist), dann ist Ihr Plan in keiner Weise durchführbar und in ganz Deutschland können keine Konsequenzen gezogen werden.« Der Mäzen Goldmann hatte dem jungen Menuhin eine Stradivari für 60 000 Dollar geschenkt. Die Absagen bewirkten, daß WF seinen Plan, durch Verpflichtung jüdischer Interpreten ein Signal für ganz Deutschland gegen den Antisemitismus zu setzen, modifizieren mußte.

Seite 128

39 Hubermans erste Absage kam aus Castelveccana am Lago Maggiore und war auf den 10. Juli 1933 datiert. Dieser Brief wurde von der gesamten Furtwängler-Literatur nach BG ignoriert. Schmidtseck hätte eine Veröffentlichung des Briefwechsels gern gesehen; auch BG war dafür, wollte aber Hubermans Text ändern; Hanfstaengl, der Hitler über die Lage informierte, hielt eine Veröffentlichung für gefährlich, so daß sie unterblieb. WF beharrte auf seiner Einladung und verärgerte den Geiger, der mit einer unwesentlich veränderten Fassung seines ersten Briefes, diesmal vom 31. August und aus Wien, unmißverständlich reagierte; BG druckte den Wortlaut dieses zweiten Schreibens ab, wenn auch gekürzt.

Seite 132

40 Huberman schnitt hier moralisierend ein Grundsatzproblem an, das bei Kriegsende ungeahnte Dimensionen erhielt, als in Frankreich, Belgien, Holland und anderswo tapfere Widerständler die nämlichen Greueltaten gegen einheimische Mädchen und Frauen verübten, die sich mit deutschen Besatzungssoldaten eingelassen hatten. Ein Kommentar von

ihm hierzu ist nicht überliefert. Die Tatsache, daß und wie effektiv WF gegen das Regime arbeitete, beweist der Dokumentenstand; Huberman ignorierte allerdings eine Binsenweisheit. Widerstand, der im Ausland als solcher erkennbar gewesen, ja gerühmt geworden wäre, hätte jene »deutschen Geistesführer« allesamt in die Verbannung, sogar ins Konzentrationslager geführt, ohne das Regime ernstlich zu schwächen. Den tapferen Widerstand vieler Geistlicher beider Kirchen den Institutionen gutzuschreiben, mutet im Licht heutiger Information absurd an.

Seite 133
41 Der Briefschreiber war so sehr rollen- und erziehungsabhängig, daß er sich lediglich auf die »weiße Rasse« berief; die Farbigen, gegen die sich die NS-Rassenlehre gerade richtete, existierten als moralische Macht nicht für ihn. Hatte er, der Jude, nicht die Kraft, sich mit diesen zu solidarisieren?

Seite 135
42 Die monatelange Unruhe war durch das Gerücht entstanden, der neue Staat werde das BPhO nicht subventionieren, so lange die Gesellschaft BG und jüdische Musiker weiterbeschäftige. Die Unruhe gipfelte in Angriffen einzelner Musiker gegen WF. Da BG das Orchester schonen wollte, teilte sie Details dieses Konflikts nicht mit.

Seite 136
43 Goebbels hatte starkes Interesse, das BPhO zu erhalten, schon als Instrument der Auslandspropaganda, wie er sie erhoffte. Deswegen kann keine Rede davon sein, daß er WF Sand in die Augen gestreut habe. Das ProMi besaß aber keinen eigenen Etat, sondern war als neue Behörde mangels Jahresvoranschlag von Einzelanforderungen beim Reichsfinanzministerium abhängig, das in vielen Fällen Schwierigkeiten machte. Goebbels war guten Glaubens, wenn er im Kulturbereich etwas versprach, das er im Augenblick nicht halten konnte; diese Versprechungen spiegeln das Bemühen, sich vor Klärung der Kompetenzen möglichst breiten

Einfluß zu sichern und vollendete Tatsachen zu schaffen.

Seite 138
44 S. Anm. 25. Der Bankrott stand seit Jahren vor der Tür, durch Subventionen immer wieder aufgeschoben. Diesmal waren sogar die Gehaltszahlungen an die Musiker auf lange Sicht bedroht. Furtwängler hatte seit Dezember 1932 ohnehin kein Gehalt mehr bekommen.

Seite 139
45 Der Gedanke, die NS-Politiker um Hilfe anzugehen, zumal Hitler, war eine Lieblingsidee von BG, die wußte, daß WF sich so weit nicht kompromittieren wollte. Sie und Schmidtseck betrieben auch die »Einladung« zu dieser Audienz, die erst nach monatelangen Bemühungen zustande kam.

Seite 140
46 Die Einschränkung durch das »noch« kennzeichnet einen Wunsch. In Emigrantenkreisen herrschte zeitweilig die unumstößliche Gewißheit, für die deutsche Kultur seien die Personalverluste durch Emigration unerträglich und mit seiner Kultur werde das Reich zusammenbrechen. Hier wirkten hohe Selbsteinschätzung und die Überzeugung von der Unwandelbarkeit der Kultur zur Selbsttäuschung zusammen. Tatsächlich fanden bis fast in die letzten Tage des Krieges hinein Konzerte statt, nicht nur in der Philharmonie, bis sie abbrannte, sondern auch in anderen Sälen und - soweit auch diese zerstört waren - sogar in Schulaulen.

Seite 142
47 Abgesehen von diesen Äußerlichkeiten wollte sich Göring offenbar so etwas wie eine Hausmacht verschaffen - zwecks Rückhalt bei den Kompetenzkämpfen der Spitzenfunktionäre; dies würde erklären, weshalb das Gros des Staatsrats aus zumeist einflußreichen Parteileuten bestand.

Seite 143
48 Weil ihm die eingeladenen jüdischen Solisten abgesagt

hatten, benutzte WF, obwohl »arische« Solisten verfügbar waren, die jüdischen Konzertmeister des BPhO als Interpreten dieses Konzerts - und so noch mehrmals in dieser Saison. Die Demonstration ist unverkennbar.

Seite 144

49 »Die Nazis« in diesem Zusammenhang war eine unzulässige Verallgemeinerung. In den ersten Monaten und unter dem Stichwort »Revolution« kam es zu Übergriffen niederer NS-Dienstgrade, die nicht den Beifall der Spitzenfunktionäre hatten. Bei diesem Fischer-Konzert am 17. April 1933 im Beethovensaal war der Gesandte der Schweiz anwesend. Die Kulturabteilung der SA-Gruppe Berlin-Brandenburg hatte ein Konzert des jüdischen Baritons Wilhelm Guttmann stören wollen, das im Bechsteinsaal stattfand. Die Verwechslung hatte disziplinarische Folgen für den verantwortlichen SA-Truppführer, zumal da Edwin Fischer, der Schweizer Staatsbürger, als Sympathisant des NS-Regimes geschätzt war.

Seite 148

50 Lediglich die Fraktion Rosenberg sah in Hindemith einen Feind der deutschen Musik; aber sie setzte sich am Ende gegen die zahlreichen Musiker durch, die für den »Entarteten« eintraten, und sogar gegen die musikalischen Kreise der Hitler-Jugend, die diesen Stil für den richtigen und zukünftigen hielten. Daß Goebbels und Göring sich gegen Deutschlands prominentesten Komponisten stellten, als es gar nicht mehr anders ging, zeigt ihre korrekte Einschätzung des Kräfteverhältnisses: Rosenberg stützte sich auf Hitler.

Seite 150

51 Bei Übernahme des BPhO ließ das ProMi das bisherige Geschäftsgebaren durch einen »Reichssparkommissar« untersuchen. Dessen Gutachten vom 20. Januar 1934 schlug - in bewährter Rationalisierungsmanier - vor, Konzertvorbereitungen, die bislang die jüdische Agentur Wolff & Sachs erledigt hatte, weil WF dies so wollte, sollten vom

Orchesterbüro mitübernommen werden, bei gleichem Personalstand natürlich; auch arbeiteten die Musiker zu wenig und Furtwängler bekäme mit 1.000 RM pro Auftreten zu viel Geld, zudem ließe sich viel einsparen, wenn man auf hochbezahlte Solisten verzichtete! WF und die Geschäftsleitung wehrten diese unbedarfte Attacke ab.

Seite 151

52 Dieses Erlebnis traf BG so tief, daß sie noch Jahre später in Briefen an WF darüber sprach. Der Urheber, Pg. Hans Sellschopp, ursprünglich Kaufmann und Weinhändler in Lübeck, Funktionär des Kampfbundes für deutsche Kultur, mit WF oberflächlich bekannt, 1934 Leiter des Amts für Konzertwesen in der Reichsmusikkammer, schob seine Sorge um den Dirigenten vor. Daß sich »wohlmeinende« Privatleute zum Instrument des amtlichen antisemitischen Terrors machen ließen, war keine Seltenheit.

Seite 152

53 Die Summe betrug 10.000 RM pro Jahr.

54 Wieder eine nachträgliche Schönung. Gerade weil sie im Brennpunkt des Interesses der Behörden stand, konnte BG nichts tun, was als Widerstand gedeutet werden mußte; sie konnte aber weiterarbeiten und sich naiv stellen nach dem Motto »Politik ist Männersache«, und das tat sie.

Seite 153

55 Der Begriff hatte einen propagandistischen Kern. Die emigrierten Juden, zumeist Opfer des Berufsverbots, verstanden nicht zu deuten, weswegen es den NS-Maßnahmen an Konsequenz mangelte und nach wie vor Juden im Reich arbeiten durften. Im Falle BG übersahen sie, daß WF es war, der sie schützte, und unterstellten, sie mache mit den Nazis gemeinsame Sache, verrate also die Emigration. Zur klaren Beurteilung fehlte es auch hier an Information.

Seite 155

56 Das Interesse von BG, ihre Widerstandsrolle zu betonen,

ist offensichtlich. Aus berechtigtem Sicherheitsbedürfnis nutzte sie jedoch die diplomatischen Verbindungen. Das Auswärtige Amt Berlin kündigte mit Empfehlungsschreiben vom 5. April 1934 der Deutschen Botschaft in Rom an, daß BG dort zur Vorbereitung der Furtwänglerkonzerte eintreffen werde. An die gleiche Adresse richtete die Deutsche Botschaft in Paris am 20. April ein Empfehlungsschreiben für BG und ließ den Botschafter wissen: »Sie legt großen Wert darauf, von Ihnen persönlich empfangen zu werden und hat mich gebeten, Ihnen ihren Wunsch zu übermitteln und sie Ihnen zu empfehlen.« Daß Mussolini - gerade weil er mit seinem Maestro Toscanini politisch zerstritten war - WF ohnehin kennenlernen wollte, ist nicht von der Hand zu weisen.

Seite 157
57 Solche Berichte und Beschwerden standen sogar in der Presse und verstärkten den psychologischen Druck gegen die jüdischen Musiker. Den »hundertprozentigen« Parteigenossen fiel es schwer zu verstehen, warum Juden noch künstlerisch tätig sein durften, und deuteten dies als Sabotage am Parteiprogramm, irgendwo ganz oben. Zeitweilig beschuldigte Rosenberg den Propagandaminister, er decke diese Zustände.

Seite 160
58 Dies war zweifellos die Absicht; in der Praxis ließ sie sich jedoch nicht immer durchsetzen, weil das Ausland vielfach mit Boykott gegen solche «eigenen Leute« der NSDAP reagierte. Gastspielbewilligungen für Juden sind überliefert - auf Druck des Auslands. Als bessere Methode erwies sich die finanzielle Unterstützung von Gastspielreisen bestimmter Künstler ins Ausland.
59 Carl Ebert, da »arisch«, war ein Sonderfall, der den NS-Behörden einige Schwierigkeiten machte. Nach seiner rüden Absetzung in der Städtischen Oper inszenierte er in Florenz beim Maggio Musicale, kehrte aber zur Regelung seiner Gehaltsansprüche nach Berlin zurück und übenahm dann die Spielleitung der deutschen Opern-Stagione in Buenos Aires,

Dirigent Fritz Busch, mit »Billigung der Regierung und Unterstützung des Staatskommissars Hinkel«, der sich, wie auch Göring, für ihn einsetzte. Ebert hoffte, im Reich weiterarbeiten zu können. Daher bekundete er Göring mit Brief vom 4. August 1933 aus Argentinien »hiermit erneut meine leidenschaftlich empfundene künstlerische Zugehörigkeit zur deutschen Oper, in deren Dienst ich alle meine Kräfte stelle.« und versicherte Hinkel mit Schreiben vom 31. Oktober 1933 aus Frankfurt/Main, »daß ich jede meiner bisherigen Stellung und Leistung würdige Aufgabe in Deutschland mit Freuden vorziehen und nur im äußersten Notfall und gezwungen durch die Verpflichtung meiner großen Familie gegenüber auf die Arbeit im Ausland zurückgreifen würde«. Doch hatten natürlich parteitreue Regisseure Vorrang vor dem »Kulturbolschewisten« Ebert.

Seite 162
60 BG meint hier die Konzertabteilung der Reichsmusikkammer, die unter Leitung des rücksichtslosen, vielgehaßten Rudolf Vedder eine »amtliche« Konkurrenz für die privaten Konzertvermittler aufbaute und auf deren Einspruch - nachdem Amtsverfehlungen Vedders ans Licht gekommen waren - 1935 abgeschafft wurde.

Seite 163
61 Mehrere Hinderungsgründe kamen zusammen: der wirtschaftliche des nach Ansicht Rosenbergs zu hohen Entgelts für ein solches Auftreten, der ideologische, daß auch die jüdischen Musiker gemäß Anweisung des ProMi untrennbarer Bestandteil des Klangkörpers waren, und der außenpolitische, auf den WF in der Folge erfolgreich setzte. Hitler sah den politischen Boykott deutscher Musiker im Ausland mit Unbehagen und wollte nicht auch noch das BPhO mit WF, auf dessen Goodwill-Wirkung er baute, aufs Spiel setzen. Daher dekorierte das »NS-Reichssinfonieorchester« unter Leitung von Pg. Franz Adam die Kulturtagung des Reichsparteitags am 5. September 1934.
62 Hier irrte BG. Hindemiths Lehrwerk erschien erst 1937. Richtig bleibt aber, daß der Komponist außerordentlich

populär und schon deswegen Ziel neiderfüllter politisch aufgezäumter Attacken war.

Seite 164

63 Im Lichte der Tatsache, daß Dr. Ernst Hanfstaengl - mit Zwischenschaltung von Schmidtseck - das direkte Sprachrohr von BG zu Hitler war, scheint diese Charakterisierung ungerecht. Hanfstaengl, 1887-1975, Historiker und Kunstgeschichtler mit Auslandserfahrung, war ab 1931 Auslandspressechef der NSDAP. Da er am Münchner Putsch 1923 teilgenommen hatte, galt sein Wort bei Hitler - zumal in musikalischen Fragen, für die sich der Auch-Komponist zuständig fühlte -, bis er 1937 nach England floh.

Seite 165

64 Der Oberstaatsanwalt beim Landgericht Potsdam ließ den ungeklärten Todesfall - so die juristische Bezeichnung vor der Beweiserhebung - untersuchen. Die Aussage der Köchin, des Generals und ein ärztliches Gutachten sind abgedruckt in: Der Nationalsozialismus, Dokumente 1933-1945. Hrsg. von Walther Hofer (Fischer-TB, Frankfurt, 1957), S. 68-69.

65 Rudolf von Schmidtseck war zwar mit der Parteibuchnummer 1.118.274 am 1. Januar 1932 bei der Ortsgruppe Rastenburg, Ostpreußen, in die NSDAP eingetreten, besaß aber - zumal wegen seiner Auslandserfahrung als Korrepetitor und Kapellmeister in skandinavischen Ländern - ein eher distanziertes Verhältnis zur Ideologie. Deswegen hatten künstlerische und praktische Belange für ihn durchaus Vorrang. BG wußte das, so daß sie über eine solche Bemerkung sicherlich nicht staunen mußte.

Seite 170

66 BG war keineswegs der einzige Ausnahmefall. Sondergenehmigungen für »Nichtarier« zur Berufsausübung kamen in jedem Bereich vor, allerdings selten für »Volljuden«. Auf Druck der Partei reduzierte man die Ausnahmen und beschränkte sie am Ende auf Mischlinge. Noch Mitte 1937 waren z.B. im Geschäftsbereich des Reichserziehungsministe-

riums 91 Mischlinge oder »jüdisch versippte« Beamten beschäftigt; im Geschäftsbereich des ProMi waren es zu der Zeit nur noch zehn, alle im Angestelltenverhältnis. Diese mit Analogiebildung zum »Beamtengesetz« zu entlassen, lehnte Staatssekretär Funk im Einvernehmen mit Goebbels brüsk ab. Sie konnten im Bedarfsfall als Beweis dafür vorgewiesen werden, daß die Judenpolitik des Reiches »milde« verfahre.

Seite 171
67 Der Realist Strauss hatte sogleich gesehen, daß dieser Wahnsinn Methode hatte und daher individuell nicht effektiv zu bekämpfen war, ohne sich der Gunst des Regimes zu berauben. Daher gab er dem Geschäftsführer der Reichsmusikkammer Generalvollmacht; Pg. Heinz Ihlert, Urheber der ersten Boykottliste gegen »nichtarische« Musikinterpreten, nutzte dieses Recht extensiv, um »im Namen des Präsidenten« Hunderte von jüdischen Musikern aus dem Musikbetrieb auszuschließen. Einzelheiten s.a. G. Splitt: Richard Strauss 1933-1935. Ästhetik und Musikpolitik zu Beginn der nationalsozialistischen Herrschaft (Diss. masch., Freiburg/Br., 1985).

Seite 172
68 Für die Premiere nennt BG hier ein unrichtiges Datum und teilt auch nicht die charakteristischen Hintergründe mit. WF hatte die Mathis-Sinfonie - gleichsam zur Vorbereitung des Publikums auf die Oper - mit der Preußischen Staatskapelle, also dem Orchester der Staatsoper, aufführen wollen und dafür den 12. und 13. März 1934 in Aussicht genommen. Anfang des Monats erschien aber in einer Musikzeitschrift eine Attacke gegen den Komponisten - Friedrich Welter: Hindemith, eine kulturpolitische Betrachtung (Die Musik XXVI/6, S. 417-422) -, und er entschloß sich, die empfindliche Institution des Theaters nicht unnötig zu belasten, und änderte daher, eine Woche vor dem Termin, das Programm des 9. Philharmonischen Konzerts derart, daß die Uraufführung hier ihren Platz bekam. Sie fand am 12. März 1934 statt.

Seite 177
69 In seinen Erinnerungen - Karl Silex: Sx. Lebensbericht eines Journalisten (Frankfurt/M., 1968), S. 139-140 - berichtete der Chefredakteur Einzelheiten und Hintergründe der Briefpublikation.

Seite 178
70 Eine detaillierte Aufzeichnung über Fakten und Zwänge seines »Rücktritts«, die sich im Nachlaß von WF befindet, legt diese »Tristan«-Aufführung auf den folgenden Sonntag, den 2. Dezember.

Seite 178
71 BG konnte mangels Kenntnis der Kompetenzkonflikte unter den Spitzenfunktionären nicht klar sehen, daß WF nur Vorwand war; tatsächlich richtete sich Rosenbergs Angriff, zuerst im »Völkischen Beobachter« vom 7. Dezember 1934, gegen seinen Rivalen Goebbels, der - dies wird zwischen den Zeilen deutlich - als neuer Herr der Kultur im Reich für solche Zustände verantwortlich sei. Rosenberg ist nicht als »Weltanschauungsonkel« zu verharmlosen.

Seite 179
72 BG läßt mit dieser Formulierung erkennen, daß sie wußte, was vorgegangen war. WF wollte, da er sich in Konflikt mit der Kulturpolitik des NS-Staats sah, von seinen kulturpolitischen Ämtern zurücktreten, eine durchaus logische Handlungsweise. Wie ein Schock kam Hitlers Antwort, wenn er sich nicht öffentlich entschuldige, werde er aus allen Ämtern entfernt, also auch aus den musikalischen; mit einer Rücktrittserklärung dürfe er aber, damit die Trennung »in Frieden und Freundschaft« verlaufe, der Entlassung zuvorkommen, Frist dafür: zwei Stunden.

Seite 180
73 Die Rückzahlung stornierter Abonnements zog sich über mehrere Wochen hin. Insgesamt betrug sie nicht im entferntesten 180.000 RM, sondern in Berlin 16.044,40 RM und

in Hamburg 13.397,05 RM, wie die Bilanz des BPhO ausweist. Der Verlust ließ sich bis zum Ende der Saison überdies ausgleichen.

74 Es handelte sich nicht um englische Freunde, sondern um den schweizerischen Schriftsteller John Knittel, 1891-1970, der einen Wohnsitz in Ägypten besaß. Möglicherweise verschleierte BG absichtlich dessen Identität, weil er als Sympathisant des NS-Staats galt.

75 Als Göring bei Krauß anfragte, konnte er noch nicht sicher sein, daß die Wiener Staatsoper diesen aus dem laufenden Vertrag entlassen werde. Deswegen vergingen einige Tage, ohne daß der Ministerpräsident das Entlassungsgesuch von WF beschied; wäre Krauß nicht freigekommen, dann hätte WF seine Funktion an der Staatsoper Berlin zunächst behalten. Krauß erschien am 9. Dezember in Berlin. Görings Presseinformation über den Wechsel und seine Nachricht an WF über die Genehmigung des Entlassungsgesuchs waren auf den 10. Dezember datiert.

Seite 182

76 Gleichwohl versagte sich Goebbels persönliche Angriffe und blieb gerade so allgemein, daß seine eigene Position in der Sache unmißverständlich war, nämlich nicht gegen Rosenberg. Um sich bei Hitler in besseres Licht zu setzen, benutzte er scharfe Ausdrücke. So konnte er den von seinem Konkurrenten genährten Verdacht zerstreuen, als für Musik zuständiger Ressortminister habe er die Zügel schleifen lassen und sei daher an der Entwicklung mitschuldig.

77 D.h. BG und Rudolf von Schmidtseck.

Seite 183

78 BG dachte nicht an eine radikale Trennung; doch bedingte der Verlust der Sondergenehmigung ein Ende der offiziellen Zusammenarbeit.

79 So geschah es dann auch, zumal nachdem BG in England Fuß gefaßt hatte. Freilich blieben die persönlichen und brieflichen Kontakte nicht unbemerkt; aber das ProMi tolerierte sie, weil sie der deutschen Kulturpräsenz im Ausland zugute kamen.

80 Goebbels hatte den Starrsinn von WF nicht einkalkuliert, der den Hinauswurf ernst nahm und volle Rehabilitierung wollte. Beecham sagte mit Hinweis auf seine Verpflichtungen u.a. bei der Wiener Staatsoper ab. WF unterstützte seine Weigerung, die England-Tournee zu leiten, mit dem Hinweis auf »die Möglichkeit politisch gefärbter Demonstrationen«.
81 Dem Orchester entging dadurch ein möglicher Gewinn von ca. 30.000 RM; der britische Konzertunternehmer Holt bezifferte seinen Verlust auf 3.478 RM in harten Devisen; das ProMi zahlte.

Seite 187
82 Richtig ist, daß WF zunächst an großzügige Rehabilitation dachte und daher völlig absurde Forderungen stellte. Andererseits baute ihm das Regime, das nicht auf diesen Spitzenmusiker verzichten wollte und konnte, goldene Brücken; wie weit die Haltung des Publikums dazu beitrug, das in Konzert und Oper Aufführungen ohne WF boykottierte, läßt sich nicht mehr feststellen. Die Funktionäre verstanden aber, daß die übliche Methode des »Kleinkriegens« hier gegen sie wirken mußte.

Seite 189
83 Gerade wegen des möglichen Auslandsechos hat die Gestapo den Fall BG, der die Aufmerksamkeit von Goebbels, Göring und sogar Hitler auf sich gezogen hat, mit äußerster Delikatesse behandelt. Mit hoher Wahrscheinlichkeit ist dieses Erpresserschreiben daher eine Fälschung oder stammt von einem Dritten, der versuchte, vage Informationen zu Geld zu machen. Auf Fälschung deutet die geringe Summe von 1200 RM und der Titel des Absenders; damals existierte kein »Inspektor des politischen Geheimdienstes«. Wie BG mitteilt, fanden Ermittlungen statt, »eingehende« sogar; daß die Hauptpost Spandau nicht beobachtet wurde - falls BG von München aus diese Tatsache überhaupt hätte feststellen können -, mag daraus zu erklären sein, daß der Termin verstrichen war. BG fand den mit Datum vom 10. März in Berlin

abgeschickten Brief schon in München vor; das kann frühestens am 12. gewesen sein; die Reise des Anwalts nach Berlin und der Dienstweg über dessen Bekannten zu Himmler und von dort abwärts zur Kriminalpolizei - die für Erpressung zuständig war - kostete sicher weitere Tage.

Seite 193
84 BG meint Prof. Dr. Walter Riezler, 1878-1965, einen renommierten Musikhistoriker. WF hat zu dessen bekanntem Buch über Beethoven, das 1936 im Atlantis Verlag erschien, ein Geleitwort verfaßt.

Seite 196
85 BG irrt darin. Goebbels hatte WF nicht zu klaren Loyalitätsbekundungen bewegen können, so daß jene Erklärung verklausuliert und relativiert war; daher destillierte Goebbels daraus eine - in seinem Sinne klarere - Pressemeldung, die anstelle der Erklärung publiziert wurde.

Seite 201
86 Sichtlich versuchte BG den Grad ihrer »Insider-Existenz« im NS-Staat zu verschleiern. Tatsächlich kannte sie Hinkel schon 1933 als Ansprechpartner wegen der Finanzlage des BPhO; in ihren Briefen an WF erschien er mit seiner Paraphe »Hi«.

Seite 215
87 Korrekt: Lawrence Gilman, 1878-1939.

Seite 217
88 AP ignorierte aus nicht mehr zu klärenden Gründen die amtliche deutsche Verlautbarung, wonach WF gastweise seine Dirigententätigkeit wieder aufnehmen werde. Daß hier ein politisches Kalkül wirkte, scheint nicht ausgeschlossen.

Seite 218
89 Diese Lesart verkehrt die Tatsachen. WF war wegen antinazistischer Äußerungen, die er im Sommer 1935 in Wien gegenüber einem jüdischen Musikkritiker gewagt hatte,

zunächst bei der Reichskulturkammer und dann - als dies wirkungslos blieb - durch Einschaltung des Amts Rosenberg beim Gestapoamt Berlin denunziert worden. Hitler erfuhr davon und setzte den am 24. Februar 1936 abgeschlossenen Gastspielvertrag mit der Berliner Staatsoper strafhalber auf ein Jahr aus; am 2. Mai meldete DNB, der Führer habe WF »seinem Wunsche entsprechend für eine Zeitlang von der Dirigententätigkeit innerhalb Deutschlands entbunden«. Diese neue Sprachregelung kaschierte eine »Besserungsmaßnahme« ähnlich wie im Fall Hindemith.

Seite 228
90 Dieser Code in der Handschrift von BG steht in Furtwänglers Taschenkalender 1936, wo er aber sichtlich der Verständigung über eine etwa notwendig werdende Emigration dienen sollte; auch hier standen für »Bertel« Geißmar mit B beginnende Männervornamen.

Seite 229
91 Diese Nachricht stand am 3. Mai 1936 in der deutschen und ausländischen Presse. Daß eine Strafmaßnahme dahintersteckte, entging den Journalisten.

Seite 230
92 Da es kein eigener Beschluß von WF war, sondern eine Entscheidung Hitlers, und Göring in die Veröffentlichung der entsprechenden Meldung eingeschaltet wurde, konnte der Hausherr der Staatsoper nicht erstaunt sein, noch weniger enttäuscht, zumal da die Meldung nur von einer Dirigierpause innerhalb Deutschlands sprach. Angesichts der Stornierung des neuen Staatsopernvertrages durch Hitler mußte sich Göring ein Jahr gedulden, bis er ihn am 12. April 1937 - nun freilich mit einem auf 4000 RM verdoppelten Abendhonorar - in Kraft setzen durfte.

Seite 232
93 Die sogenannte Reichsfluchtsteuer war zwecks Abschöpfung jüdischer Vermögen vor der Auswanderung

eingeführt, weswegen sie von den Finanzverwaltungen des jeweiligen Wohnorts nach den dort vorhandenen Unterlagen über das Vermögen festzusetzen war; daß BG, die 6000-8000 RM pro Jahr verdiente, ein mit 100.000 RM zu belastendes - also riesiges - Vermögen besessen haben sollte, ist unwahrscheinlich. Ihre Interessenlage war es jedoch, sich nicht als besonders glücklich gegenüber anderen Emigranten darzustellen, die sehr oft ihren letzten Notgroschen in die Reichsfluchtsteuer investieren mußten.

Seite 233
94 Obwohl BG nicht ahnen konnte, daß eine bösartige Denunziation gegen sie beim Gestapoamt Berlin vorlag, war sie - mit Recht - mißtrauisch, wie es einer in Deutschland mit deutschem Paß reisenden Jüdin angemessen schien.

Seite 234
95 Die Spitzenfunktionäre hatten begriffen, wie wichtig für das Reich und seine künstlerisch-propagandistische Präsenz im Ausland eine Art organisatorischer Brückenkopf in London in Gestalt von BG wäre, zumal mit dem Image der Jüdin im angeblichen »Judenstaat« England und als Sekretärin Beechams, der als überaus deutschfreundlich galt.

Seite 235
96 Dies war der Dirigent und Parteigenosse Hans von Benda, 1888-1972.

Seite 236
97 WF machte sich Erfahrungen und Informationsmöglichkeiten von BG unbefangen weiter zunutze, so lange dies möglich war, und kompensierte, indem er aus Emigrantenkreisen über BG an ihn herangetragene kulturpolitische Wünsche erfüllte, so weit er konnte.

Seite 237
98 Dies war der von Goebbels protegierte Dirigent und Parteigenosse Hermann Stange, 1884-1953, der nach neun-

monatiger Tätigkeit abgelöst und beim Deutschlandsender untergebracht wurde.

Seite 241

99 Winifred Wagner, wiewohl Antisemitin, machte nun - um Beechams willen - gute Miene zum »bösen Spiel«; s.a. Anm. 24.

Seite 242

100 BG wußte natürlich, daß der Konflikt zwischen WF einerseits und Winifred Wagner und Heinz Tietjen andererseits ausgebrochen war, weil WF sich in der künstlerischen Entscheidung auf seinem Gebiet ständig mit Einreden behelligt sah.

101 Parteigenosse Hans Sellschopp - s.a. Anm. 52 - war 1936 Leiter der Abteilung VIII (Ausland) der Reichsmusikkammer geworden, zusätzlich zu seiner Tätigkeit als Leiter der Auslandsstelle für Musik, einer nachgeordneten Dienststelle des ProMi; er hatte mehr kaufmännisches Geschick als musikpolitisches.

Seite 261

102 Hellmuth von Hase.

Seite 265

103 BG konnte zu jener Zeit die vielfältigen Interessenverflechtungen zwischen NS-Regime und Großindustrie nicht durchschauen; aus der Bemerkung, die Firma habe »sich lange gegen jegliche Einmischung« gewehrt, läßt sich aber entnehmen, daß der Autorin mindestens Einmischung von NS-Seite bewußt war. Die spätere Einspannung des Konzerns in die Kriegsindustrie hatte zur Folge, daß bei den Nürnberger Kriegsverbrecherprozessen 1949 dreizehn IG-Farben-Direktoren u.a. wegen Plünderung, Raub und Ausbeutung von Sklavenarbeit verurteilt wurden.

Seite 268

104 Siehe Anm. 32.

Seite 289
105 BG berichtete unter dem 15. Juni 1937 an WF: »Mausi aus Bayreuth ist hier und - Ironie des Schicksals - hat sich vertrauensvoll an mich gewendet. Sie war gestern mit mir in der Oper. Tristan. In der Pause war ich mit ihr bei den Prinzessinnen, die die Gelegenheit benutzten, um sofort wieder zu sagen, daß man Wagner nur unter Ihnen hören könne (...) Wenn man bei Ihnen seines Lebens etwas sicherer wäre, täte ich Ihnen noch mehr schreiben, wegen Mausi etc. Sie möchte am liebsten hier bleiben. Ich finde sie nett und sehr gescheit. Bin aber umgefallen von dem, was sie über ihre Mutter und vor allem über Heinz sagt.« Trotz ihrer Jugend hatte die Wagner-Enkelin ein nicht nur scharfes, sondern auch präzises Urteil, zumal über Heinz Tietjen; s.a. Friedelind Wagner: Nacht über Bayreuth (Bern, 1946)*, S.101-103.

Seite 293
106 WF hatte sich 1933 für den jüdischen Geiger Flesch sogar bei Hitler eingesetzt, dennoch entließ die Musikhochschule Berlin den weltberühmten Künstler, der zunächst nach Holland emigrierte, aber dort 1940 von den deutschen Besatzungsbehörden verhaftet wurde. Wieder intervenierte WF; die Fleschs erhielten die Ausreisegenehmigung nach Ungarn und von da in die Schweiz, so daß sie in Sicherheit waren.

Seite 298
107 Gemeint ist vermutlich die finnische Altistin Helene Sadoven.

Seite 300
108 Toscaninis politisch moralische Bewertung des damals von den Bundeskanzlern Dollfuß und Schuschnigg geführten Staates mutet absurd an; die Regierungsform zwischen 1932 und 1938 ist als »austrofaschistische Diktatur« in die Geschichtsbücher eingegangen. William L. Shirer, The Rise and Fall of the Third Reich (New York, 1900), S. 325, spricht

* 1994 neu herausgegeben im Dittrich-Verlag

geradezu von einer »klerikal-faschistischen Diktatur«. Toscanini, der 1919 für die faschistische Partei kandidierte, pflegte bis zum dramatischen Bruch mit Mussolini einen partiellen, oft theatralischen Antifaschismus.

Seite 301
109 Die - ohne substanzielle Abgrenzung - befohlenen Ausschreitungen dauerten vom 8. bis 11. November 1938 und uferten aus, so daß 174 Plünderer festgesetzt wurden. Beweismittel, so ein Befehl der SA-Gruppe Kurpfalz in Mannheim an die SA-Brigade 50 in Darmstadt zur Zerstörung der Synagogen und die Vollzugsmeldung, sowie der Abschlußbericht des Chefs der Sicherheitspolizei, Heydrich, an Göring lagen dem Internationalen Militärtribunal in Nürnberg vor; dieser Bericht meldete 191 niedergebrannte und 76 vollständig demolierte Synagogen, 36 Todesfälle, sämtlich jüdische, und über 20 000 Festnahmen von Juden.

Seite 305
110 BG formuliert so ihre Enttäuschung, daß es ihr nicht gelungen war, WF zur Emigration zu veranlassen. Die emotionale Affinität des Dirigenten zu seinem Orchester, seinem Publikum, seiner Machtposition und seiner bewahrenden, moralischen Funktion kann ihr nicht entgangen sein.

Seite 309
111 Hier mangelte es der Autorin an Information. Tatsache ist, daß der Zugriff örtlicher Parteifunktionäre, aber auch das ProMi im ersten Anlauf an Furtwängler scheiterte und auch später nicht vollends glückte; die auch finanzielle Selbständigkeit der Wiener Philharmoniker wie ihre Verwendung als Staatsopernorchester machte eine Sonderstellung möglich.

Seite 312
112 Kleiber erklärte zwar sofort seinen Rücktritt als Kapellmeister der Staatsoper, konnte aber aus vertragsrechtlichen Gründen erst zum 1. Februar 1935 ausscheiden; um aus dem laufenden Gastspielvertrag mit dem BPhO herauszukommen,

bediente er sich auf Rat seines Rechtsanwalts eines juristisch unanfechtbaren Vorwandes.

Seite 321
113 BG kolportiert hier eine falsche Information, die später in einen Anklagepunkt gegen WF umgemünzt wurde. Tatsächlich überwog das Mißtrauen der NS-Funktionäre, das Gestapo-Berichte immer wieder bestätigten. Versuche, ihn durch Ehrung zu verpflichten, scheiterten häufig. 1937 setzte Goebbels ihn auf die Vorschlagsliste für den Deutschen Nationalpreis für Kunst und Wissenschaft (Anti-Nobelpreis), doch blieb er außer Betracht; gleichzeitig bot ihm der Minister Pension und Ehrenstellung an, die WF aber ausschlug, und machte ihn zum Reichskultursenator - ein Titel ohne Funktion. Ebenfalls 1937 ernannte Reichserziehungsminister Rust ihn zum ordentlichen Mitglied der Preußischen Akademie der Künste, zusammen mit den Komponisten Armin Knab, Hermann Reutter und Heinrich Kaminski, der keinen »arischen Nachweis« erbringen konnte. Der Titel des 1. Staatskapellmeisters war an seine Position in der Staatsoper gebunden und erlosch mit dem Ausscheiden. Der Staatsrat von 1933 freilich blieb ihm, da Rücktritt rechtlich nicht möglich war.

Seite 323
114 Weingartner war nicht durchweg Opfer. Dies geht aus der Pressepolemik hervor, die seine Frau Carmen Weingartner-Studer im März 1945 anläßlich der Flucht von WF in die Schweiz entfesselte; ihr Kontrahent Alfred Kober (Pseudonym: Salander) fragte in der »Tat« vom 3. April 1945 hintergründig: »In welchem Jahr ließ sich der ehrwürdige Herr Felix von Weingartner von seiner vierten Frau rein jüdischen Geblütes scheiden? Wenn ich beifüge, daß in jenem Jahre Hitler bereits 'an der Macht' war, so soll das keineswegs eine Insinuation sein. Die zweite Frage scheint mir eher wichtig: Wann gastierte Herr Felix von Weingartner zum letzten Mal irgendwo im großdeutschen Reich? Und - nebenbei - wann gastierte Frau Carmen Weingartner-Studer als

Dirigentin zum letzten Male irgendwo im großdeutschen Reich?«

Seite 332
115 Tatsächlich fand Beechams letztes Konzert vor der Australienreise am 4. April 1940 statt, wie noch in der 1. Auflage von »Musik im Schatten der Politik«, S. 374, nachzulesen war; die Raffung verkürzte den Text derart, daß ein irriger Sachverhalt entstand.

Seite 335
116 Bei aller Fassung kam es zu Konflikten unter den Internierten, weil plötzlich Emigranten und nationalsozialistisches Personal von Botschaft, Konsulaten, Handelsmission, ferner die Mitglieder der Auslandsorganisation der NSDAP auf engstem Raum mit einem Höchstmaß an Berührungsmöglichkeiten konzentriert waren; es dauerte lange, bis die Briten auf dieses Problem aufmerksam wurden.

Seite 337
117 Hylton hatte mehrfach im NS-Staat gastiert und hier den verpönten Swing populär gemacht; trotz kulturpolitischer Angriffe kam die von der jüdischen Agentur Simon in Paris vermittelte Kapelle immer wieder, zuletzt im Frühjahr 1938. Goebbels verpflichtete sie für seinen Presseball 1937. Zu PR-Zwecken spendete Hylton bei seiner Deutschlandtournee 1935 der Reichsmusikkammer 2200 RM.

Bildnachweis

Bilderdienst Süddeutscher Verlag, München; Furtwängler Archiv, Clarens; Allen Derek, London; Keystone Pressedienst, Hamburg; Bildarchiv Preußischer Kulturbesitz, Berlin; dpa-Frankfurt/München; Kessler

Personen- und Ortsregister

(die Namen Wilhelm Furtwängler und Sir Thomas Beecham sowie die Orte Berlin und London sind wegen ihres häufigen Vorkommens nicht aufgeführt)

Friedelind Wagner

Nacht über Bayreuth

Die Geschichte der Enkelin Richard Wagners

ISBN 3-920862-04-X
368 Seiten,
16 Abbildungen, Gebunden
Preis: DM 42,80
ÖS 320 sFr. 40,00

"In diesem Frühjahr wurde die erbitterte Abrechnung Friedelinds mit der braunen Ära Bayreuths wieder aufgelegt."
DER STERN

"Dem Buch, das die 25jährige, das schwarze Schaf der Familie, 1944 in der Emigration schrieb, tut die scharfe Zunge gut, die Friedelind bis zu ihrem Tode 1991 führte; es ist respektlos, witzig, leidenschaftlich, manchmal verzweifelt, voller Atmosphäre und Humor."
DIE ZEIT

"Der Geist Hitlers schwebte in Friedelinds Kindertagen nicht nur über Bayreuth, auch über der Familie."
Rudolf Augstein, DER SPIEGEL

"Da erhält man aus erster Hand Einblick in eine Familiendynastie, deren Handlungen ... verzweifelt den Machenschaften des Denver-Clans ähneln, ..."
LUZERNER ZEITUNG

"Es sind die Memoiren eines gewissermaßen bis heute ungeliebten, unerkannten Kindes. ... Nicht nur wie politisch das Private ist, sondern auch wie privat das Politische, läßt sich an dem Buch studieren."
DIE TAGESZEITUNG

"Durch Friedelind lernt man die Leitfiguren des 'Dritten Reiches' und der Bayreuther Festspiele aus einer ungewohnten fast intimen Froschperspektive kennen, ..."
WDR (WESTDEUTSCHER RUNDFUNK)

"Das wieder aufgelegte Buch bleibt ein wichtiger Beitrag zur Geschichte der Wagner-Sippe im schlimmsten Dunkel deutscher Geschichte, ..."
DEUTSCHLANDFUNK

In ihrem 1944 in New York und 1945 in der Schweiz auf deutsch erschienenen Buch beschreibt die Tochter Siegfried und Winifred Wagners ihr Leben bis zu ihrer Emigration 1940 und ihre Begegnungen mit Adolf Hitler in Bayreuth, München und Berlin.

Eugenie Schumann

Claras Kinder

Mit einem Nachwort von Eva Weissweiler und Gedichten von Felix Schumann

ISBN 3-920862-05-8,
376 Seiten,
16 Abbildungen, Gebunden,
Preis: DM 49,00,
ÖS 365, sFr. 46,00

Eugenie Schumann (1851-1938), die jüngste und begabteste Tochter von Clara und Robert Schumann, schreibt über das Drama ihrer Kindheit und Jugend, die sie in Pensionen und Internaten verbrachte. Von ihrer Mutter, der berühmten Pianistin, sah sie fast nichts außer ermahnenden Briefen.
Felix Schumann, das mit Fünfundzwanzig an Tuberkulose gestorbene „Schmerzenskind", kommt mit Gedichten und Briefen zu Wort, deren Publikation Mutter Clara verhindert hat. Eine Fundgrube nicht nur für Schumann-Liebhaber.

„Faszinierendes Familienporträt" **Dresdner Morgenpost**

„... ein wichtiges und lesenswertes Buch, ... Besonders die Passagen über Brahms' Klavierspiel und die Porträts der Freunde und Kollegen machen „Claras Kinder" zu einer erstrangigen Quelle." **Kölner Stadtanzeiger**

»Die eigentliche Abrechnung kommt erst nach Ende der Autobiographie: von der arrivierten Clara-Schumann-Expertin Eva Weissweiler, die in einem fast hunderseitigen, sehr kompetenten Nachwort das Gesicht der Familie Schumann ohne Schminke zeigt, manchmal in ziemlich grellem Licht sogar. Für das Verständnis und die historische Einordnung von Eugenie Schumanns 'Erinnerungen' ... sind diese Erläuterungen schlichtweg unentbehrlich." **Kölnische Rundschau**

»Eugenie gibt sehr schöne Hinweise auf das Schumann-Spiel der Mutter, wie Clara Robert interpretierte. ... Ein hochinteressantes Buch, das Einblick gibt in ein paar wichtige, und keineswege periphere Kapitel der deutschen Kulturgeschichte des 19. Jahrhunderts, aber auch Einblick gibt in eine durch und durch neurotische Familie.« **WDR, Mosaik**

Verena Naegele
Parsifals Mission

Der Einfluß Richard Wagners auf Ludwig II. und seine Politik

ISBN 3-920862-09-0,
ca. 300 Seiten,
16 Abbildungen, Gebunden,
Preis: DM 49,00,
ÖS 365, sFr. 46,00

Ludwig II. suchte als 18jähriger jugendlicher Monarch nach Halt für sein Leben und Wirken. In Richard Wagner fand er sein Vorbild, das er verehrte und von dessen theoretischen Schriften und praktischen politischen Ratschlägen er sich in der Zeit von 1864-66 abhängig machte. Der damals 51jährige mittellose und nach wie vor als politischer Revolutionär verfemte Richard Wagner nutzte Ludwigs Abhängigkeit. Er versuchte nicht nur, seine Musikvisionen als die einzig wahren durchzusetzen, sich von Semper ein eigenes Aufführungshaus nur für seine Werke bauen zu lassen, sondern er nahm auch großen politischen Einfluß auf Ludwig II. Und dies in einer Zeit, in der in Europa der Machtkampf zwischen Österreich und Preußen um die Vorherrschaft im deutschsprachigen Raum tobte, wobei Bayern als drittgrößte Macht zwischen diesen Parteien stand.

»Verena Naegeles Buch steckt voller Überraschungen und liest sich teilweise wie ein Psychothriller. Eine sorgfältige Quellenangabe erleichtert die Orientierung in diesem turbulenten Kapitel der Kulturgeschichte.«
Badisches Tagblatt

»Faszinierend an Verena Naegeles Darstellung ist die bisher wenig oder gar nicht beachtete Verquickung von Wagners künstlerischem mit politischem Ehrgeiz. Dabei lotet sie scheinbar leidenschaftslos und distanziert - und damit um so wirksamer - alle bedeutsamen Fakten aus, die sie aus dem umfangreichen Briefwechsel - und anderem Quellenmaterial belegt und analysiert.«
Aargauer Tagblatt

Verena Naegele promovierte an der Universität Zürich in Geschichte und Musikwissenschaft, war Regieassistentin am Opernhaus Zürich und ist heute Kulturredakteurin.